柳鸣九文集

卷 15

梅里美小说精华

小王子

局外人

琳琅小集

高龙巴智导复仇局

海天出版社（中国·深圳）

图书在版编目（CIP）数据

柳鸣九文集.15,梅里美小说精华·小王子·局外人·琳琅小集·高龙巴智导复仇局/柳鸣九译. —深圳：海天出版社,2015.6
 ISBN 978-7-5507-1325-3

Ⅰ.①柳… Ⅱ.①柳… Ⅲ.①柳鸣九—文集②小说集—法国—近代 Ⅳ.① I217.2 ② I565.44

中国版本图书馆 CIP 数据核字（2015）第 057167 号

柳鸣九文集.卷 15
LIUMINGJIU WENJI JUAN 15

出 品 人	陈新亮
项目负责人	于志斌
选题策划	林星海
责任编辑	张小娟
责任校对	陈少扬　万妮霞
责任技编	蔡梅琴
装帧设计	李松璋

出版发行	海天出版社
地　　址	深圳市彩田南路海天综合大厦（518033）
网　　址	www.htph.com.cn
订购电话	0755-83460202（批发）　0755-83460239（邮购）
设计制作	深圳市斯迈德设计企划有限公司（0755-83144228）
印　　刷	深圳市新联美术印刷有限公司
开　　本	787mm×1092mm　1/16
印　　张	40
字　　数	518 千
版　　次	2015 年 6 月第 1 版
印　　次	2015 年 6 月第 1 次
定　　价	138.00 元

海天版图书版权所有，侵权必究。
海天版图书凡有印装质量问题，请随时向承印厂调换。

晚年柳鸣九

中年柳鸣九

柳鸣九所编梅里美小说的各种版本

柳鸣九所译《小王子》的各种版本

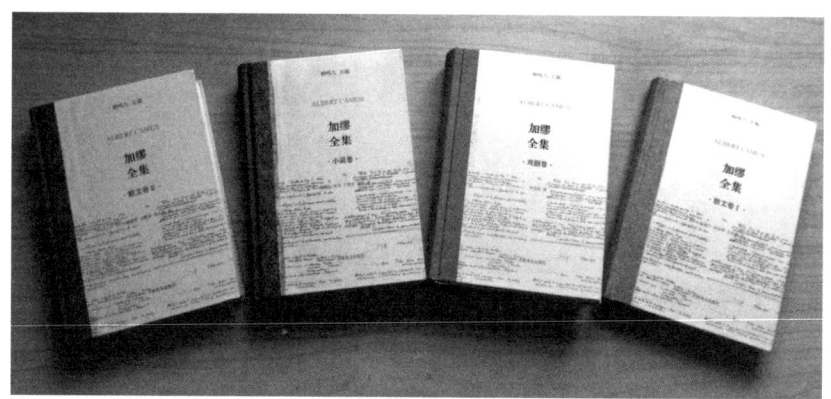

柳鸣九主编的《加缪全集》四卷

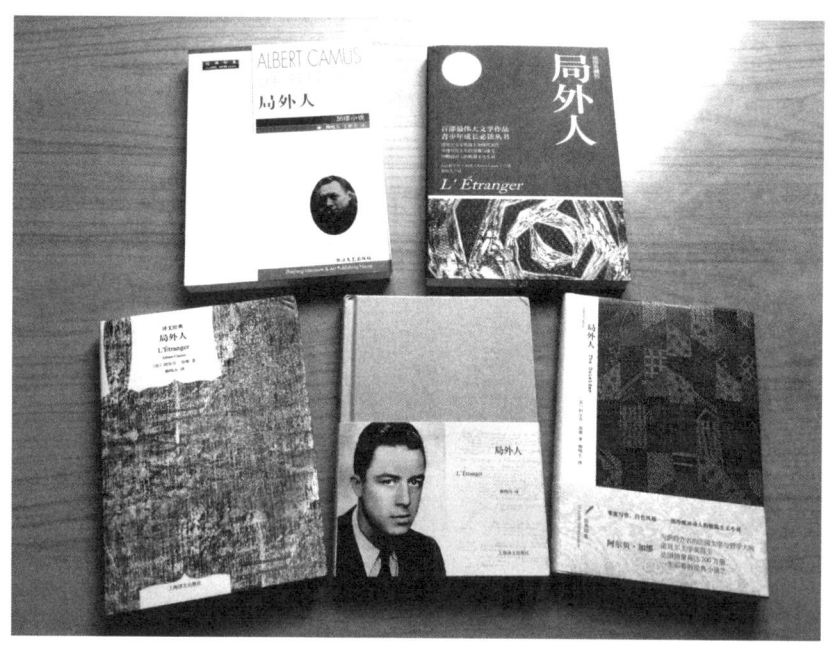

柳鸣九所译《局外人》的各种版本

目 录

梅里美小说精华

卡尔曼情变断魂录	003
达芒戈海上喋血记	061
马铁奥仗义斩子	082
费德里哥得道升天	096
一赌失足千古恨	107
维纳斯艳惊伊尔城	125

小 王 子

译者写给小读者的话	159
小王子	163

局 外 人

《局外人》的社会现实内涵与人性内涵	219
第一部	233
第二部	268

琳琅小集

最后一课
　　——阿尔萨斯省一个小孩的自叙 …………………… 309
柏林之围………………………………………………… 314
旗　手…………………………………………………… 322
小间谍…………………………………………………… 328
一局台球………………………………………………… 336
公社的阿尔及利亚步兵………………………………… 341
一只红山鹑的悲愤……………………………………… 346
雅尔雅伊来到天主家
　　——普罗旺斯民间传说…………………………… 352
猫的天堂………………………………………………… 357
森普利斯………………………………………………… 362
论小说…………………………………………………… 372
《卢贡-马卡尔家族》总序…………………………… 387
关于家族史小说总体构思的札记……………………… 389
墙………………………………………………………… 392
艾罗斯特拉特…………………………………………… 416
阿芒迪娜或两个花园…………………………………… 434
皮埃尔或夜的秘密……………………………………… 443
金胡子…………………………………………………… 455

高龙巴智导复仇局

第一章	465
第二章	469
第三章	477
第四章	485
第五章	490
第六章	498
第七章	507
第八章	511
第九章	515
第十章	522
第十一章	526
第十二章	539
第十三章	546
第十四章	552
第十五章	555
第十六章	565
第十七章	573
第十八章	581
第十九章	592
第二十章	604
第二十一章	609

附一：柳鸣九学术小传	613
附二：柳鸣九主要出版书目	623

梅里美小说精华

〔法〕梅里美 著　　柳鸣九 译

卡尔曼情变断魂录

一

　　历来的地理学家都如是说,芒达一役①古战场位于巴斯菊里人与迦太基人②聚居的地区之内,靠近马尔贝拉以北七八公里之处,即当今的蒙达镇附近,敝人一直怀疑他们言之无据,信口开河。根据佚名氏所著的《西班牙之战》③一书以及在奥舒纳公爵④丰富的藏书楼里所获得的某些史料,细加研究之后,窃以为当年恺撒破釜沉舟与共和国元老们一决生死的古战场,应该到蒙第拉⑤附近去探寻才是。时值1830年初秋,敝人正好来到安达卢西亚地区⑥,为了弄清楚心中尚存疑点的一些问题,便在整个地区考察了一大圈,寄希望于自己即将发表的地理考古论文,将使得那些有执着追求的考古学家们脑子里的疑团都一扫而光。但在该文最终将全欧学术界这一悬而未决的地理学难题彻底加以解决之前,敝人且先给诸位讲一个小故事,此故事绝不会

---
① 芒达一役:指公元前45年,恺撒与庞培会战于西班牙的芒达,前者大获全胜。
② 巴斯菊里人与迦太基人:均为古代部族,居于北非与地中海沿岸,包括西班牙滨海地区。
③ 《西班牙之战》:出自古罗马时期一佚名军官之手笔,是记载恺撒远征西班牙的珍贵史料。
④ 奥舒纳公爵(1579~1624):西班牙政治家,曾藏有大量古希腊罗马的典籍与手稿。
⑤ 蒙第拉:西班牙南部的城市。
⑥ 安达卢西亚:西班牙南部一大省区,上文所提及的城镇,皆在此省区的境内。

对芒达古战场究竟位于何处这个有趣的问题,造成先入为主的成见。

我在哥尔多巴①雇了一名向导,租了两匹马,行囊里只装一本恺撒的《高卢战纪》和几件衬衣,就这么轻装上路了。有一天,在加希纳平原②的高地上巡察,骄阳似火,肌肤灼痛,疲惫不堪,几近瘫倒,口渴难耐,如受煎熬,我正恨不得将恺撒和他的对手统统咒进地狱,忽见小路远处有一小块青绿的草地,其间稀稀疏疏长了些灯芯草与芦苇,使我预感到附近定有水泉。果然,继续前行,就见草地原来是一片沼泽,正有一道泉水暗涌潜淌于其中。那道泉水似乎是出自加布拉山脉中两面峭壁之间一个狭窄的峡谷。我断定,沿此泉流而上,水质当更为清冽纯净,蚂蟥与青蛙当更为稀少,或许在山崖岩石之间,还能找到若干绿荫凉爽之处。刚一进峡谷,我的马就昂首嘶叫,引得另一匹我尚未看见的马也回应了一声。我又往前走了百余步,峡谷口豁然开朗,眼前出现了一大块天然形成的圆状空地,四面皆有高崖峭壁拱立,恰把这空地笼罩在阴影之中。旅人不是想坐下来歇息歇息吗?再也找不到比这更美妙的处所了。峭壁之下,泉水突涌飞溅,直泻一小潭之中,水潭细沙铺底,洁白如雪。潭边有橡树五六株,雄伟挺拔,浓荫如盖,掩映于小潭之上。生态如此繁茂,皆因经年累月受群峰遮挡,免遭劲风骤雨之害,又近水楼台,幸得清泉滋润所致也。更有妙者,水潭四周,细嫩的青草铺陈于地,如绿茵卧席,你休想在方圆几十里之内任何上佳客店里找到如此美妙的床榻。

但是,慧眼识佳境的并不只有我。在我来到之前,便已有人捷足先登了。显而易见,我进入峡谷时,那人还在呼呼大睡,他被马嘶声惊醒了,就站起身来,向自己的马匹走去,那畜生趁主人熟睡之际,正在周边的草地上大啃大嚼。这汉子年轻力壮,中等身材,体格

---

① 哥尔多巴:西班牙南部安达卢西亚省的一城市。
② 加希纳平原:指加希纳小河沿岸的平原。

结实，目光阴沉，神情桀骜不驯。他的肤色本来可能很好看，可惜被骄阳晒得黝黑，比头发还要黑。他一手抓着坐骑的缰绳，一手握着一管铜制的短铳。说老实话，那管短铳与他那副凶神恶煞的样子，颇使我吓了一跳，但我不相信是碰上了土匪，因为我老听说有强盗却从来没有遇见过。何况，老实本分的庄稼人全副武装去赶集的事，我也见得多了，总不能一见到枪就神经过敏，怀疑对方定有歹意吧。再说，我那几件衬衣和那本埃尔才维版本的《高卢战纪》，他拿去有什么用呢？这么一想，我便朝那拿枪的家伙亲切地点了点头，笑着问他，我是否打扰了他的好梦。他未作回答，只把我从头到脚打量了一番。感到放心后，他又仔细打量那个随后来到的向导。不料那向导突然脸色煞白，惊慌失措，呆立不动。我心想："坏了，碰上了强盗！"但为谨慎起见，我决定不动声色，不流露出任何惊恐不安。我下了马，吩咐向导卸下马鞯，然后来到泉边跪下，把头和双手浸在水里，再喝上一口凉水，肚皮朝下往草地一趴，就像基甸手下那些没出息的兵丁①。

我仍留神观察我的向导和那个陌生汉子。向导很不乐意地走了过来，那汉子似乎对我们并无恶意，因为，他把自己的坐骑放走，本来他是平端着短铳，现在也枪口朝下了。

我觉得不应该因为对方没有太答理自己而动气，便往草地上一躺，态度挺随和地问那持枪汉子身上可有火石，同时掏出了我的雪茄烟盒子。那汉子一言不发，在衣袋里搜了搜，取出火石，主动替我打火。显而易见，他的态度和缓了一些，竟在我的面前坐下，不过，短铳仍不离手。我点着了雪茄，又在盒子里挑了一支最好的，问他抽不抽。

"我抽，先生。"他回答说。

这是他说的第一句话。我发觉他念"S"这个音不像安达卢西亚

---

① 典出《旧约·士师记》第七章，耶和华命基甸挑选士卒抗敌，以在河边饮水的姿势为标准，凡跪下饮水者为不合格。

人[1],由此,我断定他和我一样,也是一个外乡的过路人,只不过不是从事考古职业的。

"这一支您一定会觉得不错。"说着,我递给他一支正牌的哈瓦那[2]上等雪茄。

他向我稍微点了点头,用我的雪茄点燃了他自己的那一支,又点点头表示谢谢,然后高高兴兴地抽将起来。

"啊!我好久没有抽烟了!"他说着,慢吞吞把第一口烟雾从鼻孔里、嘴腔里吐放出来。

在西班牙,一支雪茄的一递一接,就足以建立起友谊,正如在近东,朋友之间分享面包和盐一样。出乎我的意料,那汉子倒是挺爱说话。他自称是蒙第拉地区的居民,但对该地区的情况并不太熟悉。我们当时歇脚的那个清幽的峡谷叫什么名字,他也不知道;附近有哪些村落,他也举不出来。最后,我问他是否在周围见过什么断壁残垣、卷边瓦当、石头雕塑,他回答说从来没有注意过这类东西。但另一方面,他对坐骑马术这一道却很是在行。他把我那匹马大大评论了一番,当然,这并非难事;但接下来,其行道之精就毕现无遗了。他向我大谈特谈他那匹马的家族世系,说它出自赫赫有名的哥尔多养马场,据说,其血统高贵,耐力极强,曾经有一天跑了120多里,而且不是飞奔就是疾走。正说到兴头上,他突然停住,仿佛有了警觉,感到后悔:怎么自己口无遮拦,竟说了这么多话。他有点局促不安,弥补了一句,说:"那是因为我急着要赶到哥尔多去,有一桩官司要求求法官。"他一边这么说,一边盯着我与向导,而那向导,一听此话,就低下眼睛朝地上看。

既有绿荫,又有清泉,真是不亦乐乎,我情不自禁想起蒙第拉的

---

[1] 安达卢西亚人发"S"音时,与发柔音"C"与"Z"并无区别,西班牙人将柔音"C"与"Z"发得像英文中的"th",故听"Senor"一字,便能辨出是否安达卢西亚口音。——作者原注。

[2] 哈瓦那:古巴首府,其雪茄蜚声全球。

友人们送别我时，塞了几片上等火腿在我向导的褡裢里，便要他取出来，请那汉子随便吃点。刚才他说很久没有抽烟，我看他至少有48小时没有进食了。果然，狼吞虎咽，像个饿鬼。我想，这可怜的家伙那天遇上了我，真可谓天公赐福。但我的向导吃得不多，喝得更少，一声不吭，虽然一上路我就发现他是个无与伦比的话匣子。这陌生客人在场，似乎使得他感到不舒服，他们两个各怀戒心，互相回避，其原因何在，我不得而知。

最后一些面包渣、火腿屑也都一扫而光，我们每人又抽了一支雪茄。我吩咐向导把马套上，准备向我这位新朋友告别，这时，他突然问我打算在哪儿过夜。

向导赶紧对我做了个暗号，我没有来得及注意便脱口告诉那汉子，我打算去库埃尔沃客店。

"先生，那客店太糟，对您这样的人不合适……我也要到那边去，如果允许我奉陪，咱们可以结伴同行。"

"太好了，太好了。"我一边上马，一边回答。

向导替我扶着脚镫，又向我使了个眼色，我耸了耸肩作为回答，好让他明白我是泰然处之、满不在乎的。于是，一行三人就上路了。

向导安东尼奥神秘的暗号、不安的表情，陌生人说漏了嘴的某些话，特别是他一天赶了120里的故事以及对此的牵强解释，已经使我对这位旅伴的身份心里有数了。我毫不怀疑自己是碰上了一个走私犯，或者是个强盗，可是这有什么关系呢？我对西班牙人的性格已经了解得入木三分，对于一个跟你在一块儿抽过烟、吃过饭的人，你是大可以放心的。有这条汉子同路，反倒是一种安全保证，不会被别的坏人所害。再说，我也很想见识见识土匪强盗究竟是怎么一种人，这类好汉可不是经常能够碰得见的。与危险人物在一起也不无某种妙趣，尤其是在这个主儿和善而斯文的时候。

我想慢慢套出那汉子的真心话，所以根本不去理睬向导频频向我使出的眼色,而故意把话题引到剪径的强人身上,当然用的是很有敬意的语气。当时在安达卢西亚出了个赫赫有名的大盗,名叫何塞·马利亚,他做下的案件,真可谓家喻户晓,脍炙人口。"说不定我身边的这个主儿就是何塞·马利亚。"我这么思忖着。于是,我大谈特谈这位好汉的传闻故事,专拣赞赏颂扬的话来讲,表示对他的勇敢大胆、仗义行侠佩服得五体投地。

"何塞·马利亚只不过是无赖的小人一个。"那汉子冷冷地说。

——这是他的自我鉴定还是过谦之词呢?

我心里这样想。因为一经仔细打量,我发现这位旅伴的相貌,与张贴在安达卢西亚许多城门口的告示上说的十分相像。对!一定是他……金色头发,蓝色眼睛,大嘴巴,牙齿整齐,双手细巧,穿优质布料衬衣,披条绒外衣,上缀有银色纽扣,脚蹬白皮套靴,骑一匹红棕色马……一点也不假,准就是他!不过,他既然要隐匿自己的真实身份,那么我们就不必去点破吧。

一行三人到了小客店。我的旅伴说得没有错,这小店简陋到了极点,实为我从未遇见过的。只有一间大屋子,既是厨房,也兼作饭厅与卧室。房中间有一大块石板,那就是生火煮饭的地方,屋顶上有一个窟窿,炊烟就从那里出去,有时烟只停滞在离地面几尺的空间,像聚成了一团云雾。靠墙壁的地上,铺着五六张旧骡皮,就算是客铺了。整个屋子,就这么一大间,屋外20步,有一个棚子,权作为马厩使用。这家美妙的宾馆,当时只有两个人,一个老婆子和一个约摸10岁到12岁的小姑娘,她们的皮肤又黑又脏,像是烟煤,衣服破烂不堪。我心想,古代蒙达·波蒂卡①居民的后裔竟沦落到现在这副模样!唉,恺撒呀,塞斯土斯·庞培②呀!假如你们死而复生,见此情

---

① 蒙达·波蒂卡:古罗马帝国的一行省,即今安达卢西亚。
② 塞斯土斯·庞培:古罗马的历史人物,庞培大将之次子。庞培死后,其子仍与恺撒为敌。

景，定会惊讶不止！

老婆子一见我那位旅伴，不禁惊叫了一声，脱口喊道："啊，唐·何塞大爷"！

唐·何塞皱起眉头，威严地摆了摆手，老婆子就乖乖地不吭声了。我转过头去偷偷向向导递了个眼色，让他明白，对于这位将与我同榻而眠的旅伴，我已经了如指掌了，用不着他再向我道明什么。出乎我的意料，晚饭倒还比较丰盛。饭菜摆在一张一尺高的小桌上，先是鸡丁炒饭，辣椒放得很多，然后是油炒辣椒，最后是"加斯巴丘"，即一种辣椒拌的沙拉。三道菜都很辣，我们不得不老是打开酒囊靠美味的蒙第拉葡萄酒解辣。酒足饭饱之后，见墙上挂着一把曼陀林，这是西班牙到处可见的一种乐器，我便问侍候我们的小姑娘会不会弹奏。

她回答说："我不会，可是唐·何塞弹得好极啦！"

我便邀请他赏脸弹唱一曲，说："敝人对贵国的音乐爱得入迷。"

"先生，您是一位仁人君子，用这么名贵的雪茄款待我，您说的什么事情我都不该拒绝。"唐·何塞兴高采烈地喊道，说着，他要过曼陀林，自弹自唱起来。他的声音粗犷，但悦耳动听，曲调凄凉而古怪，至于歌词，我一个字也没有听懂。

"如果我没有猜错的话，您刚才唱的并不是西班牙歌曲，倒像我在外省地区听见过的《佐尔齐科》，歌词大概是巴斯克语。"

"是的。"唐·何塞脸色阴郁地答道。

他把曼陀林放在地上，手臂交叉在胸前，呆呆地盯着快熄灭的火，脸上有一种异样的忧郁的表情。经小桌上的灯一照，他的脸显得既高贵又凶猛，使人想起弥尔顿诗中的撒旦。也许，我这位旅伴也像撒旦一样，在想着自己离别的家园，想着自己一失足而不得不流亡漂泊的生活。我想再挑引他打开话匣子，他却缄默不语，完全沉浸在自己沉郁的默想之中。这时，老婆子已经在屋里一角睡下，那个角落拉了一根绳子，上面挂着一条破破烂烂的毯子，聊作遮掩妇女卧榻的幕幔。随后，小姑娘也钻进了破毯子的后边。我的向导站起身来，要我陪他到马房去，一听这话，唐·何塞突然警觉起来，厉声问他要上哪里去。

"上马房去。"向导答道。

"你要干什么，马不是都喂饱了吗？你在这里睡下吧！先生会同意的。"

"我怕先生的马病了，希望他自己去瞧瞧，也许他知道该怎么办。"

显而易见，安东尼奥是想私下跟我说几句话，但我并不愿意由此引起唐·何塞的疑心，我觉得当时的情况下，最好是对他表示深信不疑。因此，回答向导说，我对马的事一窍不通，再说，我也很想睡觉了。于是，唐·何塞跟着向导去了马房，不一会儿，他自己就单独回来了，告诉我说，那马明明是好端端的，但那向导却把它当宝贝，硬要用自己的上衣去给它擦身，引它发汗，居然自得其乐，准备干上一通宵。我已经倒卧在骡皮上，用斗篷将身体裹得严严实实，唯恐脏毯子贴着皮肤。唐·何塞说了声对不起，就在我身旁躺下，正对着门口，而且没有忘记将短铳的雷管重新顶上，放置在当枕头用的褡裢下面。我们互道了晚安，5分钟后，两人都沉沉入睡。

我想自己实在是太累了，居然还能在如此简陋的条件下睡得着，可是，个把钟头之后，我浑身奇痒难忍，便醒了过来，我弄清楚了，是臭虫在作祟。心想与其宿在这么一间令人难受的房子里，还不如去露天下打发下半夜。我踮着脚尖走到门口，从呼呼大睡的唐·何塞身上跨过，我的动作极其小心翼翼，居然没有惊醒他就出了屋子。屋外有一条宽宽的长凳，我在上面躺下，准备就这么度过下半夜。正当即将再次进入梦乡的时候，我似乎感到有一个人影、有一匹马影先后从我跟前走过，悄无声息。我赶紧坐起，认出是安东尼奥。见他半夜三更跑出马房，我大感惊奇，便站起来向他走过去。他先看见了我，就立即站住了。

"他在哪儿?"安东尼奥低声问我。

"在屋子里睡觉,他倒是不怕臭虫。你为什么把马牵走?"

这时,我才发觉,他为了走出马房时无声无息,已用毯子的破片小心翼翼地将马蹄裹上。

"看上帝的分儿上,您小声点儿!"安东尼奥对我说,"您还不知道这家伙是谁吗?他就是何塞·纳瓦罗,安达卢西亚鼎鼎有名的土匪。今天一天,我向您做了好些暗示,您却不愿意理会。"

"是不是土匪,不关我的事。"我答道,"他又没有抢我们,我敢打赌,他绝无害我的心思。"

"好吧,不过把他举报出来,便可得到200个金币的奖赏。我知道离这儿五六里路,有一个枪骑兵的驻扎所。天亮以前,我可以带几个精壮的汉子回来。我本想把他那匹马骑走,但那畜牲很厉害,除了纳瓦罗,谁都没法靠近它。"

"你见鬼去吧!他有什么对不起你的?这可怜的家伙,你竟要告发他,再说,你能肯定他就是那个大盗?"

"绝对可以肯定,刚才,他跟着我进了马房,对我说:'你好像认得我,如果你同那位好心的先生说出我是谁,我就要把你脑袋打开花。'先生,今夜您别走,就留在他身边,您不用害怕,只要他见您在这里,他就不会疑心。"

说着说着,我们离开那个客店已经有了一大段距离,不会有人听得见马蹄的声音了,于是,安东尼奥扯掉马蹄上裹着的破毯,准备上马出发。我再作最后的努力,连央求带威胁想要他止步。

"先生,我是个穷光蛋。"他回答我说,"不能轻易放弃200个金币,何况,还能为本地除掉一个大害。不过,您自己要当心,如果那家伙醒过来,他必定会操起短铳,那您就得留神了!我嘛,我已经走到这一步,没法后退了,您自己想办法去对付吧!"

那混蛋翻身上马，两腿一夹，很快就消失在黑夜之中。

我对这个向导固然很恼火，但心里着实有些不安。我先思索了一会儿，打定了主意，就回到屋里。唐·何塞仍在呼呼大睡，显然是因为最近几天颠沛流离而已疲惫不堪，好不容易补偿补偿。我只得用力把他摇醒。我永远也不会忘记他那凶狠的眼神与扑向短铳的动作，幸好我防了他一手，先把他的武器放在离卧榻稍远一点儿的地方。

我对他说："先生，很抱歉把您叫醒，但我想冒昧地问一句，如果有五六个官兵来到这里，您是不是会不乐意？"

他猛地一跃而起，厉声喝道：

"这是谁告诉您的？"

"只要消息准确，别管它是哪儿来。"

"您的向导把我出卖了，我饶不了他！他在哪儿？"

"我不知道……也许在马房里……是别人告诉我的……"

"谁告诉的？……不可能是老婆子……"

"是一个我不认识的人……别多说啦，您要不要等那些大兵来？如果不要，那就别耽误时间，不然的话，但愿您今晚平安无事。我把您吵醒了，抱歉，抱歉。"

"咳，您的那个向导，那个向导，我早就对他起了疑心……可是……这个账我是要跟他算的……先生，后会有期。您帮了我一个大忙，上帝会保佑您的。我并不全像您所想的那么坏……是的，我天良未泯，还有些地方值得仁人义士的同情怜悯…………再见啦，先生，我感到很遗憾，未能报答您的恩情。"

"如果您想报答我，那就请您答应我，不要怀疑任何人，也不要老想报复。喏，我还有几支雪茄，您拿去在路上抽。祝您一路平安！"说罢，我向他伸出手去。

他一声不吭地握了握我的手，拿起短铳与褡裢，用我听不懂的土话跟老婆子说了几句，然后就去了马房。不一会儿，就听见他在平原上飞奔了。

我回到长凳上躺下，但再也难以入眠。我扪心自问，把一个强盗，甚至是一个杀人犯从绞刑架下救出来，仅仅因为我跟他在一起吃过火腿与瓦伦西亚式炒饭，这样做是否恰当？那个向导倒是在维护法律，我不是把他出卖了吗？不是会给他招来恶人的报复吗？可是，朋友之间总该讲义气呀！对此，我又想，此乃野蛮人的偏见陋习也。难道强盗以后犯了罪，也得要我负责……但是，种种冠冕堂皇的道理都难以容忍的这种内心良知，难道果真就是偏见？也许，在我当时所处的那种尴尬境况下，不论我怎么做，事后都难免会感到后悔。正当我在为自己的行为是否合乎道德规范而在反复思量时，忽见来了6个持枪骑兵，安东尼奥则小心翼翼地走在后面。我迎将上去，告诉他们，强盗逃跑已经有两个多小时了。老婆子在班长的盘问下，回答说，她的确认识纳瓦罗，但她一个人势单力薄，不敢冒生命危险去告发，还说，那家伙每次来，照例在半夜就离去。至于我这个证人，则必须走上十几公里，将护照交给区里的法官检验检验，再签署一份证词，然后才获得允许，可以继续我的考古勘察。安东尼奥对我颇有怨恨，疑心是我断了他200金币的财路。但回到哥尔多巴后，我与他还是客客气气分手了。因为我在自己财力所容许的条件下，大大地给了他一笔厚重的报酬。

二

我在哥尔多巴停留了几天，有人告诉我，多明我教派的图书馆里，藏有一部手稿，可能给我提供关于芒达地区的重要资料。和善的神甫热情地接待了我，白天我便待在修道院里查阅资料，傍晚则到城里去闲逛。在这个城市，夕阳西下时，很多闲人都挤在瓜达基维尔河的右岸上。那儿有一股浓烈的皮革味，自古以来，当地就以制革业而闻名遐迩。在这河岸边,你还可以观赏到以下这么一道别有风味的景色,晚祷的钟声敲响前几分钟,就有一大批妇女聚集在河边高高的堤岸上,只等晚钟一响,大家以为天黑了,所有的女人在最后一响钟声落定之际,就纷纷脱掉衣服,跳进水中。于是,叫喊声、嬉笑声汇成一片,闹得不亦乐乎。河岸上,男人们把眼睛睁得大大的,从高处盯着浴女戏水,可惜什么都看不清。深蓝的河水上,有影影绰绰的乳白色出水芙蓉,这就足以使有诗意的人悠然神往,浮想联翩。你只要略加想象,就不难将当前的情景当作狄安娜与仙女们的天浴,而用不着害怕自己碰上阿克泰翁那样的命运①。据说,有一天,几个轻薄无赖凑了些钱,买通寺院的敲钟人,将晚祷的钟声提前 20 分钟敲响。虽然当时天色尚甚明亮,但瓜达基维尔河岸上的仙女们对晚祷声比对太阳更为信任,便毫不迟疑,泰然自若换为"浴装",而她们的"浴装"自古以来就是最最自然简单的。那一次我没有在场。我在哥尔多巴期间,敲钟人从来不收贿赂,况且,暮色朦胧,只有猫的眼睛才能在一大群浴女中分辨出哪个是年纪最大的卖橘子女人,哪个是哥尔多巴城中最漂亮的女工。

一天傍晚,夜幕已经降下,我正在堤岸凭栏抽烟,忽然,沿着从河边延伸上来的石阶,过来了一个女人,在我身边坐下。她鬓间插着一大束素馨花,在夜色里发出一股醉人的香气。她穿着朴素,甚至有点寒酸,一身黑衣服,就像大多数女工晚间所穿的那样。如果是大家闺秀,那就是早晨穿黑色衣服,而晚上则一身法国装束了。那刚出浴的女子来到我身边时,故意让披在头上的纱巾轻轻滑落在肩上,我借着朦胧的星光,看出她很年轻,身材娇巧匀称,有一双大眼睛。我立刻将雪茄扔掉。她明白这是典型的法兰西礼貌,便赶紧对我说,其实她很喜欢闻烟草的味道,如果遇上味道醇和的卷烟,她还能抽上几

---

① 狄安娜为希腊神话中的狩猎女神。阿克泰翁乃一猎手,他因偷窥狄安娜入浴,被女神变成一头牝鹿,遭猎犬咬死。

口呢。正巧,我烟盒里有几支这种烟,便赶紧递了过去。她果然取出一支,花了一枚小钱向一个小孩取了个火,把烟点上。我跟这漂亮的浴女一边抽烟一边聊天,不觉时间过了许久,堤岸上几乎只剩下我们两个。这时我想,如果邀请她到冷饮店吃点冰激凌,大概不至于有唐突冒昧之嫌。她略微谦让了一下也就接受了,但先问了问我是几点钟了。我把弹簧表一按,表就发出了铃声,她对此大感惊奇,说:

"你们外国人发明的玩意儿真有意思!先生,您是哪国人?一定是英国人吧!"

"在下是法国人。您呢,是小姐还是夫人?大概是哥尔多巴本地人吧?"

"不是的。"

"我想您该是耶稣国人氏,离天堂仅两步之遥。"

(即指安达卢西亚也。这一隐喻的说法,我是从好友、著名的斗牛士弗朗西斯科·塞维利亚那里学来的。)

"得了吧!天堂!……本地的人都说,这天堂属于他们,而不是给我们准备的。"

"那么,您是摩尔人啰,要不然就是……"我打住了,不敢说"犹太人"这几个字。

"算了!算了!您明明知道我是波希米亚人。怎么,要不要我给您算个命?您可听见过人称卡尔曼小姐的?那就是我。"

早在15年前,我就是一个不信邪不怕鬼的主儿,即使巫婆就站在我身边,我也不会被吓跑。这时一听卡尔曼的自白,我心里就这么想:好哇,上星期才跟拦路抢劫的大盗共进过晚餐,而今何妨带上一个魔鬼的女徒去饮冰纳凉。行走江湖,什么事都该见识见识。除此以外,还有另一个动机促使我进一步跟她结交。说来惭愧,我中学毕业后还曾浪费过不少时光研究巫术,甚至还玩过几回召神唤鬼的把戏。虽然这种怪癖早已戒掉,但我对一切迷信活动仍兴趣不减。若能见识见识波希米亚人的魔术修炼到了几层,真乃一大乐事也。

交谈之间,我们走进了冷饮店,找了一张小桌子坐下。桌上有一个玻璃罩,里面点着一支蜡烛。这时,我才有工夫仔细打量这个吉卜赛姑娘。屋里有几个正在喝冷饮的顾客,见我有如此一个美人做伴,脸上都露出惊讶的神情。

我怀疑卡尔曼小姐并非纯粹的波希米亚人,至少她比我遇见过的同族妇女要美丽多少倍。据西班牙人说,一个美女必须具备30个条件,换句话说,必须当得起十个形容词,而每个形容词还要适用于她身上的三个部位。例如,必须有三黑:眼睛黑、眼皮黑、睫毛黑;有三细:手指细、嘴唇细、头发细,等等。详见布朗托姆的论述[①]。我面前这位波希米亚姑娘当然不是如此十全十美。她的皮肤虽然很是光洁柔美,但肤色近若黄铜;她的眼睛大得美轮美奂,但有点斜视;她的嘴唇略厚,不过线条极美,露出一口比杏仁还白的牙齿;她的头发也许有点粗,但又黑又长又亮,像乌鸦的翅膀闪映出蓝光。为了避免描写流于琐细冗长,招惹看官生烦生厌,我可以总括一句,她身上每一个缺点都伴随着一个优点,两相对照,反倒更衬托出美。那是一种别具一格的野性的美。她那张脸,初见之际使你感到惊讶,继而就永远难忘了。尤其是她的眼神,既妖媚又凶狠,我从没有见过像她这样的眼神。西班牙人有谚语曰:波希米亚人的眼是狼眼。此语观察入微,准确传神。如果列位看官无暇去植物园[②]研究狼眼,只需观察您府上的猫儿捕麻雀时的眼神就行了。显然,在咖啡馆里算命不免叫人笑话。因此,我要求到这位美丽女巫的家里去进行,她立即满口答应了,但她要知道是几点钟了,要求我把弹簧表再打开一次。

"是纯金做的吗?"她专注地端详着那只表,问道。

---

① 布朗托姆(1535~1614):法国贵族,著有《名人名将传》《风流贵妇传》《名媛录》等,其《名媛录》第二卷,记述了西班牙人关于美女的种种标准。
② 西班牙的植物园有植物和动物。

我和她离开咖啡馆时，夜幕已经完全垂下，大部分店铺已经关门，街上几乎没有行人了。我们走过瓜达基维尔大桥，一直走到城关的尽头，在一所毫无奢华体面可言的房子前停了下来。一个孩子出来开门。波希米亚姑娘跟他讲了几句话，我听不懂他们在讲什么，后来才知道他们讲的是"罗曼尼"或"奇波里卡"，亦即波希米亚人的土话。那孩子听了后立刻就走了，将我们留在一间相当宽敞的房间里。房里有一张小桌、两把小凳和一个柜子，我不该忘了，还有一罐水、一堆橘子和一捆洋葱。

房间里只有我们两个人。波希米亚姑娘从柜子里取出一副已玩得很旧的纸牌、一块磁石、一条枯干的四脚蛇和其他几样法器，吩咐我手拿一枚钱币画个十字，接着，她便开始作法行术。且不细表她口里念念有词，仅从她的架势动作来看，显然绝非一个半吊子女巫。

可惜法事未行多久，就受到了打扰。突然，房门猛然一声打开，一个身裹棕色斗篷、只露出两只眼睛的男子走了进来，很不客气地对那姑娘大声呵责。我没有听懂他在说什么，但他的音调表明他很恼火。吉卜赛姑娘见了他，既不惊讶，也不生气，只迎了上去，用她刚才在我面前讲过的神秘土话，滔滔不绝地说了一堆。我只听出她重复了好几次"外国佬"这个词，知道那是波希米亚人对一切异族人的称呼。我猜想大概是在谈论我。看样子，来者不善，我会碰上麻烦，于是，我抄起一把凳子的腿，准备找准时机朝那男人头上扔去。他把波希米亚姑娘粗暴推开，向我走近，接着又后退一步，嚷嚷道：

"哦！先生，原来是您！"

我仔细端详，认出了这男子就是唐·何塞，我那位朋友。这时，我真有些后悔上次没让大兵把他抓去吊死。

"啊！老兄，原来是您！"我笑着对他说，尽可能笑得自然点，"小姐正在给我算命，正好被您打断了。"

"她的老毛病，非得要她改一改。"他咬牙切齿，目露凶光，直瞪着那姑娘。

波希米亚姑娘继续用土语跟他说话,而且越来越激动,两眼充血,凶光毕露,脸色陡变,还不停地跺脚,看样子似乎是在逼唐·何塞干一件事情,而他却犹豫不决、裹足不前。究竟是什么事情,我也心知肚明,因为她一再用她的纤纤小手在脖子上抹来抹去。我断定这手势是指要割断一个人的脖子,而这个人就是我。

对这姑娘滔滔不绝的一大堆话,唐·何塞只斩钉截铁回答两三个字。姑娘非常轻蔑地盯了他一眼,然后就走到房间一个角落里盘腿而坐,拣了一个橘子,剥了皮,吃了起来。

唐·何塞抓着我的胳臂,打开门,把我带到街上。我们两人谁也不吭声,走出200来米,他用手一指,对我说:

"您一直往前走,就到大桥了。"

说完,他转过身去,很快走了。我回到客店,颇感尴尬,闷闷不乐。更糟的是,脱衣时发现怀表已不翼而飞。

出于种种考虑,我第二天没有去索回我的表,也没有要求本地当局去替我找回。我在多明我修道院结束了对那份手稿的研究,便动身去塞维利亚。在安达卢西亚漫游了好几个月之后,我就准备返回马德里了,而哥尔多巴正在必经的路上。这次我并不想在那里久留,因为这座美丽的城市与瓜达基维尔河岸的出水芙蓉,都已经使我心存反感。但是,我有几个朋友要拜访,有几件别人委托的事要办,我不得不在这个回教的历代古都至少还逗留三四天。

我又到多明我修道院去了,有位对我研究芒达古战场一直很关心的神甫,立刻张开双臂迎了上来,大声说道:

"感谢上帝!欢迎欢迎,老朋友,我们都以为您已经不在人世了。我告诉您吧,为了超度您的亡灵,我已经念了好些天的祷词。您能平安归来,我白念了一场也不后悔。这么说来,您没有被人谋害啰,因为您遭人抢劫的事,我们是知道的。"

"你们是怎么知道的？"我有点惊讶，问道。

"可不是吗，您知道，您有一只报时表，从前您在敝院图书馆工作期间，每当我们告诉您该去听唱圣诗，您便按机关报时。好啦，那只表要物归原主了，待一会儿就还给您。"

"这就是说，"我丈二金刚摸不着头脑，急不可待地发问，"我丢了的那只表是……"

"抢表的那个坏蛋已经被关进牢里了，谁都知道，他这种恶人，哪怕只为了抢一枚小钱，也会朝一个基督徒开枪的。我们都担心他把您杀了。回头我就陪您到市长那里去，把您那块漂亮的表领回来。这样，您回去后就别说西班牙的司法当局效率不高！"

"实不相瞒，"我对他说，"我宁愿丢了那块表，也不愿意出庭指证一个穷光蛋，让他被吊死，尤其是因为……因为……"

"噢，您大可放心，那家伙罪有应得，只吊死他一次，他不亏。说吊死不够准确，抢您手表的那人是个贵族，所以后天他是受绞刑①，当然，绝不赦免。您瞧，多抢一次少抢一次，根本就不影响他的判决。如果他只抢劫，那还得多感谢上帝！但是他呀，血债累累，一桩比一桩残酷。"

"他叫什么名字？"

"本地人叫他何塞·纳瓦罗。但他还有另一个巴斯克语②的名字，发音别扭，你我休想念得出来。真的，此人倒值得一看。既然您喜欢探胜猎奇，饱览本地风光，那就该乘此机会去见识见识在西班牙是怎么打发坏蛋离开人世的。他目前关在小教堂③，马丁内斯神甫可以领您去。"

这位多明我会的修士一再要我去看看"挺有意思的绞刑"是如何

---

① 1830年元时，犯死罪的贵族，享有被处绞刑而非被吊死的特权，而在立宪政制下，平民亦获受绞刑的待遇。——作者原注。
② 巴斯克：分属法国与西班牙的一地区。
③ 西班牙法律规定，死刑犯在刑前三天关在教堂进行忏悔。

按部就班进行的。他的盛情难却,我便随人去看那个死囚,但请他原谅我去探监要带一盒雪茄。

我被领到唐·何塞的跟前时,他正在吃饭。他冷冷地向我点了点头,很有礼貌地谢谢我送他的雪茄。然后挑出了几支后,把其余的还给我,说这么多他抽不完。

我问他是不是花点钱,或者靠我跟有关人士的交情,能替他减减刑。他先是耸耸肩膀,苦笑了一下,然后又转了念头,托我找人为他做一台弥撒,超度他的灵魂。

"您能否,"他又怯生生地追加一个要求,"您能否为一个得罪过您的人,另外再做一台?"

"当然可以啦,朋友,可是,我实在想不出本地有谁得罪过我。"

他握起我的手,神情严肃地握着,沉默一小会儿,又说道:

"您能再替我办一件事吗?……您回国的途中,也许会经过纳瓦拉①,至少会经过维多利亚,这两地相距不远。"

"是的,"我对他说,"我肯定得经过维多利亚。绕道去一趟班布罗那②,也不是办不到的事,为了您,我乐意绕这个弯。"

"好极啦!如果您去班布罗那,一定可以看到不少您感兴趣的东西……那是一个美丽的城市……我把这枚徽章交给您,"说着,他用手指着挂在他脖子的一枚银质徽章,"请您用纸包好……"他又停了一下,努力调控自己激动的情绪,"请把它交给一老妈妈,她的地址我待会儿给您,您只告诉她,我死了,别说是怎么死的。"

我答应他一切照办。第二天,我又去探监,和他度过了大半天,下面这个悲惨的经历就是他亲口告诉我的。

---

① 纳瓦拉:西班牙一省,居民大多是巴斯克人。
② 班布罗那:西班牙纳瓦拉省的首府。

三

他的讲述如下：

我名叫唐·何塞·里萨拉哥亚，出生于巴兹坦①盆地的艾里仲多。先生，您对西班牙的情况很熟，一听我的名字就能知道我是巴斯克人，而且，祖祖辈辈都是基督徒。我姓氏前面的"唐"字并非我冒充的②，而是我的本有的身份，如果是在艾里仲多我的老家，我可以向您出示羊皮纸的家谱为证。我的家庭想让我进教会当神甫，送我上学，但我一点儿也不上心。我玩心太重，特爱打网球，这就断送了我的前程。我们这些纳瓦拉人，一打起网球来，什么都忘得一干二净。有一天，我赢了球，一个阿拉瓦省的小伙子向我寻衅，两人都动了铁棍。在这场恶斗里我又是赢家，但是伤了人、闯了祸，就不得不逃离家乡躲风。路上碰到了龙骑兵，我便入伍进了阿尔曼萨骑兵营。我们这些山民习武打仗一学就会。我不久便当上了下士，上级正要提升我为中士时，倒霉的事情来了。我被派往塞维利亚烟草厂当警卫。如果您去塞维利亚，一定会看到城外瓜达其维尔河边那座大建筑，时至今日，我觉得那烟草厂大门与旁边的警卫室，仿佛仍历历在目。西班牙大兵值班时，不是打牌便是打瞌睡，我这个老实巴交的纳瓦拉人，却总想找点儿正事做做。有一天，我正在用黄铜丝编织一根链子，用来拴住我枪上的铳针，忽听见弟兄们在嚷嚷："敲钟了，敲钟了，姑娘们快回来干活啦。"先生，您知道，烟厂里足足有四五百女工，都在一个大厅里卷雪茄。任何男性若无"二十道条纹"③的批准，皆不得入内，因为天热的时候，女工们都衣衫不整，尤其是年轻的。女工们吃过午饭回厂时，很多年轻小伙子都会观看她们招展而过，还油嘴滑

---

① 巴兹坦：西班牙一富饶省区，居民多有贵族头衔。
② 在西班牙，贵族的姓氏前均有"唐"字为标志。
③ 此处指西班牙城市警察局局长兼行政长官也。——作者原注。

舌地跟她们搭讪打诨。姑娘们对塔夫绸头巾之类的礼物,从来都不拒收。风流浪子只需以此为诱饵,上钩的鱼儿即可俯身而拾。大伙争相观赏之际,我正坐在大门旁边的板凳上。那时我还年轻,总思念自己的家乡,总认为不穿蓝裙子、肩上不搭着两条长辫子的姑娘[①],绝对算不上漂亮。况且,安达卢西亚的女孩子也叫我害怕,她们尖酸刻薄,没有一句正经话,这种作风使我很不适应。所以,当时我仍埋着头编我的链子,忽然,听见围观的人嚷起来:"瞧呀!那个吉卜赛妞来啦!"我抬起眼睛,一下就看见了她,我永远不会忘记,那天是一个星期五。我瞧见的那个妞,便是您所认识的卡尔曼,几个月前,我就是在她家里遇见了您。

她穿一条红色的超短裙,露出一双破了好几个窟窿的长筒丝袜,脚上是一双漂亮的红皮鞋,上面系着火红的丝带。她撩开了头巾,露出她的肩膀与插在衬衣上的一束金合欢花。她嘴角上也叼着一朵小花,柳腰款摆,招摇而行,活像哥尔多巴养马场里一匹小牝马。若在我的家乡,大家看见一个如此装束的女人,都会惊骇得画十字,但在塞维利亚,她的体态风情却博得了每个人带轻薄意味的奉承,而她,则一唱一和,还两手叉着腰,向众人大抛媚眼,那种放浪淫荡的劲头,真不愧为地道的波希米亚妞。我起先并不喜欢她,便又埋头做我的活计。但是她呀,像所有的女人,像所有的猫儿,你叫她们,她们不来,你不叫她们,她们偏要来,她竟然在我跟前停下,跟我搭讪:

"大哥,"她用安达卢西亚的方式称呼我,"你的链子能不能送我,给我系钱柜上的钥匙?"

"这是我系铳针用的。"我回答说。

"你枪上的铳针!"她大肆嘲笑地嚷嚷,"哦,你老兄原来是做挑

[①] 纳瓦拉省与其他巴斯克省的农村妇女的普通装扮皆为穿蓝裙子、搭长辫子。——作者原注。

绣活计的，怪不得要用上钩针①呀！"

在场的人哄然而笑。我满脸通红，尴尬得答不上话来。

她得寸进尺，说："来呀，我的心肝，替我钩7尺黑色花边做一块头巾吧，亲爱的钩针师傅！"

说着，她取下嘴角上的小花，用大拇指一弹，正好将花弹中我的鼻梁。先生，那花简直就像一颗子弹……我无从躲闪，挨个正着，像待在那里的一根木头。她走进工厂后，我才发现那朵花已落在地上，正好在我两脚之间，我不知是中了什么魔，竟趁着弟兄们不注意的时候，将花捡了起来，如获至宝地放进上衣口袋。这是我干下的第一桩蠢事！

过了两三个小时，我还沉浸在对这件事的回味中。突然，一个看门人气喘吁吁、面无人色地跑进警卫室来，报告说卷雪茄的大厅里，有一个女人被杀，必须赶快派警卫去管。排长命令我带两个弟兄进去。我领着人上楼。先生，您能想象吗，我一进大厅，首先看到的是300个只穿着衬衣或几乎只有衬衣蔽体的妇女，正在又叫又嚷、指手画脚，闹成一片。声响震耳，即使天上打雷，大厅里也听不见。有个女人躺在地上，仰面朝天，浑身是血，脸上被人用刀划了个大十字，几个心肠好的女工正在忙着救护。靠近伤者的另一旁，卡尔曼已被五六个同事逮着。受伤倒地的那个女人嚷道："快叫神甫来，我快死了！我要忏悔！"卡尔曼则一声不吭，咬紧牙关，眼睛滴溜溜乱转，活像四脚蛇一样。

"怎么回事？"我问道。

女工们七嘴八舌，同时向我讲述。我好不容易才听清楚事情的经过。大致上是这样的，那受伤的女人夸口自己兜里有许多钱，足可以在特里亚纳②集市上买一头驴子。多嘴好事的卡尔曼取笑道："嘿！

---

① "铳针"原文为"épinglette"，"钩针"原文为"épingle"，人们利用两词的相近，用作双关的戏谑语。
② 特里亚纳：塞维利亚城郊一处吉卜赛人聚居点。

你有一把扫帚①还不够吗？"对方一听便恼，认为此语恶毒伤人，也许是由于扫帚一词犯了自己的忌讳，便针尖对麦芒，反击说，她对扫帚一窍不通，既没有荣幸做波希米亚人，也当不上撒旦的干女儿，不过，将来卡尔曼小姐陪市长大人去散步，屁股后面跟着两个仆人轰苍蝇的时候，就会很快跟她买下的驴子混熟的。卡尔曼一听对方的反唇相讥，便说："那好吧，我先在你脸上挖几个槽让苍蝇喝水，还想给你脸上划一个棋盘哩。"说时迟那时快，她拿起一把切雪茄烟的刀，咔嚓两下，让对方的脸上开了花。

案情一清二楚，我抓住卡尔曼的胳臂，彬彬有礼地对她说："大妹子，你得跟我走。"她瞅了我一眼，似乎认出了我，乖乖地说："那就走吧，我的头巾呢？"她系上头巾，只露出一双大眼睛，柔顺得像一头绵羊，跟随我的两个兄弟走了。到了警卫室，排长认为案情严重，得把她关进监狱。押解的差事又落到我头上。我命令两个龙骑兵一边一个把她夹在中间，而我则按押解犯人的规矩，一人殿后。我们一行人就这么朝城里进发。起初，那波希米亚女子一声不吭，但到了蛇街——这条街您是认识的，弯弯曲曲，真是名副其实——一进街口，她故意让头巾滑落在肩上，让我看见她那迷人的脸蛋，而且老扭过头来，和我说话：

"长官，您要带我去哪儿？"

"去监狱，可怜的小家伙。"我尽可能以柔和的口气回答她，一个好军人对待囚犯，尤其是女犯，理当如此。

"哎哟，那我将来会变成个什么呀？长官大人，可怜可怜我吧。您这么年轻，这么和气……"然后，她压低声音说道，"放我逃吧，我会给您一块'巴拉齐'，它可以使所有的女人都爱您。"

先生，"巴拉齐"是指一种磁石，据波希米亚人说，掌握了某种秘诀，可以用它施展许多法术。例如，刮下若干粉末掺入一杯白葡萄

---

① 在欧洲民间传说中，女巫是靠骑扫帚而在夜间飞行的。

酒里让女人喝下,她就会任你摆布。当时,面对卡尔曼以上的诱劝,我摆出最最一本正经的面孔,对她说:

"在这儿废话少说!要把你关进监狱,这是命令,绝无通融。"

我们巴斯克人说话有口音,一听就知道不是西班牙人。相反,西班牙人也没有一个能把"巴伊,姚纳"[①]这句话说得清清楚楚。所以,卡尔曼很容易就能猜出我是个外省人。先生,您知道,波希米亚人没有自己的祖国,四海为家,到处流浪,能讲各地的语言,他们大部分人定居在葡萄牙、法国、外省和加塔罗尼亚。他们甚至和摩尔人、英国人也能对话。卡尔曼的巴斯克语讲得相当好。她突然操这种语言对我说:

"拉古纳,埃内,比霍察雷那,[②]我的心上人,您跟我是同乡吗?"

先生,我们的巴斯克语实在是太美了,客居异乡,一听到自己的家乡话,便不由得全身激动……(说到这里,那唐·何塞压低声音加了一句:"我希望有一个外省神甫来听我的临终忏悔。"接着,他又说下去。)

"我的老家是艾里狄多。"我听她讲我的家乡话,心里特别感动,便用巴斯克语回答说。

"我嘛,我的老家是艾查拉尔。"她说道,她讲的这个地方,离我的家乡只有4个小时的路程。"我是被波希米亚人拐骗到塞维亚利来的。我在卷烟厂当女工,想挣些钱做路费回到纳瓦拉我妈身边去。我妈只有我这么一个依靠,家里只有一个巴拉切阿[③],种了20棵酿酒用的苹果树。唉,要是我能回到家乡,站在白雪皑皑的山峰前,那该多好啊!刚才那些人辱骂我,就因为我不是本地人,跟那些流氓骗子与卖烂橘子的小贩不是同乡。那些臭娘儿们齐心合力跟我作对,因为我

---

① 原文为巴斯克语,意即"是的,先生"。
② 原文为巴斯克语。
③ 原文为巴斯克文,意即小园子。

毫不客气地告诉她们,即使她们塞维利亚所有的'雅克'①手执刀枪一齐上,也敌不过咱们家乡一个头戴蓝贝雷帽、手执马基拉的汉子。喂,好伙计,好朋友,您就不能给同乡妹子帮个忙吗?"

这妞撒谎!先生,她撒谎成性,真不知道这妞一辈子是否讲过一句真话。但只要她一开口,我就信以为真,一物降一物,我自己也无能为力,虽然她的巴斯克语说得很蹩脚,我却真相信她是纳瓦拉人。其实,光看她的眼睛,还有她的嘴巴与肤色,就知道她是波希米亚人。当时,我真是鬼迷心窍,对所有这些都视而不见。我心想,如果西班牙人敢说我家乡的坏话,我也会像她刚才对付同伴那样,用刀子划破他的脸。总而言之,当时,我在她面前如痴如醉,说起话来傻里傻气,眼看就要干蠢事了。

她又用巴斯克语对我说:"老乡,如果我一推您,您只要往地上一倒,那两个卡斯提尔傻小子就休想抓得住我……"

我的天呀,我把押解犯人的命令忘到九霄云外,对她的鬼主意竟表示了同意:"那么,同乡妹子,小乖乖,您不妨试试看,但愿山上的圣母保佑你!"

说着,我们正经过一条小巷。在塞维利亚,这样的小巷遍布全城。说时迟那时快,卡尔曼霍地一转身,给我当胸一拳。我立即故意仰面一倒。她则乘势一蹦,从我身上跃过,拼命地跑,只容得我们看见她飞奔的两条腿……俗话说得好,巴斯克人有飞毛腿,果然不假,她那两条腿堪当此称,无半点逊色……不但跑得飞快,而且姿势优美。我当即赶快爬了起来,却故意将长枪一横,挡住了去路,两位兄弟正想去追,却被耽误了一下。然后,我才开始在后头追去,而他俩则尾随我后。我们3个追捕者,脚穿带马刺的军靴,腰挎军刀,手持长枪,要追上她?休想!不到我跟你讲这句话的工夫,那女犯就逃得无影无踪了。况且,附近街坊的妇女瞎起哄,要么在旁边大肆嘲笑追

---

① 原文为巴斯克文,意即爱炫耀武力、好斗成性的小伙子。

捕者，要么故意给指错方向，也大大有助于她逃之夭夭。害得我们来回回搜索了好几趟，最后完全落空，只好返回原单位警卫室。不言而喻，未能带回监狱长收押女犯的收条。

跟随我的那两个弟兄，为了脱离干系免受处分，供出了卡尔曼曾用巴斯克语和我交谈，而且，那么娇小的女子一拳就轻而易举将我这样的壮汉撂倒，看来其中也有诈。所有这一切，都十分可疑，明眼人一看便心里有数。我下了岗，被撤了职，送去蹲一个月监狱。这是我入伍后第一次受罚，本以为十拿九稳的排长一职，从此以后就彻底告吹。

入狱后的头几天，我情绪低落，心境悲凉。当初两个同乡，龙加与米纳，他们早已经是将军了。还有夏巴朗加拉，他和米纳一样，也是个造反派[①]，后来也逃亡到贵国去了，居然也当上了上校。他有个兄弟，跟我一样是个穷光蛋，我们在一起玩网球不下20次之多。一进监狱，我就对自己说，你过去那些奉公守法的日子，全都付诸东流啦。现在，你的档案上有了污点，你要恢复你在长官们心目里的良好形象，就必须比你刚入伍时多花10倍的苦功！为什么我会受此处罚？仅仅是为了一个对我冷嘲热讽的波希米亚小婊子。说不定这臭娘儿们正在城里某个地方偷东西呢。偏偏我没有出息，还在念想着她。先生，您能相信吗？她逃走时腿上那双有窟窿的丝袜，仍然老在我眼前晃来晃去。我从监狱的铁窗向街上望去，见那些来来往往的妇女，竟无一人比得上这个鬼婆娘。我不由自主地还在闻着她扔给我的那朵金百合花的香气。花虽已经干瘪，但芳香仍在……如果世界上真有妖女巫婆的话，她准是其中的一个。

有一天，狱卒走进来，递给我一块阿尔加拉面包[②]，对我说：

"拿着，这是你表妹给你送来的。"

[①] 此二人均为19世纪初西班牙游击队的领导者。
[②] 阿尔加拉：离塞维利亚约8公里的一小镇，所烤制的小面包美味可口，据称，系得益于该地优质水泉之故也。此种面包，每日均大量运往塞维利亚销售。——作者原注。

我接过面包，心里很是纳闷，在塞维利亚我并没有什么表妹呀。我看着那块面包，心想这也许是有人给弄错了。但是，那块面包美味诱人，令人垂涎欲滴，我也顾不上是哪儿来的是谁送的，决定吃了再说。我用刀一切，却碰上了一块硬硬的东西。我发现原来是一片小小的英国锉刀，那是在和面时塞进去的。另外，还有一枚值两元钱的金币。显而易见，是卡尔曼送进来的。对于她那个种族的人来说，人身自由比什么都重要，为了少坐一天牢，他们宁可把整座城市都烧得一干二净。那鬼婆娘她真狡诈，用这么一个面包就把狱卒骗过去了。要不了一个钟头，我就可以用这小锉刀把铁窗上最粗的那根铁条锯开，揣着那块金币，到最邻近的一家旧衣店，用身上的军大衣换上一套便服。您不难想象，一个常在自己家乡悬崖峭壁上掏鹰巢的小伙子，要从不到三丈高的窗口下到街道上，那简直就是轻而易举的事。但我不愿意逃，我还有军人的荣誉感，认为当逃兵是罪大恶极的行为。不过，卡尔曼这种讲义气之举使我着实感动。要知道，一个人被关在牢房里，想到外面有人在念想你，总是很高兴的。只有那块金币使我不快，真想把它退回去，但谈何容易！到哪里去找这个塞钱给我的主儿呢？

革职程式举行之后，我自认为不会再受什么羞辱了，没有想到还有一桩丢脸的事要我去硬扛。出了监狱后重新上班，却是被派去和小兵一样站岗，你很难想象，这对于一个要脸面的男人来说，是多么难堪的事。我甚至觉得还不如被枪毙拉倒。至少你在行刑之时，可以昂首走在前头，一排士兵跟在屁股后面，围观的人都瞧着你，你觉得自己颇像个人物。

我被派到上校门外站岗。他是个有钱的年轻人，秉性随和，喜爱玩乐。营里所有的年轻军人常聚在他家里，还有许多平民百姓，也有一些女人，据说都是女戏子。我觉得似乎是全城的人都不约而同到他家门口来观赏我。喏，上校的马车来了。马车夫的旁边坐着上校的贴身男仆。您猜，从车上下来的是谁？就是那个吉卜赛女人。这一回，她打扮得花枝招展，浓妆艳抹，衣裙上金光闪闪，彩饰飘飘，整个人包装得就像一个圣人遗骸盒。她的裙子上装点着亮晶晶的缀片，蓝色的鞋子上也饰有闪亮的晶片，全身上下，不是彩绣便是花带。她手里拿着巴斯克鼓，与她一道的还有两个吉卜赛女人，一老一少。按惯例，领头的是一个老婆子，还有一个吉卜赛老头抱着一把吉他，是专门负责给她们的舞蹈伴奏的。您知道，有钱人聚会时常把波希米亚姑娘招来，要她们跳她们所特有的罗马利斯舞，此外，往往还要她们提供其他的乐子。

卡尔曼认出了我。我俩互相看了一眼，不知怎的，这时我真恨不得躲进地底下去。

"阿居，拉居纳。"①她跟我打招呼道，"长官，你怎么像小兵一样站岗守门啦！"

还没等我回应一声，她就已经进屋子去了。

来寻欢作乐的人都聚在院子里，虽然人多，我仍隔着铁栅栏②把里面的情形看得一清二楚。我听见鼓声、响板声、笑声、喝彩声，偶尔当卡尔曼击着巴斯克鼓往上蹦的时候，我还能看见她的脑袋。我还听见有几个军官跟她在讲一些不堪入耳的淫词秽语。她作何回答，我就不得而知了。从那一天起，我便迷上了她，因为我有那么三四次，真想冲进院子里去，拔出军刀朝那几个调戏她的轻薄小子捅上几下。我受煎熬足有一个时辰；之后，那一班吉卜赛人才办完差事出来，仍由马车把他们送走。卡尔曼从我面前走过时，用您知道的她那双大眼睛瞅了瞅我，悄声对我说：

"老乡，你想吃美味的炸鱼，就到特里亚那去找里拉斯·帕斯提亚。"

---

① 巴斯克语，意即"你好，伙计"。
② 塞维利亚的房屋，大多都有院子，四面有游廊围着。夏天，大家都待在院子里。院子顶上张着布篷，白天往上洒水，晚上撤去。朝街的大门终日敞开。大门与院子之间的通道叫作"萨朱安"，有一道雕刻精致的铁栅栏，整天都关着。——作者原注。

说完,她便轻捷得像一只小山羊,钻进了车子。车夫给骡子抽上一鞭,就把这班嘻嘻哈哈的艺人不知送回哪里去了。

您一定能猜出,我一下班就到特里亚那去了。事先,我刮了胡子,刷了衣服,就像去接受检阅。卡尔曼果然在里拉斯·帕斯提亚那人的家里。他是一个卖炸鱼的老头,也是波希米亚人,皮肤像摩尔人一样漆黑。上他那儿吃炸鱼的人很多,我想,特别是卡尔曼在他店里落脚之后人就更多了。

她一见我,就向老板告辞:

"里拉斯,今天我什么也不干了,明天的事明天再说①。老乡,咱俩出去溜达溜达吧。"

她用面纱遮住自己的脸,我俩就到了街上,漫无目的地闲逛。

"小姐,"我对她说,"我该谢谢你送进监狱的那件礼物。面包我已经吃掉了,锉刀我可以用来磨磨枪头,还可以留作纪念,可是那钱,我得还给你。"

"瞧!你竟把钱留着没花掉。"她一边说着一边大笑,"不过也好,我正缺钱,管它是谁的钱,能跑得动的狗就不会饿死②。来,咱们把这点钱全都吃光,你好好请我吃一顿。"

我们掉转头又返回塞维利亚城。在蛇街的街口,她买了一打橘子,叫我用手巾包着。再往前走,她又买了面包、香肠和一瓶曼萨尼拉酒,最后,走进一家糖果铺,把我还给她的那枚金币加上她口袋里的另一枚以及若干零星银角子,全都往那柜台上一扔。这还不够,她又要我把身上的钱统统拿出来。我倾囊而出,不过是一枚银币、几个小钱而已。囊中如此羞涩,我颇感无地自容。我觉得她大有将整个铺子都要买走之势。她专挑美味可口、价格较贵的蛋黄酱、杏仁糖、蜜饯果脯等等,直到把我们的钱全都花光。这些东西统统装进了一个纸

---

① 此为西班牙谚语。——作者原注。
② 此为波希米亚谚语。——作者原注。

袋,归我提着。您也许还记得油灯街吧,那儿有一座唐·佩德罗国王的头像,此王有"无私执法者"之称①,他的头像颇值得我反思。卡尔曼与我在这条街的一所房子前停下,她走进过道,敲了敲底层的门。出来开门的是一个波希米亚女人,一看就是地地道道的撒旦女仆。卡尔曼用波希米亚语跟她说了几句话。那老婆子先是咕咕噜噜。卡尔曼为了安抚她,给了她几个橘子和一把糖果,还让她尝了几口酒,然后,把自己的斗篷披在她身上,把她送出门口,用木栓将门插上。一待房间里只剩我们两人的时候,她又是跳,又是笑,像疯了似的,还这么唱道:

"你是我的罗姆,我是你的罗米。"②

我站在房间中央,手里捧着一大堆食品,不知往哪儿放为好。她把这些东西都扔在地上,扑上来搂住我的脖子,说:"我要把欠你的债还清!把欠你的债还清!这是加莱的规矩③!"

啊,先生,那一天呀,真销魂,那一天!……我现在只要回想起那一天,就会把明天抛到脑后!(那强人沉默了一会儿,接着又点起

---

① 唐·佩德罗国王:人称残暴之君,而其信奉天主教的王后伊莎贝尔则称之为"严正执法者"。他喜夜间微服出游,出没于塞维利亚城的大街小巷,像穆罕默德的继承者哈鲁恩·阿尔·拉希德一样。某夜,他至一僻静街道,与一正在献媚求爱的男子发生争执,两人恶斗起来,王一剑将那多情的对手送上西天。一老妇闻声探首窗外,借手中一小提灯之光,得见现场情景,油灯街之名即由此而来。须知佩德罗王虽身手矫捷,勇猛不凡,但体形畸特,行走时,髌骨格格作响,清晰可闻。老妇得听其声,记忆犹新,故易于识别也。次日,昼夜值勤的官员来奏:"陛下,昨夜有人于某街决斗,一人丧命。""卿何知人为凶手?""臣知。""何不从速惩处?""臣恭候陛下降旨。""依法不怠。"盖佩德罗王前不久曾颁一法令,凡决斗者必斩首于决斗现场示众。王此言既出,值勤官灵机一动,顿开茅塞,即下令将国王一塑像的首级取下,置于命案街道中央一龛盒之中。对此,佩德罗王及塞维利亚全体臣民莫不欣然称善。老妇既为唯一的目击证人,当时所持的提灯乃成为该街道命名之由来,此乃民间传说也,与祖尼加的记叙略有出入(见《塞维利亚编年史》第二卷第136页)。不论真实性如何,至今塞维利亚城里仍有一名为"提灯"的街道,街道中央仍有一石雕胸像,据云,此即为佩德罗王也。惜此雕像为近世仿造,盖原本之石塑于17世纪已严重破旧,当时之市政当局曾加以重建,以今日所见的胸像取而代之。——作者原注。

② 在波希米亚语中,"罗姆"意即丈夫,"罗米"为妻子。——作者原注。

③ 波希米亚人自称"加莱",男人叫"加罗",女人叫"加莉",两性复数"加莱",其意为"黑"。——作者原注。

一支雪茄,继续往下说。)

  我俩在一起泡了整整一天,又是吃,又是喝,其他更不在话下。她像一个6岁的小孩塞饱了糖果之后,又抓了几把糖放进老妇人的水罐里,说:"给她做点儿果汁饮料。"她还抓了蛋黄酱往墙上扔了个一塌糊涂,说:"免得苍蝇来干扰我们。"总而言之,刁钻古怪、调皮捣蛋的名堂她都玩尽了。我对她说我想看她跳跳舞,但到哪儿去找伴奏的响板呢?她立即拿起老妇人那仅有的一个盘子,将它砸破,于是就敲打着珐琅碎片,跳起了罗曼丽舞。那碎片的声音清脆响亮,与乌木或象牙制的响板同样动听。我可以向您保证,跟这么一个俏妞待在一起,是不会感到腻烦的。到了傍晚,我听见从营里传来召集归队的鼓声。

  "我该回营报到了。"我对她说。

  "回营去?"她带着轻蔑的神情对我说,"难道你是个黑奴,非得跟着别人的指挥棒转?从衣着到骨子里,你就是一只彻头彻尾的金丝鸟[①],去你的吧,胆小如鼠的家伙。"

  我当晚便留宿在她那里,做了第二天回营蹲禁闭的思想准备。次日早晨,她首先就向我提出分手的问题。对我说:

  "若塞多,你听着,我可还清了欠你的情,按照我们的规矩,我再也不欠你什么了,因为我俩不是一路人,但你长得很帅,招我喜欢。现在你我两清了,再见啦!"

  我问她何时能再见到她。

  她笑着回答说:"等到你不这么傻的时候。"然后又用略为正经的口吻说:"小乖乖,你知道吗?我觉得自己有点儿爱上你了。不过,这长不了。狗跟狼在一起,是过不了几天的。如果你肯入我们的籍,我也许会愿意做你的罗米。但这些全是废话,根本不可能兑现。唔,小伙子,相信我说的,你走了桃花运,你碰上了妖精,是的,就是妖精。但妖精并非都是一身黑,这妖精也没有弄断你的脖子。我身上披

[①] 盖因西班牙龙骑兵的军装为黄色,故作此一比喻。——作者原注。

着羊皮,可我不是绵羊①。去给你的马哈里②上一支烛吧,她应该等到你的供奉。得啦,再说一声,再见。别再痴想卡尔曼姑娘了。否则她会害得你娶上一个木腿寡妇③为妻的。"

说着,她拔下门闩,一到街上,就把头巾往身上一裹,转身便扬长而去。

她说得不错,我应该放聪明一点儿,对她断了念想。但是,自从在油灯街过了那一天后,我日思夜想,心里只有她。我整天整天东游西荡,希望能碰见她。我不止一次向那个老妇人与卖炸鱼的打听,他们都说她上红土国去了。他们把葡萄牙叫作红土国。也许,是卡尔曼嘱咐他们这么说的。但不久我就发现他们在撒谎。油灯街那天的几个星期之后,一天,我正在一个城门口站岗,离城门不远处,城墙有一个缺口,白天那里有人在干活,夜里有士兵放哨以提防走私。那天,我看见炸鱼贩子里拉斯·帕斯提亚在岗哨附近来回溜达,还跟我的几个弟兄搭讪,他跟大家混熟了,他的炸鱼与炸面团就混得更熟。他走近我身旁,问我是否有卡尔曼的消息。

"没有。"我回答说。

"好啦!老弟,你很快就会有了。"

他说得可准啦。夜里,我被派往城墙缺口处站岗。班长下班一走,我便见一个女人向我走来。我心里知道这一定是卡尔曼,但仍然大喝一声:

"走开,这儿不准通行!"

"别这么横吧。"她边显身露相,边对我说。

"怎么!卡尔曼,原来是你!"

"是的,老乡,废话少说,先谈正事。你想不想挣一块银币?待

---

① 此为波希米亚谚语。——作者原注。
② 波希米亚语,意为女圣人、圣母。——作者原注。
③ 指绞刑架。——作者原注。

会儿有人要带一批货打这里过,你就放行好啦。"

"不行,我不能放。这是上级的命令。"

"命令?!命令,那天在油灯街,你怎么不想有什么命令?"

"哎哟!"我一听她重提旧情,便激动得迷糊起来了,"为了那事,忘了命令很值得;为了得到走私贩子的钱那可不值得了。我不愿意。"

"得啦,你不愿意收钱,你可愿意到上次那个老婆子家里来再吃一顿饭?"

"不,我不干!"我拼命憋着股劲儿,几乎把自己弄得透不过气来。

"好呀,你既然这么刁难,我知道该去跟谁打交道。我会约请你的长官上老婆子家。他待人和气,我要他调换一个睁一只眼闭一只眼的小伙子来这里站岗。再见啦,金丝鸟儿,有朝一日你上了绞刑架,我才乐呢。"

我心一软,叫她回来,说只要能得到我所想要的报答,即便是给整个波希米亚民族放行,我也愿意。她发誓第二天就兑现承诺,立即就跑去通知她那一帮等在近处的同伙。卡尔曼替他们望风,只待有巡夜的走近,就击响板为号,其实,根本就无此必要。那伙走私犯一共5个人,其中包括炸鱼贩子帕斯提亚,人人身上都背着英国走私货,一眨眼的工夫,他们就把事情办完了,无需卡尔曼望风。

第二天,我如约去了油灯街。卡尔曼让我等了好一阵子才来,而且满脸不高兴。

"我可不喜欢要我磕头作揖的人。"她对我说,"你第一次帮了我一个大忙,但你当时并不知道会有报酬。昨天,你却跟我讨价还价了。我不知道自己今天怎么还会到这里来,因为我已经不喜欢你了。得啦,给你一块银币做报酬,你走人吧!"

我几乎把银币扔在她脸上,我拼命克制自己,才没有动手狠揍她一顿。我俩大吵了个把钟头,我气急败坏,愤然离去,在城里乱逛了一阵,东闯西突,就像疯了一样,最后,跑进了教堂,跪在幽暗的一

角,泪如泉涌,大哭起来。这时,我忽然听见有人在对我说话:

"龙①掉眼泪了!我正好取来制媚药哩!"

我抬头一看,卡尔曼正站在我跟前。

"喂,老乡,还在恨我吗?"她对我说,"不论怎么样,我倒真是爱上了你,刚才你一走,我就六神无主了。你瞧,现在是我来问你愿不愿意上油灯街去。"

于是,我俩就这么和解了。但是,卡尔曼的脾气反复无常,像我们家乡的天气,一时阳光灿烂,一时山雨欲来。她答应我再上老婆子家幽会一次,但临时爽约未到。老婆子明确告诉我,她是为了埃及②的事到红土国去了。

凭经验,我明白这话是什么意思,于是便到处去找卡尔曼。凡是她可能去的地方我都去了,尤其是油灯街,一天要去好多趟。我不时请老婆子喝几杯茴香酒,把她收拾得服服帖帖。一天晚上,我正在老婆子家,不料卡尔曼进来了,带来一个年轻的男人,他是我们团里的一个中尉。

"你快走吧。"她用巴斯克语对我说。

我待在那儿发愣,满脸都是怒火。

"你在这儿干什么?"中尉对我说,"你快滚,从这儿滚出去!"

我寸步难移,仿佛得了瘫痪症。那军官见我不走,甚至没有脱帽敬礼,便勃然大怒,揪住我的衣领,狠狠摇晃我。我不知道说了什么冒犯了他,他竟拔出剑来,我不示弱,也持剑相抗。老婆子拽了我胳臂一下,军官便一剑刺中了我的脑门,落下的伤痕至今犹在。我往后一退,胳臂一甩,将老婆子摔个仰面朝天。中尉追了上来,我用剑对准他的身体刺过去,戳了个通透。卡尔曼赶紧灭了灯,用波希米亚话

---

① "Dragon"一词,兼有"龙"与"龙骑兵"之意,而何塞正是一个龙骑兵。故用此双关语。

② 埃及,此处指波希米亚。

叫老婆子快溜。我也逃到街上,不辨方向,拔腿就跑,只是觉得背后老有人跟着。等我定了定神,才发现卡尔曼始终没有离开我。

"金丝鸟大傻瓜!"她对我说,"你只会闯祸,我早就警告过你,你会害得自己倒大霉的。不过,你满可以放心,跟一个罗马的佛兰德女人①交上了朋友,你凡事都可逢凶化吉。你先用这块手巾把头包起来,再把你的皮带扔掉,就在这条巷子里等着,我一会儿就回来。"

她说完就不见了,很快不知从哪里弄来了一件带条格的斗篷。她要我脱下制服,把斗篷套在衬衣上。这么一打扮,再加上头上那条扎伤口的手巾,我就活像一个到塞维利亚来贩卖楚法糖浆②的华朗西亚乡巴佬。她带我走进小巷深处的一所房子,其外观跟老婆子住的那所很相像。她和另一个波希米亚女人替我清洗了伤口,进行了包扎,医技比军营里的大夫还高明;她又给我喝了一种不知是什么的东西,把我安置在一条褥子上,我便沉沉睡去。

她们在我喝的饮料里大概放了秘制的麻醉药,因为我第二天很晚才醒,醒后头痛得很厉害,还有点发烧,好不容易才回想起前一天闯下的大祸。卡尔曼和她的女友替我换了绷带,一同盘着腿坐在我的褥子旁,用土话交谈了几句,好像是谈我的病情。然后两人都安慰我说,伤口不久就会痊愈,但我必须离开塞维利亚,越早越好。因为万一我被捕,就会就地枪毙。

"小伙子,"卡尔曼对我说,"你得找一个行当来干,皇上不再供给你米饭和鲟鱼③了,你必须考虑自谋生路。你太不机灵,干盗窃是不行的。但你身手敏捷,力气大,如果有胆量的话,可以到海边去走私。我不是说过要害得你上绞刑架吗?那总比吃枪子好一些。况且,

---

① 此语即指波希米亚女人。"罗马"一词,在这里并非指意大利那长存不朽的名城,而是指波希米亚民族,盖因该族已婚男女皆自称为"罗马"。最早居住于西班牙的波希米亚人很可能来自荷兰,故亦称佛兰德人。——作者原注。
② 楚法:一种鳞茎植物的根须,能制成甘甜可口的饮料。——作者原注。
③ 米饭与鲟鱼:是当时西班牙士兵常吃的伙食。——作者原注。

如果你混得好,只要不被民团和海岸警卫队抓住,你就可以过得像王爷一样美滋滋。"

这个女妖精就是用这种教唆、强迫的方式给我指点了出路。既已犯下了死罪,我确实只有此路可走了。先生,我还用得着跟您明说吗?她没费多大的劲儿就把我说服了。我预感这种冒险与叛逆的生涯,会使得我跟她的关系更紧密,还认为从此以后我就能够拴住她的心。我常听说,有些走私好汉身骑骏马,手握短铳,背后坐着情妇,驰骋于安达卢西亚省区。我仿佛也看到自己马上带着这位艳丽的波希米亚女人,策马扬鞭,翻山越岭。每当我向她描绘这一愿景时,她就捧腹大笑,告诉我说,其实最美不过的生活,就是天黑之后,用三个桶箍搭建起一个支架,上面盖上一块遮布,每个罗姆带着自己的罗米往里面一钻,共度良宵。

"如果把你带到山里去,"我对她说,"我对你就放心啦,在那里,就不会有军官来跟我分享。"

"咻,你还好吃醋呢!真是活该。你怎么这样傻呀?你难道没有看出来我是爱你吗?我从来没有向你要过钱呀。"

每当她对我这么说时,我简直就想把她掐死。

先生,闲话少说,言归正传。卡尔曼给我弄来一身便装,我穿上便溜出了塞维利亚城,神不知鬼不觉。我带着帕斯提亚的一封介绍信,去到杰莱兹找一个卖茴香酒的商人,此人的家就是走私贩子碰头联络的地点。我和那一帮人相见了,其首领名叫丹卡伊尔,他让我入了伙。我们这一帮人就动身去哥山①,跟早先约好的卡尔曼会合。每次我们出动干活,她总是先行去探路摸底,在这方面,她干得最为出色不过。这次从直布罗陀回来,已经跟一个船长讲定,只等我们在海边收下一批英国来的走私货,就装船运走。我们都到埃斯特普纳②附

---

① 哥山:直布罗陀与龙达之间的一小城。
② 埃斯特普纳:哥山以东30公里的一港口。

近去等，货到之后，一部分藏在山里，一部分带往龙达。还是由卡尔曼打前站，通知我们什么时候进城。这一趟买卖以及后来的几趟都很顺利。由此，我觉得走私贩的生活比当兵的要滋润得多。我常买礼物送给卡尔曼。我有了钱，也有了情妇。我心里毫不悔恨愧疚，正如波希米亚人所说，日子过得舒心，身上长了癣也不痒。我们到处受到盛情款待，同伙的弟兄们对我很好，甚至还怀有敬意。因为我杀过一个人，而他们都没有这等业绩，尽管它使人在良心上难以释怀。但我在自己的新生涯中，最为得意的则是经常能见到卡尔曼。她对我的情意从来没有这么炽热过，可是，在同伙弟兄们面前，她却不承认是我的女人，还要我指天发誓不跟他们谈论关于她的事。只要一到这女人面前，我就六神无主，俯首帖耳，任其随意摆布。况且，她第一次在我面前表示出她有良家妇女的羞涩之情，我便非常天真地以为，她已洗心革面，一改过去的浪荡行为。

我们这一帮共有 10 来条好汉，只在关键时刻才聚集碰头，而平时，则三三两两一组，分散在城里或村里。我们每个人表面上都有正式职业，这个是制锅匠，那个是马贩子，而我则是卖针线杂物的，但因为在塞维利亚犯有血案，所以绝不轻易在大地方露面。一天，确切地说，是在一天夜里，我们定在维日山下集合。丹卡伊尔与我两人先到，他显得兴高采烈。

"我们这一伙又要新添一个弟兄啦。"他这样对我说，"卡尔曼前不久使出了她的一个绝招，让她的罗姆从塔里法①监狱里成功逃出。"因为整天听弟兄们说波希米亚话，我已经能多少听懂一点，"罗姆"这个词当时就使得我心里一震。

"什么！她的丈夫！难道她结过婚？"我向我们这一伙的头头发问。

"是的。"头头答道。她嫁给了独眼龙加西亚，一个跟她同样机灵诡异的波希米亚人。那倒霉的家伙被判了苦役，卡尔曼给监狱的外科

---

① 塔里法：直布罗陀海峡边的一城市，其古代碉堡是有名的监狱。

医生灌了迷魂汤，竟然使得她的罗姆获得了自由。啊，这小妞真有本事，她曾经花了两年的工夫想救独眼龙出来，一直没有成功。最近狱医换了人，她显然很快就得手了。

您可以想象，我听到这个消息后心里是什么滋味。不久，我就见到了独眼龙加西亚，那真是波希米人生养出来的坏种之中的坏种，皮肤黝黑，良心更黑，我一辈子从未遇见过他这样心狠手辣的流氓。卡尔曼是陪着他来的，一边当着我的面叫他罗姆，一边趁他掉过头时朝我眨眼睛，做怪脸。我很恼火，整晚没有跟她讲话。第二天早晨，大伙把私货包扎停当，正在上路时，突然发现有十几个骑兵追踪而来。那几个安达卢西亚的伙计，平日老自吹自擂，说自己杀人不眨眼，这时却哭丧着脸四散逃命。只有丹卡伊尔、加西亚和另一个名叫雷曼达多的漂亮小伙子以及卡尔曼遇险不慌，其他人无不丢下骡子，跳进骑兵追不到的小山沟里逃命。我们既保不住骡队，就赶紧把细软财物卸下来，往肩上一扛，顺着最陡峭的山坡快逃。先把包裹扔下去，再蹲着身子往下滑。这时，追兵向我们一阵射击。我是生平第一次听见子弹在耳边嗖嗖地飞过，但并不在乎。不过，我这般视死如归是不足为奇的，因为有个美人就在眼前。结果，我们都成功逃脱，只有倒霉的雷曼达多腰上中了一枪。我把包裹扔掉，想去搀扶他。

"傻瓜，"加西亚朝我大声嚷道，"咱们背具死尸干什么？把他结果掉算了，别把货丢掉啦。"

"把他扔下！把他扔下！"卡尔曼也冲我大叫。

我累得要死，只好把雷曼达多放在岩下歇一口气。加西亚走过来，用短铳对准雷曼达多的脑袋连发了一梭子弹。

"现在看谁还有本领能把他认出来。"他看着那张被12发子弹打得稀烂的脸这么说。

您瞧，先生，这便是我所过的"美好"生活。晚上，我们逃到一个荆棘丛生的小林子里歇下，筋疲力尽，没吃没喝，骡子全都丢了，血本无归。您猜那个像魔鬼一样凶残的加西亚怎么着？他从口袋里掏出一副纸牌，借着一堆篝火的微光，与丹卡伊尔赌起钱来。这时，我躺在地上，仰望星空，思念着雷曼达多，心想，倒不如像他那样也干脆。卡尔曼则盘着腿坐在离我不远的地方，不时敲起响板，哼哼唱唱。稍后，她又走过来，像是要凑到我耳边说悄悄话似的，不由分说地亲了我两三下。

"你是个魔鬼。"我对她说。

"是的。"她答道。

休息了几个钟头之后，她先行动身到高辛去了。第二天早晨，一个放羊娃给我们送了些面包来。我们在原地待了一整天，夜里偷偷向高辛前进，等着卡尔曼探路的情报。但她杳无音讯。天亮时，一个骡夫赶着两匹骡子，上面坐着一个女人，衣着体面，撑着一把阳伞，随行的是一个像女仆的小姑娘。加西亚对我们说：

"圣尼古拉给咱们送来两匹骡子、两个女人，我倒宁可只要骡子，不要女人，管他妈的，我照单收下就是。"

他拿起短铳，借灌木丛作掩护，沿着一条小路逼近。我与丹卡伊尔紧跟在他后面。我们一靠近那一行人，便一齐跳了出来，喝令骡夫停步。我们的装扮本来是够吓人的，但那女人看见我们不仅不害怕，反而哈哈大笑起来。

"嘿，你们这些笨蛋，把老娘当贵妇人啦！"

定睛一看，原来是卡尔曼。她化装得实在太好，如果用另外一种语言来讲话，我简直就会认不出她。她跳下骡子，跟丹卡伊尔与加西亚低声讲了几句话，然后对我说：

"金丝鸟，在你没有上绞刑架以前，咱们还会见面的。我现在要去直布罗陀去办埃及的事，很快就会有消息通知你们。"

她告诉我们在哪个地方可以暂躲几天之后，就离去了。这小妞真是我们的救星，使大伙得以脱离困境。此后不久，我们便收到她派人送来的一笔钱,还有一个更有价值的消息:某一天,将有两个英国爵爷从直布罗陀到格林纳达去,会从某一条道路经过。俗话说得好,消息灵通,生意红火。那两个英国人有的是亮晃晃的金币。加西亚要杀掉他们,我与丹卡伊尔都反对。最后,我们只取了他们的钱财与手表,还剥掉他们的衬衣,这才是我们所急需的。

先生,一个人变坏是不知不觉的。一个漂亮的女人害得你神魂颠倒,你为她决斗,闯了大祸,不得不落草上山,根本没来得及考虑就从走私贩变成了强盗。我们犯下英国爵爷这一桩案子后,自知在直布罗陀一带不宜久留,便躲进龙达山中。先生,您不是跟我说起过何塞·马利亚吗?巧得很,我就是在龙达山认识了他。他每次出行都带着自己的情妇。那个姑娘美丽、温顺、谦和、举止文雅,从不说粗话,对他忠心耿耿!……相反,何塞·马利亚却使她受尽了折磨。他见一个女人就追一个,还经常虐待这个姑娘,有时则醋劲大发。一次,他扎了这姑娘一刀。这倒好!她反而更爱他了。女人天生就是如此。那姑娘对自己胳臂上的刀痕感到自豪,把它当作世界上最美的东西展示给大家看。除此以外,何塞·马利亚还是个最不讲义气的家伙!……在一次大家合伙干的买卖中,他耍了个手段,使收益全归他自己,而损失与麻烦则由我们其他人承担。好啦,我不扯远了,还是言归正传吧。从卡尔曼走后,我们再也没有得到她的消息,丹卡伊尔出主意说:

"咱们必须有一个人去直布罗陀走一趟,打听打听消息,她一定是策划好什么买卖了。我倒想去,可是直布罗陀认识我的人太多。"

"我也是的。"独眼龙说,"那里的人也都认得出我,那些龙虾们①我可没有少涮;再说,我只有一只眼,也不容易化装。"

"这么说,该我去啰?"轮到我说,一想到能见到卡尔曼,我就不禁心花怒放,"说吧,咱们该怎么进行?"

---

① 英国士兵的制服为红色,故西班牙老百姓戏称其为龙虾。——作者原注。

他们对我说：

"乘船去或者走陆路经圣洛克去，随你的便。到了直布罗陀，往码头上打听一个名叫罗约娜的巧克力小贩住在哪里，找到她后，你就能知道那边的情况了。"

于是，大伙商定先一道去高辛山里，然后，我把他们撇下，自己装扮成一个水果贩子独自上直布罗陀。在龙达，我们的一个内应替我弄了一张护照。在高辛，又有内应给我弄来一头驴，我装满了橘子和甜瓜就上路了。到了直布罗陀，我发现许多人都认识罗约娜，不过，她已经死了，要不就是去了"天涯海角"①。她的失踪，据我看，便是我们与卡尔曼失去联系的原因。我把驴子寄放在一个牲口棚里，自己背着橘子上街假装叫卖，其实是想试试能否碰见熟人。直布罗陀是世界各国的流氓盗匪聚集之地，简直就是一座巴别塔②，在街上走上10步就能听见10种语言。我看见不少埃及人，但不敢贸然相信。我试探他们，他们也试探我。双方都猜出彼此是一路货色，重要的只是要搞清楚是否同属一个帮派。我就这么白跑了两天，有关罗约娜与卡尔曼的消息一点儿也没有打听到。于是，我采购了一些什物，打算回到两个同伙那里去。没想到，傍晚我在街上溜达时，忽听见有个女人在窗口叫我：

"卖橘子的！……"

我抬头一看，见卡尔曼肘靠在一个阳台上，旁边站着一个穿红色制服的军官，他佩戴金色肩章，一头鬈发，像个大贵人。卡尔曼也穿得很华贵，大披肩，金梳子，浑身绫罗绸缎。那婆娘一如既往，轻狂依旧，正在那里笑得前仰后合。那个英国人憋出了两句西班牙语，叫我上去，说太太要买橘子。而卡尔曼则用巴斯克语对我说：

---

① 监狱或下落不明。——作者原注
② 典出《旧约·创世记》，诺亚之后人拟建一高塔以通天，上帝不满，使建塔者讲各种不同的语言，无法完成此一工程。

"上来吧,别大惊小怪!"

说实话,她花样太多,我已经见怪不怪。与她异地重逢,我说不上心里是喜是忧。把门的是一个英国仆人,高高大大,头上扑着粉,他将我引进一个豪华的客厅。卡尔曼立刻用巴斯克语命令我:

"你装作一句西班牙语也不懂,跟我也不认识。"

然后她转身对那英国人说:

"我不是告诉您,我一眼就看出他是巴斯克人,您听听他说的话多古怪。他长得呆头呆脑的,是不是?好像一只在食柜里偷东西吃的猫,被人当场抓住了。"

"哼,你呀,"我用巴斯克语顶撞她,"你的样子就像一个无耻的小淫妇,我真想当着你姘夫的面,用刀在你脸上划几道。"

"我的姘夫!"她反驳我说,"你真聪明,亏你想得出来!你是在跟这个傻瓜吃醋吗?自从咱俩在油灯街过了几夜以后,你就变得愈来愈蠢了。你这笨蛋,难道没有看出我正在做埃及买卖,而且手段更加高明了吗?这幢房子是我的,这只龙虾的金币也将归我所有。我正在牵着他的鼻子走,我要把他带到有去无回的境地。"

"我嘛,"我对她说,"如果你还用这种手段做埃及买卖,我会叫你永远再也干不了这一行。"

"哎哟!你是我的罗姆吗?敢这么来命令我!独眼龙觉得我这办法很好,我这么干与你无关,你已经成为我的独家明哥罗[①],难道你还不满足吗?"

英国人问道:"他在说些什么?"

卡尔曼答道:"说他口渴得很,想喝一杯水。"

说罢,她倒在长条沙发上,因自己的翻译大笑不止。

先生,当这个女人笑起来时,谁都会神魂颠倒,都会跟着她笑。这时,那个大个子英国人也笑了,笑得像个傻子,他叫人拿酒给我。

---

① 明哥罗(Minchoroo):波希米亚文,意即我的情人,我的心肝宝贝。

我喝酒时,卡尔曼对我说:

"你看见他手上的那只戒指了吗?如果你想要,将来我把它给你。"

我回答说:

"我宁愿自己砍断一根手指,只要能把你的这位贵人弄到山里去,每个人手里拿一根玛基拉①比试比试。"

"玛基拉,是什么意思?"傻乎乎的英国人问。

"玛基拉嘛,"卡尔曼大笑不止地说:"就是橘子呀。把橘子叫作玛基拉不是太可笑吗?这小子说要让您吃吃橘子。"

"是吗?"英国佬说,"那好,明天再带些玛基拉来吧!"

我们正在这么说着,仆人进来禀报晚饭已经准备好了。英国佬站起来,赏给我一枚银币,伸出胳臂让卡尔曼挽着,似乎她自己不会走路。卡尔曼还在咯咯发笑,对我说:

"小伙子,我不能请你吃饭啦,可明天,你一听见阅兵的鼓声敲响,就带着橘子上我这里来。你会见到一个卧房,陈设要比油灯街的那一间好得多,而且你也会明白我还是不是你的小心肝。然后,咱们再谈埃及买卖。"

我没有搭腔,走到街上时,那英国佬还朝着我喊道:"明天带点玛基拉来!"接着,我又听见卡尔曼的大笑声。

我走出那幢房子,不知干什么好。夜里,我睡不着。第二天早晨,我对这坏婆娘恨得咬牙切齿,真不想去找她,准备径直回直布罗陀去。但是,听见第一通阅兵鼓敲响,我的意志就彻底瓦解了,立即背着橘子篓直奔卡尔曼的住所。她的百叶窗半开着,她正睁着大黑眼睛在东张西望。头上扑了粉的仆人把我领进去。卡尔曼打发他上街办事。一等房间里只有我俩,她就像鳄鱼般张开嘴大笑起来,一把搂着我的脖子。我从未见过她这么漂亮,打扮得像仙女,芳香扑鼻……家具配有绸缎的面料,窗口挂着绣花的帷帘……唉!而我却像一个盗贼。

---

① 玛基拉:巴斯克人使用的一种铁棍。——作者原注。

卡尔曼对我说:"我的心肝,我真想把这房子砸个稀巴烂,放一把火烧掉,然后逃到山里去。"

接着,我俩巫山云雨,百般温存,欢笑不止!而后,她又是跳起舞来,又是把衣服上的饰物扯下,还翻筋斗、做鬼脸,淘气胡闹,花样层出不穷,比猴子还顽皮。恢复了正经严肃后,她对我说:

"你听着,我得跟你讲清楚这一单埃及买卖。我要他陪我上龙达,那里有我一个做修女的姐姐……"说到这里,她又噗噗笑出声来,"我和他要经过什么地点,我会提前派人通知你。到时候,你们一拥而上,把他抢得精光。最好将他宰掉。"她说完,脸上露出一个狞笑,这笑谁见了都不会陪她去笑的,"你知道该怎么办吗?你让独眼龙先上,你们几个靠后一点,这只英国龙虾勇猛矫健,还有几把好枪,你们几个往后靠一点,让独眼龙先上……你明白吗?"

她没有把话讲完,就哈哈大笑起来,这使得我不禁毛骨悚然。

"不,"我对她说,"我恨独眼龙,不过他终归是我的同伙。也许,将来有朝一日,我会替你把他除掉,但我与他之间的过节得用我们家乡的规矩了断。我卷进埃及买卖是偶然的,在很多事情上,我仍然是一个地道的纳瓦拉汉子,正如俗话所说的那样。"

卡尔曼说:"你真是个蠢货,是个傻瓜,是地地道道的乡巴佬。你就像个侏儒,以为自己能把痰吐得远一点就是高个子①了。你并不爱我,你走吧!"

当她下了这逐客令时,我却寸步难移。我答应很快就动身,回到我那几个同伙身边,等那个英国佬上钩。而她,则答应在英国佬这里装病,一直到离开直布罗陀动身去龙达为止。

我在直布罗陀又住了两天。卡尔曼曾大着胆子,化了装到小客栈来会我。我终于离开了直布罗陀,心里也打定了自己的主意。我得到了英国佬与卡尔曼将在什么时间途经什么地点的确切消息后,便返

---

① 波希米亚谚语。——作者原注。

回约定的地方跟丹卡伊尔与独眼龙会合。我们在一个树林里过夜,用松实烧起一堆旺火。我向独眼龙提议打牌赌钱。他同意了。玩到第二局,我说他作弊,他就嘻嘻哈哈地笑。我把牌扔在他脸上。他想掏枪动武,被我一脚踩住。我对他说:"听说你的刀法和马拉迦①最棒的小伙子一样厉害,想跟我比试比试吗?"丹卡伊尔赶紧劝架。我揍了独眼龙几拳,他一怒之下壮起了胆,便拔出了刀。我也操刀在手。两人都叫丹卡伊尔站开,让我们公平交手,见个胜负。他眼见无法制止一场恶斗,只好闪开。独眼龙弓着身子,作出猫扑老鼠的态势,右手持刀前挺,左手以帽作为遮锋,这是他们安达卢西亚人常用的一招。我则使出纳瓦拉的架势,笔直地挺立在他的面前,左手上举,左腿向前,快刀则紧贴右腿,自己觉得威猛胜过巨人。独眼龙像箭一般扑过来,我把左腿一转,他扑了个空,而我的快刀已直插他的咽喉,戳刺得那么深,以致我的手竟触及他的下巴。我把刀猛然一转,用力过大,刀刃戛然而断。决斗告终,胜负已定。一股像手臂一样粗的血流,把断刃从伤口里冲了出来。独眼龙像一根柱子似的扑倒在地。

"你干的什么好事?"丹卡伊尔对我说。

"你听着,"我回答说,"我跟他势不两立。我爱卡尔曼,不愿意她有另外的男人。再说,独眼龙是条恶棍,他用什么手段打死可怜的雷曼达多,我至今还记得。现在只剩咱们两人了,但咱们都是好汉。咱们说说,你愿不愿意跟我结为生死之交?"

丹卡伊尔向我伸出了手。他比我年长,有50岁了。

"男欢女爱,去他妈的!"他大声嚷道,"如果你要他把卡尔曼让给你,本来只需向他付一个银币就行啦。现在只剩下咱们两个人,明天咱们怎么办?"

"让我一个人来扛。"我答道,"现在我是天不怕地不怕。"

我们埋了独眼龙,转移到200步开外的地点露宿。第二天,卡尔

---

① 马拉迦:安达卢西亚的一城市港口,濒临地中海。

曼跟她那个英国佬带着两个骡夫与一个仆人过来了。我对丹卡伊尔说：

"我对付那个英国佬，你去吓唬其他人，他们都没有武器。"

那英国佬颇为厉害，要不是卡尔曼推了他的胳臂一下，他肯定会把我打死。总而言之，那一天，我又把卡尔曼夺回来了。我劈头第一句话，就是告诉她已经成了寡妇。当她弄清楚事情的经过后，对我说：

"你永远是个傻瓜！独眼龙本可以把你杀死，你那种纳瓦拉的防守招式，只不过是花架子，比你强的人死在他手下的多着呢。这一回是他的死期到了。你的死期也快来了。"

我立即回了她一句："如果你不规规矩矩做我的老婆，你的死期也就到了。"

她答道："好呀，我已经不止一次从咖啡渣里观测出，咱俩注定会同归于尽的，管他妈的！听天由命吧。"

说完，她便敲起响板，每当她想驱走某个烦人的念头时，总是这么做的。

一个人谈自己时，往往忘乎所以。这些鸡毛蒜皮的细节您一定是听烦了，不过，我很快就可以讲完了。我们那种非法生涯过了相当长的时间。丹卡伊尔与我又找了几个比原来的同伙更可靠的弟兄，专门从事走私。不瞒您说，有时也在大道上拦劫，但只是在山穷水尽、被迫无奈的时候。而且，我们只抢钱财，不伤性命。有那么几个月，我对卡尔曼很是满意。她继续为我们一伙当耳目，对我们的买卖很有用处。她有时在马拉迦，有时在哥尔多巴，有时又在格林纳达。但只要我捎个信去，她就丢下一切，到某个偏僻的小客栈，甚至到帐篷来跟我相会。只是有一次，她在马拉迦，使得我很不放心。我得知她勾搭上了一个富商，可能想故伎重演，玩她那次在直布罗陀的把戏。我不顾丹卡伊尔苦口婆心的劝阻，径直在一个大白天闯进马拉迦。我找到卡尔曼后，立即就把她带走了。我俩为此大吵了一架。

"你知道吗？"她对我说，"自从你成为我真正的罗姆以后，我就不如你当情郎的时候那么爱你了。我腻烦别人的干预,我更不能忍受别人的发号施令。我要的是自由自在,爱干什么就干什么。小心别把我逼急了。如果你使我烦了,我会去找一个棒小伙子,用你对付独眼龙的法子来对付你。"

丹卡伊尔把我俩劝和了。但两人彼此伤害的一些话使我们都耿耿于怀,情爱大不如前了。不久,又来了一件倒霉的事。我们碰上军警,丹卡伊尔和两位弟兄丢了性命,另外两个被抓去,我则受了重伤,要不是我的坐骑跑得快,也一定会落在军警的手里。我筋疲力尽,有颗子弹还留在体内,跟唯一尚存的弟兄躲进了一个树林。一下马,我便晕倒过去,心想自己一定会像中了枪的野兔那样死在灌木丛里。那位弟兄先把我背到一个我们熟悉的山洞,然后就去找卡尔曼。那时,卡尔曼在格林纳达,闻讯后立即赶来。整整有半个月之久,她在我身边寸步不离,她难得合眼入睡,对我悉心照料,无微不至,即使是一个女人对自己最最心爱的男人也莫过如此。待我稍有康复,刚能站起来的时候,她便极为保密地带我到了格林纳达。要知道,波希米亚女人到任何地方都能找到藏身之处。就这样一连6个星期,我都藏在一所房子里,与下令通缉我的市长的府第仅有两个门面之隔。好几次,我就在百叶窗后面看见他走过。后来,我把伤养好了,但在养伤过程中,我经过反复考虑,打算改一种活法。我对卡尔曼说,我们不如离开西班牙,到新大陆①去安安分分过日子。她对我的想法不屑一顾:

"咱们这种人生来就不是耕田种地的,注定要靠走江湖行骗为生。告诉你吧,我已经和直布罗陀的纳当·本·约瑟夫讲定了一桩买卖。他有一批棉织品,只待你去运过来。他知道你还活着,一心一意倚靠你来做。你如果失信撒手,咱们对直布罗陀的那些合伙人该怎么交代?"

---

① 新大陆:指美洲。

我被她牵着鼻子走，又重操起非法买卖。

我躲在格林纳达的期间，城里举行了牛斗，卡尔曼去看了。回来后她津津乐道，特别是大说特说一个名叫卢加斯的牛斗士，说他本领很高，他的马叫什么名字，他的绣花上衣很值钱，等等，事无巨细，她都了如指掌。我起先没有在意。过了几天，我身边唯一的患难弟兄茹安尼托告诉我，他在查卡丹一家商店里看见卡尔曼与卢加斯在一起。我立即警觉起来，质问卡尔曼是怎么认识那个牛斗士的，为什么要跟他交往？

她回答我说："那小子，咱们可以打打他的主意。只要河里有声响，不是水在流，就是掉进了石子[①]。他斗牛挣了1200块钱，要么把这笔钱弄过来，要么招他入伙，两个办法，任选其一。他骑马的身手很好，胆子又大，咱们的弟兄一个个都死了，你得补充人手，就把他招进来吧。"

我断然拒绝道："我既不要他的钱，也不要他这个人。我不许你再跟他来往。"

"我警告你，别人不许我做的事，我很快就要去做！"

幸亏那个牛斗士去了马拉迦，而我也忙着准备把犹太人的棉织品偷运进来。这一趟买卖要做的事很多很多。卡尔曼也忙得很。于是我忘掉了牛斗士，也许卡尔曼也把他忘了，至少暂时如此。正是在这段时间，先生，我遇见了您，先是在蒙第拉，然后是在科尔多瓦，最近一次见面就不用我说了。您也许比我知道得更加详细。卡尔曼偷了您的表，还想要您的钱，尤其是您手上戴的这只戒指。据她说，这是一个神奇的指环，对她的巫术很有用，一定要把它弄到手。我俩大吵一顿，我动手打了她。她脸色煞白，哭了。这是我第一次见她哭，这使得我当时颇为震惊。我请求她原谅，但她一整天都不搭理我。我动身返回蒙第拉时，她甚至不愿跟我吻别。我心里很难受。但3天之后，

[①] 波希米亚谚语。——作者原注。

她来找我，满面春风，欢声笑语，快活得像一只燕雀。所有的不愉快都抛到脑后去了，我们又亲亲热热，像一对热恋的情人。

分别的时候，她对我说：

"哥尔多巴正在举行节庆活动，我要去赶集，很快就会弄清哪些人身上带着钱，我会通知你的。"

我让她去了。剩下我一个人的时候，我想了想这个节会，想了想卡尔曼何以心情突然大变，认定她一定是先对我狠狠出了一口气，才跑来迁就我的。正好一个老乡告诉我，哥尔多巴城里有斗牛，我一听就血液沸腾，立即像疯了似的赶到现场。有人把卢加斯指给我看，我从靠边墙的观众席上，看见了卡尔曼。只需要看上一眼，便知我的判断没错。果然不出我之所料，卢加斯斗第一条牛时，便当众献殷勤，把牛身上的绸结①扯下来献给卡尔曼，卡尔曼立即戴在头上。但那头牛却替我报了仇。卢加斯连人带马被公牛当胸一撞，翻倒在地，还被牛从身上踩过。我再去看卡尔曼，她已经离位而去。人群拥挤，我走不出去，只好等到比赛散场。我跑到您所认识的那所房子里，从傍晚直到深夜，我一直待在那里。清晨两点钟左右，卡尔曼回来了，看见我觉得有点意外。

"跟我走！"我对她说。

"好吧！"她答道，"咱们走吧！"

我把马牵来，将她扶上去。我俩走了半夜，互相不说一句话。天亮时分，我俩来到一个僻静的小客栈歇下，附近正好有个静修神甫的住所。我把她领到那里，对她说：

"你听着，我对你既往不咎，过去的事就不提了，但你一定要对我发誓，跟我到美洲去。在那边过安分守己的日子。"

"不！"她以赌气的腔调回绝说，"我不愿意去美洲。我在这里觉

---

① 用丝绸系成的结，其颜色标明公牛出身的牧场，绸结用钩子勾在牛皮上，从活牛身上摘取此结送给一位女人，是公开的最大胆的示爱。——作者原注。

得很好。"

"这是因为你在这里可以接近卢加斯。但是,你好好考虑考虑,即使他的伤能够医好,也活不了太长。再说,为什么我要跟他去纠缠呢?你的情人一个又一个我都杀腻了,再杀的话,我就该杀你了。"

她用野性十足的目光盯着我说:

"我早就想到你会杀我的。第一次见到你之前,我在自己家门口就碰见了一个神甫。昨天夜里从哥尔多巴出来时,你没有看见有一只野兔从路上蹿出来,正好从你的马脚之间穿过。都是不祥之兆,命中注定。"

我问她:"小卡尔曼,难道你不爱我了吗?"

她一声不吭,只是盘腿坐在席子上,用手指在地上乱画。

我恳求她说:

"卡尔曼,咱们换一种生活吧,住到一个咱俩永不分离的地方去。你知道,离这儿不远的一棵橡树下埋着120盎司黄金……另外,咱俩在犹太人本·约翰夫那里还存有钱。"

她笑了笑,答道:

"反正先是我死,然后是你死。我知道结果一定如此。"

我接着说:"你再想想,我的耐心与勇气都快到头了。你做决定吧,否则我可要下决心了。"

我从她身边走开,缓缓向神甫的隐修所踱去,发现神甫正在做祈祷。我也真想祷告,但我做不到。等他祈祷完毕站起来时,我向他走去,对他说:

"神甫,您愿意为一个命在旦夕的人做祈祷吗?"

"我为一切受苦难的人祈祷。"他答道。

"有一个灵魂也许很快就要去见上帝了,您能为她做一次弥撒吗?"我问。

"可以。"他回答说。他的眼睛直盯着我,见我神色有点不正常,

便想引我开口,说:

"我好像在哪儿见过您。"

我把一块银币放在他的凳子上,问他:"您什么时候做弥撒呢?"

"半小时以后。那个小客栈老板的儿子要来帮我做辅助工作。年轻人,告诉我,您良心上是否有什么不安?您愿不愿意听听一个基督徒的劝告?"

我觉得自己快要哭出来了。我告诉他等会儿再来,说完便赶紧溜走。我躺在草地上,一直等到听见钟声敲响才回去,但我并没有走进小圣堂。弥撒做完后,我回到客栈,巴不得卡尔曼已逃之夭夭,因为她满可以骑上我的马跑掉……但我发现她仍在那儿。她一定是不愿意别人说她惧怕我。我刚才不在的时候,她拆开自己裙子的贴边,取出里面的铅块。现在,她正坐在桌前,瞅着一个水钵中的铅块,那是她刚刚熔化之后又倒进水钵的。她全神贯注于她的巫术,竟没有发觉我回到了她的身边。她时而取出一块铅,愁容满面地将它翻来覆去,时而又哼起一首神秘的歌子,这歌表达的是向波希米亚人尊为至高无上女王的马利亚·帕狄亚进行祈求,她原本是唐·佩德罗王的情妇[①]。

"卡尔曼,"我对她说,"请跟我走。"

她站了起来,扔掉水钵,披上头巾准备要走。店伙计把我的马牵来,她坐上马后,我们就上路了。

走了一段路,我对她说:

"这么说来,我的卡尔曼,你是愿意跟我远走高飞啰,是吧?"

"是的,我是跟你去死,但绝不跟你再生活在一起。"

我们到了一个偏僻的山口,我勒住马。

"就在这儿?"她问道。

她纵身跳到地上,摘下头巾,把它扔在脚下,一手叉腰,傲然挺

[①] 世人曾指责马利亚·帕狄亚以巫术蛊惑国王唐·佩德罗。据民间传说云,她将一条金腰带献给王后(波旁家族的白朗施),在国王中了魔的眼睛里,此腰带成为了一条活蛇,从此,国王深恶这位不幸的王后。——作者原注。

立,两眼直瞪着我,说道:

"我看得很清楚,您想杀我,这是注定了的,但要我让步,你办不到!"

"我求你了,"我对她说,"你要放理智些,听我说,过去的一切都一笔勾销。不过你知道,是你断送了我,我是为了你才变成土匪和杀人犯的。卡尔曼!我的卡尔曼!让我来挽救你吧!让我在挽救你的同时把我自己也挽救出来吧!"

"何塞,"她回答说,"你的要求我办不到。我已经不爱你了,可你还在爱我,因此要杀我。我完全可以对你撒个谎,哄哄你,可我不想再费这个事了。我们之间的缘分已经完啦,你是我的罗姆,有权杀死你的罗米,但卡尔曼永远是自由的,她生来是加里,死也是加里。"

"这么说你是爱卢加斯啰?"我问道。

"是的,我爱过他,就像爱过你一样,但只是爱过一阵子。如今,我谁都不爱了,我恨我自己曾经爱过你。"

我扑倒在她脚下,抓住她的手,泪如雨下,泪珠落在她的手上。我向她重提过去我俩在一起的幸福时光,答应她为了讨她喜欢我愿意继续当强盗。先生,一切,所有的一切我都答应她,但求她仍然爱我!

她却对我说:"仍然爱你,不可能。和你生活下去,我坚决不干。"

我怒上心头,狂暴失控,拔出刀子。这时,我但愿她表示害怕,向我求饶,但这个女人简直就是个魔鬼。

我朝她嚷道:"我最后再问你一次,你愿不愿意跟我走?"

"不!不!不!"她一边说一边跺脚,接着又从手指上捋下我以前送给她的戒指,往荆棘丛里一扔。

我立即扎了她两刀。那是我从独眼龙那儿抢来的刀子,我自己的那一把早已弄断了。扎到第二刀,她一声不出地倒下。她那双又黑又大的眼睛直瞪着我,至今我仍历历在目。她的眼光逐渐暗淡模糊,接着双目闭上。我失魂落魄,在她尸体前待了好一个时辰。我想起了卡尔曼常对我说她喜欢死后被葬在一个树林里,便用刀挖了一个坑,把她安放下去。我又去找她那只戒指,找了好半天终于才找到。我把那戒指也放进坑里,就在她的身边,还在坑外插上一个小小的十字架。也许,我这么做有违波希米亚人的习俗。

完事后,我翻身上马,直奔哥尔多巴城,向最先碰上的一个兵站自首。我供认自己杀了卡尔曼,但我不愿说出把她埋在何处。那位隐修的神甫真是个圣人,居然为卡尔曼做了祈祷,还为她的灵魂做了一次弥撒……可怜的孩子!把她教养成这个样子,完全是加莱的罪过。

四

此种流浪民族,名称繁复,不一而足,或称波希米亚人,或称茨冈人,或称吉卜赛人,或称齐格奥内人,它散布于全欧各国,当今尤以西班牙数量最多,其所聚居或漂泊之地区,多为南部与东部各省,诸如安达卢西亚、埃斯特拉马杜以及穆尔西。此外,加泰罗尼亚省亦为数不少,其中一部分往往由此流入法国,故可在我们南方各集市上常见其踪影。男子多从事贩马、兽医、为骡子剪毛等营生,亦有修补锅子与铜器的,当然,走私与干不法勾当者自不乏其人。女人则是算卦、行乞与贩卖各种有害无害的药物。

波希米亚人之体征,易于辨识而难以描述。只需见过一例,即可从1000人中分辨出与他同种的那一个。和居住在同一地区的其他种族相比,他们的相貌与表情迥然相异,格外醒目。他们肤色黝黑,颜色总比当地其他种族的深。因此,他们常以"加莱",即"黑皮肤的人"自称[①]。他们的眼睛又黑又大,明显睨视,睫毛修长而浓密。其目光大可与野兽相比,狂野与怯缩兼而有之。就此点而言,他们的

[①] 据我看,德国境内的波希米亚人虽然完全理解"加莱"一词的含义,但并不喜欢别人以此来称呼他们,他们之间互称为"罗玛内·查维"。——作者原注。

眼睛充分反映出本民族的性格：狡诈而放肆，但像巴汝奇①一样，"天生怕挨打"。男人大多身躯健美、矫健敏捷。我从未见过一个身材肥胖的。德国的波希米亚女人一般都很漂亮，而西班牙的吉卜赛女人则绝少美色天姿。她们年轻时虽丑，但不无几分可取，一旦生了孩子，便令人望而却步了。不论男人女人，无不脏得难以置信。谁要未曾见过波希米亚女人的头发，就想象不出它是怎么回事，即使比喻为最粗硬、最油腻、最灰黑的马鬃，亦不过分。在安达卢西亚的某几个大城市里，一些稍有几分姿色的姑娘较为注重打扮，她们以跳舞谋生，所跳的舞很像我们狂欢节公开舞会上禁跳的那些舞。英国传教士波罗先生，曾得教会的资助向西班牙境内的波希米亚人传教布道，写过两部兴味盎然的书，断言吉卜赛姑娘绝不会失身于一个异族男子。窃以为，波罗先生如此颂扬她们的坚贞，实在言过其实。首先，绝大部分吉卜赛姑娘都像奥维德②笔下的丑女子，正如诗人所言，"无人问津的女人当然贞洁"③。至于那些貌美的，则像所有的西班牙女人一样，选择情人时十分挑剔。既要能得到她们的芳心，又要男才女貌，两相般配。波罗先生举了一个事例以证明西班牙吉卜赛姑娘的道德观，其实倒正是证明了他自己的道德观，尤其是他的天真。他说，他认识一个拈花惹草成性的浪子，出了好几盎司黄金给一个吉卜赛女子，结果却未能如愿以偿。我把这个事例告诉了一个安达卢西亚人。他说，这个浪子如果只拿出两三个银币，说不定倒能马到成功，因为将几盎司黄金献给一个波希米亚女人，实无法使其确信不疑，正如答应送一两百万钱财给一个小客栈的姑娘一样。不论怎么说，吉卜赛女人对自己丈夫确实忠心耿耿，一旦需要，她们赴汤蹈火，在所不辞。波希米亚人对自己民族的称呼之一是"罗梅"，其原意是"夫妇"，在我看

---

① 巴汝奇：16世纪法国作家拉伯雷的长篇小说《巨人传》中的主人公。
② 奥维德：公元前1世纪的罗马诗人，《爱经》是他的名作。
③ 原文为拉丁文，出自奥维德《爱经》第一章。

来，这便足以说明该民族对婚姻关系的重视。总的来说，他们在与同族人的交往中很乡情，也就是很讲义气。竭诚互助，患难与共，出事时严守秘密，不出卖同伙，凡此种种，实乃他们的主要优点。不过，在一切不法的帮派社团之中，亦何尝不是如此呢。

几个月前，我在孚日山①区，访问过一个定居在该地的波希米亚部落。在一个女族长的小屋里，住着一个与她非亲非故的波希米亚男子，他患了不治之症，宁可离开照料甚好的医院，也要死在自己的同胞中间。他在这个家已经卧床13个星期，得到的待遇比那家的儿子和女婿还要好。他睡的床用干草与藓苔铺得柔软舒适，被褥洗得干干净净，而家里其他11个人，却都睡在长不过3尺的木板上。他们待客的情义可见一斑。那个老妇如此仁爱，但却当着病人的面这样对我说："快了，快了，他快要死了。"究其根由，实因这些人生活极为贫苦，故不畏言死亡也。

波希米亚人的另一特点，就是对宗教信仰甚不在乎，这并非因为他们桀骜不驯或对宗教怀疑态度。他们从不标榜自己信奉无神论，恰恰相反，他们居住在某个国家，便信奉那个国家的宗教，而移居到另一个国家，就改信另一种宗教。开化程度低的民族往往以迷信代替宗教信仰，但波希米亚人却并不迷信。说实在的，利用别人的轻信以欺骗为生的人，怎么会迷信呢？但是，我发现西班牙的波希米亚人很害怕接触尸体，他们很少有人会为了钱而把死者抬往墓地。

我说过，大部分波希米亚女人都以算卦为生。她们很长于此道，但她们最大的生财之道是出售媚药与春药。她们用手逮住蛤蟆的腿，声称可以拴住朝三暮四的心，还拿磁石粉末来使得对你无动于衷的人爱上你，甚至能够在必要时念咒施法把神魔招来助一臂之力。去年，一个西班牙女人给我讲了这样一个故事：有一天，她心事重重、神情忧郁，正从阿尔加拉大街上走过，一个盘腿坐在人行道上的波希米

---

① 孚日山：法国东部的山脉，在法国与德国的边境。

亚女人朝她喊道："美丽的夫人，您的情人背叛您了。"实际上确有其事。"要不要我帮您使他回心转意？"不用说，这位夫人欣然接受了。对于一个能够一眼就看透你心事的人，怎么能不信赖呢？由于在马德里这条最热闹的大街上不便于施展法术，两人便约好第二天见面。见了面后，那吉卜赛女人说道："要使得您那负心汉浪子回头实在太容易了。他给您送过什么手帕、围巾或面纱之类的东西吗？"那位太太拿出一块头巾。"现在您用深红色丝线在头巾的一角缝上一枚银币，在另一角缝半块银币。这儿缝一个小钱，那儿缝两个小钱，最后在中央再缝一枚金币，最好是一枚高面值的。"那位太太一一照办不误。"现在把这块头巾交给我，等到半夜的钟声敲响，我就把它送到坟场去。如果您想亲眼见识见识我的法术，不妨跟我一道去。我向您保证，明天您就准能见到您的情人了。"后来，那波希米亚女人独自拿了头巾到坟场去了，那位太太不敢奉陪。至于这位被情人抛弃的女人能否收回自己的头巾，能否再见到她的情人，那就只好由读者自己去猜了。

尽管波希米亚人穷困且往往招人反感，但在开化程度甚低的人群中，倒受到相当的敬重。对此，他们甚感自豪，自认为在聪明才智上高人一等，并从骨子里瞧不起接纳了他们的当地东道主民族。

"这些当地人蠢得很，作弄作弄他们，真是轻而易举的事。"孚日山区的一个波希米亚女人这么对我说，"有一天，一个乡下女人在大街上喊住我。我跟她走进她家。原来是家里的炉子冒烟，求我念咒施法。我先是向她索取了一大块肥肉，然后就用波希米亚语念念有词，其实是这么骂她：你是笨蛋，生来就是笨蛋，死了也是笨蛋……走时，我在门口用地道的德语奚落她说，你要炉子不冒烟，最好的办法就是不生火……说完，我撒腿就跑。"

波希米亚人的历史至今仍是问题。众所周知，约在15世纪初，他们最早的群落，零散地出现在欧洲东部，人数不多。谁也说不清他们是从哪儿来的以及为什么到欧洲来。更为奇怪的是,他们分散在相去甚远的不同地区,居然能在短短的时期里,繁殖如此神速。波希米亚人对自己民族的渊源,并没有任何世代相传的传说。他们大都称埃及是他们远古的祖国,不过,这是一种由来已久的古老说法,他们只是信从采纳了而已。

研究过波希米亚人语言的东方学学者们,大都认为他们发源自印度。的确,罗曼尼的许多词根与语法形式,皆可在一些从梵语派生而来的方言中找得到。不难想象,波希米亚人在长期漂泊中吸收了很多外族的词语。罗曼尼的各种方言中便有大量的希腊语词汇,例如,骨头、马蹄铁、钉子等等。今天,波希米亚人散居于欧洲各地,彼此分隔,有多少群落,几乎就有多少种方言。他们讲当地的语言比自己的方言更为流利,而且,他们只是在有外族人在场时才讲自己的方言,以便于本族人的沟通。德国的波希米亚人与西班牙的波希米亚人互不往来已有好几个世纪,但如果将两者所操的方言加以比较,即可发现共同的词汇数量极多。然而,因为这些流浪的族群不得不使用所在地的语言,所以他们原来的语言与当地文明程度较高的语言接触之后,便产生了明显的变化,只是或多或少不同而已。一方面是德文,一方面是西班牙文,从两方面使得罗曼尼大大有所改观,因而,居住在黑森林区的波希米亚人便难以与安达卢西亚的波希米亚同胞交谈,虽然他们只要一张口说几句话,便可知他们不同的方言实同出一源。我认为,有一些常用词在他们不同的方言中都是相同的,例如,在我所见到的所有波希米亚方言的词汇中,"Pani"都指水,"Manro"都指面包,"Mas"都指肉,"Lon"都指盐。

数词则几乎到处一样。我认为德国的波希米亚方言要比西班牙的纯得多,因为其中保留了很多原有的语法形式,不像西班牙的吉卜赛人采用了加斯提诺语[①]的语法形式。但有几个词是例外,足以证明波

---

① 加斯提诺语:西班牙中部地区的方言,构成了现代标准西班牙语的基础。

希米亚语最初是统一一致的。在德国的波希米亚方言里，过去时态是在动词命令式的末尾加上"ium"，而命令式永远是动词的词根。西班牙的波希米亚方言中，动词则全部按加斯提诺语第一人称变位法的动词变位。原型动词"Jamar"（吃）按规则变为"Jame"（我吃了），原型动词"Lillar"（拿），变为"Lille"（我拿了）。但是，有一部分波希米亚老人却例外，仍读成"Jayon""Lillon"。我不知道还有什么其他语言的动词也保留了如此古老的形式。

既然敝人在此炫耀了关于罗曼尼的浅薄知识，不妨列举出几个法语土话中的词汇，那是法国盗贼从波希米亚人那里学来的。《巴黎的秘密》[1]使得我们上流社会知道"Chourin"一词的意思是"刀子"。这就是一个地道的罗曼尼词汇。"Tchouri"这个词在波希米亚人各种不同的方言中也都有。维多克[2]把马叫作"Gres"，这个词在波希米亚各种方言中有多种变化，如"Gras""Gre""Graste""Gris"。还有"罗曼尼歇尔"这个词，它在巴黎的土话中就是指波希米亚人，是"Rorrmmane Tchave"（意即"波希米亚小伙子"）的变音。但使我感到沾沾自喜的是找到了"frimousse"（意即"脸蛋""面孔"）一词的词源，这是我那个时代的小学生以至当今的小学生经常用的一个词。首先请注意，在乌丹1640年所编的那本猎奇性的字典里，就收入了"frilimousse"这个词。而"菲尔拉"（firla）、"菲拉"（fila）在罗曼尼中，便是脸孔的意思。"摩伊"（Mui）也与此同义，正等于拉丁文中的"奥斯"（Os）。把"firla"与"Mui"组合在一起成为"菲尔拉摩伊"（firlamui），任何一个酷爱纯粹母语的波希米亚人一听这个词就能明白，而我个人认为这个组合词也正符合波希米亚人兼收并蓄的语言特点。

---

① 《巴黎的秘密》：法国19世纪著名作家欧仁·苏所写的著名长篇小说，对巴黎下层社会与盗贼帮派有诸多描写。
② 维多克：法国19世纪有名的不法分子，犯案甚多，当过警察局的线人与侦缉队长，后又因不法去职，他署名的《回忆录》一书，曾名噪一时。

够了,对于《卡尔曼》的读者来说,我在罗曼尼方面的学识已经炫耀得足矣,正好有一句波希米亚谚语可引以为戒:"嘴巴紧闭,苍蝇难入。"[①]就让我以此作为全书的结束吧。

---

① 原文为波希米亚语。

达芒戈海上喋血记

勒杜船长是航海业中的好手行家。他起初只是一名普通的水手，后来当上了副掌舵。在特拉法尔加海战①中，一节断木砸将过来，折断了他的左手，做了截肢手术之后他复员了，带回一份服役期间表现良好的证书。但居家赋闲的日子他实在过不惯，一有机会便重操旧业，到一条私掠船上当上了大副。在海上掠劫了几单，撸了些钱，他得以购置一些书籍，钻研起航海理论来了，而航海的实践他是早已熟练掌握了的。日子不久，他便摇身一变，成为了一艘沿海岸航行的海盗船的船长，那是一条三桅船，配有三门大炮，60名兵丁。他们在杰西岛②周边海面上干得风风火火，凡在那条航线上行走过的海员，至今仍对他们当年的所作所为记忆犹新。和平时期③的来到，使他大为失望，因为他在战争期间发了一笔小财，本想靠趁火打劫掠夺英国商人来扩充自己的财富。世道一变，他不得不转而向和平商人提供服务。办事果敢，经验老到，他这般名声广为人知，很容易就有人把一艘船舰交给他指挥。贩运黑奴的买卖被禁止以后，再要进行这种非法活动，就必须躲过法国海关人员的监控，这倒并不太难，最难也最危

---

① 1805年，在西班牙特拉法尔加海面，英国舰队跟法国、西班牙联合舰队作战，英军获胜。
② 杰西岛：大西洋上英法海峡中的一岛屿，属于英国。
③ 和平时期：此处指1815年拿破仑战败、欧洲结束战争后的时期。后文的战争时期，则是指19世纪初以后拿破仑帝国与欧洲君主国战争不断的时期。

险的是要逃脱英国巡洋舰的追捕,正因为如此,对于那些做乌木生意的人①来说,勒杜船长就成为了一个难得的尖端人才。

大部分像他这样长期滞留在低级别层次的海员,都对舰船上的任何技术更新甚为深恶痛绝,一旦职务提升后,往往又墨守成规,拒绝改良,勒杜船长则迥然不同。他热衷于更新与改良,他是建议船主采用铁箱装水储水的第一人。贩奴船上一般都备有手铐脚镣,而在他的船上更胜一筹,这些玩意儿都是按新技术打造的,并且还精心地涂上了油漆以防生锈。但使得他在奴隶贩子中间最负盛名的是,他亲自监工打造了一艘专门用来贩运奴隶的双桅帆船。这艘船制造精良,像战舰一样又窄又长,但又能装载数量特多的黑人。他给这艘船命名为"希望号"。希望号的统舱狭窄而低矮,高度只有3尺7寸,他认为这个高度足以让身材适中的奴隶坐得舒舒服服,至于站嘛,奴隶们何必要站起来呢?

"到了殖民地,他们有的是时间可以站立!"勒杜这么说。

希望号上的黑奴排列成平行的两行,每一行都背靠船舷互相面对而坐,两排之间留有一道空隙,若在别的贩卖船上,这道空隙就当作行走的通道。勒杜船长大有想象力,觉得在这两排人之间的这条空隙里,还可以再安置一些黑奴直躺着。他用这个办法使得希望号比其他同吨位的贩奴船多装下10来个奴隶。必要时,还可以再多塞几个。但总该讲点人道嘛,至少要让每个黑人在横渡大洋的6个星期中,有5尺长2尺宽的空间挪动挪动吧,"因为归根结底,黑人和白人一样,毕竟也是人呀!"勒杜向他的船主解释这一宽容的措施时这么说。

希望号从南特出发了,讲迷信的人士后来指出那是个星期五。行前,海关的稽查人员仔仔细细检查了这艘双桅船,居然没有发现船上有6口大箱子,里面装满了铁链、手铐以及我不懂为什么被称为"正义之棒"的铁棍。稽查人员对希望号储存了大量食用水一事也丝毫未

---

① 做乌木生意的人:贩卖黑奴的人对自己的称谓。——作者原注。

曾生疑，此船的出海证件写得明明白白，它是到塞内加尔去做木材生意与象牙买卖的，路程并不漫长呀，何需如此多的食用水。不过，有备无患，岂乃多此一举？万一海上无风，船只滞留海面，那时缺水怎么办？

于是，希望号在一个星期五出发了，带足了一切装备，配齐了各类人员。勒杜本来也许想让这条船有几根更为结实的桅杆，不过，实在没有他也不在乎，只要船是由他来掌控就行了。航行甚为顺利，很快就抵达了非洲，趁英国巡洋舰对这一部分海岸放松警戒的时机，希望号在若阿尔河口（我想是此地）抛锚停下。当地的捐客闻讯后立即蜂拥而至，这正是做黑奴生意的最佳时节。达芒戈既是威名赫赫的武士，也是人口贩子，他正好赶来了一批奴隶来到河口，准备廉价出售。他有恃无恐，因为他知道，一旦他贩卖的商品开始紧缺，自己完全有能力、有办法立即补充货源。

勒杜船长上了岸，前往拜会达芒戈。达芒戈身居一个临时搭建的窝棚之中，伴随着他的是两个老婆和几个倒卖黑奴的人口贩子与押送奴隶的打手。为了接待白人船长，达芒戈好生打扮了一番。他身穿蓝色军服，上面绣有下士的军阶条纹，每一个肩上用同一式样的扣子扣着一块肩章，晃晃荡荡的，一块朝前，一块朝后。由于他没有穿衬衣，而那身军上衣对他那样身材的人又太短，因而在军服的白色衬里与他那条用几内亚粗布做的短裤之间，就露出一大块黑色的肚皮，像一条宽宽的皮带。他腰间用绳子悬挂着一把骑兵用的大军刀，手持一支漂亮的英国制双管步枪。有如此一身装备，这个非洲武夫便以为自己比巴黎或伦敦最讲究的帅哥少爷更要神气。

勒杜船长一言不发，打量了他一会儿，而达芒戈则笔直挺立，好像是一个训练有素的士兵正在接受外国将军的检阅，并对自己给对方造成的良好印象扬扬自得。勒杜船长以行家的老练眼光端详了他一会儿之后，转身对自己的大副说：

"我把这结实的蠢货弄到马提尼克①去,只要他没灾没病,准可以卖个好价,至少1000埃居。"

宾主落座,一个略懂沃罗夫语②的水手充当翻译。双方略事寒暄之后,一个见习水手用篮子提来了几瓶烧酒。大家便喝将起来。勒杜船长为了讨好达芒戈,送给他一个漂亮的黄铜火药壶,上面还有拿破仑头像的浮雕。达芒戈不胜感激,连连称谢,而后双方走出窝棚,坐在树荫之下,继续畅饮。达芒戈做了个手势,叫人把要出售的奴隶带将上来。

奴隶排成长队走过来,他们又饿又恐惧,身子都直不起来了,每个人脖子上都套着一个6尺开外的长叉,叉的两个尖端用一根木棒联结着,正在每个人的后颈处。需要往前走的时候,押解者把走在最前面的奴隶的叉柄扛在自己肩上,这个奴隶又把身后那个奴隶的叉子扛起,第二个则扛起第三个的叉子,其余的奴隶都一一照此办理。如果要停止前进,领头的那人就把叉子的柄端往地上一插,整队奴隶便停下来了。在行进的过程中,休想能够逃跑——每个人脖子上套着一根6尺长的粗木棍,怎么能逃得掉呢。

勒杜船长对每一个在他面前走过的男女奴隶,都耸耸肩膀,表示不满意,不是认为男奴太瘦弱,便是觉得女奴太老或者太年轻,他抱怨黑人已经明显退化,今不如昔。

"退化了,退化了,"他这样叹道,"真是一代不如一代!从前,女人都有5尺6寸高,4个男人就能够转动绞盘,把一艘三桅战舰的主锚拉上来。"

虽然他一边抱怨和不满,同时却又挑出了一批身体最强壮、容貌最端正的黑人。这一批他准备按一般价格买下,但其余那些,他要求大幅度降价。达芒戈则竭力维护自己的利益,他大肆夸耀他的商品,

---

① 马提尼克:西印度群岛中的一岛屿,当时的法属殖民地。
② 沃罗夫语:塞内加尔土著语言。

还陈说男奴的货源来之不易，而且如此贩卖人口大有风险。总之，他对白人船长愿意买下的那些奴隶，要了一个批发价，至于价钱是多少，我也不得而知。

翻译刚把达芒戈开的批发价译成法文，勒杜船长一听简直就气炸了肺，差点晕倒在地，于是，他骂骂咧咧了几句脏话，便站起身来，大有拂袖而去、不跟这个漫天要价的家伙打交道之势。达芒戈赶紧挽留，费了好大的劲儿才使得船长息怒坐下。他们又打开一瓶烧酒，双方重开谈判。这一回轮到黑人觉得白人压价压得太荒唐，简直无法接受了。双方大吵大嚷，争论不休，都拼命灌烧酒。但烧酒在谈判双方身上所产生的效果却大不相同，法国人越喝越压价，而非洲人却越喝越让步。就这么喝掉一篮子烧酒之后，双方也达成了协议。法国人用一些劣质棉织品，加上一些火药、打火石、3桶烧酒、50支没有修好的步枪，换得了160名奴隶。船长为了表示成交，击了一下达芒戈的手掌，其实这黑人已经喝得半醉。接着，奴隶立即被交割给了买主，法国水手赶紧把奴隶脖子上的木叉取下来，换上铁制的颈套与手铐，此举倒也充分显示出欧洲文明的优越性。

船已经装满。挑剩下的30个奴隶，都是老弱病残，妇女儿童。

达芒戈不知如何处置这堆剩下来的废物，便向船长建议以每人一瓶烧酒的价格全卖给他。价格低廉，颇有吸引力。勒杜船长这时突然回想起过去在南特观看《西西里晚祷》①演出时的情景，剧场的大厅里已经满座，后来又有好些又肥又胖的人挤了进去，由于人的躯体颇有伸缩性，挤进去的那些人也都能坐下。受此启发，他于是在剩下的30个奴隶中，又挑了20个身体较为苗条的。

最后剩下的那10个，达芒戈只要每个换一杯烧酒。勒杜船长一想，在公共马车上小孩子尚且只占半个座位，不必花钱，于是，他又

---

① 《西西里晚祷》：法国19世纪诗人德拉维尼（1793～1843）所写的五幕诗体悲剧，初演于1819年。

要了3个孩子,并宣称他再也不多要一个了。达芒戈眼见还有7个奴隶卖不出去,便抓过一支枪,瞄准站在最前面的那个妇女,她正是那3个孩子的母亲。

他对白人船长说:

"买下吧,否则我就杀了她。只要一小杯烧酒,你不买,我就要开枪啦。"

"你要我买下,我拿她有什么用?"勒杜船长拒绝说。

达芒戈开了一枪,那母亲倒地而亡。

"来吧,另一个!"达芒戈边喊边瞄准下一个衰弱不堪的老头子,"只换一杯烧酒,否则……"

达芒戈的一个妻子拽了丈夫的胳臂一下,子弹打偏了。因为那女人刚认出她丈夫要杀的那个老头子是一位基里奥,也就是说,是一位巫师,此人曾经向她预言她将来会当上王后。

达芒戈喝多了烧酒,脾气狂暴,眼见有人公然反对他的意志,更是难以自制。他用枪托狠狠揍了一下他的妻子,然后转身对勒杜船长说:

"喂,我把这个女人送给你。"

他的这个妻子长得挺标致。勒杜船长见了笑逐颜开,立即便牵着她的手,说:

"我会找好地方来安置她的。"

那位翻译是个厚道人。他给达芒戈一个硬纸板做的鼻烟盒,换来那剩下的6个奴隶。他立即卸下套住他们的木叉,让他们愿意上哪里就上哪里去。这几个奴隶马上就跑得精光,有的往这儿,有的奔那儿,但谁也不知道如何才能回到自己离这海岸800公里之遥的家乡。

勒杜船长向达芒戈告辞,准备尽快地装货上船,因为在河口逗留时间长了不安全,巡洋舰随时都会出现,而他准备第二天就启程返航。至于达芒戈,他躺在有树荫的草地上呼呼大睡,静待醒酒时分。

当他醒来的时候，贩奴船已扬帆起航，顺河而下。达芒戈由于头一天暴饮无度，脑子仍然昏昏沉沉，他还要找自己的妻子艾伊雪哩。有人回答他说，艾伊雪因为不幸惹得他生了气，已经被当作礼品送给白人船长，勒杜早已把她带到船上去了。达芒戈一听就愣呆了，他使劲捶打自己的脑袋，然后抓起步枪就去追赶。那条河要拐几道弯才能入海，他便抄近路，直奔离河口2公里的一个小港湾，指望在那里找到一条独木舟，去追上那艘双桅帆船，因为河道曲折，帆船行驶得较慢。果然不出他所料，他先找到一条独木舟，然后又追上了那条贩奴船。

勒杜船长见他追来，颇为惊讶，听到他说想把妻子要回去，更是大吃一惊。

"给了别人的东西，是不能要回去的。"他这么拒绝说。

说完，他转过身去，置之不理。达芒戈坚持要人，并表示愿意将勒杜用来换奴隶的一部分物资原件退还。白人船长哈哈大笑，说艾伊雪这个女人很不错，他要把她留下。可怜的达芒戈一听，泪如雨下，他号啕悲叫，痛苦得就像一个正在承受外科手术的病人。他时而在甲板上打滚，呼叫爱妻艾伊雪的名字，时而把头朝船板上撞碰，颇有自杀之势。白人船长无动于衷，漠然冷对，指着河岸示意要他滚蛋。达芒戈仍然坚持不懈，甚至提出用他的绣金肩章、步枪与军刀来交换，但他所有的恳求都枉然。

正在双方僵持不下之时，贩奴船的大副对船长说：

"昨天夜里，咱们死了3个奴隶，船上还有点空地方，为什么不逮住这个身强力壮的混蛋呢？他一个人就抵得上死去的那3个。"

勒杜心里打了打算盘，达芒戈这厮足可以卖上1000埃居呀，虽然自己这趟买卖看来会有丰厚的利润，但对他来说，毕竟可能是他此生最后一次。只要发了财以后不再做贩奴生意，自己在几内亚沿岸留下好名还是恶名，对他还有什么关系呢？再说，岸上渺无人迹，他满可以任意摆布这个非洲武夫，只需把他手里的武器取走就行。因为这武夫手里有武器,要对他下手是很危险的。于是,勒杜船长不动声色把达芒戈的枪要过来,仿佛要仔细估一估它的价值,看是否可以把艾伊雪再换回去。在摆弄弹簧扳机的时候,他刻意把导火线的火药卸掉。与此同时,他的大副则把达芒戈的军刀拿过去把玩。这样一来,黑人武夫便完全被解除了武装。两名勇猛有力的水手扑将上去,把他脸朝天地按倒在地,打算将他捆绑起来。黑武夫猛烈反抗。他遭此突袭,已经醒过神来,虽然处于劣势,但仍与那两个水手搏斗了好一阵子。由于他天生力大无比,终于又站了起来,一拳就把拽住他脖子的那一个水手击倒,另一个也制服不了他,只撕下他的一块上衣。他挣脱后便疯狂扑向大副。大副朝他头上砍了一刀,伤口相当宽,但并不深。达芒戈又第二次倒地。船丁立即将他的手脚捆绑得结结实实。他一面挣扎,一面怒吼,像只落网的野猪一样乱蹦乱扭。当他感到自己已全然无能为力,一切反抗均属徒劳时,便闭上眼睛,一动也不动。只有他粗声粗气而又急促的喘息,表明他还活着。

"妙极了,"勒杜船长大声嚷嚷说,"被他卖掉的那些黑人,看见他也成了奴隶,准会哈哈大笑。从这件事,他们就会相信天主在上,自有公道。"

这时,可怜的达芒戈还在不断流血。那个慈悲为怀的翻译,就是前一天救了6个奴隶的那位先生,走了过来,替他把伤口包扎好,还对他讲了几句安慰的话。到底是怎么说的,笔者就不得而知了。达芒戈一动也不动,就像一具死尸,两个水手费了好大的劲,像抬沉重的包袱一样,把他抬到统舱里,那里事先给他留下了一个位置。整整两天,他不吃不喝,几乎连眼睛也不睁。他过去的那些阶下囚,如今成了他的难友。他们见他也沦落到这群囚徒之中,惊讶得目瞪口呆,只因对他仍心存畏惧,谁也不敢对这个使得他们沦于不幸的武夫表示幸灾乐祸。

双桅船趁着从大陆吹来的顺风,迅速地离开了非洲海岸。船长已经不再担心会碰上英国巡洋舰了,他一心想着这次直航殖民地将有巨额利润在那里等待着他。他的"乌木"完好无损,没有发生任何传染病。只有12个奴隶,而且是身体最为瘦弱的,因为酷热中暑而死去,此乃小事一桩,何足挂齿。为了使得他船上的人形牲口尽可能少受点旅途劳顿之苦,他每天不忘让舱里的奴隶到甲板上来透透气。全部奴隶分为三批进行轮流,每批三分之一的可怜虫上来一个钟头,吸足自己一整天所需要的新鲜空气。一部分船丁荷枪实弹,在一旁监视,以防奴隶们造反;另一个防范措施则是小心翼翼地不把他们的脚镣手铐全部卸下。偶尔,一个能拉点小提琴的水手,会给他们演奏演奏,好让他们有点娱乐。在此种难得的时刻,一张张黑色的脸孔全都转向这位乐师,脸上原有的那种发呆而绝望的表情逐渐消失不见了,而会开颜大笑,如果在手铐不太碍事的时候,他们还会鼓掌呢。此情此景,见者定会大感惊奇。运动对健康至关重要,为此,勒杜船长定下一条保健措施,那就是要奴隶们经常跳舞,就像要让长途贩运中的马匹经常蹬蹬前蹄一样。

"来吧,孩子们,跳起舞来,大伙都乐一乐。"勒杜船长声如雷鸣,同时,他把手里那根用来赶驿车的马鞭甩得噼啪直响。

可怜的黑奴们便应声跳起来舞起来了。

有若干天,达芒戈因为有伤在身,待在舱下没有上来。后来,他终于出现在甲板上了。起初,他面对自己那些惊恐的奴群,昂首而立,环视周围辽阔的大海,凄然无语。然后他躺了下来,或者不如说,是颓然倒在船桥的甲板上,甚至不屑于把镣铐摆弄妥帖,好让自己舒服一点。勒杜坐在后部的艄楼上,悠闲地抽着烟斗。艾伊雪侍立在他身旁,没有戴镣铐,身穿一件式样优雅的蓝布长裙,脚踏一双漂亮的羊皮拖鞋,手持托盘,托盘上放着各种甜酒,随时准备为他酌酒。显而易见,艾伊雪已经得到了船长的重用,担任了贴身要职。有个黑奴对达芒戈心怀不满,故意叫他往船长那边望去。达芒戈转头一看，看到艾伊雪，便大喊一声，霍地而起，向后艄楼奔去，值班水手竟没有来得及制止他这种严重触犯航行法规的行为。

"艾伊雪！"他用雷鸣般的声音呼喊，那黑人女子立即发出了一声惊叫。"你以为在白人的地方就没有'犸犸龙婆'了吗？"

这时，船丁们手持棍棒纷纷赶到。达芒戈双臂交叉在胸前，若无其事，从容不迫地回到自己原来的位置上，而艾伊雪则泪流不止，似乎被达芒戈那句神秘的警告吓得丧魂落魄。

"犸犸龙婆"这个词凶狠可怕，足以使人恐惧，究竟所指为何，那位翻译作了以下一番解释：

"那是黑人用来吓唬人的妖怪。如果一个丈夫担心自己的妻子干出不守妇道的事，就像法国女人与非洲女人常做的那样，他就会用'犸犸龙婆'来吓唬她。我得告诉您，我亲眼见过犸犸龙婆这骗人的把戏。但黑人却信以为真……他们头脑简单，根本不懂得这一套。您想想吧，某个夜晚，当女子们正在跳舞取乐之时，用黑人的土话来说，也就是正在'乐和乐和'的时候，突然从幽深黑暗的树林里，传来一阵阵怪异的音乐声。什么人在演奏，你是看不到的，那些乐师都藏在树林里，乐器则有芦笛、木鼓、木琴以及用半个葫芦做的吉他。奏出来的声调阴气逼人，鬼听也愁。那些黑人妇女一听见这样的调子便吓得浑身哆嗦。她们想躲开了事，但却被做丈夫的扣住不放。她们知道即将有什么堵心的事要来了。忽然间，从树林里走出一个白色的庞然大物，足有咱们船的桅杆那么高，脑袋如笆斗，两眼像锚孔，一张魔鬼的血盆大嘴，里面有火苗闪闪。这怪物缓缓地挪动，最远不超出树林100米的地方。女人们不断惊呼：'"犸犸龙婆"来了'！

"她们像卖鲜牡蛎的女人那样大叫大嚷，这时候，做丈夫的就对她们说：'臭淫妇，快告诉我们，你们守没守妇道？如果撒谎，"犸犸龙婆"已经在这儿了，会把你们活活吃掉。'有的女人头脑简单，信以为真，居然从实招认，于是被做丈夫的打得半死。"

"这个叫'犸犸龙婆'的庞然大物,究竟是什么东西?"勒杜船长问。

"咳,那是一个滑稽小丑装扮的,身上披着一大块白布,头上顶着一个挖空了的南瓜,里面支着一根木棍,棍端放一支点亮的蜡烛。这把戏并不高明,但要诓骗黑人,只需耍点小聪明就行了。不管怎么说,'犸犸龙婆'倒也不失为一种好发明,我希望我的老婆也相信确有'犸犸龙婆'。"

"至于我的老婆,"勒杜船长说,"即便她不害怕'犸犸龙婆',她也会害怕大棒。她很明白,如果她对我耍了花招,我会怎么去收拾她。我们勒杜家族的男人耐心都很有限。我虽然只剩一只胳臂,但用鞭子抽人,手还是很好使噢。至于刚才那个用'犸犸龙婆'吓唬人的混蛋,你去告诉他放老实点,别再恐吓我身边的这个小娘子,否则我会叫人去抽他的脊梁,抽得他的皮肤由黑变红,像带血的生牛排一样。"

说完这一番话,船长便返回他的舱房里。他把艾伊雪叫来,想要好好安慰安慰她。但不管用什么办法,起先是哄,哄到后来他不耐烦了就揍,所有这一切都不奏效,都不能使那个漂亮的黑女人就范。她泪如泉涌,哭泣不止。船长又回到甲板上,心里不胜烦躁,拿值班官来撒气,把他狠骂了一顿,说他操作不当。

夜深人静,几乎全体船员都入睡以后,守夜的人员先是听见从统舱里传出一阵低沉、庄严而又凄凉的歌声,接着船上有了一声女人凄厉可怕的尖叫。紧接着,则是勒杜船长粗暴的声音,又是骂又是威吓,还有他那根可怕的鞭子噼噼啪啪的抽打声,响遍了全船。过了一阵子,一切又归于沉寂。第二天,达芒戈登上甲板,脸上鞭痕累累,但神情倔犟而倨傲,威严一如往昔。

在后部艄楼上,艾伊雪本来坐在勒杜船长的身旁,一看见达芒戈,便飞奔过去,跪在他的跟前,用极为绝望的声音哀求道:

"宽恕我,达芒戈,宽恕我吧!"

达芒戈直盯着她足有一分钟,接着,见那个翻译不在近处,便说了声:

"弄把锉刀来!"

说罢,他往甲板上一躺,不再理会艾伊雪。船长狠狠责备了艾伊雪一通,甚至还打了她几个耳光,并禁止她以后再跟自己的前夫搭话。但他怎么也没有想到他俩刚才那几句简短话里的内容,也没有从这个方面提出过任何疑问。

在以后的这段时间里,达芒戈与其他奴隶都关在一起,他日夜不停地鼓动他们进行一次大胆的冒险,去争取自由。他对难友们说,白人数目甚少,看守起来会越来越疲乏,警惕性会降低。同时,又含含糊糊地承诺,获得解放后,他会把他们带回故乡。他还自吹自擂,声称自己精通黑人所迷信的那法术,又威胁说,谁要是不配合行动参与起事,谁就必定遭到魔鬼的报复。他做这番训导时,只使用伯尔人[①]的方言,大部分黑人能听懂,而那个翻译则完全不懂。他能言善辩,本来就特具演说才能,加上他的声望与奴隶们一贯畏惧他、服从他的习惯,所以他煽动起事的话语更具有神奇的说服力。黑奴们都敦促他尽快确定一个起义求解放的日期,倒是他本人认为不宜仓促举事。他故弄玄虚,讳莫如深,告诉难友们说,时机尚未成熟,魔鬼还没有托梦通知他可以行动,但他们必须做好充分准备,一旦号令下来,就立即动手。与此同时,他不放过任何一个机会去试探船丁的警惕程度。有一次,有个船丁把步枪靠在船舷,正尽情观赏着追随双桅船的一群鱼跳出水面、凌空而跃的情景,达芒戈将那支枪拿过来,摆弄摆弄了一番,还故意笨拙地模仿了船丁们操练的动作。不一会儿,那支枪被要了回去,但他由此探知,他可以拿拿武器而不至于立即引起对方的警觉,当将来举事暴动的时候,谁还想把武器从他手里再夺回去,那人真就是胆大妄为、不知死活了。

[①] 伯尔人:非洲北部的土著民族,原来定居在塞内加尔。

一天，艾伊雪扔了一块饼给他，同时做了一个只有他才明白的手势。饼里藏有一把小锉刀，举事的成败全靠这件工具了。最初，达芒戈小心翼翼，不让自己的难友们看见这把刀。等到夜幕降临以后，他嘴里念念有词，同时做出一些怪异的动作。他越来越兴奋，甚至发出一些呼喊。他的声音抑扬顿挫，起伏变化，真以为他正在和一个肉眼看不见的人进行热烈的交谈。所有的奴隶见此都不寒而栗，深信魔鬼已经来到了他们中间。最后，达芒戈发出一声欢呼，结束了装神弄鬼的这一幕。

"伙计们，"他叫道，"我祈求的那个精灵，刚才终于答应把它所承诺过的福祉赐给我，我手里正拿着可以使我们得到解放的工具。现在，你们只需鼓起一点点勇气，就能够获得自由了。"

他让周围的人都用手摸摸那把锉刀。他的骗术虽然十分简陋，还是使得那些头脑更为简陋的黑奴信以为真。

经过漫长的等待之后，复仇与解放的伟大日子终于来到了。举事者作了庄严的宣誓，众志成城，团结一致，通过慎重的讨论，敲定了起义的计划。最为勇敢坚定的一批人，由达芒戈率领，趁他们上甲板之际，夺下守卫船丁手里的武器。再去几个人到船长的房间里去夺下那里的枪支。施行第一轮打击的任务由那些先锯开了手镣脚铐的人承担。不过，尽管一连好些个夜晚奴隶们都在顽强地锯断自己的镣铐，但大部分仍然未能得逞，不可能放开手脚参加起义。因此，另由三个特别身强力壮的奴隶，去杀死那个口袋里装着镣铐钥匙的看守，然后再去解放那些仍被铐着的兄弟。

事变的当天，勒杜船长心情甚佳。他一反往常故态，竟赦免了一个原本该受鞭挞的见习水手，并表扬了一个值班的高级船员，说他驾驶得不错，向全体船员宣称他对此深感满意，还说不久就要到马提尼克岛了，届时，每个人都会得到一份额外的奖金。如此诱人的承诺，引人想入非非，每个人都在自己脑子里盘算着，上岸后如何享受马提尼克岛的美酒与有色民族女人。正当他们飘飘然之际，达芒戈与一些预谋起事的奴隶被带上了甲板。

他们锉开镣铐时，小心翼翼地加以掩盖，叫人看不出已快锉开，但稍一使劲便能扭断。同时，他们故意把镣铐弄得哗啦作响，好让旁人听见了以为他们不堪重负。他们饱吸了一阵新鲜空气之后，便全体手挽手，跳起舞来，而达芒戈则唱起了自己部族的战歌[①]，这是他过去每次出征时都要唱的。舞跳了一阵子之后，达芒戈似乎有点累了，便躺倒在一个无精打采倚靠着船舷的水手的脚下。其他的预谋者也纷纷效仿，于是，每个船丁身边都围有好几个黑奴。

突然，达芒戈稍一用力便把镣铐弄断，大喊了一声，这喊声就是他约定举事的信号。接着，他猛地将身旁那个船丁的两腿一拉，把他掀倒在地，一脚踏住他的肚子，把他的枪夺了过来，开枪打死那个值班的小头目。与此同时，每个值勤站岗的船丁都遭到了攻击，被缴械后即被杀掉。船上杀声四起，掌握镣铐钥匙的那个看守，首当其冲，是第一批丢命中的一个。于是，成群的黑奴拥上了甲板，找不到枪支的就抓起绞盘上的木杠或救生艇上的木桨当武器。从这时开始，欧洲船丁们的大势已去。不过，还有几个船丁仍在后部艉楼上负隅顽抗，但他们既缺乏武器，也丧失了信心。勒杜船长尚且还活着，其勇气也丝毫未减。他发现达芒戈是这次反叛的首脑，心想如果能把他干掉，他的那些追随者就好对付了。于是，他高呼达芒戈其名，手挥军刀，直向他冲去。达芒戈立即迎了上去，他倒提着一支步枪，像抡一根大棒似的抡着它。两个首领在连接前后艉楼的一条窄窄的通道上狭路相逢。达芒戈首先发动攻击，勒杜将身子轻轻一闪，躲过一招。达芒戈的枪托狠狠砸在甲板上，折成两截，其反作用力之大，竟使整支步枪从达芒戈手里震落而下。达芒戈已赤手空拳，勒杜狞笑一声，举起胳臂，挥刀劈下，眼见就要将对方劈个通透。但说时迟那时快，达芒戈

[①] 每个黑人首领都有自己的战歌。——作者原注。

敏捷得如他家乡的一头猎豹，竟冲进勒杜的怀里，一把抓住勒杜挥刀的那只手。双方激烈格斗，一个拼命夺刀，一个拼命握刀。在拼死拼活的争夺中，两人同时跌倒在甲板上，但这时非洲人被压在下面。达芒戈毫不泄气，他使出了全身的劲儿，紧紧将勒杜箍住，张开大嘴狠咬其喉咙，用劲之猛，使得鲜血飞溅，像从狮子的牙缝里喷出的一样。军刀从勒杜的手里颓然落地。达芒戈把它抓了过来，直往已经半死的对手身上连戳几刀，他鲜血淋漓的嘴里，发出一声胜利的吼叫。

起义胜利已成定局。剩下来的几个船丁哀求胜利者饶命，但他们所有人，包括那个从未对黑人做过坏事的翻译，都被毫不留情地杀死了。大副死得很壮烈。他退到船尾，紧靠一尊能旋转发射霰弹的小炮，他左手转动那尊炮，右手持刀抵抗，越战越勇，招来了一大群黑人的围攻。于是，他把开炮的栓钮一按，顿时密集的黑人被轰得一片死伤狼藉，形成了一条血路。不一会儿，他就被剁成了肉泥。

当最后一名白人的尸体也被砍成碎块扔进大海之后，黑人们因大仇已报而感到心满意足，他们抬眼注视船帆，那些帆一直被强劲的风吹得鼓鼓的，似乎还听命于原来的白人压迫者，不理睬起义者的胜利，仍然要将黑人们送往被奴役的地方。

面对此种境况，他们不禁悲哀地想道：这条船是白人奉若神明的庞然大物，我们把它的主人都斩尽杀绝了，它还会把我们送回老家吗？

他们之中一些人认为，达芒戈有本领，能操纵这条船，于是，大家高声呼叫达芒戈。

达芒戈却不急于露面。大家在船尾的一个房里发现他正站在那里，一手按着船长那把血淋淋的军刀，另一只手心不在焉地伸给他的妻子。艾伊雪跪在他跟前，吻着他的手。从他的举止看来，胜利的喜悦并没有减轻他心底隐隐的不安。比起那些黑人同类，他毕竟心思细致一点，更能感觉得到自己境况不妙。

他终于出现在甲板上，外表镇定而内心忐忑。上百张嘴都在吵吵嚷嚷，催促他掌控船只，指挥航行。他慢吞吞走近船舵，似乎想拖延一下时间，因为即将检验出他到底有没有真本领，对此，他自己与他的那一大群追随者都在拭目以待。

船上任何一个黑人，不论是多么迟钝愚蠢，都不会不注意到有一个轮盘和它前面那个盒子对船只的航行起了决定性的作用。但这种机械装置对他们来说，是神秘莫测的。达芒戈在罗盘前盯了好久，嘴唇不断翕动，似想看懂那上面的文字。接着，他手按额头，似乎在思索，在盘算着什么。所有的黑人都围在他身旁，张着嘴巴，瞪着眼睛，忧心忡忡地注视着他的每个细微的动作。终于，达芒戈出于因无知而产生的恐惧与自作聪明两者兼而有之的心情，贸然使劲转动了一下轮盘。

碰上这种前所未有的操纵方式，美丽的双桅船希望号就在海浪上上蹿下跳，剧烈颠簸起来，如一匹烈马猛地被鲁莽的骑手用马刺一扎，竟昂然直立那样。简直可以说，这条船是在大发雷霆，宁愿毁沉海底，与那个冒失无知的舵手同归于尽。船帆方向与轮盘转动方向之间的协调制动横遭破坏，船身便猛烈倾斜，眼见即将翻倒，葬入大海。高大的帆架已经没入水中，有些人跌倒在甲板上，有些人已掉进海里。但是，转眼之间，双桅船又迎着波浪骄傲地昂起头来，似乎要与死神再作一番搏斗。海风越来越猛，突然，一声可怕的巨响，两根船桅在离甲板几尺之上的高度上被风力折断，船帆的碎片与像沉重渔网般的帆索纷纷落下，遍布了整个甲板。

黑人们被吓得惊恐万状，纷纷逃进统舱。海风吹倒了与它鼎力相抗的巨帆，双桅船又得以缓过劲儿来，又开始随波漂荡。于是，黑人中一些胆子最大的又爬上了甲板，清扫堵塞道路的碎片。达芒戈的手肘靠在罗盘柜上，用弯曲的胳臂遮住自己的面孔，一动也不动。艾伊雪待在他身旁，但不敢跟他说话。黑人们逐渐走拢来，起先是小声低语，议论纷纷，不久，就变成了一阵狂风暴雨似的谴责与辱骂。

"没有良心的家伙！骗人的坏蛋！"他们叫嚷道，"你害得我们这么惨，是你把我们贩卖给白人，是你强迫我们造了他们的反。你向我们胡吹你有知识，还答应要把我们带回家乡。我们相信了你这个家伙，我们真傻，你得罪了白人的这个神物，害得我们差一点就全完了。"

达芒戈把头骄傲地一抬，吓得周围的黑人纷纷后退。他捡起两支步枪，示意他老婆跟着他走。他穿过人群，黑人赶紧给他让出道来，他径直向船头走去。到了那儿，他用空桶与木板筑成一个碉堡似的掩体，然后，他往这个掩体的中央一坐，示威性地将步枪上的两把刺刀从掩体里伸了出去。黑人们再没有去干扰他。在这些造反的人群里，有些人在哭泣，有些人举手朝天，同时向黑人的神明与白人的神明进行祈求；有些人跪倒在那个摆动不停、叫他们惊叹不已的罗盘针之前，哀求它把他们带回家乡；有些人则陷于消沉，沮丧地躺在甲板上。在这些绝望的人群之中，请诸位想象一下，还有一些惊恐万状、哭号不已的妇女与儿童以及20来个伤员，他们哀苦求助，但没有人去答理。

忽然间，一个黑人在甲板上出现，他满面赤亮，喜气洋洋，宣称他刚刚发现了白人贮藏烧酒的地方。他那么兴高采烈，手舞足蹈，足以表明他已经美美地品尝了一番。这一消息顿时使得那些可怜虫停止悲号哀哭，他们立即奔向食品贮存室，拿到烧酒就狂饮饱灌了起来。一个小时之后，只见他们在甲板上一片烂醉，又是跳，又是笑，狂态百出。他们的舞蹈与歌声中仍夹杂着伤员的呻吟与哭喊。就这样，那个白天剩下的时间和整整一个晚上，在醉生梦死中过去了。

第二天早上醒来，又恢复了一片绝望恐惧。夜里，许多伤员已经死去。双桅船在海上漂浮，周围散布着尸体。这时，风急浪高，天空一片雾蒙蒙的。大伙赶紧聚拢商议。有几个学过点巫术的人，以前当着达芒戈的面不敢炫耀，现在一个个都自告奋勇，轮流将自己的法术操演了一番，但都没有奏效。每失败一次，人群的绝望便增添几分。

最后，又有人提起了达芒戈，他一直没有从他的掩体里出来。在大家看来，他毕竟是他们之中最有学问的，固然是他把大伙带入了绝境，现在也只有他才能把大伙救出苦海。于是，一个老者走到他跟前，提出了同舟共济的建议，请求他发表高见，控制危局。但达芒戈充耳不闻，像科里奥兰①那样无动于衷。他在昨夜已经趁乱贮备了一些饼干与咸肉，狠下了一条心，准备离群独处，在掩体里过自己的日子。

船上的烧酒倒还剩一些，至少可以使人入醉，忘掉大海，忘掉奴役，忘掉即将到来的死亡。大家喝了便睡，醉梦中回到了非洲，看见橡胶树，看见门户敞开的小茅屋，还有榕树郁郁的浓荫覆盖着整个村庄，第二天起来又开始狂饮饱灌，如此如此，醉生梦死，又过了一些天。悲号，哭泣，抓扯自己的头发，然后又喝得烂醉，沉沉入睡，这就是他们每天的生活内容。有一些人狂饮过量而死，另有一些人则投海自尽或引刀自戕。

一天早上，达芒戈走出自己的掩体，一直来到那残存的半截船桅旁，对大家宣告：

"奴隶们，神灵托梦给我，告诉我如何才能把你们救出目前的险境，如何才能把你们带回家乡。我本来不想再管你们的事，因为你们忘恩负义，但是，我怜悯这些哭哭啼啼的女人和小孩。我宽恕你们，你们得好好听我的话。"

所有的黑人都毕恭毕敬，低着头，簇拥在他周围。

他继续说下去："要使得这样一栋庞大的木制建筑在海上移动，就必须像白人那样懂得控制它的咒语，虽然咱们办不到，但咱们能够任意指挥那些和咱们家乡小船一样的轻便小艇。"

说着，他用手指了指旁边的救生艇与其他小艇。

"咱们在小艇上装足食物，然后坐上去顺着风向使劲划，我的神

---

① 科里奥兰：公元前5世纪的罗马大将，因国人不义，愤而投敌并率部直逼罗马，罗马不止一次遣使求情，他均予以拒绝。

明与你们自己的神明，一定会施法刮风，把咱们吹回家乡。"

大家对他的话都深信不疑。其实，他这个如意算盘是最荒唐不过的。既不会使用罗盘，又不懂天文气象，只能随风漂流，听天由命了。照他的想法，他认为只要一直朝前划去，就一定能找到黑人居住的陆地。因为他听他母亲说过，陆地都归黑人所有，白人只能在自己的船上栖身。

很快，上小艇的一切准备工作都做好了。但只有一只救生艇与一条舢板还完整可用。容量太小，装不下还活着的80来个黑人。必须把伤病员扔下。这些可怜的人大部分要求同伴在抛弃他们之前把他们弄死。

费了九牛二虎之力，好不容易把两条小船放到了水面。两条都严重超载，海上波涛汹涌，随时都会把船吞没。舢板先划了出去。达芒戈与艾伊雪是坐在后面那只救生艇上。救生艇要笨重得多，载人的数量也大大超过那条舢板，因而远远落在后面。艇上的人还听见被遗弃在希望号上的几个可怜虫仍在哀号惨叫。猛然，一个大浪从侧面朝救生艇袭来，艇内顿时充满了海水，眼见即将沉没。前面那条舢板，见此情景，便赶快使劲划得远远的，唯恐要承担打捞落水者的责任。救生艇上几乎所有的人都被大海吞没了，只有10多个人侥幸游回了希望号，其中包括达芒戈与艾伊雪。到太阳西沉的时候，他们看见了那条舢板消失在地平线上，但那一船人后来的命运就不得而知了。我何必详细描述希望号上残存者备受饥饿折磨的种种令人恶心的惨状，来给读者添堵呢？20来个人挤在一个狭小的空间里，时而被惊涛骇浪上下颠簸，时而被炎炎烈日暴晒烘烤，每天都要争夺剩下来的少量食物，一块饼干就足以引起一场战斗。弱者一个个死去，倒不是为强者所杀，而是强者坐视他们自行死亡。几天以后，双桅船希望号上还活着的，就只有达芒戈与艾伊雪两人了。

一天夜里,海上骇浪涛天,狂风怒号,四周一片漆黑,从船尾竟看不见船头。艾伊雪躺在船长室里的一张床垫上,达芒戈坐在她的脚旁。两人相对无言,沉默了好久。

艾伊雪终于喊道:"达芒戈,你受苦啦,你所受的一切苦,都是因为我……"

"我不苦。"达芒戈生硬地答了一句,同时把自己仅剩的半块饼干,扔到他老婆的身边。

"你自己留着吧。"艾伊雪说着轻轻把饼干推了回来,"我已经没有饿的感觉了。再说,我已经死到临头了,何必吃呢?"

达芒戈没有回答,他站起身来,跟跟跄跄登上甲板,在一截折断的船桅旁坐下。他的头低垂在胸前,嘴里轻声哼起了他部族的小调。突然,海面的风浪声中传来一声大喊,同时,闪过一道亮光。紧接着,他又听见几声喊叫,一艘黑魆魆的大船飞快地在希望号旁边一闪而过,两船距离甚近,那条船的帆架几乎擦着他的头皮。达芒戈瞥见那船上有一根桅杆上悬挂着一盏桅灯,照亮了两个船员的脸孔。这两个人还发出了一声呼喊,但在狂风的劲吹之下,那船转瞬即过,消失在黑暗之中。船上的值班人员一定是看到了失事的希望号,但风急浪高,他们实在无法掉头回来。过了一会儿,达芒戈又看见大炮的火光一闪,并听见一声轰响。接着,他又看见另一尊大炮闪出火光,但却没有听见任何声响,而后,就再也没有见到什么了。第二天,没有一丝帆影在海面出现。达芒戈又重新躺回床垫,闭上自己的眼睛。当天夜晚,他的老婆艾伊雪死去了。

我不知道经过了多少时间以后,英国的三桅战舰战神号远远发现一艘折断了桅杆的船只,看来船员已经弃船逃离,便派了只小艇前往探个究竟,发现船上还有一个死去的黑女人和一个枯瘦如柴的黑人男子,那男子干瘪得如同木乃伊,他已经昏迷不醒,但还有一口气。

战舰上的外科医生收下了他,并进行治疗。当战神号在金斯敦[①]靠岸时,达芒戈的身体已完全康复。旁人询问他的身世,他都知无不言。岛上的种植园主想把他当作反叛的黑奴绞死,但当地的总督是个讲人道的人。他对达芒戈很感兴趣,认为他的作为情有可原,说到底,他只不过行使了正当防卫的权利而已,何况,他杀的都是法国人。于是,该岛按照贩奴船一律没收、其上的黑奴则从轻发落的惯例,给予达芒戈自由。换句话说,就是叫他为政府干活,每天可赚得6个苏的工钱,外加膳食。他长得很是英俊,七十五团队的上校看中了他,让他在军乐队里当铙钹手。他学会了一点儿英语皮毛,但平时寡言少语,喝起酒来却毫无节制,专喝朗姆酒与塔菲亚酒[②]。后来,他得了肺炎,死在医院里。

---

① 金斯敦:西印度群岛中牙买加岛的首府,当时为英属殖民地。
② 朗姆酒与塔菲亚酒:此两种酒均为西印度群岛的烈性烧酒。

马铁奥仗义斩子

出维基奥港①的市区，朝着西北方向往岛上腹地走去，可见地势陡然升高。羊肠小道，曲折蜿蜒，沟壑纵横，切割通道，并时有巨石挡路。维艰而行 3 个钟头之后，前面便是一片深广丛林的边缘。丛林是科西嘉牧羊人的家园，也是为官府所不容者的藏身之地。要知道，科西嘉农民为了省去给田地施肥之劳，总是放火烧荒，即使火势蔓延，超出了需要的范围，他们也任其自然。不管怎么样，树木烧成灰烬，成为肥料，覆盖于地面，在其上播种，肯定会有好的收成。麦穗收割后，农民嫌麦秆麻烦，也就懒得去管了。至于没有烧尽的树根，则仍埋在地下，到来年春天，又出芽抽条，长出茂密的枝叶，不消几年，高度便可达七八尺。这种茂密的再生林，就是科西嘉岛上特有的矮丛林。其中各种各样的树木与丛薮交错缠绕，浓密混杂。只有手持利斧才能从中开辟出一条路来，有时矮丛林的枝叶过于繁密，连野山羊也钻不进去。

如果你犯了命案，那就躲进维基奥的丛林中去好了，只要带上一支好枪，一些火药与子弹，你就稳保平安无事。当然，还别忘了带一件有风帽的褐色斗篷，用来当作被褥。附近的牧羊人会供给你牛奶、乳酪与板栗。除了去城里补充弹药的时候以外，你就不用担心会落入官府手里或遭到仇家报复。

---

① 维基奥港：法国科西嘉岛东南一港口。

18××年我在科西嘉的时候,马铁奥·法尔戈内一家就住在离矮丛林仅2公里之处。他在当地堪称富人,生活优裕,也就是说,他什么也不用干,光靠羊群便可过得很滋润。其牧事自有牧人代劳,他们是另类的游牧民族,驱赶着畜群在群山里择地而驻。我见到马铁奥的时候,是在以下这个故事已经发生之后的两年,当时我觉得他至多不过50岁。他个子矮,体格壮,头发鬈曲,像煤一样漆黑,鼻如鹰钩,唇如薄片,大眼睛炯炯有神,皮肤晦暗,如同靴子的里面。当地是出神枪手的地方,高手如云,即使如此,马铁奥的枪法也格外出类拔萃。举例来说吧,他射击岩羊从不用大粒霰弹,而是在120步开外,随手一枪,不是正中头部便是正中肩胛,一击毙命。在夜间也如同在白天一样,百发百中,弹无虚发。他的枪法如此神奇,都是别人告诉我的,对于没有到过科西嘉的人来说,简直就像天方夜谭般难以置信。更为神乎其神的是,旁人在80步以外点上一支蜡烛,蜡烛前遮一张盘子大小的透明纸,他先举枪瞄准,旁人随即把蜡烛吹灭,再过一分钟,他在一片漆黑中扣机射击,射四次有三次能把那张纸击中。

此等超凡的身手,使得马铁奥威震一方,闻名遐迩。在乡里间,他还享有上佳的口碑:对朋友义重如山,对敌人疾恶如仇。而且他热心助人,乐善好施,故此,在维基奥港整个地区,他与同胞乡亲关系融洽,和睦相处。不过,也有传闻说,他当初在科尔特①,为了娶上自己的妻子,曾经十分凶狠地灭掉了情敌,那人不论在情场上还是在武场上,都是一个可怕的对手。至少大家都这么认为,那个情敌正对着挂在窗口的一面小镜子刮胡子的时候,一记冷枪叫他当场毙了命,那就是马铁奥的手笔。此事风平浪静之后,马铁奥就娶了妻,成了家。他的妻子吉乌赛芭起先给他生了3个女娃,他对此十分恼火。后来,终于生了个儿子,取名福尔菊纳多。此子一脉单传,成了全家的希望。3个女儿都嫁得很好,老爸一旦需要,3个快婿定可拔刀相助。

---
① 科尔特:科西嘉中部一城市。

儿子年方 10 岁,但已可预见将来必成大器。

秋季的一天,马铁奥大清早便同妻子出门,去巡视丛林中一块空地上的羊群。小儿子也想跟他们一道去,可是路途太远;再说,也要留个人看家,所以,父亲没有答应。后来他会不会为此而感到后悔,看官以下便知分晓。

马铁奥走了已经好几个钟头,小福尔菊纳多安安静静地躺着晒太阳,两眼凝视着蓝色的群山,心里念想着星期天将要去城里一个人称"班长"①的叔叔家作客一事。突然间,一声枪响打断了他的思路。他赶忙站了起来,朝响枪声的平原望去。接着,枪声又起,时断时续,并越来越近。终于,从平原通往马铁奥家那幢房子的小路上,出现了一条汉子,头戴山区百姓常戴的那种尖顶便帽,满脸胡须,衣衫褴褛,挂着一支长枪,步履艰难地走过来,他的大腿上刚中了一枪。

此人乃强盗②也。他夜里进城购置火药,回来的路上,遭到科西嘉步兵队③的伏击。他拼命奋战,冲出包围,军队则紧追不舍。他靠岩石作掩护,边退边还击。但追兵距离甚近,而且他已经负伤,眼见在逃进丛林之前就会被抓获。

他走近福尔菊纳多身边,问他:

"你是马铁奥·法尔戈内的儿子吗?"

"是的。"

"我,我是吉阿内托·桑比埃罗,黄领子④正在追我。请把我藏起来,我快走不动了。"

---

① 班长:从前科西嘉农民反抗封建领主时各村的起义领袖。至今仍以此来称呼乡镇财大气粗、人多势众、影响广泛并有一定司法权力的乡绅。根据古老的习惯,科西嘉人分五等,即贵族(其中包括达官贵人与领主)、班长、公民、平民与外乡人。——作者原注。

② 此处,"强盗"与"遭官府追捕者"实为同义。——作者原注。

③ 兵队:这是当地政府近年来组建的武装组织,与警察共同担任治安任务。——作者原注。

④ 黄领子:指士兵。因士兵的制服为褐色,带有黄色的衣领。——作者原注。

"没有得到我爹的同意我就把你藏起来,他会怎么说?"

"他会说你做了件好事。"

"谁知道呢?"

"快把我藏起来吧!他们快追上啦。"

"等我爹回来再说吧。"

"还要我等?真该死!他们几分钟之后就到,快,赶快把我藏起来,否则我就毙掉你。"

福尔菊纳多冷冷地答道:

"你的枪已经射空了,你腰带里也没子弹了。"

"我还有匕首。"

"你追得上、抓得着我吗?"

说时那孩子便纵身跳开,叫那强人够不着他。

"你不是马铁奥·法尔戈内的儿子吗?难道能让我在你们家门口被捕不成?"

那孩子似乎心里有所松动。

"如果我把你藏了起来,你给我什么好处?"他说着向强人走近。

那强人摸了摸挂在腰间的皮口袋,掏出一块 5 法郎的硬币,显然是他留着要买火药的。福尔菊纳多见了银币便眉开眼笑,一手抓了过来,对那汉子说:

"你就放心吧。"

说罢,便在房子旁边的干草堆里扒开一个大洞。那汉子便钻了进去。孩子用干草把洞口盖好,留出空隙给他透气,但又不留下破绽,使人不致生疑。另外,他还别出心裁,想出一个妙法,抱来一只母猫和一窝小猫,把它们放在干草堆上,使人以为最近一直无人动过这一堆草。这时,他又发现屋旁小路上留有血迹,便用土仔细掩盖好。安排停当之后,他便泰然自若地躺下来晒太阳。

几分钟后,6 个身穿褐衣黄领制服的士兵,由一位队长率领,来到了马铁奥家的门前。这队长与马铁奥还沾点亲。看官须知,在科西嘉,沾亲带故的人际关系,远比其他地方更为普遍。此人名叫第奥多罗·甘巴,办案特别卖力,强盗们都很怕他,已有多人被他缉拿归案。

"你好,表侄,"他走近福尔菊纳多,"你可长大了!你看见刚才有一个人从这里跑过去吗?"

"噢,我长得还没有您这么高,表叔。"孩子装天真这么说。

"你很快就会长得跟我一样高。不过,你告诉我,刚才有一个人跑过去吗?"

"您问我看没有看见有个人跑过去?"

"是呀,有个人,他头戴黑色天鹅绒尖顶便帽,身穿绣着红黄条纹的外衣。"

"有个人,戴着黑色天鹅绒尖顶帽,身穿绣着红黄条纹的外衣?"

"没错,快回答我,别老重复我的问题。"

"今天早晨,神甫先生骑着他那匹叫皮埃罗的马,从我们家门口经过,他向我问候了我的爹,我回答他说……"

"好哇,小鬼头,你跟我耍滑,快告诉我那强盗跑到哪里去了,我们正在追捕他。我敢肯定,他一定是从这条路跑的。"

"谁知道呢?"

"谁知道?我就敢断定你见过他。"

"我睡着了还能看见有人跑过去?"

"你没睡着,小无赖。枪声早就把你惊醒了。"

"表叔,您以为你们的枪能打那么响?我爹的喇叭口火枪响声要大多了。"

"你见鬼去吧,小坏蛋!我敢断定你看见了那强盗,很可能你把他藏起来了。喂,弟兄们,你们进屋去,看看咱们要抓的人在不在里面。那家伙只剩下一条腿能走,他贼精得很,绝不会妄想一瘸一拐能逃进丛林。再说,血迹到这儿就没有了。"

"我爹会怎么说？"福尔菊纳多冷笑着问，"如果他知道，他不在家的时候，有人进了他的屋子，他会怎么说？"

"小无赖，"队长拧着孩子的耳朵说，"你明不明白，我要你老实点儿你就得老实。也许用刀面在你身上拍打二十几下，你就会说实话了。"

福尔菊纳多仍冷笑不止。

"我的老子是马铁奥·法尔戈内！"他洋洋得意、装腔作势地说道。

"小混蛋，你要知道，我可以把你抓进科尔特或者巴斯蒂亚的监狱，让你睡草垫，戴脚镣。如果那时你再不招出强盗跑到哪里去了，就把你送上断头台。"

那孩子听了这恐吓，反倒哈哈大笑起来，他仍然重复那句老话：

"我的老子是马铁奥·法尔戈内。"

一名士兵低声劝告自己的队长说："长官，咱们还是别去得罪马铁奥为妙。"

队长显得进退两难，便与士兵们低声商议了一会儿。士兵们已经把整栋屋子搜查一遍了。他们这么做并没有用多久的时间，因为科西嘉人的小屋只不过是四四方方的一大间，家具陈设一目了然：一张桌子，几条长凳，几口箱子，一些猎具与日用品。在这段时间里，小福尔菊纳多一直在抚摸着那只母猫，对那几个士兵与他表叔队长的一筹莫展，显得有些幸灾乐祸。

一个士兵走近干草堆，看见了那只母猫，便漫不经心地用刺刀戳了一下那堆干草，耸了耸肩膀，似乎觉得自己这么草木皆兵未免有点可笑。那干草堆纹丝不动，孩子也镇静如常，丝毫未动声色。

队长和他的部下到了山穷水尽的绝境，无可奈何，早已把目光转向那片平原，似乎准备从原路打道回府。但那当队长的虽已知道威逼恐吓对马铁奥·法尔戈内的少爷不能奏效，心里仍想作最后一次努力，何不试试哄骗与利诱的法子呢？

"小表侄,"他说,"我觉得你是个挺聪明的小伙子,将来必成大器。可是,你在跟我耍滑头。如果我不是怕我的老表马铁奥难受的话,我就会不管它三七二十一,非把你抓走不可。"

"得了吧!"

"等我的老表回来后,我要把这件事告诉他。他为了惩罚你撒了谎,一定会用鞭子抽得你出血。"

"真的吗?"

"你等着瞧吧……不过,噢!只要你乖乖地听话,我就给你一样东西。"

"表叔,我嘛,倒要给你一个忠告。如果您再在这里耽误时间,那强盗便会逃进丛林,到那时,要进去搜捕他,就得再增加几个像您这样胆大的壮汉。"

队长从口袋里掏出一块银质怀表,它足要值10个埃居①。他发现小福尔菊纳多一见这表就眼睛发亮,便提着挂在银表上的钢链,对孩子说:

"小滑头!你一定想有这么一只表,把它挂在脖子上,到维基奥城里大街上,得意扬扬,走来走去,那时,大家一定会问你:'现在几点钟呀?'你就可以回答说:'瞧瞧我的表吧。'"

"将来我长大以后,我那位班长叔叔肯定会送我一块表。"

"那倒不假,但是你那班长叔叔的儿子,现在就已经有一块表啦,那孩子比你还小哩……说实话,他那一块还没有我这一块好看。"

福尔菊纳多叹了口气。

"怎么样,小表侄,你想要这块表吗?"

孩子斜着眼窥视着那表,那神情就像一只猫面对着送到嘴边的一只小鸡,它以为主人在故意逗它,不敢伸出爪子去抓,还不时把目光挪开,唯恐自己经不住诱惑,但又情不自禁地老舔舔嘴唇,似乎在对

---

① 埃居:法国银币。

主人说:"您这个玩笑未免太残酷了。"

但是,队长却像是诚心诚意要把这表送给他。福尔菊纳多并没有把手伸出去,他只是苦笑了一下,对队长说:

"您为什么故意逗我?"

"我的天啦!我不是在逗你。只要你告诉我那强盗藏在哪里,这块表就是你的了!"

福尔菊纳多笑了笑,表示不相信,他那双乌黑的眼睛紧盯着队长的眼睛,一心想弄清楚他的话是否有诚意。

"如果你答应了我的条件而我不把表给你,那就让我丢掉官职吧!在场的弟兄们都可以作证,我不能说话不算数。"队长大声嚷道。

他一面这么宣称,一面把表递了过来,越递越近,几乎快碰着那孩子苍白的脸蛋了。孩子的脸色表明,他内心里正在进行激烈的斗争,一方面是对那块表的贪婪,一方面是对避难客人应有的诚信。他裸露的胸膛急剧地起伏着,似乎快要喘不过气来了。而那块表却不停地在晃来晃去,转转悠悠,好几次都碰着他的鼻尖了。终于,他慢慢把右手伸出去,指尖碰到了那只表。现在,那块表整个已经落进了他的掌心,但队长仍然抓住表链的末端,并未撒手……表面是天蓝色的……表壳刚擦拭过不久……在太阳光照射下,光亮闪闪,如一团火焰……它对孩子的诱惑实在是太强烈了。

福尔菊纳多举起他的左手,用拇指从肩上朝他身后那堆干草指了指。队长立即心知肚明。他撒手松开表链,福尔菊纳多顿时便感到自己已经成为那块表的唯一主人,于是迅速站了起来,敏捷得像一头鹿,赶紧从草堆旁闪开,站到10步开外。士兵们立即上前去搜索那堆干草。很快,但见那草堆一动,一个满身血污的人钻了出来,手里仍握有一把匕首。他想站立起来,但身上的伤口已经凝出了血痂,使得他无法直立。他倒了下去,队长便扑上前夺下他的匕首。尽管他极力反抗,但很快就被捆绑得牢牢实实。

那强人像一捆柴似的躺在地上,他转过头来,向走近的福尔菊纳多骂道:

"狗娘养的……!"他的咒骂中蔑视多于愤怒。

孩子把从他那里得到的那枚银币掷还给他,觉得自己不配得到这个好处。但那强人对他这一举动不屑一顾,只是很冷静地对队长说:

"亲爱的甘巴,我走不了路啦,您得把我背进城去。"

"你刚才跑得比狍子还快。"捕获者队长大人冷酷地驳了他一句,"不过,你放心好了,能逮住你,我实在太高兴了,即便背着你走上几公里也不会累。再说,好伙计,我们会用树干与你的斗篷替你做一副担架,到了克莱斯波里农庄,我们就可以弄到马了。"

"好吧,"那阶下囚说道,"请你们在担架上铺些干草,让我舒服点。"

士兵们忙忙碌碌,一些人用栗子树的枝干做担架,其他人为那强盗包扎伤口。正在这当儿,突然之间,马铁奥·法尔戈内与他的妻子,在一条通往丛林的小路拐角处出现了。那女人背着一大口袋栗子,弯着腰吃力地往前走,而她的丈夫则大摇大摆,只在手里握一支枪,肩上另挎一支,因为这地方的男子汉除了拿枪外,其他什么也不拿,否则有失身份。

马铁奥一看见士兵,脑子里首先想到的便是,这些士兵是冲着他来的。为什么他有这个念头呢?难道他与官府有什么纠葛?没有。他名声很好,称得上是一个"有声望的人物"。但他毕竟是科西嘉人,是慓悍的山民,而一个科西嘉山民,只要好好回忆一下,总能想起自己没有少犯过开枪、动刀、打架之类的事情。马铁奥比任何人都更有自知之明,因为10多年来,他并没有用枪对准过任何人。即便如此,他仍然小心翼翼,摆好架势,准备必要时进行自卫。

"老婆,"他吩咐吉乌赛芭道,"把口袋卸下,做好准备。"

他的妻子立即照办。马铁奥把自己背着的那支枪交给她,以免开火打起来时妨碍行动。接着,他给手里的枪装上弹药,挨着路旁的大树向自己的家屋走去,准备一旦对方稍有敌意的迹象,便扑倒在最粗壮的一棵树干后面,以树干为掩护向对方开火。他的妻子紧跟着他,提着他那支备用的火枪与子弹袋。一个能干的老婆在战斗中的职责就是替丈夫往枪里装弹药。

另外那方面,队长眼见马铁奥举着枪,手按扳机,一步步地走了过来,不禁提心吊胆。他想,如果万一马铁奥是那强盗的亲戚朋友而想进行救援,他有两支枪准可以击中自己这伙人当中的任何两个,就像把信投入邮箱里一样轻而易举,而如果他不顾亲戚情分向自己瞄准,那就完了……!

在犹豫不决、不知所措之中,他毅然做出了一个勇敢的决定,那就是自己只身迎上前去,像一个老朋友那样把事情的经过向马铁奥和盘托出。但他觉得他与马铁奥之间那段短短的距离,却漫长得可怕。

"喂!喂!老朋友,"他大声嚷道,"你好吗?兄弟,是我呀,我是甘巴,你的表弟。"

马铁奥停下脚步,一言不发。随着队长的喊话,他把枪口慢慢向上抬起,等到队长走到了他的跟前,枪口已经完全朝天了。

"你好,兄弟①,"队长说着把手伸过来,"很久没有见到你了。"

"你好,兄弟。"

"我是路过此地来向你和表嫂贝芭②问好的。我们今天赶了很长一段路,可是累得很值,因为收获很大呀。我们刚刚抓到了吉阿内托·桑比埃罗这强盗。"

"谢天谢地!"吉乌赛芭叫了起来,"上个星期,这贼还偷走了我家一头奶羊哩!"

甘巴队长听了这两句话很高兴。

---

① 兄弟:科西嘉人见面时打招呼的用语。——作者原注。
② 贝芭:吉乌赛芭的昵称。

"可怜的家伙,"马铁奥说,"他一定是饿着肚子的。"

"那混蛋顽抗得像一头狮子。"队长有点诉苦似的答道,"他杀了我的一个弟兄,还嫌不够,又打断了夏尔东上士的胳臂。不过这算不了什么,那上士只是个法国人……干完这些事后,他就藏起来了,藏得神不知鬼不觉,要不是有小表侄福尔菊纳多的指点,我是永远也找不到的。"

"福尔菊纳多!"马铁奥惊叫了一声。

"福尔菊纳多!"吉乌赛芭也惊叫了一声。

"是的,那贼人藏在那边一个干草堆里,小表侄向我戳穿了他的花招。因此,我一定要把他这个功劳告诉他的班长叔叔,让他叔叔送给他一件漂亮的礼物作为奖赏。我还要把你和小表侄的名字写进报告,呈交给代理检察长。"

"真该死!"马铁奥低声咕哝了一句。

这时,他们走到那一队人马跟前。吉阿内托·桑比埃罗已经躺在担架上,即将押解动身。当他看见马铁奥与甘巴队长走在一起时,便怪笑了一声,并回过头去,朝马铁奥家宅的门槛啐了一口唾沫,骂道:

"叛徒窝!"

只有不想活的人,才敢对马铁奥口出此言。他要回敬此等侮辱,只需拔出匕首扎将过去,无需再补扎一刀。但马铁奥并没有这样做,而是用手托住额头,显得心情沉重。

福尔菊纳多见父亲回来了,便走进家里,很快就端了一碗牛奶出来,两眼低垂,把奶递给吉阿内托。

"滚开!"囚徒怒喝了一声,如同一响霹雳。

接着,他却转向一个士兵说:

"朋友,给我点水喝!"

那士兵把水壶递给他,他便把水喝了,没有计较刚才追捕时那士兵跟他交过火的前嫌。而后,他又请求不要将他的双手绑在背后,而是改捆在胸前。

"我喜欢躺得舒服点。"他说。

士兵们赶紧满足了他的要求。接着,队长下令动身回营,他向马铁奥道别,马铁奥没有答理。队长便加快步伐往平原方向走了。

过了将近10来分钟,马铁奥才开腔说话。孩子惶恐不安,时而看看母亲,时而又看看父亲。父亲则挂着火枪,满腔怒火地逼视着儿子。

"你干的第一桩事很漂亮嘛!"马铁奥终于说了这么一句,声调平和,但了解他性格的人,听起来却不寒而栗。

"爹。"孩子叫了一声,噙着眼泪走近他,就要跪倒在他膝下了。

马铁奥朝他大吼一声:

"别靠近我!"

孩子停下来,呜咽着,僵立在那里,离他父亲几步远。

做母亲的走过来了,她刚刚发现儿子衬衣里露出一截表链。

她厉声问道:"这块表是谁给你的?"

"队长表叔给的。"

马铁奥将表一把夺了过来,使劲往石头上一扔,将表摔得粉碎。

"老婆,这孽种是我的儿子吗?"他问道。

孩子的妈一听此言,原本褐色的脸颊一下涨成了砖红色。

"你在说什么呀?马铁奥,你怎么能这么跟我说话?"

"既然是,这儿子就是咱们家族里第一个出卖朋友的叛徒。"

福尔菊纳多哭得更厉害了。马铁奥那狠狠的目光始终盯着儿子。终于,他把枪托往地上一撞,然后扛起枪就走上去丛林的小路,并喝令福尔菊纳多跟着他走。儿子乖乖地服从了。

做母亲的追上马铁奥,抓住他的胳臂。

"他是你的儿子啊。"她声音颤抖着对马铁奥说,同时用自己黑沉沉的眼睛紧盯着丈夫的两眼,似乎想看出马铁奥内心里是怎么想的。

"你别管我,"马铁奥命令道,"我是他的父亲。"

吉乌赛芭拥抱了儿子，然后哭着回屋了。她跪倒在圣母像前，虔诚地进行祈祷。这时，马铁奥已经沿着小路走了200来米，到了一个小山沟。他用枪托试了试地面，发现泥土松软便于挖坑，觉得这个地点便于将自己的意志付诸实现。

"福尔菊纳多，到这块大石旁边去！"

儿子照他的命令做了，然后跪了下来。

"念经吧。"

"爹，爹，不要杀我。"

"念经吧。"马铁奥又说了一遍，声音很可怕。

孩子呜咽着，结结巴巴背诵了《天主经》与《信经》。他父亲在他念到每一段的末尾时，便大声回应一句"阿门"。

"你会背的经文就这些吗？"

"爹，我还会背《圣母经》，还有婶婶教我的祈祷文。"

"那要背好半天，别管了，念吧！"

孩子用细微的声音念完了祷文。

"你念完了吗？"

"噢，爹，饶了我吧，宽恕我这一次，我再也不敢了！我一定会去拼命恳求班长叔叔，要他饶了被抓的吉阿内托！"

他的哀求还没完，马铁奥已经把弹药装进枪膛，一面瞄准儿子，一面对他说：

"愿天主宽恕你！"

孩子绝望地挣扎着想站起来，去抱自己父亲的双膝，但已经来不及了。马铁奥扣动扳机，孩子应声倒地而亡。

马铁奥对尸体不看一眼，掉头就往家里走去，准备拿一把铁锹来埋葬儿子。他刚走了几步，便碰见了听见枪声即惊恐奔来的吉乌赛芭。

"你干了什么呀？"她惨叫了一声。

"伸张正义！"

"他在哪儿?"

"在山沟里。我马上去把他埋掉。他是按基督徒的方式死去的,死前念了经。我会请人为他做一台弥撒的。去通知我的女婿迪奥多罗·比安契,要他搬来跟咱们一起住。"

费德里哥得道升天[①]

从前,有一贵族少爷名叫费德里哥,容貌俊秀,身姿挺拔,且举止风度彬彬有礼,性情和柔敦厚,惜乎生活放荡,德行败坏。声色犬马,他爱之入骨;醇酒美人,他迷醉难舍;特别是狂赌豪博,更无节制。他从不作忏悔,倒是经常出入教堂,但不过是去寻找放浪无端、为非作孽的机会而已。他曾经在赌博中赢了12个良家子弟,害得他们倾家荡产,一贫如洗。此12人旋即沦为盗匪,在与皇家雇佣兵的一次激战中全都丧了性命,死前均未作忏悔。不久之后,费德里哥亦遭报应,将赢得的钱财输得一干二净,祖传产业也同时丢失殆尽,仅剩下一个位于卡瓦镇[②]群山背后的小小庄园。他只得在此猫身,贫苦度日。

他过着冷寂的生活,白天出门打猎,晚上在家与佃户玩牌,如此如此过了3年。有一天,他在外打猎,猎获之多前所未有。刚一回到家里,耶稣基督带着圣徒前来敲门求宿。费德里哥生性好客,慷慨热诚,见有嘉宾光临而自己恰又有美味在手可待来客,自然不胜欣喜。当即,他请客人进屋入座,以无与伦比的殷勤备席设宴,并称事出仓促,准备不足,恳请贵客原谅招待失周。我主耶稣心明如镜,知此次

[①] 费德里哥得道升天:中世纪末流传在那不勒斯王国的一篇故事,与流传在该地区的其他许多民间传说一样,也是希腊神话与基督教信仰的一种奇妙的结合体。——作者原注

[②] 卡瓦镇:在西班牙的那不勒斯城附近。

来访实碰上了一个大好时机，而东道主又如此殷勤，便对他这种虚荣摆阔的小伎俩不予计较。

"我们要求甚低，粗茶淡饭足矣。"他老人家这么说，"不过，请你叫人尽快把晚饭做好，因为天色已晚，而这一位已经饿极了。"基督说着指了指圣彼得。

费德里哥不等耶稣基督再次催促便立即照办，除了他所猎获的野味之外，他还想让客人们尝点别的什么，便吩咐佃户把他最后一只小山羊宰掉，马上拿到火上去烤。

晚餐准备停当，客人们入席就座，费德里哥犹感美中不足，那就是他的酒还不够好。

他对耶稣基督敬酒说：

"大人，在下无佳肴可奉，聊敬薄酒一杯。"

听了此言，我主耶稣品了品那酒，抚慰费德里哥道：

"你还客气什么？这酒的质量挺好的嘛，我要此人来品尝品尝。"

说着，他指了指圣彼得。

圣彼得奉命品酒，连声赞道："好酒，好酒，Proprio stupendo①！"并请主人与他共享。

费德里哥虽然认为这一切皆为客套，却仍按那位圣徒的要求欣然干杯。可一饮之下，他竟然发现此酒比他过去荣华富贵之日所享用过的任何美酒都更为香醇！受此启发，他立即感悟到救世主就在他眼前，于是赶紧起身，表示自己没有资格与圣人们同桌进餐。但我主令他重新坐下，他也就恭敬不如从命了。主客进餐之际，自有佃户及其女眷在旁伺候。用毕晚餐，耶稣基督与圣徒们去了给他们准备的房间。剩下费德里哥与两个佃户，他们一如往常玩起了纸牌，并品味剩余下来的神酒。

次日，圣人们到楼下堂厅与主人相聚。耶稣基督对费德里哥说：

---

① Proprio stupendo：拉丁文，意为妙不可言。

"我们对你的款待非常满意,想有所回应以表谢意。你可以随意向我们提三个要求,我们都会答应你的,因为我们拥有天上、人间与地狱这三界至高无上的权力。"

于是费德里哥从口袋里掏出他总是随身带着的那副纸牌,说:

"主啊,让我每次使用这副纸牌都能赢钱吧!"

"如汝所愿(Ti Sia Concesso①)!"我主恩准道。

但站在费德里哥身旁的圣彼得低声对费德里哥说:

"你想到哪儿去啦?可怜的罪人!你应该请求我主拯救你的灵魂才是。"

"灵魂不灵魂,我倒不在乎。"费德里哥回答说。

"你还可以提两个要求。"耶稣基督继续施恩说。

"主啊,"费德里哥接着提第二个要求,"既然您大发慈悲,那就请您再恩准一事,让任何一个爬上我家门前那棵橙树的人,只要得不到我的允许就永世下不了树。"

"如汝所愿!"我主耶稣又恩准了。

圣彼得听了这番话,用胳臂肘碰了碰身边的费德里哥说:

"可怜的罪人,你已经作孽多端了,难道不怕下地狱吗?赶快请求仁慈的主在他神圣的天堂里给你留块地方……"

"这事不急。"费德里哥一边从圣彼得身边走开一边说。此时,我主耶稣又发话了:

"你的第三个要求是什么?"

"我希望,不管是谁,只要在我壁炉旁边这张板凳上坐下,没有我的同意,他就站不起来。"

我主像恩准前两个要求一样,又恩准了这一个,然后,领着他的诸位圣徒走了。

最后一位圣徒刚一走出门口,费德里哥就想试一试他那副纸牌是

---

① Ti Sia Concesso:拉丁文。

否灵验。他把佃户叫过来跟他玩牌，故意对自己手里的牌看也不看，闭着眼睛赌。果然，他轻而易举就赢了第一局，接着，他又这样赢了第二局、第三局。对这副纸牌确有把握之后，他便动身进城，在一家最高级的旅馆住下，租了一套最豪华的房间。他回来的消息不胫而走，他过去那些酒肉朋友便成群结队前来拜访。

"我们都以为你老兄永远消失了呢。"唐朱瑟普惊叫道，"大家都说，你退出红尘了！"

"此话说得有理。"费德里哥答道。

"3年不见，这么长的鬼日子，你老兄是怎么打发的？"其他人都不约而同地这么问道。

"整天祈祷呀！我亲爱的弟兄们。"费德里哥以虔诚的语调这么答道，"你们瞧瞧，这就是我的祈祷书。"说着，他从自己的口袋里掏出了他珍藏的那副纸牌。

他的回答引起了哄堂大笑，人人都认为，他准是在异国他乡赢了钱，发了财，而输给他的那些人肯定要比原来赢了他的那些老牌友赌技低。而今故友再次重逢，老哥们儿恨不得再赢他一把，叫他重新破产。其中有几位急不可待，就要把他拉上牌桌，但费德里哥求他们把赌局推迟到晚上，并邀请大伙去另一大厅赴宴，原来他早就命人在那里备好了一桌美酒佳肴。此举，自然受到了客人的欢迎。

这次宴会比招待圣人们的那顿晚饭要热闹欢快得多。他们只喝两种上等名贵的葡萄酒，众人都觉得其味美不胜收、前所未有，只有费德里哥一人例外，因为他品尝过一次神酒。

在客人们来到以前，费德里哥早就准备好了另一副纸牌，与他原来的那副神牌一模一样，准备在以神牌赢了三四局之后，换上这一副牌故意输一局，以便使对手们不对他起疑心。他把这两副牌分别放在他左手边与右手边。

用毕晚餐，这一群高贵人士便围坐在一张铺着绿毯的赌桌旁，费德里哥先把那副平凡的纸牌放在桌上，把赌注的金额规定为一个合理的数目，以适应整个赌博过程。为了刺激自己的赌兴，也为了检验自己赌技的实际水平，他在头两局中使出了浑身解数，不料全都输了，为此他懊恼不已。于是，他命人把酒端上桌来，趁那几个赢了钱的赌友开怀畅饮庆祝已经取得和即将取得的战果的时候，他一手撤下那副平凡的纸牌，一手将那副神奇的纸牌换上。

第三局开始了，费德里哥再也用不着去专注赌局，他彻底放松，有充分的闲工夫去观察他那些对手，并发现他们暗中玩了鬼。这一发现使得他感到正中下怀，因为他以后可以心安理得用神奇的纸牌把他们的钱袋赢个精光。可见，他自己以前的倾家荡产，正是这些对手在赌局中作了弊的结果，而不是因为他们牌术高明或手气好。由此，他对自己赌艺的实力也有较高的评价，而从他最早在赌场上无往不胜的战绩来说，他的实际能力也应该得到高度的评价。

自信心至关重要，试问，有哪一桩事不需要自信心呢？自信心、复仇信念与必胜把握，是人类内心里三种美滋滋的感觉，现在，费德里哥全都有了。但是，他一回忆自己在赌场上无往不胜的战绩，便会想起那12个良家子弟，他正是赢了他们才发家致富的，而今，他深信只有这12个年轻人才是他所遇见过的诚实的赌徒。于是，他生平第一次因为赢了他们而感到后悔了，他脸上兴高采烈的表情顿时蒙上了一层阴影，在赢了第三局时，他深深叹了口气。

接着，又赌了好几局，费德里哥毫不心软，设法赢得更多。这样，第一个晚上，他便赢到手一大笔钱，足够支付当晚的酒宴与整整一个月的房租。他适可而止，鸣金收兵。倒是他的对手们心有不甘，怏怏罢手，临走时声言明日一定再战。

第二天与以后一连好几天，费德里哥控制输赢很有分寸，因而，在短短的几天里便发了一大笔财，而谁都没有发现其中的奥妙。于是，他离开旅馆，住进一幢更为豪华的府邸，并不时大摆筵席，招待宾客。当地最美貌的名媛贵妇都争相博得他的一顾,他每天都以最精致的美酒佳肴款待客人,他的府邸成为闻名遐迩的社交游乐中心。

他在赌局中一直谨慎从事,收放有度,就这么样过了一年之后,终于决定将他的复仇推向极致,也就是把当地一些主要的财东的钱袋赢个精光。为了实施这个计划,他把自己大部钱财都换成宝石,提前一个礼拜邀请财东们出席一个不同寻常的宴会,并请了最著名的乐师与舞者前来助兴。宴会一结束,便举行了一场下注最大的豪赌。于是手头拮据的人纷纷向犹太人借贷现款,富裕的人则竭其所有,结果,所有人都输得一干二净。当天晚上,费德里哥便席卷了他所赢得的金银珠宝远走高飞而去。

从这一次起,他便给自己立下了一条规矩,只跟那些心术不正的人才用神牌进行他必胜的赌博,至于其他的赌徒,他相信凭仗自己实际的赌艺就可以对付了。就这样,他走遍了全世界各个城市,走到哪里,便赌到哪里,而且每赌必赢,还尝遍了各个地方特产的美味佳肴。

可是,他老是念念不忘输给他的那12个倒霉蛋,只要一想起他们,他就兴致索然、心情晦暗。终于有一天,他下定决心要去地狱里拯救他们,否则便与他们同归于尽。

决心已定,他便挂着一根拐棍,背上行囊,动身往地狱去,身边带着他心爱的那条母猎犬马舍赛拉。到了西西里岛①,他登上吉贝尔山②,然后从火山口下去,一直下到最底层,其深度正相当于从彼德蒙德平原到山顶的高度。从那里到普鲁东③的所在处,必须穿过刻耳柏洛斯④看守着的院子。费德里哥趁刻耳柏洛斯跟他那条母猎犬逗乐的时机,很容易就穿过了院子,敲响了普鲁东的房门。

有人把他带到普鲁东的面前。

① 西西里岛:位于意大利南端,传说乃地狱所在地。
② 吉贝尔山:西西里岛上著名的火山,其更为通行的名字是埃特纳火山。
③ 普鲁东:罗马神话中的地狱之神。
④ 刻耳柏洛斯:罗马神话中看守地狱大门的恶犬,长着三个脑袋。

"你是谁？"地狱之王问他。

"我是赌徒费德里哥。"

"你到这里来搞什么鬼名堂？"

"普鲁东，"费德里哥答道，"敝人有人间第一赌徒之美誉，如果阁下认为我有资格与你一赌，在下且提出一个建议：阁下想赌多少局咱们就赌多少局。只要我输一局，你就可以取走我的灵魂，把它当作你的私有，就像阁下王国里的惯例那样。但敝人如果赢了，便有权在阁下的臣民里挑选一个带走，每赢一局就带走一个。"

"好吧。"普鲁东应允道。

于是，他叫人去拿一副纸牌来。

"这儿已经有一副。"费德里哥赶紧说，立即就从口袋里掏出他那副神奇的纸牌。

他俩就赌起来了。

费德里哥赢了第一局，他便向普鲁东要了斯泰法诺·巴加尼的灵魂，此人是他想拯救的12个良家子弟中的一个。普鲁东立即兑现交割，费德里哥接下了此人的灵魂，把它放进自己的行囊之中。接着，他又赢了第二局、第三局，一直赢了12局。每赢一局，他就得到一个他想拯救的灵魂，将它放进行囊。当他赢够了12个之后，他向普鲁东建议继续赌下去。

普鲁东答道："好呀。"其实他已经输得不耐烦了，他找了个借口摆脱费德里哥说："不过，咱们先出去一会儿，这里不知道冒出了一股什么臭气。"

当费德里哥背起行囊与其中的灵魂，刚一走出门口，普鲁东便竭尽全力大叫一声："关门！"

费德里哥重新穿过地狱的院子，3个头的恶犬刻耳柏洛斯没有来纠缠，因为它正被那条母猎犬马舍赛拉迷住了。费德里哥好不容易才从地底爬上吉贝尔山顶。他大声喊了一声他的猎犬，马舍赛拉很快就回到了主人的身边。于是，费德里哥动身启程，回到了墨西拉①。这一次他大获全胜，满载而归，带回了12个灵魂，感到心里充满了前所未有的欣喜欢快，那是以往他在人世任何一次赌局的胜利所不能比拟的。到了墨西拉之后，他又上了船直返自己在大陆的故居，安享晚年。

（从地狱回来数月后，费德里哥的母猎犬产下了一窝小怪物，其中有几只还长着3个脑袋。主人把它们全扔进了水里。）

30年后，费德里哥年已70岁，死神走进他的家里，叫他清理清理他的灵魂，因为他的死期已到。

"我已经准备停当啦。"临死的费德里哥说，"可是，死神呀，我求求你，在把我带走以前，请你到我门前遮阴的那棵树上摘一只果子给我吃。只要再有这么一点小小的享受，我就死也瞑目了。"

"如果你只有这么一个要求，"死神说，"我倒乐意满足你。"

说罢，死神便爬上那棵橙树采了一个橙子。但他要下得树来，却怎么也办不到。没有费德里哥的同意，谁能下得来呢。

"哎哟，费德里哥，我上了你的当。"死神大呼倒霉，"现在我被你捏在手里，不过，如果你放我自由，我让你再多活10年。"

"10年！真不少呀！"费德里哥逗着说，"我的乖乖，如果你想下来，就得再慷慨一点。"

"让你多活20年。"

"你开玩笑！"

"多活30年！"

"你还没有达到三分之一的数呢。"

"难道你想再多活100年？"

"正是，亲爱的。"

---

① 墨西拉：西西里岛上一城市。

"费德里哥,你蛮不讲理。"

"有什么办法呢,我想活下去呀!"

"好吧,那就 100 年吧。"死神无可奈何地叹道,"只好如此。"

说罢,死神立即就下了树来。

死神一走,费德里哥便雀跃而起,精神抖擞,体能充沛,开始过起一种新的生活,既如青年人那样充满活力,又如老年人那样富于经验。关于他重获生命之后的情况,人们所知不详,仅仅知道他继续纵情享乐,特别是肉体官能的享受。有机会他也做点好事,但再也不像前辈子那样,在乎自己灵魂得救的问题。

又过去了 100 年,死神再次来敲他的门,发现他正躺在床上。

"你准备好了吗?"死神问他。

"我已经派人去找我的忏悔神甫了。"费德里哥回答说,"请你坐在火炉旁边等他来吧,我只等获得上帝的宽恕后,就跟随你去阴曹地府。"

死神心地实诚,便坐在板凳上干等。整整一个小时过去了,仍不见忏悔神甫的踪影。他终于开始不耐烦了,便对费德里哥说:

"老头儿,我是第二次来找你了,咱俩有 100 年未见了,你还没有把你的灵魂清理好吗?"

"实不相瞒,我有好多好多其他的事情要做。"老头儿带着嘲讽的微笑说。

"那好吧。"死神对他这种目无宗教的态度甚为恼怒,"那你一分钟也别想再活了。"

"算了吧,"费德里哥眼见死神想站却站不起来,便揶揄地说道,"我知道你天性随和,不会不让我再多活几年。"

"再多活几年?你这个卑鄙小人!"死神拼命挣扎也没能离开壁炉。

"是的,就这个条件。不过,这一次我要求并不过分,我并不奢求长生不死,第三次生命我只要 40 年就够了。"

死神眼见自己像上次一样又中了道，被一种神奇的力量吸在板凳上起不来，不由得火冒三丈，什么也不肯答应。

"我知道有一个办法能使你变得通情达理。"费德里哥说。

说罢，他叫人把3大捆柴扔进壁炉，顿时，炉里烈焰熊熊，把死神烤得灼热难耐。

"行行好吧！行行好吧！"死神觉得自己那把老骨头快要被烤焦了，急得大声求饶，"我答应你40年没灾没病就是。"

一听此言，费德里哥立即解了神法，死神被烤得焦头烂额，终于狼狈而逃。

又过了40年，死神又来找费德里哥。费德里哥正背着一个行囊，镇定自若地等候着呢。

"这下子，你的死期到了。"死神闯进来对他说，"这次你可跑不掉啦，但你背着这行囊干什么呀？"

"这行囊里装着我12个赌友的灵魂，是我早先从地狱救出来的。"

"那就让他们跟你一道再回地狱去吧。"死神道。

说着，死神一把揪着费德里哥的头发，腾空而起，向南方飞去，带着这批猎物一头扎进了吉贝尔火山口。来到地狱的门前，他连敲了三响。

"谁呀？"普鲁东问道。

"赌徒费德里哥。"死神答道。

"别开门。"普鲁东大声叫道，因为他想起了自己曾经连输12局那件事，"这坏蛋会把我帝国里的臣民都赢走。"

既然阎王老子拒绝开门，死神便将一行俘虏带到炼狱①的门口。没料到守门天使也拒不接纳，因为他发现费德里哥身负大罪，不符合入炼狱的标准。死神遣送无门，只剩下天堂可去，虽然他对费德里哥

---

① 炼狱：根据天主教传说，是一个涤罪的所在，生前犯有小罪的人，必须先在炼狱中吃苦受罪，待把罪恶涤尽后才能上天堂。

恨之入骨，无奈之下，也只能极不情愿地将他送往天堂。

死神把费德里哥往天堂门口一放，圣彼得查问赌徒："你是何人？"

"我是曾经招待过你的人。"费德里哥答道，"就是曾经用野味待客的那个人。"

"你现在这副德行，居然敢到这儿来？"圣彼得嚷嚷道，"你难道不知道你这种人是没有资格进天堂的？什么，你连炼狱也不配进去，竟想到天堂里来占个席位？"

"圣彼得呀，"费得里哥央求道，"大约180年前，当您和您神圣的主到我家来投宿，我是这样接待你们的吗？"

"你所说的倒是千真万确。"圣彼得心里有所松动，却仍然用责备的语气说，"可是我不能自己做主就把你放进来呀，我且去禀告耶稣说你来了，看他怎么说吧。"

我主耶稣闻讯后，立刻来到天堂门口，见费德里哥跪在门槛上，还带着12个灵魂，左右两边各跪6个，不禁动了恻隐之心，便对费德里哥这么说：

"你进来还情有可原，但这12个灵魂本该下地狱的呀，凭良心我不便让他们进来。"

费德里哥恳求道：

"怎么啦，我的主，想当年我有幸在舍下接待您老人家的时候，您不是也带着12位随从吗？我不是也竭诚款待了您老人家和全部的随从吗？"

我主耶稣叹道：

"拿这么一个人有什么办法呢？既然你们已经全来了，那就进去吧。可是，你们不要颂扬我赐给了恩典，因为下不为例，此风不可长。"

一赌失足千古恨

船帆紧贴着桅杆沉沉垂下,纹丝不动。海面波平如镜,暑气逼人,周遭一片死寂。

在海上长途旅行中,船主所能提供的一切娱乐消遣方式,很快就都被客人玩腻了。大家在一间120法尺长的木头房子里,一同度过了4个月之后,彼此都混得太熟了。只要看见大副走了过来,你就会知道他即将向你大谈他的老家里约热内卢①,然后就要谈那座有名的埃斯林格②桥,那是禁卫军中的水兵修建的,他当时就在这支队伍里。只要你在船上待够了半个月,大副在叙述中喜欢用什么词语、讲到哪里略事停顿、声调的抑扬顿挫如何掌握,你就会全都了如指掌。如他在叙述中第一次提到"皇帝"③这个字眼时,万一忘了神情悲凉地略为停顿一下,他就会毫无闪失地立即弥补一句:"要是你们当时能目睹他的风采就好了!"其语气如此强调,就像用了三个感叹号。接着,他所叙述的总是那个军号手跟他那坐骑的小插曲,还有一颗炮弹如何反弹回来炸飞了一个子弹盒,盒里竟装着价值7500法郎的金银珠宝,等等。……二副则是船上的大政治家,他每天都对他从布雷斯特④带来的最近一期《立宪报》发表评论,要不然,他从高不可攀

---

① 里约热内卢:巴西19世纪的首府。
② 埃斯林格:维也纳附近一村庄,1802年,拿破仑大军在此大胜奥地利军队。
③ 皇帝:这里指拿破仑。
④ 布雷斯特:法国西北部一港口。

的政治话题屈尊降格而下到文艺领域,对他上次看过的一出歌舞剧大发高论以饱你的耳福。我的天呀!……事务长则总是讲一个十分有趣的故事。他第一次给我们讲述他从卡狄斯①囚船上逃跑的经历时,我们都听得入迷!但是,听了20遍以后,说实话,我们大家就都受不了啦!……还有船上那些海军中尉与准尉……只要一回想起他们的谈话,我就毛骨悚然。至于那位船长,总的说来,他是船上最不令人讨厌的人。他作为一个独断专行的指挥者,对自己的部属幕僚都抱有挑剔的态度。他故意找碴,不时采取压制手段,不过,人们也有一个解气找乐的法子,那就是背后骂他一顿。他对部属总有谬悖无理之举,可人们一发现他的荒唐可笑,自然就会幸灾乐祸。

我乘坐的那只舰船上的军官们都是世上的精英,他们个个性情和善,相互友爱,情同手足,但是,在船上他们倍感无聊,一个个无精打采。舰长倒成为他们之中最和蔼可亲的人,丝毫不令人生烦,这种情况实属罕见。每当他独断专横、发号施令的时候,他都出于无奈,迫不得已。即使如此,我还是觉得旅途太长,不胜其烦,特别是到了只要几天便能抵达岸上,偏偏碰上海面微风不兴的时候。

一天,为了消磨时间,我们尽量把用晚餐的过程拖延得老长老长,餐后,大家都聚集在甲板,等着观看每天千篇一律但又壮丽辉煌的海上落日景象。有的人在抽烟,另一些人则在第十几二十次阅读从藏书仅寥寥二三十册的图书室里借来的书。人人不断打呵欠,打得直流眼泪。坐在我身边的一个少尉,在一本正经地玩弄着一把海军军官着便装时通常佩带的匕首。他将匕首尖端朝下,让它垂落在木制的甲板上。找乐消遣的法子各有不同,这也算是一种,它要求有一定技巧,才能使匕首尖端垂直扎进木板。我也想跟着玩一把,可惜没有匕首,便想向船长借,但船长不肯。他特别珍爱他的那把匕首,见它被用来作如此无聊的消遣,是会生气的。他的那把兵器从前是归一位勇

---

① 卡狄斯:西班牙在大西洋沿岸的一军港。

敢的军官所有，后来那军官不幸在一次战争中阵亡了……我猜想，接下来肯定还有一段故事，果然，不出我之所料，船长不用别人要求便讲述了起来。他所讲的罗杰上尉的不幸遭遇，我周围那些军官们早已耳熟能详。船长一开讲，他们就都悄悄退席了。以下就是船长所讲叙的故事：

当我认识罗杰的时候，他比我大3岁。他是上尉，我是少尉。我向你们保证，他是我们部队里最优秀的军官之一，而且，为人非常善良，有头脑，有教养，有才干，总而言之，是一个很可爱的青年人。可惜有点傲气，还容易感情用事。我想，这是因为他是个私生子，总害怕自己的出身会让别人瞧不起。但是，老实说，他总是想出人头地、高人一等，这才真是他最大的缺点。他那从未见过的父亲给了他一笔赡养费，如果罗杰不是那么仗义轻财的话，这笔钱支付他的日常所需绰绰有余。但他把自己的钱财都拿来与朋友共享。每个季度，他一领到生活费，谁都装出一副愁眉苦脸的样子前来找他。

"喂，老兄，你怎么啦？"他总是关切地这么问，"我看您像是囊空如洗了。别犯愁，这是我的钱袋，您需要多少就拿多少吧，然后您跟我一道去共进晚餐。"

布雷斯特来了一个很漂亮的年轻女演员，芳名嘉布莉埃尔，不久就使得不少海军人员与驻防该地的军官拜倒在其石榴裙下。此女子虽然并非完美无缺的天姿，但身段苗条，媚眼流盼，双足纤巧，风姿甚为风骚，自然易于招蜂引蝶，特别是那些20岁到25岁的小青年更是趋之若鹜。此外，据说她还是女性中最为放浪任性的一个尤物，她演戏的台风即证明此言不虚。有的时候，她演得妙不可言，简直就是一个一流的名角。但时隔一天，在演同一出戏时，她却演得冷淡漠然，死气沉沉，念台词时就像小孩被迫背诵宗教经文。让我们年轻人特别感兴趣的是这样一段有关她的传闻:据说,她曾在巴黎被一位参议员金屋藏娇,这男人为了她挥金如土。有一天,参议员在她的屋里没有脱帽,她要求他脱下,还怪他对她不够尊重。参议员哈哈一笑,颇不以为然,耸了耸肩,坐在安乐椅上趾高气扬地说:"小事一桩嘛,在被我供养的女人的家里,我爱怎么样就怎么样。"嘉布莉埃尔一听此不逊之言,扬起玉手就是一个耳光,把参议员的帽子扇到了房间的一个角落。从此,两人彻底决裂。不少银行家和将军也都曾愿意高价供养,但她均一概拒绝,宁愿当一名女伶,据她说,是为了活得独立自由。

罗杰见过她并得知她的往事以后,就认定这女子跟自己是一个脾性,实乃地造一双。我们这些水兵言行一贯坦诚直率,世人往往视之为粗鲁有余、文雅不足。罗杰正是以这种直白的方式来表达他对这美貌女子的一见倾心,且看他的所作所为:他把全布雷斯特最美丽、最稀罕的鲜花买来,用漂亮的粉红丝带扎成一束,又在丝带的打结处十分巧妙地放进25个用纸卷在一起的拿破仑金币①,那是他当时手头的全部所有。我还记得,是我陪他在幕间休息时去后台的。他言词简单扼要,赞美嘉布莉埃尔穿上戏装后是如何美丽,接着便献上那一束鲜花,并请求她允许自己以后登门拜访,寥寥三言两语,说完就了事。

嘉布莉埃尔一见那束鲜花与献花的俊秀青年,莞尔一笑,还行一个最为妩媚的屈膝礼,但是,当她接过花束,感觉出其中藏有沉甸甸的金币时,脸色陡然一变,其变化之迅猛,较热带风暴在海面掀起惊涛骇浪有过之而无不及。她使劲将花束与金币朝我那位可怜的朋友头上扔将过去。他的脸部因此而挂了彩,后来一个多星期也未能痊愈。正当此时,舞台监督的铃声响起,嘉布莉

---

① 拿破仑金币:拿破仑时期发行的金币,上有拿破仑头像,每枚值20法郎。

埃尔匆匆走上舞台，结果把那场戏演得一塌糊涂。

罗杰十分狼狈地把那束花与那卷金币拾捡起来，去咖啡厅将花束送给了柜台上的姑娘，不过并不包括那卷金币。然后，他喝起潘趣酒，想借酒浇愁，忘掉那个狠心的女人，但无济于事。虽然他两眼被打肿不能公开露面，心怀怨恨，却对脾气火爆的嘉布莉埃尔更是痴爱入迷。他每天给她写20封情书！那是多么热烈倾倒的情书啊！百依百顺，柔情似水，顶礼膜拜，给一位公主写信亦不过如此。最初几封信，对方根本没有拆阅就原封退回来了，其他的亦如石沉大海，杳无回音。罗杰一直心存幻想，直至我们发现嘉布莉埃尔竟把这些情书扔给剧院里卖橘子的女贩子作包装纸用。她这一招实在是刁钻恶毒，对我朋友的自尊是可怕的打击，但罗杰痴情不改，还说自己要向那个女演员求婚。有人提醒他说，海军部长不会同意他这么胡来。他便大叫大嚷说要开枪自杀。

正在这期间发生了这么一件事。在一次演出中，一些驻防的步兵团军官，要求嘉布莉埃尔将歌剧中的某一段再唱一遍，这女演员却使小性子断然予以拒绝。双方僵持不下，军官们使劲喝倒彩，台上的幕布急忙落下，女演员也当场晕倒。在一个有军队驻防的城市里，剧院的场子里是何情景，是可想而知的。起哄的军官们约定，第二天以及以后几天，都要继续来给这个得罪了他们的女人喝倒彩，要叫她什么戏也演不成，直到她低头谢罪、赔礼道歉为止。罗杰当时并未在场，但当晚便已听说这件事把整个剧院搅得一团糟，也得知军官们第二天仍有报复的计划，于是，他立即打定了主意。

第二天，当嘉布莉埃尔上场时，军官们聚坐的长凳上突然爆发出震耳欲聋的嘘声与口哨声。罗杰事先故意坐在这些军官的旁边，这时，他站了起来，向那些闹得最起劲的家伙破口大骂。

顿时，军官们的满腔怒火便转而扑向了他。他倒是冷静起来，从口袋里掏出了记事本，把四方八面冲着他怒吼的人都一一记录在册。幸亏有大批海军军官及时赶到，前来支援他，并向大部分跟他对抗的步兵军官一一提出挑战，要不然的话，他就很可能要跟那整个步兵团队约期决斗了。总之，两派剑拔弩张，恶狠对峙，其阵势的确叫人害怕。

当地驻军的全体官兵被明令禁止外出营房已有一些日子，但一旦我们获准自由出入，却有一笔可怕的老账需要了断。我们一共60多个决斗者如期来到了既定场地。罗杰一人要轮流与三个对手决斗。他刺死了其中之一，重伤了其余两个，自己未伤分毫皮肉。至于我，远没有他那么幸运。我的对手是个该死的陆军中尉，他曾经当过剑术教师，一剑狠狠刺中了我的前胸，差一点要了我的命。我向诸位保证，那次决斗实在蔚为壮观，绝不亚于一次战斗。我们海军大占上风，陆军团队不得不撤离布雷斯特。

你们可想而知，我们的顶头上司绝不会忘记这场风波的罪魁祸首。罗杰被关了半个月的禁闭。

他的禁闭被解除之日，正是我伤口痊愈出院之时。我去看望他。当我走进他屋子时，不禁大吃一惊——他正和那个女演员亲密地坐在一起用午餐呢！两人的神情好像已是多年的老相好。他们彼此已用昵称来称呼对方，还共用一只杯子。罗杰把我介绍给他的情妇，称我是他最好的朋友，说我在决斗中受伤完全是因为她的缘故。他这么一说，我便获得了美人的一个香吻。这小娘子倒是颇爱赳赳武夫呢。

他们在一起度过了极为幸福的3个月，如胶似漆，形影不离。嘉布莉埃尔爱罗杰似乎到了癫狂的程度，而罗杰则承认，他在结缘嘉布莉埃尔之前，根本就不懂得爱情为何物。

后来，有一天，一艘荷兰的三桅战舰驶进了布雷斯特港口。

舰上的军官邀请我们共进晚餐。我们开怀畅饮，享用各种美酒。因为那些荷兰先生法语说得很差，大家在散席之后实在无以消磨时间，于是便开始赌博。荷兰人显得很阔绰，尤其是他们那位大副老是下大额的注，我们之中无人敢跟他对赌。罗杰平时并不赌博，现在，他认为事关维护祖国的面子，于是，他毅然上阵，荷兰大副要赌多少他都一一奉陪。先赢后输，经过几个回合，双方各有输赢，分手之时谁也没有占什么便宜。我们回请荷兰军官吃晚饭。饭后又赌了起来，罗杰与荷兰大副再度交手。就这么一连好几天，他们两人不断相约对赌，有时在咖啡馆，有时在船上，赌法花样翻新，尤以掷骰子的双六棋为主，而且赌注愈来愈大，最后竟然每局下注25个拿破仑金币。这对我们这些清贫的军人来说，可是一笔不小的数目，比两个月的薪水还要多呢！对赌了一个星期之后，罗杰把身上的钱输得精光，外加东借西借的三四千法郎。

想必诸位都猜到了，罗杰已经与嘉布莉埃尔同居，两人的钱财也合成了一个小金库，具体来说，罗杰把刚刚从海上缉私行动中所获得的大笔奖赏放进去了，其数目甚为巨大，相当于女演员所奉献的钱财的10倍、20倍。但罗杰一直把这个小金库视为他情妇的所有，自己只留下五十几个拿破仑金币作为他个人的零用。可是，为了继续与荷兰大副拼赌，他不得不动用这个小金库。对此，嘉布莉埃尔也毫无怨言微词。

罗杰自己的零用钱输光了，家里的储蓄也消失在豪赌的黑洞里。不久，罗杰只剩下最后的一笔赌本25个拿破仑金币。他苦苦对抗，一局的时间拖得老长，赌得难见输赢。终于，见分晓的时候来了，这时罗杰手执掷骰子的皮筒，准备孤注一掷，他必须掷出一个六点和一个四点方能取胜。夜已很深，一个在旁边观战已久的军官终于在安乐椅上沉沉入睡。荷兰大副也疲惫不堪，昏昏欲睡，何况他还喝了很多潘趣酒。只有罗杰在强烈绝望情绪的刺激下精神仍处于亢奋状态。他战战兢兢把骰子掷在棋盘上，他用力过猛，以致把一根蜡烛震落在地板上。荷兰大副的新裤子上也洒满了蜡烛油，他不由得先转过头去看看蜡烛，然后才去看骰子。骰子一个是六点，一个是四点。罗杰脸色煞白，像个死人。这一局他赢了25个拿破仑金币。他跟荷兰大副继续对赌。现在，我那位可怜的朋友时来运转，但他却不断漏记自己所赢的分数，把骰子乱放一通，似乎是要故意输给对方。荷兰大副硬撑着把赌注加大2倍、10倍，但每次都输掉了。他当时的样子我至今仍还记得：身材高大，一头金发，表情冷静，面孔像蜡做的一样。他站起身来，共输掉了4万法郎。他付了钱，面不改色。

罗杰对他说：

"今晚这场赌博不算数，您都快睡着了。我不要您的钱。"

"您这是在说玩笑话。"荷兰人冷静地回答，"我赌得很认真，可惜骰子都是跟我为难。我有把握即使让您四分也能赢您，晚安！"

说完，他便走了。

第二天，我们获悉，荷兰大副赌输之后，感到绝望，喝了一碗潘趣酒，便在自己房间里开枪自杀了！

罗杰把赢来的4万法郎放在桌子上，嘉布莉埃尔带着满意的微笑观赏着，她说：

"咱们现在发大财啦，该怎么来花这一大笔钱呢？"

罗杰没有做声。自从那个荷兰人自杀身亡后，他变得有点痴呆了。

"我们得尽情挥霍一番。"嘉布莉埃尔继续说，"得来容易的钱，就应该花得大方。咱们可以买一辆敞篷四轮马车，气气海军军区司令和他的老婆。我还要买钻石与羊毛料子。你请个假，咱俩到巴黎去逛一趟。在现在住的这个破地方,咱们永远也花不完这么多钱!"

她停顿下来,看看罗杰有何反应。只见罗杰呆呆地盯着地板,用手托着脑袋,对她以上这番话完全没有去听,他脑子里似乎有一些不祥的念头在翻腾。

"真见鬼,你怎么啦?罗杰,"她拍了拍他的肩膀,大声问道,"我想你也许是跟我生气,我讲了这么多也引不出你一句话来。"

"我非常难受。"罗杰终于开口,说着轻轻地叹了口气。

"难受?我的上帝,你总不会因为赢了那个大阔佬的几个钱而后悔吧?"

罗杰抬起头来,神色惊慌地看着她。

"有什么关系呢,"她劝慰说,"他想不开,非得拿枪打裂自己的脑袋,这跟你有什么关系呢?我才不怜悯那个输了钱的赌徒。他的钱放在他自己手里还不如转到我们手中好,他不过是把钱花在吃喝与抽烟上,我们则不同,我们要花得别出心裁,而且一次比一次花得漂亮。"

罗杰在房间里来回踱步,脑袋低垂在胸前,两眼半闭,噙满了泪水。如果诸位见了,一定会觉得他实在可怜。

"你知道吗?"嘉布莉埃尔说,"你在这件事上如此多愁善感,不了解情况的人,还会以为你在跟他赌的时候作了弊呢?"

"如果我真作了弊呢?"罗杰走到她跟前,声音低沉地喊道。

"得了吧!"她微笑着说,"你还没有那么聪明,会在赌博中作弊。"

"真的,嘉布莉埃尔,我的确作了弊!我像个下流坯一样作了弊。"

从罗杰激动的情绪里,嘉布莉埃尔看出他讲的是真话,她在沙发的一端坐着,半天没有说话。

"我宁愿,"她终于非常激动地开口说话了,"我宁愿你犯了十条命案,也不愿意你在赌博中作弊。"

接着是死一般的沉寂,足有半个钟头之久。两人坐在同一张沙发上,互相没有瞧一眼,最后,还是罗杰先站起身来,以相当平静的声调道了一声"晚安"。

"晚安!"嘉布莉埃尔冷淡而刻板地回了一声。

后来,罗杰告诉我,要不是害怕同伴们猜出原因,他当天夜里就会自杀。他不愿意死后留下卑污可耻的名声。

第二天,嘉布莉埃尔像平日一样快快活活,似乎已经忘掉了前天晚上罗杰向她坦露的那个秘密。罗杰却变得忧郁沉闷,激动易怒,几乎不出自己的房门,躲避朋友,常常一整天也不和嘉布莉埃尔说一句话。我认为他的忧郁出自他对荣誉感的重视,不过实在有点过分,我便多次试图加以劝慰,但是,他却装出一副对那可怜赌友的死毫不在乎的样子,把我打发得远远的。甚至有一天,他突然猛烈攻击起荷兰民族来了,还力图向我证明荷兰人没有一个是诚实的。但他私下里却在打听那个荷兰大副的家庭情况,可惜没有人能够向他提供任何信息。

这场不幸赌博之后6个星期,罗杰在嘉布莉埃尔房间里,发现某个准尉写给她的一张便条,对她的亲切关怀表示感谢。嘉布莉埃尔凡事马虎打点,杂乱无章,她把那张便条随手就放在壁炉上。此事是否证明她已有外遇,我很难说,但罗杰认定她已经有了,于是怒不可遏,因为,他对嘉布莉埃尔的这份爱与他残存的自尊心,是仍支持他活在这个世上唯有的两种情感,而现在,两者之中最为强烈的一种眼见就要倾毁崩溃!他破口大骂那个自命不凡的女演员,虽然他当时暴怒如雷,却并没有出手打她。

"这个花花公子大概给了你不少钱吧?"他质问嘉布莉埃尔,"你这个人就是爱钱,哪怕是水手中最肮脏的家伙有钱给你，你也会跟他上床。"

"为什么不呢？"女演员冷冷地驳道，"是的，我会把肉体出卖给一个水手，但是……我绝不会偷他的钱。"

罗杰被气得怒吼一声，浑身颤抖着拔出匕首，用犹疑不定的眼神盯了嘉布莉埃尔一会儿，接着，使出全身的气力，将匕首往她脚下一扔，急忙逃出房间，唯恐自己气头上失手真把她杀掉。

那天晚上，我深夜从他住处经过，看见他仍亮着灯，便进去向他借一本书。只见他在疾笔书写着什么，连头也不抬，似乎根本就没有看见我进了他的房间。我在他的写字台旁边坐下，仔细端详他。他憔悴多了，如果不是我，别人恐怕很难认出他。忽然间，我瞥见桌子上有一封已经封好的信，是写给我的。我立即把它拆开，罗杰在信里告诉我他准备自杀，托我替他办几件事。我看信的时候，他仍在继续写他的什么，根本没有注意我，原来他是在给嘉布莉埃尔写诀别信……诸位不难想象我当时多么惊讶，也不难想象我会对他说些什么宽慰的话，因为他的决定确实把我吓了一大跳。

"怎么，你这么幸福，居然想自杀？"我对他说。

"我的朋友，"他一边封上他的信一边对我说，"你什么也不知道，你不了解我。我是个骗子。我低贱到了极点，连一个风月场上的婊子也敢侮辱我，我自惭形秽到如此地步，竟没有勇气揍她一顿。"

于是，他把那次赌博的经过与诸位已经听说过的情况，原原本本都告诉了我。我听他叙述的时候，心里的激动实不亚于他自己。我不知道对他说什么是好，紧握着他的双手，两眼充满泪水，一句话也说不出来。最后，我总算有了一个说辞为他解脱，说根本无须因为他使得那个荷兰人破了产而过于自责，归根结底说来，他唯一那次……作弊只不过使得荷兰大副输掉……最初的那 25 个拿破仑金币而已。

"这么说来,"他以苦涩的自嘲口吻叫了起来,"我是个小偷,而不是大盗了。我过去一直胸怀大志,自命不凡,到头来只不过成了一个小骗子!"说完,他哈哈大笑,我却泪如雨下。

正当其时,房门突然一开,一个女人一冲而入,直扑罗杰怀中,原来是嘉布莉埃尔。

她一边使劲抱着他,一边大声喊道:"原谅我吧,原谅我吧。我心里觉得我只爱你一个人。现在,我比你没有做那件亏心事以前更爱你了。只要你愿意的话,我愿意去偷……我已经偷过了……是的,我偷过东西……偷过一块金表……谁能干出比这更坏的事情?"

罗杰摇了摇头,表示不相信,但他的脸色却豁然开朗了。

"不,我可怜的小宝贝,"他把嘉布莉埃尔轻轻推开,说道,"我非自杀不可,我太痛苦了,心里这么痛苦,我实在忍受不了。"

"好吧,如果你一定想死,我就陪你一起去死,你不活,我活着还有什么意思?我有勇气,我开过枪,我也能像别人一样开枪自杀。别的不说,我演过悲剧,对死我早已习以为常了。"

嘉布莉埃尔这么说着,起初还眼含泪水,说到最后却哑然失笑了。罗杰对此也不禁开颜微笑起来。

"你笑了,我的军官,"她拍着手嚷了起来,又拥抱他说,"你不会自杀了!"她抱着他,又是哭,又是笑,有时又像水手那样出言粗野,要知道,她可不是那种听见一句粗话就害怕的女人。

这时,我已经把罗杰的手枪与匕首缴了过来,对他说:

"我亲爱的罗杰,你拥有一个情妇和一个朋友,他们都爱你,请相信我,你在这个世界上还真有福可享呢。"

我抱了抱他之后,就离开了他的房间,让他单独与嘉布莉埃尔在一起。

我想，要是罗杰没有接到海军大臣的命令调他上前线的话，我与嘉布莉埃尔的劝止也只可能使他自杀的念头稍稍打消于一时而已。上峰的那道命令是派他到一艘三桅战舰上去当大副，驾船从封锁港口的英国舰队中冲杀出去，到印度洋上去游弋巡逻。任务艰险。我再次进劝，让他明白，与其毫不光明正大、对祖国也无所裨益地自杀身亡，倒不如在英国人的炮弹下英勇牺牲为好。他答应绝不自杀，并把4万法郎的一半分赠给残废的水兵与阵亡水兵的孤儿寡妇，剩下的则给了嘉布莉埃尔。他的情妇起初信誓旦旦说要用这笔钱来做慈善事业。这可怜的女子确实地想实践自己的诺言，但她的热情坚持不了多久，后来，据我所知，她将几千法郎散发给了穷人，其余的则用来给自己添置衣服。

我与罗杰登上了漂亮的三桅战舰伽拉忒亚①号。舰上的水兵英勇善战，训练有素，纪律严明，但舰长不学无术，却妄自尊大，竟以约翰·巴尔②自命，无非是因为他比粗鲁的陆军上尉更会骂人，还因为他的法语说得极为蹩脚以及他从未学过兵舰专业知识，对实践更是只略知皮毛。但是，他一开始就运气不错。当时海上正刮起一阵大风，将封锁港口的舰队刮回到公海之上，趁此良机，伽拉忒亚号冲出了海湾。接着，我们在葡萄牙海岸附近又击毁了一艘英国轻型巡洋舰和一艘属于英国东印度公司的商船，就这样，伽拉忒亚号旗开得胜，开始了海上巡逻。

我们遇上逆风，加上舰长指挥失误，伽拉忒亚号就缓缓地朝印度洋漂流而去，舰长的笨拙无能显然增加了我们巡航的危险

---

① 伽拉忒亚：希腊神话中的一海洋女神。
② 约翰·巴尔（1650~1702）：法国17世纪海军将领，英勇善战，屡立战功，深得路易十四重用。

性，时而被敌人的优势舰队驱赶，时而自己又冒冒失失去追逐商船，每天险情层出不穷。虽然过的是冒险生涯，而且舰船上大小事务也使人疲惫不堪，但罗杰仍未能摆脱一直折磨着他的自杀念头。过去，他是我们军港中最勤勉、最出色的军官，现在却只满足于完成自己的差事，差事一完，便把自己关在房间里，既不看书，也不写信，一连好几个小时躺在自己的吊床上，可怜又睡不着觉。

一天，我见他如此无精打采、萎靡不振，便斗胆进行开导：

"当然啰，亲爱的，你在为一点鸡毛蒜皮的事苦恼。你骗取了一个荷兰阔佬的25个拿破仑金币，如此而已！可是你却后悔得像是骗取了100万似的。你且说说，当你从前勾引司令的老婆那阵子，你就不感到内疚吗？那个女人可比25个金币珍贵得多啦！"

罗杰在床上翻了一个身，没有理睬我。

我继续说："不管怎样，就算按你的说法，你犯了罪过，但你最早参赌也是出于荣誉感的动机呀，那是出自一颗高尚的心灵。"

他转过头来，一脸怒色地盯着我。

我继续侃侃而谈："我没有说错，因为，归根结底，要是你参赌输了，嘉布莉埃尔怎么办？可怜的姑娘，她会为你卖掉她最后一件衬衣。如果你输了，她就变得一贫如洗……你是为了她，为了你对她的爱情，你才作了弊。有的人为了爱情而杀人……而自杀……可你，亲爱的罗杰，你比他们更走极端。坦白地说吧，像咱们这种人……去……偷，要比去自杀更需要勇气。"

船长中断了他所叙述的故事，对我说："也许现在你们觉得我很可笑。我可以保证说，是我对罗杰的友谊才使我当时口若悬河发表了这一大通宏论，今天，我可没有这份口才了。不管怎样，我对他讲的这一大番话，都是真心诚意的，而且我深信自己说的都是至理。要知道，当时我还很年轻啊。"船长说完，又接着讲完罗杰的故事：

罗杰半天没有回应我的话，他把手伸给我说，说的时候似乎在竭力克制他自己的感情，"我的朋友，我可没有你想象的那样高尚，我本来就是一个卑鄙小人。我欺骗那个荷兰人时，只是想赢得那25个金币，仅此而已。我当时并没有想到嘉布莉埃尔，这就是我之所以瞧不起自己的原因……我当时把这25个金币看得比荣誉还重！……多么卑劣！是的，如果当时我真的对自己说'我要作弊赢钱是为了使嘉布莉埃尔免遭贫困'，那我后来也许会心安理得一些……但不是，不是！我当时并没有想到她……我当时并没有想到爱情……我当时赌红了眼……成了一个小偷……我完全是为了钱而去作弊、去偷……这种行为愚蠢到了极点，使得我一失足而成千古恨。时至今日，我既丧失了勇气，也丢掉了爱情……我苟活于世，再也不会去想嘉布莉埃尔了……我这个人彻底完蛋啦。"

罗杰说这些话时，看起来是那么痛苦。如果他当时向我要枪自杀，我想我是会给他的。

一个星期五，那是倒霉的一天，我们发现一艘巨型的英国三桅战舰阿尔刻斯提斯号向我们追杀过来，那舰上有58门大炮，而我们只有38门。我们扯起所有的风帆想溜之大吉，可是，它的速度比我们快，一步一步朝我们逼近。很明显，在天黑以前，我们将被迫进行一场殊死的战斗。舰长把罗杰叫到自己房里，商量好一阵子。罗杰回到甲板上，挽起我的手臂，把我拉到一旁。对我说：

"再过两个钟头，大难就要临头了，舰长老兄在后甲板上忙得团团转，已经是焦头烂额了。现在，我们有两个办法可以选择：一个最轰轰烈烈的办法，就是故意让敌舰追上来，然后猛地向它靠拢，派百十个英勇慓悍的小伙子冲将上去；另一个办法也不错，只是不大光彩，那就是把我们的一部分大炮扔进大海，以减轻舰船的重量，这样就可以轻装快速、紧贴着非洲海岸航行，我们的左舷就是岸边，英国战舰害怕搁浅，就只好让我们溜掉。问题是，我们的那位宝贝舰长，既不是懦夫，也不是英雄。这两个办法他都不会采用。他只会让敌人的大炮先把我们轰个片甲不留，经过几个小时的战斗之后，再扯起降旗。你们活下来的人那就倒霉了，等待你们的将是英国朴次茅斯军港的囚船。至于我嘛，我可不愿意看到那些囚船。"

"也许，"我回答他说，"我们头一阵炮击会使敌舰遭到重创，迫使它停止追杀，亦未可知呢。"

"你给我听着，我是不愿意当俘虏的，我宁愿战死，我正可以死得其所。万一我伤残未死，请你答应我，一定把我扔进海里，像我这样一个优秀的水兵，大海才是我应该寿终正寝的地方！"

"你简直就是神经病！"我对他嚷道，"你怎么能委托我办这种事！"

"请你为我尽一个好朋友的责任。你知道，我是非死不可的。我之所以同意不自杀，就是因为我希望战死捐躯，你应该还记得这一点。那么，就答应我吧。如果你拒绝，我就去请水手长帮我这个忙，他一定不会拒绝的。"

我考虑了片刻，对他说：

"我答应你照你说的去做，只要你是受了重伤而又没有治好的希望。在那种情况下，我愿意让你少受一些临终的痛苦。"

"我一定会受致命的重伤，要不，我就是当场战死。"说着，他向我伸出手来，我紧紧地握住。从这时起，他就变得平静多了，甚至脸上还不时洋溢着一种战斗的喜悦。

下午3点钟左右,敌舰的迫击炮开始朝我们的船舰轰击。于是,我们赶紧收起部分帆篷,掉头侧身对那敌舰连续开火,英国人则猛烈还击。海战进行了一个钟头之后,我们那位办事一贯毛糙失当、指挥从来失策的舰长却想要把我舰冲向前去进行近距离厮杀。但是,我方已经伤亡惨重,剩下的水兵也已经泄了勇气。舰上的器械已经损毁极为严重,残破不堪。当我们扯起舰帆想逼近英舰的时候,我们那根已经毫无支撑的主桅,竟完全断折,轰然倒下。敌舰趁我舰上此一混乱之际,绕到我们舰尾,在手枪半射程的距离内用侧翼的全部火力向我们猛轰,将我们那艘倒霉的三桅战舰打得个稀巴烂,而我们的侧翼只剩下了两门小炮勉强可以还击。这时,我正在罗杰身旁,他指挥着众人去砍断还纠缠在已倾倒在地的主桅上的缆绳桅索。我觉得他的手紧紧抓住我的胳臂。我转过身去,看见他仰面倒在甲板上,浑身是血,他的肚子刚被一颗子弹击中。

舰长向他跑过来,叫道:

"怎么办,大副?"

"快把咱们的舰旗钉在半截桅杆上,然后把船凿沉。"

舰长觉得这个建议不对自己的口味,立即离他而去。

"喂,别忘了你答应过的事。"

"不在话下,你的伤能治好。"我对他说。

"立即把我扔进海里去。"他厉声叫道,接着,他一边恶狠狠地骂骂咧咧,一边抓住我衣服的下摆,"你看得明明白白,这回我肯定是难逃一命,把我扔进海里去吧,我不愿意看见我们兵舰投降。"

两个水兵走了过来,准备把他抬进舱底去。

"混蛋,你们去管你们的大炮吧!"他使劲地高声叫嚷,"装上霰弹,瞄准他们的甲板射击。至于你,如果你不兑现你的承诺，我就要诅咒你，骂你是世界上最怯懦、最卑劣的小人。"

罗杰受的伤是严重致命的。这时，舰长把一个准尉叫了过来，命令他降旗投降。

我对罗杰说了一声："跟我握一下手吧。"

就在我们的舰只降旗投降的那一刹那……

船长的故事讲到这里时，一名中尉跑过来喊道，"舰长，左舷发现有一条鲸鱼。"打断了他的叙述。

"一条鲸鱼！"舰长兴高采烈地叫了起来，也不再把故事讲下去了，"快，放小艇下海，把舢板也放下去，所有的小艇都放下去，拿鱼叉来，拿绳子来……"

因此，可怜的罗杰大副最后究竟是怎么死的，我就所知不详了。

维纳斯艳惊伊尔城①

> 但愿这雕像善良而仁慈
> 因为她与常人形貌相似
>
> ——吕西安②《喜欢说谎的人》第十九章

我从加尼古山③最后一道山坡上走下来,虽然时已夕阳西沉,却仍能清晰看见远处平原上伊尔小城的屋舍。那小城正是我要去的目的地。

"您该知道,您一定知道德·佩莱赫拉德先生住在城里什么地方吧?"我向前一天就开始给我担任向导的那个卡塔卢尼亚人这么问道。

"当然知道啰!"他高声宣称道,"我熟悉他的家就像熟悉我自己的家一样。如果不是现在快天黑了,我一定可以指给您看。那是全伊尔城最漂亮的房子。德·佩莱赫拉德先生很富有,他给自己儿子找的亲家比他更富有。"

"婚礼快要举行了吧?"我问他。

"很快!婚礼上奏乐的提琴师大概都已雇好了。也许就在今晚举行,也许是明天、后天,这可说不准!婚礼的地点是在普伊加里,因为这位少爷娶的是普伊加里小姐,这桩婚姻门当户对,真够美满!"

---

① 伊尔城:法国东比利牛斯省的一个小城。
② 吕西安(120~192):古希腊讽刺幽默作家。
③ 加尼古山:法国东比利牛斯省的高山。

我的朋友P先生介绍我去认识德·佩莱赫拉德先生，他告诉我说，此公乃学识渊博而又平易近人的考古学家，一定会乐于领我去参观方圆40公里以内的古代遗迹。因此，我一直打算请他带我参观伊尔的附近地区，据我所知，此地区有许多古代与中世纪的历史建筑。如今我初闻他家即将举办婚礼，看来我的如意算盘会被打乱。

我心想，人家操办喜事，我此去岂非平添打扰？可是P先生已经通知说我即将来到，主人家正在等着我呢，我非去不可。

我与向导已经到了平原上，他对我这样说：

"先生，咱们打个赌，赌一支雪茄烟，看我能不能猜出您去德·佩莱赫拉德家要干什么？"

"这个嘛，倒并不难猜。"我边回答边递给他一支雪茄，"太阳已经西沉，我们已经在加尼古山里走了20公里，现在去他们家最紧要的事当然就是吃晚餐啰。"

"这话不错，可明天干什么呢？……得啦，我敢说您到伊尔来是为了参观那尊神像的，对吗？从我看见您在塞拉波纳①临摹圣像，就猜出来了。"

"神像，什么神像呀？"向导的话激起了我的好奇心。

"怎么，您在佩皮尼昂②的时候没有听说德·佩莱赫拉德先生怎么在地里挖出一尊神像吗？"

"您说的是一尊用黏土烧制的雕塑，是吗？"

"不是。是铜铸的，那么多铜，可值钱啦，其重量足比得上教堂里的一口大钟。在地里埋藏得很深，我们是在一株橄榄树下发现的。"

"这么说来，挖掘的时候您是在场啰？"

"是的，先生。半个月以前，德·佩莱赫拉德老爷叫我同约翰·科尔两个人把一株老橄榄树连根刨掉。您知道，去年冬天非常寒

---

① 塞拉波纳：山上一修道院，距伊尔城20公里。
② 佩皮尼昂：法国东比利牛斯省的首府。

冷,这株树被冻死了。我们这么挖着挖着,科尔一镐刨下去,忽然我听见咣当一声……就像撞在一口钟上。'这是什么呀?'我问道。我们继续挖着挖着,忽然里面露出一只黑颜色的手,就像死人的手从地里伸出来了一样。哎呀,这可把我吓坏了。我赶紧跑去找老爷,对他说:'东家,那橄榄树下有死人,得赶快请神甫来。'老爷问我:'什么死人呀?'他跟我来到现场,一见那只黑手,便大叫一声:'一件古物,一件古物呀!'见他这么惊喜,你真以为他是发现了一件奇珍异宝呢。于是,他亲自挖了起来,手与镐并用,其劲头,比我们两个人加在一起的力量还要大。"

"你们最后挖出什么来了?"

"一个身材高大的黑色女人雕像。说句不敬的话,全身几乎一丝不挂。先生,完全是铜铸的,据德·佩莱赫拉德老爷说,这是异教徒时代的神像……可能是查理曼大帝①时代的!"

"我知道是什么了……这是某个被毁的修道院里的铜制圣母像。"

"圣母像!说得倒好!如果真是圣母像,我早就认出来了。告诉您吧,那是一尊神像,从它的神气就看得出来。她那双大大的白色眼睛死死盯住你,简直就是在审视。是的,谁看着她,谁都会不好意思,会把眼睛垂下来。"

"她有白色的眼睛?一定是嵌在青铜上。也许这是一尊罗马时代的雕塑。"

"罗马!对了。德·佩莱赫拉德老爷说那是个罗马女人。啊,我看出来了,您和老爷他一样,也是一位学者。"

"雕塑完整吗?保存得好吗?"

"啊,先生,完好无缺。比放在市政府里那尊路易·菲利普的彩色石膏半身像更漂亮、更精致。尽管如此,这尊雕塑的面孔使我不舒

---

① 查理曼大帝(742~814):古代法兰克王国的国王,王国在他统治时期达到全盛,版图很大,后渐分裂为三,即近代西欧三个主要国家法国、德国与意大利。

服,她显得很凶恶……的确如此。"

"凶恶,她对你怎么凶恶了?"

"确切地说,倒不是对我。不过,您听下去就会明白了。当时,我们费了好大的力气才把她抬了起来。德·佩莱赫拉德老爷这位老好人,虽然手无缚鸡之力,也帮着拽绳子!用了九牛二虎的劲儿,我们把她竖立直了。我去捡块瓦片想把她垫稳当,没想到哗啦一声,她整个身躯仰面朝天倒了下来。我喊了一声'当心底下'。但为时已晚,约翰·科尔没有来得及把腿抽回来……"

"他受伤了吗?"

"可怜他那条腿,就像葡萄架一样当场折断了。哎呀,真惨!我一见就火冒三丈,真想用镐把那雕像砸个稀巴烂,但德·佩莱赫拉德老爷拦住了我。他给了科尔一些钱。出事后至今半个月,科尔仍躺在床上,医生说他这条腿永远报废了。真可惜,他从前是我们当中跑得最快的人,而且,他的网球也打得很好,仅次于我们的少东家。科尔的受伤使得阿尔封斯·德·佩莱赫拉德少爷心情很不好,因为科尔一直是陪他练球的练手,他们打球的时候,球一来一往从不落地,啪!啪!真是好看极了。"

这么谈着谈着,我们进了伊尔城,很快我就见到德·佩莱赫拉德老爷了。他是一个精力充沛的矮老头,假发上扑了粉,鼻子通红,神情快活而略带幽默诙谐。他没有拆开 P 先生的介绍信,便把我带到一桌筵席前,请我入座,还介绍我认识他的夫人与公子,说我是位出色的考古学家,能够使得由于历史学者的疏忽而被遗忘的鲁西戎地区①重新引起世人的关注。

我的胃口很好,因为再没有什么比山区的清新空气更能增加人的食欲了。我边品味美食,边观察我的主人一家。刚才我对德·佩莱赫拉德先生已经略加描述,现在还得补充一句,他很活跃敏捷,又是

---

① 鲁西戎:法国一旧行省,即今东比利牛斯省,境内有不少历史古迹。

说，又是吃，还不时站起来跑到藏书室里给我拿书，让我看他收藏的一些版画，同时又给我酙酒，就这么忙乎着，一连几分钟也静不下来。他的夫人体态稍胖，就像大多数40岁出头的卡塔卢尼亚妇女一样。在我看来，她是一个典型的外省女人，一心只扑在家务上。虽然晚餐很丰盛，足够6个人享用，但她仍然不断跑到厨房去，还叫人宰鸽子、烤玉米蛋糕，打开好多罐蜜饯果酱。不一会儿，餐桌上便摆满了盘碟与瓶罐。如果把端到我面前的食物都尝一点，我非被胀死不可。但每当我谢绝一道菜时，他们都要一再表示歉意，怕我在伊尔过得不满意。他们想来，外省的物质品类如此匮乏，而巴黎人的口味又实在太高。

当父母双亲忙着待客施礼的时候，阿尔封斯·德·佩莱赫拉德少爷端坐不动，像一块界石。他是一个26岁的高大青年，五官端正，眉清目秀，但缺乏表情。从他的身材与运动员的体魄来看，本地人称他为网球好手，真乃实至名归。那天晚上，他的衣着很讲究，完全是最近一期《时装杂志》插图里的款式。但我觉得他穿那套衣服有些拘谨，脖子套在天鹅绒的领圈里，僵硬得像一根木桩，脖子一扭转，整个身躯也要随之转动。他那双大手被太阳晒成了褐色，指甲很短，与他那身衣服颇不相称。他尽管对我这个巴黎人十分好奇，不断从头到脚加以观察，但整整一个晚上，他只跟我说了一次话，就是问我，我的表链是在哪儿买的。

"好哇！我亲爱的客人，"晚饭快吃完的时候，德·佩莱赫拉德先生对我说，"您在我的家里，您就是我的客人，我不把我们山区稀奇古怪的东西都让您看个遍，我是不会放您走的。您应该设法对我们鲁西戎有更多的了解，为它做些宣传报道。我们要让您看的那些东西，都是您想不到的。这地区有腓尼基、克尔特、罗马、阿拉伯、拜占庭的各种历史建筑，大大小小，不分巨细，您都能见到。我会领着您到处参观，连一块砖也不让您错过。"

一阵剧烈的咳嗽使得他停止说话。我趁这个时候对他说，在他家办喜事的时候前来打扰，实在深感抱歉，只要他对我在附近地区的采访做些指点就够了，不必麻烦他陪着我到处跑……

"哦，您是说我儿子的婚礼。"他大声打断我的话，"小事一桩，小事一桩，后天就办。您也和我们一道参加，就像家里人一样。因为新娘子有个姑妈刚去世，她是姑妈的继承人，戴着孝呢，所以婚礼不大肆操办，不举行舞会……真可惜……否则，您就能观赏我们卡塔卢尼亚姑娘的舞姿了……她们可漂亮啦，也许您见了就要学我的儿子阿尔封斯的样子哩，俗话说得好，一桩婚姻引发出另一桩婚姻，好事成双嘛……到了星期六，年轻人的婚事一办完，我就自由啦，咱俩就可以动身出游了。我真抱歉，寒舍的一桩外省婚礼对您有所耽误。巴黎人对欢庆热闹的场面早已司空见惯、习以为常，何况，我们这小地方的这次婚礼还没有舞会！不过，您可以见到一个新娘子……一个新娘子……您会说还有一些其他的姑娘……但您是一位正人君子，不会再去关注女人了。我有更好的东西给您看。我要让您看一件宝物！……明天，我要您见了大吃一惊。"

"我的上帝呀，"我对他说，"家有宝物若要外人不知，那是很难做到的。我想，我已猜出您打算叫我吃惊的宝物是什么了。如果就是您的那尊雕像，那我的向导早就已经给我描绘过了，说实话，我的好奇心已经被激起来了，我正急于观察这件宝物呢。"

"噢！他已经跟您谈过这尊神像了，他们把我这尊漂亮的美神简称为神像……但我现在不想对您做任何评论。明天见分晓，您将目睹这一切。请您见了以后告诉我，我认为那是一件杰作是否有道理。说真的，您的来临再凑巧不过。雕像上有些铭文，我这个不学无术的可怜虫，只能按照我的浅识加以解读……可您是来自巴黎的大学者！……您也许会觉得我的解读很可笑……因为我已经写了一篇学术报告……我真已经写出来了……我是一个外省的蹩脚考古学家，我已经豁出去了……我要把我的报告刊印出来……如果您愿意审读并替我修改修改，我便有希望……比如说，我很想知道您会怎么翻译雕像基座上的那句铭文'CAVE'①……但我今天不想再向您请教什么了……明天再说吧，明天！咱们今天就不说那尊美神了。"

"佩莱赫拉德，你说得对。"他妻子说，"咱们别谈你那尊神像。你瞧，你使得客人吃饭都吃不消停了。得了吧，这位先生在巴黎不知见过多少雕像，远比你的这尊精美。在杜依勒里宫，就有好几十个，而且都是青铜铸的。"

"你这就是无知，外省人地地道道的无知！"德·佩莱赫拉德先生打断她的话说，"你居然把一件精美绝伦的古物，拿来跟库斯图②平淡无奇的雕像相提并论！"

> 拙荆妄谈神祇！
> 出言实为无礼！③

"您知道吗？我的妻子要我把我这雕像熔掉，去给教堂铸一口钟，她就可以当这口钟的命名者了。先生，这毕竟是米隆的艺术杰作啊！"

"杰作，杰作！这雕像一出土就制造了杰作呢！把人家的一条腿给砸断了！"

"我的老伴，你瞧，"德·佩莱赫拉德先生把自己穿着花条纹丝袜的右腿向妻子伸过去，斩钉截铁地说，"如果我那尊美神像砸断了我这条腿，我绝不会有丝毫惋惜！"

"我的上帝呀！佩莱赫拉德，你怎么能这么说呢？！幸亏那人的腿伤好多了……不过，我还是下不了决心去观赏那尊制造了不幸事件

---

① CAVE：拉丁文，当心，提防。
② 库斯图：法国18世纪著名雕刻家。
③ 此诗句原文引自莫里哀的喜剧《昂菲特里翁》第一幕第二场。

的雕像。可怜的约翰·科尔,真倒霉!"

德·佩莱赫拉德先生哈哈大笑起来,说道:"被美神所伤,先生,被美神所伤,笨蛋才会抱怨呢。"

> 你怎么不领受美神的恩典。①

"谁被美神所伤?"

阿尔封斯的法语程度比拉丁语高,他会意地眨了眨眼,盯着我看,似乎在问:"您,巴黎先生,您懂这句话吗?"

晚餐迟迟才结束,其实在餐桌上我停止进食已经有一个钟头了。我感到很疲倦,连连打着呵欠。德·佩莱赫拉德夫人先观察到了这一点,便提醒说大家应该就寝了。于是,殷勤的主人又不断表示歉意,说给我安排的住处条件太差,客人毕竟不是在巴黎,在外省总得受些罪,对鲁西戎的款待者就得包涵包涵。我则一再声称,在山区里跑了一天之后,我只要有一捆干草,便能美美地睡上一觉。话虽然这么说,但主人夫妇仍然一再恳请我予以原谅,他们这些可怜的乡下人待客不周,实在也是不得已的呀。最后,我由德·佩莱赫拉德先生陪同,上楼来到给我准备的房间。上面几级楼梯是木板的,一直通到一条走廊的中央,走廊两旁有好几间房间。

"右面那一套房间,是给我新婚的儿媳准备的。"主人对我说,"您的房间是在走廊另一端。"说到这里,他又故意装出狡黠调皮的神情加上一句,"您当然知道,应该跟新婚夫妇远一点儿,您在房子的这一头,他们在另一头。"

走进一个家具齐全的房间,我首先看到的东西就是一张大床,长约7尺,宽可6尺,高高的,要靠一张板凳才能爬上去。主人把召唤仆人的铃铛指给我看,又亲自检查了糖罐是否装满了糖以及香水瓶子是否

---

① 此句原文为拉丁文,引自古罗马诗人维吉尔的史诗《埃涅阿斯记》第四章第33节。

放在梳妆台上，还一再问我还缺什么，然后，跟我道了晚安便走了。

窗户都关着。宽衣就寝之前，我打开了其中的一扇，呼吸呼吸晚间清凉的空气。刚才那顿晚餐吃了很长时间，现在透透气，觉得很是舒服。窗户对面就是尼古山，这山一年四季的景色都令人赞赏，而那天夜晚，在皎洁的月色下，更是美得无与伦比。我观赏它美妙的侧影足足好几分钟，正打算低头关上窗户的时候，忽然瞥见那尊雕像置于一台座上，就竖立在一道矮树篱笆的边角处，距离房子约40公尺之远。绿篱隔在一个小花园与一块十分平坦的场地之间。那场地，后来我得知，就是本城的网球场，原来是德·佩莱赫拉德的产业，经他的儿子一再恳求，他才出卖给了公家。

我当时所在的距离，使我难以看清那雕像的姿态，只能粗略判断出它有6尺上下。这时，正好有两个城里的顽童经过网球场，距离那道矮树篱很近，他们用口哨吹着鲁西戎地区一支悦耳的曲调。他们停下来好打量打量那尊雕像，其中一人还朝雕像大骂了一声。他是用卡塔卢尼亚语骂的，由于我在鲁西戎地区已经盘桓了好些日子，他骂的什么意思，我大致能懂，他是这么骂的：

"你原来猫在这儿，婊子（卡塔卢尼亚语所用的字眼比这更厉害）！你猫在这儿！是你砸断约翰·科尔的腿，如果你归我所有，我就非拧断你的脖子不可。"

"算了吧，你用什么去拧？"另一个顽童说，"它是铜铸的，硬极了，艾蒂安想用锉刀去锉它，结果连锉刀也折断了。它是异教徒时代的铜制品，比什么都硬。"

"要是我手头有我那把冷錾（看来，他是一个锁匠学徒），我很快就可以把她两只大大的白眼珠挖出来，就像挖杏仁那样。里面的银子足可值100多个苏[①]。"

他们走了几步，正要离开雕像。

[①] 苏：法币名，20个苏为1法郎。

"我得向偶像道声晚安。"那个高个子突然停下脚步说道。

他弯下身子,很可能是拣起了一块石头。只见他将胳臂一扬,将手里的东西扔了出去,立即砸得那雕像发出了响亮的一声。几乎就在同时,他突然用手捂着脑袋,连连大声叫痛。

"她把石头给我扔回来了!"他嚷道。

于是,这两个调皮鬼拔腿就逃。显而易见,那块石头从铜像上反弹了回来,惩罚了那个冒犯了美神的蠢货。

我关上窗户,开怀大笑。

"又一个旺达尔人①遭到了维纳斯的惩罚!但愿所有破坏古代文物的人,都脑袋开花!"抱着这样一个善良的愿望,我酣然入睡。

一觉醒来,天已大亮。在我床边,已站立着两个人,一边是还穿着睡袍的德·佩莱赫拉德先生,另一边是他妻子派来的仆人,手里端着一杯巧克力。

"起来吧!巴黎人!京城来的人都是懒鬼!"我已经开始穿衣服了,款待我的主人这么说,"8点钟了,还在床上!我6点钟就已经起床,我上楼来了三次,踮着脚尖走到您房间门前,没有听见一点声息,就像没有人一样。在您这样的年龄,睡得太多没有好处。您还没有见识我的美神雕像呢!来吧,快把这杯巴塞罗那巧克力喝掉……这是真正的走私货。在巴黎,您喝不上这种饮料。喝了长长力气,您走到我那尊美神雕像前面,用九牛二虎之力也不可能把您从她身边拉开啦!"

短短5分钟,我就梳洗完毕,也就是说,胡子草草刮了一下,衣服大致上扣了一扣,三口两口喝完了那杯滚热的巧克力,被烫得好不厉害。于是,我随主人走到花园里,来到一尊令人惊叹的雕像面前。

的确是一尊维纳斯雕像,真是美到了极致。她上身赤裸,古代人所想象的了不起的天神都莫不如此。她的右手抬到胸前,掌心向内,拇指与第二、第三根手指伸直,最末的两指微微弯曲;另一只手靠近

---

① 旺达尔:古日耳曼民族的一支,曾入侵高卢、西班牙与非洲,以破坏文明而著称。

腰部，挽住遮盖着下身的裙衫。这尊雕像的姿势使人想起那个猜拳者的形象，不知为什么，人们把这形象称为"日耳曼尼库斯"[①]。也许，雕塑家是想表现这美神在玩猜拳游戏吧。

不管怎样，没有比这尊美神的身材更完美的了。她线条优美，躯体丰腴，风姿高雅，衣裙华美。我想它准是罗马帝国时期的作品，是古代雕塑艺术处于顶峰状态时的一件杰作。特别使我赞叹的是，她的形体如此逼真，可以肯定是以真人为模特儿雕塑出来的，如果大自然能精制出如此完美的造物的话。

她的头发从前额之上往后梳，似乎是镀过金的。头小巧精致，同几乎所有的希腊雕像一样，微微向前倾斜。至于脸部，我怎么也难以描述出她独特微妙的表情，其脸型，就我所记忆的，与任何古代雕像都不一样。她的美不是古希腊雕塑那种宁静而庄严的美，那是古代雕刻家刻意要使所有的线条都具有的一种凝重肃穆的神态。我惊异地发现，这尊美神则相反，雕塑家显然是有意要在其脸部表现出一种近乎凶恶的狡黠。所有的线条都微微略显扭曲：眼睛有一点点斜，嘴角有一点点翘，鼻孔有一点点鼓。美得不可思议的那张脸上，却流露出轻蔑、嘲讽与冷酷的神情。说真的，越是端详这尊美丽的雕像越是有一种不舒服的感觉。如此令人惊叹的美貌，怎么这样冷漠无情呢？

"即使这雕像的真人模特儿的确存在过，"我对德·佩莱赫拉德说，"我也怀疑此女是否上天所造。我真可怜那些爱上了这个女人的男子，她一定使得他们因绝望而死去，而她自己则以此为乐。她表情中有一种凶野，不过，这么美的尤物，我的确没有见过。"

德·佩莱赫拉德先生见我对这尊雕像如此赞赏有加，且溢于言表，不禁兴高采烈，因此，高声背诵了一句诗：

[①] 日耳曼尼库斯：公元1世纪的罗马将军。

这是美神在全身心拥抱你这个猎物。[1]

这尊女神那双嵌着白银、炯炯发亮的眼睛,与她那久历侵蚀的躯体上所布满的暗绿色铜锈正形成强烈的对比,眼中那满含恶意的嘲讽由此而显得更为突出。这双闪闪发亮的眼睛足以使人产生一种幻觉,以为这雕像真是一个活体。这时,我突然想起,我的向导曾经对我说过,她能使得所有端详她的人不由自主低下视线。此言不假,我自己在这青铜雕像的面前,也感到有点局促不安了,为此,我不禁对自己甚为生气。

"现在,您已经仔仔细细欣赏过了,我亲爱的考古同行。"款待我的主人说,"如果您愿意的话,我们不妨在学术上进行一点探讨,您还没有注意那上面有一句铭文,对它您有什么看法"?

说着,他把雕像的基座指给我看,那上面刻有这样两个字:

CAVE AMANTEM

他搓着手先用拉丁文问我:"您博学多闻,对此有何高见?"然后说,"看看咱俩在'CAVE AMANTEM'这句话上,是否所见略同!"

"可是,"我回答说,"这句话有两重意思,可以译为:对爱你的人要小心提防,不要轻信你的情人。但如果是取这一重意思,则不知道是否合乎拉丁语的表达方式。而从这雕像脸上的凶险神情来看,我还是认为,雕塑家是想提醒世人,要提防这个蛇蝎美人。因此,我把这句话译为:如果她爱你,你可要小心提防。"

"嗯,不错,这个解释言之成理。"德·佩莱赫拉德先生说,"不过,请别见怪,我却喜欢第一种翻译,我还可以加以引申发挥。您知道吗,维纳斯的情人是谁?"

---

[1] 此句出自法国17世纪古典主义诗人拉辛的诗剧《费德尔》第一幕第三场。

"她的情人有好几个。"

"是的,而第一个就是伏尔甘①。这就意味着,'尽管你如花似玉,目空一切,你的情人只可能是个铁匠,又丑又瘸',先生,这对那些风情万种、娇艳俏丽的女人来说,真是一个深刻的前车之鉴。"

我听了不禁笑了笑,觉得他这种解释未免太牵强附会了。

"拉丁文过分简练,所以很费解。"我这么说,是为了避免当面反驳这位考古学家。接着,我往后退了几步,以便更加仔细地观察那尊雕像。

"等一等,我的同行。"德·佩莱赫拉德拽住我的胳臂说,"您没有看全,还有另一处铭文。请您到雕像的基座上,看一看美神的右臂。"他一边说,一边帮我爬上了基座。

我不拘礼地搂着美神的脖子,跟她,我开始熟稔相处了。有那么一阵子,我甚至逼视着她的脸,发觉近看起来她显得更凶恶,也显得更美艳。接着,我看出她胳臂上刻有几个似乎是古体草书的字。借眼镜之助,我拼出以下几行字。我每念出一个字,德·佩莱赫拉德先生就重复一个字,同时用手势与声音表示赞同。拼出来的几行字是这样的:

VENERI TVRBVL…
EVTYCHES MYRO
IMPERIO FECIJ

在第一行"TVRBVL"这个字的后面,有几个字母已经模糊不清了,但 TVRBVL 这个字还是清晰可见。

"这个字是什么意思……"我的主人神气十足,带着狡黠的微笑问我,他一定是认为我解释不出这个字的意思。

"我解释不清的有一个字。"我对他说,"其余的字都容易解释。

---

① 伏尔甘:罗马神话中的火神,亦司炼铁业。

这几行字的意思就是：埃蒂切斯·米隆遵维纳斯之命将此礼物奉献给她。"

"好极了。但TVRBVL这个字你怎么解释？TVRBVL是什么意思？"

"TVRBVL这个字倒真把我难住了。"我费尽心思想找一个与维纳斯有关的形容词来启示我做出解释，但一时找不到，于是，我反问主人，"唔，您说呢？TVRBVL作何解释，是形容维纳斯使人迷惑，还是形容她使人不安……您看得出来，我一直觉得她有一股凶相。对于维纳斯来说，用TVRBVL这个词来形容并不委屈她。"最后这句话，我是用谦逊的语气说出来的，因为我对自己的解释也并不怎么满意。

德·佩莱赫拉德先生嚷嚷地表示不同意：

"不安分的维纳斯！爱吵闹的维纳斯！啊！您以为我的这尊维纳斯是酒馆里的维纳斯吗？绝对不是！先生，这尊维纳斯是上流社会里的维纳斯。来，我来给您解释TVRBVL这个字吧……不过，请您答应我，在我的论文发表以前，不要向外界透露我的见解……因为，您明白，我要靠这个创见来名扬天下……巴黎的学者先生，你们已经很富足了，也该剩下一些麦穗让我们这些外省可怜虫去捡呀。"

我一直站在那雕像基座的高处，一听此言，立即庄严地向他保证，自己绝没有要剽窃他这一创见的卑鄙念头。

"TVRBVL……先生，"他边说边靠近我，把声音压得低低的，似乎害怕旁边有人偷听，"这个字，您得读成TVRBVLNERA"。

"我还是不明白。"

"请您好好听着。离这里4公里的山脚下，有一个村子名叫布尔太奈尔，正是TVRBVLNERA这个拉丁字的讹音。这种音节上的颠倒错位是最常见的事。先生，布尔太奈尔从前是一个罗马城市。我一直有这个看法，但苦于没有找到证据。现在，证据找到了。这尊维纳斯就是布尔太奈尔城所供奉的神。刚才我说过，"布尔太奈尔"这个词源于古代，它证明了一件有趣的事，那就是布尔太奈尔城在归属于罗马以前，早就是一座腓尼基的城市了！"

他停顿下来，喘了口气，见我不胜惊讶，就不禁得意起来。我则好不容易才忍住了没有大笑起来。

他接着说下去：

"实际上，TVRBVLNERA是一个地地道道的腓尼基语，TVR要读成Tour……而Tour则与Sour就是同一个字，对吧？Sour是腓尼基语中的蒂尔①，它的意思，我就不必告诉您了。而BVL就是Baal；Bâl，Bel，Bul，在发音上只有很细微的区别。至于字尾的NERA，我要解释清楚倒有点困难，因为找不到一个相应的腓尼基字，我想，它是来自希腊语νηρόб，意思是潮湿，泥泞。所以，这很可能是一个混合字。为了证实νηρόб这个字，到了布尔太奈尔，我可以指给您看，那里的泉水是如何从山上流下来的，形成一片一片发臭的沼泽。另外，字尾NERA很可能是很晚以后才加上去的，为的是纪念泰特里库斯②的妻子奈拉·皮维亚，这个女子可能对杜布尔城做过什么事。可是，考虑到这些沼泽，我倾向于认为字源就是νηρόб。"

他以得意的神情吸了一撮鼻烟，接着说：

"咱们且放下腓尼基人不说，再看看那句铭文吧，我是这么译的：遵循维纳斯之命，米隆谨将其所作之雕像，奉献给布尔太奈尔的维纳斯。"

我小心翼翼对他的字源学议论表示异议，可也想趁机显示一下自己也有颇深的见解，于是，对他这么说：

"且慢，先生，米隆的确奉献过一尊神像雕塑，但我一点儿也看不出就是这一尊。"

"什么！"他大叫一声，"难道米隆不是希腊著名的雕塑家吗？雕

---

① 蒂尔：古腓尼基重要的商业与手工业城市，今属黎巴嫩，阿拉伯语为SUR，位于贝鲁特以南。
② 泰特里库斯：古罗马著名的暴君之一。

刻技艺是他的家传。这尊雕像肯定是他的一个子孙制作的。这一点确凿无疑。"

我又反驳道：

"可是，我注意到雕像的胳臂上有个小洞。我想，这是用来佩戴什么东西的，比如说，一只手镯呀，那是米隆为了赎罪献给维纳斯的。米隆是个不幸的情人，维纳斯对他动了怒，为了平息她的怒火，米隆献给她一只手镯。请您注意，FECIT[①]这个字，往往是用来代替 Consacravit[②]一词的，二者是同义词。如果我手头有格吕泰[③]或奥雷利[④]的论著，我就可以给您举出不止一个例子。一个爱上了维纳斯的情人，在梦中见到这个美神，以为她命令自己给她的雕像佩上一只金手镯。于是，米隆就献给雕像一只手镯……没想到，后来来了劫掠的野蛮民族，或者是碰上了某个胆大妄为的小偷，竟把手镯盗走了……"

"啊，显而易见，您是在编小说！"主人一边伸手扶我走下基座，一边大声说，"先生，您说得不对。这是米隆学派制作的一尊雕像，您只要看看它的手艺就会同意了。"

我一向恪守一条原则，不要去跟那些顽固的古物研究者较真较劲儿。因此，我装出一副心悦诚服的样子，低下了头，说道：

"这尊雕像的确是一件了不起的艺术杰作。"

这时，德·佩莱赫拉德先生突然惊叫了一声：

"啊，我的上帝呀，有人向我的雕像扔过石头，它又被人破坏了一处！"

他刚刚发现维纳斯的胸部有一道白色的划痕。我也看见在雕像的右手指头上还有一处类似的划痕，据我推测，这是石头扔过来时划破的，或者是石头撞击雕像时有一块碎片飞了出来，反弹到了雕像的手

[①] FECIT：拉丁文，制作、创作。
[②] Consacravit：拉丁文，奉献、呈献。
[③] 格吕泰（1560～1627）：荷兰著名的希腊语、罗马语学者。
[④] 奥雷利（1787～1849）：瑞士著名的古典语文学者。

上。我把我昨夜亲眼所见到的雕像被侮而侮辱者当时就遭到报应的事件，告诉了主人。他听了大笑不止，把那恶作剧的少年比喻为狄俄墨得斯①，希望他像这个希腊英雄一样，目睹自己的同伴们都变成了白色的鸟儿。

午饭的铃声响了，打断了我们之间这场引经据典的谈话。像昨天一样，主人盛情难却，我又一个人吃下了4个人的美食。接着，佃户们来了；德·佩莱赫拉德先生得接见他们，于是，他的儿子就领我去参观他从图卢兹买回来的一辆敞篷四轮马车，那是他送给自己未婚妻的礼物。不用说，我对这车赞不绝口。而后，我跟他走进了马厩，他足足用了半个钟头向我夸耀他的马，详述那些马的世系，一一列举它们在本省赛马会上所获得的奖项。最后，他话题一转，从一匹准备送给他未婚妻的灰色母马，又谈到了他的未婚妻。

"我们今天就可以见到她。"他说，"我不知道您是不是会觉得她漂亮。你们巴黎人，眼光总是很挑剔。但在我们这地方和佩皮尼昂，大家都觉得她很可爱。她的好处就在于她很有钱，她在佩拉德②有一个姑妈，给她留下了一大笔财产。啊，我很快就会成为很幸福的有钱人啦。"

一个青年男子对未婚妻的嫁妆比对她的美貌更为热衷、更感兴趣，这使得我内心里大为反感。

"您对首饰珍宝很在行，"阿尔封斯先生继续说，"这是我明天要给她戴上的戒指，您觉得它怎么样？"

说着，他从小指的第一节上脱下一个镶着钻石的大戒指，戒指制作成两手紧握着的形状。我觉得这是很有诗意的象征。戒指的做工很古老，但据我判断，为了把钻石镶嵌上去，戒指是经过加工的。戒指的内侧，刻有一行哥特体的字"Sempr'ab ti"，意即永远和你在一起。

---

① 狄俄墨得斯：希腊神话中的特洛伊战争的英雄。
② 佩拉德：法国东比利牛斯省一小城。

"这戒指很漂亮。"我对主人家的少爷说,"但镶了这些钻石,反倒有失原来的风韵。"

"嗨!镶了钻石就更好看了。"他微笑着回应说,"上面的钻石值1200法郎。戒指是家母送给我的,是传家宝,年代很久远了……是骑士时代的珍品。我祖母戴过,而我祖母又是从她祖母那里继承下来的。天知道它是什么时代打造出来的。"

"按照巴黎的习惯,"我对他说,"结婚只送一枚普普通通的戒指。通常是用两种不同的金属制成的,例如黄金与白金。瞧,您这只手指上戴的戒指就很合适,而您的那一枚戒指,既镶了一些钻石,又有两手紧握的浮雕,显得有些笨重,戴上它就可能没法戴手套了。"

"噢!让我未来的夫人爱怎么处理就怎么处理好了。我相信,她得到这枚戒指一定会很高兴。手指上戴着1200法郎,总是件美滋滋的事吧。至于我这枚普通的小戒指嘛,"他得意扬扬地看着手指上朴素无华的那一枚,继续说道,"这戒指是一个狂欢节的最后一天,一个女人在巴黎送给我的。啊,两年前,我在巴黎玩得可真痛快!那里才是纵情享受的地方!……"说完,他不胜眷恋地叹了口气。

这一天,大家都应该到普伊加里去,在女方家里吃晚饭。我们登上了四轮马车,驶向离伊尔城约6公里的新娘家的府邸。我作为新郎家的朋友被介绍给女方家并受到了欢迎。这顿晚饭与饭后的闲谈,我且略去不表,反正我很少开口。阿尔封斯坐在他未婚妻旁边,每隔一刻钟便凑到她耳边说几句话。而她呢,她很少抬起眼皮,每当未婚夫跟她说话时,她便羞得满面通红,不过,回答却大方得体。

普伊加里小姐芳龄十八,身材苗条婀娜,与未婚夫的魁梧强壮、骨架粗大恰成对照。她不仅长得美貌,且柔媚迷人,谈吐应对亦自然大方,深得我的欣赏。而她的娇柔之中又略带狡黠,则使我不禁联想到我的主人所发掘的那尊维纳斯雕像。我内心里对两者稍作比较,觉得我们之所以不能不承认维纳斯雕像更胜一筹,其原因很大一部分是否就在于那尊雕像有一种母老虎的表情呢?因为力,即使是邪恶情欲中的力,往往也能引起我们的惊讶之情与不由自主的赞美。

多么可惜呀!我在离开普伊加里时这样想道,这么一个可意的美人儿,偏偏生在这富贵之家,她丰厚的嫁妆就成了追求者垂涎三尺的目标,而这个追求者根本就配不上她。

在回伊尔城的路上,我不知对德·佩莱赫拉德夫人说些什么是好,只觉得应该说那么几句,于是,我高声说道:

"怎么,夫人,你们居然选了一个星期五举行婚礼,我们巴黎人比你们讲迷信,没有人敢在这样的日子娶亲。"

"我的上帝!别提这事了。"夫人对我说,"如果由我来做主,我肯定会选另一个日子,但佩莱赫拉德执意如此,我只好依他。这事弄得我心神不宁。会不会发生什么不幸的事呢?这种迷信肯定有它的道理,否则,为什么大家都忌讳星期五呢?"

对此,德·佩莱赫拉德先生却高声嚷嚷道:

"星期五!那是维纳斯的日子①,正是喜结良缘的吉日!我亲爱的同行,您瞧,我心里只有我的维纳斯。我以人格担保,正是因为她,我才选择了星期五。如果您同意的话,明天,在举行婚礼之前,咱们为她举行一个小规模的祭祀。拿两只野鸽做祭品,另外,如果还能在什么地方弄到一些香火的话……"

"呸!佩莱赫拉德!"他的妻子怒气冲冲打断了他的话,"给一个神像上香火,简直就岂有此理,附近的邻里乡亲会怎么说我们呢?"

佩莱赫拉德先生在兴头上说得更起劲:"至少,得让我在维纳斯雕像的头上戴一顶用玫瑰与百合编制的花冠吧!"说着,他引证了一句拉丁文的诗:

---

① 法语"星期五"一词,来自拉丁语,意即"维纳斯的日子"。但在基督教文化中,星期五则是耶稣受难的日子,故被视为不祥日。

大把大把地撒百合花吧！①

然后，又有针对性地发表时评，说：

"先生，您看，宪章只是一纸空文，我们根本就没有任何信仰自由。"②

第二天，婚庆活动按计划是这么安排的：上午10点整，大家准备停当，衣着整齐，吃了巧克力之后，乘马车去到普伊加里。婚姻注册手续在乡政府办理，宗教仪式则回到别墅的小教堂举行。接着是午宴。午宴之后，大家自由活动直到晚上7点。然后，回到伊尔城佩莱赫拉德先生的府第，两个家庭的成员欢聚在一起共进晚餐，之后的活动，均顺其自然，因为不能跳舞，大家自然就尽可能要在餐桌上多享用享用。

这一天，从早上8点钟开始，我便坐在维纳斯雕像的面前，手里拿着铅笔，将雕像的头部反复临描了不下20次，但始终抓不住她的表情。德·佩莱赫拉德先生在我身边走来走去，给我出主意，还不断给我讲解腓尼基字源学的知识。接着，他又在维纳斯雕像的基座上放上几朵孟加拉玫瑰，并像在悲喜剧中那样用夸张的声调，祈求美神保佑那一对即将住在他家里的新人。9点钟左右，德·佩莱拉德先生回屋穿衣打扮。这时，阿尔封斯出现了，他穿着一套俏身的全新礼服，戴着白手套，踏着漆皮鞋，礼服上有雕花扣子，扣眼上插着一朵玫瑰花。

他俯身看着我的画，问我：

"您能给内人画一张肖像画吗？她也很漂亮呀！"

这时，在上文我曾提及的那个网球场上正开始进行一场球赛，它立即吸引了阿尔封斯的注意。我也因为画累了，而且也因画不出那

---

① 原文为拉丁文，引自罗马诗人维吉尔的史诗《埃涅阿斯记》第六章。
② 这句话是夸张地针对星期五不宜婚娶的习俗，这里的宪章指复辟王朝时期，由路易十八批准的宪章。

张有点邪恶的脸而感到泄气,于是,我放下画笔也去看球。参加球赛的一方是前一天来到本地的几个西班牙骡夫,他们来自阿拉贡省与纳瓦罗省,几乎个个身手不凡。因此,伊尔城一方的球员,尽管有阿尔封斯在场打气且指导有方,但还是很快就被对方那几名好手打败。法国观众对此不胜惊愕。阿尔封斯先生看了看表,才9点半,他的母亲还没有梳妆打扮完毕。他便不再犹豫,立即脱下礼服,要了一件运动衣,入场向西班牙人挑战。我微笑地看着他这么做,心里不无惊讶。

"必须维护国家的荣誉。"他这么说。

这时候,我发觉他很美。他亢奋激昂,刚才他对自己那身打扮还十分在意,备加呵护,现在已经无所顾忌了。几分钟前,他担心弄歪了领带而不敢随便扭转脑袋,而现在,他就不去管他头上的鬈发与胸前那整整齐齐的饰巾了。这把他的未婚妻置于何地?……我的天呀,如果球赛有必要,我想他很可能将婚礼延期举行。他急匆匆地换上一双球鞋,挽起衣袖,信心十足地领着战败的一方上阵,就像恺撒在狄拉奇乌姆重整自己的残部①一样。我跳过了篱笆,在一棵朴树的树荫下,找了一个合适的位置,以便把双方的争夺看得一清二楚。

与大家的期望相左,阿尔封斯一上阵就失了一球。这球擦地而来,力量劲猛,击球者是个阿拉贡省人,看来是西班牙人的队长。

此人约摸40岁,精瘦而刚健有力,身高6尺,皮肤呈橄榄色,几乎与维纳斯的青铜色一样深沉。

阿尔封斯先生怒气冲冲地将球拍往地上一摔,狠狠地说:

"都怪这该死的戒指,把我的手指箍得太紧,使我丢了一个本可以得分的球。"

他好不容易把自己的钻戒脱了下来。我走向前去想把戒指接过来,但他先我一步,朝维纳斯跑去,把戒指套在她的无名指上,然后

---

① 狄拉奇乌姆:今日的港口城市都拉斯,在阿尔巴尼亚境内,罗马统帅恺撒曾在此被庞培击溃,数年后率军再战,终报失败之耻。

又上场率队对抗。

他脸色苍白，但沉着应战、斗志坚强，第二次上场后就再也没有失过手，终于把西班牙人打得落花流水。观众热情沸腾，其情其景堪称壮观，有些人大声欢呼，把帽子抛向空中，有些人争相与他握手，称他为国家的光荣。即使是他击退了一次外国的入侵，我想，他所获得的祝贺，其热烈、诚挚的程度亦不过如此。败北的那些西班牙人垂头丧气，更增添了他这个胜利者的光彩。

"咱们可以再玩几场嘛，老弟！"他用盛气凌人的口气对那个阿拉贡省人说，"不过，我得让你们几分。"

我真希望阿尔封斯先生放谦虚一些，不要这么张狂，眼见他的对手受辱，我心里甚感难过。

那个西班牙人深深感到自己受了侮辱，气得连他那晒黑了的皮肤也发白了。他紧咬牙关，脸色阴沉地看着自己的球拍，闷声闷气地说了一句，"咱们走着瞧吧"①。

德·佩莱赫拉德先生闻讯而至，他的来到打断了儿子对胜利的沉醉。原来是他发现儿子根本没有忙着去指挥下人套马备车，已经深感诧异，及至见到儿子满身大汗、手执球拍，更是不胜惊讶。于是，阿尔封斯先生赶紧跑回房间，重新梳洗，再穿上崭新的礼服与漆皮鞋。5分钟后，我们终于坐上马车，沿着大道直驶普伊加里。全城所有的网球手与很多观众都跟在马车后面，奔跑欢呼。虽然拉车的那几匹马强壮善奔，也好不容易才没有被这一大群勇健的卡塔卢尼亚人追上。

我们到了普伊加里，一行人正准备向乡政府走去，忽然，阿尔封斯先生用手一拍前额，低声对我说：

"我真糊涂，竟把戒指忘了！戒指还戴在维纳斯的手上呢，鬼知道谁会把它取走！请您至少不要告诉我母亲，也许她不会发觉。"

"您可以派人去取它。"我对他说。

---

① 原话是西班牙语。

"算了吧！我的仆人现在在伊尔城里。这里的这些下人我都信不过。值1200法郎的钻戒呀，谁都难免会见财起歹心。再说，女方府上的人得知我如此粗心大意，肯定都会笑话我的，把我称为雕像的丈夫……但愿钻戒没有被人偷走！幸亏我手下那帮坏蛋害怕那尊雕像，不敢走近它。算了！没有什么，我还有另一枚戒指。"

结婚典礼与宗教仪式都举行得颇具盛况。普伊加里小姐接受的结婚戒指，原是一个巴黎时装店女店主送给阿尔封斯先生的，她根本没有想到丈夫把自己的一件定情信物割爱送给了她。仪式结束后，大家入席，又是大吃，又是畅饮，还开怀唱歌，热闹了好长的时间。在新娘子周围，不时爆发出阵阵粗俗不雅的谈笑，我听了也为她感到难受，但她应付得比我预料的要好，有时她也有点窘困尴尬，但既不是由于笨拙无能，也不是矫揉造作。

也许勇气正是从困境中产生的吧。

谢天谢地，午宴终于结束，时间已到了下午4点。男宾们在繁花似锦、景观壮丽的花园里散步，或者去别墅草坪上观看普伊加里的农妇穿着节日的盛装欢快起舞。大家就这么消磨了几个小时。女宾们则殷勤地簇拥着新娘，让她给她们展示新郎赠送的礼物以引起一片赞赏。接着，新娘便换装了，我注意到她拿一顶软帽和一顶有羽饰的帽子盖在她一头秀发上，因为按照当地习俗，妇女们在当姑娘未嫁时，是不能佩戴饰物的，一旦她们的身份有所改变，便会急不可待佩戴起来。

时近晚上8点，大家正准备动身返回伊尔城。但临行时又上演了动人的一幕。普伊加里小姐的姑母，是一个年岁很高而又十分虔诚的女人，她待普伊加里小姐如同自己的亲生女儿。她不能跟随我们一道进城。我们出发前，她又对自己侄女进行一大通关于为妻之道的说教，之后，又是没完没了的眼泪与没完没了的拥抱。德·佩莱赫拉德先生调侃地将这次离别比作萨宾妇女被劫场面。终于，我们还是动身上路了。一路上，大家都努力逗新娘子开心，逗她笑，但都没有成功。

在伊尔城里，晚宴等着我们，那是一次怎么样的晚宴啊！如果说上午那些粗俗的笑闹曾使我大吃一惊的话，晚宴上大家针对新郎新娘的双关语与谑笑就更使我受不了。新郎在入席之前不见了一小会儿，回来后脸色苍白，表情凝冷。他不停地喝科利乌尔酒，这种酒几乎与烧酒一样烈。我坐在他旁边，觉得有责任提醒他：

"当心，听说这种酒……"

我随声附和宴席上的其他宾客，也对他讲了点劝诫他少饮为妙的蠢话。

他碰了碰我膝盖，用很低的声音对我说：

"等大家离席的时候……我要同你说两句话。"

他的声调严肃得叫我吃了一惊。我定睛瞧着他，发现他的脸色已经大变。我问他：

"您觉得不舒服吗？"

"没有。"

他又开始喝起酒来。

可是，就在大家又是叫喊又是鼓掌的喧闹中，一个11岁的小男孩偷偷溜到桌子底下，从新娘子的脚踝上解下一条红白两色相间的漂亮丝带，展示给大家看。大家都说那是新娘的吊袜带，于是，立刻就将这丝带剪成碎片，分给了年轻人。而那些年轻人则按某些大贵族世家保存至今的古老习惯，将碎片别在各自衣服的扣眼上。这可把新娘羞得满脸通红，甚至白眼珠也羞红了……最使新娘难为情、不知所措的是，德·佩莱赫拉德先生叫大家安静下来后，自己却用卡塔卢尼亚方言对着新娘子唱了几句诗，据他说，这是他即席吟诵的，如果我没有理解错的话，以下就是他吟唱的内容：

"朋友们，这是怎么回事，难道美酒使我入醉，两眼昏花？这里竟出现了两个美神维纳斯……"

新娘子听了不胜羞涩，心慌意乱地赶紧把头扭转过去，引起宾客哄堂大笑。

德·佩莱赫拉德先生接着说道：

"是的，我家里有两个维纳斯。一个是像蘑菇一样被我从地下挖出来的，另一个是从天上降临而来的，她刚才把自己的腰带分给了我们大家。"

他本来是想说分的是吊袜带，却说成腰带了。接着，他又说下去："我的儿呀，罗马的维纳斯与卡塔卢尼亚的维纳斯，两者之间任你挑选一个你中意的。犬子挑选了卡塔卢尼亚的那一个。他选得好。罗马的维纳斯是黑漆漆的，卡塔卢尼亚的维纳斯是白皙皙的；罗马的那位冷若冰霜，卡塔卢尼亚的这位，却足以使靠近她的人个个激情亢奋。"

他最后这段精彩的结语，引发全场震耳的鼓掌声与喧哗的笑闹声，其声浪之激荡，几乎使得我以为屋顶会震塌下来呢。满堂如此欢闹，唯有三个人正襟危坐，表情严肃，那就是新郎新娘和我。我头痛欲裂，而且，我过去参加任何一次婚礼，不知是什么原因，总有一种哀伤情绪油然而生，而眼前的这场婚礼更是使得我有厌恶之感。

德·佩莱赫拉德先生吟诵的那首诗，最后几节是由镇长助理伴唱的，我不能不说，其格调很是下流。接下来，大家拥进客厅，观看新娘子退席，因为时已午夜，她即将被引入洞房。

阿尔封斯先生将我拉到窗口，眼睛朝向别处，对我说：

"您一定会笑话我……我不知道是怎么搞的……我中了邪！真见了鬼！"

我对他此话的第一想法就是，他感到自己要碰上某种不幸，也许就是蒙田[①]与塞维尼夫人[②]都论述过的那种不幸："整个爱情王国都充满了悲剧的故事。"[③]

---

① 蒙田（1533～1592）：16世纪法国著名的人文主义作家，其传世的杰作是散文巨著《随笔集》。
② 塞维尼夫人（1626～1696）：17世纪法国著名的散文作家，有《书简集》一书传世。
③ 出自塞维尼夫人的《书简集》1671年4月8日一函。

我心里嘀咕道:"我还以为只有富于才情的人才会遇上这类悲剧哩。"

我对他说:

"亲爱的阿尔封斯先生,您喝科利乌尔酒喝得太多了,我早就告诫过您别喝这么多。"

"也许是喝多了,但我碰见的事比喝醉了更为可怕。"他说起话来断断续续,我确信他是完全醉了。

"您知道我的那枚戒指吧?"他沉默了一会儿又继续说。

"怎么啦?被人偷走了?"

"那倒没有……我没法把戒指从维纳斯这个魔鬼的手指上脱下来了。"

"原来如此!您一定是没有使劲去拔。"

"我使劲了……但那维纳斯……却把手指攥紧起来。"

他满脸惊惶,把身躯倚靠在窗门的横插上以免跌倒。

"胡说!"我否定了他的说法,"您一定是把戒指在维纳斯雕像上套得太深了。明天您用钳子就能脱下来。可是得当心,别把雕像损坏了。"

"我跟您说,脱不下来啦。维纳斯的手指已经握回去了,握紧了,成了一个拳头。您听明白没有?显然,她已经成了我的妻子,既然我把戒指给了她……而她又不愿意还给我。"

一听此言,我骇然一惊,全身不寒而栗。他说完之后,叹了一口气,一股酒味朝我扑鼻而来,我的恐惧不安顿时烟消云散了。

我想,这家伙刚才讲的全都是醉话。

"先生,您是古物鉴赏家,"新郎可怜兮兮地说,"您对这一类雕像很精通……也许那雕像里面有什么发条,有什么鬼名堂,对此我一窍不通……您去看看好吗?"

"好,我们一道去看看。"我答应了他。

"不，我希望您一个人去。"

我走出了客厅。

刚才吃晚饭时，天气有了变化，下起了倾盆大雨。我正准备去要一把雨伞，但同时又有一个念头制止我这么去做，我心想，我真是个大傻瓜，竟打算去验证一个醉汉的话是真是假！再说，也许他是想给我来一个恶作剧，好让那些老实的外省人乐一场，至少，我也会淋得像只落汤鸡，得一场重感冒。

我站在门口向那个被雨水淋得湿漉漉的雕像望了一眼，没有再回客厅，就上楼回自己的房间去了。我躺在床上，久久不能入睡。白天婚礼的景象纷至沓来，在脑海里翻腾。我想，如此一位纯洁美貌的少女，竟然就这么嫁给了一个粗野庸俗的醉鬼。对此，我不禁对自己说，结婚只论门户家财，真是丑恶得很！镇长披上三色肩带，教士系起襟带，就把世界上一个最纯真的少女送进了弥诺陶洛斯①的嘴里！婚礼本是一对相爱的情侣宁愿用生命去换取的宝贵时刻，但两个并不相爱的人在此场合有何可言？一个女子见过一个男人的粗野不明一次，以后还能去爱他吗？先入为主，最初的印象是难以磨灭的，我可以断言，这位阿尔封斯先生咎由自取，将会被人憎恶……

我内心里的独白远不止这些，我且略去不谈。就在我自言自语之时，可听见屋里有人来来往往、开门关门，以及马车驶出的声音。接下来，似乎又听见楼梯上一阵细碎的脚步声，有好几个妇女朝着走廊的另一端与我房间相反的方向走去，她们大概是在送新娘子进洞房。后来，送新娘子的妇女们又都下楼梯走了。德·佩莱赫拉德夫人的房门也关上了。我心里想，这位可怜的姑娘这时一定心慌意乱，不知所措！我愤愤不平地在床上辗转反侧。别人家里举办婚礼，而我这个单身汉却在这里扮演一个傻乎乎的角色。

整幢屋子静下来好一段时间，突然，楼梯上响起了沉重的脚步

---

① 弥诺陶洛斯：希腊神话中半人半牛的怪物，每年要吃掉进贡来的7对少男少女。

声,打破了周遭的寂静,这是上楼去的脚步声,木板楼梯被踏得格格直响。

"真是个粗人!"我叫了起来,"我敢打赌他会摔倒在楼梯上。"

一切又复归寂静。我拿起一本书来想转移转移思绪。那是本省的一本统计手册,其中还附有德·佩莱赫拉德所写的一篇普拉德地区德洛伊教历史建筑的论文。我读到第三页便昏昏入睡了。

我睡得很不踏实,醒了好几次。鸡叫的时候,我已经醒了20多分钟,那时可能是早上5点钟光景。天快亮了,又可清晰地听见前半夜那沉重的脚步声与楼梯的格格作响声,我觉得好生古怪。我一边打呵欠,一边琢磨阿尔封斯先生为什么起得这么早。但我实在想不出什么站得住脚的理由。我正要合上眼睛再寻睡意,突然一阵异样的跺脚声惊动了我,伴随着跺脚声的,还有打铃声与房门开开关关的响声,接着,又听见一片混乱的叫喊声。

我立即从床上一跃而起,心想,那醉鬼没准儿是在什么地方放火了。

我匆匆穿上衣服,来到走廊上。从走廊另一头传来了叫喊声与哀嚎声,盖过其他声音的是一声撕心裂肺的惨叫:"我的儿呀!我的儿呀!"显而易见,阿尔封斯先生出事了。我赶紧朝新房跑去,里面已经挤满了人。首先闯入我眼帘的是那个年轻的新郎。他半裸着横躺在床上,床板已经压垮了。他脸色铁青,全身僵直。他的母亲在他身旁号啕大哭。德·佩莱赫拉德先生手忙脚乱,不是用古龙水去揉儿子的太阳穴,便是给他闻什么药。可惜,他的儿子早就已经断气了。在房间的另一端,新娘在一张长条沙发上仍陷于可怕的惊厥之中,还不断发出含糊不清的叫喊声。两个身强体壮的女仆好不容易才把她按住。

"我的上帝!"我喊道,"到底出了什么事?"

我走到床前,把那不幸的年轻人抱起来,他已经僵硬而冰冷,牙关紧闭,脸色发黑,神情极其痛苦,一切都显示出他是暴死的,而且死得很恐怖。可是他的衣服上并无血迹。我解开他的衬衫，发现他胸脯上有一道青紫色的伤痕，一直延伸到两肋与后背。他似乎是被一个铁环紧紧箍死的。这时，我的脚踩到地毯上一块硬硬的什么东西，我弯腰一看，原来是那枚钻石戒指。

我把德·佩莱赫拉德先生和他的太太拉到他们自己的房间，又叫人把新娘抬了进来。我对老两口说：

"你们还有一个女儿，你们应该好好照顾她。"说完，我把他们三人留在房间里就走了。

在我看来，阿尔封斯先生无疑是遭到了谋杀，凶手在夜里设法进入了新房。但死者胸前的伤痕绕身一周而呈环形，却使我大感不解，因为木棍或铁棍等凶器都不可能留下这样的伤痕。突然，我想起了曾经听人家说过，在瓦伦西亚，有些亡命之徒被人收买去杀人，就是用装满沙子的长条皮口袋当凶器的。于是，我立刻就想到了那个阿拉贡省的骡夫与他的威胁。然而，我几乎不敢想象，那厮会因为一个小小的玩笑而进行如此可怕的报复。

我在房子里到处寻找破门而入的痕迹，一点儿都没有找到。我又走进花园，查看凶手是否有可能从此处潜入，也找不到任何蛛丝马迹，而且，昨天下过一场大雨，地上都湿透了，不可能存留下清晰的脚印。可是我偏偏在地面上发现了几个深深的脚印，一来一往，朝向两个相反的方向，但都在同一条直线上，即从连接网球场的那个篱笆角落到新郎家这幢房子的门口。这也许是阿尔封斯到雕像那里去取戒指时留下的足迹。而且，这一块地方的篱笆比别处较稀疏，凶手也可能是从这里进来的。我在维纳斯的雕像前踱来踱去，又停下来对她端详了好一会儿。这一次，说老实话，我看着她那充满恶意的嘲弄神态，真有些不寒而栗。我脑海里不断浮现出刚才我所见到的凶杀现场的种种可怕景象，面对这尊雕像，就仿佛看见一个地狱凶神在对死者一家人惨遭不幸拍手称快呢。

我回到自己的房间，一直待到中午，才出来打听我的东道主一家人的消息。他们已经稍稍平静了下来。普伊加里小姐，我应该称她阿尔封斯先生的遗孀才是，她已经恢复了知觉，甚至已经和来到伊尔巡查的佩皮尼昂皇家检察官谈过话。那位法官听取了她的证词，也要听取我的。我把自己所知道的一切都告诉了他，并不向他讳言我对那阿拉贡省骡夫的怀疑。他立即就下令逮捕了那骡夫。

待我的证词记录完毕，我在上面签字画押之后，我问检察官：

"您从阿尔封斯太太那里听到些什么？"

"那个可怜的女人已经完全精神失常。"他凄惨地笑了笑回答我说，"精神失常！完完全全的精神失常。她所讲叙的经过是这样的，她说，她放下了帐子，在床上已经躺下好几分钟，忽然房门打开了，有人走了进来，那时，她睡在床里边，脸朝着墙壁。她一动也没有动，心想是丈夫来了。不一会儿，那床咔嚓一响，仿佛有很重的东西压了下来。她恐惧到了极点，不敢把头转过去。过了5分钟，也许是10分钟……就这样过了一阵子，她说不清究竟有多久，她不由自主地动了动，或许是床上的那个人动了一动。她突然碰到了一件像冰一样冷的东西。她的原话就是这么说的。她不禁浑身哆嗦，紧紧地蜷缩在床的里侧。不久，房门又第二次打开，有人走了进来对她说：晚安，我亲爱的妻子。接着那人就拉开了帐子。她突然听见一声闷哑的喊声。躺在床上的那个人猛然坐了起来，似乎向前伸出了胳臂。于是，她转过头来……据她说，她看见她丈夫跪在床边，脑袋靠近枕头，正被一个暗绿色的巨人使死劲地紧紧搂着。她就是这么说的，足足向我这么重复了20次，这可怜的女人！……她说，她认出来是……您猜得到吗？她说就是德·佩莱赫拉德先生的那尊雕像，那尊青铜的维纳斯……自从这雕像在本地出土以后，很多人都在梦中见到她。我还是继续把那疯女人所讲的经过讲给您听吧。她一看这个景象，便昏厥了过去，也许在昏厥之前几分钟，她就已经神经错乱了。她怎么也说不清自己昏过去多长时间。只是醒来的时候,又看见了那个幽灵,也就是那尊雕像,她一动也不动,两腿与下半身仍在床上,上身与双臂前伸,搂着新郎,新郎官已经不能动弹了。这时鸡叫了,于是雕像下了床,扔下尸体,就走了出去。阿尔封斯太太立即使劲拉铃叫人,以后的事您已经知道,不用我再讲了。"

那个涉嫌的西班牙人被带来了。他很沉着镇定,为自己辩护时十分冷静,脑子也很灵活。虽然他并不否认自己说过被我听见的那句话,但解释说,他并没有什么行凶的意思,只是想说等他第二天缓过劲以后,他会打赢一场球雪败北之耻,如此而已。我记得他还说了这么几句话:

"我们阿拉贡人有仇必报,绝不会等到第二天。如果我认定阿尔封斯先生故意侮辱了我,我早就会立即给他肚子上扎一刀。"

拿他的鞋子与花园里的脚印做比较,他的鞋比脚印要大得多。

最后,此人所投宿的旅店的老板,也证明他整夜都在给他一个生病的骡夫擦身和喂药。

而且,这个阿拉贡人的口碑不错,在当地颇有名气,每年都到这里来做买卖。因此,地方上释放了他,向他道声歉了事。

我在上面忘了转述一个仆人的证词。阿尔封斯在世时,这人是最后一个看见他仍活着的证人。当时,阿尔封斯正准备上楼到自己妻子的房间里去,他把这个仆人叫了过来,满怀心事地询问他是否知道我在什么地方。这仆人回答说没有见到我。于是,阿尔封斯先生叹了一口气,足足有一分多钟没有吭声,然后说了这么一句话:"算了,魔鬼也会把他抓走的!"

我问那个仆人,阿尔封斯先生跟他说话时手上有没有戴着钻戒。仆人犹犹豫豫答不上来,说他根本就没有注意,最后,他说他觉得没有。他定了定神又说:

"如果他手上戴着钻戒,我肯定会注意到,因为我以为他早就把戒指送给了阿尔封斯夫人了。"

我在盘问这个仆人时,也因为有点迷信而感到恐惧。阿尔封斯夫人的证词使得全家每一个角度都充满了这种恐惧。这时,检察官先生微笑着看了我一眼,我也就不再问下去了。

阿尔封斯先生的葬礼结束几个小时后,我准备好离开伊尔城。德·佩莱赫拉德先生打算用马车送我到佩皮里昂。这可怜的老人尽管身体虚弱,还一定要陪伴我走到他的花园门口。我俩沉默无言地穿过花园,他靠着我的胳臂,步子艰难地往前挪动。道别的时候,我向维纳斯看了最后的一眼。我相信我的屋主人虽然不像他一部分家人那样,对这雕像充满恐惧与憎恨,但我也预料他肯定会要摆脱这么一件会不断引起他悲痛可怕回忆的物件。我本打算劝他把这雕像送到一家博物馆去,正犹豫不决准备直截了当向他提出时,忽然他机械地回头转向我定睛凝视的地点。他看到了那尊雕像,顿时泪如雨下。我拥抱了他,没有敢对他说什么便登上了马车。

我离开伊尔后,没有听说过有什么新的发现足以使那场神秘的凶案真相大白。

德·佩莱赫拉德在自己儿子死后几个月也去世了。他在遗嘱中说把他的全部手稿留赠给我。也许,将来有一天,我会把这些手稿公开发表出来。但在他留给我的手稿中,我并没有找到他关于维纳斯雕像上那段铭文的学术论文。

后记

我的朋友 P 先生最近从佩皮尼昂写信来告诉我,那尊雕像已经不存在了。德·佩莱赫拉德夫人在丈夫死后,最在意的第一件事就是把那尊雕像熔掉,铸成一口钟,让它以此方式为伊尔城的教堂效力。可是,P 先生又补充了一句:看来,谁拥有这块青铜谁就倒霉。自从这口铜钟在伊尔城敲响以后,当地的葡萄已经冻坏了两次。

小 王 子

〔法〕圣爱克·苏佩里 著　　柳鸣九 译

译者写给小读者的话

写这 童话故事的是上个世纪一个法国人,他的中文名字请见本书的封面。 小读者要知道他的原文名,那就是 Saint-Exupéry。

这个人有那 点点特别,他从四五岁起,就梦想将来能翱翔于蓝天之上,这在上 初航空飞行技术还很不发达的时代,要算是一个很"新潮的"理想 12 岁时,就被一个著名的飞行员带着第一次飞上了天空,这事在 很不简单。经过长期的努力,他终于在 21 岁的时候,获得了飞机 的资格证书,以后,就一直在空军、邮政航空队以及航空公司任 二次世界大战中,他在一次值勤任务中牺牲,时年 44 岁。

他也是一个很有文学成就的作家, 好些小说、散 品,这些作品基本上都与他的航空生涯有关。 》是他唯 篇童话,内容也多少与航空有关。看来,很可 他自己的 涯中获得灵感后写成的。他的这些作品都很出色, 世界名 传,拥有千千万万读者,凡稍有文学知识的人,都 20 文学中有这么一位专写航空题材的大作家。

《小王子》是一个很美的童话故事。主人公,一个幼 星人,飞离了自己那颗小小的星球,在太空中转了一大圈,拜 些其他的星球,见识了不少事情与人物,后来到地球上,与地球

"我"建立了永久不渝的友谊。一年之后,他告别了朋友,又回自己的星球去了。这样一个星际旅行的童话,出现于20世纪30年代末期,可以说是体现了人类对宇宙航行的初期向往。不过,作者毕竟是一位航空工程师,他深知航空飞行的艰难,他笔下的小王子可不像孙悟空那样会腾云驾雾,一个跟头就是十万八千里,他要从地球上回自己的星球上去,就难得很哟,几乎牺牲了自己的小命。在这里,作者提醒读者,人类的宇航道路实在还很漫长,很漫长!

这个童话故事并没有写什么惊天动地的大事、千奇百怪的东西,主要倒是写外星人小王子与地球人"我"的交往与友谊,他们的相遇相处,就像一个小孩与邻家叔叔、伯伯在一起时那样,平淡而感人。特别是他们相互鼓励,相互帮助,经过长途跋涉,终于在沙漠里找到水井,成为生死之交。他们最后分手告别的场面是很悲壮、很动人的。我译的时候,就有些难过。小读者看了,也许还会落泪。但使人欣慰的是,小王子回到自己的星球上后,他们相距千万里太空,却仍互相思念,互相关心,遥遥相望,心心相印。于是,浩瀚的太空里,无垠的宇宙中,也都充满了他们之间的感应电波、他们的友谊气息。这是多么美好、多么和谐的关系!是作者在人类的宇航理想之外所表现的另一种理想,即人类的人文理想。

《小王子》中的宇航理想与人文理想,都是人类最美好的理想,在人类驾驭自然的能力还很有限的今天,在地球上仍存在着矛盾、冲突、对立、仇视与残害的时代,这两种理想,都将感召与鼓舞人类奔向更为美好的将来,即便这一路途仍很遥远。

小王子非常可爱,他天真、善良、单纯、敏感、富有同情心、善解人意……成年读者看了,一定会觉得他就像自己的孩子,一副叫人怜爱的模样;小读者看了,一定会觉得他就像自己的小弟弟,亲切而招人喜爱。这个童话故事既是写给小孩看的,也是写给成年人看的;

既有丰富有趣的想象,也有深刻的哲理,可以说是老少皆宜。这并不矛盾。因为成年人十分需要有童心与童趣,这样可以年轻些,纯净些,而小孩毕竟将长大为成年人,他不能不懂得成年人世界里的事情与道理。

献给雷昂·维尔特

　　我请求小读者们原谅我把这本书献给一个成年人。我有一个正当的理由,该得到大家的谅解,因为这人是我在世界上最要好的朋友。我还有另一个理由,那就是这人善解一切,甚至善解专为儿童写的书。我的第三个理由则是,这人就住在法国,过着饥寒交迫的生活,需要得到安慰。如果这几条理由还不充足的话,那我就愿意把这本书献给曾经做过儿童的那个成年人。所有的成年人本来都是儿童,可惜很少有成年人还记得这一点。因此,我不妨把我的题词改为:

献给雷昂·维尔特
当他还是一个小男孩的时候

小王子

一

我6岁的时候,有一次在一本描写原始森林,名为《百兽生猛史》的书里,看见过一幅令人惊叹的插图。图上画的是一条蟒蛇在吞噬一头野兽。

书里是这样讲的:"蟒蛇吃掉其猎物时,总是囫囵吞入,无须咬嚼。吞下之后,它们就动弹不了,然后一睡就是6个月,躺在那里静静地消化食物。"

看过后,我对原始森林里百兽争斗的情景思索了好久,接着,就用一支彩色笔,画出我生平的第一张图画,即我的"绘画作品第一号"。

我把自己这幅得意之作拿给成年人看,还问他们看了害不害怕。

他们回答我说:"为什么要怕一顶帽子呢?"

我画的当然不是一顶帽子,而是一条刚吞下一头大象的蟒蛇。为了使那些成年人明白,我又画出蟒蛇一侧的剖面图。成年人总需要别人对他们多加解释。

到头来,大人们都劝告我,不要再去画蟒蛇整体图、蟒蛇剖面图了,还是好好去学地理课、历史课、算术和语法吧。就这样,在6岁的时候,我就不得不放弃当画家的远大理想。我的第一号与第二号绘画作品的失败,特别使我灰心丧气。大人们从来都是自己没有把事情弄明白,而老要我们小孩解释个没完没了,这真是特别累人的事。

于是,我选择了另一种职业,学会了驾飞机。世界各地我都飞过。的确,地理知识对我有很大的帮助,它使我一眼就能识别中国与美国亚利桑那州的不同。万一夜间迷航,这可大有用处。

在实际生活中,我与很多严肃认真的人有过很多很多的接触。我在成年人之中,生活了很多年,对他们有近距离的观察。对他们的了解，并没有怎么改变我对他们的上述看法。

每当我遇上一个我觉得还算聪明的成年人的时候,我就拿出我一直保存着的那幅绘画作品第一号,做个测试,看对方是否理解那幅画。但是,我每次都得到同样的回答:"这是一顶帽子。"于是,我跟他就不谈蟒蛇了,也不谈原始森林,更不谈星星月亮。我就把自己降到他那个水平,跟他谈桥牌,谈高尔夫球,谈政局,谈领带。在这种情况下,对方总感到很高兴能结识我这么一个通情达理的朋友。

二

我就这么孤独地活着,没有遇到过一位我能和他推心置腹交谈的成年人。直到 6 年前,我的飞机在撒哈拉沙漠发生故障。发动机里不知什么零件坏了。飞机上既没有机械师也没有乘客,我只得单枪匹马,自己试着进行修理。对我来说,这是一个生死存亡的大考验。机上携带的饮用水很有限,只能维持 8 天。

第一天夜晚,我睡在远离人烟的沙漠里。我比一个漂浮在海面上的遇难者更为孤立无援。可是在太阳升起的时候,有一个奇特的轻微的声音把我弄醒了,请你们设想一下,当时我是感到多么惊奇。那声音对我说:

"请你……请你给我画一只绵羊吧!"

"噢!"

"请给我画一只绵羊。"

我霍地一下跳了起来,就像被雷击中了似的。我使劲揉揉眼睛,仔细察看四周。我看见了一个非常奇特的小男孩,他正认真地瞧着我。

我非常惊奇,把眼睛睁得大大的,盯着这显形的神童。请你们不要忘记,那时我正远离人间世界十万八千里,而我眼前这个小人儿,看来并不像是迷路的,他不疲惫,不饥,不渴,也不认生害怕。他丝毫不像一个在荒凉可怕的沙漠中迷了路的小孩。当我定下神来能够说话了，就对他说：

"怎么回事……你在这儿干什么呀？"

他用轻柔的声音，郑重其事地仍重复他那个要求：

"请你……给我画一只绵羊。"

奥秘神奇的东西一旦使得你震惊，你就不敢违抗，尽管当时我觉得自己身陷渺无人迹的地方且有生命危险，遇上此事甚为荒唐可笑，我还是从自己衣袋里拿出一张纸和一支钢笔。不过，我想起了我过去专攻的课程是地理、历史、数学和语文，而不是绘画，就带点遗憾的心情对那小人儿说，我是不会画图画的。他回答说：

"这不碍事。请你只画一只绵羊。"

因为我从来没有画过绵羊，就把我仅仅会画的那两幅画中的一幅，重新画了出来交给他，也就是那幅蟒蛇整体图。他的答复使我特别惊讶，他说：

"不！不！我不要一头在蟒蛇肚子里的大象。一条蟒蛇太可怕，一头大象太庞大、太拥挤。我家里非常狭小。我需要的是一只绵羊。给我画一只绵羊吧。"

我只好给他画了一只。

他仔细认真地端详之后，说：

"不行，这只羊已经病病歪歪的啦，再给我画一只！"

我又画了一只。

我的这位小朋友和善地笑了，他宽宏大量地说：

"你瞧……你画的不是一只绵羊，而是一只公羊，它有角……"

于是，我又重新画了一只。

但是，又遭到了他的否定，就像上两只一样。

"这一只羊太老了。我要一只能活得很久很久的绵羊。"

一让再让，我实在是不耐烦了，因为我急于去修理飞机发动机。

于是，我随便涂抹了一幅，扔给了他：

"画上是一只箱子，你要的那只绵羊就在箱子里。"

可是，我的这位小小裁判官却笑逐颜开了，这真使我感到意外，他对我说：

"这正是我想要的！你说说，这只绵羊要吃很多很多草吗？"

"你问这干什么？"

"因为我家里很狭小……"

"箱子里的草肯定够它吃，我给你画的是一只特小的绵羊。"

他低下头去看看那张图画，说：

"也不是那么小呀……瞧！它在箱子里睡着了……"

我就是这么认识小王子的。

三

我费了好长的时间才搞清楚小王子来自什么地方。他似乎从不听我的问话，倒是不断地向我提出种种问题。正是从他时不时偶然的只言片语中，我得知了有关他的一切。当他第一次见到我的飞机（这里我不想把我的飞机画出来，对我来说，画飞机实在是太难了）的时候，就曾问过我：

"这是什么东西呀？"

"这不是一件东西。这是一架飞机，是我的飞机，它会飞。"

我还得意扬扬地告诉他我是驾飞机来的。他一听，就惊叹地说：

"怎么？你是从天上掉下来的？"

"是的。"我谦虚地承认。

"啊，这可真是有趣呀……"

小王子乐得大笑起来，这使得我很恼火，我期望别人对我飞机出事的遭遇抱同情的态度。接着他又补充了一句：

"这么说，你也是从天上来的啰！你从哪颗星球来的？"

我立刻感到，这是刺探他是如何出现的秘密的好机会，可以打听打听他是怎么来到我眼前的。于是，我猛然发问：

"你是从别的星球上来的吧？"

但他并不回答我的问题，轻轻地晃动着脑袋，望着我的飞机说：

"说真的，光靠这东西，你不可能是从很远很远的地方来的……"

接着，他沉浸在自己的幻想之中，足有好一阵子。然后，他从口袋里掏出我给他画的那只绵羊，观赏起他的这个宝贝来了。

你们可以想象出，他问话中关于"其他星球"模棱两可的含义，是多么使我感到惊讶，因此，我使劲要问个明白：

"我的小宝贝，你是从什么地方来的？你的家在哪儿？你要把我的绵羊带到什么地方去？"

他静静地沉思了一小会儿之后，答道：

"多好呀，你给我的那只箱子，夜晚就可以给绵羊当房子住。"

"当然啦。你要是乖乖的话，我再给你画一根绳子，好让你白天把绵羊拴住。再给你画一根木桩。"

我这个建议使得小王子很不高兴。

"把绵羊拴住？多么荒唐的想法！"

"可你要是不拴住它，它会到处乱跑的，它会走丢的呀……"

我的小朋友又咯咯笑了起来。

"但是，你想它往哪里跑呢？"

"随便哪里，一直往前跑……"

小王子一本正经地指出：

"没有关系，我那个地方实在是小得很！"

他似乎略带忧伤，又说了一句：

"它一直往前跑，也跑不了多远……"

四

我就这么了解到第二个十分重要的真相,那便是他的那个星球只比一座房子稍微大一点。

这并不使我过分吃惊。我知道,地球、木星、火星、金星都是我们地球人给它们命名的,除此之外,还有千万颗别的星球实在太小,用望远镜都很难观测到。一旦天文学家发现了其中的某一颗,就会给它编个号码当作它的名字,比方说,把它称为"3251号小行星"。

我有充分的理由坚信,小王子那颗星球就是"B612号小行星",这颗星星只在1909年被一位土耳其天文学家从望远镜里观察到一次。

于是,他在国际天文学的一次会上,郑重其事地证实了他的这一发现。

然而,因为他穿的土耳其服装与众不同,在场的人没有相信他说的话。成年人总是这副样子。

幸亏,土耳其一个独裁者下令臣民改穿欧式服装,不执行者以死罪论处。这才使得"B612号小行星"闻名遐迩。1920年那一次会上,那位土耳其天文学家穿着一身漂亮时髦的西服,再次论证了他的发现。这一回,全体与会者都一致同意他的创见。

我之所以向你们小读者讲了关于"B612号小行星"的以上细节,并指出其编号,完全是为了成年人。成年人喜欢数目字。当你跟他们说起一位新朋友的时候,他们从来不问你最本质的特征。比方说,他们从来不问:"他的嗓音怎么样?他爱玩什么游戏?他是不是爱搜集蝴蝶标本?"他们只问你:"他多大岁数?他有几个兄弟?他的父亲挣多少钱?"问清楚这些问题,他们就以为了解这个人了。你如果对成年人说:"我看见了一幢漂亮的红砖小房子,窗上爬满了天竺葵,屋顶上停憩着鸽子……"他们是想象不出这房子是什么模样的。但是,如果对他们说:"我看见了一幢值10万法郎的房子。"他们就会高声嚷嚷:"那是多么漂亮啊!"

　　因此,如果你对成年人说:"的的确确有过一位小王子,他很招人喜欢,他老咯咯发笑,他还向人要过一只绵羊。既然要过一只绵羊,那就证明这个小王子确有其人。"他们听了会耸耸肩膀,把你当作一个小孩看待!但是,如果你对成年人说:"小王子来自另一个星球,就是 B612 号小行星。"那他们就信服了,就不会没完没了用他们那些问题来烦你了。成年人总是这副样子。不能强求他们变成另一个样子。小孩应当对大人尽量宽容一些。

　　当然啦,我们这些真正理解生活的人,才不会去在乎数目字哩!我多愿意像讲神话故事那样去讲小王子的故事,多愿意这么来讲:

　　"从前,有一个小王子,他住的那颗星球比他本人大不了多少,他需要找一个朋友……"对于那些理解生活的人来说,这种讲法就显得真实自然得多。

　　因为我不喜欢人家并不严肃认真地来读我写的书,我讲述以上这些回忆时,是颇感忧伤的。我那位小朋友和他的绵羊一道离去已经有 6 个年头了。我试着在这里描述他,是为了不忘记他。忘记一个朋友是很可悲的事。很多很多人从来就没有一个朋友。何况我也可能变得和那些成年人一模一样,只对数目字感兴趣。正是为了不忘却他,我才买了一盒水彩与几支铅笔。到了我现在这个岁数,要重新拾起绘画是很难很难的,特别是我只在小小 6 岁的时候画过一条蟒蛇的整体图与剖面图,此外就从没有试过画点别的什么!当然啰,我会尽最大的努力画好我那位小朋友。但能否做得到,我是没有多大把握的。这一幅画得还可以,另一幅画得就不像了。在画他的身材高矮时,我也常常出错。这一幅把他画得太高大,那一幅又画得太矮小。至于他衣服的颜色,我常犹豫不决。于是,我就这么试试,那么试试,勉勉强强,凑凑合合。最后,在某些重要的细节上,我也常常弄错。对此,大家应该原谅我。我那位小朋友从来不给我解释这解释那,他也许以为，我和他同源同种，非常相像。但是，我跟他其实不同，我又不能透视万物，如像透过箱子看到里面那只绵羊。也许，我有点儿像那些成年人了。我一定是老啰。

五

每天，我都了解到有关他那颗星球上的一些事，关于他是怎么出发的，他在太空里是怎么长途旅行的，等等。这些我都是在他时不时进行沉思时，不动声色地了解到的。第3天，正是在这种情况下，我了解到关于猴面包树的故事。

这回，还得归功于那只绵羊，因为，小王子突然向我发问，好像是在沉思时产生了一个严重的疑惑：

"绵羊都爱啃灌木丛，这是真的吗？"

"的确，是真的。"

"哦！那我就高兴啦！"

我不明白，为什么绵羊吃不吃灌木丛，这么事关重大。我还没有想明白，小王子又追问：

"那么，绵羊啃不啃猴面包树呢？"

我提请小王子注意，猴面包树并不是什么低矮的灌木丛，而是高高大大的树，足有教堂那么高，要是他拥有一群大象的话，这群大象摞在一起，还不及一棵猴面包树高呢。

一提到象群，可把小王子逗得笑了起来：

"还得把那些大象一头一头摞起来呀……"

不过，他很聪明，马上就注意到了：

"猴面包树在长成大树之前，起初也是小小的树苗呀。"

"的确是这么回事！可你为什么要让你的绵羊去啃那些猴面包树的小苗呢？"

"嘿，咱们瞧吧！"他这么回答我，似乎这件事是再明白不过的。但是，对我来说，要弄明白是怎么回事，可让我绞尽了脑汁。

实际情况是这样的，在小王子的那颗星球上，也像所有别的星球一样，长有良草与莠草。因此，良草自然产良草子，莠草产莠草子。可是，草子是良是莠，起初是看不见的。它们在地下沉睡，不露出自己的本性。直到有一天，其中的一粒一时兴起，苏醒了过来，伸了个懒腰，朝着太阳羞怯怯地先长出一片嫩嫩的幼芽，它娇美可爱，不露声色。如果这是小红萝卜或玫瑰的幼芽，那就可以任它自由生长。但如果是一株有害植物的幼芽，一旦识别了它，那就必须立即拔掉。而在小王子的那个星球上，就有那么一种邪恶的种子……那就是猴面包树子。他那个星球的土壤，饱受了这种树的破坏。如果对一棵猴面包树下手晚了的话，那就永远休想把它清除干净。它会不断生长，用自己的根须使劲在星球里穿刺，直到塞满星球。如果这颗星球太小，而猴面包树又铺天盖地，整个星球就会被它们撑破撑裂。

"在我家里，我必须遵守严格的作息制度，"小王子后来这么告诉我，"每天一清早，梳洗完毕之后，我就该仔细认真地清扫星球。猴面包树与玫瑰树刚发芽的时候，非常相似。我一旦把它们区别出来，就必须立即把猴面包树幼苗拔掉，这件工作十分枯燥，但做起来也很容易。"

有一天，他劝我花些功夫画出一幅漂亮的图画，好让地球上的孩子明白以上的道理。他对我这样说："假如将来有一天他们旅行的话，明白了这种情况，对他们是有用处的。有的时候，把自己的工作拖拉一下并无关紧要，但如果在对付猴面包树上拖延了时间，那就会酿成灾难。我就知道这么一个事例：有一个星球，那上面住了一个懒汉，他对三棵小树掉以轻心，结果出了大祸……"

于是，我按照小王子所作的描述，画出那颗出了大祸的星球。本来，我很不愿意板着道学家的面孔进行说教的，但是，地球人对猴面包树所能造成的危害,实在知之甚少,而且,这种树在一颗小行星上所引起的灾难是那么严重,那么触目惊心。因此,我这一次破例改变自己从不说教的态度,大声疾呼:"孩子们!要警惕猴面包树!"为了警告我的朋友们,提防就在他们身边的这种危险,我才费了好大的劲画出了这样一幅画。为防备灾难,花些力气提出告诫,还是很值得的。

你们也许会问,为什么书里的其他插图,都不如这幅猴面包树画得有气势。原因很简单:画这幅画时,我是出自一种特别急切的心情,想要警告地球人。而我画其他插图时,虽说也想画得有气势,但都没有成功。

六

小王子啊,我就这么点点滴滴地了解了你凄凉多虑、可怜巴巴的生活。长期以来,你生活中的唯一乐趣,就是坐在那里观赏落日的柔美余晖。我得知这一新的细节,是在相识后第 4 天的早晨。当时,你对我说:

"我可喜欢看日落呢。咱们一起去观赏观赏吧……"

"那还要等些时候……"

"等到什么时候呀?"

"等到太阳下山。"

小王子先是感到很惊讶,接着自己就笑了起来,然后对我说:

"我老以为我还是在自己的家里呢!"

可不是吗?当美国是正午的时候,在法国却是太阳落山了,这是大家都知道的常识。因此,要想观赏落日,就得在一分钟左右的时间里赶到法国才能看到。遗憾的是,法国离美国太远了。但是,在小王子那颗小小的星球上,你只需要拖着你的椅子走几步就行了。所以呀,你一天什么时候想看落日都可以看到……

"有一天,我看了 43 次落日哩!"

过了一小会儿，他又说：

"你知道吗……一个人感到悲愁时，就喜欢看落日……"

"看 43 次落日的那一天，你真是那么悲愁吗？"

小王子没有回答我这个问题。

七

第 5 天，还是要归功于那只小绵羊，我终于知道了小王子生活的秘密。他突然直截了当地问我：

"要是一只绵羊啃了灌木丛，那它是不是还要吃花儿呢？"

"绵羊碰见什么就吃什么。"

"甚至连长了刺的花儿也吃吗？"

"是的，即使是长了刺的花儿，它也吃。"

"那么，这些刺，长了有什么用处？"

这个，我可不知道。当时我正忙着要把马达上的一颗拧得太紧的螺丝钉卸下来。我忧心忡忡，因为我开始意识到了，飞机的故障是十分严重的，而饮用水日益减少更使我担心会出现最坏最坏的结果。

"那些刺有什么用处呢？"

小王子一旦提出一个问题，不追问出个究竟来，他就决不罢休。我对付不了的那颗螺丝钉，正搞得我心慌意乱，我就随便敷衍地答了一句：

"那些刺什么用处也没有，纯粹是那些花儿的坏性子在作怪！"

"哦！"

但是，他沉默了一小会儿后，带着不满的情绪对我说：

"你说的我不信！花儿都柔嫩娇弱，她们天真老实。她们只求尽可能地保护自己，她们自以为长了那些刺别人就不敢碰了……"

我没有答理他。那当儿，我正在自言自语：

"这颗螺丝钉要是拧不下来,我就要用锤子把它敲下来。"

小王子又开腔打断我的思路,说:

"你相信,你,相信那些花儿……"

"不,不,我什么都不相信!我只是随便说说,我现在正忙着呢,我正在忙要紧的事!"

他惊呆地盯了我一眼。

"要紧的事!"

他注视着我,我手里拿着锤子,手指被润滑油弄得黑乎乎的,正俯身审视一件他觉得很难看的东西。

"你现在说起话来,真像那些成年人。"

他这句话使我感到有点羞愧。接着,他又不留情面地说:

"你把什么东西都搅到一块儿了……你把所有一切都弄混了!"

他的的确确是气极了。他那头金发在风中飘动,他说:

"我知道有一颗星球上住着一位脸色绯红的先生。他从来没有闻过一朵花,从来没有见过一颗星星,从来没有爱过任何人。他除了做加法以外,没有干过别的事。他整天像你一样,老重复着说:'我是个严肃认真的人!我是个严肃认真的人!'他自命不凡,骄傲自大。但他哪里能算一个人?只能算一个蘑菇!"

"只能算什么?"

"一个蘑菇!"

这时,小王子已经气得脸色煞白了。

"成千上万年以来,花儿都要长出花刺。尽管如此,成千上万年以来,绵羊还是要吃花儿。难道不应该认认真真地弄明白,花儿为什么还要费那么大劲去长出那些没有用的刺来呢?难道绵羊与花儿之间的战争不值得重视吗?难道这不比一个红红胖胖的先生整天弄来弄去的加法更为重要、更为严肃吗?还有,要是世界上有那么一朵独一无二的花儿,别的地方都没有,只有我那个星球上才有,而一只小绵羊一口就可以彻底灭绝它，如果不知道这是怎么弄的，难道还不严重吗？"

小王子的脸涨得通红，继续说道：

"如果有谁喜欢的那朵花儿，在千万颗星星中只此一朵，那么，他看着花儿的时候，自然会感到无比幸福。他会对自己说：'我的那朵花儿在那边的什么地方呢……'但是，如果绵羊单把这花儿吃掉了，那对他来说，就如同所有的星星顷刻之间都熄灭啦！这样的事难道还不严重吗？"

他什么也说不下去了。他号啕大哭了起来。夜幕渐渐降临。我把自己的工具扔在一旁。我才不在乎我的锤子、我的螺丝钉哩，还有将要来到的口渴与死亡，也都去它的！在宇宙的一颗星球上，也就是在我这个地球上，有一个小王子需要安慰呀！我把他抱在怀里，轻轻地摇晃着他，对他说：

"你喜爱的那朵花儿没有碰上危险……我给你画的那只小绵羊马上就会戴上嘴套的……我还要给你的花儿画上武器……我……"

我实在不知道还该怎么安慰他。我感到自己的嘴很笨。我也不知道怎么揣摩他的心思，怎么跟他交流思想……一旦流出了眼泪，其内心世界的感情是深不可测的。

八

很快，我对小王子所讲的那种花儿就更为了解了。在小王子的那颗星球上，一直就有一种很朴素的花儿，她们只有一圈花瓣，也不占什么地方，不妨碍别人。清晨，她们在草丛中开放，到了夜晚就凋谢了。不知是来自何方的种子发芽生长出了这种花儿。小王子曾经密切注视过她的嫩芽，发现她与众不同。他曾怀疑这也许是猴面包树的一个新变种，但见那小芽很快就不再长高了，而是开始准备开花儿啦。小王子亲眼看到一个饱满的花蕾正含苞待放，预感奇迹将要出现。那花儿却老躲在自己绿色闺房里精心打扮自己。她细心地挑选自己的色彩,从容地穿上彩衣,一瓣一瓣地修饰自己。她不愿意像罂粟花那样皱皱巴巴地舒展,而只肯光彩夺目地怒放。啊!的的确确,她娇美可爱!她那神奇的梳妆打扮是一天天逐渐完成的。终于在一天早晨,当太阳升起的时候,她露出了自己的容貌。

经过如此精心修饰之后,她一露面就打了一个哈欠,说:

"啊!我刚刚睡醒……请您原谅……我还没有梳洗打扮呢……"

小王子这时情不自禁,大加赞扬说:

"您多么美丽呀!"

"是吗,"花儿温柔地答道,"我是跟太阳同时诞生的……"

小王子觉得她不怎么谦虚,但她是多么姿色秀美、楚楚动人啊!

"我想,现在该是用早餐的时候啦。"紧接着,她就补充一句,"能不能劳驾您给我……"

小王子因为对她照顾不周有些不好意思,于是,就提来一壶清水,给花儿浇灌。

从此,花儿习以为常,不断以她那有点乖戾任性的撒娇去麻烦小王子,使他不胜其烦。例如,有一天,在谈到她身上长着四根刺时,她对小王子说:

"老虎会来的呀,它们还有锐利的爪子呢!"

"我这颗星球上没有老虎。"小王子纠正她说,"何况,老虎也不吃草。"

"我并不是一棵草呀。"花儿柔声地说。

"抱歉,我弄错了……"

"其实我一点儿也不怕老虎,我倒是挺讨厌过堂风,您能给我当屏风,替我挡挡风吗?"

最讨厌过堂风……这对一株植物来说,可不是件好办的事。小王子注意到了这点,他想,这株花儿可真难伺候啊……

"夜里，请您拿个罩子把我罩住。您这个地方很冷。我在这里待得不舒服。说到我来的那个地方嘛……"

说到这里，她打住不往下说了。她是通过一粒花子儿惯常那样生根发芽的方式，土生土长在这颗星球上的，其他的星球她压根儿就没有见过。刚才那句谎话讲得实在幼稚可笑，她自己也感到羞愧，但为了骗得小王子真相信她弱不禁风，她故意咳嗽了两三声，又提出要求：

"屏风呢？……"

"我正准备去找哩，您不是还在跟我说话吗？"

于是，她为了要使小王子怎么也得感到内疚后悔，又起劲地咳嗽个不停。

眼见这种情况，小王子即便对她充满了真挚的爱意与良好的愿望，现在也不信任她了。她过去那些华而不实的好言好语，小王子太认真在意了，结果反弄得自己很痛苦。

"我当时不该听她的话。"有一天，小王子推心置腹地对我说，"永远不要听花儿的花言巧语。观赏她们，呼吸她们的芬芳，这就行了。我的那朵花儿，的确曾使我那颗星球上飘溢着清香，可是我当时不懂得去享受，反倒是她所讲的老虎爪子的事，令我烦躁不安，也使得我去迁就她，照顾她……"

小王子还坦诚告诉我说：

"那时，我什么都不懂！我应该根据她的行为而不是根据她的言辞去评判她。她使我沉浸在一片芬芳之中，使我心旷神怡。我不该从她身边逃走！我那时应该懂得，在她使性子、耍小手腕儿的背后，其实是对我的一片柔情！但我当时太年轻了，还不懂得如何去爱她。"

九

我猜想，他是乘着野生候鸟迁徙的时机，逃离他的星球的。动身的那天早晨，他把自己的星球收拾得井井有条。他仔仔细细给他的活火山打扫了喷发口。他有两座活火山。这对他每天做早饭特别方便。他还有一座已经熄灭的死火山。但是，正如他所说的，"谁知道它还会不会再喷发呢！"他也给这死火山清扫了喷发口。只要这些喷发口是通畅的，火山就会慢慢地有规律地燃烧，而不会出现大爆发。其实，火山爆发就像我们壁炉里的火焰那样。当然，在地球上，要去打扫喷发口是做不到的，因为我们自己个头太小。这就是火山何以给地球人带来那么多麻烦的原因。

小王子临行前还拔除了刚刚破土而出的猴面包树嫩芽。他做这件事时略带伤感情绪，因为他觉得自己再也不会回来了。不过，这天早晨，所有这些家务活，他做起来都倍感亲切。然后，他给花儿浇了最后一次水，又准备用罩子将她罩上，这时，他觉得自己真想痛哭一场。

"永别啦！"他对花儿说。

花儿咳嗽了，但并不是因为伤风感冒。

"我真是愚蠢。"她终于对他承认错误，"请你原谅我，祝你今后幸福！"

小王子因为她没有进行责备而感到诧异。他十分尴尬地站在那里，手里还拿着罩子。他不理解，花儿为什么这么温情脉脉、贤淑恬静。

"说真话，我是爱你的。"花儿对他敞开心扉，"但由于我的过错，你一点儿也不明白我的心意。现在说这些已没有什么意义了。可你也和我一样不聪明。但愿你今后幸福快活……把这个罩子扔到一边去吧，我再也不需要它了。"

"但是，刮起风来……"

"我并不是那么容易感冒……夜晚的清凉空气对我也有好处，我毕竟是一朵花儿。"

"但是，还有野兽呢……"

"要是我想认识蝴蝶，那么总得搭上两三条虫子。听说，蝴蝶非常美丽,要不然,谁来看望我呀?你嘛,你反正要远走高飞了,至于那些大个头的野兽,我才不怕哩,我也有自己的爪子。"

说着,她亮出自己那四根刺,天真幼稚地炫耀一番,然后说:

"你别拖拖拉拉了!这样真烦死人,你已经打定主意远走高飞,那就快走吧!"

她催他快动身,是因为不愿意让他看见自己哭泣。她是一朵个性强、脾气傲的花儿……

十

他进入了第325号小行星至330号小行星这6个星球所组成的星系。为了做些有用的事情并增长自己的学识,他开始一一拜访这些星球。

他最先拜访的那颗星星,上面住着一位国王。他身穿紫红色皇袍,上镶有白色貂皮,坐在一个极其简单却又非常威严的宝座上。

"哦,来了一个老百姓啦。"国王一见小王子就这么喊道。

于是,小王子自己纳闷了:

"他怎么会认识我呢?他从来没有见过我呀!"

他不懂得,对于那些国王来说,世界再简单不过,所有的人都只是他自己的臣民。

"你走过来,好让我看清楚你。"国王对小王子说,他终于有机会在某一个人面前摆摆国王的架子,因而得意扬扬。

小王子东瞧瞧西瞧瞧,想找个地方坐下,但是,这整个星球都被那件貂皮皇袍铺着。他只好站立一旁,因为太疲劳而打了个哈欠。

"在国王面前打哈欠,是违反宫廷规矩的。"这位君王告诫说,"我不许你这样做!"

"我实在控制不住自己。"小王子很难堪地答道,"我刚做了一次长途旅行，还没合过眼……"

"既然如此，"国王对他说，"我命令你打哈欠。多年以来，我从没有见过有人打哈欠。对我来说，打哈欠是个新鲜事儿。来吧！再打一个。这是命令。"

"这可把我吓坏啦……我想打也打不出来了……"小王子满脸通红地说。

"哼！哼！"国王回答说，"那么，我……我命令一会儿打哈欠，一会儿……"

他嘴里嘟嘟囔囔的，显得有些生气。

这是因为他最关心的是他的权威能否受到尊重。他不能容忍任何人违抗他的命令。他是一位极端专制的国王。不过，由于他生性善良，他下的命令倒都合情合理。

"假如我命令，"他倒背如流地说道，"假如我命令一位将军变成一只海鸟，而将军不服从命令，那不是将军的过错，那是我的过错。"

"我能坐下吗？"小王子怯生生地问他。

"我命令你坐下。"国王答道，以一种威严的神态将皇袍的一个下摆往回拉了拉。

见此，小王子感到很惊奇。这颗星星小得像粒弹丸，这位国王有什么可统治的呢？

"陛下……请允许我向您提个问题……"

"我命令你向我提问。"国王急忙作答。

"陛下……您统治些什么？"

"统治一切。"国王煞有介事，极为天真地这么回答。

"一切？"

国王做了一个神秘兮兮的手势，指指他那颗星球，又指指别的星球以及天空中的群星。

"所有这一切？"小王子问。

"所有这一切……"国王肯定地回答。

这么说来,他就不仅是一国的专制君主,而是整个宇宙的君王了。

"这些星星都服从您的统治?"

"当然啰!"国王回答说,"我的命令一下,他们就立即听命。我不能容忍无组织无纪律。"

这么一种令行禁止的权力,真使小王子赞叹不已。要是他自己也拥有这种权力,那他在自己那颗星球上,每天就不仅能够看44次日落,而且能看上72次、100次,甚至是200次,而且,要看的时候,根本就用不着将座椅挪来挪去!如今想起被他自己抛弃了的那颗小小的星球,他感到有些伤心了。于是,他鼓起勇气,请求国王的恩准:

"我想看一次日落……请陛下满足我这个愿望……请您命令太阳下山吧……"

"假如我命令一位将军像一只蝴蝶似的,从一朵花儿飞到另一朵花儿,或者命令他去写一部悲剧,或者命令他变成一只海鸟,而那位将军拒不执行我的命令,那么是算他错了还是算我错了?"

"那要算您的错。"小王子斩钉截铁地说。

"说得对。只能要求每个人去做他能够办得到的事情。"国王接着说,"权威首先要建立在理性之上。假如你命令自己的臣民百姓去跳海,那就会爆发革命。我有权力要求大家都服从我的命令,因为我的命令都合情合理。"

"那么,我要看日落的那个请求呢?"小王子提醒他说,这个小家伙一旦提出什么问题,他总是要坚持到底的。

"你要看日落,你会看到的。我会对太阳下这道命令的。但是,出于我的领导智慧,我要等到时机成熟、水到渠成的时候,才会下这道命令。"

"那么我要等到什么时候呢?"小王子又问道。

"嗯!嗯!"国王先查阅一大本日历,然后回答说,"嗯!嗯!要等到，将近……将近……要等到今天晚上 7 点 40 分左右！那时，你就可以看到我的命令是多么有效。"

小王子又打了个哈欠。他因为没有立刻看到日落而觉得遗憾。而且，他已经觉得这颗星球实在索然无味、叫人腻烦了。

"在陛下这儿，我没有什么可干的了。"他对国王说道，"我要走啦！"

"别走呀！"国王答道，他好不容易才有了一个臣民，正洋洋得意着呢，"你别走，我封你当大臣！"

"什么大臣呀？"

"……司法大臣！"

"可是，没有人可审判呀！"

"那可说不定。我还没有到全国巡视过一周呢。我太老了，也没有地方停放我的马车，走路嘛，我又觉得累得慌！"

"哦！可是您的王国，我一眼就已经望到头了。"小王子弯弯腰，又好好看了看这星球的那一半，"那一边也没有任何人呀……"

"那你就自己审判自己吧。"国王回答说，"这是世上最难的一件事。评判自己要比评判别人难得多。如果你清清楚楚、实实在在认识了自己，那你就是一个真正的智者！"

"我嘛，"小王子答道，"我可以随便到任何地方去认识认识自己，我不必住在这里呀！"

"嗯！嗯！"国王说，"我觉得我这个星球的某个地方，藏着一只老耗子。我夜里常听见它的声响。你可以去审判这只老耗子呀。你还可以时不时就判它一次死刑。这样，它的性命就全掌握在你的手心。但是，你每次判了它死刑后，还得恕它无罪，为的是留它一命，因为这个星球上只有它这么一只。"

"我呀，"小王子回绝道，"我才不爱去宣判死刑呢。我想，我是该走啦。"

"别走,别走。"国王再作挽留。

小王子心意已决,但他在做好了动身准备之后,为了不让老国王难受,建议说:

"如果陛下期望别人忠实地服从您的命令,那么您可以向我下达一道我所能执行的合理的命令。比如说,您可以命令我在一分钟以内就动身离开。那么,我就会觉得,您对我是宽大为怀、恩赐有加的……"

国王不答理他。小王子先犹豫了一小会儿,接着叹了口气,就动身走了。

"我封你为巡回大使!"国王赶紧大声下了最后一道命令。

他那股神气,可真是威严得很啊!

"成年人的确是很特别!"小王子在星际旅行之中,这么对自己说。

十一

第二颗星球上,住着一个虚荣心强、喜欢自吹自擂的人。

"哈!啥!一位崇拜我的人来访啦!"那位虚荣心强的主人,一见小王子就老远这么喊道。

在那些爱虚荣者的眼里,其他所有的人都是他们的崇拜者。

"您好哇,"小王子致以问候,"您的帽子真逗呀!"

"这是为了打招呼敬礼时方便。"虚荣心强的那人答道,"这是为了在有人向我欢呼的时候,便于还礼。遗憾的是我这个星球从来就没有来客。"

"是吗?"小王子说,他不明白这是怎么回事。

"请用你这个巴掌拍那个巴掌。"对方建议道。

小王子照他的话做,双手鼓掌。虚荣心强的主人就脱帽答礼,以表示谦虚。

小王子心想,这么来拜访一个星球的君王,倒还有点意思。于是,他又开始双手鼓掌,而那位虚荣心强的主人,则又脱帽致答礼。

如此演练了五分钟之后,小王子对这机械重复、单调乏味的游戏不再感兴趣了。

"你说,要是帽子掉下来了,那该怎么办呀?"小王子问道。

但是,那个虚荣心强的主人充耳不闻。天下所有的爱虚荣者,除了奉承话以外,什么话都听不进去。

"你是不是真的非常崇拜我呀?"他问小王子。

"崇拜是什么意思呢?"

"崇拜,就是承认我是这个星球上最俊美、最衣冠楚楚、最富有、最有智慧的人。"

"可是,在你这个星球上,只有你一个人,并没有其他人呀?"

"让我高兴高兴吧!不论怎么说,还是崇拜崇拜我吧!"

"好吧,我就崇拜你吧。"小王子耸耸肩膀,不大情愿地这么说,"可是,要别人勉为其难地说崇拜你,对你有什么意义呢?"

说完,小王子就离开了这个星球。

"成年人的确是很古怪。"小王子在向另一个星球进发的途中这样想。

十二

下一个星球上,住着一个酒鬼。这次访问时间很短,却使小王子深深感到悲哀。

"你在干什么?"他问酒鬼。只见那人坐在那里一声不吭,面前堆着一些空酒瓶,还有一些装满了酒的酒瓶。

"我喝酒呀!"酒鬼答道,一副萎靡不振的样子。

"你为什么要这么喝呀？"小王子问道。

"为了忘记。"酒鬼答道。

"忘记什么呀？"小王子又问，他已经开始怜悯这个人了。

"为了忘记我已经感到羞愧了。"酒鬼垂下头来招认说。

"你为什么感到羞愧？"小王子又问，他想帮助这人振作起来。

"我为喝酒而感到羞愧！"酒鬼说完，再也不吭声了。

"成年人都是古里古怪、无奇不有。"小王子在星际旅行中这么想。

十三

第四颗星球上住的是个生意人。此人忙得不亦乐乎，当小王子来到时，他甚至没有抬头看一眼。

"您好，"小王子招呼致意，"您的烟灭了。"

"三加二等于五。五加七，十二。十二加三，十五。您好。十五加七，二十二。二十二加六，二十八。烟灭了就灭了吧，没工夫再去点着。二十六加五，三十一。哎呀呀！总共加在一起是五亿零一百六十二万二千七百三十一。"

"五亿什么？"

"嘿，你还在这儿？五亿零一百万……我也搞不清……我有这么繁重的业务！我，我这个人工作很认真，我可没有兴趣说废话！二加五是七……"

"五亿零一百万的什么东西？"小王子重复问道，在这一辈子，他一旦提出某个问题，就一定要问个水落石出。

生意人抬起头来，说：

"自从我住在这颗星球上以来，54年之中，我只被打扰过三次。第一次是在22年前，天知道从什么地方掉下来一只金龟子，它发出的噪音，吵得我实在头痛，以致在一项加法中竟出了四个错。第二次是在 11 年前，我得了关节炎，因为我缺少体育运动，我实在没有时间外出闲逛。我这个人，工作起来可认真哩。第三次被打扰……就是现在！我说五亿零一百万……"

"一百万什么呀？"小王子又问。

生意人总算明白了，面对这一个打扰者，自己别指望清静啦，他敷衍答了一句：

"就是成百万那种可以在天空里看见的小东西。"

"那就是苍蝇啰？"

"不是，是那些闪闪发亮的小东西。"

"是蜜蜂吗？"

"不是蜜蜂。就是那些懒汉们胡思乱想、要据为己有的小玩意儿，金光闪闪的小玩意儿。但我是个严肃的正经人，我可没闲工夫去胡思乱想。"

"啊呀！你讲的是不是星星呀？"

"是的，就是星星！"

"那你要拿五亿颗星星干什么？"

"是五亿零一百六十二万二千七百三十一颗星星，我是个严肃认真的人，我对任何事情，都讲究精确。"

"你究竟要拿这么多星星干什么呀？"

"我干什么？"

"是呀，你要干什么？"

"什么也不干。我只想占有它们。"

"你要把这么多星星占为己有？"

"一点儿也没错。"

"可是，我前不久已经见到一位国王，他并不……"

"国王们不占有星球，他们是统治星球，这两者之间有极大的不同。"

"那你把这些星星都据为己有,是为了什么?"

"这样我就非常非常富有啦!"

"你要这么富有干什么呢?"

"为了再去买下其他的星星,如果新发现别的星球的话。"

小王子心想,这家伙讲起歪理来,倒有点儿像我见到过的酒鬼。但他仍不断地提问:

"你怎么才能占有星星呢?"

"那你说它们归谁所有呢?"生意人气势汹汹地反问道。

"我不知道。它们不归任何人所有。"

"那不得了嘛,它们就归我所有,因为我是头一个想占有的人。"

"如此如此,难道就行了?"

"当然。你发现了一颗无主的钻石,它自然就归你所有了,当你找到了一个没有主人的岛屿,你也就成为这岛屿的主人。当你第一个产生一个主意,你就要取得它的所有权,它就成为你的专有物。而我呢,我占有星星,因为在我之前,从来就没有人想到要占有它们。"

"这倒的确是真的。"小王子说,"那你要用它们干什么呢?"

"我管理它们呀。我对它们进行核算,进行统计,然后再核算再统计。"生意人说,"这件工作可费劲啦,但我是一个严肃认真的人!"

小王子对他的回答还是不满意。

"要是我呀,如果有一条围巾,我就会把它围在我的脖子上。如果有一朵花儿,我就会把它摘下来,佩戴在自己身上。可你总不可能去摘星星吧!"

"是不可能,可是我能够把它们存到银行里去。"

"这是什么意思?"

"这就是说,我在一张小纸条上,写下我占有的星星的总数,然后,把这张纸条锁进一个抽屉里。"

"这就齐了?"

"这就齐了!"

小王子心想:"这可真逗,这个做法倒有点儿诗意,但是不大严肃正经。"

小王子对事情是否严肃正经的标准,与成年人对此的标准,的确相距很远。

"我呀,"他这样说,"我占有过一朵花儿,我曾天天给她浇水。我也占有过三座火山,我每个星期都替它们清扫喷发口。而且,我还给那已经熄灭的死火山清扫出口。谁能预料它会不会再喷发呢?我这样占有我的火山,对火山有利;我这样占有我的花儿,对花儿有利。但是,你这种占有方式,对星星毫无好处。"

那生意人张着大嘴,答不上话来。于是,小王子扬长而去,离开了这个星球。

"成人们真是古里古怪,无奇不有。"小王子这么想着,继续他的星际长途旅行。

十四

第五颗星球非常非常奇特。它在所有的星球中可算是最小的。它那儿的面积,只够立一盏路灯、站一个守灯人。小王子真难以理解,为什么在广阔的太空之中,在一颗既没有房屋又没有居民的星球之上,偏偏要有一盏路灯和一个守灯人。不过,他还是对自己做了一番解释:

"或许这个守灯人也是个荒唐的家伙,但他并不如那个爱虚荣的人、那个生意人、那个酒鬼荒唐得那么厉害。至少,他做的工作还是有意义的。当他点燃他的路灯时,他就像是使得一颗星星或者使得一朵花儿有了生命,而当他熄灭他的路灯时,就像是要花儿或星星入睡。这个差事其实很美好。既然它美好,那当然就是有用有意义的。"

他到达这星球上时,立即毕恭毕敬向守灯人致敬,说:

"你好!你干吗把你的路灯熄掉?"

"我是根据指令。"守灯人回答说,"早安。"

"什么叫作指令呀?"

"就是要我熄掉路灯。"那人又道了一声,"晚安。"

他说着,又把路灯点亮了。

"你干吗又把灯点亮呢?"

"我也是按照指令呀。"守灯人答道。

"我弄不懂。"小王子说。

"这里面没有什么需要你弄懂的。"守灯人说,"指令就是指令。早安。"说着,他又把路灯熄了。接着,他拿出一块红色方格手帕,揩揩自己的额头。他说:

"我这个职业太可怕了。先前干这一行还说得过去,早晨熄灯,傍晚点灯,白天的剩余时间我休息,夜晚的剩余时间我睡觉……"

"这么说来,自从那个时期以后,指令改变啦?"

"指令并没有改变。"守灯人说,"麻烦恰恰就出在这里!星球一年比一年转动得快,而指令却没有相应地变化!"

"那又怎么样呢?"

"现在,星球一分钟自转一周,我连一秒钟休息的时间也没有了。每一分钟,我就得点一次灯,紧接着又熄一次灯!"

"这真荒唐可笑!在你这个星球上,一天的时光,只有一分钟的长度!"

"这一点儿也不奇怪。"守灯人说,"咱俩刚才说话的这会工夫,一个月就已经过去啦!"

"整整一个月?"

"是呀。30分钟,正好是30天!晚安!"

说着,他又点亮了那盏路灯。

小王子定睛瞧了瞧守灯人，觉得自己喜欢上这个人了，他是那么忠于指令，一丝不苟。这时，他回想起自己从前拖着椅子去赶着看落日的情形。他已经把眼前的此人视为朋友，他想要帮帮他：

"你知道吗？我有一个办法让你在想要休息的时候，能够停歇下来……"

"我呀，我想永远歇下去。"守灯人说。

他这么说情有可原，一个人既可以做到忠于职守，也很可能本是懒惰成性的。

小王子接着说下去：

"你的星球这么小，跨上三步就可以绕上一周。你只要慢速步行，你就能老是面向着太阳。当你想休息的时候，你就往前走……这么一来，你想要一天有多长，这天就会有多长。"

"这对我并没有多大用处。"守灯人说，"在生活里，我就是爱睡觉。"

"你睡觉的机会可没有。"小王子说。

"那就谈不上有什么机会啦。"守灯人说，"早安。"说着，他又灭了那盏路灯。

小王子又继续他的星际旅行，在途中他这样想："以上我所碰见的那几个人，国王、爱虚荣者、酒鬼与生意人，他们一定都瞧不起这个守灯者。但是，我觉得他才是唯一不荒唐可笑的人。之所以如此，也许是因为他所关心的，并不是他自己，而是其他的事情。"

他遗憾地叹了一口气，又想：

"这个人是唯一可以成为我的朋友的人。可惜，他那个星球实在太小，待不下两个人……"

实际上，这个星球叫小王子感到可惜的真正原因是，这里每24小时，就碰上1440次日落，只不过，他不敢承认这一点罢了。

十五

第六颗星球比第五颗星球要大10倍。那里住着一位老先生,他正在写一部大部头著作。

"瞧!来了一个勘察者!"他一见小王子,就这么喊道。

小王子往桌子上一坐,有些气喘吁吁,他已经在长途旅行中跑了很久!

"你是从哪里来的?"老先生问道。

"这是一本什么书,这么厚呀?"小王子问,"您在这儿干什么?"

"我是个地理学家。"老先生说。

"地理学家是干什么的?"

"就是学者,知道海洋、河流、城市、山脉与沙漠位于何处的学者。"

"这太有意思了。"小王子发表评论说,"这是一种真正的职业!"他瞧了瞧地理学家这颗星球的情况,觉得自己从来没有见过一颗这样有气魄的星球。

"您的星球真是太美啦!这儿有海洋吗?"

"我不知道有没有。"地理学家答道。

"哦!"小王子对他的回答深感失望,又问,"那么,有没有山脉呢?"

"我也不知道有没有。"地理学家还是同一个回答。

"有城市、河流与沙漠吗?"

"我也不知道有没有。"地理学家一问三不知。

"可您是地理学家呀!"

"的确是。"地理学家说,"但我不是个勘察者。我这儿特别需要探险家,统计调查那些城市、山川、河流与沙漠。这些事不是地理学家应该去干的活儿,而是勘察者的活儿。地理学家太重要了,他没有时间去游山逛水。他从不离开办公室,但他接待那些勘察者,听取汇报,仔细询问,并把他们的陈述记录下来。如果他们之中某个人的陈述引起了他的重视,那么还得对那陈述者的思想道德状况进行审查。"

"为什么要这么做?"

"因为一个勘察者如果撒了谎,那就会给地理学家写的书带来严重的错误。同样,一个嗜酒贪杯的勘察者,也会造成严重的后果。"

"那是怎么回事呢?"

"因为在酒鬼眼里,什么东西都会有重影。地理学家根据他的陈述,记录下来有两座山,其实那个地方只有一座。"

"我认识一个人,"小王子说,"他一定是个坏事的勘察者。"

"那完全可能。"地理学家说,"即使勘察者的思想道德状况完全正常,我还要对他陈述的结果进行调查核实。"

"是去当地察看吗?"

"不,那样太麻烦。只要勘察者提供证据,例如,关于一座大山,就要求他带回若干块岩石。"

说到这里,地理学家突然打住。

"可是你呀,你是来自遥远的天边!你也是勘察者!你把你那个星球描述描述给我听吧!"

于是,地理学家打开他的笔记本,削尖他的铅笔。一般说来,他总是先用铅笔记录下勘察者的陈述,要等到勘察者提供了物证之后,他才用墨水笔正式记录。

"怎么样,说说吧!"地理学家问道。

"哦,在我那儿,"小王子说,"没有多少可说的,我那儿特别小,有三座火山。两座活火山,一座死火山,不过,是不是真死了,还难说。"

"还难说。"地理学家重复了一句。

"我还有一株花儿。"

"花卉不在我们的记录范围之列。"地理学家说。

"这是为什么呀?我的那株花儿要算是最美丽的了。"

"因为花草都是朝生暮死,好景不长的。"

"好景不长——这是什么意思?"

"地理著作,"这位老先生说道,"是所有的书籍中最为珍贵的书籍。这类著作永远也不会过时。世上的山,从没有见过有移动搬家的;世上的海,也不见有干枯消失的。我们地理学家记载下来的,都是一些永世长存的东西。"

"但是,死火山也可能重新喷发呀!"小王子打断他的话,又问,"您所说的'好景不长'是什么意思?"

地理学家答道:"不论火山是死了还是仍在活动,对我们这些人来说,其意义都是同样的,在我们看来,它就是山,在这个意义上它亘古不变。"

"但您说的'好景不长',究竟是什么意思呀?"小王子再一次追问,他一旦提出一个问题,就一定要打破砂锅问到底,他一贯都是如此。

"这就是说,受到了某种威胁,不久就会消失。"

"我的那朵花儿也是受到某种威胁,将要消失吗?"

"当然。"

"我的花儿好景不长,"小王子心想,"何况她只有四根刺可以保护自己,对付整个世界!而我,我竟然将她孤零零地扔在家里!"

这是小王子生平第一次感到后悔,但他仍打起精神,问那位老先生:

"您建议我再到什么地方去访问访问?"

地理学家回答说:"到地球那个星球去吧,它有良好的名声……"

小王子采纳了这个建议,立即动身。在途中他仍惦记着他的那朵花儿。

十六

第七颗星星就是地球。

地球可不是一颗一般的星球!在那颗星星上,有111个国王(当然,包括那些黑人国王),7000个地理学家,90万个生意人,7500万个酒鬼,3.11亿个自大狂,也就是说,有将近20亿个成年人。

为了使你们对地球的大小有一个概念,我要告诉你们,在地球上发明电力以前,6大洲共需46.2511万名点路灯的人,这本身就是一支真正的大军。

如果从远处眺望,其效果是极其辉煌壮丽的。这支点灯大军的动作,就像歌剧院里芭蕾舞演员的动作那样协调一致、和谐有序。首先上场的是新西兰与澳大利亚的点灯人,他们点亮了路灯之后就去睡觉了。接着,轮到中国与西伯利亚的点灯人,他们跳着舞登场表演,然后隐没到幕后。下面,轮到俄国与印度的点灯人登场;而后,是非洲的与欧洲的;再后,是南美洲的;最后则是北美洲的。一队一队,按顺序出场,有条不紊,真是蔚为壮观。

只有两个点灯人是闲得无聊的,一个是北极那唯一一盏路灯的点灯人,另一个则是南极的那一位,他们在一年里只需点两次灯就行了。

十七

当一个人想说点什么哗众取宠时,他往往就多多少少有点夸大其词。我在上面向你们讲点灯人的时候,我讲得并不那么老老实实。我几乎使那些不了解我们地球的人,得出一个错误的观念,以为人类在地球上只占有很小的空间。因为居住在这个星球上的20亿人,假若互相紧挨着站在一起,像在一个群众集会上那样,他们满可以舒舒服服集中在一块只有20英里长、20英里宽的公共场所里,甚至满可以聚居在太平洋上任何一个最小的岛屿上。

当然了,那些成年人是不会相信你们的。他们自以为可占有广大的地盘,他们自认为像猴面包树一样举足轻重。最好是建议他们去好好算一笔账。他们最崇拜数目字,一跟数目字打交道,他们就乐不可支。不过,在这件叫人厌烦的事情上,你可不要浪费时间。算来算去,到头来毫无用处。你们尽管相信我好啦。

小王子一来到地球上,没有看见有任何人,心里感到很奇怪。他开始暗暗担心自己跑错了星球。这时,他看到一个银白色的环形动物在沙堆上蠕动。

"晚安。"小王子顺口说了一声。

"晚安。"对方答应了一声,那是一条蛇。

"我落在哪一颗星球上啦?"小王子问道。

"你是落在地球上,在非洲。"那蛇答道。

"哦!地球上怎么没有人呢?"

"这里是沙漠,沙漠是无人地带。地球可是大着呢。"那蛇解释说。

小王子在一块石头上坐下,举目望天。

"我在想,"他说,"天空的星星亮晶晶的,是不是为了要让地上的每个人,有一天能够找到自己的那一颗。你瞧,我的那颗,正在我们头顶上……它离我们真远呀!"

"你那颗星星真美丽。"蛇说,"你来地球上干什么呀?"

"我和一朵花儿闹别扭了。"小王子答道。

那蛇只应了一声:"哦!"

接着,他们都不吱声了。

"地球人在哪儿呢?"小王子终于打破沉默问道,"在沙漠里可真有些孤独啊……"

"和地球人在一起,也是孤独的。"蛇说。

小王子盯着蛇看了好一会儿，才发表自己的观感："你可真是奇怪的动物，身子细得像一根手指……"

"但是我可比一个国王的手指头要强大得多。"蛇说。

小王子微微一笑道：

"你并不那么强大，你连爪子都没有……你根本就没法去旅行……"

蛇反驳说："我还能带着你去旅行哩，比一艘船驶得更远。"

说着，它缠绕在小王子的脚腕上，好像一只金镯子。它说：

"我一缠绕上谁，就可以把谁送回他原来那颗星球上去。你完全是天真纯洁的，而且又是天外一颗星星上来的……"

小王子没有接它的话茬。蛇又接着说：

"你在这个荒凉冷酷的地球上，是多么弱小无助啊，我真怜悯你。如果你有一天思念自己的星球思念得实在受不了，我那时候就会来帮你……"

小王子说："哦，我很明白你说的意思，但为什么你讲起话来就像打谜语似的？"

"我会把所有的谜底解答出来的。"蛇答道。

他们又沉默不语了。

十八

小王子徒步穿过沙漠，途中只遇见一株花儿。那是一朵只有三片花瓣的花儿，普普通通，平淡无奇……

"你好。"小王子向她致意。

"你好。"花儿答礼说。

小王子彬彬有礼地向她打听：

"地球人在什么地方呀？"

花儿曾经有一天见过一支商队经过，她答道：

"人吗？的确有，我想，有那么六七个吧，好些年前我见过他们。但现在谁也不知道在什么地方可以找到他们。他们随风漂泊。他们没有根，这对他们很不利。"

小王子说："永别啦！"

花儿答道："永别啦！"

十九

小王子攀上了一座高山的顶巅。从前，他见过的山，只有他家乡那三座高不过膝的火山，而且，他还把那座死火山，当作小板凳来用呢。现在他来到这么高的高山之巅，心里以为就能一眼看到地球上所有的人了……然而，除了一大片高峰的尖顶外，什么也没有见到。

"你好。"他漫不经心地叫了一声。

"你好……你好……你好……"下面的群山发出回音。

"你是谁？"小王子问了一声。

"你是谁……你是谁……你是谁……"又响起了一阵回音。

"当我的朋友吧，我孤孤单单呀。"他喊了一声。

"我孤孤单单呀……我孤孤单单……我孤孤单单……"又是一阵回音。

这时，小王子心想："这个星球真古怪，它贫瘠枯燥，瘦骨嶙峋，苦涩发咸。还有，那些地球人，完全没有个性，没有想象力，只会重复别人对他们说过的话……还不如在我那颗星球上，好歹我还有一朵花儿，她总是主动先跟我说话……"

二十

小王子经过长途跋涉，穿过沙漠，越过岩石，通过雪地之后，终于找到一条阳关大道。其实，条条大路，都通向人群聚集之处。

他来到一个玫瑰花盛开的花园，当即表示问候："你们好！"

朵朵玫瑰花都答礼说："你好！"

小王子注视她们，发现她们全都跟他的那朵花儿十分相像。

小王子惊奇地问道：

"你们是谁呀？"

"我们全是玫瑰。"花儿们答道。

"哦！……"小王子应了一声。

他感到自己真不幸。他的那朵花儿曾经告诉他说，在天地宇宙之中，她是独一无二的一朵玫瑰花。可是，在眼前这个花园里，就有5000朵和她一模一样的花儿！

小王子心想：如果她看到眼前这片景象，肯定会羞窘得无地自容……她准会使劲地咳嗽个不停，为了逃避这种尴尬，她甚至会倒下装死。而我呢，我就不得不装装样子去照顾照顾她。否则，她为了要让我感到内疚，也许真的会自暴自弃去寻短见……

接着，他又心想：我本来以为自己非常富足，拥有天下独一无二的一朵花儿，实际上，我有的只是普普通通的一朵玫瑰。我的全部财富只有这朵花儿再加上那三座高度刚到我膝盖的火山，而且其中一座还是永远熄灭了的死火山。这么一点点家当，不可能使我成为一个伟大的君王……想到这里，他扑倒在地，大声痛哭起来。

二十一

正在这时，来了一只狐狸。

"你好。"狐狸向他问候。

"你好。"小王子彬彬有礼地答道，他转过头去，但是什么也没有看见。

"我在这里，就在苹果树下……"那声音说。

"你是谁呀？"小王子看见了它说，"你真漂亮……"

"我是一只狐狸。"

"来跟我玩玩吧。"小王子诚恳相邀，"我现在正伤心着呢……"

"我不能跟你一道玩。"狐狸说，"我不是温驯的动物。"

"哦！我不了解你，对不起。"小王子说。

但是，他稍作思索后，问道：

"什么叫'温驯'呀？"

"看来你不是本地人。"狐狸说，"你来这里干什么？"

"我在找地球人。"小王子又追问，"'温驯'是什么意思呀？"

"地球人呀，"狐狸说，"他们有枪，他们经常打猎。这可危害不小！他们还饲养母鸡，那是他们唯一有意思的地方。你要找母鸡吗？"

"不找。"小王子说，"我要找朋友。你说的'温驯'是什么意思？"

狐狸开始做出解释：

"这是一件好事，可惜已经被忘得一干二净了。'温驯'意味着建立和谐的关系……"

"建立和谐的关系？"小王子不明白。

"当然是这个意思。"狐狸接着解释，"对我而言，你只是一个小男孩，和成千上万的小男孩完全一样。我并不需要你，你也不需要我。对你而言，我只是一只狐狸，和成千上万的狐狸没有两样。但是，如果你使我温驯了，我们两者之间的关系就变得互相依存、依恋。那么一来，对我而言，你就是这世上的唯一，而对你而言，我也就是这世上的唯一……"

"我开始懂得了。"小王子说，"我拥有那么一朵花儿……我想，可以说她对我是温驯的……"

"这完全是可能的。"狐狸说，"在地球上，可以看到形形色色、无奇不有的事情……"

"唉！我跟我那朵花儿的事，并不是在地球上呀。"

狐狸显得很诧异，问道：

"难道是在别的星球上吗？"

"是的。"

"在你那个星球上，有猎人吗？"

"没有。"

"这可太好啦！那么，有母鸡吃吗？"

"没有。"

"这可有些美中不足！"狐狸悲叹了一声。

但狐狸又回到它原来的话题，说：

"我的生活单调乏味。我猎食母鸡，地球人则猎杀我。母鸡全是一个样子，所有人类也都一个样。我对这一切都感到有点腻味了，但如果你使得我温驯了，我的生活就会充满阳光，变得温暖。我对人类的脚步声就会有全然不同的感受。我一听到其他陌生人的脚步声，就会赶紧逃进地洞。你的脚步声，却会把我从地洞里召唤出来，有音乐一般的奇效。还有，你看，你看见那边的麦田了吗？我是不吃面包的，小麦对我毫无用处。麦田不会引起我任何回忆。当然，这也是很可惜的事！但是，你有一头金发，于是，一旦你驯服了我，事情将变得妙不可言，那金色的小麦就会使我回想起你，而我，也就会爱上那风儿掠过麦田所发出的声音……"

狐狸停了下来，久久地注视着小王子，又说：

"求求你……把我收下来吧，驯养我吧。"

"我很乐意这样做。"小王子答道，"可是我没有多少时间，我还得去结识好多朋友，去了解很多事情。"

"只有那些被人驯服了的东西，才能被人理解。"狐狸说，"地球人是不会再有时间去认识什么啦，他们都是从商人那里购买一切成品。但因为世上的商人绝不会成为朋友，地球人也就没有朋友了，如果你想要一个朋友，那就请驯养我吧！"

"该怎么驯养呢？"小王子问道。

"必须很有耐心。"狐狸答道，"你先坐在草地上，要离我稍远一点儿，就像现在这样。我嘛，我斜眼盯着你，你什么话也别说。语言是造成隔阂与误解的根由。但是，你可以每天坐得越来越靠近我一些……"

第二天，小王子来到原地。

"最好是在同一时间赴约。"狐狸说，"比方说，你定在下午4点钟来，那我从3点钟开始就会感到高兴。会面的时刻愈是临近，我就愈发感到高兴。一到4点钟，我就会激动起来、兴奋起来，我会认识到要获得幸福是要付出代价的！可是，如果你什么时候来压根就没准儿，那我就不知道该在什么时候酝酿我的心情……会面就得有会面的讲究。"

"什么叫做'讲究'呀？"小王子问。

"这也是被人忘得一干二净的事啦。"狐狸说，"某种讲究，就可以使得某一个日子、某一个时辰有别于其他的日子、其他的时辰。举个例子来说，与我为敌的那些猎人就有一种讲究，他们每逢星期四一定要去跟村里的姑娘跳舞。于是，星期四就成了妙不可言的一天啦，我就可以到处闲逛，一直逛到葡萄园里。而如果那些猎人什么时候都要去跳舞，那么，天天就都一个样啦。"

就这样，小王子驯养了狐狸。不久，他们分手的时候临近了，狐狸伤感地说：

"唉，我会哭的……"

"那你就不对了。"小王子说，"我不希望你伤心，你该记得，是你要我驯养你的……"

"当然是我要求的。"狐狸说。

"那你还要哭什么！"小王子说。

"我当然要哭。"狐狸说。

"你这样岂不是得不偿失!"

"我还是有收获的,因为,我从小麦的金黄色可以感受到美感了。"狐狸说。接着,它又说:

"你再去看看那些玫瑰花吧,你就会明白你家里的那一朵玫瑰才是世上独一无二的。然后你再回来和我告别,到时候我要送你一件礼物。告诉你一个秘密。"

小王子去看望了那些玫瑰。他对她们说:

"你们和我家里那朵玫瑰完全不一样。你们算不上什么。谁也没有培植过你们,你们也没有跟任何人建立感情。你们就像我还不认识那只狐狸时一样。那时,它与世上成百上千只狐狸一样,跟我毫无交情。但后来,我和它成为朋友,现在,在世界上,它对我而言就是独一无二的一只狐狸了。"

听了小王子一席话,那些玫瑰花都感到很不舒服。小王子又继续说:

"你们长得很漂亮,但是你们却很空虚。谁也不会为你们献出生命。至于我自己的那朵玫瑰,一个普通的路人当然会以为她与你们并没有什么不同。但是,只她一朵花儿就比你们所有花儿加在一起还要重要得多。因为我给她浇过水,因为我用罩子保护过她,用屏风给她挡过风,因为我为了她才杀死那些毛毛虫(两三条将变为蝴蝶的除外),因为我倾听过她的抱怨、她的自吹自夸,而当她一声不吭时,则和她默默相对。总而言之,一句话,因为她是我的玫瑰。"

而后,小王子又回来跟狐狸道别,他说:

"别了!"

"别了!"狐狸说,"我要告诉你的秘密,其实很简单,那就是:人只能用心灵去观察,去感受。要知道,光靠肉眼,是不可能看到本质的东西的。"

"光靠肉眼,不可能看到本质的东西。"小王子重复说了一遍,为的是牢牢记在心里。

"你为自己的那朵玫瑰花费了一些时间,她才对你变得重要。"

"我为我的那朵玫瑰花费了时间……"为了牢牢记住,小王子又重复一遍。

"地球人忘记了这个真理。"狐狸说,"但你不应该忘记。凡是你培植过、驯养过的一切,你对它们是负有责任的。你要对你那朵玫瑰尽心尽责……"

"我要对我的那朵玫瑰尽心尽责……"为了牢记在心,小王子又重复了一遍。

二十二

"你好。"小王子说。

"你好。"扳道工答道。

"你在这里干什么呀?"小王子问。

"我正在对一大批一大批的旅客进行调度。"扳道工说,"我把他们乘坐的那些火车,有的调往左,有的调往右,让它们一一开走。"

只见一列灯光明亮的快车,发出雷鸣般的响声,急驶而来,震得扳道工的那个木板屋微微颤抖。

"这些旅客真是急急匆匆的呀,"小王子说,"他们要追求什么东西呢?"

"开火车的司机也不知道。"扳道工说。

从相反的方向,又有一列灯光明亮的快车呼啸而来。

"刚才那些旅客这么快就回来了?"小王子问道。

"这不是刚才那一列车,"扳道工说,"这是对开的另一列车。"

"这些旅客是对他们原来待的那个地方不喜欢、不满意吗?"

"人永远不会对自己原来待的地方感到满意。"扳道工答道。

这时，第三列灯光明亮的快车又轰隆而过。

"他们在追赶第一列火车里的旅客？"小王子问道。

"他们不是在追赶谁，"扳道工答道，"他们都在车厢里睡大觉呢，要不就是在打哈欠。只有那些小孩把脸紧贴着玻璃窗朝车外观看。"

"只有孩子才知道自己要寻找什么。"小王子说，"他们为了用碎布头做一个玩具娃娃，真舍得花时间。因此，这玩具娃娃就成为他最珍贵的宝贝，如果被别人拿走，他就会伤心大哭……"

"孩子们才真正有自己的乐趣。"扳道工感慨道。

二十三

"你好！"小王子问候说。

"你好！"商人答道。

这个商人专门出售一种生津解渴的改良药丸。每个星期吞服一粒，就不会感到口渴。

"你卖这东西干什么呢？"小王子问。

"服用这种药，可以大大地节省时间。"商人说，"据专家测算，每个星期可以省出53分钟。"

"那么，拿这53分钟干什么呀？"

"干自己想干的事呗……"

"要是我呀，"小王子自言自语说，"我如果有53分钟可以随意支配，那我一定慢慢地朝一口水井走去……"

二十四

现在，是我的飞机被困沙漠的第八天，我喝完了最后一滴饮用水，正在这时，我听见小王子讲述那个卖解渴丸的商人。

"啊,你这些回忆都挺好听。"我对小王子说,"不过,我还没有把飞机修好,我的饮用水就喝光了。如果我能如你所想象的那样,慢慢走向一口水井,那该多么幸福呀!"

"我的狐狸朋友……"小王子又准备回忆别的事情。

"我的小家伙,现在的问题不是什么狐狸不狐狸的啦。"

"怎么啦?"

"我都快要渴死啦……"

他不理解我的顾虑,回答说:

"即便是快死了,曾经有过一个朋友也是件好事。就说我吧,我就很高兴自己曾经有过一个狐狸朋友……"

我听了他这话,心想:他哪里懂得什么叫生存危机呢,他自己从来就不渴不饿,只要有一点点阳光,他就能活下去……

但是,他看了我一眼,对我心里的想法做了一个回答:

"我也渴啦……我们去找口水井吧……"

我做了个懒得答理的手势。要想碰碰运气,在漫无边际的沙漠里找到一口水井,那简直是荒唐可笑。然而,我还是跟他一道出发了。

我们闷声地步行了好几个小时。夜幕降临了,星星开始在夜空中闪烁,我望着星星,有如在梦境之中。由于口渴难耐,我有点儿发烧了。小王子所讲的那些话,一句句在我脑子里蹦蹦跳跳。

"你也会口渴?你渴了吗?"我问他。

他并没有直接回答我的问题,而是诚恳地对我说:

"对心灵来说,水也是必要的、有益的呀……"

我不懂得他这答话是什么意思,但我不再吱声了……我这时明白了,我不该再去向他提问。

小王子累了,他坐了下来,我也在他身边坐下。在片刻沉默之后,他说:

"天空里的星星真美丽,因为那儿有一株我看不见的花儿……"

我回答说:"当然啦。"下面我没有接着说,我无言地望着月光下的沙漠像波浪似的向远方扩展。

"沙漠真美!"他又补充了一句。

沙漠的确很美,我一直喜爱沙漠。你如果坐在一个沙丘上,你会什么也看不见,什么也听不见,但在这一大片静寂无声之中,却有某种东西在熠熠生辉。

小王子说:

"使得沙漠显得美丽的,正是它的某个地方藏着一口水井……"

突然之间,我惊奇地发现自己茅塞顿开,明白了沙漠的神秘光辉何在。当我还是个小男孩的时候,我曾经住在一个古老的宅子里。那时,传说这个宅子里某个地方埋藏着一大笔财宝。当然,这笔财宝从没有被人发现,甚至可能压根就没有人去找过。但是,这个传说却使得这所古宅平添魅力。我的住宅深处竟藏着这样一个秘密呀……

"是的,"我对小王子说,"正是某种看不见、摸不着的东西,使得住宅、星星或沙漠,似乎具有了神秘的美!"

"我真高兴,"小王子说,"你的意见与我的狐狸朋友完全一致。"

因为小王子睡着了,我便把他抱在怀里,仍继续往前走。一路上,我一直很激动,我觉得自己是抱着一件娇嫩易碎的宝物。我甚至觉得他要算世界上最娇嫩的宝贝了。我借着月光,端详他苍白的额头、紧闭的双目、微风吹拂的发梢,我心想:眼前我看到的只是一个小小的躯体,但他还有我肉眼看不见的东西,那才是最最重要的东西……

这时,他微微张开的双唇流露出一丝微笑,我心想:这个熟睡的小王子最使我大为感动的,是他对一朵花儿忠心耿耿,是在他心里那朵玫瑰花一直像盏长明灯那样永放光芒,即便在他酣睡的时候也是如此……想到这里,我觉得他比我想象的更要娇嫩。他像一盏临风的油灯,一股风就足以将他吹灭,我必须格外小心翼翼地保护好他。

就这样,我抱着他走着,走着,一直走到拂晓。这时,我终于发现了一口水井。

二十五

"那些旅客,"小王子发表感慨说,"一头扎进了快车的车厢,却并不知道自己要去追寻什么。于是,就躁动不安,转来转去,在原地兜圈子……"

接着,他又加上一句:

"他们这么奔波,根本就不值得……"

我们找到的那口水井,不像是撒哈拉沙漠里的井。沙漠里的井通常是在沙土中挖掘而成的,只是一个简单的坑坑。那口井倒像是村庄里的井,但是在这个地区并没有任何村落呀,我真以为是在做梦。

"真奇怪,"我对小王子说,"器械全都齐备,辘轳、水桶,还有绳子,应有尽有……"

小王子笑了,他摸摸绳子,把辘轳转动起来,辘轳发出吱呀声,就像一个老掉牙的风信标在清风静止时发出来的哀叹。

"你听,"小王子说,"我们唤醒了这口井,它开始歌唱了……"

我不愿意让他出力费劲。

"让我来吧!"我对他说,"这活儿对你来说是太重了。"

我慢慢地把水桶拉到井台上,端端正正放在那儿。辘轳的歌声还缭绕在我耳际,从水桶里仍在微微晃动的水中,我看到太阳也在晃动。

"我口渴,很想喝这水。"小王子说,"请给我喝吧……"

我明白了他一直想要追求的东西是什么!

我把水桶举起来,凑到他的唇边。他闭着眼睛,喝了起来,显得美滋滋的,像是在过节。这水可与一般的食物很不相同,它是经过我们在星光下长途跋涉之后得来的,是在辘轳的歌声中,靠我的双臂提上来的。这水就像一件嘉奖的礼品,它滋润着我们的心田。在我从前还是个小男孩的岁月里,也曾尝到同样的快乐。每当我得到圣诞礼物时,圣诞树上的烛光、午夜弥撒的音乐声、亲人们温馨的微笑,就使得那礼物更显得光彩夺目。

"你们地球人,"小王子发表评论说,"能够在同一个花园里,培植出 5000 株玫瑰……但是却找不到自己所要追求的东西……"

"他们确实没有找到……"我答道。

"其实,他们所要追求的东西,很可能就藏在一朵孤零零的玫瑰花中,或者在少许一点儿水里……"

"的确如此。"我答道。

小王子又补充了一句:

"不过,肉眼往往视而不见,必须靠心灵去寻找。"

我喝完了水,感到呼吸也舒畅多了。在清晨的阳光照耀下,沙漠的景色好像是一盘蜂蜜,这蜂蜜般的景色也使我感到欣慰,我为什么要去发愁着急呢……

"你可得遵守你的诺言呀!"小王子温柔地对我说,他又坐在了我的身边。

"什么诺言?"

"你知道的……你说过要给我的绵羊画上一个嘴套……我有责任保护我那朵花儿!"

我立即从我的口袋掏出我画的那些草图,小王子见了笑着说:

"你的猴面包树画成什么样子了呀……简直就有点像卷心菜……"

"哦!"我还一直为自己画的猴面包树而洋洋得意哩!

"你画的狐狸……瞧它的耳朵,像两只角,画得太长啦!"

他还在笑个不停。

"你不公平,我的小家伙,我本来就只会画蟒蛇的整体图与剖面图,别的什么都不会画。"

"咳,不碍事,"他说,"孩子们都看得懂。"

我按他的要求，用铅笔画了一个嘴套。递给他时，我因为有某种预感而心里难受，对他说：

"你一定有些什么计划没让我知道，还瞒着我呢……"

但他没有答理我这个话茬，对我说：

"你知道吗？我降落在地球上……到明天就是一周年啦……"

沉默片刻后，他又接着说：

"我降落的地点就在这附近……"

说完，他有点儿脸红，不好意思。

这时，不知什么原因，我又感到一种不可名状的悲凉向我袭来，但我却想到另一个问题：

"这么说，8天之前那个早晨，你我相遇并不是凑巧了，其实你独自一人在离地球人很远很远的地方游荡，最后你才回到你降落的地点来的，是吗？"

小王子不好意思，仍然面红耳赤。

我犹豫着加上一句：

"也许，是因为到了一周年？……"

小王子再一次脸红了。他从不正面回答别人的问话，但只要他一脸红，那就意味着他的答案是肯定的，不是吗？

我又对他说："说实话吧，我是害怕……"

但他避开问题，对我说：

"现在你该去干活啦，该回到你的发动机那里去。我在这儿等着你，明天晚上你再来……"

听了他这话，我心里仍很不踏实。我想起了小王子与狐狸的离别。如果你跟对方有了交情，碰到现在这种情况，真忍不住要哭……

二十六

在那口水井旁,有一段坍塌的古老石墙。第二天晚上,我结束了自己的修理工作,如约回来找小王子,远远就看见他坐在墙头,两脚悬空垂着,我还听见他在和谁说说话:

"你怎么不记得了?完全不是这个地方!"

肯定有谁在回答他,因为他又在解释说:

"是的,是的,正是这一天,可是,地点并不是在这儿……"

我继续朝那堵墙走去。我既听不见是谁在跟小王子对话,也看不见这个对话者。然而,小王子又开始向那个对话者说话:

"……当然啦,你可以在沙漠里看到我的足迹是从哪儿开始走的。你只要在那儿等着我就行了,今天夜里我一定会去的。"

我离墙只有20米了,仍然没有看见小王子是在跟谁说话。但听得见他沉默一会儿之后又在向对方说:

"你的毒液不会厉害吧?你肯定不会使得我长时间受罪吧?"

我停下脚步,感到自己的心都要碎了,但我还是不了解小王子要干什么。

"现在你走吧,"他向对方说,"我要下来了!"

这时,我俯视那堵墙的墙根,简直就吓了一跳——正是一条黄色的毒蛇。这种蛇奇毒无比,可在30秒钟之内置人于死地。它正翘着头朝向小王子。我赶紧从口袋里掏出手枪,快步跑过去。但一听到我这边的响声,那蛇就悄悄从沙地里爬走,宛如一道水流,在岩石缝里穿梭而过,发出轻微的金属般的声音,不急不慢,消逝而去。

我跑到墙根前,正好用双臂接住我那宝贝王子,他脸色煞白,像白雪一般。

"你在搞什么名堂!竟然跟毒蛇交谈起来了!"

我替他解开围巾,那条金色围巾老是围在他脖子上,我又润湿了他的太阳穴，还给他喝了点水。这时，我不敢问他什么。他严肃地凝视着我，双臂搂着我的脖子。我感到他的心在拼命跳动，就像一只中弹后即将死亡的小鸟。他对我说：

"我很高兴你找到了你机器上所需的零件！你能驾飞机回家啦……"

"你怎么知道的？"

我正想告诉他，我是在多么绝望的情况下，终于完成了我的修理工作！

他也没有回答我刚才的问题，却添了一句：

"我也是……今天，我就要回家去啦……"

接着，他忧心忡忡地说：

"我回家的路，要比你远得多……也要困难得多……"

我明显感到，发生了某种不平常的大事，我像抱婴儿那样抱着他，然而，我感到他正垂直向一个万丈深渊掉下去，尽管我拼命要拉住他，却无济于事。

他的目光严肃认真，出神地遥望远方。

"我有你给的绵羊，还有关绵羊的箱子，还有绵羊的嘴套……"

他忧郁地微笑了。

我搂着他好久好久，觉得他的身子逐渐暖过来了：

"小家伙，你害怕了……"

当然，他是害怕了，但他温情地笑道：

"今天晚上，我会更加害怕……"

这时，一种无法弥补的痛失感猛然袭来，使得我全身发冷。我明白了，是那再也听不见的笑声让我受不了。这笑声对于我就像沙漠中的水井一般可贵……

"小家伙，我还想听见你的笑声……"

他却对我说：

"今天晚上，正好是一年。我的星星将对准去年我降落的地方……"

"小家伙,你要讲关于蛇、关于约定、关于你那颗星星的事情,难道对我们不就意味着噩梦要来了吗……"

他没有答理我的问话,换个话题说:

"最为重要的东西,是肉眼看不到的……"

"当然啦!"

"对那朵花儿也是这样的。你如果爱上了一朵远在某个星球上的花儿,那么,你观望星空时就会感到甜美,因为天空中所有的星星就像是争奇斗艳的百花。"

"当然……"

"对于水也是这样。你给我喝的那水,像音乐一样动人,因为它使人想起辘轳与井绳发出的响声……你想起来了吧……它是多么甘甜呀。"

"当然。"

"今后,每到夜晚,你要看看星空啊。我的那颗星星太小了,我没法给你指出准确的方位。这样更好,我那颗星星,对你来说,就是群星中的一颗。因此,你就会更爱遥望星空啦……所有的星星都将是你的朋友。还有,我要送给你一件礼物……"

他又笑了。

"啊,小家伙,小家伙,我真爱听你的笑声。"

"这笑,正是我的礼物……这也正像水一样……"

"你的话是什么意思?"

"那些对星星情有独钟的人,也是形形色色、各不相同的。对于那些旅行者,星星可以指明方向;对于芸芸众生,星星只不过是微弱的光亮;对于那些学者,星星意味着一些研究课题;对于我碰见过的那个生意人,星星就是黄金。可是,对所有这些人来说,星星都是不会出声的,而对你来说,星星则完全不同……"

"你的话什么意思?"

"当你夜晚遥望星空时,因为我住在其中的一颗星星上,因为我在那上面会发出笑声,所以,对于你来说,这不就等于所有的星星都会笑了吗!你呀,你拥有天上那些会笑的星星!"

小王子继续笑着。

"还有,人总是要自我安慰的,当你得到慰藉时,你就会因为认识了我而感到高兴。你将永远是我的朋友。你会很想和我一同开心、一同笑,永远心心相印。有时,为了散散心,你会打开你的窗户……而你的朋友发现你望着星空发笑时,一定会感到惊讶。那时,你就可以对他们说:'是的,星星永远使我欢笑!'他们听了一定会以为你神经出了毛病。那就算我跟你做了一次恶作剧吧……"

小王子仍在笑。

"那就好像我送给你的并不是星星,而是一串串会发出笑声的小铃铛……"

小王子仍在笑,接着,他又变得严肃起来,说:

"今天夜晚……你知道了……你就别来了……"

"我不会离开你的。"

"到那时,我的神情一定很难过……有点快要死去的样子。离别就是如此。你别来看这个场面,没有必要来……"

"我不会离开你的。"

这时,小王子显得忧心忡忡。

"我要你别来,也因为考虑到那条蛇。不能让它咬你一口……蛇是很恶毒的,它高兴咬人就去咬人……"

"我不会离开你的。"我坚决地说。

小王子似乎想到什么,这使他放下心来,说:

"是呀,毒蛇先咬了别人,第二次再咬你时就没有毒啦……"

这天夜里,我未能看见他最后是如何上路的。因为他悄无声息地去了。

当我还在紧追他时,他迈着坚定的脚步勇往直前,只是对我说:

"哦!怎么你还在这儿……"

他拉了拉我的手,不安地对我说:

"这样你就不对了。你看我离去会难过的,我的神情会像死去那样,其实并不是真死……"

我,一言不发。

他又说:"你要知道,路程太远,我不能把自己的躯壳一并带上,它太重啦。"

我仍一言不发。

他又说:"我只不过是把旧躯壳弃之不顾罢了,旧躯壳是不会引起悲伤的……"

我一言不发。

他见劝我无效,有点儿泄气,但仍在苦口婆心地劝导我:

"你知道,遗弃了躯壳也是一件好事,我仍然可以观赏星星呀。所有的星星都像是带着辘轳的水井,所有的星星都会供水给我喝……"

我一言不发。

"这个结果多么有意思啊!你会有5亿个小铃铛,我会有5亿口水井……"

他说不下去了,他哭了……

"我就在这里出发。请你让我独自一个人朝前走一步。"

他坐了下来,因为他感到害怕了。

但他还在说:

"你知道……我那朵花儿……我要对她尽责任呀!她那么娇弱无力,那么天真幼稚。她只有毫无用处的四根刺用来保卫自己,对付全世界……"

这时,我再也站不住了,便也坐了下来。他对我说了最后一句话:

"就是这些……我都讲完啦……"

他犹豫了一下,就站了起来,迈出一步。而我呢,我已全身瘫软,一动也不能动。

只见他脚踝边出现了一道黄色的闪光,没见有别的东西,闪光过后,他静止不动地待了片刻。他没有发出叫喊,而后缓缓倒了下去,就像一棵树倒了似的,没有发出任何声响,因为地面是软软的沙土。

二十七

现在,当然事情已经过去,过去6年之久了……我至今从未向任何人讲述过小王子这个故事。我后来从沙漠脱险后,同事们见我活着归来,都非常高兴。但从那以后,我长期郁郁不乐,我只告诉同事们说,是因为我太疲劳了……

现在,我多少感到了欣慰。这就是说……虽然我并不完全满意,但毕竟知道了小王子确实回到了他自己的星球,因为最后那个夜晚一过,第二天清晨,我并没有找到他的遗体。他的躯体并不重,回自己的家不至于有困难……现在,我夜里爱听群星的笑声已成习惯,它们真像5亿只铃铛……

但是,后来又发现了一件非同小可的事情,那就是我忘了给小王子画的嘴套上加上皮带,其后果是,他就会无法给他的绵羊戴牢嘴套啦。因此,我常常这样猜想:"他那颗星球上情况怎样,那只没戴上嘴套的绵羊,也许早就把那朵花儿吃掉了……"

有时,我又想:"肯定没事!小王子每天晚上都把他那朵花儿用玻璃罩保护好了,何况,他还会好好看管住自己的绵羊……"这么一想,我就心安了,天空中所有的星星也都温情脉脉地笑了。

有时,我又想:"小王子只要疏忽大意一次,后果就不堪设想啦!或是他哪天夜晚忘了把花儿罩好,或是那只绵羊夜里偷偷溜了出来……"一想到这里,星空中所有铃铛顷刻就变成了泪雨!……

这里存在着一个相当大的奥妙。对于你们这些与我一样也爱小王子的人来说,假如在某个说不清是何处的地方,有那么一只跟我们毫无关系的绵羊,把一朵玫瑰花吃掉了,那么,天地万物在我们眼里,就会全然不同了……

请你们仰望天空,请你们发问吧:绵羊有没有把那朵玫瑰花吃掉?你们只要关心这样的问题,你们看万物时就会有全然不同的感受……

然而,任何一个成年人永远都不会懂得这个问题有多么重要!

在我看来,这张图画的是世界上最美好但又最凄凉的景色。这景色与上一张图的景色完全一样,我再一次把它画出来,是为了使你看得更清楚。正是在这个地方,小王子降落在地球上,后来又从地球上消失。

请仔细观赏这一景致,为的是,如果有朝一日你们有机会去非洲旅行,来到了这一片沙漠时,就能够确凿无疑地认出这个地点。还有,如果你们恰好途经这里,那么我恳求你们千万别匆匆而过,请务必在星星下稍等片刻!万一有个男孩向你们走来,向你们微笑,而他又有一头金黄色的头发,还有一个习惯,那就是别人问他什么,他从不回答。总之,只要是这么一个小男孩,你们准会猜出他是谁了。如果你们真是碰上了他,那可要请你们想着我呀,请你快快写信告诉我他回来了,别让我总是沉浸在悲苦的思念之中……

局 外 人

〔法〕阿尔贝·加缪 著 柳鸣九 译

《局外人》的社会现实内涵与人性内涵

在加缪的全部文学创作中,《局外人》从不止一个方面的意义上来说,都可谓是"首屈一指"的作品:

《局外人》酝酿于1938年至1939年,不久之后即开始动笔,完成时间基本上可确定是在1940年5月。这时的加缪刚过26岁的生日不久,还不到27岁。小说于1942年出版,大获成功。对于一个青年作家来说,这似乎意味着一个创作与功业的黎明。事实上,《局外人》正是加缪文学黎明的第一道灿烂的光辉,在完成它之后,加缪才于1941年完成、1943年出版了他隽永的哲理之作《西西弗神话》,他另一部代表作《鼠疫》的完成与发表则是后来1946年、1947年的事了。因此,从加缪的整个文学创作来说,《局外人》是他一系列传世之作中名副其实的"领头羊"。

当然,应该注意到加缪很早就开始写作,并于1932年发表了他的第一部作品《正面与反面》,实际上已经开始了他文学创作的第一个时期。属于这个时期的其他作品还有剧本《可鄙的年代》《阿斯图里起义》,散文集《婚礼》,以及一些零散的评论、诗歌、散文,如《论音乐》《直觉》《地中海》等等,为数颇不少,其中有若干也被收入了伽里玛经典版的《加缪全集》。虽然文学史上以其早期的作品就达到创作高峰的作家不乏其人,而在加缪的创作历程中,《局外人》之前已有不少作品历历可数,但无可置疑地居于优先地位的作品,仍然要算《局外人》，毕竟时序的优势并不保证地位的优势，加缪本人就曾一直把他早期（即使是比较重要的）作品，列为他的史前时期。世界性的经典作家加缪是从《局外人》开始的。

对于一部作品在作家整个创作中价值的凸显与在文学史上地位的奠定能起决定性作用的，还是作品的社会影响、作品所获得的文学声誉以及文化界、思想界对作品符合实际并经得起时间检验的评价。在这些方面，《局外人》较加缪的其他文学创作（包括他日后的名著与杰作）都处于绝对的优势。《局外人》于1942年6月15日出版，第一版4400册，为数不少，出版后即在巴黎大获成功，引起了读书界广泛而热烈的兴趣。这是加缪的作品过去从未有过的，作者由此声名远扬，从一开始到几年之内，报界、评论界对它的佳评美赞一直"络绎不绝"。日后将成为法兰西学士院院士的马塞尔·阿尔朗把它视为"一个真正作家诞生了"的标志；批评家亨利·海尔称《局外人》"站立在当代小说的最尖端"；"存在"文学权威萨特的文章指出，"《局外人》一出版就受到了最热烈的欢迎，人们反复说，这是几年来最出色的一本书"，并赞扬它"是一部经典之作，一部理性之作"；现代主义大家娜塔丽·夏洛特在她的现代主义理论名著中认为《局外人》在法国当代文学中起了开风气之先的作用，"如像所有货真价实的作品一样，它出现得很及时，正符合了我们当时的期望"；一代理论宗师罗朗·巴特也再次肯定"《局外人》无疑是战后第一部经典小说"，是"出现在历史的环节上完美而富有意义的作品"，指出"它表明了一种决裂，代表着一种新的情感，没有人对它持反对态度，所有的人都被它征服了，几乎爱恋上了它。《局外人》的出版成了一种社会现象"[①]。

---

① 分别引自埃尔贝·R.洛特曼：《加缪传》第283～285页；张容：《阿尔贝·加缪》第75～76页。

《局外人》的规模甚小，篇幅不大，仅有五六万字，但却成为法国 20 世纪一部极有分量、举足轻重的文学作品；它的内容比起很多作品来说，既不丰富，也不波澜壮阔，只不过是写一个小职员在平庸的生活中糊里糊涂犯下一条命案，被法庭判处死刑的故事，主干单一，并无繁茂的枝叶，绝非有容乃大，但却成为当代的世界文学中一部意蕴深厚的经典名著；它是以传统的现实主义风格写成，简约精炼，含蓄内敛，但却给现代趣味的文化界与读书界提供了新颖的、敏锐的感受……所有这些几乎都带有某种程度的奇迹性，究竟是什么原因呢？这很值得人们思考。

一部作品要一开始就在较大的社会范围里与广泛的公众有所沟通、有所感应，获得理解，受到欢迎，并且这种沟通、感应、理解、欢迎持续不衰，甚至与日俱增，那首先就需要有一种近似 Lieux Communs 的成分，对它我们不必鄙称为"陈词滥调"或"老生常谈"，宁可视之为"公共场所"，就像娜塔丽·夏洛特所说，是"大家碰头会面的地方"。在《局外人》中，这种 Lieux Communs，可以说就是法律题材、监狱题材，就是对刑事案件与监狱生活的描写。因为，这个方面现实的状态与问题，是广大社会层面上的人们都有所关注、有所认识、有所了解的，不像夏多布里昂的《阿拉贡》中的密西西比河，洛蒂的《洛蒂的婚姻》中的太平洋岛国上的生活，对绝大多数的人来说都是一个陌生的领域。而且，这方面的现实状况与问题，在文学作品中得到反映与描写，也是早已有之，甚至屡见不鲜的。雨果的中篇《死囚末日记》、短篇《克洛德·格》、长篇《悲惨世界》中芳汀与冉·阿让的故事与司汤达《红与黑》第二部的若干章节以及法朗士的中篇《克兰克比尔》，都是有关司法问题的著名小说篇章，足以使读者对这样一个"公共场所"不会有陌生感。

历来的优秀作品在这个"公共场所"中所表现出来的几乎都是批判倾向，这构成了文学中的民主传统与人道主义传统，对于这一个传统，历代的读者都是认同的、赞赏的、敬重的。《局外人》首先把自己定位在这个传统中，并且以其独特的视角与揭示点而有不同凡俗的表现。

《局外人》中，最着力的揭示点之一就是现代司法罗织罪状的邪恶性质。主人公默尔索非常干脆地承认自己犯了杀人的命案，面对着人群社会与司法机制，他真诚地感到了心虚理亏，有时还"自惭形秽"，甚至第一次与预审法官见面、为对方亲切的假象所迷惑而想要去跟他握手时，就想到"我是杀过人的罪犯"而退缩了。他的命案是糊里糊涂犯下的，应该可以从轻量刑，对此不论是他本人还是旁观者都是一清二楚的，因此，他一进入司法程序就自认为"我的案子很简单"，甚至天真地对即将运转得愈来愈复杂、愈来愈可怕的司法机关"管得这么细致"而大加称赞，说"真叫人感受到再方便不过"[①]，但法律机器运转的结果却是他被宣布为"预谋杀人"、"丝毫没有一点人性"、"最藐视最基本的社会原则"，以致"其空洞的心即将成为毁灭我们社会的深渊"的"罪不可赦"者，最后被判处了死刑，而且其死罪是在"以法兰西人民的名义"这样一个高度上被宣判的。从社会法律的角度来说，《局外人》主人公的冤屈程度，并不像完全无辜而遭诬告判刑的芳汀与克兰克比尔那样大，因而不是严格意义上的冤案。但是，对默尔索这样一个性格，这样一个精神状态的人物来说，这一判决却是最暴虐不过、最残忍不过的，因为它将一个善良、诚实、无害的人物完全妖魔化了，在精神上，在道德上对他进行了"无限上纲上线"的杀戮，因而是司法领域中一出完完全全的人性冤案。如果说传统文学中芳汀、冉·阿让、克兰克比尔那种无罪而刑、冤屈度骇人听闻的司法惨案放在19世纪法律制度尚不严谨的历史背景下还是真实可信的话，那么这样的故事放在"法律制定得很完善"的20世纪

---

① 引文均见《局外人》。

社会的背景下，则不可能满足现代读者对真实性的期待。加缪没有重复对司法冤屈度的追求，而致力于司法对人性残杀度的揭示，这是他的现代性的一个重要表现，也是《局外人》作为一部现代经典名著的社会思想性的一个基石。

就其内容与篇幅而言，《局外人》着力表现的正是法律机器运转中对人性、对精神道德的残杀。每桩司法不公正的案件都各有自己特定的内涵与特点，而《局外人》中的这一桩就是人性与精神上的迫害性，小说最出色处就在于揭示出了这种迫害性的运作。本来要对默尔索这桩过失杀人的命案进行司法调查，其真相与性质都是不难弄得一清二楚的，但正如默尔索亲身所感受到的，调查一开始就不是注意命案本身的事实过程，而是专门针对他本人。这样一个淡然超脱、与世无争、本分守己的小职员平庸普通的生活有什么可调查的呢？于是，他把母亲送进养老院，他为母亲守灵时吸了一支烟，喝过一杯牛奶，他说不上母亲确切的岁数，以及母亲葬后的第二天他会了女友，看了一场电影等这些个人行为小节，都成为了严厉审查的项目，一个可怕的司法怪圈就此形成了：由于这些生活细节是发生在一个日后犯下命案的人身上，自然就被司法当局大大地加以妖魔化，被妖魔化的个人生活小节又在法律上成为"毫无人性"与"叛离社会"等判语的根据，而这些结论与判语又导致对这个小职员进行了"罪不可恕"的严厉惩罚，不仅是判处他死刑，而且是以"法兰西人民的名义"判处他死刑。这样一个司法逻辑与推理的怪圈就像一大堆软软的绳索把可怜的默尔索捆得无法动弹、听任宰割，成为完善的法律制度与开明的司法程序的祭品。

默尔索何止是无法动弹而已，他也无法申辩。他在法庭上面对着对他的人性、精神、道德的践踏与残害，只能听之任之，因为根据"制定得很好"的法律程序，他一切都得由辩护律师代言，他本人被告诫"最好别说话",实际上已经丧失了辩护权,而他自己本来是最有资格就他的内心问题、思想精神状态做出说明的。何况,辩护律师只不过是操另一种声调的司法人员而已。默尔索就不止一次深切感受到法庭上,审讯中的庭长、检察长、辩护律师以及采访报道的记者都是一家人,而自己完全被"排除在外"。在审讯过程中,他内心里发出这样的声音:"现在到底谁才是被告呢?被告可是至关重要的,我有话要说。"没有申辩的可能,他不止一次发出这样的感慨:"我甚至被取代了。"司法当局"将我置于事外,一切进展我都不能过问,他们安排我的命运,却未征求我的意见"。小说中司法程序把被告排斥在局外的这种方式,正是现代法律虚伪性的表现形式,加缪对此着力进行了揭示,使人们有理由说《局外人》这个小说标题的基本原意就在于此。

如果说,从司法程序来看,默尔索是死于他作为当事人却被置于局外的这样一个法律的荒诞,那么,从量罪定刑的法律基本准则来看,他则是死于意识形态、世俗观念的荒诞。默尔索发现,在整个审讯过程中,人们对他所犯命案的事实细节、前因后果、来龙去脉并不感兴趣,也并未做深入的调查与分析,而是对他本人在日常生活中的表现感兴趣。他的命运并不取决于那件命案的客观事实本身,而是取决于人们如何看待他这个人,取决于人们对他那些生活,对他的生活方式,甚至生活趣味的看法,实际上也就是取决于某种观念与意识形态。在这里,可以看见意识形态渗入了法律领域,决定了司法人员的态度与立场,从而控制了法律机器的运作。加缪的这种揭示无疑是深刻有力的,并且至今仍有形而上的普遍的意义。意识观念的因素对法律机制本身内在的侵入、钳制与干扰,何止是在默尔索案件中存在呢?

《局外人》以其独特视角对现代法律荒诞的审视,而在这一块"公共场所"中表现不凡,即使在这个"公关场所"出现过托尔斯泰《复活》这样的揭露司法黑暗腐败的鸿篇巨制,它也并不显得逊色,它简明突出、遒劲有力的笔触倒特别具有一种震撼力。

对《局外人》这样一部被视为现代文学经典的小说,对加缪这样一位曾被有些人视为"现代派文学大师"的作品,如此进行社会学的分析评论,是否有"落后过时"之嫌?近些年来,由于当代欧美文论大量被引入,各种主义、各种流派的文学评论方法令人趋之若鹜,成为时髦,致使高谈阔论、玄而又玄、新词、新术语满篇皆是,但却不知所云的宏文遍地开花,倒是那种实实在在进行分析的社会学批评方法已大为无地自容了。笔者无意于对各家兵刃做一番"华山论剑",妄断何种批评方法为优为尊,仅仅想在这里指出,《局外人》的作者加缪是一位十分社会化的作家,甚至他本人就是一位热忱的社会活动家,仅从他写作《局外人》前几年的经历就可以明显看出:

1933年,法西斯势力在德国开始得势,刚进阿尔及尔大学不久的加缪就参加了由两个著名左倾作家亨利·巴比塞与罗曼·罗兰组织的阿姆斯特丹——布莱叶尔反法西斯运动。次年年底,他加入了共产党,他分担的任务是在穆斯林之中做宣传工作。虽然他于1935年离党,后来又于1936年创建了左倾的团体"文化之家"与"劳动剧团",并写作了反暴政的剧本《阿斯图里起义》。1938年,他又创办《海岸》杂志,并担任《阿尔及尔共和报》的记者,其活动遍及文学艺术、社会生活与政治新闻等各领域。不久后,他又转往《共和晚报》任主编,在报社任职期间,他曾经撰写过多篇揭示社会现实、抨击时政与法律不公的文章。

加缪本人这样一份履历表,充分表明了写作《局外人》之前的加缪正处于高度关注社会问题、积极介入现实生活的状态,《局外人》不可能不是这样一种精神状态的产物。事实上,加缪在一封致友人的信里谈到《局外人》时,就曾这样说:"我曾经追踪旁听过许多审判,其中有一些在重罪法庭审理的特大案件,这是我非常熟悉,并产生过强烈感受的一段经历,我不可能放弃这个题材而去构思某种我缺乏经验的作品。"① 对于这样一部作品,刻意回避其突出的社会现实内容,摒弃社会学的文学批评,而专注于解构主义的评论,岂不反倒是反科学的?

《局外人》之所以以短篇幅而成为大杰作,小规模而具有重分量,不仅因为它独特的切入角度与简洁有力的笔触表现出了十分尖锐的社会现实问题,而且因为其中独特的精神情调、沉郁的感情、深邃的哲理传达出了十分丰富的人性内容,而处于这一切的中心地位的,就是感受者、承受者默尔索这个人物。

毫无疑问,默尔索要算是文学史上一个十分独特,甚至非常新颖的人物。他的独特与新颖,就集中体现在他那种淡然、不在乎的生活态度上。在这一点上,他不同于文学史上几乎所有的"小生"主人公,那些著名的"小生"主人公如果有什么共同点的话,那就是入世、投入与执著,不论是在情场上、名利场上、战场上以及恩怨场上。《哈姆雷特》中的丹麦王子、《红与黑》中的于连、《高老头》中的拉斯蒂涅、《卡尔曼》中的唐·若瑟以及《漂亮朋友》中的杜·阿洛都不同程度、不同形态具有这样一种共性。他们身上的这种特征从来都被世人认为是正常的、自然的人性,世人所认可、所欣赏的正是他们身上这种特征的存在形态与展现风采。

默尔索不具有这种精神,而且恰巧相反。在事业上,他没有世人通称为"雄心壮志"的那份用心,老板要调他到巴黎去担任一个好的职务,他却漠然对待,表示"去不去都可以"。在人际关系上,他没有世人皆有的那些世故考虑,明知雷蒙声名狼藉,品行可疑,他却很轻易就答应了做对方"朋友"的要求,他把雷蒙那一堆捻酸吃醋、滋事闯祸的破事都看在眼里,却不问为什么就有求必应被对方拖进是

---

① 引自罗杰·格勒尼埃:《阳光与阴影》,伽里玛出版社,1987年,第100页。

非的泥坑。他对所有涉及自己的处境与将来而需要加以斟酌的事务，都采取了超脱淡然、全然无所谓的态度，在面临做出抉择的时候，从来都是讲同一类的口头语："对我都一样"、"我怎么都行"。很叫他喜欢的玛丽建议他俩结婚时，他就是这么不冷不热作答的。即使事关自己的生死问题，他的态度也甚为平淡超然，他最后在法庭上虽然深感自己在精神与人格上蒙冤，并眼见自己被判处了死刑，内心感到委屈，但当庭长问他"是不是有话要说"时，他却是这样反应的："我考虑了一下，说了声'没有'"，就这么让自己的命运悲惨定案。

我们暂时不对默尔索的性格与生活态度做出分析与评论，且把此事留在后文去做，现在先指出加缪把这样一个人物安排在故事的中心会给整个作品带来何种效应。

首先，这样一个淡然超脱、温良柔顺、老实本分，对社会、对人群没有任何进攻性、危害性的过失犯者，与司法当局那一大篇夸张渲染、声色俱厉，把此人描写成魔鬼与恶棍的起诉演说相对照；与当局以这种起诉词为基础，把此人当作人类公敌、社会公敌而从严判决相对照，实际上凸显出了以法律公正为外表的一种司法专政，更凸显出了司法当局的精神暴虐。如果这是作品所致力揭示的精神暴虐的"硬件"的话，那么，默尔索这样一个不信上帝的无神论者在临刑前被忏悔神父纠缠不休，则揭示了精神暴力的"软件"。执行刑前任务的神父几乎是在强行逼迫可怜的默尔索死前皈依上帝表示忏悔，当然是作为人类公敌、社会公敌的忏悔，以完成"这头羔羊"对祭坛的完整奉献。

把默尔索这样一种性格的人物置于作品的中心，让他感受与承受双重的精神暴力，正说明了作者对现代政法机制的"精神暴力"的严重关注。只有20世纪的具有现代意识的作家才会这样做。原因很简单，20世纪的加缪不是生活在饥饿这个社会问题尚未解决的19世纪，他不会像雨果那样在一块面包上写出冉·阿让的19年劳役，他只可能像温饱问题已经解决的现代社会中的人们一样，把关注的眼光投向超出肉体与生理痛苦之外的精神人格痛苦。他让默尔索这样一个人物成为作品中的感受者与承受者，就足以说明这一点。在这里，有加缪对现代人权的深刻理解，也有加缪对现代人权的深情关怀。

默尔索这样一种性格的人物居于作品的中心作为厄运的承受者，必然会产生另一个重要效应，就是能引起读者深深的人道主义怜悯与同情。如果默尔索是一个感情殇滥、多愁善感的人，他面对厄运的种种感情反而会显得虚夸、张扬、浅显，但默尔索的性格内向，情态平淡，他在厄运之中，在死刑将要来到之时的感受因此就显得更为含蓄深沉，更具有张力。要知道，夸张与过分是喜剧所需要的成分，而蕴藏、敛聚、深刻才是悲剧的风格，默尔索的感情表现状态正是如此。在《局外人》中，作者描写默尔索在法庭上有如五雷轰顶的感受，从法院回监狱的路上彻底告别自由生活的感受，以及在监狱里等待死刑的感受，都表现出了高度的心理真实与自然实在的内心状态。这些描写构成了小说的主要艺术成就，至今已成为20世纪文学中心理描写的经典篇章。

当然，在任何一部作品中，任何居于中心地位的人物都会在作品整体中起这种或那种作用，给作品带来这种或那种效果，剩下来还需要考察的问题是，居于中心地位的人物是属于何种性质、何种类别。我们已经指出，默尔索这个人物与传统文学中的人物颇为不同，似乎属于"另类"，甚至可以说，他身上那种全然不在乎、全然无所谓的生活态度，在充满了各种非常现实的问题与挑战的现代社会中，似乎是不可能有的。于是，对这个人物仔细加以观照时，人们不禁会问：这样一个人物的现实性如何，典型性又如何？

在入世、进取心强的人看来，默尔索的性格与生活态度显然是不足取的。说得好一点，是随和温顺、好说话、不计较、安分、实在；

说得不好一点，是冷淡、孤僻、不通人情、不懂规矩、作风散漫、放浪形骸，是无主心骨、无志气、无奋斗精神、无激情、无头脑、无出息、温吞吞、肉乎乎、懒洋洋、庸庸碌碌、浑浑噩噩……总而言之是现代社会中没有适应能力与生存能力的人。但实际上，加缪几乎是以肯定的态度来描写这个人物的。塞莱斯特在法庭上作证时把默尔索称为"男子汉"、"不说废话的人"，这个情节就反映出了加缪的态度。后来，加缪又在《局外人》英译本的序言中，对这个人物做出一连串的赞词："他不耍花招，从这个意义上说，他是他所生活的那个社会里的局外人"，"他拒绝说谎……是什么他就说是什么，他拒绝矫饰自己的感情，于是社会就感到受到了威胁"，"他是穷人，是坦诚的人，喜爱光明正大"，"一个无任何英雄行为而自愿为真理而死的人"。加缪对这个人物可谓是爱护备至，他还针对批评家称这个人物为"无动于衷"一事这样说："说他'无动于衷'，这措词不当"，说他"'善良宽和'则更为确切"[①]。在加缪自己对这个人物做了这些肯定之后，我们再来论证这个人物正面的积极的性质，就纯系多余了。

默尔索这个人物不仅得到加缪的理性肯定，而且对加缪来说在感情上也是亲近亲切的，他是加缪以他身边的不止一个朋友为原型而塑造出来的，其中还融入了他自己在现实生活中的某种感受与体验。根据加缪的好友罗杰·格勒尼埃所写的加缪评传中的记叙，默尔索这个人物身上主要有两个人的影子：一个是巴斯卡尔·比阿，另一个是被他称为皮埃尔的朋友，而两个朋友身上的共同特点都是"绝望"。巴斯卡尔·比阿是来自巴黎的职业记者，当时在阿尔及尔主持《阿尔及尔共和报》，是加缪的领路人与顶头上司，他酷爱文学，富于才情，在诗歌创作上颇有成绩，也从事各种各样的职业，其中包括不那么高尚的职业如出盗版书等；他具有独特的精神与人格，自外于时俗，轻视现实利益与声名功利，只求忠于自己，自得其乐，有那么一点超凡

---

① 引自罗杰·格勒尼埃：《阳光与阴影》，伽里玛出版社，1987年，第91～92页。

脱俗的味道；他不仅对加缪，而且对法国20世纪另一个大作家安德烈·马尔罗、荷兰大作家埃迪·杜·贝隆以及其他一些重要作家均有深刻的影响。罗杰·格勒尼埃把这个人物称为"极端虚无主义者"、"最安静的绝望者"。关于默尔索的另一个原型皮埃尔，加缪曾经这样说："在他身上，放浪淫逸，其实是绝望的一种形式。"[①]可见加缪对这两个原型，都有一个共同的着眼点，那便是"虚无"、"绝望"。这一点值得我们在后文中再做一些评析，至于加缪本人融入默尔索身上的自我感情，则是他1940年初到巴黎后的那种"陌生感"、"异己感"，"我不是这里的人，也不是别处的。世界只是一片陌生的景物，我的精神在此无依无靠。一切与己无关"[②]。

从成分结构与定性分析来看，虚无、绝望、陌生感、异己感，所有这些正是20世纪"荒诞"这一个总的哲理体系中的组成部分，从法国20世纪文学的走脉来看，马尔罗、加缪们又都曾受到巴斯卡尔·比阿这样一个作为"极端虚无主义者"、"最安静的绝望者"艺术形象的原型的影响，并且以"荒诞"哲理为经纬形成了一个脉络，在这个脉络、这个族群中，《局外人》显然算是一个亮点，自有其特殊的意义。

应该注意，1940年5月《局外人》一完稿，加缪只隔4个月就开始写他的《西西弗神话》，并且4个月后，也就是于1941年2月即完成了这一部名著。这一部著作要算是使加缪之所以成为加缪的最有力的一部杰作，是加缪最重要的代表作，是他全部作品与著作的精神基础、哲理基础。它之所以重要，就在于它从哲理的高度描述、阐明了人最最基本的生存状况，把纷纭复杂、五光十色、气象万千的人的生存状况概括、凝现为西西弗推石上山、永不停歇但却劳而无功的

[①] 引自罗杰·格勒尼埃：《阳光与阴影》，伽里玛出版社，1987年，第83页。
[②] 同上，第84页。

这样一个图景。当然，这里的人是个体的人，而非整体的人类，人的生存，如像推石上山、劳而无功是决定于人的生而必死这种生存荒诞性。人生而必死、劳而无功，这是"上帝已经死了"、宗教已经破灭、人没有彼岸天堂可以期待之后的一种悲观绝望的人生观，在这种人生观的理解范围里，现实世界对人来说只是匆匆而过的异乡。这种人生观无疑带有浓重的悲观主义与虚无主义的色彩，然而，面对着生而必死、劳而无功的生存荒诞，却又推石上山，虽巨石反复坠落山下却仍周而复始。推石上山，永不停歇，这无疑又是一曲壮烈、悲怆的赞歌。一个不到30岁的青年，有如此大悲大悯的情怀，对人的状况做出了如此深刻隽永的描述，在整个20世纪的精神文化领域，产生了广泛的震撼性的影响，这无疑给他在44岁的壮年荣获诺贝尔文学奖奠定了一块巨大的坚固的基石。

《局外人》与《西西弗神话》同属加缪的前期创作，两者的创作仅相隔几个月，一个是形象描绘，一个是哲理概括，两者的血肉联系是不言而喻的。从哲理内涵来说，《局外人》显然是属于《西西弗神话》的范畴，在默尔索这个颇为费解的人物身上，正可以看见《西西弗神话》中的某些思绪。

在这方面，《局外人》最后一章的重要性是毋庸置疑的，它十分精彩地写出了默尔索最后拒绝忏悔、拒绝皈依上帝而与神父进行的对抗与辩论，在这里，他求生的愿望、刑前的绝望、对司法不公正的愤愤不平、对死亡的达观与无奈、对宗教谎言的轻蔑、对眼前这位神父的厌烦以及长久监禁生活所郁积起来的焦躁都混合在一起，像火山一样爆发，迸射出像熔岩一样灼热的语言之流，使人得以看到他平时那冷漠的"地壳"下的"地核"状态。

他的"地核"也许有不少成分，但最主要的就是一种看透了一切的彻悟意识。他看透了宗教的虚妄性与神职人员的诱导伎俩，他的思想与其说是认定"上帝已经死亡"，不如说是认定它"纯属虚构"，

"世人的痛苦不能寄希望于这个不存在的救世主"。用他的话来说，他很想从监狱的墙壁上看见上帝的面容浮现，但他"没有看见浮现出来什么东西"，因此，他把拒绝承认上帝、拒绝神父一切的说教当作维护真理之举。他也看透了整个的人生，他认识到"所有的人无一例外都会被判处死刑，幸免不了"；他喊出的这句话几乎跟巴斯喀在《思想集》中、马尔罗在《西方的诱惑》中关于人的生存荒诞性的思想如出一辙；他根据自己的经验与所见所闻，深知"世人活着不胜其烦"，"几千年来活法都是这个样子"，对人类生存状况的尴尬与无奈有清醒的意识；他甚至质问道："他这个也判了死刑的神父，他懂吗？"有了这样的认知，他自然就剥去了生生死死问题上一切浪漫的、感伤的、悲喜的、夸张的感情饰物，而保持了最冷静不过、看起来是冷漠而无动于衷的情态，但他却"只因在母亲葬礼上没有哭而被判死刑"，于是，默尔索在感受到人的生存荒诞性的同时，又面临着人类世俗与社会意识形态荒诞的致命压力。这是他双重悲剧的要害。

不可否认，默尔索整个的存在状况与全部的意义仅限于感受、认知与彻悟，他毕竟是一个消极的、被动的、无为的形象。他无论从哪个方面来说都从属于《西西弗神话》，《西西弗神话》的性质也仅限于宣示一种彻悟哲理。思想的发展使加缪在5年后（1946年）的长篇小说《鼠疫》里，让一群积极的、行动的、有为的人物成为小说的主人公，写出他们对命运、对荒诞、对恶的抗争。而且加缪又紧接着于1950年完成了他另一部哲理巨著《反抗者》，阐述人对抗荒诞的哲理，探讨在精神上、现实中、社会中进行这种反抗与超越的方式与道路，从而在理论阐述与形象表现两个方面使他"荒诞——反抗"的哲理体系得以完整化、完善化，成为法国20世纪精神领域里与萨特的"存在——自我选择"哲学、马尔罗的"人的状况——超越"哲学交相辉映的三大灵光。

第一部

一

今天,妈妈死了。也许是在昨天,我搞不清。我收到养老院的一封电报:"令堂去世。明日葬礼。特致慰唁。"它说得不清楚。也许是昨天死的。

养老院是在马朗戈,离阿尔及尔80公里。我明天乘两点的公共汽车去,下午到,赶得上守灵,晚上即可返回。我向老板请了两天的假。事出此因,他无法拒绝。但是,他显得不情愿。我甚至对他说:"这并不是我的过错。"他没有答理我。我想我本不必对他说这么一句话,反正,我没有什么需请求他原谅的,倒是他应该向我表示慰问。不过,到了后天,他见我戴孝上班时,无疑会做此表示的。似乎眼下我妈还没有死,要等到下葬之后,此事才算定论入档,一切才披上正式悼念的色彩。

我乘上两点钟的公共汽车,天气很热。像往常一样,我是在塞莱斯特的饭店里用的餐。他们都为我难过,塞莱斯特对我说"人只有一个妈呀",我出发时,他们一直送我到大门口。我有点儿烦,因为我还要上艾玛尼埃尔家去借黑色领带与丧事臂章。几个月前他刚死了伯父。

为了赶上公共汽车,我是跑着去的。这么一急,这么一跑,又加上汽车的颠簸与汽油味,还有天空与公路的反光,这一切使我昏昏沉沉，几乎一路上都在打瞌睡。当我醒来的时候，正靠在一个军人身上。他冲我笑笑，并问我是不是从远方来的。我懒得说话，只应了声"是"。

养老院离村子还有两公里，我是步行去的。我想立刻见到妈妈，但门房说我得先会见院长。由于院长正忙，我就等了一会儿。这期间，门房说着话，而后我就见到了院长。他是在自己的办公室里接见我的。这是个矮小的老头，佩戴着荣誉团勋章。他用那双明亮的眼睛打量打量我，随即握着我的手老也不松开，叫我不知如何抽出来。他翻阅了一份档案，对我说："默尔索太太入本院已经3年了，您是她唯一的赡养者。"我以为他有责备我的意思，赶忙开始解释。但他打断了我："您用不着说明，我亲爱的孩子，我看过令堂的档案，您负担不起她的生活费用。她需要有人照料，您的薪水却很有限，把她送到这里来她会过得好一些。"我说："是的，院长先生。"他补充说："您知道，在这里，有一些跟她年龄相近的人和她做伴，他们对过去时代的话题有共同的兴趣。您年纪轻，她跟您在一起倒会感到烦闷的。"

的确如此。妈妈在家的时候，一天到晚总是瞧着我，一言不发。刚来养老院的那段时间，她经常哭，但那是因为不习惯。过了几个月，如果要把她接出养老院，她又会哭的，同样也是因为不习惯。由于这个原因，自从去年以来我就几乎没来探望过她。当然，也由于来一次就得占用我的一个星期天，且不算赶公共汽车、买车票以及在路上走两个小时所费的气力。

院长还说个不停，但我几乎已经不听他了。最后他对我说："我想您愿意再看看令堂大人吧。"我什么也没说就站了起来，他领我出了办公室。在楼梯上，他向我解释说："为了不刺激其他的老人，我们已经把她转移到院里的小停尸房去了。这里每逢有老人去世，其他人两三天之内都惶惶不可终日，这给服务工作带来很多困难。"我们穿过一处院子，那里有很多老年人三五成群地聊天。我们经过的时候,他们就不出声了。我们一走过,他们又聊起来了,就像是一群鹦鹉在聒噪。走到一幢小房子门前,院长告别我说:"默尔索先生,我失陪啦,我在办公室等您。原则上,下葬仪式是在明天上午10点钟举行。我们要您提前来,是想让您有时间守守灵。再说一点,令堂大人似乎向她的院友们表示过,她希望按照宗教仪式安葬。这件事,我已经完全安排好了。不过,还是想告诉您一声。"我向他道了谢。妈妈虽说不是无神论者,可活着的时候从来没有想到过宗教。

我走进小屋,里面是一个明亮的厅堂,墙上刷了白灰,顶上是一个玻璃天棚,放着几把椅子与几个X形的架子,正中的两个架子支着一口已盖合上了的棺材。棺材上只见一些闪闪发亮的螺丝钉,拧得很浅,在刷成褐色的木板上特别醒目。在棺材旁边,有一个阿拉伯女护士,身穿白色罩衫,头戴一块颜色鲜亮的方巾。

这时,门房走进屋里,来到我身后。他大概是跑着来的,说起话来有点儿结巴:"他们给盖上了,我得把盖打开,好让您看看她。"他走近棺材,我阻止了他。他问我:"您不想看?"我回答说:"不想。"他只好作罢。我有些难为情,因为我觉得我不该这么说。过了一会儿,他看了我一眼,问道:"为什么?"但语气中并无责备之意,似乎只是想问个清楚而已。我回答说:"我说不清。"于是,他捻捻发白的小胡子,没有瞧我一眼,一本正经地说:"我明白。"他有一双漂亮的淡蓝色的眼睛,面色有点儿红润。他给我搬过来一把椅子,自己则坐在我的后面一点儿。女护士站起身来,朝门外走去。这时,门房对我说:"她长的是一种下疳。"因为我不明白,就朝女护士瞧了两眼,见她眼睛下面有一条绷带绕头缠了一圈,在齐鼻子的地方那绷带是平的。在她的脸上,引人注意的也就是绷带的一圈白色了。

她走出屋后,门房说:"我失陪了。"我不知道我做了什么手势,他又留下了,站在我后面。背后有一个人,这使我很不自在。整个房间这时充满了夕阳的余晖。两只大胡蜂冲着玻璃顶棚嗡嗡乱飞。我觉得困劲上来了。我头也没有回，对门房说："您在这院里已经很久了吧？"他立即答道："5年了。"似乎他一直在等着我向他提问。

接着，他大聊特聊起来。在他看来，要是有人对他说，他这一辈子会以在马朗戈养老院当门房告终，那他是苟难认同的。他今年不过64岁，又是巴黎人。他说到这里，我打断说："哦，您不是本地人？"这时，我才想起，他在引我到院长办公室之前，曾对我谈过妈妈。他劝我要尽快下葬，因为平原地区天气热，特别是这个地方。正是说那件事的时候，他已经告诉了我，他曾在巴黎待过，后来对巴黎一直念念不忘。在巴黎，死者可以停放3天，有时甚至4天。在此地，可不能停放那么久。这么匆匆忙忙跟在柩车后面去把人埋掉，实在叫人习惯不了。他老婆在旁边，提醒他说："别说了，不应该对这位先生说这些。"老门房脸红了，连连道歉。我立即进行调和，说："没关系，没关系。"我觉得老头讲得有道理，也有意思。

在小停尸房里，他告诉我说，他进养老院是因为穷。自己身体结实，所以就自荐当了门房。我向他指出，归根结底，他也要算是养老院收容的人。对我这个说法，他表示不同意。在此之前，我就觉得诧异，他说到院里的养老者时，总是称之为"他们"、"那些人"，有时也称之为"老人们"，其实养老者之中有一些并不比他年长。显然，他以此表示，自己跟养老者不是一码事。他，是门房，在某种意义上，他还管着他们呢。

这时，那个女护士进来了。夜幕迅速降临。玻璃顶棚上的夜色急剧变浓。门房打开灯，光亮的突然刺激一时使我睁不开眼。他请我到食堂去用晚餐，但我不饿。于是，他转而建议给我端一杯牛奶咖啡来。我因特别喜欢喝牛奶咖啡，也就接受了他的建议。过了一会儿，他端了一个托盘回来。我喝掉了，之后我想抽烟。但我有所犹豫，我不知道在妈妈遗体面前能不能这样做。我想了想，觉得这无伤大雅。我递给门房一支烟，我们两人就抽起来了。

过了一会儿，他对我说："您知道，令堂大人的院友们也要来守灵。这是院里的习惯。我得去找些椅子、弄些咖啡来。"我问他是否可以关掉一盏大灯。强烈的灯光照在白色的墙上使我倍感困乏。他回答我说，那根本不可能。灯的开关就是这么装的，要么全开，要么全关。之后，我懒得再去多注意他。他进进出出，把一些椅子摆好，在其中一把椅子上，围着咖啡壶放好一些杯子。然后，他在我的对面坐下，中间隔着妈妈的棺材。那女护士也坐在里边，背对着我。我看不见她在干什么。但从她胳臂的动作来看，我相信她是在织毛线。屋子里暖烘烘的，咖啡使我发热，从敞开的门中，飘进了一股夜晚与鲜花的气息。我觉得自己打了一会儿瞌睡。

一阵窸窸窣窣声把我弄醒了。我刚才合眼打盹儿，现在更觉屋子里白得发惨。在我面前，没有一丝阴影，每一件物体，每一个角落，所有的曲线，都轮廓分明，清晰醒目。正在此时，妈妈的院友们进来了，一共有10来个，他们在耀眼的灯光下，静悄悄地挪动着。他们都坐了下来，没有弄响一把椅子。我盯着他们细看，我从来没有这么看过人。他们的面相与衣着的细枝末节我都没有漏过。然而，我听不见他们的任何声音，我简直难以相信他们的确存在。几乎所有的女人都系着围裙，束在腰上的带子使得她们的肚子更为鼓出。我从来没有注意过年老的女人会有这么大的肚子。男人们几乎都很瘦，个个挂着拐杖。在他们的脸上，使我大为惊奇的一个特点是：不见眼睛，但见一大堆皱纹之中有那么一点浑浊的亮光。这些人一落座，大多数人都打量打量我，拘束地点点头，嘴唇陷在没有牙齿的口腔里，叫我搞不清他们是在跟我打招呼，还是脸上抽搐了一下。我还是相信他们是在跟我打招呼。这时，我才发现他们全坐在我对面的门房的周围，轻轻晃动着脑袋。一时，我突然产生了这么一个滑稽的印象：这些人似乎是专来审判我的。

过了一小会儿，其中的一个女人哭起来了。她坐在第二排，被一个同伴挡住了,我看不清她。她细声饮泣,很有规律,看样子她会这么哭个不停。其他的人好像都没有听见她哭。他们神情沮丧,愁容满面,一声不响。他们盯着棺材,或者自己的手杖,或者随便什么东西,但只盯着一样东西。那个女人老在那里哭。我很奇怪,因为我从不认识她。我真不愿意听她这么哭,但是,我不敢去对她讲。门房向她欠过身去,对她说了什么,但她摇摇头,嘟囔了一句,然后又继续按原来的节奏哭下去。门房于是走到我旁边。他靠近我坐下。过了好一阵,他并未正眼瞧我,告诉我说:"她与令堂大人很要好,她说令堂是她在这里唯一的朋友,现在她什么人都没有了。"

屋里的人就这么坐着过了好久。那个女人的叹息与呜咽逐渐减弱了,但抽泣得仍很厉害。终于,她不出声了。我的困劲也全没有了,但感到很疲倦,腰酸背痛。这时,使我心里难受的是所有在场人的寂静无声。偶尔,我听见一种奇怪的声响,我搞不清是什么声音。时间一长,我终于听出来,是有那么几个老头子在咂自己的腮腔,发出了一种奇怪的喷喷声,他们完全沉浸在胡思乱想之中,对自己的小动作毫无察觉。我甚至觉得,在他们眼里,躺在他们中间的这个死者,什么意义也没有。但现在回忆的时候,我认为我当时的印象是错误的。

我们都把门房端来的咖啡喝掉了。后来的事我就不清楚了。一夜过去,我记得曾睁开过一次眼,看见老人们一个个蜷缩着睡着了。只有一个老人例外,他的下巴颏儿支在挂着拐杖的手背上,两眼死盯着我,似乎在等着看我什么时候才会醒。这之后,我又睡着了。因为腰越来越酸痛,我又醒了,此时晨光已经悄悄爬上玻璃顶棚。过了一会儿,又有一个老人醒了,他咳个不停。他把痰吐在一大块方格手帕上,每吐一口痰费劲得就像动一次手术。他把其他的人都吵醒了,门房说这些人全该退场啦,他们站了起来。这一夜守灵的苦熬,使得他们个个面如死灰。大大出乎我意料的是,他们走出去的时候,都一一跟我握手,似乎我们在一起过了一夜而没有交谈半句,倒大大增加了我们之间的亲近感。

  我很疲乏。门房把我带到他的房间，我得以马马虎虎漱洗了一下。我还喝了杯咖啡加牛奶，味道好极了。我走出门外，太阳已经高高升起。在那些把马朗戈与大海隔开的山丘之上，天空中红光漫漫。越过山丘吹过来的风，带来了一股咸盐的气味。看来，这一定是个晴天。我很久没有到乡下来了。要是没有妈妈这档子事，能去散散步该有多么愉快。

  我在院子里等候着，待在一棵梧桐树下。我呼吸着泥土的清香，不再发困了。我想到了办公室的同事们。此时此刻，他们该起床上班去了，而对我来说，现在却是苦挨苦等的时候。我又想了想眼前的这些事，但房子里响起的钟声叫我走了神。窗户里面一阵忙乱，不一会儿就平静了下来。太阳在天空中又升高了一些，开始晒得我两脚发热。门房穿过院子前来传话，说院长要见我。我来到院长办公室，他要我在几张纸头上签了字。我见他穿着黑色礼服和条纹长裤。他拿起电话，对我说："殡仪馆的人已经来了一会儿了，我马上要他们盖棺。在这之前，您是不是要再看令堂大人一眼？"我回答说"不"。他对着电话低声命令说："费雅克，告诉那些人，可以盖棺了。"

  接着，他告诉我，他将亲自参加葬礼。我向他道了谢。他在办公桌后面坐下，两条小腿交叉着。他告诉我，去送葬的只有他和我两个人，还加上勤务女护士。原则上，养老者都不许参加殡葬，只让他们参加守灵。他指出："这是一个讲人道的问题。"但这一次，他允许妈妈的一个老朋友多玛·贝雷兹跟着去送葬。说到这里，院长笑了笑。他对我说："您知道，这种友情带有一点儿孩子气，但他与令堂大人从来都形影不离。院里，大家都拿他们开玩笑，对贝雷兹这么说：'她是你的未婚妻。'他听了就笑。这种玩笑叫他俩挺开心。这次，默尔索太太去世，他非常难过，我认为不应该不让他去送葬。不过，我根据保健大夫的建议，昨天没有让他守灵。"

我们默默不语地坐了好一会儿。院长站起身来，朝窗外观望。稍一会儿，他望见了什么，说："马朗戈的神甫已经来了，他倒是赶在前面。"他告诉我，教堂在村子里，到那儿至少要走三刻钟。我们下了楼。屋子前，神甫与两个唱诗班的童子正在等着。一个童子手持香炉，神甫弯腰向着他，帮助调好香炉上银链条的长短。我们一到，神甫直起身来。他称我为"我的儿子"，对我说了几句话。他走进屋去，我也随他进屋。

我一眼就看见棺材上的螺钉已经拧紧，屋里站着四个穿黑衣的人。这时，我听见院长告诉我柩车已在路旁等候，神甫也开始祈祷了。从这时起，一切都进行得很快。那4个人走向棺材，把一条毯子蒙在上面。神甫、唱诗班童子、院长与我都走了出来。在门口，有一位我不认识的太太，院长向她介绍说："这是默尔索先生。"这位太太的名字，我没有听清，只知道她是护士代表。她没有一丝笑容，点了点有些瘦削的长脸的头。然后，我们站成一排，让棺材过去。我们跟随在抬棺人之后，走出养老院。在大门口，停着一辆送葬车，长方形，漆得锃亮，像个文具盒。在它旁边，站着葬礼司仪，他个子矮小，衣着滑稽，还有一个举止做作的老人。我明白了，此君就是贝雷兹先生。他头戴圆顶宽檐软毡帽，棺木经过的时候，他脱下了帽子。他长裤的裤管拧绞在一起，堆在鞋面上，他黑领带的结打得太小，而白衬衫的领口又太大，很不协调；他的嘴唇颤抖个不停，鼻子上长满了黑色的小点；他一头白发相当细软，下面露出两只边缘扭曲、形状怪异、耷拉着的耳朵；其血红色对衬着的苍白的面孔，使我觉得刺眼。葬礼司仪安排好我们各自的位置。神甫领头走在最前面，然后是柩车，柩车旁边是4个黑衣人，柩车后面是院长和我，最后断路的是护士代表与贝雷兹先生。

太阳高悬，阳光普照，其热度迅速上升，威力直逼大地。我不懂为什么要磨蹭这么久才迟迟出发。身穿深色衣服，我觉得很热。矮老头,本来已戴上了帽子,这时又脱下来了。院长又跟我谈起他来了,我略微歪头看着他。院长说,我妈妈与贝雷兹先生,常在傍晚时分,由一个女护士陪同,一直散步到村子里。我环顾周围的田野,一排排柏树延伸到天边的山岭上,田野的颜色红绿相间,房屋稀疏零散,却也错落有致。见到如此景象,我对妈妈有了理解。在这片景色中,傍晚时分那该是一个令人感伤的时刻。而在今天,滥施淫威的太阳,把这片土地烤得直颤动,使它变得严酷无情,叫人无法忍受。

我们上路了。这时,我才看出贝雷兹有点儿瘸。车子渐渐加快了速度,这老头儿就落在后面了,其中一个黑衣人也跟不上车,与我并排而行。我感到惊奇,太阳在天空中竟升高得那么快。我这才发现,田野里早已弥漫着一片虫噪声与草簌声。汗水流满了我的脸颊。因为我没有戴帽子,只得用手帕来扇风。殡仪馆的那人对我说了句什么,我没有听清楚。这时,他右手把鸭舌帽帽檐往上一推,左手用手帕擦了擦额头。我问他:"怎么样?"他指了指天,连声道:"晒得厉害。"我应了一声:"是的。"过了一小会儿,他问我:"这里面是您母亲吗?"我同样应了一声:"是的。"他又问:"她年纪老吗?"我回答说:"就这么老。"因为我搞不清她究竟有多少岁。到这里,他就不吭声了。我转过身去,看见贝雷兹老头已经落在我们后面50来米。他急急忙忙往前赶,手上摇晃着帽子。我也看了看院长。他庄严地走着,一本正经,没有任何小动作,他的额头上渗出了一些汗珠,但他没有去擦。

我觉得这一行人走得更快了。在我周围,仍然是在太阳逼射下灿灿一片的田野。天空亮得刺眼。有一阵,我们经过一段新修的公路,烈日把路面的柏油都晒得鼓了起来,脚一踩就陷进去,在亮亮的层面上留下裂口。车顶上车夫的熟皮帽子,就像是从这黑色油泥里鞣出来的。我头上是蓝天白云,周围的颜色单调一片,裂了口的柏油路面是黏糊糊的黑,人们穿的衣服是丧气阴森的黑,柩车是油光闪亮的黑,置身其中，我不禁晕头转向。所有这一切，太阳、皮革味、马粪味、油漆味、焚香味，一夜没有睡觉的疲倦，使得我头昏眼花。我又回了回头，见贝雷兹已远远落在我后面，在一片腾腾的热气中若隐若现，后来，干脆就看不见了。我用目光搜寻他，见他已离开了大路，而后又从田野斜穿过来。我发现在我们前方的大路转了个弯。原来，贝雷兹熟悉本地，他正抄近路追赶我们。果然，在大路转弯的地方，他追上我们了。不久，我们又把他落下了。他仍然是穿田野、抄近路，这样，反反复复，如法炮制了好几次。而我，这么走着的时候，一直觉得血老往头上涌。

后来，所有的事都进行得那么快速、具体、合乎常规，所以我现在什么都不记得了。只记得这么一件事：在村口，护士代表跟我说了话。她的声音奇特，抑扬顿挫而又颤悠发抖，与她的面孔极不协调。她对我说："走得慢，会中暑，走得太快，又会汗流浃背，一进教堂就会着凉感冒。"她说得对，左右为难，不知如何是好。此外，我还保留了那天的几个印象：例如，贝雷兹最后在村口追上我们时的那张面孔。他又激动又难过，大颗大颗的眼泪流在脸颊上，但由于脸上皱纹密布，眼泪竟流不动，时而扩散，时而汇聚，在那张哀伤变形的脸上铺陈为一片水光。此外，还有教堂，还有站在路旁的村民，开在墓地坟上的红色天竺葵，还有贝雷兹的晕倒，那真像一个散了架的木偶，还有撒在妈妈棺材上的血红色的泥土与混杂在泥土中的白色树根，还有人群、嘈杂声、村子、在咖啡店前的等待、马达不停的响声以及汽车开进阿尔及尔闹市区、我想到将要上床睡上 12 个钟头时所感到的那种喜悦。

二

我醒来的时候，明白了为什么我请了两天假，老板就一直板着面孔，因为今天是星期六。可以说，我把这事全给忘了，起床时才想起来。老板自然是想到了，加上星期天，我就等于有了4天假期，而这，是不会叫他高兴的。但是，一者，妈妈的葬礼安排在昨天而不是今天，这并非我的过错；二者，不论怎么说，星期六与星期天总该归我所有。即使是这个理，也并不妨碍我理解老板的心理。

昨天实在很累，今早几乎起不了床。刮脸的时候，我想了想今天要干什么，我决定去游泳。我乘电车到了海滨浴场。在那儿，我一头就扎进了泳道。浴场上年轻人很多。我在水里看见了玛丽·卡尔多娜，她以前是与我同一个办公室的打字员。那时，我很想把她弄到手。现在想来，她当时也对我有意，但不久她就离职而去，我俩没有来得及好上。在浴场上，我帮她爬上一个水鼓，扶她的时候，我轻微地碰了碰她的乳房。她躺在水鼓上面，我仍在水里。她的头发遮住了眼睛，她一直在笑。我也爬上水鼓，躺在她身边。天气晴和，我像开玩笑似的把头抬起枕在她的肚子上。她没有说什么，我也就趁势这么待着。我两眼望着天空，天空一片蔚蓝，金光流溢。我感觉到玛丽的肚子在我的颈背下轻柔地一起一伏。我俩半睡半醒地在水鼓上待了很久，当太阳晒得特别厉害的时候，她就钻进水里，我也跟着下水。我赶上她，用手臂搂着她的腰，我俩齐游共泳，她一直在笑。我们在岸上晾干的时候，她对我说："我晒得比你黑。"我问她，晚上是否愿意去看场电影。她仍然在笑，对我说她很想去看费尔南德主演的一个片子。当我们穿上衣服的时候，她见我系着黑领带，显得有点诧异，问我是不是在戴孝。我对她说妈妈死了。她想知道是什么时候，我告诉她："就是昨天。"她吓得往后一退，但没有发表什么意见。我想对她说这不是我的过错，但我没有说出口，因为我想起我对老板也这么说过。其实说这个毫无意义，反正，人总得有点什么错。

晚上，玛丽把这件事抛到了脑后。这个片子有些地方挺滑稽，但实在很蠢。她的腿靠着我的腿，我抚摸她的乳房。电影快散场的时候，我抱吻了她，但没有吻好。出了电影院，她随我到了我的住所。

我醒来的时候，玛丽已经走了。她跟我说过她得到她姨妈家去。我想起了今天是星期天，这真叫我烦，我从来都不喜欢过星期天。于是，在床上翻了个身，努力去寻找玛丽的头发在枕头上留下的海水的咸味，我一直睡到10点钟。然后，仍然躺在床上，不断抽烟，一直抽到了中午。我像往常一样不喜欢到塞莱斯特的饭店去吃饭，因为，那里肯定有一熟人会向我提出种种问题，这我可不喜欢。我煮了几个鸡蛋，就着盘子吃掉了，也没有用面包，面包早就吃完了，我一直不愿意下楼去买。

吃罢饭，我有点烦闷，就在房间里转来转去。妈妈在的时候，这套房子大小合适，现在，我一个人住就显得太空荡了。我不得不把饭厅里的桌子搬到卧室里来。我只用我这一间，几张已经有点塌陷的麦秸椅子、一个镜面已经旧得发黄的柜子、一个梳妆台，还有一张铜床，我就生活在这个空间里，其他的空间我都不管了。又过了一会儿，我为了消磨时光，就拿起一张旧报纸读了起来。我把克吕逊盐业公司的一则广告剪下来，粘贴在一个旧本子上，报纸上种种叫我开心的东西，我都贴在那里面。之后，我洗了洗手，事情告一段落，我来到阳台上。

我的房间正朝着本区一条主要街道。中午，天气晴朗，但马路肮脏，行人稀少而又来去匆匆。我先看见一家家出来散步的人，有两个穿海军服的小男孩，短裤长得过了膝盖，笔挺的服装使得他们举止拘谨。还有一个小女孩，头上扎着玫瑰红的大花结，脚穿黑色的漆皮鞋。在孩子的后面，是他们的母亲，身材高大，穿着栗色连衣裙。父亲则是一个相当瘦弱的小个子，我颇眼熟。他戴着扁平的狭边草帽，领口扎着蝴蝶结，手持一根文明杖。看见他跟他妻子在一起，我明白了为什么这个区的人都说他秀气优雅。过了一小会儿，走来一群郊区的年轻人，头发油光锃亮，打着大红领带，衣服腰身紧俏，装佩着绣花口袋，脚上穿的是方头皮鞋。我猜他们是到城里去看电影的，所以这么早就动身。他们一伙人急急忙忙赶电车，还高兴地说说笑笑。

这一群人过去之后，路上行人渐渐稀少。我想，那些好看好玩的地方开始热闹起来了。街上只剩下了一些商店老板与猫。从街道两旁的榕树上空望去，天空晴和，但并不明朗。在街对面的人行道上，有个烟铺老板搬出一把椅子，放在店门口，跨坐在上面，两臂搁在椅背上。刚才拥挤不堪的电车，现在几乎全都空了。烟铺旁边那个名叫"皮埃罗之家"的小咖啡馆里，厅堂空空荡荡，一个侍者正在用锯屑擦洗地面。真个是一派星期天的景象。

我也把椅子倒转过来，像烟铺老板那样放着，我觉得那样更舒服。我抽了两支烟，又进房拿了一块巧克力，回到窗前吃了起来。过了一小会儿，天空变得阴沉，我以为快要下暴雨了，但是，它又渐渐转晴。不过，一片片乌云飘过，使得街道阴暗了些。我抬头望着天空，一直这么待了好久。

下午5点钟，一辆辆电车在轰隆声中驶过来了，载满了一群群从郊区体育场看比赛回来的人，有些人就站在踏板上，有些则扶着栏杆。跟在后面的几辆电车载的是运动员，我是从他们的小手提箱认出来的。他们使劲地高呼、歌唱，嚷嚷他们的团队将永远战无不胜。好几个运动员朝我打招呼，其中一个对我喊道："我们赢了他们。"我也回喊了一声"没错"，同时使劲点点脑袋。电车过去，街上的小汽车就开始一拥而至了。

天色有点暗了。屋顶的上空变成淡红色，随着暮色渐至，那些假日出游的人陆续往回走。我在人群中认出了那位优雅的先生。他家的几个孩子哭泣着跟在父母的后头。这时，附近的电影院一股脑儿将所有的观众都倾泻在大街上。那些观众中，青年人的行为举止比平日多了几分冲劲，我猜他们刚才看的是一部惊险片。从城里电影院回来的观众则姗姗来迟，他们显得较为庄重。他们也说说笑笑，但显得疲倦并若有所思，他们待在街道上，在对面的人行道上踱来踱去。这一带的少女们，不着帽，披着发，挽着胳臂在街上走；小伙子们则打扮得整整齐齐，为的是跟她们擦身而过。他们不断高声地开玩笑，招得姑娘们格格直笑，还回过头来瞅瞅他们。姑娘们之中有几个我是认得的，她们也在跟我打招呼。

这时，街灯突然一齐亮了，使得在夜空中初升的星星黯然失色。老这么盯着灯光亮堂、行人熙攘的人行道，我感到眼睛有些发累。灯光把潮湿的路面与按时驶过的电车照得闪闪发亮，也映照着油亮的头发、银制的手镯与人的笑容。过了一会儿，电车渐渐稀疏了，树木与街灯的上空，已是一片漆黑。不知不觉，附近这一带已阒无一人，于是，又开始有猫慢吞吞地踱过空寂的街道，我这才想到该吃晚饭了。倚靠在椅背上待的时间实在太久，我的脖子有点酸痛。我下楼买了面包与果酱，自己略加烹调，站着就吃完了。我想在窗口抽支烟，但天气凉了，我略感凉意。我关上窗户，转过身来，从镜子里看见桌子的一角上放着我的酒精灯与几块面包。我想，这又是一个忙忙乱乱的星期天，妈妈已经下葬入土，而我明天又该上班了，生活仍是老样子，没有任何变化。

三

今天，我在办公室干了很多的活儿。老板显得和蔼可亲。他关心地问我累不累，还问我妈妈有多大岁数。为了不把具体的岁数说错，我回答："60来岁。"我不知道为什么他一听此话就好像松了一口气，并认为这是了结了一桩大事。

我的桌上放了一大堆提单，都得由我来处理。在离开办公室外出吃午饭之前，我洗了洗手。每天中午，我喜欢这么清理清理。到了傍晚，我就不高兴这么做了，因为公用的转动毛巾被大家用一天，已经全湿透了。有一天，我曾经提请老板注意此事。他回答我说，他对此也感到遗憾，但这毕竟是无关紧要的一桩小事。我下班稍晚一点儿，12点半才跟在发货部工作的艾玛尼埃尔一道出来。公司的办公室面对大海，我们先观看了一会儿阳光照射下的海港里停泊的船只。这时，一辆卡车开过来了，夹带着一阵链条哗啦声与内燃机噼啪声。艾玛尼埃尔问我："咱们去看看如何？"我就跑了起来。卡车超过了我们，我们跟在它后面直追。我被淹没在一片噪声与灰尘之中，什么也看不见，只感到自己是在拼命地奔跑，进行比赛，周围是绞车、机器、在半空中晃动的桅杆以及停在近旁的轮船。我第一个抓住了卡车，一跃而上。然后，我帮艾玛尼埃尔在车上坐好。我们两人都喘不过气来。卡车在码头高低不平的路面上使劲颠簸，包围在阳光普照与尘土飞扬之中。艾玛尼埃尔笑得上气不接下气。

我们大汗淋漓地来到了塞莱斯特的饭店。塞莱斯特还是那个样子，大腹便便，系着围裙，蓄着白色小胡子。他问我总还过得下去吧，我回答说是，还说我肚子饿了。我狼吞虎咽，又喝了咖啡。然后，我回到家里，因为酒喝多了，就睡了一小觉。醒来时，我想抽烟。时间已经迟了，我跑着去赶电车。整个下午，我一直闷头干活。办公室里很热，傍晚，我下班出来，沿着码头慢步回家，这时，颇有幸福自在之感。天空是绿色的，我神清气爽，尽管如此，我还是径直回家，因为我想自己煮土豆。

上楼的时候，我在黑乎乎的楼梯上撞着了沙拉玛诺老头，他是我同楼层的邻居。他牵着狗，8年以来，人们都见他与狗形影不离。这条西班牙猎犬生有皮肤病，我想是丹毒叫它的毛都脱光了，浑身是硬皮，长满了褐色的痂块。主人与狗挤住在同一个小房间里，日子久了，沙拉玛诺老头终于也像那条狗了。他脸上长了好些淡红色的硬痂，头发稀疏而发黄。而那狗呢，则学会了主人弯腰驼背的行走姿势，嘴巴前伸，脖子紧绷。他们好像是同一个种族的，但又互相厌恶。每天两次，上午 11 时，傍晚 6 时，老头都要牵狗散步。8 年以来，他们从未改变过散步的路线。人们老见他俩沿着里昂街而行，那狗拖拽着老头，搞得他蹒跚趔趄，于是，他就打狗、骂狗。狗吓得趴在地上，由主人拖着走，这时，该老头去拽它了。过一会儿，狗忘得一干二净，再次拽起主人来了，主人就再次对它又打又骂。这样一来，他们两个就停在人行道上，你瞪着我，我瞪着你，狗是怕，人是恨。天天如此，日复一日。有时狗要撒尿，老头偏不给它时间，而是硬去拽它，这畜生就哩哩啦啦撒了一路。如果它偶尔把尿撒在屋里，更要遭一顿狠打。这样的日子已经过了 8 年。塞莱斯特对此总这么说："这真不幸。"但实际上，谁也说不清楚。当我在楼梯上碰见沙拉玛诺的时候，他正在骂狗："坏蛋！脏货！"狗则在哼哼。我对他道了声"晚安"，他仍在骂个不停。我就问他狗怎么惹他了。他也不回答，只顾骂："坏蛋！脏货！"我见他弯下腰去，在狗的颈圈上摆弄着什么，我又提高嗓门儿问他。他没有转向我，只是憋着火气回答说："它老是那副德行。"说完，便拖着狗走了。那畜生匍匐在地被生拉硬拽，不断哼哼唧唧。

正在此时，又进来了一个同楼层的邻居。附近一带的人都说，他是靠女人生活。但是，有人问他是从事什么职业时，他总是答曰："仓库管理员。"一般来说，他一点儿也不招人喜欢，不过，他常主动跟我搭话，有时，也上我的房间坐坐，我总是听他说。我觉得他所讲的事都很有趣。再说，我也没有任何道理不跟他说话。他名叫雷蒙·桑泰斯，个子相当矮小，宽肩膀，塌鼻子。他总是穿着得很讲究。谈到沙拉玛诺时，他对我也这么说："这真不幸！"他问我，我对那对难兄难弟是不是感到恶心，我回答说不。

我们上了楼，我跟他告别的时候，他对我说："我房里有香肠有酒，愿意来跟我喝一杯吗？……"我想这可以免得自己回家做饭，于是就接受了邀请。他也只有一个房间，外带一间没有窗户的厨房。在他的床上方，摆着一个白色与粉红色的仿大理石天使雕塑，贴着一些体育冠军的相片与两三张裸体女人画片。房间里很脏，床上很凌乱。他先点上煤油灯，然后从口袋里拿出一卷相当肮脏的纱布，把自己的右手包扎起来。我问他是怎么回事。他说刚才跟一个找麻烦的家伙打了一架。

"默尔索先生，"他对我说，"您知道，并非我这个人蛮不讲理，但我是个火性子。那个家伙冲着我叫板：'你小子有种就下电车来。'我对他说：'滚你的，别找碴儿。'他就说我没有种，这么一来，我就下了电车，对他说：'够了，你到此为止吧，不然我就要教你长长见识。'他又朝我叫板：'你敢怎么样？'于是，我就揍了他一顿。他跌倒在地。我呢，我正要扶他起来，他却在地上用脚踢我，我又给了他一脚，扇了他两个耳光。他满脸是血。我问他受够了没有，他回答说够了。"说着这段故事的时候，雷蒙已经把纱布缠好。我坐在床上。他继续说，"您瞧，不是我去惹他，而是他来冒犯我。"的确如此，我承认。于是，他向我表示，他正想就此事征求我的意见，他认为我是一条汉子，又有生活阅历，能够帮助他，以后他会成为我的朋友。我什么话也没有说，他就问我愿不愿意做他的朋友。我说做不做都可以。他听了显得很高兴。他取出香肠，在炉子上烹调了一番，接着又摆上酒杯、盘子、刀叉与两瓶酒。做这一切时，他没有说话。我们坐了下来。他一边吃，一边给我讲述他的故事。开始，他有点不好启齿，"我结识了一个太太……这么说吧，她就是我的情妇。"被他揍了一顿的那个人，就是这位太太的兄弟。他对我说，他一直供养着这个女人。我没有答言。接着他又说，他知道附近一带关于他的流言飞语，但他问心无愧，他确实是一个仓库保管员。

"说到我跟这女人的关系，我发现她一直在欺骗我。"他把整个事情追述了一遍，他供她的钱正够她维持生活，他还替她付房租，每天另给她 20 法郎的饭钱。"300 法郎的房租，600 法郎的饭钱，时不时还送她一双袜子，这几项加起来就有上千法郎了。这位女士赋闲在家，却振振有词，还说我供她的钱不够她过日子。我常对她说，'你为什么不出去找个半日班的工作干干？那就省得我为你的零星花销操心。这个月，我给你买了一套衣服，每天又给你20法郎，还替你付房租，而你每天下午都跟你的姐们儿喝咖啡。拿我的咖啡和糖去招待人家。我供养你，我待你不薄，你倒以怨报德。'我这么说她，她还是不出去工作，总说钱不够用，所以，我才发觉其中必定有鬼。"

接着，这汉子告诉我，有一天他在她的手提包里发现了一张彩票，她无法解释她是怎么买来的。不久，他又在那里发现了一张当票，证明她到当铺里当了两只手镯。而他，从不知道她还有两个镯子。"我当然一眼就看穿她一直对我不忠。于是，我就把她休了，不过，我先揍了她一顿，然后才揭穿她的鬼把戏。我对她说，她跟我只是为了寻开心。默尔索先生，我是这么对她说的：'你也不好好瞧瞧大家是多么羡慕我给你的福分，你以后就会明白，你跟着我是身在福中不知福。'"

他把那个女人打出了血。在此以前，他从不打她。"过去也常有过动手的事，但可以说，只是轻轻碰一下而已。她只要稍一叫喊，我就关上窗子，立即罢手，每次都是这样。而这一次，我可是动真格的了，我还觉得对她教训得不够呢。"

他接着又向我解释说，正是为这件事，他需要听听别人的意见。说到这里，他停了下来，去把燃尽了的灯芯调了一调。我一直在听他说，慢慢喝掉了将近一公升的酒，喝得太阳穴直发热。我不断地抽雷蒙的香烟，因为我自己的都抽光了。最后的几班电车开过去了，带走了郊区已渐模糊的嘈杂声。雷蒙还在继续说，使他烦恼的是，他偏偏对自己那个姘头还有感情，但他仍想惩罚她。起初他想把她带到一家旅馆去，跟"风化警察"串通好，制造一桩丑闻，害得她在警察局里备个案。后来，他又找了几个流氓帮里的朋友讨主意，他们也没有想出什么法子，不过，正如雷蒙向我指出的那样，跟帮里的人称兄道弟是很值得的，他把事由告诉他们之后，他们就建议他在那个女人脸上"留个记号"。但是，他不想这么损，他要考虑考虑。在此以前，他想问问我有什么主意。现在，尚未得到我的指点之前，他想知道我对整个这桩事有什么看法。我回答说，我没有什么看法，不过我觉得这桩事挺有趣。他问我是不是也认为那女人欺骗了他。我说看来的确是欺骗了他，他又问我，我是不是也认为该去惩罚那个女人，如果我碰见了这种事，我会怎么去做。我对他说，我永远也不可能知道该怎么做，但我很理解他要惩罚那个女人的心理。说到这里，我又喝了一点酒。他点起一支烟，对我讲了他的打算。他想给她写一封信，狠狠地羞辱她一番，同时讲些话叫她感到悔恨。信寄出后，如果她回到他身边，他就跟她上床做爱，"正要完事的时候"，他要吐她一脸唾沫，再把她轰出门外。我说，要是他用这个法子，当然是把那女人惩罚了一顿。但是，雷蒙说，他觉得自己写不好这么一封信，他想请我代笔，见我没有吭声，他就问我马上写我是否嫌烦，我回答说不是。

他又喝了一杯酒，然后站起身，把杯盘与我们吃剩下的一点冷香肠挪开。他仔仔细细把铺在桌上的漆布擦干净，从床头柜的抽屉里取出一张方格纸、一个黄信封、一支红木杆的蘸水笔和一方瓶紫墨水。他把那女人的名字告诉我，从姓名看，她是个摩尔人。我写好了信。信写得有点儿随便，但我尽可能写得叫雷蒙满意，因为，我没有必要叫他不满意。我高声念给他听，他一边抽烟一边听着，连连点头。他又请我再念了一遍。他表示完全满意。他对我说："我早就知道你见多识广。"我开始没有注意到他在用昵称"你"跟我说话。听到他这么说："现在，你是我真正的朋友。"这时我才受宠若惊。这句话他又重复了一遍，我回应了一声"是的"。对我来说，做还是不做他的朋友，怎么都行，而他，看起来倒确实想攀这份交情。他封上信，我们喝完了酒，默默地抽了一会儿烟。街上很安静，我们听见有一辆汽车驶过。我说,"时间很晚了。"雷蒙也这么说,他觉得时间过得真快,在某种意义上,的确如此。我实在困了,但我却站不起来。我的样子一定是显得疲惫不堪,所以雷蒙对我说我不该灰心丧气、一蹶不振。起初我不懂他这话的意思。他就给我解释说,他听说我妈妈去世了,但他认为这只是早晚要发生的事。我说,我也是这么看的。

我站起身来,雷蒙使劲握住我的手,对我说,男人与男人,感同身受,心意相通。出了他的房间,我把门带上,在漆黑的楼梯口待了一小会儿。整幢楼房一片寂静,从楼梯洞的深处升上来一股不易察觉的潮湿的气息。我只听见血液的流动正在我耳鼓里嗡嗡作响,我站在那里没动。沙拉玛诺老头儿的房间里,他那条狗发出低沉的呻吟。

四

整整这个星期,我干活儿很卖劲儿。雷蒙来过我处,告诉我他已经把信发出去了。我与艾玛尼埃尔去看过两次电影,银幕上演些什么,他常看不明白,我得给他解释。昨天是星期六,玛丽来了,这是我们事先约好的。我见了她就产生了强烈的欲望,因为她穿了一件漂亮的红色条纹连衣裙,脚上是一双皮凉鞋,乳房丰满坚挺,皮肤被阳光晒成了棕色,整个人就像一朵花。我俩坐上公共汽车,来到离阿尔及尔几公里远的一个海滩,那里有悬崖峭壁环抱,靠岸的这边,则有一溜芦苇。下午4点钟的太阳,已不太灼热,但海水还很温暖,水光接天,微波荡漾。玛丽教我玩一种游戏,那就是在游泳的时候,迎着浪尖喝一口水含在嘴里,然后转过身将水朝天喷出。那水既像泡沫花带一样在空中稍纵即逝,又像温热的雨丝洒落在脸上,但玩了一会儿之后,我的嘴就被苦咸的海水烧得发烫。玛丽又游到我身边,在水里紧紧依偎着我,她把嘴贴着我的嘴,伸出舌头舔尽了我唇上的咸涩。我俩在水里翻腾搅和了好一阵子。

当我俩在海滩上穿上衣服的时候，玛丽用热烈的眼光瞧着我。我抱吻了她。从这时起，我俩不再说话交谈，我紧搂着她，我俩急于搭上公共汽车，急于回我的家，急于上床做爱。我把窗户大大敞开，感受着夏夜在我们的棕色皮肤上流走，真是妙不可言。

早晨，玛丽没有走，我对她说要跟她一道共进午餐。我下楼去买了点肉。回楼上的时候，我听见雷蒙的房间里有女人的说话声。过了一小会儿，沙拉玛诺老头儿又开始骂狗了，我们听见木头楼梯上响起鞋底声与爪子声，还有"坏蛋！脏货"的骂声，老头儿与狗出了楼到街上去了。我对玛丽讲了老头儿的事情，她听了直笑。她穿着我的睡衣，两袖高高挽起。当她笑的时候，我对她又动了欲念。过了一会儿，她问我爱不爱她。我对她说，这种话毫无意义，但我似乎觉得并不爱。她听了显得有些伤心。但是，在做饭的时候，她又无缘无故地笑了起来，笑得我又抱她吻她。正是此时，雷蒙的房间里传来一阵吵架声。

先是听见一声女人的尖叫，接着就是雷蒙的声音："你敢跟我对着干，你敢跟我对着干，我要教你学会怎么对着干！"同时是几记重重的抽打声与女人的嚎叫，叫得那么惨厉，楼梯口立即就站满了人。玛丽与我也出了房门，听见那女人还不断在惨叫，而雷蒙还不断在打。玛丽对我说，这真可怕，我没有吭声。她要我去找警察，我说我不喜欢警察。但是住在三层的一个做白铁工的房客找来了一个。警察敲了敲门，里面就没有声音了。他又使劲地敲，过了一会儿，女人哭起来了，雷蒙把门打开。他嘴上叼着一支烟，满脸堆笑。那女人从门里冲出来，高声向警察告状，说雷蒙打了她。警察问她，"你叫什么名字？"雷蒙替她回答了。"你跟我说话的时候，把烟从嘴上拿掉！"警察命令道。雷蒙没有立即照办，他瞧了瞧我，又抽了一口。说时迟那时快，警察朝他的脸上，狠狠地一个大耳光扇个正着。他嘴上那支烟被扇出几米远。雷蒙脸色大变，但他当时什么也没有说，而是低声下气地问警察，他是不是可以把自己的烟头拾起来。警察说可以，但又补了一句："下次别忘了，警察可不是你闹着玩的。"那女人一直在哭，不断地说："他打了我，他是个男鸨。"雷蒙就问："警察先生，说一个男人是男鸨，这在法律上讲得通吗？"但警察命令他："闭上你的嘴。"雷蒙于是转身向那女子，对她说："你等着瞧，小娘们儿，咱俩后会有期。"警察要他别再吭声，叫那女人离开，叫他待在家里等候警局的传讯，他还说，雷蒙醉成这样，不断打哆嗦，应该感到羞耻。雷蒙听了，辩解说："警察先生，我可没有醉，只是我在这里，在您面前，我才打哆嗦，自己控制不住。"他关上房门，围观的人也都散了。玛丽与我做好了午饭。但她不饿，几乎都让我吃了。她一点钟时走了，我又睡了一会儿。

将近3点的时候，有人敲我的门，进来的是雷蒙。我仍然躺在床上没有起身。他在我的床边坐下。开始时他一言不发，我就问他，他的事怎么闹到了这种地步。他讲述了他如何按预谋行事，如愿以偿，但她回敬了他一个耳光，这么一来，他就揍了她一顿。以下的情况，我都在场看见了。我对他说，我觉得那女人确已受到惩罚，你该感到满意了。雷蒙表示同意，而且他认为，警察横加干涉也是白搭，反正那女人已经挨了一顿揍。他还说，他对那些警察了解得很透，知道该怎么对付他们。他问我，当时我是不是等着他回敬那警察一个耳光。我回答说，当时我并没有在等什么，不过，我从来都不喜欢警察。雷蒙听了好像很满意。他问我是否愿意和他一道出去走走。我下了床，梳了梳头。他说我得给他作证。我表示怎么都行，但我不知道该作证些什么。照雷蒙的意思，只需说那个女人冒犯了他就行了。我答应为他提供这样的证词。

我们出了门，雷蒙请我喝了一杯白兰地。后来，他要去打一局台球，我跟着去差一点儿输了。接着，他又要去逛妓院。我说不，因为我不喜欢。于是，我们慢慢地回去。他对我说把情妇惩罚了一顿，他心里真高兴。他对我很热情友好，和他相处，我觉得是一段愉快的时光。

隔着老远，我看见沙拉玛诺老头儿站在大门口，神情焦躁。我们走近时，我发现他没有和他的狗在一起。他正在东张西望，转来转去，使劲儿朝黑洞洞的走廊里看，嘴里嘟嘟囔囔，语不成句，还睁着那双小红眼，仔细朝街上搜索。雷蒙问他怎么啦，他没有立即回答。我模糊听见他低声骂了一句"坏蛋，脏货"，神情依然焦躁。我问他狗到哪里去了，他没有好气地回答说它跑掉了，接着，他却突然滔滔不绝地说起来："我像平日一样，牵着它去练兵场，那些商贩棚子周围全是人。我停下来看了看《消遣之王》。转身要走时，狗就不见了。的确，我早就想给它换一个小一点儿的颈圈，没有想到这个脏货这么早就溜掉了。"

雷蒙对他说，狗可能是迷了路，它不久就会找回来的。他举了好几个例子，说狗能隔十几公里远又跑回主人的身边。虽然听了这些宽心话，老头儿却更为焦急不安了。"可您知道，他们会把它逮走的，如果有人收养它就好了，但那是不可能的，它一身的疮，人见人厌，警察会逮走它的，我敢肯定。"于是，我对他说，应该去招领处看看，付点钱就可以把它领回来。他问我金额高不高。我说不知道。他听了就发起火来："为这个脏货花钱！啊，它还是去死吧！"接着，他又对那畜生骂将起来。雷蒙直笑，钻进了楼里。我也跟着他上楼，我们在楼梯口分了手。过了一会儿，我听见沙拉玛诺老头儿的上楼声，接着，他敲我的房门。我把门打开，他站在门口说："对不起，对不起。"我请他进来，但他不肯。他瞧着自己的鞋尖，长满了疮痂的手在颤抖着。他没有看我，问道："默尔索先生，您说，他们不会把它逮走吧。他们会把它还给我的，是吧，否则的话，我怎么活下去呢？"我对他说，招领处将进去的狗保留3天，等主人去领，3天以后才任意处置。他一言不发地望着我，然后，向我道了一声"晚安"。他关上自己的房门，我听见他在房里走来走去。他的床嘎嘎作响了一下,透过墙壁传来一阵细细的奇怪的声音,我听出来他是在哭。不知道怎么搞的,这时我突然想起了我妈妈,但是明天早晨我得早起。我不饿,所以没有吃晚饭就上床睡了。

五

雷蒙往办公室给我打电话,说他有个朋友曾经听他说起过我,要邀请我到阿尔及尔附近的海滨木屋去过星期天。我回答说很愿意去,但我已经和女朋友约好一起过。雷蒙立即说他那位朋友也请我的女友去。因为那位朋友的妻子一定很高兴在一堆男人中有个女伴。

我本想立刻把电话挂掉,原因是我知道老板不喜欢有人从城里给我们这些雇员打电话。雷蒙要我等一等,他说他本来可以在晚上向我转达那位朋友的邀请,但他有别的事要提前告诉我。他今天一直被一帮阿拉伯人盯梢,那帮人中有一个就是他那前姘头的兄弟。"你今晚回家的时候,如果发现这帮人在我们住处附近活动,你一定要告诉我一声。"我回答说当然不在话下。

过了一会儿,老板派人来叫我,这使我有点心烦意乱,因为我以为他又要教训我少打电话多干活儿了。其实根本不是这么回事,他说他要跟我谈谈一个还很模糊的计划。他只是想听听我对这个问题的意见。他计划在巴黎设一个办事处,负责市场业务,直接与那些大公司做生意,他想知道我是否愿意被派往那儿去工作。这份差事可以使我生活在巴黎,每年还可以旅行旅行。"你正年轻,我觉得这样的生活你会喜欢的。"我回答说,的确如此,不过对我来说,实在是可有可无。于是,他就问我是否不大愿意改变改变生活,我回答说,人们永远也无法改变生活,什么样的生活都差不多,而我在这里的生活并不使我厌烦。老板显得有些扫兴,他说我经常是答非所问,而且缺乏雄心大志,这对做生意是糟糕的。他说完,我又回去工作了。我本想不扫他的兴，但我实在看不出有什么理由要改变我的生活。仔细想来，我还算不上是个不幸者。当我念大学的时候，有过不少这类雄心大志，但当我辍学之后，很快就懂得了，这一切实际上并不重要。

晚上，玛丽来找我，问我是否愿意跟她结婚。我说结不结婚都行，如果她要，我们就结。她又问我是否爱她，我像上次那样回答了她，说这个问题毫无意义，但可以肯定我并不爱她。"那你为什么要娶我？"她反问。我给她解释说这无关紧要，如果她希望结婚，那我们就结；再说，是她要跟我结婚的，我不过说了一声同意。她认为结婚是件大事，我回答说："不。"她沉默了一会儿，无言地瞧着我，然后又说，她只不过是想搞清楚，如果这个建议是来自另一个女人，而我跟她的关系与我跟玛丽的关系同属一种性质，那我会不会接受。我说："当然会。"于是，她心想自己是不是爱我，而我呢，对此又一无所知。她又沉默了一会儿之后，低声咕哝说我真是个怪人，她正是因为这点才爱我的，但将来有一天也许会由于同样的原因而讨厌我。我没有吭声，无话要补充。她见此，就笑着挽着我的胳臂，说她愿意跟我结婚。我回答说，她什么时候愿意，我们就什么时候结。这时，我跟她谈起了老板的建议，玛丽说她很愿意去见识见识巴黎。我告诉她我曾经在那里住过一段时间，她就问巴黎怎么样。我对她说："很脏。有不少鸽子，有些黑乎乎的院子。人们有白色的皮肤。"

后来，我们出去走了走，逛了全城几条大街。街上的女人都很漂亮，我问玛丽她是否注意到了。她说注意到了，还说由此她对我有所了解了。此后片刻，我们两人都一言不发。但我还是想要她跟我在一起，我对她说我们可以到塞莱斯特那儿去吃晚饭，她说想去，但她有事。于是，在我住处的附近，我对她道了再见。她瞧着我说："你就不想知道我有什么事吗？"我倒很想知道，但我没想去问她，对此，她显出要责怪我的样子。见我有点尴尬，她又笑了起来，把身子往我面前一靠，给了我一个吻。

我在塞莱斯特的饭馆吃晚饭。在我已经吃起来之后,走进来一个怪怪的小个子女人,她问我可不可以坐在我的桌旁。当然可以。她的动作急促而不连贯,两眼炯炯有光,小小的面孔像圆圆的苹果。她脱下夹克衫,坐了下来,匆匆地看了看菜谱。她招呼塞莱斯特过来,立刻点了她要的菜,语气干脆而又急促。在等主菜前的小吃时,她打开手提包,取出一小块纸片与一支铅笔,提前结算出费用,然后从钱包里掏出这笔钱,再加上小费,分文不差,全数放在面前。这时,主菜前的小吃端上来了,她狼吞虎咽,很快就一扫而光。在等下一道菜时,她又从提包里取出一支蓝铅笔与一份本周的广播节目杂志,她仔仔细细把几乎所有的节目都一一做了记号。因为那本杂志有十几页,所以她整个用餐时间都在做这件事。我已经吃完,她还在专心致志地圈圈点点。不一会儿,她吃完起身,以刚才那样机械而麻利的动作,穿上夹克衫就走了。我无事可做,也出了饭店,并跟了她一阵子,她在人行道的边缘上走,步子特别快速而稳健,她径直往前,头也不回。终于,她走出了我的视线,我自己也就往回走了。当时,我觉得她一定是个怪人,但这个念头一过,我很快就把她忘了。

在房门口,我遇见了沙拉玛诺老头儿。我请他进去,他告诉我,他的狗的确丢了,因为它不在招领处。那里的管理人员对他说,那狗或许是被车轧死了。他问到警察局去是否可以打听得清楚。人家告诉他说,这类鸡毛蒜皮的事是不会有记录的,因为每天司空见惯。我安慰沙拉玛诺老头儿说,他满可以另外再养一条狗,可是,他提请我注意,他已经习惯跟这条狗在一起了。他这话倒也言之有理。

我蹲在床上,沙拉玛诺坐在桌子前的一把椅子上。他面对着我,双手搁在膝盖上。他戴着他那顶旧毡帽,发黄的小胡子下,嘴巴在咕哝咕哝,语不成句。我有点儿嫌他烦,不过,此时我无事可做,又没有睡意,所以没话找话,就问起他的狗来。他告诉我,自从老婆死后,他就养了那条狗。他结婚相当晚。年轻时,他一直想要弄戏剧,所以在军队里的时候，他是歌舞团的演员。但最后，他却进了铁路部门。对此，他不后悔，因为现在他享有一小笔退休金。他和老婆在一起并不幸福，但总的来说，他俩过习惯了。老婆一死，他倒特感孤独。于是，他便向同事要了一条狗，那时，它还很小，他得用奶瓶给它喂食，因为狗比人的寿命短，所以他们就一同都老了。"它的脾气很坏，"沙拉玛诺老头儿说，"我经常跟它吵架。不过，它终归还是一条好狗。"我说它是条良种狗，沙拉玛诺听了显得很高兴，"您还没有在它生病之前见过它呢，它那身毛可真漂亮。"自从这狗得了这种皮肤病之后，他每天早晚两次给它涂抹药膏。但是在他看来，它真正的病是衰老，而衰老是治不好的。

这时，我打了个哈欠，沙拉玛诺老头儿说他该走了。我对他说他还可以再待会儿，我对他狗的事感到难过。对此，他谢了谢我。他还说我妈妈很喜欢他的那条狗。说到妈妈，他称之为"您那可怜的母亲"，想必认为我在丧母之后一定很痛苦，说到这里，我没有吱声。这时，他急促而不自然地对我说，他知道附近这一带的人对我颇有非议，只因我把我妈妈送进了养老院，但他了解我的为人，知道我对妈妈的感情很深。我回答说，我对这种非议迄今一无所知。既然我雇不起人去伺候我妈妈，我觉得送她进养老院是很自然的事（当时我为什么这么回答，现在我也说不清）。我还补充说，"很久以来，她一直跟我无话可说，她一人在家闷得很，到了养老院，至少可以找到伴。"这话不假，沙拉玛诺也这么说。然后，他起身告辞，想去睡。现在，他的生活发生了变化，他简直不知如何是好。他小里小气地向我伸出手来，这是我认识他以来他第一次这么做，我感到他手上有一块块硬痂。他微笑了一下，在走出房门之前，说："我希望今天夜里外面那些狗不要叫，否则我会以为是我的狗在叫。"

六

星期天，我沉睡得醒不过来，玛丽不得不叫我、摇晃我，才使我起了床。我俩没有吃早餐，急于早早去游泳。我感到腹中空空，头也有点晕。抽起烟来也觉得有一股苦味。玛丽取笑我，说我"愁眉苦脸"。她穿着一件白色麻布连衣裙，散披着头发。我对她说，她很漂亮，她听了高兴得笑了。

在下楼的时候，我们敲了敲雷蒙的房门。他说他正要下去。到了街上，由于我感到疲倦，也由于在屋里时没有打开百叶窗，到了街上，光天化日之下强烈的阳光，照在我脸上，就像打了我一个耳光。玛丽兴高采烈，欢蹦乱跳，不停地说天气真好。我感觉好了一些，我发现我其实是肚子饿了。我把这话告诉玛丽，她打开她的漆布提包给我看，里面放了我俩的游泳衣和一条浴巾。我们只要等雷蒙了，我们听见他锁门下楼。他穿着蓝色的裤子，白色的短袖衬衫，但他戴的一顶扁扁的狭边草帽，引得玛丽笑了起来。他露在短袖外的胳臂很白，上面覆盖着浓黑的汗毛，我看了有点儿不舒服。他一边下楼一边吹口哨，看样子很高兴。他对我说："你好，老兄。"而对玛丽，他则称"小姐"。

前一天，我与雷蒙去了警察局，我证明那个女人的确"冒犯了"雷蒙。他只受到了一个警告就没事了。警局并没有对我的证词调查核实。在门口，我们与雷蒙谈了谈前一天的事，然后，我们决定去乘公共汽车。海滩并不很远，如果乘车去会到得更快。雷蒙认为，他那位朋友见我们早早就到了必定很高兴。我们正要动身，雷蒙突然做了个手势，要我看看对面的街上。我看见有一伙阿拉伯人正在烟铺橱窗前站着。他们冷冷地盯着我们，不过他们看人的方式总是这个样子，就像被看的是石头，是枯树。雷蒙告诉我，左起第二人就是他说起过的那个家伙。这时，他好像忧心忡忡。但他接着又说，过去的那件事，现在已经了结了。玛丽不大明白我们在谈什么，就问我们是怎么回事。我告诉她这伙阿拉伯人恨雷蒙。她要我们马上就离开。雷蒙挺了挺身子，笑着说是该赶紧离开了。

我们朝汽车站走去，车站离我们有相当远一段距离。雷蒙告诉我，阿拉伯人并没有跟着我们，我回头看了看，果然他们还待在原地未动，仍然冷冷地瞧着我们刚刚离开的那个地方。我们乘上了汽车，雷蒙顿时放松下来，不断跟玛丽开玩笑。我感觉得出来，他喜欢玛丽，但玛丽几乎不答理他。时不时，她笑笑瞧着他。

我们在阿尔及尔郊区下了车。海滩离汽车站不远，但必须经过一片俯临大海、面积甚小的高地，由此沿坡而下，直达海滩。高地上满是发黄的石头与雪白的阿福花，衬托着蓝得耀眼的天空。玛丽抡着漆布提包，在空中画圈，自得其乐。我们穿过一幢幢小型的别墅，这些别墅的栅栏或者是绿色，或者是白色，有些幢连同自己的阳台，隐没在桎柳丛中，有些幢则光秃秃地兀立在一片片石头之间。快到高地边上时，就已经能望到平静的大海了，还有更远处的一岬角，它正似睡非睡地横躺在清亮的海水里。一阵轻微的马达声从寂静的空中传到我们的耳际，远远地，我们看见耀眼的海面上有一艘小小的拖网渔船缓慢驶来，慢得像是一动也没有动。玛丽采了几朵鸢尾花。我们顺坡而下，到了海边，看见已经有几个人在游泳了。

雷蒙的那位朋友住在海滩尽头的一座小木屋里。木屋背靠悬崖，前面支撑着屋子的桩柱则浸于海水之中。雷蒙将我们双方做了介绍。他那位朋友名叫马松，是个高高大大的汉子，腰粗膀壮，他的女人身材矮小，胖鼓鼓的，和善可亲，讲话巴黎口音。马松立刻要我们不必客气，说他这天早晨捕了一些鱼，已经油炸好了。我对他说，他的房屋真是漂亮得很。他告诉我，星期六、星期天，还有所有的假日，他都上这里来过，又说："跟我的妻子，你们会合得来的。"确实不错，他妻子跟玛丽已经在说说笑笑了。这时，我萌生出要结婚的念头，这也许是我生平的第一次。

马松想去游泳,但他妻子与雷蒙不想去。我们3人走下海滩,玛丽立即就跳进水里。马松与我,稍为耽搁了一会儿。他说起话来慢吞吞的,而且,不论说什么,都要在前面加一句"我甚至还要说",其实,他并没有补充什么新意。谈到玛丽,他对我说:"她真了不起,我甚至还要说,真是可爱。"接下来,我就不去注意他那句口头语了,一心在享受阳光晒在身上的舒适感。沙子开始烫脚了。我真想下水去,却又继续将就了他一会儿,最后对他说"咱们下水吧",就一头扎进了水里。他也慢慢地走进海水,直到站不住了,才钻了进去。他游的是蛙式,游得相当糟。我只好扔下他去追玛丽。海水清凉,游起来很舒服。我与玛丽双双游远了,我俩动作协调,心气合拍,共享着同一份酣畅。

到了宽阔的海面,我们仰浮在水上,我的脸朝着天空,微波如轻纱拂面,使嘴里流进了海水,而袭袭面纱又一一被阳光撩开。我们看见马松游回海滩,躺下晒太阳。远远望去,他俨然一庞然大物。玛丽想和我搂在一起游,我就从她身后抱着她的腰,她在前面用胳臂使劲划水,我在后面用脚打水,鼎力相助,轻轻的水声不绝于耳,直到我觉得累了。于是,我放开玛丽,往回游去,姿势恢复了正常,呼吸也就自如了。在海滩上,我俯卧在马松旁边,把脸捂在沙里。我对他说:"真舒服。"他表示同意。不一会儿,玛丽也上岸了。我翻过身来,瞧着她走近。她浑身海水淋淋,长发甩在后面。她紧挨着我躺下,她的体温与阳光的热气,使得我昏昏入睡了。

玛丽推醒我,告诉我马松已经回去,该是吃午饭的时候了。我立即站起来,因为我饿了,但玛丽提醒我,今天我还没有吻过她呢。这是实情,不过,我一直是想吻她的。"来,到水里去。"她对我说。我们朝海水跑去,迎着细浪就游了起来。我们蛙泳了几下子,她紧贴着我,我感到她的大腿蹭着我的大腿,这时我想占有她。

当我们回木屋的时候，马松已经在喊我们了。我说我很饿。他立刻向他妻子表示，他喜欢我这么不讲客气。面包香脆可口，我狼吞虎咽，把自己的那份鱼也吃个精光。接着上桌的还有肉与炸土豆。我们一声不吭地吃着。马松不断地喝酒，还老倒给我喝。用咖啡的时候，我的头有点昏昏沉沉了，因此，我抽了好多烟。马松、雷蒙和我，合计8月份再来海边一起度假，费用由大家分担。玛丽忽然对我们说："你们知道现在几点钟吗？才11点半呢。"我们都有些诧异，但马松说，我们的午饭吃得太早了，不过，这也很自然，肚子饿的时候，也就是该吃饭的时候。我不知道为什么，玛丽听了这话竟笑了起来。现在想来，当时她是喝多了一点儿。马松这时问我是否愿意跟他一道去海边散散步。"我妻子每天午饭后都要睡午觉，而我，我不喜欢午觉，我得活动活动。我总跟她说，这对健康有好处。不过，要睡，是她的权利。"玛丽说她要留下来帮马松太太刷盘子。那个矮个子巴黎女人说，要刷盘子，就得把男人都赶出去。于是，我们3个爷们儿就走了。

太阳几乎是直射在沙滩上，它照在海面上的强烈反光叫人睁不开眼睛。海滩上一个人也没有。散落在高地边缘、俯临着大海的那些木屋里，传出一阵阵刀叉盘碟的声音。石头的热气从地面冒起，叫人喘不过气来。开始，雷蒙与马松谈了一些我不认识的人与事。由此我才知道他们两人相识已经很久，而且，有一段时期还住在一起。我们朝水面走去，然后沿海边漫步。有时，层层海浪卷来，把我们的帆布鞋也打湿了。我什么也不想，因为我没有戴帽子，太阳晒得我昏昏欲睡。

这时，雷蒙跟马松说了点儿什么，我没有听清楚，但就在此时，我看见海滩尽头，离我们远远的，有两个穿锅炉工蓝制服的阿拉伯人，正朝我们这边走来，我看了雷蒙一眼，他对我说："就是他。"我们继续往前走。马松问道，他们怎么会跟踪到这里来的。我猜想他们大概是看见我们上了公共汽车，手里还拿着去海滩游泳用的提包，但我什么也没有说。

阿拉伯人慢慢向前走来,他们已经大大逼近我们了。我们仍不动声色,但雷蒙发话了:"如果打起来,你,马松,你对付第二个家伙,我收拾我那个对头。如果再来一个家伙,默尔索,那由你包了。"我应了一声:"行。"马松则把双手插进衣袋里。这时我觉得滚烫的沙子就像是烧红了。我们步伐一致地朝阿拉伯人走去。双方的距离愈来愈近。当我们离对方只有几步的时候,阿拉伯人停下来,不再往前走。马松与我也放慢了脚步。雷蒙则直奔他的那个对头。我没有听清他朝那人说了句什么,但见那人摆出一副不买账的样子。于是,雷蒙先发制人,出手一拳,同时还招呼马松动手。马松也向派给他的那个对象扑上去,重重地给了那人两拳。那人被打进水里,头朝下栽,好几秒钟没有动静,只见脑袋周围有一些气泡冒出水面,又很快消失。这时,雷蒙也把他那个对象打得满脸是血。他转身对我说了一句:"你盯住他的手会掏什么家伙。"我朝他喊道:"小心,他有刀!"说时迟,那时快,雷蒙的胳臂已给划开了口,嘴巴上也挨了一刀。

马松向前一跳。被他打的那个阿拉伯人已经站立起来,退在手里拿刀的家伙身后。我们不敢动了。对方慢慢后撤,仍然紧盯着我们,靠那把刀造成威慑。当他们看到自己已经退得相当远了,扭头飞快就逃,而我们则仍在太阳下原地未动,雷蒙用手按着他流血不止的胳臂。

见此,马松说,正好有一个来这儿过星期天的大夫,就住在高坡上。雷蒙想立即就去找那大夫。但他一张口说话,嘴上的伤口就冒出血泡。我们搀扶着他,很快地回到了木屋。雷蒙说,他只伤着了皮肉,能够走去找医生。在马松的陪同下,他走了。我留下来把打架的经过讲给两位妇女听。马松太太听后吓哭了,玛丽也脸色煞白。给她们讲这桩事真叫我烦,讲着讲着,我就不吭声了,望着大海,抽起烟来。

将近一点半钟,雷蒙与马松回来了。他胳臂上缠着绷带,嘴角贴着橡皮膏。大夫说小伤算不了什么,但雷蒙的脸色很阴沉。马松试着逗他笑,他仍然一声不吭。后来,他说要到海滩上去,我就问他要去海滩什么地方。他说只想去透透空气。马松与我都说要陪他去,他听了就发起火来,把我们骂了一通。马松说还是别惹他生气吧。即便如此,我仍陪着他出去了。

我和他在海滩上走了很久。阳光炙热难耐,它照射在沙砾与海面上,金光闪烁。我隐约感到雷蒙知道要奔哪儿去,但这肯定是我的错觉。在海滩远远的尽头,看见有一眼泉水在一块大岩石后面的沙地上流淌。正是在那儿,我们又碰见交过手的那两个阿拉伯人。他们穿着油污的蓝色工装躺在地上。他们的样子看来很平静,甚至很高兴。我们的出现并未惊动他们,那个伤了雷蒙的家伙只是一声不吭地盯着他,另一个家伙则一边用眼角瞟着我们,一边不停地吹一小截芦苇管,那玩意只能发出三个单音,重复来重复去的。

此时此刻此地,只有阳光与寂静,伴随着泉水的淙淙声与芦苇管的三个单音。雷蒙的手伸进口袋去摸枪,但他那个对头并没有动,他俩一直对视着。我则注意到吹芦苇的那小子的脚趾大大地叉开着。雷蒙紧盯着对手的眼睛,问我:"我要不要把他崩了?"我想如果我说不,他反而会心里恼火,非开枪不可。我只是说:"他还没有向你表示什么,这时向他开枪不妥。"在周围一片静寂与酷热之中,还听得见泉水声与芦苇声。雷蒙说:"那么,我先骂他,他一还口,我就把他崩了。"我说:"就这么办吧,但只要他不掏出刀子,你就不能开枪。"雷蒙开始有点儿发火了。一个阿拉伯人仍在吹芦苇管,他们两人都紧盯着雷蒙的一举一动。我对雷蒙说:"不行,还是一个对一个,空手对空手,你先把手枪给我,如果他们两个打你一下,或者那个家伙把刀掏出来,我就替你把他崩掉。"

雷蒙把他的枪递给了我。阳光在枪上一闪。不过,双方都原地不动地站着,似乎周围的一切已把人严封密扎了起来。每一方都眼皮不眨,紧盯对手。在这里,大海、沙岸、阳光之间的一切仿佛都凝固不动，泉水声与芦苇声似乎也听不见了。这时，我思忖着，我既可以开枪，也可以不开枪。但是，突然间，两个阿拉伯人往后倒退，很快就溜到大岩石后面去了。于是，雷蒙和我也掉头往回撤。他显得高兴了些，还谈起回城去的公共汽车。

我一直陪伴着他回到木屋，他登上木台阶的时候，我却在最低一级的前面站住了。我脑袋已被太阳晒得嗡嗡作响，一想到还要费劲地爬上台阶，然后又要去跟两位妇女周旋，心里就泄气了。但是天气酷热，刺眼的阳光像大雨一样从空中洒落而下，即使站在那里一动不动，我也感到很难受。待在原地或者到别处走走，反正都是一样。稍过了一会儿，我转身向海滩走去。

海滩上也是火热的阳光。大海在急速而憋闷地喘息着，层层细浪拍击着沙岸。我漫步走向那片岩石，感到脑袋在太阳照射下膨胀起来了。周围的酷热都聚焦在我的身上，叫我举步维艰。每一阵热风扑面而来，我就要咬紧牙关，攥紧裤口袋里的拳头，全身绷紧，为的是能战胜太阳与它倾泻给我的那种昏昏然的迷幻感。从沙砾上、从白色贝壳上、从玻璃碎片上，投射出来的反光像一道道利剑，刺得我睁不开眼，不得不牙关紧缩。就这样我走了好久。

我从远处看见那一小堆黑色的岩石，阳光与海上的尘雾在它周围笼罩着一层耀眼的光晕。我一心想着岩石后那清冽的泉水。我挺想再听听泉水的潺潺声，挺想逃避太阳的炙烤与步行的劳顿，离木屋里妇女的哭泣远远的，得到一片阴凉的地方，好好休息休息。但当我走近时，却发现雷蒙的那个对头又已经回到那里了。

他只一个人。仰面躺着，双手枕在脑后，面孔隐在岩石的阴影中，身子露在太阳下。他蓝色的工装被晒得直冒热气。我颇感意外。对于我来说，刚才打架的事已经了结，我后来就没有把它再放在心上。

他一看见我，稍稍欠起身来，把手伸进口袋。我呢，自然而然就紧握着衣兜里雷蒙的那把手枪。这时，那人又恢复原状躺下去，但仍把手放在口袋里。我离他还相当远,约有10来米。我隐约看见他的目光不时在细眯的眼皮底下一闪一闪,但更多的时候,我感到他的面孔在眼前一片燃烧的热气中跳动。海浪的声音更加有气无力,比中午的时候更为沉稳。太阳依旧,光焰依旧,一直延伸到跟前的沙滩依旧。已经有两个钟头了,白昼纹丝未动,已经有两个钟头了,白昼在沸腾着的金属海洋中抛下了锚。在天边,有一艘小轮船驶过,在我视野的边缘,我觉得它像是一个黑点,因为我一直正眼紧盯着那个阿拉伯人。

我想,我只要转身一走,就会万事大吉了。但整个海滩因阳光的暴晒而颤动,在我身后进行挤压。我朝水泉迈了几步,那个阿拉伯人没有反应。不管怎么说,我离他还相当远。也许是因为他脸上罩有阴影,看起来他是在笑。我等他作进一步反应。太阳晒得我脸颊发烫,我觉得眉头上已聚满了汗珠。这太阳和我安葬妈妈那天的太阳一样,我的头也像那天一样难受,皮肤底下的血管都在一齐跳动。这种灼热实在叫我受不了,我又往前走了一步。我意识到这样做很蠢,挪这么一步无助于避开太阳,但我偏偏又向前迈出一步。这一下,那阿拉伯人并未起身,却抽出了刀子,在阳光下对准了我。刀刃闪闪发光,我觉得就像有一把耀眼的长剑直逼脑门。这时聚集在眉头的汗珠,一股脑儿流到眼皮上,给眼睛蒙上了一层温热、稠厚的水幕。在汗水的遮挡下,我的视线一片模糊。我只觉得太阳像铙钹一样压在我头上,那把刀闪亮的锋芒总是隐隐约约威逼着我。灼热的刀尖刺穿我的睫毛,戳得我的两眼发痛。此时此刻,天旋地转。大海吐出了一大口气,沉重而炽热。我觉得天门大开,天火倾泻而下。我全身紧绷,手里紧握着那把枪。扳机扣动了,我手触光滑的枪托,那一瞬间,猛然一声震耳欲聋的巨响,一切从这时开始了。我把汗水与阳光全都抖掉了。我意识到我打破了这一天的平衡,打破了海滩上不寻常的寂静,在这种平衡与寂静中,我原本是幸福自在的。接着,我又对准那具尸体开了4枪,子弹打进去,没有显露出什么,这就像我在苦难之门上急促地叩了4下。

第二部

一

我被捕之后，立即就被审讯了好几次。但都是关于身份问题之类的讯问，时间都不长。头一次是在警察局，我的案子似乎没有引起任何人的兴趣。过了8天，预审法官来了，他倒是好奇地打量了我一番。但作为开场白，他只询问了我的姓名、住址、职业、出生年月与出生地点。然后，他问我是否找了律师。我说没有，我问他是否一定要找一个才行。"您为什么这么问？"他说。我回答说，我觉得我的案子很简单。他微笑着说："您这是一种看法，但是，法律是另一回事。如果您自己不找律师，我们就指派一位给您。"我觉得司法部门还管这类细枝末节的事，真叫人感到再方便不过。我把自己的这个看法告诉了这位法官，他表示赞同，并认为法律的确制定得很完善。

开始，我并没有认真对待他。他是在一间挂着窗帘的房间里接待我的，他的桌子上只有一盏灯，照亮了他让我坐下的那把椅子，而他自己却坐在阴影中。我过去在一些书里读到过类似的描写，在我看来，这些司法程序都是一场游戏。在我们进行谈话后，我端详了他一番，我看清楚他是一个面目清秀的人，蓝色的眼睛深陷在鼻梁旁，身材高大，蓄着长长的灰色唇髭，头发浓密，几乎全都白了。我觉得他很通情达理，和蔼可亲，虽然脸上不时有神经性的抽搐扯动他的嘴巴。走出房间的时候，我甚至想去跟他握手，但我马上想起了我是杀过人的罪犯。

第二天，有位律师来狱中探视我。他矮矮胖胖，相当年轻，头发梳得整整齐齐。天气很热，我没有穿外衣，他却穿着深色的套装，衬衣的领子硬硬的，系着一根怪怪的领带，上面有黑白两色的粗条纹。他把夹在胳臂下的公文包放在我的床上，作了自我介绍，说他已经研究了我的案卷。我的案子很棘手，但如果我信任他的话，他有胜诉的把握。我向他表示感谢，他说："现在咱们言归正传吧。"

他在我的床上坐下，对我说，他们已经调查了我的个人生活，知道我妈妈前不久死在养老院。他们专程到马朗戈做过调查，预审推事们了解到我在妈妈下葬的那天"表现得无动于衷"。这位律师对我说："请您理解，我实在不便启齿询问此事，但事关重要。如果我做不出什么解释的话，这将成为起诉您的一条重要依据。"他要我帮他了解当天的情况。他问我，当时我心里是否难过。他这个问题使我感到很惊讶，我觉得假若是我在问对方这个问题的话，我会感到很尴尬的。但是，我却回答说，我已经不习惯对过去进行回想了，因此很难向他提供情况。毫无疑问，我很爱妈妈，但这并不说明什么。所有身心健康的人，都或多或少设想期待过自己所爱的人的死亡。我说到这里，律师打断我的话，并显得很焦躁不安。他要我保证不在法庭上说这句话，也不在预审法官那里说。我却向他解释说，我有一个天性，就是我生理上的需要常常干扰我的感情。安葬妈妈的那天，我又疲劳又发困，因此，我没有体会到当时所发生的事情的意义。我可以绝对肯定地说，我是不愿意妈妈死去的。但我的律师听了此话并不显得高兴。他对我说："仅这么说是不够的。"

他考虑了一下。他问我他是否可以说那天我是控制住了自己悲痛的心情。我对他说："不，因为这是假话。"他以一种古怪的方式看了我一眼，好像是我有点儿使他感到厌恶了。他几乎是不怀好意地对我说，无论如何，养老院的院长与有关人员，将作为证人陈述当时情况，那将会使我"极为难堪"。我提醒他注意，安葬那天的事与我的犯案毫无关系。但他只回答说，显而易见的是我从未与司法打过交道。

他很生气地走了。我真想叫他别走，向他解释我希望得到他的同情，而并非他的强硬辩护，如果我可以说的话，也就是自然而然、通情达理的辩护。特别是，我看出了我已经使他感到很不自在。他没有理解我，他对我有点反感。我挺想向他说明，我和大家一样，绝对和大家一样。但是，说这些话，实际上没有多大用处，而且，我也懒得去费口舌。

过了不久，我又被带到预审法官面前。当时是下午两点钟，这一次，他的办公室亮亮堂堂的，只有一层纱帘挂在窗口。天气很热。他要我坐下，很彬彬有礼地告诉我，我的律师因为"临时不凑巧"而不能来，但我有权对他提出的问题保持沉默，等我的律师将来在场时再回答。我对他说，我可以单独回答。他用手指按了按桌子的一个电钮，一个年轻的书记员进来了，几乎就在我的背后坐下。

我与预审法官都端坐在自己的椅子上。讯问开始了。他首先说人家把我描绘成一个性格孤僻、沉默寡言的人，他想知道我对此有何看法。我回答说："这是因为我从来没有什么值得一说的，于是我就不说。"他像上次那样笑了笑，承认这是最好的理由，马上，他又补充了一句："不过，这事无关紧要。"他沉默了一下，看了看我，然后，有点突如其来，把身子一挺，快速地说了一句："我感兴趣的，是您本人。"我不太明白他这句话是什么意思，也就没有回答。他又接着说："在您的行为中，有些事情叫我搞不明白。我相信您会帮助我来理解。"我说其实所有的事情都很简单。他要我把那天枪杀的事情再复述复述。我就把上次曾经给他讲过的过程又讲了一遍：雷蒙，海滩，游泳，打架，又是海滩，小水泉，太阳以及开了5枪。我每讲一句，他都说："好，好。"当我说到躺在地上的尸体时，他表示确认说:"很好。"而我呢,这么一个老故事又重复来重复去,真叫我烦透了,我觉得我从来没有说过这么多的话。

他沉默了一会儿,站起来对我说,他愿意帮助我,说他对我感兴趣,如果上帝开恩的话,他一定能为我做点什么。不过,在这样做之前,他还想向我提几个问题。没有绕弯子,他直截了当问我爱不爱妈妈。我说:"爱,跟常人一样。"书记员一直很有节奏地在打字,这时大概是按错键盘,因而有点慌乱,不得不退回去重来。预审法官的提问看起来并无逻辑联系,他又问我,我那5枪是否是连续射出的,我想了想,断定先是开了1枪,几秒后,又开了4枪。对此,他问道:"您为什么在第1枪之后,停了一停才开第2枪?"这时,那一天火红的海滩又一次显现在我眼前,我似乎又感到自己的额头正被太阳炙烤着。但这一次我什么也没有回答。接下来是一阵沉寂,预审法官显得烦躁不安,他坐下去,搔了搔头发,把胳臂支在桌子上,微微向我俯身过来,神情古怪地问:"为什么,为什么您还向一个死人身上开枪呢?"对这个问题,我不知如何回答。预审法官双手放在额头上,又重复了他的问题,声音有点儿异样了:"为什么,您得告诉我,究竟是为什么?"我一直沉默不语。

突然,他站起来,大步走到办公室的尽头,拉开档案柜的一个抽屉,取出一个银十字架,一边朝我走,一边晃动着十字架。他的声音完全变了,几乎在颤抖了,他大声嚷道:"您认得这个吗?我手里的这个。""认得,当然认得。"于是,他急促而充满了激情地说他是相信上帝的,他的信念是,任何人的罪孽再深重,也不至于得不到上帝的宽恕。但是,为了得到上帝的宽恕,他就得悔过,变得像孩子那样心灵纯净,无保留地接受神意。他整个身子都俯在桌上,几乎就在我的头上晃动着十字架。说老实话,他的这番论证,我真难以跟上,首先是因为我感到很热,又因为他这间房子里有几只大苍蝇正落在我脸上,还因为他使我感到有点可怕。与此同时,我觉得他的论证也是可笑的，因为不论怎么说，罪犯毕竟是我。但他仍在滔滔不绝。终于我差不多听明白了，那就是，在他看来，我的供词中只有一点不清楚：为什么我等了一下才开第二枪。其实一切都很明白，只有这一点，他一直没有……没有搞懂。

我正要对他说，他讲的这点并不那么重要，他如此钻牛角尖实在没有道理。但他打断了我，挺直了身子，又一次对我进行说教，问我是否信仰上帝。我回答说不相信，他愤怒地坐下。他反驳我说这是不可能的，所有的人都信仰上帝，甚至那些背叛了上帝的人也信仰。这就是他的信念，如果他对此也持怀疑态度的话，那么他的生活也就失去意义了。他嚷道："您难道要使我的生活失去意义吗？"在我看来，这是他自己的事，与我无关。我把这话对他说了。但他已经越过桌子把刻着基督受难像的十字架杵到我眼皮底下，疯狂地叫喊道："我，我是基督徒，我祈求基督宽恕你的过错，你怎么能不相信他是为你而上十字架的？"我清楚地注意到他已经称呼我为"你"，而不是"您"了，但我对他的一套已经腻烦了。房间里愈来愈热。像往常那样，当我听某个人说话听烦了，想要摆脱他时，就装出欣然同意的样子。出乎我的意料，他竟以为自己大获全胜，得意扬扬起来："你瞧，你瞧，你现在不是也信上帝了？你是不是要把真话告诉他啦？"我又一次说了声"不"。他颓然往椅子上一倒。

他显得很疲倦，待了好一会儿没有吭声。打字机一直紧追我们的对话，这时还在打那最后的几句。他全神贯注地盯着我，带点儿伤心的神情，低声说："我从没有见过像您这样冥顽不化的灵魂，所有来到我面前的犯人，见了这个十字架，都会痛哭流涕。"我正想回答说，这正是因为他们都是罪犯，但我立刻想到我也跟他们一样。罪犯这个念头，我一直还习惯不了。法官站起身来，好像是告诉我审讯已经结束。他的样子显得有点儿厌倦，只是问我是否对自己的犯案感到悔恨，我沉思了一下，回答说与其说是真正的悔恨，不如说我感到某种厌烦。当时我觉得他并没有听懂我这句话。不过,谈话没有再继续下去,这天的事情就到此为止了。

在此之后,我经常见到预审法官,只不过,每次都由我的律师陪同。他们限于要我对过去重述过的内容的某些地方再加以确认,或者是预审法官与我的律师讨论对我的控告罪名。但在这些时候,他们实际上根本就不管我了。反正是,渐渐地,这类审讯的调子改变了。预审法官似乎不再对我感兴趣,已经以某些方式把我的案子归类入档了。他不再跟我谈上帝,我再也没有见过他像第一天那么激动过。结果,我们的交谈变得较为亲切诚挚了。提几个问题,稍微与我的律师谈谈,一次次审讯就这么了事。照预审法官的说法,我的案子一直在正常进行。有几次,当他们谈一般性问题的时候,还让我也参加议论。我开始松了一口气。在这些时候,没有人对我不好。一切都进行得很自然,有条不紊,恰如其分,甚至使我产生了"亲如一家"这种滑稽的感觉。预审持续了11个月,我可以说,使我颇感惊奇的是,有那么不多的几次竟是我生平以来最叫我高兴的事:每次,预审法官都把我送到他的办公室门口,拍拍我的肩膀,亲切地说:"今天就进行到这里吧,反基督先生。"然后让法警把我带走。

二

有一些事情我从来是不喜欢谈的。自从我进了监狱,没过几天我就知道将来我不会喜欢谈及我这一段生活。

过了些时候,我觉得对此段生活有无反感并不重要。实际上,在开始的几天,我并不像是真正在坐牢,倒像是在模模糊糊等待生活中某个新的事件。直到玛丽头一次也是最后一次来探视我之后,监狱生活的一切才正式开始。那时我收到她一封信,她在信里告诉我,当局不允许她再来探视我,因为她不是我的妻子。从这天起,我才感受到我是关在监狱里,我的正常生活已经一去不复返了。我被捕的那天,先被关在一个已经有几个囚犯的牢房里,他们多数是阿拉伯人,看见我进来都笑了,接着就问我犯了什么事。我说我杀了一个阿拉伯人,他们一听就不再吭声了。但过了一会儿,天黑了,他们又向我说明如何铺睡觉用的席子,把一头卷起来,就可以当作一个长枕头。整整一夜,臭虫在我脸上爬来爬去。过了几天,我被隔离在一间单身牢房里,有一张木板床,还有一个木制马桶与一个铁质脸盆。这座监狱建在本城的高地上,通过一扇小窗,可以望见大海。有一天,我正抓住铁栅栏,脸朝着有光亮的地方,一个看守走进来,对我说有一位女士来探视我。我猜是玛丽,果然就是她。

要到探视室去,得穿过一条长长的通道,上一段阶梯,再穿过一条通道。我走进一个明亮的大厅,充足的光线从一扇宽大的窗口投射进来。两道大铁栏杆横着把大厅截成了三段,两道铁栏杆之间有8~10米的距离,将探监者与囚犯隔开。我看见玛丽就在我的对面,穿着带条纹的连衣裙,脸晒成了棕褐色。跟我站在一排的,有10来个囚徒,大多是阿拉伯人。玛丽的旁边全是摩尔人,紧靠着的两人:一个是身材矮小的老太太,她身穿黑衣,嘴唇紧闭;另一个是没戴帽子的胖女人,她说起话来指手画脚,嗓门儿很大。因为铁栏杆之间隔着一大段距离,探监者与囚徒都不得不提高嗓音对话。我一走进大厅,就听见一大片嗡鸣声在高大光秃的四壁之间回荡,强烈的阳光从天空倾泻到玻璃窗上,再反射到大厅里,这一切都使我感到头昏眼花。我的单身牢房又寂静又阴暗,来到大厅里,得有好一会儿才能适应。最后,我终于看清了显现在光亮中的每一张脸孔。我注意到有一个看守坐在两道铁栏杆之间隔离带的尽头。大部分阿拉伯囚徒与他们的家人,都面对面地蹲着。这些人都不大叫大嚷。虽然大厅里一片嘈杂声,他们仍然低声对话而能彼此听见。他们沉闷的低语声从底下往上升起,汇入在他们的头上回荡的对话声浪,构成了一个延绵不断的低音部。所有这一切，都是我朝玛丽走去时敏锐注意到的。这时，她已经紧贴在铁栏杆上，努力朝我微笑。我觉得她很美，但我不知道如何向她表达出这个心意。

"怎么样？"她大声问我。

"就这个样子。"

"身体好吗？需要的东西都有吗？"

"好，都有。"

我俩一时无语，玛丽始终在微笑着。那个胖女人一直对着我旁边的一个人高声大叫，那人肯定是她的丈夫，他个子高大，头发金黄色，目光坦诚。他们的对话早已开始，我听到的只是一个片段：

"让娜不愿意要他！"那女人扯开嗓子嚷嚷。

"我知道，我知道！"那男人说。

"我对她说你出来后会再雇他的，她还是不愿意要他。"

玛丽也高声告诉我雷蒙向我问好，我答了声："谢谢。"但我的声音被我旁边那个男人盖过了，他在大声问道："他近来可好？"他的女人笑着回答说："他的身体从来没有现在这么好过。"我左边的是一个小个子的年轻人，他有一双纤细的手，他一直沉默不语。我注意到他的对面是一个小个子老太太，他们两人非常专注地相视着。但这时，我没有工夫再去观察他们了，因为玛丽在高声对我喊，要我抱有希望。我说了声"对"，同时，我定睛望着她，真想隔着裙子搂住她的肩膀，真想抚摩她身上细软的衣料，我没有明确意识到，除此之外我还该抱有什么其他的希望。但这一点肯定也是玛丽刚才所要表达的意思，因为她一直在向我微笑。我只看着她发亮的牙齿与她笑眯眯的眼睛，她又喊道："你会出来的，你一出来，我们就结婚。"我回答说："你相信吗？"我这不过是没话找话而已。她于是急促而高声地说她相信，她相信我将被释放，我们还将一同去游泳。旁边那个女人又吼叫起来，说她有个篮子遗放在法院的书记室里，说篮子里放了哪些哪些东西,她得去清点查对一下,因为那些东西都很贵。另一旁的那个青年和他母亲两人仍相视无语。阿拉伯人仍蹲在地上继续低声交谈。大厅外的阳光似乎愈来愈强,照射在窗户上闪闪发亮。

我一直感到有点儿不舒服,真想离开大厅。噪声使人难受。但另一方面,我又挺想和玛丽多待一阵子。我不知道过了多少时间,玛丽对我讲她的工作,她一直不断地微笑着。低语声、喊叫声、谈话声混成一片。只有我身旁的小个子青年与他母亲之间,仍是无声无息,就像孤立于喧嚣海洋中的一个寂静的小岛。渐渐地,阿拉伯人都被带走了。第一个人一带走,其他的人就都不做声了。那小个子老太太靠近铁栏杆,这时,一个看守向她儿子做了个手势,他说了声:"再见,妈妈!"那老太太把手伸进两道栏杆之间,向儿子轻轻摆了摆手,动作缓慢。

老太太一出大厅,立刻就进来了一个手里拿着帽子的男人,补替她留下来的空位,看守则又带进另一个囚犯。这两人开始热烈交谈,但压低了声音,因为大厅已经安静下来了。看守又过来领走我右边的那个男人,他的老婆仍然扯着嗓子对他说话,全然没有注意到此时已经用不着提高嗓门儿了,她叫道:"好好照顾你自己,小心!"接下来就该轮到我了,玛丽做出吻我的姿势。我在走出大厅之前又回过头去看她,她站着未动,脸孔紧紧贴在铁栏杆上,仍然带着那个强颜的微笑。

就在这次见面之后不久,她给我写了那封信。从收到这封信起,那些我从来也不喜欢谈及的事情也就开始了。不论怎么说,谈这些事不该有任何夸大,我要做到这一点倒要比做别的事容易。在入狱之初,最叫我痛苦难受的是我还有自由人意识。例如,我想到海滩上去,想朝大海走去,想象最先冲到我脚下的海浪的声响,想象身体跳进海水时的解脱感,这时,却突然意识到自己是禁闭在牢房的四壁之中。但这种不适应感只持续了几个月,然后,我就只有囚犯意识了。

我期待着每天在院子里放风或者律师来和我晤谈。其余的时间，我也安排得很好。我常想，如果要我住在一棵枯树的树干里，什么事都不能做，只能抬头望望天空的流云，日复一日，我逐渐也会习惯的，我会等待着鸟儿阵阵飞起，云彩聚散飘忽，就像我在牢房里等着我的律师戴着奇特的领带出现，或者就像我在自由的日子里耐心地等到星期六而去拥抱玛丽的肉体。更何况，认真一想，我并没有落到在枯树干里度日的地步。比我更不幸的人还多着呢，不过，这是妈妈的思维方式，她常这么自宽自解，说到头来人什么都能习惯。

而且，一般来说，我还没有到此程度。头几个月的确很艰难，但我所做出的努力使我渡过了难关。例如，我老想女人，想得很苦。这很自然，我还年轻嘛。我从来都不特别想玛丽，但我想某一个女人、想某一些女人、想我曾经认识的女人、想我爱过她们的种种情况，想得那么厉害，以致我的牢房里都充满了她们的形象，到处都萌动着我的性欲。从某种意义上来说，这使得我精神骚动不安；从另一种意义上说，却又帮我消磨了时间。我终于赢得了看守长的同情，每天开饭的时候，他都与厨房的工友一道进来，正是他首先跟我谈起了女人。他对我说，这是其他囚犯也经常抱怨的头一件大事。我对他说我也如此，并认为这种待遇是不公正的。他却说："但正是为了这个，才把你们投进了监狱。"

"怎么，就为了这个？"

"是的，什么是自由？女人就是自由呀！你们被剥夺了这种自由。"

我从没有想到这一层。我对他表示同意，我说：

"的确如此，要不然惩罚从何谈起？"

"您说得对，您懂这个理，那些囚犯都不懂，不过，他们最终还是自行解决了他们的性欲问题。"看守长说完这话就走了。

还有，没有烟抽也是一个问题。我入狱的那天，看守就剥走了我的腰带、我的鞋带、我的领带，搜空了我的口袋，特别是其中的香烟。进了单人牢房，我要求他们还给我。但他们对我说，监狱里禁止抽烟。头些天，我真难熬，这简直就叫我一蹶不振。我只好从床板撕下几块木片来吮哑。整个那天，我都想呕吐。我不理解为什么监狱里不许抽烟，抽烟对谁都没有危害呀。过了些日子，我明白了这就是惩罚的一部分。但这时我已经习惯于不抽烟了，因此，这种惩罚对我也就不再成其为一种惩罚啦。

除了这些烦恼，我还不算太不幸。最根本的问题，我再说一遍，仍是如何消磨时间。自从我学会了进行回忆，我终于就不再感到烦闷了。有时，我回想我从前住过的房子，我想象自己从一个角落出发，在房间里走一圈又回到原处，心里历数在每一个角落里见到的物件。开始，很快就数完一遍。但我每来一遍，时间就愈来愈长。因为我回想起了每一件家具，每一件家具上陈设的每一件物品，每一件物品上所有的局部细节，如上面镶嵌着什么呀，有什么裂痕呀，边缘有什么缺损呀，还有涂的是什么颜色、木头的纹理如何呀，等等。同时，我还试着让我的清单不要失去其连贯性，试着不遗漏每一件物品。几个星期之后，单单是数过去房间里的东西，我一数就能消磨好几个钟头。这样，我愈是进行回想，愈是从记忆中挖掘出了更多的已被遗忘或当时就缺乏认识的东西。于是我悟出了，一个人即使只生活过一天，他也可以在监狱里待上100年而不至于难以度日，他有足够的东西可供回忆，绝不会感到烦闷无聊。从某种意义上来说，这也是一种愉快。

还有睡觉问题。开始，我夜里睡不好，白天根本睡不着。渐渐地，我夜里睡得好了，白天也能睡得着。我可以说，在最后的几个月里，我每天能睡上16到18个钟头。这样，我就只剩下6个钟头要打发了，除了吃、喝、拉、撒，我就用回忆与捷克斯洛伐克人的故事来消磨时间。

有一天，我在床板与草褥子之间，发现了一块旧报纸，它几乎与褥垫粘在一起，颜色发黄，薄得透明。那上面报道了一桩社会新闻，缺了开头，但看得出来事情是发生在捷克斯洛伐克。有个人早年离开自己的村子，外出谋生。过了25年，他发了财，带着妻儿回家乡。他母亲与他妹妹在村里开了家旅店。为了要让她们得到意外的惊喜，他把自己的妻子与儿子留在另一个地方，自己则住进他母亲的旅馆。进去时，母亲没有认出他。他想开个大玩笑，就特意租了一个房间，并亮出自己的钱财。夜里，他的母亲与妹妹为了谋财，用大锤砸死了他，把尸体扔进了河里。第二天早晨，他的妻子来了，懵然不知真情，通报了这位店客的姓名。母亲上吊自尽，妹妹投井而死。这则报道，我天天反复阅读，足足读了几千遍。一方面，这桩事不像是真的；另一方面，却又自然而然。不论怎样，我觉得这个店客有点咎由自取，人生在世，永远也不该演戏作假。

就这样，我睡大觉、进行回忆、读那则新闻报道，昼夜轮回，日复一日，时间也就过去了。我过去在书里读到过，说人在监狱里久而久之，最后就会失去时间观念。但是，这对我来说，并没有多大意义。我一直不理解，在何种程度上，既可说日子漫漫难挨，又可说苦短无多。日子，过起来当然就长，但是拖拖拉拉，日复一日，年复一年，最后就混淆成了一片。每个日子都丧失了自己的名字。对我来说，只有"昨天"与"明天"这样的字，才具有一定的意义。

有一天，看守对我说我入狱已经有5个月了，我相信他说得很准确，但对此我颇不理解。在我看来，这5个月在牢房里，我总是过着一模一样的一天，总是做一模一样的事情。那天，看守走了后，我对着我的铁饭盒照了照自己，我觉得，我的样子显得很严肃，即使是在我试图微笑的时候也是如此。我晃了晃那饭盒，又微笑了一下，但照出来的仍是那副严肃而忧愁的神情。天黑了，这是我不愿意谈到的时间，是无以名状的时间，这时，夜晚的嘈杂声从监狱各层升起，而后又复归于一片寂静。我走近天窗，借着最后的亮光，又照了照自己的脸。神情老是那么严肃。这有什么奇怪呢？既然那个时刻我一直就很严肃。但这时，我几个月来第一次清晰地听见我自己说话的声音。我辨识出这就是好久以来一直在我耳边回响的声音，我这才明白，在这一段日子里，我一直在自言自语。于是，我回想起妈妈葬礼那天女护士说过的话。不，出路是没有的，没有人能想象出监狱里的夜晚是怎么样的。

三

我可以说，一个夏天接着一个夏天，其实过得也很快。我知道，天气开始愈来愈热时，我就会碰到若干新的情况。我的案子定在重罪法庭最后一轮中审理，这一轮将于6月底结束。开庭进行公开辩论时，外面的太阳正如火如荼。我的律师向我保证，审讯不会超过两三天。他补充说："再说，到那时，法庭会忙得不可开交，因为您的案子并不是那一轮中最要紧的一桩。在您之后，紧接着就要审一桩弑父案。"

早晨7点半钟，执法人员来提我，囚车把我送到法院。两名法警把我带进一间阴凉的小房间，我们坐在一扇门旁候着，隔着门，可以听到一片谈话声、叫唤声、挪动椅子声，吵吵嚷嚷的，使我觉得像本区那些节日群众聚会、音乐演奏完之后，人们就一哄而上，清理场地，准备跳舞。法警告诉我得等一会儿才开庭，其中的一人递给我一支烟，我谢绝了。不一会儿，他问我是不是"心里害怕"。我回答说不。我甚至说，在某种意义上，我倒挺有兴趣见识见识如何打官司，我这一辈子还从来没有见过打官司呢。另一个法警接我的话茬说："这倒也是。不过，见多了就累得慌。"

过了一会儿，房间里一个小电铃响了。他们给我摘下手铐，打开大门，带我走到被告席上。整个大厅，人群爆满。尽管窗口挂着遮帘，阳光仍从一些缝隙透射进来，大厅里的空气已经很闷热了。窗户仍然都关着。我坐下来，两名法警一左一右看守着我。这时，我才看清我面前有一排面孔，他们都盯着我，我明白了，这些人都是陪审员，但我说不清这些面孔彼此之间有何区别。我只是觉得自己似乎是在电车上，对面座位上有一排不认识的乘客，他们审视着新上车的人，想在他们身上发现有什么可笑之处。我马上意识到我这种联想很荒唐，因为我面前这些人不是在找可笑之处，而是在找罪行。不过，两者的区别也并不大，反正我就是这么想的。

在这个门窗紧闭的大厅里拥挤着这么多人，这真有点使我头昏脑涨。我朝法庭上望了望，没有看清楚任何一张面孔。我现在认为，这首先是因为我没有料想到，整个大厅的人挤来挤去，全是为了来瞧瞧我这个人的。平时，世人都没有注意到我。来到法庭上，我总算明白了，我就是眼前这一片骚动的起因。我对法警表示惊讶说："这么多人！"他回答我说这是报纸炒作的结果。他给我指出坐在陪审员席位下一张桌子旁边的一伙人，说："他们就在那儿。"我问："谁？"他说："报社的人呀！"他认识其中的一个记者，那人也瞧见了他，并向我们走来。此人年纪不轻，样子和善，长着一副滑稽的面孔。他很热情地跟法警握了握手。这时，我注意到大家都在见面问好，打招呼，进行交谈，就像在俱乐部有幸碰见同一个圈子里的熟人那样兴高采烈。我也就明白了自己为什么产生了一种奇特的感受，觉得我这个人纯系多余，有点像个冒失闯入的家伙。但是，那个记者却笑眯眯跟我说话了，他希望我一切顺利。我向他道了声谢谢，他又说：

"您知道，我们把您的案子渲染得有点儿过头了。夏天，这是报纸的淡季。只有您的案子与那桩弑父案还有点儿可说的。"

接着，他指给我看，在他刚离开的那一堆人中，有一个矮个子，那人像一只肥胖的银鼠，戴着一副黑边的大眼镜。他告诉我，此人是巴黎一家报社的特派记者，他说：

"不过，他不是专为您而来的，因为他来报道那桩弑父案，报社也就要他把您的案子也一起捎带上。"

说到这里,我又差点儿要向他道谢了。但一想,这不免会显得很可笑。他亲切地向我摆了摆手,就离去了。接着,我们又等候了几分钟。

我的律师到场了,他穿着法院的袍子,由好几个同事簇拥着。他向那些记者走去,跟他们握手,互相打趣说笑,都显得如鱼得水,轻松自在,直到法庭上响起铃声为止。于是,大家各就各位。我的律师走到我跟前,握了握我的手,嘱咐我回答问题要简短,不要主动发言,剩下的事则由他来代劳。

在左边,我听见椅子往后挪动的声音,我看见一个细高身材的男人,身披红色的法袍,戴着夹鼻眼镜,仔细地理了理法袍坐了下来。此人就是检察官。执达员宣布开庭。与此同时,两个大电扇开动起来,发出嗡嗡的声响。3个审判员,两个穿黑衣,一个穿红衣,夹着卷宗进了大厅,快步向俯视着全场的审判台走去。穿红衣的庭长坐在居中的高椅上,把他那顶直筒无边的高帽放在面前,用手帕拭了拭自己小小的秃头,宣布审讯开始。

记者们已经手中握笔,他们的表情都冷漠超然,还带点嘲讽的样子。但是,他们之中有一个特别年轻的,穿一身灰色法兰绒衣服,系一根蓝色领带,把笔放在自己面前,眼睛一直盯着我。在他那张有点不匀称的脸上,我只注意到那双清澈明净的眼睛,它专注地审视着我,神情难以捉摸。而我也有了一种奇特的感觉,好像是我自己在观察我自己。也许是因为这一点,也因为我不懂法庭上的程序,我对后来进行的一切都没有怎么搞清楚,例如,陪审员抽签,庭长向律师提问,向检察官、向陪审团提问(每次提问的时候,陪审员的脑袋都同时转向法官席),然后是很快地念起诉书,我只听清楚了其中的地名与人名,然后,又是向律师提问。

这时,庭长宣布传讯证人。执达员念了一些引起我注意的名字,从那一大片混混沌沌的人群中,我看见证人们一个个站起来,从旁门走出去，他们是养老院的院长与门房、多玛·贝雷兹老头、雷蒙、马松、沙拉玛诺，还有玛丽。玛丽向我轻轻做了一个表示焦虑的手势。我还在纳闷儿怎么没有早些看见他们。最后，念到塞莱斯特的名字，他也跟着站起来了。在他身边，我认出了在饭店见过的那个身材矮小的女人，她仍穿着那件夹克衫，一副一丝不苟、坚决果敢的神气。她的眼睛紧紧地盯着我。但我来不及考虑什么，因为庭长开始发言了。他说双方的辩论就要开始了，他相信用不着再要求听众保持安静。他声称，他的职责是引导辩论进行得公平合理，以客观的精神来审视这个案件，陪审团的判决亦将根据公正的精神作出，不论发生什么情况，他将坚决排除对法庭秩序的任何干扰，即使是最微不足道的干扰。

大厅里越来越闷热，我看见好些在场者都在用报纸给自己扇风。这样，就造成了一阵持续不断的纸张哗啦哗啦声。庭长做了一个手势，执达员很快就拿来三把稻草编织的扇子，3位法官立刻就扇将起来了。

对我的审问开始了。庭长语气平和地向我发问，甚至我觉得他带有一丝亲切感。虽然我不厌其烦，他还是先要我自报身份、籍贯、年龄。我自己一想，这也是自然而然、合情合理的，万一把某甲当做某乙来审一通，岂不是一件极为严重的事情？接着，庭长又开始复述了我所犯下的事情，每念三句就问我一声："是这样的吗？"对此，我总是根据律师的嘱咐回答说："是的，庭长先生。"这一个程序拖了很长的时间，因为庭长复述得很详细。在此过程中，记者们都在做笔录。我感到那个最年轻的记者与那个自动机器般的小个子女人，一直用眼光盯着我。像坐在电车板凳上的一排陪审员全都转身向着庭长，专心倾听。庭长咳嗽了一声，翻阅了一下卷宗，一边扇着扇子，一边转向我。

他说他现在要涉及几个表面上跟案子无关、但实际上是关系颇大的问题。我知道他也要谈妈妈的问题了，这时，我感到自己对此是厌烦透了。他问我，为什么要把妈妈送进养老院，我回答说，因为没有钱雇人照料她的生活起居。他又问我，就我个人而言，这样做是否使我心里难过，我回答说，不论是我妈妈还是我自己，并不期望从对方那里得到什么，而且也不期望从任何人那里得到什么，我们两人都已经习惯我们这种新式的生活。于是，庭长说他并不想强调这个问题，接着，他问检察官是否有其他的问题要向我提出。

检察官半转过身来，没有正眼瞧我，说如果庭长准许的话，他想知道我当时独自回到泉水那里，是否怀有杀死阿拉伯人的意图。我说："没有。"他又说："既然如此，那当事人为什么要带着武器，而且偏偏直奔这个地方呢？"我说纯属偶然。检察官着重强调了一句，语气阴坏阴坏的："暂时就说这些。"接着，事情进行得有点凌乱，至少我有这种印象。经过一番私下磋商之后，庭长宣布休庭，听取证词则推迟到下午进行。

我没有时间做过多考虑，他们就把我带走，装进囚车送回监狱吃午饭。这一切进行得匆匆忙忙，没有花什么时间，待我刚来得及感到很累的时候，他们又来提我上庭了。一切都又重来一遍，我被带进同样的大厅，面对着同样那些面孔。不同的只是大厅里更加闷热了，就像发生了奇迹一样，每个法官、检察官、我的律师与一些记者，都手执一把草扇。那个年轻的记者与那个瘦小的女士也已在座，但这两人却不扇扇子，而是仍然一言不发地紧盯着我。

我擦了擦脸上的汗，直到我听见传唤养老院院长上庭作证时，我才稍微意识到自己所处的场合与处境。检察官问他我的妈妈对我是否常有怨言，他说是的，但又补充说，经常埋怨自己的亲人，这差不多是养老院的老人普遍都有的怪癖。庭长要他明确指出妈妈是否对我把她送进养老院一事有怨言，院长也回答说是。但对这个问题，他没有作补充说明。接着，庭长又向他提出另一个问题，对此，他回答说，他对我在下葬那天的平静深感惊讶。然后，他又被问及他所说的平静是指什么，他看了看自己的鞋尖，说是指我不愿意看妈妈的遗容，我没有哭过一次，下葬之后立刻就走，没有在坟前默哀。他说，还有一件事使他感到惊讶，那就是殡仪馆的人告诉他，我不知道妈妈的具体岁数。说到这里，大厅里一时寂静无声，庭长要养老院院长确认所讲的就是我，院长没有听清楚这个问题，牛头不对马嘴地回答说："这就是法律。"接着，庭长又问检察官还有没有问题要问证人，检察官大声嚷道："噢！没有了，这已经足够了。"他的声音如此响亮，他的目光如此洋洋得意，朝我一扫，使得我多年以来第一次产生了愚蠢的想哭的念头，因为我感到所有这些人是多么厌恶我。

庭长又问了陪审团与我的律师有没有问题要问，然后要养老院的门房上庭作证。门房也像其他人那样，履行了同样的程序。走过我面前时，他瞧了我一眼，就把目光移开了。他回答了向他提出的问题。他说我不想见妈妈的遗容，说我抽了烟、睡了觉、喝了牛奶咖啡。这时，我感到有某种东西激起了全大厅的愤怒，我第一次觉得我真正有罪。庭长要门房把喝牛奶咖啡与抽烟的经过再复述了一遍。检察官看了看我，眼睛里闪烁着嘲讽的目光。这时，我的律师问门房当时是否跟我一道抽烟来着。但检察官猛然站起来，激烈反对这个问题说："在这里，究竟谁是罪犯？这种为了削弱证词的力量而不惜给证人抹黑的做法，究竟是什么做法，但这份证词是无可辩驳的，并不因抹黑伎俩而减色！"尽管如此，庭长仍然要门房回答上述问题。那老头儿难为情地说："我知道当时我也不应该抽烟，但先生递给我一支，我不敢拒绝。"最后，他们问我有没有要补充的。我回答说："没有，我只想说，证人没犯错，当时我的确递了一支烟给他。"这时，门房有点惊奇地看了看我，还带有一种感激的神情。他迟疑了一下，说牛奶咖啡是他请我喝的。对此，我的律师得意扬扬地叫了起来，说陪审团一定会重视这一点的。而检察官却在我们头上像雷鸣一样大声吼道："是的，陪审员先生们会注意这一点，不过他们会认定，一个非亲非故的人完全可以送上一杯咖啡，但一个儿子面对着生他育他的那个人的遗体，就应该加以拒绝。"这时，门房回到自己的座位上去了。

轮到多玛·贝雷兹作证了，执达员一直把他扶到证人席上。贝雷兹说，他主要是认识我妈妈，跟我只见过一次面，就是下葬的那天。法官问他那天我有些什么表现，他回答说："诸位都明白，我自己当时太难过了，所以，我什么都没有看见，难过的感情使我没有去注意。因为对我来说，那是天大的悲痛，我甚至都晕倒了。因此，我不可能去注意这位先生。"检察官问他，是不是至少看见了我哭。贝雷兹说没有看见。检察官于是说："陪审团的诸位会重视这一点的。"但我的律师恼火了，他以一种我觉得是颇为夸张的语气问贝雷兹，他是否看见了我没有哭？贝雷兹回答说没有看见。这一问一答引起了哄堂大笑。我的律师一边挽起自己的一只衣袖，一边以不容置疑的口气说："这就是这场审讯的形象，所有一切都是真的，但又没有任何东西是真的！"检察官板着脸，用铅笔在他的文件上戳戳点点那些标题。

审讯暂停了5分钟，这时，我的律师对我说，事情进行得再好不过。接着，法庭传唤塞莱斯特作证，他是由被告方提名出庭的，而被告方，就是我。塞莱斯特不时把目光投向我这一边，手里不停地摆弄着一顶巴拿马草帽。他穿着一身新衣服，那是他好几个星期天跟我一道去看赛马时穿的。但我现在记得他当时没有戴硬领，因为只有一只铜纽扣住了他衬衫的领口。庭长问他我是不是他的顾客，他说："是的，但也是一个朋友。"问及他对我的看法时，他回答说我是个男子汉；问及他此话是什么意思时，他回答说谁都知道此话的意思；问及他是否注意到我是一个封闭孤僻的人时，他只回答说我是个从不说废话的人。检察官问他我到他饭店吃饭，是否按时付款。塞莱斯特笑了，他说："这是我与他之间的私事。"又问及他对我的罪行有什么看法时，他把两手放在栏杆上，可以看得出来，他事先对此是有所准备的，他这样答道："在我看来，这是一桩不幸事故。不幸事故，谁都知道是怎么回事。它叫你无法预防。嗨！所以在我看来，这是一桩不幸事故。"他还要继续讲下去，但庭长对他说他已经说得很清楚了，谢谢他。这时，塞莱斯特待在那里，不知所措。他大声表示，他还要继续发言。庭长要求他讲得简短一些。他又重复了一遍，说这是个不幸事故。庭长打断他说："是的，当然是不幸事故，但我们在这里就是为了审理这类不幸事故。我们向您表示感谢。"似乎他已竭尽了自己的心力，充分表现出了作为朋友的善意。塞莱斯特朝我转过身来，我觉得他眼里闪出泪光，嘴唇颤抖哆嗦，那样子好像在问我他还能尽些什么力。我呢，我什么也没有说，也没有做任何表示，但我生平第一次产生了想要去拥抱一个男人的想法。庭长又一次请他离开作证席。塞莱斯特这才回到了旁听席上。在以下的审讯过程中，他就坐在那里，身子稍微前倾，两肘支在膝上，手里拿着巴拿马草帽，听着旁人作证。玛丽被带进来了。她戴着帽子，仍然是那么美，但我更喜欢她长发披肩。从我的位置上，我可以感觉得到她乳房轻轻地颤动，我又回想起了她那微微鼓出的下嘴唇。这时她好像很紧张。刚一上来，庭长就问她是从什么时候认识我的。她说是我们在一家公司里做事的时候认识的。庭长又问她跟我是什么关系，她说她是我的女友，对与此相关的一个问题，她说她的确要和我结婚。正在翻阅卷宗的检察官这时突然问她何时与我发生肉体关系的，她说了那个日期。检察官以一种不动声色的神态指出，那似乎就是我妈妈下葬的第二天。接着，他带着明显的嘲讽意味说，他并不想在一个微妙的问题上大做文章，他也很理解玛丽不便启齿，但是，他认为自己的职责使他不得不超脱某些通常的礼节（说到这里，他的声调大为严厉起来）。于是，他要求玛丽把我们发生关系那天的经过讲述一遍。玛丽不愿意讲，但在检察官的坚持下，她讲了那天我们游泳、看电影与回到我住处的经过。检察官说，根据玛丽在预审中所提供的证词，他调查了那一天电影院放映的节目，他要玛丽自己来说说那天我们看的是什么片子。玛丽的声音都变了，说那是费尔南德的一部片子。她话音一落，全场鸦雀无声。这时,检察官霍地站了起来,神态庄严,用手指着我,以一种我觉得很是激动的声调,咬着一个字一个字地、慢吞吞地叫道:"陪审团的先生们,此人在自己母亲下葬的第二天,就去游泳,就去开始搞不正当的男女关系,就去看滑稽电影、放声大笑,我用不着再向诸位说什么了。"他坐下,大厅里仍是鸦雀无声。但是,玛丽突然大哭起来,她说情况并不是这样,还有其他的情况,她刚才的话并不是她心里想的,而是人家逼她说的,她一直很了解我,我没有做过任何坏事,但是,执达员在庭长的示意下,立刻把她架了出去,审讯又继续进行。

接下去是听马松的证词。他宣称我是一个正直的人,"甚至要说,是个老实人。"但这时大厅里的人都不怎么听他的了。轮到沙拉玛诺作证,更没有多少人听了。他说我对他的狗很好,关于我妈妈与我的问题,他回答说,我跟妈妈没有什么话可说,因为这一点,我把她送进了养老院。"应该理解呀,应该理解呀!"他这样说。但没有人表示理解。他也被带走了。

再就是轮到雷蒙了,他是最后一个作证的。雷蒙向我轻轻做了个手势,一上来就说我是无辜的。但庭长立即宣称,法庭不要他下判断,而是要他提供事实,吩咐他先等法庭提问,然后再作回答。接着,首先要他讲清楚他与被杀者的关系。雷蒙趁这个机会说被杀者恨的是他,因为他羞辱了他的姐姐。庭长问他,被杀者是否没有原因对我有什么仇恨,雷蒙说我到海滩去完全是出于偶然。检察官问他,为什么最初酿成了这个事件的那封信是出自我手。雷蒙回答说,这也是出于偶然。检察官反驳说,在这个事件中,偶然性对人类良知的毁坏已经很多了。他想知道,当雷蒙羞辱他的情妇的时候,我没有去劝阻,这是否出于偶然;我为他到警察局去作证,这是否出于偶然;我在作证时所说的话完全是为了讨好人,这是否也出于偶然。最后,他问雷蒙靠什么生活,雷蒙回答说"当仓库管理员"。检察官朝着陪审团大声说,众所周知,此人所干的行当是给妓女拉皮条,而我则是他的同谋,他的朋友。这是一个最下流无耻的事件,由于有道德上的魔鬼在其中掺和而更加严重。这时,雷蒙要进行申辩,我的律师也表示抗议,但庭长要他们让检察官把话讲完。检察官说:"我要讲的话不多了,他是您的朋友吗?"他这样问雷蒙,雷蒙回答说:"是的,他是我的哥们儿。"检察官又向我提出同样的问题,我看了看雷蒙,他仍目不转睛地看着我。我回答:"是的。"检察官于是转身向着陪审团,大声说:"还是这个人,他母亲死后的第二天,就去干最放荡无耻的勾当,为了了结一桩伤风败俗、卑鄙龌龊的纠纷,就随随便便去杀人。"

检察官坐下了。我的律师已经按捺不住,他举起胳臂,法袍的袖子因此滑落下来,露出里面上了浆的衬衣的褶痕,他大声嚷道:"说到底,究竟是在控告他埋了母亲,还是在控告他杀了一个人?"听众哄堂大笑。但检察官又站了起来,披了披自己的法袍,高声宣称,只有您这位可敬的辩护律师如此天真无邪,才能对这两件事之间深层次的、震撼人心的、本质的关系视而不见、无动于衷。他声嘶力竭地喊道:"是的,我控告这人怀着一颗杀人犯的心埋葬了一位母亲。"这一声宣判,显然对全体听众产生了很大的影响。我的律师耸了耸肩,擦了擦额头上的汗,看来他本人也颇受震撼,这时我感到我的事情不妙了。

审讯完毕。出了法庭上囚车的一刹那间,我又闻到了夏季傍晚的气息,见到了这个时分的色彩。我在向前滚动的昏暗的囚车里,好像是在疲倦的深渊里一样,一一听出了这座我所热爱的城市、这个我曾心情愉悦的时分的所有那些熟悉的声音:傍晚休闲气氛中卖报者的吆喝声,街心公园里迟归小鸟的啁啾声,三明治小贩的叫卖声,电车在城市高处转弯时的呻吟声,夜幕降临在港口之前空中的嘈杂声,这些声音又在我脑海里勾画出我入狱前非常熟悉的在城里漫步的路线。是的,过去在这个时分,我都心满意足,精神愉悦,但这距今已经很遥远了。那时,等待我的总是毫无牵挂的、连梦也不做的酣睡。但是,今非昔比,我却回到自己的牢房,等待着第二天的到来,就像划在夏季天空中熟悉的轨迹,既能通向监狱,也能通向酣睡安眠。

四

即使是坐在被告席上,听那么多人谈论自己,也不失为一件有意思的事。在检察官与我的律师进行辩论时,我可以说,双方对我的谈论的确很多,也许谈论我比谈论我的罪行更多。但双方的辩词,果真有那么大的区别吗?律师举起胳膊,承认我有罪,但认为情有可原;检察官伸出双手,宣称我有罪,而且认为罪不可赦。使我隐隐约约感到不安的是一个东西,那便是有罪。虽然我顾虑重重,我有时仍想插进去讲一讲,但这时我的律师就这么对我说:"别做声,这样对您的案子更有利。"可以说,人们好像是在把我完全撇开的情况下处理这桩案子。所有这一切都是在没有我参与的情况下进行的。我的命运由他们决定,而根本不征求我的意见。时不时,我真想打断大家的话,这样说:"归根到底,究竟谁是被告?被告才是至关重要的。我本人有话要说!"但经过考虑,我又没有什么要说了。而且,我应该承认,一个人对大家感兴趣的问题,也不可能关注那么久。例如,对检察官的控词,我很快就感到厌烦了。只有其中那些与整体无关的只言片语、手势动作、滔滔不绝讲话,才使我感到惊讶,或者引起我的兴趣。

如果我没有理解错的话,他基本的思想是认定我杀人纯系出自预谋。至少,他力图证明这一点。正如他本人所说:"先生们,我将进行论证,进行双重的论证。首先是举出光天化日之下犯罪的事实,然后是揭示出我所看到的这个罪犯心理中的蛛丝马迹。"他概述了妈妈死后的一连串事实,历数了我的冷漠、我对妈妈岁数的无知、我第二天与女人去游泳、去看费尔南德的片子、与玛丽回家上床。我开始没有搞清楚他的所指，因为他老说什么"他的情妇"，"他的情妇"，而在我看来，其实很简单，就是玛丽。接着，他又谈雷蒙事件的过程。我发现他观察事物的方式不够清晰明了。他说的话还算合情合理。我先是与雷蒙合谋写信，把他的情妇诱骗出来，让这个"道德有问题"的男人去作践她。后来我又在海滩上向雷蒙的仇人进行挑衅。雷蒙受了伤后，我向他要来了手枪。我为了使用武器又独自回到海滩。我按自己的预谋打死了阿拉伯人。我又等了一会儿。为了"确保事情解决得彻底"，又开了4枪，沉着、稳定、在某种程度上是经过深思熟虑地又开了4枪。

"先生们，事情就是这样，"检察官说，"我给你们复述出全部事实的发展线索，说明此人完全是在神志清醒的状态中杀了人。我要强调这一点。因为这不是一桩普通的杀人案，不是一个未经思考、不是一个当时的条件情有可原、不是一个值得诸位考虑不妨减刑的罪行。先生们，此人，犯罪的此人是很聪明的。你们听他说过话没有？他善于应对，他很清楚每个字的分量。我们不能说他行动的时候不知他是在干什么。"

我听着他侃侃而谈，听见了他说我这个人很聪明。但我难以理解，为什么一个普通人身上的优点，到了罪犯身上就成为了他十恶不赦的罪状。至少，他这种说法使我感到很惊诧，于是，我不去听检察官的长篇大论了，直到过了一会儿，我又听见他这样说："难道此人表示过一次悔恨吗？从来没有，先生们，在整个预审过程中，此人从没有对他这桩可憎的罪行流露过一丝沉痛的感情。"说到这里，他向我转过身来，用手指着我，继续对我大加讨伐，真弄得我有些莫名其妙。当然，我不能不承认他说得有根有据。我对开枪杀人的行为，的确一直并不怎么悔恨。但他那么慷慨激昂，却使我感到奇怪。我真想亲切地，甚至是带着友情地向他解释，我从来没有对某件事真正悔恨过。我总是为将要来到的事，为今天或明天的事忙忙碌碌，操心劳神。但是，在我目前这种处境下，我当然不能以这种口吻对任何人说话。我没有权利对人表示友情，没有权利抱有善良的愿望。想到这里，我又试图去倾听检察官的演说，因为他开始评说我的灵魂了。

他说他一直在研究我的灵魂，结果发现其中空虚无物。他说我实际上没有灵魂，没有丝毫人性，没有任何一条在人类灵魂中占神圣地位的道德原则，所有这些都与我格格不入。他补充道："当然，我们也不能因此而谴责他。他既然不能获得这些品德，我们也就不能怪他没有。但是，我们现在是在法庭上，宽容可能产生的消极作用应该予以杜绝，而代之以正义的积极作用，这样做并不那么容易，但是更为高尚。特别是在今天，我们在此人身上所看到的如此大的灵魂黑洞，正在变成整个社会有可能陷进去的深渊，就更有必要这样做。"这时，他又说起了我对妈妈的态度。他把在辩论时说过的话又重复了一遍。但说这事的话要比说我杀人罪的话多得多，而且滔滔不绝，不厌其烦，最后使得我听而不闻，只感觉到这天早晨的天气热得厉害，至少直到检察官停了一下的时候。然后，他又以低沉而坚定不移的声音说道："先生们，我们这个法庭明天将要审判一桩最凶残可恶的罪行，杀死亲生父亲的罪行。"据他说，这种残忍的谋杀简直令人无法想象。他希望人类的正义对此予以严惩而不手软。但是他敢说那桩罪行在他身上引起的憎恶，与我对妈妈的冷酷所引起的憎恶相比，几乎可说是小巫见大巫。他认为，一个在精神心理上杀死了自己母亲的人，与一个谋害了自己父亲的人，都是以同样的罪名自绝于人类社会。在任何意义上来说，前一种罪行是后一种罪行的准备，它以某种方式预示着后一种罪行的发生，并使之合法化。他提高声调继续说："先生们，我坚信，如果我说坐在这张凳子的人，与本法庭明天将要审判的谋杀案同样罪不可恕，你们绝不会认为我这个想法过于鲁莽。他应该受到相应的惩罚。"说到这里，检察官擦了擦因汗水闪闪发光的脸，他最后说，他的职责是痛苦的，但他要坚决地去完成。他宣称，既然我连这个社会的基本法则都不承认，当然已与这个社会一刀两断；既然我对人类良心的基本反应麻木不仁，当然不能对它再有所指望。他说："我现在向你们要求，取下此人的脑袋。在提出这个要求时，我的心情是轻快的，因为，在我从事已久的职业生涯中，如果我有时也偶尔提出了处以极刑的要求的话，我从未像今天这样感到我艰巨的职责得了补偿，达到了平衡，并通明透亮，因为我的判断是遵循着某种上天的、不可抗拒的旨意，是出自对这张脸孔的憎恶。在这张脸孔上，我除了看见有残忍外，别无任何其他的东西。"

检察官坐下后好久一会儿，大厅里静寂无声。我因为闷热与惊愕而头昏脑涨。庭长咳了两声，清清嗓子，用很低的声音问我有没有话要说。我站了起来，由于我憋了好久，急着要说，说起来就有点没头没脑。我说我并没有打死那个阿拉伯人的意图。庭长回答说，这是肯定的，又说到目前为止，他还没有搞清楚我为自己辩护的要领，希望在听取我律师的辩护词之前，我先说清楚导致我杀人的动因。我说得很急，有点儿语无伦次，自己也意识到有些可笑。我说，那是因为太阳起了作用。大厅里发出了笑声。我的律师耸了耸肩膀，马上，庭长就让他发言了。但他说，时间不早了，他的发言需要好几个钟头，他要求推迟到下午再讲。法庭同意了。

下午，巨大的电扇不断地搅和着大厅里混浊的空气，陪审员们手里五颜六色的小草扇全朝一个方向扇动。我觉得我的律师的辩护词大概会讲个没完没了。有一阵子，我是注意听了，因为他这样说："的确，我杀了人。"接着，他继续用这种语气讲下去，每次谈到我这个被告时，他都自称为"我"。我很奇怪，就弯下身子去问法警这是为什么，法警要我别出声，过了一会儿，他说："所有的律师都用这个法子。"我呢，我认为这仍然是把我这个人排斥出审判过程，把我化成一个零，又以某种方式，由他取代了我。不过，我觉得我已经离这个法庭很远了，而且，还觉得我的律师很可笑。他很快就以阿拉伯人的挑衅为由替我进行辩护,然后,他也大谈起我的灵魂,但我觉得他的辩才远远不如那位检察官。他这样说:"我本人,我也研究过被告的灵魂,但与检察机构这位杰出的代表相反,我发现了一些东西,而且我可以说,这些东西是一目了然的。"他说,他看到我是一个正经人,一个循规蹈矩的职员,不知疲倦,忠于职守,得到大家的喜爱,对他人的痛苦富有同情心。在他看来,我是一个模范儿子,尽了最大的努力供养母亲。最后,由于希望老太太得到我的能力难以提供的舒适生活,才把她送进了养老院。他又补充说:"先生们,我很奇怪,有关人士竟对养老院议论纷纷,大加贬损。说到底,如果要证明养老院这种设施的用处与伟大,只需指出这些机构全是由国家津贴的就行了。"不过,他没有谈到葬礼问题,我觉得这是他辩护词的一个漏洞。由于这些长篇大论,由于人们一小时又一小时、一天又一天没完没了地评论我的灵魂,我似乎觉得,所有这一切都变成了一片无颜无色的水,在它面前我感到晕头转向。

  最后,我只记得,正当我的律师在继续发言时,一个卖冰的小贩吹响了喇叭,声音从街上穿过一个个大厅与法庭,传到了我耳边,对过去生活的种种回忆突然涌入我的脑海,那生活已经不属于我了,但我从那里确曾得到过我最可怜、最难以忘怀的快乐,如夏天的气味、我所热爱的街区、傍晚时的天空、玛丽的笑声与裙子。我觉得来到法庭上所做的一切都毫无用处,这使我心里堵得难受,只想让他们赶紧结束,我好回到牢房里去睡大觉。所以,我的律师最后大声嚷嚷时,我几乎没有听见。他说,陪审员先生们是不会把一个因一时糊涂而失足的老实劳动者送上死路的,他要求对我已犯下的罪行予以减刑,因为对我最实在的惩罚,就是让我终身悔恨。法庭结束辩论,我的律师筋疲力尽地坐下。但他的同事都走过来跟他握手,我听他们说:"棒极了,亲爱的。"其中的一人甚至拉我来帮腔:"嗨,怎么样?"我表示同意,但我的恭维言不由衷,因为我实在太累了。

外面，天色已晚，也不那么炎热了。我听见从街上传来的一些声音，可以想象已经有了傍晚时分的凉爽。大厅里的人都在那里等着，其实大家所等的事情只关系我一个人。我看了看整个大厅，情形与头一天完全一样。我又碰见了那个穿灰色上衣的新闻记者和那个像机器人的女子的目光。这使我想起了，在整个审讯过程中我都没有用眼光去搜索玛丽。我并没有忘记她，而是因为我要应付的事太多了。这时，我看见她坐在塞莱斯特与雷蒙之间，她向我做了个小小的手势，仿佛在说："总算完了！"我看见她那略显忧伤的脸上泛出了一丝笑容，但我感到自己的心已经对外封闭，甚至无法回答她的微笑。

　　全体法官又回来了。庭长向陪审团很快地念了一连串问题。我听见有"杀人犯"……"预谋"……"可减轻罪行的情节"等。陪审团走出大厅，我也被带到我原来在里面等候的那个小房间。我的律师也来了，他滔滔不绝，以从来没有过的自信心与亲切态度跟我说话。他认为一切顺利，我只需坐几年牢或者服几年苦役即可完事。我问他，如果判决严厉的话，我是否还有上诉的机会。他对我说没有。他的策略是，诉讼当事人放弃提出意见，以免引起陪审团的反感。他向我解释说，不能无缘无故就不服判决，提出上诉。我觉得这是显而易见的道理，也就同意了他的意见。其实，冷静地加以考虑，这也是自然而然的事情，否则，要耗费的公文状纸就会太多。我的律师又说："无论如何，上诉是允许的，但我有把握，判决肯定对你有利。"

　　我们等了很久，我想大概有三刻钟。最后，又响起了铃声。我的律师先走了，走时对我说："庭长要宣读对双方辩论的评语了，待一会儿，宣读判决词的时候，会让您进去的。"我听见一阵门响，一些人在楼梯上跑过，听不出离我多远。接着，我听见大厅里有一个低沉的声音在读什么。铃声又一次响起，门开了，我一出现，大厅里就鸦雀无声，真是一片死寂，我看见那个年轻的新闻记者把视线从我身上移开，我突然产生一种奇异的感觉。我没有朝玛丽那边看。我已经没有时间去看了，因为庭长用一种奇怪的方式向我宣布，将要以法兰西人民的名义，在一个广场上将我斩首示众。这时，我才觉得自己弄明白了审讯过程中我在所有听众脸上看到的表情意味着什么。我确信那就是另眼相看。法警对我很温和了，律师把他的手放在我的腕上。我这时什么都不想了。庭长问我是不是有话要说，我考虑了一下，说了声"没有"，立刻就被带出了法庭。

五

我已经是第三次拒绝接待指导神甫了。我跟他没有什么可说的，我不想说话。反正我很快又会见到他。我现在感兴趣的是逃避死刑，是要知道判决之后是否能找到一条生路。当局又给我换了一间牢房。在这里，我一躺下，就可以望见天空，也只可能望见天空。我整天整天地看着天空中从白昼到黑夜色彩明暗的变化。躺着的时候，我双手枕在头下，等待着什么。我不知想过多少次，是否在那些被判死刑的罪犯中也曾有人逃脱了那部无情的断头机，挣脱了执法者的绳索，在处决之前消失得无影无踪。这样想时，我就责怪自己过去没有对那些描写死刑的作品给予足够的注意。世人对这类问题必须经常关注，因为谁也不知道会有什么事情落在自己头上。像大家一样，我也看过一些报纸上的这类报道。但肯定会有一些这方面的专著，而过去我是从没有兴趣去看的。也许，在那些书里，我可以找到逃脱极刑的叙述。那我就会知道，至少有过那么一次，绞刑架的滑轮突然停住了，或者是出自某种难以防止的预谋，一个偶然事件与一个凑巧机遇发生了，仅仅只发生那么一次，最终改变了事情的结局。在某种意义上，我认为这对我就足够了，剩下的事自有我的良心去料理。报纸上经常高谈阔论对社会的欠债问题，照它们的说法，欠了债就必须偿还。但是，只在想象中欠了社会的债，就谈不上要偿还了。重要的是，要有逃跑的可能性，要一下就跳出那不容触犯的规矩，发狂地跑。跑，就可以给希望提供种种机会。当然，所谓"希望"，就是在街道的某处，奔跑之中被一颗流弹击倒在地。尽管做了这么一番畅想，但现实中没有任何东西允许我去享受这种奇遇，所有的一切都禁止我做此非分之举，那无情的机制牢牢地把我掌握在手中。

虽然我善良随和，也不能接受这判决咄咄逼人的武断结论。因为，说到底，在以此结论为根据的判决与此判决宣布之后坚定不移地执行过程之间，存在着一种可笑的不相称。判决在20点钟而不是在17点钟宣布，就很可能是另一个样子，它是由一些煞有介事、换了新衬衣的人做出的，而且是以法兰西人民（既不是德国人民，也不是中国人民）的名义做出的，而"法兰西人民"这个概念又并不确切，在我看来，所有这一切就使得这个判决大大丧失了它的严肃性。然而，我不得不承认，从它被做出的那一秒钟起，它就是那么确切无疑，严峻无情，像眼前我的身体所依靠的牢房墙壁一样。

在这个时候，我想起了妈妈对我讲过的一件有关我父亲的往事。我没有见过我父亲。对他这个人，我所知道的全部确切的事，也许要算妈妈告诉我的那些了：有一天，他去看处决一个杀人凶犯。他一想到去看杀人，心里就不舒服，但他还是去了，回来呕吐了一早晨。自从我听了这件事后，我对父亲就有点厌恶了。现在，我理解了，他当时那么做是很自然的事。我过去怎么没有看出执行死刑是最重要不过的事呢，怎么没有看出，使一个人真正感兴趣的，归根结底就是这么一件事呢！如果有朝一日我出了这个监狱，一定要去看所有的执行死刑的场面。我相信，我这样想是错了，不该设想这种可能性。因为，我一想到如果某一天早晨我自由了，站在警察的绳索后面，也可以说，是站在另外一边，充当观众来看热闹，看完之后又呕吐一场，一想到这些，我就感到有一阵恶毒的喜悦涌上心头，但这是不理智的。我不该让自己有这些胡思乱想，因为这样一想，我就感到全身冷得可怕，在被窝里缩成一团，牙齿打战，难以自禁。

当然，谁也不可能做到永远理智。比方说，有好些次，我就制定起法律来。我改革了刑罚制度，我注意到最重要的是要给被判处决者一个机会。即使是千分之一的机会，也足以把很多的事情都安排好。这样，我觉得人就可以发明一种化学合成品，服用后有90%的把握可使受刑者死去（我想的就是受刑者）。条件是，让受刑者本人事先知道。经过反复考虑，冷静权衡，我认为断头台的缺点就是没有给任何机会，绝对没有。一锤落定，绝无回旋，受刑者必死无疑。那简直就是一桩铁板钉钉的公案，一个不可更改的安排，一份已经谈妥了的协议，再没有回旋余地。如果由于特殊情况，那断头机失灵，那就又得再砍一次。因此产生了一个令人烦恼的问题，那就是被处决者还得期望断头机运转正常。我这里说的是不完善的一方面。在某种意义上，事情的确如此。但是在另一种意义上，我不能不承认，整个严密机制的全部奥秘也在于此。总而言之，被处决者在精神上不能不与整个机制配合。他要关心的就是一切运转正常，不发生意外。

我不得不承认，到目前为止，我在这些问题上的想法有些是不正确的。比如说，不知是什么原因，我长期以来一直以为上断头台，要一级一级走上去。现在我认为，这是因为1798年大革命的缘故，也就是说，在这些问题上，人们教给我或让我是这么认识的。但是，有一天早晨，我回想起一张刊登在报纸上的照片，那是对一次轰动一时的处决场面的报道。实际上断头机就平放在地上，再简单不过。它比我想象的要窄小许多。我过去没有早看出这点，这真有点怪。照片上那台断头机外观上精密、完美、光洁闪亮，使我大感惊奇。一个人对他所不了解的东西，总是会有一些夸张失真的想法。我应该看到，其实一切都很简单：断头机与被处决的人都在平地上，被处决的人朝机器走过去，他走到它跟前，就像碰见了另一个人一样。当然，这是件讨厌的事。登上断头台，想象力可以发挥作用，把这想象为升上天堂。实际上，断头机毁灭了一切，一个人被处死，无声无息，真有点丢脸，但准确无误，快捷了当。

还有两件事是我牵肠挂肚、念念难忘的，那就是黎明与我的上诉。其实，我一直在说服自己，尽量不再去想它。我躺着的时候，仰望天空，努力对它感兴趣。它变成绿色时，就是黄昏来到了。我再努一把力，转移我的思路。我听见自己的心在跳动，我不能想象伴随着我这么多年的心跳声，有朝一日会停止。我从未有过真正的想象力。但我还是试图想象出心跳声不再传到脑子里的那短暂的片刻。即使如此，我仍然是白费了力气，黎明与上诉还是萦绕脑际。我最后对自己说，最合情合理的办法，就是不要勉强自己。

我知道，他们总是黎明时来提人。因此，我整夜全神贯注，等待黎明。我从来都不喜欢凡事突如其来，措手不及。要是有什么事发生，我更喜欢有所准备，这就是为什么我只在白天睡一睡，而整个夜晚都耐心地等候着日光照上天窗。最难熬的是朦朦胧胧的破晓时分，我知道他们都是此时此刻动手的。一过了午夜，我就等着，窥伺着。我的耳朵从来没有听见过这么多声音，没有分辨出过这么细微的声响。我可以说，在这段时期里，我总算还有运气，没有听见来提我的脚步声。妈妈过去常说，一个人即使倒霉绝不会时时事事都倒霉。每当天空被晨光染上了色彩，新的一天又悄悄来到我牢房时，我就觉得她说得很有道理。因为，我本来是可能听到脚步声的，我的心本来也是可能紧张得炸裂的。甚至，最轻微的窸窣声也会使我奔到门口，把耳朵紧贴在门上，狂乱不知所措地等着，听见自己的呼吸粗声粗气，就像狗的喘气声，因而感到非常恐惧，但终究我的心没有被吓得炸裂，我又多活了24小时。

整个白天，我就考虑我的上诉。我认为我抓住了这个念头中最可贵的部分。我估量我所能获得的结果，我从自己的思考中自得其乐。我总是设想有最坏的可能，即我的上诉被驳回。"这样，我就只有去死。"死得比很多人早，这是显而易见的。但是，世人都知道，活着不胜其烦，颇不值得。我不是不知道 30 岁死或 70 岁死，区别不大，因为不论是哪种情况，其他的男人与其他的女人就这么活着，活法几千年来都是这个样子。总而言之，没有比这更一目了然的了。反正，是我去死，不论现在也好，还是 20 年以后也好。此时此刻，在我想这些事的时候，我颇感为难的倒是一想到自己还能活上 20 年，这观念上的飞跃叫我不能适应。不过，在想象我 20 年后会有什么想法时，我只要把它压下去就可以了，将来的事，将来该怎么办就怎么办。既然都要死，怎么去死、什么时间去死，就无关紧要了，这是显而易见的道理。所以，我的上诉如遭驳回，我就应该服从。不过，对我来说，困难的是念念不忘"所以"这个词所代表的是逻辑力量。

这时，也只有在这时，我才可以说有了权利，以某种方式允许自己去做第二种假设，即我获得特赦。麻烦的是，我必须使自己的血液与肉体，不要亢奋得那么强烈，不要因为失去理智的狂喜而两眼昏花。我还得竭力压制住叫喊，保持理智的状态。做此假设时，我也得表现得自然而然，以使得我放弃第一种假设显得较为合情合理。我这样做取得了成功，我也就有了一个钟头的平静，这么做毕竟也是不简单的事。

也正是在这样一个时刻，我再一次拒绝见指导神甫。我当时正躺着，从天空里的某种金黄色可以看出，黄昏已经临近。我刚好放弃了上诉，感到血液在全身正常流动，我不需要见指导神甫。很久以来，我第一次想到了玛丽。她已经好些日子没有写信给我了。这天夜晚，我反复思索，心想她大概是已经厌倦了给一个死刑犯当情妇。我也想到她也许是病了或者是死了。生老病死，本来就是常事。既然我跟她除了已经断绝的肉体关系之外别无其他任何关系，互相又不思念，我怎么可能知道她具体的近况呢？再说，从这时开始，我对玛丽的回忆也变得无动于衷了。如果她死了，我就不再关心她了。我觉得这是正常的，因为我很清楚，我死后，人们一定就会忘了我。他们本来跟我就没有关系。我甚至不能说这样想是无情无义的。

想到这里时，指导神甫进来了。我一见他，就轻微地颤抖了一下。他看出来了，对我说不必害怕。我对他说他今天来没有按惯常的时间。他回答说，这是一次完全友好的访问，与我的上诉无关，事实上他对此也一无所知。他坐在我的小床上，请我坐在他旁边。我拒绝了。不过，我觉得他的态度很和蔼。

他坐了一会儿，把手搁在膝上，低着头，看着自己的手。他的双手细长而又结实有力，使我联想到两头灵巧的野兽。他慢慢地搓着双手，而后，就这么坐着，老低着头，好久好久，有时我甚至忘了他还坐在那儿。

但是，他突然抬起头来，两眼直盯着我，问道："您为什么多次拒绝我来探望？"我回答说我不信上帝。他想知道我对此是否有绝对把握，我说我没有必要去考虑，我觉得这个问题并不重要。他于是把身子往后一仰，背靠在墙上，两手放在大腿上，好像不是在对我说话，说他曾经注意到有的人总自以为有把握，实际上他并没有把握。我听了没有做声。他盯着我发问："您对此有何想法？"我回答说有这种可能。不过，无论如何，对于我真正感兴趣的事我也许没有绝对把握，但对于我不感兴趣的事我是有绝对把握的，恰好，他跟我谈的事情正是我不感兴趣的。

他把眼光移开，身子仍然未动，问我这么说话是否因为极度绝望。我向他解释说我并不绝望，我只不过是害怕，这很自然。他说："那么，上帝会帮助您的。我所见过的处境与您相同的人最后都皈依了上帝。"我回答说，我承认这是那些人的权利，这恰恰说明他们还有时间这么做。至于我，我不愿意人家来帮助我，而且我已经没有时间去对我不感兴趣的事情再产生兴趣。

这时，他气得两手发抖，但他挺直身子，理顺了袍子上的皱褶。

然后，称我为"朋友"，对我说：他这样对我说话，并不是因为我是一个被判死刑的人。在他看来，我们这些人，无一例外都是被判了死刑。我打断他说这不是一回事，而且他这么说无论如何也不能安慰我。他同意我的看法，说："当然如此。不过，您如果今天不死，以后也是会死的。您那时还会碰见同样的问题，您将怎么接受这个考验？"我回答说，我今天是怎么接受的，将来就会怎么接受。

听了这话，他霍地站了起来，两眼逼视着我的两眼。他这种把戏我很熟悉，我常用它跟艾玛尼埃尔与塞莱斯特闹着玩，通常，他们最后都把目光移开。指导神甫也深谙此法，我立刻就看穿了他，果然，他直瞪着两眼，一动也不动，他的声音也咄咄逼人，这么对我说："您难道就不抱任何希望了吗？您难道就天天惦念着自己行将整个毁灭而这么苟延残喘吗？"我回答说："是的。"

于是，他低下了头，重新坐下。他说他怜悯我，他认为一个人这么生活是不能忍受的。而我，我只感到他开始令我厌烦了。我转过身去，走到窗口下面，用肩膀靠着墙。他又开始向我提问了，我心不在焉地听着他。他的声音不安而急促。我觉得他是动感情了，因此，我就听得比较认真了。

他说他确信我的上诉会得到批准，但我仍背负着一桩我应该摆脱的罪孽。在他看来，人就不知道何谓罪孽，法庭只告诉我是罪犯。我是犯人，我就付出代价，别人无权要求我更多的东西。我说到这里，他又站了起来，我想，在这么狭小的牢房里，他如果要活动活动，就别无其他选择，要么坐下去，要么站起来。

我的眼睛盯着地面。他向我走近一步，停下来，好像是不敢再往前走。他的眼光穿过铁条望着天空，对我说："您错了，我的儿子，我们可以对您要求更多，我们会向您提出这样的要求，也许会的。"

"那么是什么要求？"

"要求您看。"

"看什么？"

神甫朝他周围看了看。我突然发现他答话的声音已变得疲惫不堪了，他说："所有这些石块都流露出痛苦，这我知道。我没有一次看它们心里不充满忧伤。但是，说句心里话，我知道，你们这些囚犯中身世最悲惨的，都从这些黑乎乎的石块上看见过有一张神圣的面孔浮现出来。我们要求您看的，就是这张面孔。"

我有点激愤起来。我说我每天瞧着这些石壁已经有好些个月了，对于它们，我比世界上任何人、任何东西都更为熟悉。也许，曾经有好久的时间，我的确想从那上面看见一张面孔，但那是一张充满了阳光色彩与欲望光焰的面孔，那就是玛丽的面孔。我白费了力气。现在，彻底完了。反正，从这些潮湿渗水的石块里，我没有看见浮现出什么东西。

指导神甫带着一种悲哀的神情看了我一眼，我现在全身都靠在墙上，阳光照在我的前额上，他说了句什么，我没有听清，接着他很快地问我是否允许他拥抱我，我回答说："不。"他转过身去，朝墙壁走去，慢慢地把手放在墙上，轻言轻语地说："您难道就是这么爱这个世界的吗？"我没有作任何回答。

他背对着我站了好久。他待在这里使我感到压抑，惹我恼火。我正要请他离开，不要再管我，他却转身向我，突然大声叫嚷了起来："不，我不信您的话，我确信您曾经盼望过另外一种生活。"我回答说那是当然的，但那并不比盼望发财、盼望游泳游得更快，或者盼望自己长一张更好看的嘴巴来得更为重要。这都是一回事。他打断我的话，他想知道我是如何设想另一种生活的。于是，我朝他嚷了起来："就是那种我可以回忆现在这种生活的生活。"立刻，我又对他说，我已经受够了。他还想跟我谈上帝，但我朝他逼近，试图最后一次向他说明我剩下的时间已经不多了，我不想浪费时间去跟上帝在一起。他企图变换话题，问我为什么称他为"先生"而不是"我的父亲"，这可把我惹火了，我对他说他本来就不是我的父亲，他到别人那里去当父亲吧。

他把手放在我的肩上，说："不，我的孩子，我在您这里就是父亲。但您不明白这点，因为您的心是迷茫的。我为您祈祷。"

这时，不知是为什么，好像我身上有什么东西爆裂开来，我扯着嗓子直嚷，我叫他不要为我祈祷，我抓住他长袍的领子，把我内心深处的喜怒哀乐猛地一股脑儿倾倒在他头上。他的神气不是那么确信有把握吗？但他的确信不值女人的一根头发，他甚至连自己是否活着都没有把握，因为他干脆就像行尸走肉。而我，我好像是两手空空，一无所有，但我对自己很有把握，对我所有的一切都有把握，比他有把握得多，对我的生命，对我即将来到的死亡，都有把握。是的，我只有这份把握，但至少我掌握了这个真理，正如这个真理抓住了我一样。我以前有理，现在有理，将来永远有理。我以这种方式生活过，我也可能以另外一种方式生活。我干过这，没有干过那，我做过这样的事，而没有做过那样的事。而以后呢？似乎我过去一直等待的就是这一分钟，就是我也许会被判无罪的黎明。没有任何东西，没有任何东西是有重要性的，我很明白是为什么。他也知道是为什么。在我所度过的整个那段荒诞生活期间，一种阴暗的气息从我未来前途的深处向我扑面而来，它穿越了尚未来到的岁月，所到之处，使人们曾经向我建议的所有一切彼此之间不再有高下优劣的差别了，未来的生活也并不比我已往的生活更真切实在。其他人的死，母亲的爱，对我有什么重要？既然注定只有一种命运选中了我，而成千上万的生活幸运儿都像他这位神甫一样跟我称兄道弟，那么他们所选择的生活，他们所确定的命运，他们所尊奉的上帝，对我又有什么重要？他懂吗？大家都是幸运者，世界上只有幸运者。有朝一日，所有的其他人无一例外，都会判死刑，他自己也会被判死刑，幸免不了。这么说来，被指控杀了人，只因在母亲的葬礼上没有哭而被处决，这又有什么重要呢？沙拉玛诺的狗与他的妻子没有什么区别，那个自动机械式的小女人与马松所娶的那个巴黎女人或者希望嫁给我的玛丽，也都没有区别，个个有罪。雷蒙是不是我的同伙与塞莱斯特是不是比他更好，这有什么重要？今天，玛丽是不是又把自己的嘴唇送向另一个新默尔索，这有什么重要？他这个也被判了死刑的神甫，他懂吗？从我未来死亡的深渊里，我喊出了这些话，喊得喘不过气来。但这时，有人把神甫从我手中救了出去，看守们狠狠吓唬我。而神甫却劝他们安静下来，他默默地看了我一会儿。他眼里充满了泪水，他转过身去走开，消失掉了。

他走了以后，我也就静下来了。我筋疲力尽，扑倒在床上。我认为我是睡着了，因为醒来时我发现满天星光洒落在我脸上。田野上万籁作响，直传到我耳际。夜的气味、土地的气味、海水的气味，使我两鬓生凉。这夏夜奇妙的安静像潮水一样浸透了我的全身。这时，黑夜将尽，汽笛鸣叫起来了，它宣告着世人将开始新的行程，他们要去的天地从此与我永远无关痛痒。很久以来，我第一次想起了妈妈。我似乎理解了她为什么要在晚年找一个"未婚夫"，为什么又玩起了"重新开始"的游戏。那边，那边也一样，在一个生命凄然而逝的养老院的周围，夜晚就像是一个令人伤感的间隙。如此接近死亡，妈妈一定感受到了解脱，因而准备再重新过一遍。任何人，任何人都没有权利哭她。而我，我现在也感到自己准备好把一切再过一遍。好像刚才这场怒火清除了我心里的痛苦，掏空了我的七情六欲一样，现在我面对着这个充满了星光与默示的夜，第一次向这个冷漠的世界敞开了我的心扉。我体验到这个世界如此像我，如此友爱融洽，觉得自己过去曾经是幸福的，现在仍然是幸福的。为了善始善终，功德圆满，为了不感到自己属于另类，我期望处决我的那天，有很多人前来看热闹，他们都向我发出仇恨的叫喊声。

琳琅小集[1]

柳鸣九　译

---
[1] 本集是我历年来一些单篇译文的汇集。

最后一课[①]

——阿尔萨斯[②]省一个小孩的自叙

那天早晨,我很迟才去上学,非常害怕会挨老师的训,特别是因为哈墨尔先生已经告诉过我们,他今天要考问分词那一课,而我,连头一个字也不会。这时,我起了一个念头:想逃学到野外去玩玩。

天气多么温暖!多么晴朗!

白头鸟在林边的鸣叫声不断传来,锯木厂的后面,黎佩尔草地上,普鲁士军队正在操练。这一切比那些分词规则更吸引我,但我还是努力克制了这个念头,很快朝学校跑去。

经过村政府的时候,我看见一些人围在挂着布告牌的铁栅栏前面。这两年来,那些坏消息,吃败仗啦,抽壮丁啦,征用物资啦,还有普鲁士司令部的命令啦,都是在这儿公布的。我没有停下来,心想:又有什么事了?

这时,正当我跑过广场的时候,带着徒弟在那里看布告的铁匠瓦什泰,朝着我喊道:

"小家伙,不用这么急!你去多晚也不会迟到了!"

我以为他是在讽刺我,于是,气喘喘地跑进了哈墨尔先生的小院子。

往常,刚上课的时候,教室里总是一片乱哄哄,街上都听得见,

---

① 〔法〕都德作品。
② 阿尔萨斯:法国东北部一行省,普法战争后割让给普鲁士。

课桌开开关关，大家一起高声诵读，你要专心，就得把耳朵捂起来，老师用大戒尺不停地拍着桌子喊道：

"安静一点儿！"

我本来打算趁这一阵乱糟糟，不被人注意就溜到自己的座位上去，但是，恰巧那一天全都安安静静，像星期天的早晨一样。我从敞开的窗子，看见同学们都整整齐齐坐在各自的位子上，哈墨尔先生夹着那根可怕的铁戒尺走来走去。我非得把门打开，在一片肃静中走进去。你想，我是多么难堪，多么害怕！

可是，事情并不是那样。哈墨尔先生看见我并没有生气，倒是很温和地对我说：

"快坐到你的位子上去吧！我的小弗朗茨。你再不来，我们就不等你了。"

我跨过条凳，马上在自己的课桌前坐下。当我从惊慌中定下神来，这才注意到我们的老师这天穿着他那件漂亮的绿色礼服，领口系着折叠得挺精致的大领结，头上戴着刺绣的黑绸小圆帽，这身服装是他在上级来校视察时或学校发奖的日子才穿戴的。而且，整个课堂都充满了一种不平常的、庄严的气氛。但最使我惊奇的，是看见在教室的尽头，平日空着的条凳上，竟坐满了村子里的人，他们也像我们一样不声不响。其中有霍瑟老头，戴着他那顶三角帽，有前任村长，有退职邮差，还有其他一些人，他们都愁容满面。霍瑟老头带来一本边缘都磨破了的旧识字课本，摊开在自己的膝头上，书上横放着他那副大眼镜。

正当我看了这一切感到纳闷的时候，哈墨尔先生走上讲台，用刚才对我讲话的那种温和而严肃的声音，对我们说：

"我的孩子们，这是我最后一次给你们上课，从柏林来了命令，今后在阿尔萨斯和洛林两省的小学里，只准教德文了……新教师明天就到。今天，是你们最后一堂法文课，我请你们专心听讲。"

这几句话对我简直就是晴天霹雳。啊！那些混账东西，原来他们在村政府前面公布的就是这件事。

这是我最后一堂法文课！

可是我刚刚勉强会写！从此，我再也学不到法文了！只能到此为止了！我这时是多么后悔啊，后悔过去浪费了光阴，后悔自己逃学去掏鸟窝，到萨尔河上去滑冰！我那几本书——文法书、圣徒传，刚才我还觉得背在书包里那么讨厌，那么沉甸甸的，现在就像老朋友一样，叫我舍不得离开。对哈墨尔先生也是这样。一想到他就要离开这儿，从此再也见不到他了，我就忘记了他以前给我的处罚，忘记了他如何用戒尺打我。

这个可怜的人啊！

原来他是为了上最后一堂课，才穿上漂亮的节日服装，而现在我也明白了，为什么村里的老人今天也来坐在教室的尽头，这好像是告诉我们，他们后悔过去到这小学里来得太少。这也好像是为了向我们的老师表示感谢，感谢他40年来勤勤恳恳为学校服务，也好像是为了对即将离去的祖国表示他们的心意……

我正在想这些事的时候，听见叫我的名字。是轮到我来背书了。只要我能从头到尾把这些分词的规则大声地、清清楚楚、一字不错地背出来，任何代价我都是肯付的啊！但是刚背头几个字，我就结结巴巴了，我站在座位上左右摇晃，心里难受极了，头也不敢抬。只听见哈墨尔先生对我这样说：

"我不好再责备你了，我的小弗朗茨，你受的惩罚已经够了……事情就是这样。我们每天都对自己说：'算了吧，有的是时间，明天再学也不迟。'但是，你瞧，今天发生了什么事……唉！过去咱们阿尔萨斯最大的不幸，就是把教育推延到明天。现在，那些人就有权利对我们说：'怎么，你们自称是法国人，而你们既不会读也不会写法文！'在这件事里，我可怜的弗朗茨，罪责最大的倒不是你，我们都有应该责备自己的地方。

"你们的父母并没有尽力让你们好好念书。他们为了多收入几个钱，宁愿把你们送到地里和工厂去。我难道就没有什么该责备我自己的？我不是也常常叫你们放下学习替我浇园子？还有，我要是想去钓鲈鱼，不是随随便便就给你们放了假？"

接着，哈墨尔先生谈到法兰西语言，说这是世界上最美的语言，也是最清楚、最严谨的语言，应该在我们中间保住它，永远不要把它忘了，因为，当一个民族沦为奴隶的时候，只要好好保住了自己的语言，就如同掌握了打开自己牢房的钥匙……随后，他拿起一本文法课本，给我们讲了一课。我真奇怪我怎么会理解得那么清楚，他所讲的内容，我都觉得很好懂，很好懂。我相信，我从来没有这样专心听过讲，而他，也从来没有讲解得这样耐心。简直可以说，这个可怜的人想在他走以前把自己全部的知识都传授给我们，一下子把它们灌输到我们的脑子里去。

讲完了文法，就开始习字。这一天，哈墨尔先生特别为我们准备了崭新的字模，上面用漂亮的花体字写着："法兰西，阿尔萨斯，法兰西，阿尔萨斯。"我们课桌的三脚架上挂着这些字模，就像是许多小国旗在课堂上飘扬。每个人都那么专心！教室里是那么肃静！这情景可真动人。除了笔尖在纸上画写的声音外，听不到任何别的声响。这时，有几只金龟子飞进了教室，但谁也不去注意它们，就连那些最小的学生也不例外，他们专心专意地画他们的一横一竖，好像这也是法文……在学校的屋顶上，有一群鸽子在低声"咕咕"，我一面听着，一面想：那些人是不是也要强迫这些鸽子用德语唱歌呢？

有时，我抬起头来看看，每次都看见哈墨尔先生站在讲台上一动也不动，眼睛死死盯着周围的东西，好像要把这个小学校舍都吸进眼睛里带走……请想想！40年来，他一直待在这个地方，老是面对着这个庭院和一直没有变样的教室。只有那些条凳和课桌因长期使用而变光滑了；还有院子里那棵核桃树也长高了，他亲手栽种的啤酒花现在也爬上窗子碰到了屋檐。这可怜的人听着他的妹妹在楼上房间里来来去去收拾他们的行李，他们第二天就要动身，告别本乡，一去不复返。他即将离开眼前的这一切，这对他来说是多么伤心的事啊！

不过，他还是鼓起勇气把这天的课教完。习字之后，是历史课；然后，小班学生练习拼音，全体一起诵唱 Ba, Be, Bi, Bo, Bu。那边，教室的尽头，霍瑟老头戴上了眼镜，两手捧着识字课本，也和小孩们一起拼字母。看得出他也很用心。他的声音由于激动而颤抖，听起来有一种说不出的味道，叫人又想笑又想哭。唉！我将永远记得这最后一课……

忽然，教室的钟打了 12 点，紧接着响起了午祷的钟声。这时，普鲁士军队操练回来的军号声在我们窗前响了起来……哈墨尔先生面色惨白，在讲台上站了起来。他在我眼里，从来没有显得这样高大。

"我的朋友们，"他说，"我的朋友们，我，我……"

他的嗓子被什么东西堵住了，无法说完他那句话。

于是，他转身对着黑板，拿起一支粉笔，使出全身的力气按着它，用最大的字母写出：

法兰西万岁

写完，他仍站在那里，头靠着墙壁，不说话，用手向我们表示："课上完了……去吧。"

柏林之围①

我们一边与韦医生沿着爱丽舍田园大道往回走,一边向被炮弹打得千疮百孔的墙壁、被机枪扫射得坑洼不平的人行道探究巴黎被围的历史。当我们快到明星广场的时候,医生停了下来,指着那些环绕着凯旋门的富丽堂皇的高楼大厦中的一幢,对我说:

"您看见那个阳台上关着的四扇窗子吗?8月初,也就是去年那个可怕的充满了风暴和灾难的8月,我被找去诊治一个突然中风的病人。他是儒弗上校,一个拿破仑帝国时代的军人,在荣誉和爱国观念上是个老顽固。战争一开始,他就搬到爱丽舍来,住在一套有阳台的房间里。您猜是为什么?原来是为了参观我们的军队凯旋的仪式……这个可怜的老人!维桑堡②惨败的消息传到他家时,他正离开饭桌。他在这张宣告失利的战报下方,一读到拿破仑的名字,就像遭到雷击似的倒在地上。

"我到那里的时候,这位老军人正直挺挺躺在房间的地毯上,满脸通红,表情迟钝,就像刚刚当头挨了一闷棍。他如果站起来,一定很高大;现在躺着,还显得很魁梧。他五官端正、漂亮,牙齿长得很美,有一头鬈曲的白发,80高龄看上去只有60岁……他的孙女跪在

---

① 〔法〕都德作品。
② 维桑堡:法国东北部的城市,普法战争中(1870年8月7日),法军一个师被普鲁士军队歼灭于此。

他身边，泪流满面。她长得很像他，瞧他们在一起，可以说就像同一个模子铸出来的两枚希腊古币，只不过一枚很古老，带着泥土，边缘已经磨损，另一枚光彩夺目，洁净明亮，完全保持着新铸出来的那种色泽与光洁。

"这女孩的痛苦使我很受感动。她是两代军人之后，父亲在麦克马洪①元帅的参谋部服役，躺在她面前的这位魁梧的老人的形象，在她脑海里总引起另一个同样可怕的对她父亲的联想。我尽最大的努力安慰她，但我心里并不存多大希望。我们碰到的是一种地地道道的半身不遂，尤其是在80岁得了这种病，是根本无法治好的。事实也正如此，整整3天，病人昏迷不醒，一动也不动……在这几天之内，又传来了雷舍芬②战役失败的消息。您一定还记得消息是怎么误传的。直至那天傍晚，我们都以为是打了一个大胜仗，歼灭了两万普鲁士军，还俘虏了普鲁士王太子……我不知道是由于什么奇迹、什么电流，那举国欢腾的声浪竟波及我们这位可怜的又聋又哑的病人，一直钻进了他那瘫痪症的幻觉里。总之，这天晚上，当我走近他的床边时，我看见的不是原来那个病人了。他两眼有神，舌头也不那么僵直了。他竟有了精神对我微笑，还结结巴巴说了两遍：

"'打……胜……了！'

"'是的，上校，打了个大胜仗！'

"我把麦克马洪元帅辉煌胜利的详细情况讲给他听的时候，发觉他的眉目舒展了开来，脸上的表情也明亮起来了。

"我一走出房间，那个年轻的女孩正站在门边等着我，她面色苍白，呜咽地哭着。

"'他已经脱离生命危险了！'我握住她的双手安慰她。

---

① 麦克马洪（1808~1893）：法国元帅，普法战争时，在雷舍芬战役中遭到惨败，后又在色当战役负伤。1873~1879年任法国总统。
② 雷舍芬：莱茵河下游一区，1870年8月6日，普法两军在此会战，法军大败。

"那个可怜的姑娘几乎没有勇气回答我。原来,雷舍芬战役的真实情况刚刚公布了,麦克马洪元帅逃跑,全军覆没……我和她惊慌失措地互相看着。她因担心自己的父亲而发愁,我呢,为老祖父的病情而不安。毫无疑问,他再也受不了这个新的打击……那么,怎么办呢?……只能使他高高兴兴,让他保持着这个使他复活的幻想……不过,那就必须向他撒谎……

"'好吧,由我来对他撒谎!'这勇敢的姑娘自告奋勇对我说,她揩干眼泪,装出喜气洋洋的样子,走进祖父的房间。

"她所负担的这个任务可真艰难。头几天还好应付。这个老好人头脑还不十分健全,就像一个小孩似的任人哄骗。但是,随着健康日渐恢复,他的思路也日渐清晰。这就必须向他讲清楚双方军队如何活动,必须为他编造每天的战报。这个漂亮的小姑娘看起来真叫人可怜,她日夜伏在那张德国地图上,把一些小旗插来插去,努力编造出一场场辉煌的战役:一会儿是巴赞①元帅向柏林进军,一会儿是弗鲁瓦萨尔②将军攻抵巴伐利亚③,一会儿是麦克马洪元帅挥戈挺进波罗的海海滨地区。为了编造得活灵活现,她总是要征求我的意见,而我也尽可能地帮助她。但是,在这一场虚构的进攻战里,给我们帮助最大的,还是老祖父本人。要知道,他在拿破仑帝国时期已经在德国征战过那么多次啊!对方的任何军事行动,他预先都知道:'现在,他们要向这里前进……你瞧,他们就要这样行动了……结果,他的预见都毫无例外地实现了,这当然免不了使他有些得意。

"不幸的是,尽管我们攻克不少城市,打了不少胜仗,但总是跟不上他的胃口,这老头简直是贪得无厌……每天我一到他家,准会听到一个新的军事胜利:

---

① 巴赞(1811~1888):法军元帅,在普法战争中昏庸无能,投降卖国,后受到军事法庭审判。
② 弗鲁瓦萨尔(1807~1875):法国将军,普法战争中,在富尔巴赫一役败于普军。
③ 巴伐利亚:德意志联邦的一个邦。

"'大夫,我们又打下美央斯①了!'那年轻的姑娘迎着我这样说,脸上带着苦笑。这时,我隔着门听见房间里一个愉快的声音对我高声喊道:

"'好得很,好得很……8天之内我们就要打进柏林了!'

"其实,普鲁士军队离巴黎只有8天的路程……起初我们商量把他转移到外省去,但是,只要一出门,法兰西的真实情况就会使他明白一切,我认为他身体太虚弱,精神上受到沉重打击所引起的中风还很严重,不能让他了解真实的情况。于是,我们决定还是让他留在巴黎。

"巴黎被围的第一天,我去到他家,我记得,那天我很激动,心里惶惶不安。当时,巴黎所有的城门都已关闭,敌人兵临城下,国界已经缩小到郊区,人人都感到恐慌。我进去的时候,这个老好人正坐在自己的床上,兴高采烈地对我说:

"'嘿!围城总算开始了!'

"我惊愕地望着他:

"'怎么,上校,您知道了?……'

"他的孙女赶快转身对我说:

"'是啊!大夫……这是好消息,围攻柏林已经开始了!'

"她一边说着话,一边做针线活,动作是那么从容、镇定……老人又怎么会产生怀疑呢?屠杀的大炮声,他是听不见的。被搅得天翻地覆、灾难深重的不幸的巴黎城,他是看不见的。他从床上所能看到的,只有凯旋门的一角,而且,在他房间里,周围摆设着一大堆破旧的拿破仑帝国时期的遗物,有效地维持着他的种种幻想。拿破仑手下元帅们的画像、描绘战争的木刻、罗马王②婴孩时期的画片,还有镶着镂花铜饰的高大的长条案,上面陈列着帝国的遗物,什么徽章啦,

---

① 美央斯:巴伐利亚邦的一个城市。
② 罗马王:拿破仑的儿子,生下来后被封为意大利国王。

小铜像啦,玻璃圆罩下的圣赫勒拿岛①上的岩石啦,还有一些小画像,画的都是同一位头发鬈曲、眉目有神的贵妇人,她穿着跳舞的衣裙、黄色的长袍、袖管肥大而袖口紧束——所有这一切,长条案,罗马王,元帅们,那位身材修长、腰带高束、具有1806年人们所喜爱的端庄风度的黄袍夫人……构成了一种充满胜利和征服的气氛,比起我们向他——善良的上校啊——撒的谎更加有力,使他那么天真地相信法国军队正在围攻柏林。

"从这一天起,我们的军事行动就大大简化了。攻克柏林,这只是一个时间问题。过了一些时候,只要这老人等得不耐烦了,我们就读一封他儿子的来信给他听。当然,信都是假造的,因为巴黎已经被围得水泄不通,而且,早在色当②大败以后,麦克马洪元帅的参谋部就已经被俘并被押送到德国某一个要塞去了。您可以想象,这个可怜的女孩多么痛苦,她得不到父亲的半点音信,只知道他已经被俘、被剥夺了一切,也许还在生病,而她却不得不假装他的口气写出一封封兴高采烈的来信,当然,信都是短短的,一个在被征服的国家不断胜利前进的军人只能写这样短的信。有时候,她实在坚持不下去了。于是好几个星期都没有来信。这位老人可就着急了,睡不着了。于是很快又从德国来了一封信,她来到他床前,忍住眼泪,装出高高兴兴的样子念给他听。老人一本正经地听着,一会儿心领神会地微笑,一会儿点头赞许,一会儿又提出批评,还对信上讲得不清楚的地方给我们加以解释。但他特别高贵的地方,是表现在他给儿子的回信中。他说:'你永远不要忘记自己是法国人……对那些可怜的人要宽大为怀。不要使他们感到我们的占领是令人难以忍受的……'信中全是没完没了的叮嘱,关于要保护私有财产啦、要尊重妇女啦等一大堆令人

---

① 圣赫勒拿岛:位于大西洋。拿破仑百日政变后被囚于此,直到逝世(1815~1821)。
② 色当:在巴黎东北,1870年9月1日普法双方主力在此决战,法军惨败,拿破仑三世投降成为俘虏。

钦佩的车轱辘话,总而言之,是一部专为征服者备用的地地道道的军人荣誉手册。有时,他也在信中夹杂一些对政治的一般看法以及媾和的条件。在这个问题上,我应该说,他的条件并不苛刻:'只要战争赔款,别的什么都不要……把他们的省份割过来有什么用呢?难道我们能把德意志变成法兰西吗?……'

"他口授这些话的时候,语气是很坚决的,可以感到他的话里充满了天真的感情,这种高尚的爱国心听起来不能不使人深受感动。

"这期间,包围圈愈来愈紧,唉,不过并不是柏林之围!……那时正是严寒季节,火炮不断轰击,瘟疫流行,饥馑逼人。但是,幸亏我们精心照料,无微不至,老人的静养总算一刻也没有受到侵扰。直到最困难的时候,我都有办法给他弄到白面包和新鲜肉。当然,这些食物只有他才吃得上。您很难想象还有什么比这位老祖父就餐的情景更使人感动的了。他自私自利地享受着而又被蒙在鼓里:坐在床上,红光满面,笑嘻嘻地,胸前围着餐巾,因为饮食不足而脸色苍白的小孙女坐在他身边,扶着他的手,帮助他喝汤,帮助他吃那些别人都吃不上的好食物。饭后,老人精神十足,房间里暖乎乎的,外面刮着寒冷的北风,雪花在窗前飞舞,这位老军人回忆起他在北方参加过的战役,于是,又向我们第一百次讲起他那次倒霉的从俄罗斯的撤退①,那时,他们只有冰冻的饼干和马肉可吃。

"'你能体会吗?小家伙,我们那时只能吃上马肉!'

"我相信他的孙女是深有体会的。这两个月来,她除了马肉外没有吃过别的东西……但是,一天天过去,随着老人日渐恢复健康,我们对他的照顾愈来愈困难了。过去,他感觉迟钝、四肢麻痹,便于我们把他蒙在鼓里,现在情况开始变化了,已经有那么两三次,玛约门前可怕的排炮声惊得他跳了起来,他像猎犬一样竖着耳朵。我们就不得不编造说,巴赞元帅在柏林城下又取得了决定性的胜利,刚才是荣

---

① 指1812年拿破仑征俄失败。

军院鸣炮表示庆祝。又有一天,我们把他的床推到窗口,我想,那天正是发生了布森瓦①血战的星期四,他一下就清清楚楚看见了在林荫道上集合的国民自卫队。

"'这是什么军队?'他问道。接着我们听见他嘴里轻声抱怨:

"'服装太不整齐,服装太不整齐!'

"他没有再说别的话,但是,我们立刻明白了,以后可得特别小心。不幸的是,我们还小心得不够。

"一天晚上,我到他家的时候,那女孩神色仓皇地迎着我:

"'明天他们就进城了!'她对我说。

"老祖父的房门当时是否开着?反正,我现在回想起来,经我们这么一说,那天晚上老人的神色的确有些特别。也许,他当时听见了我们的谈话。只不过我们谈的是普鲁士军队,而这个好心人想的是法国军队,以为是他等待已久的凯旋仪式——麦克马洪元帅在鲜花簇拥、鼓乐高奏之下,沿着林荫大道走过来,他的儿子走在元帅的旁边;他自己则站在阳台上,整整齐齐穿着军服,就像当年在鲁镇②那样,向遍布弹痕的国旗和被硝烟熏黑了的鹰旗致敬……

"可怜的儒弗老头!他一定是以为我们为了不让他过分激动而要阻止他观看我们军队的凯旋游行,所以他跟谁也不谈这件事。但第二天早晨,正当普鲁士军队小心翼翼地沿着从玛约门到杜伊勒利宫的那条马路前进的时候,楼上那扇窗子慢慢打开了,上校出现在阳台上,头顶军盔,腰挎马刀,穿着米约③手下老骑兵的光荣而古老的军装。我现在还弄不明白,是一种什么意志、一种什么突如其来的生命力使他能够站了起来,并穿戴得这样齐全。反正千真万确他是站在那里,就在栏杆的后面,他很诧异马路是那么空旷、那么寂静,每一家的百

---

① 布森瓦:巴黎郊区一古堡,1871年1月9日法军在这里进行了激烈的抵抗。
② 鲁镇:德国城市,1813年拿破仑曾在这里击败俄普联军。
③ 米约(1768~1833):拿破仑部下,著名将领。

叶窗都关得紧紧的,巴黎一片凄凉,就像港口的传染病隔离所,到处都挂着旗子,但是旗子是那么古怪,全是白的,上面还带有红十字,而且,没有一个人出来欢迎我们的队伍。

"乍时,他以为自己是弄错了……

"但不!在那边,就在凯旋门的后面,有一片听不清楚的嘈杂声,在初升的太阳下,一支黑压压的队伍开过来了……慢慢地,军盔上的尖顶在闪闪发光,耶拿①的小铜鼓也敲起来了,在凯旋门下,响起了舒伯特②的胜利进行曲,还有列队笨重的步伐声和军刀的撞击声伴随着乐曲的节奏!……

"于是,在广场上一片凄凉的寂静中,听见了一声喊叫,一声惨厉的喊叫:'快拿武器……快拿武器……普鲁士人。'这时,前哨部队的头4个骑兵可以看见在高处阳台上,有一个身材高大的老人挥着手臂,踉踉跄跄,最后全身笔直地倒了下去。这一次,儒弗上校可真的死了。"

---

① 耶拿:德国城市。
② 舒伯特(1797~1828):奥地利音乐家。

旗　手[①]

一

这个团的士兵散布在铁路边的斜坡上，遭到对面丛林中普鲁士部队集中火力的射击。两军对射，相距仅80米。团队的军官们不断高喊："卧倒！……"但没有人照办，这支骄傲的部队昂然挺立，聚集在军旗的周围。夕阳西沉，麦田成熟，草地牧场片片相连，在此广阔的背景上，这一大群遭到射击的士兵，被弥漫的硝烟笼罩，就像羊群在旷野上突然遭到可怕的暴风雨前第一阵狂风的猛打。

在这个斜坡上，落下来的可是弹雨啊！机枪的噼啪声、军用饭盒滚到沟里的闷响声、子弹从战场上空飞过的长长呼啸声，均不绝于耳，就像一部令人恐怖而又震耳欲聋的乐器紧绷着的弦声。军旗高竖在士兵们的头顶上空，抗着枪林弹雨迎风飘动，时不时被淹没在硝烟里，一遇上此种情形，就有人发出一阵庄严而骄傲的喊声："军旗还在，我的孩子们，军旗还在……"这喊声盖过了枪声炮声、伤员的呻吟声与咒骂声，与此同时，但见一名军官像影子一闪，奔进那红色的硝烟里，于是，英雄的旗帜又重新复活，在战场上高高飘扬。

它倒下了22次！……这22次，它次次从死去的旗手的手里倒下，旗杆上的余温犹在，又立即被后继者竖了起来；到夕阳西下时，

[①]〔法〕都德作品。

这个团队残存的战士已为数不多,他们开始慢慢撤退,而这面军旗,传到了这天第 23 位旗手奥尔尼军士的手里时,已成了一块破烂不堪的破布。

二

这个奥尔尼是一个袖章上有三条纹的老兵,没有文化,只会写自己的名字,在军队里熬了 20 年才当上低级士官。从小被遗弃,吃过不少苦,长期在兵营里过单调的生活,因此头脑迟钝,所有这些都刻印在他低矮而显固执的额头上、被行军袋压弯了的背脊上、军事操练中所养成的下意识的步伐上。除此以外,他还有点口吃,不过,当一名旗手,根本就无须有什么口才。战斗的当天晚上,上校对他说:"军旗既然在你手里,好样的,你就好好保护它吧。"随军女膳食员立即就在他那件经过日晒雨淋、硝烟熏烤、已破旧不堪的军大衣上,缝上了一道标志少尉军衔的金色线条。此乃他卑微一生中唯一的殊荣。这个老兵的腰杆一下就直起来了。可怜的他,过去走路老习惯于低着头弯着腰,两眼不敢平视,打以后,他就有了意气风发的神气。目光仰视,老望着这破烂不堪的军旗在上面飘扬,他尽力把它举得直直的,高高的,让它超越于死亡、叛逃与溃败之上。

在进行战斗的那些日子里,奥尔尼两手举着牢牢插在皮套里的旗杆,看起来像是世界上最幸福的人。他一声不吭,岿然不动,严肃得像一个手捧圣物的教士。这面旗帜原本金光闪闪、漂亮堂皇,如今已被子弹打得千疮百孔,成了一块破布,但他全部的生命、全部的力量都集中在紧握着旗杆的手指上,集中在藐视着对面普鲁士人的目光里,那目光好像在说:"你们来试试看,能否把它从我手里夺走!……"

无人敢来一试,甚至死神也没有试过。经历过了波尔尼、格拉维洛特这些最为惨烈的战斗之后,这面军旗仍然到处飘扬,它破烂不堪,伤痕累累,但仍然是老奥尔尼高举着它。

三

不久,到了9月份,普鲁士军队直逼麦茨城下,法军遭到封锁,在泥泞中泡的时间太久,大炮也生了锈,这支世界上第一流的军队,由于困顿无为、给养短缺、消息断绝而士气低沉,他们把步枪支架起来,搁置不用,就在枪架旁边,他们因生病与烦恼而纷纷死去。不论是长官还是士兵,没有人再抱希望,只有奥尔尼一人依然信心十足。他那面破烂的三色旗在他心里代替了一切,只要他觉得军旗犹在,那就什么东西也没有失去。不幸的是,仗不打了,上校把军旗保管在麦茨郊区他自己的住所里,这样,执著的奥尔尼就牵肠挂肚了,好像一个母亲把自己的孩子寄养在奶妈家。他无时无刻不思念军旗。思念得太厉害的时候,就一口气跑到麦茨去,只要见旗帜仍在那里,平平安安靠在墙上,他就高高兴兴、踏踏实实地回来,回到湿淋淋的帐篷里做他的美梦。他梦见法军节节胜利,三色旗迎风招展,飘扬在普鲁士军队残壕的上空。

巴赞元帅一道缴枪投降的命令彻底粉碎了他的梦想。一天早上,奥尔尼刚一醒来,就看见整个营地乱成了一片,兵士们三五成堆,聚集在一起,群情激昂,愤愤不已,不时发出狂怒的吼声,朝着城里的方向挥动着拳头,似乎怒火都是冲着某一个罪魁祸首。他们在大声叫喊:"打倒他!……枪毙了他!……"对这些,军官们都听之任之,不予制止……他们低着头,在一旁走动,好像在这些兵士面前深感羞惭。这确确实实是一个奇耻大辱,元帅的命令竟然要15万装备精良、尚有战斗力的大军一枪不发,向敌人缴械投降。

"那么,军旗呢?"奥尔尼脸色发白地问。军旗和所有的东西都交出去。枪支,剩下的一切一切,统统交出去……

"天……天……天打雷劈!"可怜的旗手结结巴巴诅咒着,"这些王八蛋休想得到我的军旗……"说着就朝城的方向跑去。

四

城里也乱成了一团。国民自卫军、市民、国民别动队队员,纷纷在叫嚷,在折腾。一些议员代表走过,战战兢兢的,前往元帅驻地。奥尔尼对眼前的一切视而不见,听而不闻,他一个人自言自语,朝通往郊区的路上跑去。

"想把军旗从我手里抢去!……咱们走着瞧吧!他们办得到吗?他们凭什么?元帅把自己的东西上缴给普鲁士人好啦,他的镀金四轮马车,他从墨西哥带回来的漂亮银餐具,全都可以上缴!但这面旗帜,它属于我……它是我的荣誉。我不准别人碰它。"

他跑得上气不接下气,再加上本来就口吃,他这番话断断续续,语不成句。不过,这个老伙计,心里已经打定了主意!他的主意明确而不可动摇,那就是把军旗拿到手以后,就带它回团队,然后率领那些愿意跟他走的士兵,踩着普鲁士的躯体前进。

当他到了存军旗的地方,守兵甚至不许他进去。上校也正在气头上,不想见任何人……但是,奥尔尼不理会这一套。

他又是骂又是喊,跟那卫兵推推搡搡:"我的旗子……我要我的旗子……"

终于,窗子打开了:

"是你在嚷,奥尔尼?"

"是我,我的上校,我……"

"所有的军旗都在军械库……你只需到那里去,他们就会给你一张收条……"

"为什么给张收条?……干吗这么做?……"

"这是元帅的命令……"

"可是,上校……"

"让我安静……安静!"窗子一下又关上了。

老奥尔尼踉踉跄跄,就像喝醉了酒一样。

"一张收条……一张收条……"他这么机械地喃喃自语……

最后,他又上路了,心里只念叨着一件事,那就是,军旗在军械库,他得不惜一切代价把它拿回来。

五

军械库所有的门都大大敞开,好让在外面排队等候的普鲁士运输车通过。奥尔尼进去时,浑身都在发抖。团队所有的旗手,还有五六十名军官,全在那里,他们神情悲痛,沉默不语。这些淋着雨的阴森森的运输车,还有光着头聚集在后面的这些人,构成了似在举行葬礼的景象。

在一个角落,巴赞元帅大军的旗帜,杂乱地堆放在泥泞的石板地上。这些色彩鲜亮的丝绸旗已经破破烂烂,金色的流苏与制作精美的旗杆也已残缺不全,所有这些代表着荣誉的器物都扔在地上,浸满了雨水,沾满了泥泞,简直惨不忍睹。一位负责行政事务的军官把它们一面一面拾起来,叫唤它所属团队的番号,每个旗手就走上前去领一张收条。有两个普鲁士军官身体僵直、毫无表情地站在那里,监督着把战利品装到运输车上。

啊,光荣、圣洁的破旗,你们就这样走了,裸露出你们裂开的伤口,像折翅的鸟儿一样凄惨地拖扫着地面!你们就这样走了,带着美好事物惨遭玷污的奇耻走了,你们中的每一面都带走了一小部分法兰西。你们褪了色的褶皱里还存留了长途行军中的阳光,你们累累的弹痕里，深藏着对那些无名战士的回忆，他们都是在军旗下碰巧中弹身亡的，因为敌人所瞄准射击的正是军旗……

"奥尔尼，轮到你了……正在叫你哩……去领你的收条。"

果真要领收条！

那面军旗就在他眼前。正是他的那一面，所有旗帜中最漂亮，也是破损得最厉害的一面……一看见它，他觉得自己似乎又回到了那个斜坡上。他听见子弹在呼啸，铁制军用饭盒发出破碎的响声，上校在大声叫喊："战士们，军旗还在！……"已经先后有22名战友中弹倒地，他，第23名旗手赶紧就冲了过去，扶住并举起那面因旗手倒下而摇摇欲坠的军旗。啊！那一天，他曾发誓要捍卫军旗，要保护军旗，直到自己死去。可是，现在……

想到这里，他全身的血一下全都涌到头上。他像喝醉了似的，像发了狂似的，朝普鲁士军官扑了过去，夺过自己心爱的军旗，紧紧把它握在手里；接着，他试图再一次把它举得高高的，举得笔直，同时大声叫喊："向军旗致……"但他的喊声被堵在嗓子里。他感到旗杆在抖动，从他手里滑了下去。在这叫人窒息的空气里，在沉重压抑着这些沦陷城市的死亡空气里，军旗不可能再飘扬，任何高尚的事物不可能再存活……老奥尔尼像被雷电击了一下，倒在地上死了。

小间谍[1]

这小子名叫斯泰纳,人称小斯泰纳。

他是巴黎土生土长的孩子,瘦弱而苍白,可能有10岁,也许到了15岁;碰上这些小鬼,谁也说不准他们的年龄。他母亲已经去世,父亲原是一名海军老兵,如今在寺院区的一个街心公园当看管人。无论是小孩子、女用人、带着折叠椅的老妇人、贫穷的妈妈,所有那些为躲避车水马龙而跑到路边花坛来图清净的巴黎平民百姓,人人都认得斯泰纳老爹,都对他既喜爱又崇敬。他那一把粗硬的唇髭,叫狗与赖在长椅上不走的人见了就害怕,但谁都知道,那唇髭下面却藏着一个善良的微笑,它温柔得近乎慈爱,你想见到这个微笑吗?那只需对这个老好人这么说:

您的小男孩好吗?……

斯泰纳老爹,他真是太爱这个儿子了!每天晚上,男孩放学后,来接他下班,父子两人一道在林荫小路上遛弯,在每张长椅前停下来,跟公园里的常客打招呼,向他们的友好问候回礼,此时此景,斯泰纳老爹是多幸福啊!

不幸,巴黎被围之后,这一切都变了。斯泰纳老爹的街心公园关闭了,被用来堆放汽油,他不得不整天整天地看守着,孤孤单单在荒芜凌乱的树丛花坛中硬挨光阴,还不能吸烟,直至夜深回到家里,才

---
[1] 〔法〕都德作品。

能见着自己的儿子。只要说起普鲁士人,他就吹胡子瞪眼睛,那样子真该一瞧……小斯泰纳,他对目前这种新的生活,倒是没有什么抱怨。

巴黎被围,对这些顽童来说,是蛮有趣的事情。不用上学了!不用去学习互助组了!每天都放假,街上像赶集一样热闹……

这孩子整天不着家,在外瞎逛,直到晚上睡觉的时候。他老跟在区里前往城头布防的营队后边跑来跑去,哪个营的军乐队好就跟哪个。在挑选军乐这方面,小斯泰纳很是在行,他能够给你说得头头是道,96营的军乐队不怎么样,倒是55营的颇为出色。别的时间,他常去观看国民别动队进行操练。此外,他天天还要去排队购物……

冬季的早晨黑沉沉,街上的煤气灯都没有亮,肉店、面包店门前排着长长的队伍,小斯泰纳手臂挎着篮子,站在队里,大家脚踩着泥水,互通姓名,谈论政局,因为他是斯泰纳老爹的儿子,人人都问他有何高见。但所有这一切最为有趣的还是瓶塞赌,这种著名的赌博人称"加洛什",是布列塔尼国民别动队的士兵使之在巴黎被围期间风行一时的。只要小斯泰纳既不在城墙看操练,也不在面包店排队,那你准能在水塔广场的"加洛什"赌博摊上找到他。当然,他并没有参加赌,因为那需要很多钱,他在旁边瞪着眼看人家赌就心满意足了!

赌徒中有一个扎眼的家伙,大高个,穿蓝色工装裤,他每次下赌都是100苏的钱币,使得小斯泰纳油然而生出几分敬意。那家伙一跑起来,钱币就在他裤口袋里叮当作响……

有一天,大高个去捡一枚滚到小斯泰纳脚边的钱币时,低声对他说:

"你眼红了,嗯?……好吧,如果你愿意,我可以告诉你上哪儿去赚。"

赌局结束,他把小斯泰纳引到广场的一个角落,提议两人一道把城里的报纸拿去卖给普鲁士人,每一趟可以挣30法郎。起初,小斯泰纳一口拒绝,不胜气愤。接下来,他一连3天没有去赌摊。这3天真难熬。他吃不下，睡不好。夜里，他梦见一堆堆瓶塞竖立在他床脚边，100苏的钱币闪闪发光，纷纷飞走。那份诱惑，简直无法抗拒。第4天，他又回到水塔广场，见到了大高个，让自己上他的钩。

一个下雪的早晨，他俩出发了，肩上扛着一个布袋，报纸就藏在他们的罩衫里。当他们到达弗朗德门时，天色刚刚发亮。大高个牵着小斯泰纳的手，走近站岗的哨兵，那是一个忠于职守的常备兵，鼻子头红红的，态度和善可亲。大高个装出可怜兮兮的样子对他说：

"请放我们过去吧，好心的先生……我们的妈妈正在生病，爸爸又死了，我带小弟弟想去地里捡点土豆。"

他说着就哭了。小斯泰纳羞惭到了极点，头也抬不起来。那哨兵打量他们一会儿，朝荒无人迹、一片白茫茫的大路上望了一望。

"快过去。"他闪开道对他们说。不久，他们就走上了通往奥贝维里叶的大路。大高个得意忘形，放声大笑起来。

小斯泰纳像在梦中一样，迷迷糊糊看见有一排改造成营房的工厂，有一些荒弃的石垒路障，上面晾着潮湿的破衣衫；还有几根已破损、不再冒烟的烟囱，穿透雾气，插向天空。远处，每隔一段距离就有一个哨兵，有几个戴着风帽的军官正用望远镜进行观察，还散落着一些被融雪湿透了的小帐篷，帐前总有一堆堆行将熄灭的篝火。大高个认识路，他穿过田野避开岗哨，但是，他们终归还是没有逃脱法国狙击兵的监视。那些狙击兵身穿厚呢上衣，沿着通往苏瓦松的铁路布防，一个个蹲在泥泞的壕沟里。大高个又胡诌起他的故事来，这一次可不顶用，岗哨不让他们通过。于是，他又是哀求又是哭诉，正当此时，从铁道路口值班室里出来一个年老的中士，来到铁路上，他满头白发，满脸皱纹，很像斯泰纳老爹。

"好啦，小家伙，别哭鼻子了，"他对两个孩子说，"会放你们过去的，放你们去拾土豆；不过，你们先进来烤烤火……这个小鬼头看来冻得够呛！"

唉，小斯泰纳全身发抖，可不是因为冷，而是因为害怕，因为羞愧……在哨所里，他们看见几个士兵蜷缩在一堆微火周围，那真是贫寒寡妇人家的火。他们用刺刀尖挑着饼干在火上烤着，见两个小孩进来，他们挤紧了一点，给孩子腾出点地方，还给他们喝了点酒与咖啡。正喝的时候，一个军官出现在门口，叫出一个军士，跟他低声说了一会儿，然后又匆匆离去。

"小伙子们！"那军士回来兴冲冲地说，"今天晚上的口令：'有烟叶吗'……我们刚从普鲁士人那边截获的……我想，这一回咱们必定能把神圣的布尔热镇从他们手里夺回来！"

他话音一落，屋里就爆发出了一片欢呼声与欢笑声。有人跳舞，有人唱歌，有人擦刺刀，趁着这一阵乱哄哄，两个小鬼赶紧就溜走了。

越过壕沟，眼前只有那一大片平地，在平地的尽头，是一堵长长的白墙，那上面挖了一些枪孔。他们正是朝这堵墙走过去，但每走一步就要弯下腰去假装在拾土豆。

"回去吧……咱们别去了。"小斯泰纳不停地这么说。

大高个耸耸肩膀，不断往前走。突然，他们听见有步枪上膛的响声。

"卧倒！"大高个说着往地上一趴。

刚一卧倒，他就吹了一声口哨。雪地里马上就响起另一声口哨，表示回应。他俩匍匐前进……在墙前，挨着地面，露出了一顶脏乎乎的贝雷帽，那下面是两撇黄颜色的唇髭。大个子一蹦就跳进对方的战壕，靠近那普鲁士人：

"这是我的弟弟。"他指着小斯泰纳说。

这斯泰纳，个子那么矮小，那普鲁士人一看他就笑起来了，不得不把他抱起来，一直高举到墙上的缺口处。

在墙的另一边，有一个个垒起的土堆，一根根横倒在地的树干，一个个挖在雪地里的地洞，每个地洞里，都是一顶顶脏乎乎的贝雷帽，一撇撇黄颜色的唇髭，他们见两个小孩走过，就笑起来了。

在一个角落，有一栋园丁的房子，用树干掩蔽了起来。楼下满是士兵，他们正在玩纸牌，还在明晃晃的旺火上煮菜汤，肥肉与白菜的香味四处飘散。这与法国狙击兵的哨所相比，真有天壤之别！楼上是军官，可以听见他们在弹钢琴，在开香槟酒。这两个巴黎人进来时，响起了一片欢呼声表示欢迎。他们交出报纸后，有人就倒酒给他们喝，挑引他们说话。那些军官样子狂傲，神情阴险，但大个子却用穷街僻巷的粗鄙劲与流氓痞子的下流话，逗得他们咯咯直笑。

这些家伙大笑不止，跟在他后面学那些下流话，在他带来的那一堆巴黎污泥里打滚取乐，得意忘形。

小斯泰纳，也很想说上几句，想表明自己也还在行，但总有什么东西叫他说不出口。对面，有一个年纪比别人大的普鲁士人，独自坐在一旁，他神情也比其他人严肃，他正在看书，也许只是假装在看书，因为他的两眼始终没有离开小斯泰纳。在他的眼光中，既有怜悯，也有谴责，似乎他在家乡也有一个像斯泰纳这么大的儿子，心里在这么说：

"我宁可去死，也不愿眼见自己的儿子干出这种勾当……"

从这时起，小斯泰纳就觉得有一只手压在自己胸口，不让心脏跳动。

为了摆脱这种惶恐不安，他就闷头喝酒。不一会儿，他觉得天旋地转。在一片哄笑之中，他模模糊糊听见自己的伙伴在嘲笑国民自卫军操练方式如何如何可笑，模仿他们在马雷的一次阅兵式中、在城头夜间警报中的种种洋相。接着，大高个压低嗓音在说点什么，那些军官一个个紧紧靠拢，神情变得严峻起来。那王八蛋正在向他们密告法国狙击兵将发动进攻的消息……

这一下子，小斯泰纳酒醒了，他怒气冲冲地站起来：

"别讲这个，大个子……我不干。"

但那家伙一笑置之,继续讲下去。还没有等他讲完,普鲁士军官都霍地站了起来,其中一个家伙指着门对两个男孩喝道:

"快滚!"

接着他们用德语交谈,像连珠炮一样快。大高个一边出来,一边把钱币弄得叮当响,趾高气扬,像个总督。斯泰纳跟在他后面,耷拉着脑袋,当他走过那个把他盯得全身发毛的普鲁士人时,他听见那人悲伤的声音在说:"布光采(不光彩)……这个布光采(不光彩)!"

泪水涌上了他的眼睛。

刚一到平原,两个孩子就奔跑起来,很快回到了法方境内。他们的口袋里装满了土豆,都是普鲁士人给他们的,有了土豆,他们未受盘查就通过法方狙击手的战壕。那里正在为夜间的突击做准备。正规军已悄悄调集到了掩体后面。那个年长的军士也在那里正忙着安排他的部下,神情兴高采烈。当两个男孩通过时,他认出了他们,朝他们亲切地微笑了一下……

啊!这微笑使小斯泰纳感到难过极了!有一瞬间他真想大喊一声:

"别去进攻……我们已经把你们出卖了。"

但他的伙伴曾经警告过他:"如果你讲出去,我们就会遭枪毙。"恐惧使得他话到嘴边不敢吐出来……

在古尔纳夫镇,他们溜进一所荒废的房子去分钱。实事求是讲,钱倒是分得挺公平的。小斯泰纳听见那些漂亮的钱币在他口袋里作响,想到他不久就可以去参加"加洛什"赌了,就觉得他犯的罪并不那么可怕。

但是,当他孤单一个人的时候,就心事重重,真是个不幸的孩子!进了巴黎的城门,大高个离开他走了,他觉得口袋愈来愈沉重,那只揪住他心脏的手揪得更紧了,从来没有这么紧过。巴黎在他眼里,全变了个样。来来往往的行人看着他,眼神严厉,似乎已经知道他去过什么地方。"间谍"这个词,老响在他耳边,从车轮的声音里可以听见，从沿着运河操练的鼓手们的军鼓声里也可以听见。终于，他回到了家里，看到父亲还没有回来，心情轻快了许多。他迅速上楼，跑进自己的卧室，把他感到不堪重负的钱币，藏在枕头底下。

斯泰纳老爹回到家里，他从来也没有像今晚这么和蔼可亲，高兴痛快，他刚听到从外省传来的消息，时局即将好转。他一边吃饭，一边望着挂在墙上的那支步枪，和颜悦色地笑着对他儿子说：

"嘿，我的孩子，你要是长大了，一定会去打普鲁士人！"

将近8点，忽听见炮声隆隆。

"这是奥贝维里叶方向……是在布尔热打起来了。"斯泰纳老爹这么判断，他熟悉巴黎城外所有的堡垒。他的小儿子脸色变得煞白，借口说太累，就去睡觉，但他哪能睡得着？炮声响个不停。他想象着法国军队夜里去袭击普鲁士人，反而中了他们的埋伏。他想起那个曾朝他微笑的军士，似乎看见他倒在那片雪地里，跟他倒在一起的士兵不计其数！……而所有那些鲜血的代价就藏在他枕头下，正是他，斯泰纳战士的儿子当了出卖者……泪水哽住了他。他听见父亲在隔壁房间里走来走去，把窗户打开。下面的广场上，集合号在吹响，国民卫队的一个营正集合起来准备出发。显而易见，这是一场恶战。可怜的孩子再也忍不住了，呜咽哭泣起来。

"你怎么啦？"他父亲走进来问他。

这孩子再也支撑不住了，他跳下床来，跪在父亲的脚边。他这么一动，钱币就滚到了地上。

"这是什么？你偷来的？"老爹哆哆嗦嗦地问。

于是，小斯泰纳一口气就把自己到过普鲁士人那边，做过些什么都说了出来。他讲着讲着，觉得心里轻松了一点，招认了自己的罪过，反倒得到了解脱……斯泰纳老爹听着这一切，脸色很可怕。儿子一说完，他用双手捂着脸，哭泣了起来。

"爸爸，爸爸……"儿子想讲点什么。

老爹推开他，没有答理，接着就把地上的钱币拾起来。

"全在这里啦？"他问。

小斯泰纳做了一个肯定的表示，老人取下他的步枪与子弹袋，把钱币放在口袋里。

"好，"他说，"我去还给他们。"

他没有再多说一句话，也没有回头看一眼，就下楼去参加国民卫队的行列，这支部队当晚就出发了。从此以后，没有人再见过斯泰纳老爹。

一局台球[①]

战斗了两天，士兵们背着背包，直挺挺在倾盆大雨中过了一夜，已经是精疲力竭了。可是，现在又让他们在大路上的水洼里，在田野上湿漉漉的泥泞里，持枪而立，苦苦等候了3个钟头。

极度疲劳，一夜也没有睡觉，制服又浸透了雨水，他们实在是支撑不住了。为了暖和暖和，也为了彼此支撑着，他们互相挤靠在一起。有的人就靠着旁边人的背包，站在那里睡着了，从他们酣睡中松弛的脸上，更能清楚地看出他们是多么疲劳与饥饿。雨下个不停，脚下全是泥水，没有炉火，没有热汤，天空阴暗而低沉，敌人嘛，可以感觉得到就在周围。真是凄惨得很……

他们待在那儿干什么？究竟发生了什么事？

大炮掉转过来，炮口对着树林，似乎要轰击什么。埋伏好的机枪瞄准着地平线。看架势马上要发动一场战斗。但是，为什么还不进攻？究竟在等什么？……

部队正在待命，司令部却迟迟不下达进攻令。

司令部其实离部队并不远，就在那座路易十三时代的美丽古堡里，它红色的砖墙被雨水洗刷得干干净净，在半山坡的树丛中光彩熠熠。这可是一座名副其实的王府爵邸，配得上把法国元帅的军旗挂在这里。一条宽宽的壕沟与一道石头栏杆把大路与草坪隔开，草坪坦阔

[①]〔法〕都德作品。

平整，一片鲜绿，周边围绕着万紫千红的盆花，在壕沟与栏杆之后逐渐升高，一直到了府第的台阶前面。在房子的另一面，也就是背面，千金榆夹栽的林荫小道在草坪里像是一道道光亮的隙缝。水池平亮如镜，有一些天鹅遨游其中。在一个巨大鸟棚的宝塔式棚盖下，有几只孔雀、几只锦鸡，有的在开屏，有的拍着翅膀，在叶丛中发出尖叫。尽管主人已经出走，但这里并没有被人舍弃不顾、因战祸而破败荒凉的景象。军队统帅的大旗甚至对草地上那些再细小不过的花蕾也起了保护作用。这儿离战场这么近，但秩序井然、有条不紊，树丛修饰得整整齐齐，林荫道幽深寂静，一切都发散出平和安宁的气氛，这真是叫人大感惊奇。

阵雨，在战场那边，使大路上淤积起令人恶心的烂泥，冲刷出一道道深深的小水槽；但在古堡这里，却只是优雅清新的雨波，颇有贵族风度，它使得红色砖墙更鲜艳夺目，草地更翠绿欲滴，橙树叶子更光洁闪亮，天鹅羽毛更白净无瑕。一切都熠熠生辉，一切都祥和宁静。说真的，如果没有屋顶上飘扬的军旗，没有栅栏前站岗的卫兵，谁也不会相信这里是军队的司令部。战马在马厩里歇息，不时，你可以在厨房周围碰见穿着军便服的勤务兵与传令兵在转悠，或者在庭院里见到个把穿着红裤子的园丁，在慢悠悠地用耙子平整沙地。

饭厅的窗户朝平台敞开，望进去，可见桌子上的餐具还没撤下，杯盘狼藉，揉得皱皱巴巴的台布上散乱着拔了塞的酒瓶与污痕累累的空酒杯，正是席散人去也。旁边那间房子里，却是一片喧闹，笑声、台球滚动声、碰杯声，不绝于耳。元帅大人正在玩台球哩，这就是部队在大路边等候命令的原因。只要元帅大人的台球一开局，哪怕是天塌下来，他也得把这一局打完。

玩台球！

这就是这位伟大军事家的癖好。他站在台球桌前，严肃认真，犹如亲临战场。且看他身着军礼服，胸前挂满勋章，两目炯炯有神，双颊容光焕发，宴会余香犹在，台球又打得正起劲，还有掺糖水的烈酒不断提神，他那股充沛活跃的精力，大有用之不尽的架势。他的副官们如众星捧月，殷勤逢迎，毕恭毕敬：元帅大人每打一球，他们都佩服得五体投地；元帅一得分，他们全都跑去记分；元帅一口渴，他们又全去给他端糖水酒。于是，就响起了一片肩章与翎饰的窸窣声，勋章与绶带的叮当声。在这个用精致橡木板镶壁、门窗都朝向花园与庭院的堂皇大厅里，这些随从个个脸上带着优雅的微笑，举止殷勤得体，制服崭新，上面的刺绣赏心悦目，此情此景，实令人想起"龚比涅①之秋"，要是战场那边沿着大路在大雨下苦等、穿着脏乎乎大衣挤成一团烂泥的士兵们，得以见此，定会精神为之一振吧。

元帅的对手是参谋里一个身材矮小的上尉军官，穿一身紧裹腰身的军服，头发鬈曲，戴着浅色手套。他的台球技艺绝对是第一流的，足以打败世界上所有的元帅，但是，他很懂得与自己的上司保持一定距离以示尊敬，努力做到不赢球，但又输得不露痕迹，他就是世人所谓的那种前途无量的军官……

请注意，年轻人，你得好好掌握。元帅大人现在得了15分，你是10分。你要保持这样一个差距直到终局。对你的晋升来说，这样做至关重要，远比你和那些士兵一起待在战场上，淋着漫天的大雨、弄脏了漂亮的军服、饰带上的烫金也黯然失色、久久苦等着迟迟不下的命令来得有效。

这真是一局有滋有味的台球。小球滚来滚去，互相碰撞，不同的球色交错缭乱，橡皮台边的反弹效果甚佳，呢绒台面上的赛事炽热……突然，一发炮弹的火光划空而过，一声沉闷的爆炸声震得玻璃窗直颤动，所有的人都惊得打哆嗦，不安地面面相觑。唯独元帅充耳不闻，视而不见。他俯身向着球台，正在琢磨打一个漂亮的嘬球。嘬

---

① 龚比涅：指法国瓦滋省的龚比涅古堡，是当时法国皇帝拿破仑三世的行宫，以豪华著称。

球，嘬球，这正是他的拿手好戏……

但是，又有一道火光破空而过，接着，又是一道，炮声响个不停，愈来愈密集。副官们都朝窗户跑去，会不会是普鲁士人发动进攻了？

"好，让他们进攻吧！"元帅一边用白粉块擦球杆顶端，一边说，"上尉，该你打了。"

参谋部的副官们都佩服得五体投地。能在炮架上熟睡的杜雷纳①与眼前这位元帅相比，简直微不足道，他在战斗已经打响之时，竟然还能在台球桌前如此沉着冷静……但是，轰响声越来越厉害，隆隆炮声中夹杂着机枪的嗒嗒声与步枪的砰砰声，一团红云夹带着黑色的烟雾从草坪尽头升起，整个花园深处都燃烧起来了。惊慌的孔雀与锦鸡在笼子里大声叫唤，阿拉伯战马闻到火药味，纷纷在马厩里直立。司令部开始骚动，告急警报接二连三，传令兵一个个疾驰而至。他们都要求见元帅。

要见元帅，比登天还难。我已经告诉过你们，只要台球一开局，天大的事也没法叫他放下球杆。

"该你打啦，上尉。"

但上尉这时已经魂不守舍了。毕竟他还年轻嘛！瞧他那副不知所措的样子，居然忘了自己的既定方针，连续两杆得分，几成胜局，险些把这一局台球打发了事。这一下，元帅大人可来火了，惊讶与愤怒突然涌上了他那张雄赳赳的脸孔。正当此时，一匹战马急奔而来，摔倒在庭院的地上。一名浑身是泥的副官违反规矩，一步跳上台阶大嚷起来："元帅大人，元帅大人……"元帅是怎么对待他的，这真该一看，但是元帅火冒三丈，脸孔红涨得像是鸡冠。他出现在窗口，手上仍握着球杆。

"发生什么事啦？……这是怎么回事……难道这儿没有卫兵？"

"可是，元帅大人……"

---

① 杜雷纳（1611~1675）：法国17世纪著名的元帅，被后人视为军事天才。

"行啦……等一会儿……让他们等我的命令,真是……见鬼!"

说着,窗子又猛地一下关上了。

要大家都等他的命令!

那些可怜的士兵,不正是在等他的命令吗?风吹雨打,枪林弹雨,他们白白地受着。整营整营的军队就这么被摧毁了,与此同时,其他的部队仍手持武器而无所作为,他们无法理解为何让他们坐以待毙。毫无办法,只有干等命令……不过,送死并不需要命令,那些男儿成百上千地在灌木丛后面,在壕沟里倒了下去,面对着那个纹丝不动的高大古堡。即使已经倒下,霰弹仍把他们炸得千疮百孔,从他们裂开的伤口中,无声地流淌出法兰西的慷慨热血……古堡那边,在台球厅里,事情同样进行得慷慨激昂,元帅重新领先,那矮个子上尉则像困兽一样抗争……

17分! 18分! 19分!……

快得连分数都来不及记了。枪炮声愈来愈近。元帅还剩下一杆要打。这时,炮弹已经落到花园里了,其中一发在水池里开了花,平整如镜的水面被打得破碎不堪,一只惊恐的天鹅在漂着血淋淋羽毛的旋涡里挣扎。这是最后的一击……

现在是一片死寂,只有洒在林荫小道上的雨声与山坡下模糊不清的车轮声。在那些满是泥泞的大路上,还有一种像羊群匆匆赶路的脚步声……这是部队在全面溃逃。元帅大人终于打赢了他的这局台球。

公社的阿尔及利亚步兵[①]

他来自迪安德尔部落，名叫卡都尔，是土著兵团里一名小小的定音鼓手。这个从殖民地招募来的步兵团人数不多，跟随着维诺瓦[②]的大军，调进了巴黎。从威桑堡打到尚皮尼，他参加了所有的战斗，他身带铁响板与阿拉伯鼓，在战场上穿梭，就像暴风雨中的飞鸟，如此灵活敏捷，如此飘忽不定，叫子弹也难以跟踪追击。但是，冬天一来，夜里执行前哨部队的任务，在雪地里站岗，这个经枪炮战火锻炼出来的小个子非洲铁汉，可就受不了啦。一月份的一个早晨，他被人从马恩河边抬回军营，双脚已经冻伤，身子被严寒冻成扭曲的一团。他在医院里治了好久。正是在那里我第一次见到他。

那时，这个阿尔及利亚步兵，郁郁不乐，默默承受着一切，像一条病恹恹的狗，睁着温柔的大眼睛观察周围。有人跟他说话，他就笑笑，露出牙齿。他所能做的仅此而已。因为他不懂我们的法语，只能勉强讲几句萨比尔语，而这种阿尔及利亚的方言，则是普罗旺斯语、意大利语、阿拉伯语的大杂烩，真可谓五花八门，就像沿着拉丁海岸收集的五光十色的贝壳。

为了消遣解闷，卡都尔只能玩玩他的阿拉伯鼓。他一烦闷得厉

[①] 〔法〕都德作品。
[②] 维诺瓦（1800~1880）：法国将军，曾在阿尔及利亚服役，在普法战争中任法军指挥官。战后，率凡尔赛政府镇压巴黎公社。

害,医务人员就把他安置在床上,让他敲一敲,但声音不能太响,因为其他的病人需要安静。本来,冬天的阳光昏黄暗淡,街景冷清凄凉,使他那张可怜巴巴的脸更显晦涩阴暗、死气沉沉,但一敲起鼓来,他那张脸就生气勃勃了,随着节拍扮出各种怪相。时而,他敲起冲锋鼓,就面带狞笑,露出他雪白的牙齿;时而,他敲奏伊斯兰晨鼓曲,他的两眼就湿润,鼻孔就张大。在这平淡乏味的医院里,在这个玻璃药瓶成堆、药膏绷带到处都是的氛围里,他似乎又看到了布里达果实累累的橙林,看见了野浴归来、蒙着白面纱、散发出马鞭草清香的摩尔姑娘。

两个月就这样过去了。在这两个月里,巴黎发生了翻天覆地的变化,但卡都尔对此毫无所知。他常听见窗下不断有疲惫不堪并被解除了武装的部队路过,后来,又听见远处从早到晚有隆隆的炮声,还有警钟声、枪战声。凡此种种,他不知道是发生了什么事,只以为还在打仗,既然他的双脚已经痊愈,当然又可以参加战斗。他风风火火,说走就走,把鼓一背,就去找自己的队伍了。他还没有找多久,就被路过的公社战士①带到了他们的驻地。审讯了好长时间,也问不出什么名堂,只听见他咕哝咕哝说了点什么,谁也听不懂,最后,当天值日的将军给了他10法郎,一匹拉车用的马,把他留在参谋部里当差。

在这个公社参谋部里,穿什么样衣服的都有,有马夫的红粗布褂,有波兰式的斗篷,有匈牙利式的短紧身衣,有水手的粗布工装;有的衣服镶金,有的是天鹅绒做的,有的缀着金属箔片,有的缀着俗气的装饰品,五花八门,杂然纷呈。卡都尔穿着滚了黄边的蓝色上衣,扎着头巾,带着他的阿拉伯鼓,使得这个像化装舞会的群体更为增色。这个不知不觉、糊里糊涂当了逃兵的土著小青年,兴高采烈地置身于这支五光十色的队伍,陶醉在阳光下、在枪炮声中、在市井街巷的喧嚣中、在穿着制服佩着枪的军事人员熙熙攘攘的氛围里,深信

---

① 公社战士:指巴黎公社的军事人员。

眼前的一切仍是抗击普鲁士人的战争在继续，并且他说不清是什么原因，这战争进行得更为生龙活虎，更加得心应手了，于是，他就天真地投入了巴黎的狂欢，在其间出尽了风头。他走到哪里，都受到公社战士热烈的欢迎与款待。公社因为有他这么一个成员而深感骄傲，把他拿来到处展示、到处炫耀，当作徽章那样佩戴着。每天，总有那么20来次，人们打发他从参谋部驻地去国防部，又从国防部到市政厅跑差。因为公社战士常听见风言风语，说公社的水兵是冒牌水兵，公社的炮手是冒牌炮手！……至少，眼前这个土著步兵总是货真价实的吧，大家只要看看他那张猴精猴精的小脸、他精瘦的身子骑在高头大马上表演杂技般惊险动作时的那份矫健，就会确信这一点了。

　　但是，卡都尔觉得自己的快乐生活还美中不足。他渴望参加战斗，让子弹说话。但是，很可惜，在巴黎公社，就像在帝国一样，参谋部是不怎么上火线的。这个可怜的土著步兵除了跑来跑去当差与参加检阅外，只能在参谋部驻地与国防部的院子里混日子。在这些混乱不堪的营地里，到处都是大桶大桶开了封的烧酒，被打开了的一桶桶肥油，还有一桌桌仍发散出饥不择食饕餮气息的露天残宴。卡都尔是个虔诚的穆斯林，当然不会参加这些大吃大喝，遇上这种事，他就躲在一旁，清心寡欲，安安静静，在一个角落里做本教的大净小净，吃一把粗米粉，然后，奏一小段阿拉伯鼓，把斗篷往身上一裹，倒在篝火旁的台阶上就睡。

　　5月的一个早晨，卡都尔被一阵可怕的枪声惊醒。作战部就像开了锅，所有的人都狂奔乱跑，纷纷逃窜。他也本能地像别人一样，跳上自己那匹马，跟着参谋部的人员逃之夭夭。街上响彻了发狂的军号声，部队已溃不成军。人们都在挖马路面上的石块，用来筑街垒。显而易见，可怕的事发生了……愈临近塞纳河岸，枪声愈是清晰，喧闹声也愈大。到了协和大桥，卡都尔与参谋部走散了。再往前走一会儿，他的马又被人要走——那人的军帽上有六条杠杠，急于要到市政厅去了解情况,刻不容缓。卡都尔火上心头,就朝战斗打响的方向跑去,边跑边给步枪上子弹,咬牙切齿地咕哝:"干掉普鲁士人……"这时他以为是普鲁士人杀进巴黎了。子弹已经在协和广场上埃及方尖碑的周围、在杜勒利宫的树丛中呼啸。到了利沃里街的街垒口,佛罗伦①的残部正急于复仇反攻,便招呼卡都尔过去:"嘿!阿尔及利亚步兵!阿尔及利亚步兵!……"他们只剩12个人了,但卡都尔一加入,光他一人就顶得上一支军队。

挺立在街垒之上,卡都尔神气十足,特别扎眼,就像一面旗帜。他打起仗来,又蹦又跳,又喊又叫,在枪林弹雨里出没自如。随着每一发炮弹落下,地面就升起一片烟雾,时聚时散。在这间隙当儿,他望见聚集在香榭丽舍的敌兵穿的是红裤子。很快,烟雾又使得前方一片模糊。他以为自己看走了眼,便更加猛烈向对方射击。

突然,街垒上的火力哑了。最后一名炮手放了最后一炮后逃走了。这阿尔及利亚步兵却仍坚守不动。他拧紧枪上的刺刀,埋伏不动,准备等敌兵一露头就冲上去……但敌兵却列队而至!在那发闷的前进步伐声中,军官们在高喊:

"投降吧!……"

阿尔及利亚步兵一时惊呆了,稍一定神就跑了出来,把枪高高举起:

"好啦,好啦,是法国军队!"

他那土著人的头脑,模模糊糊以为,这是法军的解围部队到了,是巴黎人盼望已久的菲德尔布②将军或尚齐③将军率领部队赶到。他真兴高采烈,朝他们直笑,笑得露出了一口雪白的牙齿!……一瞬间,街垒被占领了。那些士兵围着他,把他推来推去。

---

① 古斯塔夫·佛罗伦(1838~1871):法国教授,巴黎公社的活动家、军事指挥官。
② 路易·菲德尔布(1818~1889):法国将军,普法战争中任北方军司令。
③ 昂托瓦纳·尚齐(1823~1883):法国将军,当时任卢瓦尔第二军司令。

"把你的枪给我们看看。"

他的枪膛还在发热。

"把你的手给我们看看。"

他的双手都被火药熏黑了。这土著步兵很自豪地伸出双手，脸上一直带着憨厚的微笑。士兵们一看，猛地就把他推到墙前，"砰"的就是一枪！……

阿尔及利亚步兵就这么丢了命，至死也不知道是怎么回事……

一只红山鹑的悲愤[①]

你们都知道,山鹑飞起来总是成群结队,它们一起在犁沟里歇息,稍有风吹草动,就惊飞四起,好像有人在一大把一大把播撒种子。我们这一群为数众多,快活无忧,栖居在一片大树林的边缘,左右逢源,既可在平原上觅食,又可在林子里得到掩护。因此,自打我羽翼丰满、能飞能蹦,我就活得很开心自在。但有一件事情使我隐隐不安,那就是行猎期将要来到,我的母辈已经在悄悄议论此事了。一说起来,我们这一群里有个老家伙总是这么对我说:

"红崽子,你不用害怕。"大家都叫我红崽子,因为我的嘴喙与脚杆都是淡红色的,"你不用害怕,红崽子,行猎期的那天,我带着你,担保叫你不伤半根毫毛。"

这老家伙长得像一头公鸡,狡黠阴鸷,警惕性高,尽管胸骨已经隆突,身上也有了白色的羽毛。他年轻的时候,翅膀上挨过一粒铅弹,所以现在飞起来有点不灵便,展翅之前总要有所迟疑,耽误点时间,不过从容不迫,倒也稳当安全。他常带我到树林边去,在那里,有一所怪怪的小房子,搭建在栗树群之间,像空洞穴一样寂静无声,门窗总是关闭得严严实实的。

"小崽子,你好好瞧瞧这所房子,"老家伙对我说,"你一发现它屋顶冒出炊烟,房门与窗板全打开了,那咱们的劫难就来了。"

[①] 〔法〕都德作品。

他这番话，我信，我想他一定多次见过小屋有行猎者来往的情景。

果然，有一天早晨，天刚蒙蒙发亮，我听见有谁在犁沟里低声唤我……

"红崽子，红崽子。"

唤我的正是那只老公鸡，他的眼神异乎寻常。

"快过来，"他对我说，"照我的样子往前走。"

我还半睡半醒，跟在他后面，在土坷垃之间偷偷前进，既不起飞，也不跳跃，就像一只老鼠。我们朝树林方向走去，路上，我看见小屋的烟囱里飘出了一缕炊烟，窗子里有了灯光，而在大大敞开的房门前，有几个全副武装的猎手，一群猎犬正围着他们欢蹦乱跳。我们经过时，听见其中一个猎人嚷道：

"今天上午咱们清扫平原，下午再到树林里去收拾。"

这时，我才明白，我这位老伙计为什么先把我带到大树下来。可是，我的心还是怦怦乱跳，特别是想到我们那些仍在平原上的可怜亲友。

就在我们快到树林边的时候，突然，那些猎犬朝我们的方向跑来了……

"卧倒，卧倒！"老公鸡命令我，他自己也伏卧在地。与此同时，离我们十步之远，有一只鹌鹑吓得张开大嘴，发出惊恐的叫声，张开翅膀，仓皇飞逃。但听见一声可怕的巨响，立即就有一团气味怪异、热烘烘而白茫茫的烟雾把我们罩住，尽管初升太阳的光亮已经很强。我吓得几乎动弹不了，幸亏我们已经躲进了树林。我的那位伙计蜷缩在一棵小橡树后面，我就躲在他旁边，我们藏在那里透过叶丛的间隙向外观察动静。

在田野上，已响起了一片可怕的枪声。每响一枪，我就双眼紧闭，脑袋发晕。后来，我睁开了眼睛，看见宽广开阔的田野上空荡荡的，只有猎犬在奔跑，在草丛中、庄稼堆里发疯似的转来转去，进行搜索。行猎者跟在它们后面，骂骂咧咧的，呼来唤去，猎枪在阳光下闪闪发亮。有那么一片刻，我似乎看见随着一小团烟雾腾起，有一阵树叶在纷纷飘落，但实际上周围并没有树。老公鸡告诉我，飘落的都是羽毛。定睛一看，果然在我们前方百步远的地方，一只漂亮的灰色山鹑坠落在田垄上，脑袋流着血，仰向后方。

太阳升高，灼热难耐，枪声也骤然停止。行猎者转过头回小屋，屋里已架起干枝枯叶，燃起旺火，烧得噼啪作响。猎人们扛着枪，边走边谈，讨论每一枪的得失。猎犬跟在他们后面，疲惫不堪，舌头耷拉着……

"他们回去吃午饭了。"我的同伴对我说，"咱们也照吃不误。"

于是，我们就钻进林子近旁的荞麦田里，一大片黑白相间的荞麦，正在开花抽穗，发出杏子般的芳香。有几只羽毛美丽的锦鸡正在啄食，低垂着自己的红冠，免得被猎人发现。哼，它们可不像平时那么趾高气扬，一边啄食，一边还向我们打听消息，它们之中是否有谁已经中了枪子。这一阵工夫，猎人们用午餐，开始不声不响，后来，却愈来愈喧闹。我们听见他们的碰杯声，开瓶塞声。老公鸡判断是我们该回藏身之处的时候了。

在这个时候，树林似乎是睡着了。小水塘平日是狍子常来饮水的地方，现在却无人光顾。欧百里香的丛薮里，也见不到一只兔子。气氛神秘紧张，叫人不寒而栗，似乎每一片树叶、每一棵小草后面都躲藏着一个受到威胁的生命。林中的动物可藏身之处很多，洞穴、丛薮、柴堆、荆棘、沟渠等，每当雨后，这些沟沟渠渠都会长时间积水。说实话，我真想藏身在这些坑坑洼洼里。我的同伴却喜欢待在露天，视野开阔，看得远，对眼前的动静了如指掌。但我们还没来得及离开，猎人们已经进入了树林。

啊！我永远也忘不了树林里第一声枪响，它像4月的大冰雹，把树叶打得稀巴烂，在树干上留下累累弹痕。一只兔子奔过小路，使劲用爪子刨起一簇簇杂草。一只松鼠慌慌张张从栗树上蹿下来,把还没有熟透的栗果碰掉,有两三只肥大的锦鸡也笨重地惊飞而起。枪声过处,如一阵风刮过,低矮的树枝、干枯的树叶纷纷颤动,林中的生灵无不被打扰、被惊吓而惶惶不安。田鼠一个个钻进它们的深洞。在我们藏身的这棵树上,一只鹿角锹甲虫从树洞里爬出来,吓得不敢动弹,呆滞的两只大眼转来转去。蓝蜻蜓、大熊蜂、彩色蝴蝶,这些可怜的小昆虫惊恐地到处乱飞……一只翅膀呈猩红色的小蝗虫,竟然乱飞到我的嘴边停下,我自己也因过度惊恐而没有利用这个机会把它当作美食。

老公鸡仍然镇定自若,他凝神监听着枪声与犬吠。当行猎者走近时,他就向我示意,我们就避远一些,离开猎犬的警觉范围,躲进叶丛里。不过有一次,我真以为我们快完蛋了,因为我们要穿过的小路两头都被猎人堵住。这头是一个高高大大的青年人,长着浓黑的络腮胡子,背着子弹袋、火药筒,佩着猎刀,高筒的护腿一直扣到膝盖,使人更显高大,他每动一下,身上的这些金属装备就哗啦啦作响;另一头则是个小老头,他正靠在树上,悠闲自若地吸他的烟斗,眯着眼睛,好像要睡着了。这老头我倒不觉得可怕,但那个高个子可非同小可……

"红崽子,你还嫩着呢。"老公鸡笑嘻嘻对我说。说罢,他胆大包天,张开翅膀,几乎从那大个子的两腿之间疾飞而过。

那可怜的猎人身上的行猎装备实在太多,他不堪重负,行动甚不灵便,何况又正在自我欣赏他那套从上到下的行头,等他举枪瞄准时,我们早已逃出了他的射程。哼!要是猎人们知道,当他们在树林的角落里守候时以为只有他们自己,殊不知有多少小动物从灌木丛里盯着他们,有多少小尖嘴巴在窃笑他们的笨拙!那该多有趣……

我们飞呀飞,一直在飞。我只能跟着老公鸡,别无选择。他展翼,我跟着鼓翅,他停下来缩成一团,我也跟着这么做。我们经过的那些地方,至今我仍历历在目,如,那片粉红色灌木丛的地上,到处都有小洞紧挨着一棵棵黄色的树根,而前面,则有一大片橡木,似乎构成了一道帷幕,使我觉得那后面无处不藏有杀机;又如,那条绿茵茵的小路,我母亲常带着自己的一群孩子到那里散步,在5月的阳光下,我们兄弟姐妹一边蹦蹦跳跳,一边啄食爬上我们腿脚的红蚂蚁,还遇见过像母鸡一样肥胖的小锦鸡,他们神气活现,还不屑于跟我们一道玩哩。

恍若在梦中一样,我在飞逃中又见到了那条小路,当时正有一只牝鹿在那里奔跑,他个子高挑,腿杆细长,眼睛睁得大大的,随时准备纵身逃命。接着,我又看见了那口水塘,从前,我们总是成群结队来这里饮食、嬉戏,一来就是十五六只、三十来只,从平原上飞来只需一分钟……水塘中央,有一丛矮小的桤木,长得很是茂盛,正是我们藏身的安全小岛。猎犬要到这里找着我们,那可得有一个灵得出奇的鼻子才行。我跟老公鸡在这里刚落身不一会儿,就来了一只狍子,拖着一条伤腿,身后的青苔上,留下斑斑血迹。我不忍看这悲惨的情景,就把脑袋埋在叶丛里,但我仍听得见那头受了伤、正在发烧的狍子喘着气饮水的声响……

天色慢慢暗下来。枪声愈来愈远,也渐趋稀落,最后,完全沉寂。一场猎杀完结了,于是,我们又悄悄回到平原,打听我们那一群的消息。在经过那个小木屋时,我看见了非常可怕的一幕。

一条沟渠的边沿上,排列着一大串红毛大野兔、白尾小灰兔的尸体,一只挨着一只,爪子合拢,似乎在求饶,眼睛暗淡无光,似乎在哭泣;此外,还有一大排红色大山鹑、灰色小山鹑的尸体,它们都像老公鸡一样,个个有隆突的胸骨,还有一些是当年出生的,像我一样,身上的绒毛还没褪尽哩。你们知道,还有什么比一只死鸟更叫人惨不忍睹的呢?鸟的翅膀是多么生气勃勃,富有活力啊!看着它们躯体蜷缩、身子冰冷,那真会毛骨悚然……尸体中还有一只漂亮的大狍子,它静静地躺着,像是睡着了,红红的小舌头伸出嘴外,似乎想要舔什么东西。

　　猎人们全都在场,俯身观赏这场屠杀的战果,一一清点数目,抓起血淋淋的脚爪与折裂的翅膀,把猎物往口袋里装,对那些鲜血淋淋的伤口毫无怜悯之心。一大群猎狗都已上了颈套,准备打道回家,但它们仍然皱起鼻子保持警惕,似乎准备再冲进灌木丛去抓猎物。

　　夕阳西下,那帮家伙,连人带畜生,尽都动身回去,一个个精疲力竭,身影在地上的土块上、在被黄昏露水润湿的小路上拖得长长的。我诅咒这帮家伙!我憎恨这帮家伙!……无论是我的老伙计还是我,都鼓不起勇气来,像往常一样,对逝去的这一天道一声别。

　　在回平原的路上,我们看见一些小动物中了流弹,已经身亡,躺在地上喂蚂蚁。那些田鼠,嘴巴沾满了泥土;那些喜鹊与燕子,都是飞行时被击落的,它们仰卧大地,僵硬的小爪子伸向天空,天空正因入秋后夜幕早早降临而显得清澈、凄冷而湿润。最令人肠断的是,树林边、牧场边、溪流边都传来了亲属的一声声焦急的、悲痛的、凄厉的呼唤,它们得到的回答只是一片死寂。

雅尔雅伊来到天主家[①]

——普罗旺斯民间传说

雅尔雅伊是圣雷米地方的脚夫,一天早上突然死去,一下就跌进了来生世界……该怎么就怎么吧,听天由命!来生世界可大得很哟,漆黑一团,深不可测,真叫人害怕。雅尔雅伊不知该往哪里去,他在黑暗里乱闯,上下牙齿直打磕,两手前伸,摸索着往前走。摸黑了好久,他终于看见高处有一星亮光,它可真是高高在上哟。他朝着亮光走去,原来是天主家的大门。

雅尔雅伊上去敲门,嘭!嘭!嘭!

"是谁呀?"圣彼得大声嚷道。

"是我呀。"

"你是谁?"

"雅尔雅伊。"

"圣雷米的雅尔雅伊。"

"一点也不假。"

"小蹋子,你这副德行要往天堂里钻,亏你不害臊。"圣彼得对他这么说,"20年来,你没有上过一次教堂望弥撒!每个星期五,只要你办得到,你总是吃荤;每个星期六,只要你有荤吃,你也开荤!你存心说怪话,光凭蜗牛在雷雨天才钻出来,就说天上打雷是蜗牛在敲鼓……神甫用敬神畏上的话告诫你说:'雅尔雅伊,天主会惩罚你

[①] 〔法〕都德作品。

的。'你却老是这么顶撞：'天主，有谁见过？人一死，什么都没有啦。'总而言之，你从不相信天主，还随口乱骂他老人家，叫人气得发抖。你这号子人，主是不会要的，你居然还跑到这里来！"

可怜的雅尔雅伊答道：

"这些事，我都不否认。我是一个罪人，可耻的罪人。不过，谁想得到，人死后还会碰见这么多神奇奥妙的事？不论怎么说，我的路是走错了。水已经泼出去了，没法收回，现在只能自食其果。可是，伟大的圣彼得，您至少得让我跟我的叔叔见一面，好让我把家乡的事说给他听听。"

"哪个叔叔？"

"我的叔叔玛泰利，他生前是个白衣苦修士。"

"你的叔叔玛泰利？他眼下在炼狱里，还得熬炼100年。"

"还要100年！……他做了什么错事？"

"你还记得吧，过去在圣事游行里，总是由他扛十字架……有一天，几个爱取闹的伙伴商量好要嘲笑他一通，其中一人先开了个头：'瞧玛泰利，他背着十字架在受苦受难呢。'走了不远，另一个人又接着取笑：'瞧玛泰利，他背着十字架在受苦受难！'最后，第3个人又指着他说：'瞧吧，瞧玛泰利背的是什么！……'玛泰利再也沉不住气了，朝他们嚷道：'我背的是什么？……如果我背的是你，那肯定是背了一个大傻瓜……'说着，他火冒三丈，气得中风而死。"

"可怜的玛泰利……那么，请你让我见见我的婶娘多罗戴吧，她生前可真……可真虔诚啦……"

"她一定是让魔鬼抓去了，我这里从没见过她。"

"哦！如果她这个人是被魔鬼抓去了，我可一点也不奇怪。您想想看，她那副装模作样的虔诚劲……"

"雅尔雅伊，我没工夫跟你闲扯，我得去开门迎接一个可怜的清道夫，他刚被自己的小毛驴一脚踢到天堂来了。"

"哦,伟大的圣彼得,请你让我看一看你们的天堂,你已经给我行了这么多好,再行个好让我看一眼,绝不会对你有损分毫。听说,天堂好看得很啰!"

"哟!当真!……我岂会让你这么一个异教徒无赖跨进天堂……"

"伟大的圣人,行行好吧!请你看我父亲的面子,他生前是罗纳河上的船夫,在圣事游行时,他老扛您老人家的旗帜……"

"好吧,"圣彼得答道,"看你父亲的面子,我答应你这个要求……不过,伙计,你要知道,咱们有约在先,你只能伸进一个鼻子尖,刚够你看一眼就得退回去。"

"我一定照办,只伸进鼻子尖。"

于是,天堂的守门神把门打开一条小缝,对雅尔雅伊说:"喂,你看吧……"说时迟那时快,雅尔雅伊将身一转,用背一挤,闪进了天堂的大门。

"你这是怎么回事?"圣彼得质问他。

"天堂里太亮,我睁不开眼。"圣雷米乡的这位仁兄答道,"我只好先让我的背闪进来,不过,您老人家别急,我一定遵照您的吩咐,只要我的鼻子伸进了天堂,我就不再往前走了。"

这位享天福的圣者心想:"糟了,我受骗上当了,这个无赖混进了天堂。"

"哦,你们待在这里面可太美啦!这地方真漂亮,这音乐真好听!"

待了一小会儿,守天堂门的大圣对他说:"你要是看够了,就该出去啦,我没工夫在这里老陪着你。"

"请自便,您只管去办自己的事,我嘛,我要出去的时候……自会出去的,一点也不用忙。"雅尔雅伊答道。

"哟!你说得倒好听,可咱们事先不是这么约定的。"

"我的天哪!圣徒大人,瞧您气成这个样子!如果你们这里地方不宽敞,那是另一回事,但是,感谢天主,这里可一点也不缺少给人待的空地方。"

"我呀，我命令你出去，如果仁慈的天主打这儿经过，看见……"

"哦哟！那是您的事，您爱怎么办就怎么办。我常听人这么说：好处到手，就别放手。既然我已经进来了，我就要待下去。"

圣彼得气得直摇头跺脚，跑去找圣伊夫。

"伊夫，你是个律师，你得给我想一个办法。"

"别说一个，只要你需要，两个都可以。"

"你知道，我碰见了一桩令人头痛的事，处境挺尴尬，事情是这样的……现在我该怎么办？"

"你该去找一个有经验的诉讼代理人，然后找一个执达吏把雅尔雅伊抓到天主面前去受审。"圣伊夫出了这么个点子。

于是，两位大圣就去寻找诉讼代理人。但是，天堂里的诉讼代理人，谁都没有见过呀，于是他们又去寻找执达吏，这种人在天堂里更是无影无踪。

圣彼得一筹莫展，束手无策。

这时，圣吕克正好走过。

"你怎么啦？我可怜的彼得，瞧你的嘴噘得多高。是不是咱们的主把你训斥了一顿？"

"唉，我的老兄，别取笑我了。我碰见了一件倒霉的事。有一个名叫雅尔雅伊的家伙，冷不防闯进了天堂，我没法把他弄出去。"

"这家伙是什么地方的人？"

"是圣雷米地方的。"

"圣雷米的？"吕克大圣说，"啊，天哪！你太老实了！要把他弄出去，那是不费吹灰之力的……你听我说，我是普天之下牛的好朋友，牛倌的保护神，这你是知道的。我顶了这份差事，跑遍了加玛尔格、阿尔勒、尼姆·波盖尔、达拉斯贡所有这些地方，我最了解这些乡巴佬的脾气，我知道怎么对付他们。你要懂得，他们这些人为了看斗牛，是不惜往火坑里跳的。你等着瞧，你的那位雅尔雅伊，我一定负责把他打发走。"

说着，正有一群胖乎乎圆脸小天使飞过。

"小家伙，小家伙。"圣吕克招呼他们停下来。

小天使们飞落到了跟前。

"你们轻轻飞出天堂，出门的时候要飞得快，还要大声叫喊：牛来了，牛来了……快拿链子来！快拿链子来！……要喊得就像是在圣雷米的斗牛节上一样。"

天使们按计行事。他们飞出天堂，当他们到大门口时，就疾飞而过，还大声叫喊道："把牛拉住，把牛拉住……哦哟！……哦哟！……"

听见这阵叫喊，我的天哪，雅尔雅伊惊喜得猛一转身："真怪！这儿也斗牛！快跑！……快跑！……"喊着，他像个疯子似的往门口一蹿，一下就扑出了天堂的大门，这可怜的家伙！

圣彼得赶紧趁势把门一关，拴上了门闩，然后从小洞口探出头来，笑嘻嘻对这倒霉蛋说：

"雅尔雅伊，你现在觉得怎么样？"

"哦，我可不在乎。"雅尔雅伊答道，"只要真能看上斗牛，我才不稀罕天堂呢。"

说着，他闷头扎进了来生世界。

猫的天堂[1]

我的一位姑母把一只安哥拉猫遗留给我,这是我所见过的最愚蠢的一种畜生。一个冬天的夜晚,在一炉温热的余烬前,我的猫向我讲述了以下的故事。

一

那时,我已经两岁,是人们所能见到的最肥胖、最天真幼稚的猫。在这种驯服温良的年龄,我已经就自以为是、目空一切了,鄙视有家有窝的舒适生活。但是,我该怎么感谢上帝啊!他把我安排在您的姑母家里。这个好心的太太很宠爱我,在一口柜子里边,我有一个名副其实的卧室,羽绒做垫,盖被有三层。睡的条件好,吃的条件也同样好。从来不光吃面包、喝清汤寡水,顿顿都是肉,而且是带血的新鲜肉。

瞧,过着这么优裕舒适的生活,我却只有一个愿望,一个梦想,那就是从那扇半掩半开的窗口溜出去,逃到屋顶上。您姑母的抚摸早已使我厌倦,我那张柔软温暖的床也使我恶心。我肥胖得叫我讨厌自己。我一天到晚都因为自己过得这么幸福而不耐烦。

应该告诉您,我只要一伸脖子,就可以从窗口看见对面的屋顶。

---

[1] 〔法〕左拉作品。

那天,正好有 4 只猫在屋顶上打架,它们身上的毛竖着,尾巴高高翘着,在灿烂阳光照耀下的青石瓦上打滚,兴高采烈地互相进行咒骂。我从来没有见识过如此奇妙的景观。刹那之间,我的信仰确定了。真正的幸福就是在这屋顶上,在这被关得严严实实的窗户的外边。我的证据是,既然柜子的门关得严严实实的,那里边就一定藏着肉。

我确定了逃走的计划。在生活中,除了带血的鲜肉外,还应该有点别的东西,那就是未知数,就是理想。一天,厨房的窗子忘了关上,我一步就跳到了窗口下的小屋顶上。

二

那些屋顶是多么美啊!四周有宽宽的檐槽,发出美妙的气味。我乐滋滋地沿着檐槽走去,瓜子陷在细腻的泥巴里,泥巴非常温热,非常柔软,我觉得就像行走在天鹅绒上。太阳照射得暖烘烘的,非常舒服,在这种暖意中,我全身的脂肪都要融化了。

不瞒您说,我的四肢直发抖。我的欢乐之中也夹杂着恐慌。我还记得,有一次,我吓得差一点儿栽落到地面上去。3 只猫从另一所房子的屋脊上向我冲过来,还喵喵地发出可怕的叫声。因为我吓昏了头,它们都把我当成一个大傻瓜,对我说,它们喵喵地叫,只是为了寻开心。于是,我也跟着它们一道喵喵地叫,的确很开心。这几个家伙没有像我这样长一身蠢肉。当我像一只球在被太阳晒热了的锌板上不停地往下滑时,它们都在旁嘲笑我。这一帮里有一只上了岁数的老雄猫,它待我特别友好,主动来承担指点我的责任,我怀着感激之情接受了它的好意。

啊,让您姑母喂我吃的那些内脏都滚得远远的吧!现在,我喝的是屋檐里的水,我觉得加上糖的牛奶从来也没有这么香美可口。周围这一切,在我看来,都尽善尽美,妙不可言。这时,一只雌猫走过,这是一只特有魅力的雌猫,我一看见她,浑身就感到一种从未有过的激动。这种连脊梁骨也酥软异常的可爱的尤物,我过去只在梦里见过。我的3个同伴与我,立即朝这位新来的雌儿奔过去,我跑在最前面,我正要向这漂亮姐献殷勤,我的一个同伴狠狠在我脖子上咬了一口,我疼得大叫了一声。

那只老雄猫一把将我拉开,说:"算了吧,这种事多着呢。将来你还会碰见。"

三

瞎逛了一个钟头之后,我感到饥肠辘辘了。

"在屋顶上吃些什么?"我问我那个朋友老雄猫。

"找到什么就吃什么。"他满腹学问地这么回答我。

这个答案可叫我一筹莫展,因为我白费力气找了半天,什么也没有找到。终于,我看见一个阁楼间里有个年轻的女工在做午饭。窗口下面的桌子上,放着一大块排骨,颜色鲜红,叫人发馋。

"我要的东西原来在这里。"我非常天真地这么想。

于是,我跳到那张桌子上去咬那块排骨。但是,那个女工发现了我,用扫帚在我脊背上狠揍了一下,我丢下那块肉就跑,一边逃一边恶声恶气地咒骂。

"你是从乡下来的?"老雄猫对我说,"放在桌子上的肉,咱们只能远远看着它流口水,檐槽才是咱们找东西吃的地方。"

我怎么也弄不懂,厨房里的肉为什么不属于我等猫类。我的肚子可真开始抗议了。老雄猫的话太叫我灰心丧气,他说要等到天黑,我们才能从屋顶上溜下去,到街上的垃圾堆里去找吃的。等到天黑!它说得倒挺轻巧,一副冷冰冰的哲学家派头。而我,简直饿得要昏过去了,一心只想着还要空着肚子等这么久。

四

黑夜来得真慢,这是一个有雾的夜,冻得我浑身冰凉。不久,又下起雨来,那蒙蒙细雨,在一阵阵狂风猛吹之下,湿透了我们的皮毛。我们通过一个楼梯上的玻璃窗洞,走下街来。那街道在我看来简直是太丑陋了!这里没有温暖,没有灿烂的阳光,没有被照射得白晃晃、我们可以在上面尽情打滚的屋顶。我的4只脚在泥泞的路面上打滑。这时,我伤心地想起了我的三层盖被与羽绒垫子。

我们一到街上,我的朋友老雄猫就浑身发抖,它缩着身子,缩得小小的,偷偷贴着墙根往前溜,要我紧跟着它快走。当它到了一个能通行车辆的大门前,就赶紧躲到里面去,并且情不自禁地打了一个放心满意的呼噜。我问它为什么要这样偷躲,它反问我道:

"你没有看见那个背着筐、拿着钩子的人吗?"

"看见了。"

"行了!要是他发现了咱们,就会把咱们打死,用铁钎穿上烤着吃!"

"穿在铁钎上烤着吃!"我叫了起来,"这么说,这街道也不属于咱们?非但没有咱们吃的,咱们反倒要被吃掉!"

五

这时,家家都已经把垃圾倒在门口。我绝望地翻遍了这些垃圾堆,只找到两三块沾满了灰尘的瘦骨头。此时此地,我才懂得新鲜的内脏是多么美味。我的同伴老雄猫像一个艺术家似的扒拉着垃圾。它不慌不忙,带着我跑来跑去,跑遍了每一个街面,直到早晨。在雨里淋了将近10个钟头,我冷得四肢发抖。该死的街道,该死的自由,我多么惋惜失去了的监狱生活啊!

天亮了,老雄猫看见我跟跟跄跄,便带着一种奇特的神情问我:

"你受够了吗?"

"嗯,是的。"我回答说。

"你想回家吗?"

"当然。不过,我怎么才能找到那幢房子?"

"跟我来。昨天早上我看见你跑出来的时候,我就知道一只像你这样的胖猫,生来就不配享受自由生活的苦涩乐趣。我认识你的家,我把你送到家门口。"

它说得挺直截了当,这只值得钦佩的老雄猫。不一会,它领我到了家跟前。

"再见。"它对我说,一丁点儿的惜别之情也没有。

"不行。"我嚷了起来,"咱们不能这么分手,你跟我一道回家,咱们分享一张床,同吃一块肉。我的主人是一位好心的太太……"

它不让我讲完,粗暴地说:

"闭嘴,你是一个蠢货,我在你那种暖洋洋、软绵绵的生活里会活不下去的,舒适优裕的日子是给杂种猫过的。自由的猫绝不会以监狱生活为代价去换取你那些内脏和羽绒垫子……再见吧。"

它一跳就上了屋顶。我看着它瘦削而高大的身影在朝阳的照射下因为生机舒畅而抖动。

我一回到家里,您的姑母就拿起掸衣鞭,给了我一顿教训。我心悦诚服地接受了这一顿好揍,我充分体验到了,同时也得到了温暖与鞭打的双重乐趣。您的姑母揍我的时候,我乐滋滋地在想:她接下来就会把好吃的东西给我。

六

"您瞧,这就是真正的幸福。"我的猫懒懒地躺在炉火前,这么做出结论,"天堂,就是被关在一间有肉吃的房子里挨揍。"

我是在为所有的猫说话。

森普利斯①

一

从前，——妮侬，你好好听着，下面这个故事，我是从一个年老的牧人那里听来的——从前，在一个早已被大海淹没掉的岛上，有一位国王与一位王后，他们膝下有个儿子。国王当然伟大喽，在他的王国里，他的酒量无底，他的宝剑无敌，不论杀人还是喝酒，他都豪气盖世。王后美若天仙，不在话下，她用掉了那么多脂粉，所以看起来还不到40岁。他们的儿子却是个傻瓜。

而且是一个头号的傻瓜。这个国家里的聪明人都这么说。16岁时，他被国王拉去打仗，那次战争是要消灭某一个邻国，因为它居然也拥有一块领土，简直是罪该万死。王子森普利斯的表现可真像个名副其实的傻瓜，他竟从屠杀之中救出20多个妇女、40多个儿童；他每出一剑都不忍心，几乎要哭了。最后，眼见战场上血流成河，尸积如山，他心里充满了悲痛怜悯，3天之中，粒米不沾，滴水不进。妮侬，你瞧，他就是个大傻瓜。

17岁那年，他父王为王国里的大肚皮的人举行盛宴，他必须参加。在宴会上，他干了一桩又一桩的傻事：吃得少，说话少，一句粗话也不骂。他的酒杯到最后仍满满的，原封不动。国王为了维护皇家

---

① 〔法〕左拉作品。

的尊严，只好时不时地偷偷替他把酒杯喝空。

18岁那年，他的下巴长出了胡子，受到王后跟前一位贵妇的注意。妮侬，宫廷里的那些贵妇都很可怕。我们说的这一位则一心只想让青年王子抱她吻她。但这个可怜的孩子，对此连想都没有想过。只要这贵妇一跟他说话，他就发抖得厉害。在御花园里，他一瞧见她的裙迹就逃之夭夭。他的父王的确是位好父亲，把这一切都看在眼里，暗自发笑。但是，因为这位夫人追王子追得愈来愈厉害，而王子的吻却总也得不到，于是国王就因为有这么个不懂人事的儿子而感到羞愧了，他不得不父代子职，恩赐这夫人一吻，当然，这次又是为了维护皇家的尊严。"啊，真是个小傻瓜！"这位颇为风趣的伟大君主这么感叹。

二

到了20岁头上，森普利斯完完全全变成了一个傻子白痴。他有次遇到了一片森林，一下就迷上了它。

在从前的时代，树木是不用剪刀修剪的，也不时兴种草坪与在小径上铺细沙，树枝恣意生长。只有上帝才负责防止荆棘丛生与清扫林间小道。森普利斯所遇见的这片森林，是一个郁郁葱葱、无比巨大的安乐窝，除了枝叶还是枝叶，壮丽雄伟的林荫大路与难以钻进的林间小道纵横交错。狂饮露水而饮醉了的青苔地衣，任性地蔓延滋长；犬蔷薇伸出它们柔软的胳臂，在林中空地上互相摸索寻找，想要手牵着手围绕大树狂舞起来；那些粗壮高大的树木，一面保持它们平静安详的神态，一面在阴影中扭动它们的脚，喧闹乱哄地往上猛长，去迎吻夏日的阳光。在树干上、在地面上，青草爱往哪里长就在哪里长；树叶抱吻着树枝，雏菊与勿忘草急于开花，不择场合，竟把花开在横倒在地的枯老树干上。所有这些树枝、青草与花朵，都在歌唱，它们混杂在一起，拥挤在一起，是为了闲聊起来更方便，为了悄声地互相倾诉它们花冠上神秘的爱情。一股生命的气息在阴暗矮林的深处流动，使每一份苔藓在晨曦与晚霞妙不可言的合唱中也发出了声息。这真是叶簇攒动、欢欣热闹的盛大节日。

上帝那些可爱的小造物，瓢虫、金龟子、蜻蜓、蝴蝶，都迷恋开满了花的绿篱，像一对对漂亮的情人，在林子里各个角落幽会。它们在那里建立了自己小小的共和国。林间幽径是它们的通道，潺潺溪水是它们的河流，整个森林，就是它们的天地。它们舒服惬意地住在大树的根部，住在低矮的树枝上，住在干枯的叶簇里。它们以征服者的权利，心安理得地在这些地方生活，就像在自己的家园一样。但是，它们本性善良，把高枝亮处谦让给了莺鸟与歌鸲。

森林，以它的树枝、以它的绿叶、以它的花朵在歌唱；森林，它还以它的飞虫、以它的鸟儿在歌唱。

三

森普利斯没有几天就成了森林的老朋友。他俩在一块聊天聊得那么狂热，以致森林把年轻王子残存的一点理智都剥夺得精光。当他离开森林，回到四壁高墙的家里，不论是坐在桌前还是躺在床上，他都深深陷入了冥思苦想之中。终于，一天早晨，他突然放弃了他一套套的房间，搬到他心爱的绿叶丛中安家落户。

在那里，他为自己挑选了一座无比巨大的宫殿。

他的客厅是林中的一大块空地，面积将近 2000 图瓦斯①。一道道墨绿色的长条帷幔装饰了它的四周；500 根柔韧的柱子在天花板之下支撑着有翠绿色花边的顶篷，天花板则是一个蓝色的缎面穹窿，它的色彩富于变化，上面散缀着一些金色的钉子。

---

① 图瓦斯：法国旧长度单位，1 图瓦斯相当于 1.949 米。

他有一个小客所做卧室，充满了神秘气氛而又凉快通风，地板与墙壁，都蒙着柔软的巧夺天工的毯子。放床铺的凹室，是从前某一个巨人在一块大岩石上开凿出来的，有玫瑰色大理石的墙壁，地面铺着深红色的沙土。

他也有一个浴室，那是一道流动着的清泉，是一个隐蔽在花丛后面的水晶澡盆。妮侬，这个宫殿里还有千百条纵横交错的走廊，有舞所，有剧场，有花园，这些我就不一一细说了。这真是那种只有上帝才能建造出来的皇家宫殿。

王子从此以后就能随心所欲地去当一个傻子了。他的父王认定他已经变成了一头野狼，于是就另去寻找一个配得上王冠的继承者。

四

森普利斯在刚搬进新居之后的那些日子里，忙得不亦乐乎。他要结识自己的邻居：青草上的金龟子，飞舞着的蝴蝶。这些全是善良的昆虫，几乎与人一样聪明。

起先的那一段日子，他要弄懂它们的语言颇有困难，但他很快就发现这得怪他早期所受的教育。他迅速适应了昆虫语言的简单明了。他终于与它们一样，只要发一个音，通过音调的变化与音符的长短，就足以指明上百种不同的事物。这样，他逐渐不习惯于讲人类的语言了，人类的语言既丰富又贫乏。

他这些新朋友的生活方式颇使他着迷。他特别赞叹它们在国王问题上的见解，它们干脆认为，国王的存在纯系多余。末了，他深感自己在它们跟前显得颇缺乏见识，于是，决定拜它们为师。

他跟苔藓与山楂花打交道比较保守。因为他还没有掌握青草与花朵的语言，这种力不从心的弱点使得他与树木花草的关系隔膜冷淡。

总而言之，大森林没有用恶意的眼光来看待他。它明白他是一个头脑单纯的人，相信他能够与动物融洽相处。谁都不再躲他避他。他经常可以在小路的深处撞见采花的蝴蝶正在把雏菊的颈圈揉得皱巴巴的。

不久，山楂花也克服了它的腼腆，给年轻的王子授课，柔情款款地教他学会香气语言与色彩语言。他学会这种语言以后，每天早晨，就能看见紫红的花冠向他问好致意，就能听见绿色的树叶对他讲述昨夜出现过的流言蜚语，还有蟋蟀也悄声告诉他，它爱紫罗兰已经爱得发狂了。

森普利斯选中了一个女朋友，那是一只身材苗条、翅膀微微颤动的金黄色蜻蜓。这亲爱的小美人，老爱卖弄风情，已到了招人讨厌的地步。它在那里嬉戏，似乎是在招呼他，然后又敏捷地从他手底下逃走。那些大树见它耍这种花招，都严厉加以指责，它们严肃认真地交换意见，认为蜻蜓是不会有好结果的。

五

森普利斯突然变得忧郁起来。

金龟子首先看出了这位朋友的烦恼，试着去安慰他。他却眼泪汪汪地回答说，他跟刚来时一样的快活。

现在，他与晨曦一道起床，整天在矮树林里跑来跑去，直到天黑。他轻轻地撩开树枝，察看每一个灌木丛。他撩起树叶，往阴影里审视。

"我们的学生在寻找什么？"山楂花问苔藓。

蜻蜓对追求者抛弃了它颇感诧异，还以为他是因为爱情而发狂了。它在他身边飞来飞去逗引他，但他对蜻蜓视而不见。那些大树原来的估计果然没有错，不过，蜻蜓一飞到十字路口碰见了一只蝴蝶，马上就得到了安慰。

树叶纷纷含愁。它们眼见年轻的王子询问每一丛小草，用眼光搜索伸得老远的林间大道，还听见他在抱怨荆棘丛太深了。它们都这么说：

"森普利斯肯定遇见过水泉花，它是专司清泉的仙子。"

六

水泉花是一缕阳光与一滴露水结合的女儿。她太柔美娇丽、玲珑剔透了，情人的一个吻，就足以使她承受不了而死去；她吐露的芳香是那么甜美，她嘴唇的一吻，也能叫情人迷醉而死。

森林深知这个利害。于是，心怀嫉妒的森林就把自己心爱的孩子藏了起来。在林子里最浓密枝叶的遮蔽下，有一泓泉水，这就是森林提供给她的庇护所。在那儿一片寂静与阴影里，水泉花在她的姐妹中间发放清辉。她懒洋洋地躺在潺潺流动的泉水上，纤纤玉足半没在涟漪之中，一头金发，上面佩戴着晶亮透明的珍珠。她嫣然一笑，睡莲与菖兰就不胜欣喜。她是森林的灵魂。

她生活得无忧无虑。从大地上，她只认露水母亲；从天空中，她只认阳光父亲。她深感自己为荡漾着她的波澜所爱，为荫蔽着她的枝叶所爱。她的爱慕者成百上千，情人却没有一个。

水泉花深知自己将为爱情而死，这个想法使她自得其乐，她怀着对死的向往而活着。她面带微笑等待着心爱的人的到来。

一天夜里，在星光下，森普利斯在一条幽径的转弯处看见了她。此后整整一个月里，他都在寻找她，总以为在每一棵树的后面能再和她相遇。他常以为自己看见了她在矮树林里滑行，但一跑过去，却只见杨树在微风中摇曳的巨大身影。

七

森林现在保持沉默了，它不再信任森普利斯。它让叶簇长得更浓密，它使阴影伴随着年轻王子的每个脚步。向水泉花逼近的危险使它忧心忡忡，它不再有轻柔的抚摸，不再有情意绵绵的絮语。

水泉花又回到林中空地上，于是，森普利斯又得以看见她了。森普利斯渴望得发了狂，朝她猛追过去。那女孩驾着一道月光，根本听不见他紧迫的脚步声。她就这样腾空而去，轻盈得像随风飘走的羽毛。

森普利斯紧追不舍，却总也追不上。他的眼里流出了泪水，他的心里充满了绝望。

他仍不停地追跑，整个森林惶恐不安地瞧着他这么狂奔。小灌木丛在他的路上设置障碍；荆棘用它多刺的胳臂将他围住，在他跑过的时候猛然拦住他。整座林子都在保护自己的孩子。

他仍不停地追跑，感到脚下的苔藓变得滑溜溜的了；矮木林的树枝，在他面前纠缠得更紧了，而且坚硬得像铜索；枯树叶堆塞了小山谷，倒在地上的树干挡着小路；岩石自动朝王子跟前滚来；虫子刺他的脚后跟；蝴蝶用翅膀拍打他的眼皮，使他看不清去路。

水泉花没有看见他，也没有听见他，仍驾着月光飞驶而去。森普利斯焦急万分，感到她消失得无影无踪的时刻即将来到。

他灰心失望，他气喘吁吁，他跑着，他不停地跑着。

八

他听见老橡树愤怒地对他嚷道：

"你为什么一直不说你原来是人？我们知道了，就会躲开你，就不会给你上课，让你浑浊的眼睛看不见泉之仙子水泉花。你用昆虫那种天真无知的样子骗过了我们，今天，你露出了人类的本性。瞧，你踩死了金龟子，你扯掉了我的叶子，你折断了我的树枝。自私自利的风把你刮得晕头转向，你想偷走我们森林的灵魂。"

山楂树也跟着劝阻说：

"森普利斯,悬崖勒马,拿出点善心来!一个任性的孩子想要闻闻那繁星般的花簇的香气,他为什么不让花簇在枝头上自由地开放!他把花摘下来,他就只能享受1个小时。"

苔藓也接着说:

"停下来吧,森普利斯。你躺到我新鲜的、天鹅绒般的地毯上来梦想吧。在远处,透过树木,你将看见水泉花在玩耍,你还将看见她在泉水里洗澡,把一串串水珠项链戴在自己的脖子上。我们将与你一道分享观赏她的乐趣。和我们一样,你可以为观赏她而活着。"

整个森林又说:

"停下来吧,森普利斯。一个吻就会把她吻死,你不要给她这个吻吧!你难道不知道这个利害吗?森林的信使晚风,难道没有告诉过你吗?水泉花是天国的花,她的香气会使人迷醉而死。唉,可怜的姑娘,她的命运真是奇特。对她发发善心吧,森普利斯,你不要吻她的嘴唇吸吮她的灵魂。"

九

水泉花转过身来,她看见了森普利斯。她嫣然一笑,招呼他走近,同时对森林这么说:

"我心爱的人来了。"

森普利斯追逐泉水仙子已经3天3个小时3分钟。橡树的那一番怒斥仍在他耳边响着,他真想逃走了事。

水泉花已经握住了他的手。她踮起自己的小脚站立起来,从年轻王子的眼睛里,照见了自己的微笑。

"你来迟了,"她这么说,"我的心早就感觉到你在森林里。我驾着一道月光,找了你3天3个小时3分钟。"

森普利斯沉默不语,屏住了气。水泉花让他坐在泉水边,她的眼光爱抚着他。而森普利斯则久久地注视着泉水仙子。

"你不认识我啦？"水泉花问，"我常常在梦里见到你。我走近你，握着你的手，然后，我们一道散步，默默无言，激动得颤抖。你难道没有见过我？你不记得你那些梦吗？"

当他终于开口要说话的时候，她又接着说下去：

"你什么也别说，我是水泉花，你是我心爱的人，我们将会一道死去。"

十

林中的大树纷纷俯下身来，以便更清楚看见这年轻的一对。它们痛苦得发抖，从一片林子到一片林子互相告说：他们的灵魂即将飞走了。

森林里谁都不出声了。不论是青草还是橡树，都感到自己动了无限深厚的怜悯之情，在叶丛里再也没有一声愤怒的叫嚷。森普利斯，水泉花心爱的人，他原是古老森林的儿子呀！

水泉花把头靠在森普利斯的肩上。他们双双朝小溪俯下，互相致以微笑。有时，他们抬起头来，放眼望去，夕阳的残晖中，金色的尘埃在飘动。他们慢慢地、慢慢地搂抱在一起。他们等候着第一颗星星的出现，到那时，他们就会融合在一起，就会飞升而去，永远不再回来。

没有任何话语来干扰他们的心醉神迷。他们的灵魂都上升到了他们的嘴唇上，在两人的喘息之中互相交流。

日光渐渐暗淡下来，这一对情人的嘴唇愈靠愈近。整个森林焦虑不安，沉默不语，一动不动。泉水从大块大块的岩石中喷射出来，岩石的巨大阴影笼罩着这年轻的一对，他们在冉冉升起的夜幕里熠熠生辉。

星星出现了，情人的嘴唇胶合起来，成为最后的一吻。这时，橡树发出一声长长的呜咽。嘴唇吻在一起，灵魂双双归天。

十一

有个聪明人在森林里迷了路。和他同路的是个有学问的人。

这个聪明人对森林的潮湿有害于人类健康的问题,提出了一些深刻的见解,并且也谈到要把那些讨厌的大树都砍掉,以换取一些种植苜蓿的良田。

那位有学问的人,则梦想发现某种尚不为人所知的植物,以使自己在科学界出名。他到处搜索,找到了一些荨麻与绊脚草。

他们来到泉水边,看见了森普利斯的尸体。年轻的王子在长眠之中面露微笑。他的双足浸在水波之中,他的头枕靠在溪边的青草上。他的嘴唇紧闭,压着一朵美丽娇艳、芳香袭人的红白两色的小花。

"可怜的疯子!"聪明人叹息说,"他一定是想采一束花,就这么淹死了!"

有学问的人,对尸体毫不在意。他抓起了那朵花,说是要研究研究,就把花冠一瓣一瓣地扯下来。待他把这朵花撕得支离破碎了,他嚷了起来:

"极其珍贵的发现!为了纪念这个傻子,我要把这种花命名为 Anthapheleia Limnaia[①]。"

唉!小妮侬,小妮侬,那个粗俗不堪的家伙竟把我理想的水泉花,叫作了 Anthapheleia Limnaia!

[①] 希腊文,意为沼泽地的痴傻花。

论小说[①]

一、真实感

过去，对于一个小说家最美的赞词莫过于说"他有想象"。在今天，这一赞词几乎成了一种贬责。这是因为小说的一切条件都变了。想象不再是小说家最主要的品格。

大仲马和欧仁·苏都具有想象。维克多·雨果在《巴黎圣母院》中想象出了充满情趣的人物与故事，乔治·桑在《莫普拉》里用主人公的虚构的爱情激动了整整一代人。但是，从来没有人把想象派在巴尔扎克和司汤达的头上。人们总是谈论他们巨大的观察力和分析力，他们伟大，因为他们描绘了他们的时代，而不是因为他们杜撰了一些故事。这一进步正是他们带来的，从他们开始，想象在小说里就无足轻重了。请看我们当代的伟大小说家吧，居斯塔夫·福楼拜、龚古尔兄弟、阿尔封斯·都德，他们的才华不在于他们有想象，而在于他们强有力地表现了自然。

我着重指出想象的衰落，因为我在想象的衰落里看到了当代小说的特征。如果小说还只是一种精神消遣，雅致而有趣的娱乐，那么，人们必定认为小说的最高品格就是丰富的想象。甚至在历史小说和哲理小说产生以后，作者为了再现过去的时代，或者为了让那些根据论

[①]〔法〕左拉作品。

辩的需要而创造出来的人物代表书中各种不同的论点互相撞击，仍然让想象在小说中占统治地位。一到自然主义小说，也就是说一到观察和分析的小说，条件立刻就变了。当然，小说家还是要虚构的，他要虚构出一套情节，一个故事，只不过他所虚构的是非常简单的情节，是信手拈来的故事，而且都是由日常的生活提供给作家的。因此，虚构在整个作品里就只有微不足道的重要性了。（在那里）事件只是人物的逻辑发展。最重要的问题是要使活生生的人物站立起来，在读者面前尽可能自然地演出人间的喜剧。作家全部的努力都是把想象藏在真实之下。

谈谈我们当代著名小说家是如何写作的，那将是一个有趣的课题。他们全部的作品几乎都是根据准备得很详尽的笔记写成的。只有当小说家很仔细地研究过他们所要走进去的领域，探索了所有的根源，并且手头掌握了他所需要的大量材料，他才决定动手写作。这些材料本身就给他提供了作品的情节，因为事件都是排列得合乎逻辑的，一件跟着一件；这就形成一种对称，作家既有的观察和他所准备的笔记，一个牵引另一个，再加上人物生活的连锁发展，故事便形成了，故事的结局只不过是其不可避免的自然的后果。由此可见，想象在这里所占的地位是多么微小。举例来说，我们与乔治·桑就很不一样。据说，乔治·桑在一叠白纸面前坐下，有了一个开头的想法，从这里就一直不停地完全依照自己的想象写下去，写着写着，直到写出足够构成一本书的篇幅为止。

我们的一位自然主义小说家想要写一本关于戏剧界的小说。他有了这个总的意图，但还既无故事又无人物。他首先关心的是从他的笔记里收集他对自己所要描绘的领域所能掌握的一切知识。他结识过某位演员，他观看过某场演出。这就是一些材料，也是最好的材料，这些材料在他思想里酝酿成熟。然后，他开始活动，与最内行的人交谈，收集有关的词汇、故事和肖像。这还不算，此后，他还要参考成文的材料，阅读一切对他有用的东西。最后，他要参观故事发生的地点，为了看清楚每一个细小的角落，在一个剧院里住上几天，在女演员的化妆室里度过几个晚上，尽可能地沉浸在周围的气氛里。一旦他的材料齐备，就如我上面所说的那样，他的小说自己就形成了。小说家只要把事件合乎逻辑地加以安排，从他所理解了的一切东西中间，便产生出整个戏剧和他用来构成全书骨架的故事。小说的妙趣不在于新鲜奇怪的故事，相反，故事愈是一般，便愈有典型性。使真实的人物在真实的环境里活动，给读者提供人类生活的一个片断，这便是自然主义小说的一切。

既然想象不再是小说家最高的品格了，那么什么东西取而代之？最高的品格总得有一个呀。今天，小说家最高的品格就是真实感。这正是我所想谈的。

真实感就是如实地感受自然，如实地表现自然。初看起来人人都有两只眼睛可以观看，因而真实感本来是再普通不过的，但是，它却又是最为难得的。画家很懂得这点。你让几位画家来观看自然，他们会以最出奇的方式去观察它的。他们各人所见的主导色调是各不相同的，有的看成黄色，有的看成紫色，有的则看成绿色。在物体的形状上，也有同样的奇怪现象，这一个把对象画得圆浑浑的，而另一个却给它添加了若干棱角。每个人的眼睛都有各自独特的视觉。而且还有一些人的眼睛视而不见，毫无疑问，这种眼睛确有毛病，连接这些眼睛与大脑中枢的神经害了某种瘫痪症，科学对此还不能加以解释；不过，可以肯定的是，它们白白地瞧着生活在周围运动，却永远也不能精确地再现它的任何一个场景。

我不愿意在这里提出任何一个当代小说家的姓名，那样做会使我的论证发生困难。这些作家的例子也许都能说明问题，大家都能看得出来，有些小说家甚至在巴黎生活了20年，却仍然是个外省人。他们在对自己乡土的描绘方面是出色的，但一接触到巴黎的场景，便寸步难行了,他们总是不能对某一种环境加以准确的描绘,虽然他们在这个环境里已经生活了好些年。这是第一种情形,即部分地缺少真实感的情形。在这种情况下,童年时期的印象无疑是更强烈的,视觉吸收了最先触动它的图景;以后,瘫痪症就来了,于是眼睛白白地瞧着巴黎,视而不见,而且是永远视而不见。

最常见的情形则是整个视觉的瘫痪。有多少小说家自以为认识了自然,但都是歪曲的认识!在大多数情况下,他们绝对都出自诚意。他们自认为,所有的一切都已表现在某幅图景中了,自认为自己的作品是明确而完整的。这从他们在作品里自以为是地堆积了那样多荒谬的色彩和形象便可以看出。他们的自然是一个怪物,当他们想要细心描绘它的图景时,不是把它缩小了,便是把它夸大了。尽管他们做了努力,但是一切都浸渍在虚伪的色彩中,一切都张牙舞爪而又支离破碎。他们也许能写出叙事诗来,但是他们永远也写不成一部真正的作品,因为这是他们眼睛的缺陷所不允许的,因为当一个人没有真实感的时候,他便不懂得如何去获得它。

我认识一些使人喜爱的故事作家、令人称赞的幻想作品的作家以及一些我很爱其作品的散文诗人,这些人不写小说,因而他们卓立于真实之外。只有当人们从事描绘生活图景的时候,真实感才是绝对必要的。因此,在我们现在所讨论的概念中,没有什么可以代替它,不论是精工修饰的文体、遒劲的笔触,还是最值得称赞的尝试。你要去描绘生活,首先就请如实地认识它,然后再传达出它的准确的印象。如果这印象离奇古怪,如果这幅图画没有立体感,如果这作品流于漫画的夸张,那么,不论它是雄伟的还是凡俗的,都不免是一部流产的作品,注定会很快被人遗忘。它不是广泛建立在真实之上,就没有任何存在的理由。

在我看来,要证明一个作家是否有真实感是太容易了。它对我来说是决定我一切判断的试金石。当我读一本小说的时候,如果我觉得作者缺乏真实感，我便否定这作品。不论他是在阴沟里还是在星球上，在底层还是在上层，那对我们都是一样，毫无区别。真实具有自己的声音，我相信大家都不会听错。字里行间，篇幅章节以至整本作品都应该响彻真实的声音。有人会说，这需要有灵敏的耳朵才行。其实只需有正确的耳朵就行了。读者群众虽然并不自夸有细致的感觉，但完全能辨别什么是表现真实的作品，他们会慢慢趋向这些作品，而很快地抛弃那些表现谬误的虚伪作品。

像从前人们谈到一个小说家总是说"他有想象"一样，我今天要求大家说"他有真实感"，这一个赞词更崇高更准确。观察的才能要比创造的才能更为少见。

为了让大家更好地理解我的意思，我再来谈谈巴尔扎克和司汤达。这两个人都是我们的大师。但我认为对他们的一切作品不要像一个忠实信徒那样五体投地，不加区别。我只在他们有真实感的篇章里才真正感到他们的伟大高超。

我不知道还有什么东西要比《红与黑》中对于连与德·瑞那夫人的爱情的分析更为惊人。我们应该记得，这本小说写作的时代正是浪漫主义的极盛时代，当时的作品里的男女主角都是在一种最放任不羁的抒情气氛中相爱，充满了浪漫主义的情调。而现在竟有了一个青年和一个妇女像普通人那样相爱了，傻里傻气，深沉真挚，随着现实的惊涛骇浪而起伏波动。这真是高超的描写。读了这几页妙文，其余那些大写于连的复杂化的性格，大写作者最欣赏的纵横捭阖的权术阴谋的篇章全都不值一顾了。今天他之所以伟大，仅仅是因为他敢于在一些场景中弹出真实的调子，也就是说抓住了生活中确实可靠的东西。

关于巴尔扎克，情形也一样。他的身上有一个张着眼睛做梦的人，他有时幻想出、创造出一些奇特的形象，但是，可以肯定这并没有使这位小说家伟大起来。我自认不会赞赏《三十岁的女人》，不会赞赏《幻灭》第三部和《交际花盛衰记》里伏脱冷这个形象。我把这些都称为巴尔扎克的视觉幻影。我不喜欢他彻头彻尾杜撰出来的令人读了不禁一笑的上流社会,当然,他的天才所窥测到的几个光辉的形象必须除外。总而言之,巴尔扎克的想象,他那种一味夸张,总想创造出一个崭新的世界、一个建筑在特殊平面上的世界的想象,并没有吸引我,而是惹得我不高兴。如果他只具有这种想象,那么,他今天只不过是我们文学上的一个病态者,一个怪物。

但是,幸好巴尔扎克除此而外还有真实感,有我们迄今所见过的最为发达的真实感。他的杰作证明了这一点,在使人惊叹的《贝姨》里,于洛男爵真实地站起来了,《欧也妮·葛朗台》也概括了我们历史上某一特定时期里整个的外省。也许还应该举出《高老头》《单身汉的家事》《邦斯舅舅》以及其他很多从我们社会的肺腑里涌现出来的作品。这就是巴尔扎克不朽的光荣。他创建了当代小说,因为他是最先带来并运用了真实感的作家之一,这种真实感使他能够再现整整一个世界。

然而,观察并不等于一切,还得要表现。这就是为什么除了真实感以外还要有作家的个人特色。一个伟大的小说家应该既有真实感也有个性表现。

二、个性表现

我认识一些小说家,他们写得颇为干净利落,久而久之,大家也就给了他们一个良好的文学声誉。他们非常勤勉,他们运用任何体裁都同样轻而易举,一个又一个的句子从他们的笔下流出来,他们的任务就是每天早餐之前写下六七百行。我还要重复一遍,他们的创作颇为像样,文法没有错误,情节开展得不错,在某些篇章里也颇有色彩,这往往使读者怀着敬意说:"写得漂亮。"总之,这些小说从外表看来,都具有一种真正的才华。

他们的不幸在于没有个性表现，这便足以使他们永远落于平庸。他们白费气力写了卷帙浩繁的作品，白白地使用了、滥用了他们令人难以置信的丰富精力，但从他们的作品里，永远也只会发出死亡之作的陈腐的气味。他们愈写得多，他们那大堆作品便愈发霉味。他们正确的文法、流利的散文、华丽的辞藻也许会在或长或短的时期里给广大的公众造成假象，但是，所有这一切都不足以使他们的作品获得生命，而且在读者将来对他们做评判时，终归会变得无足轻重，他们没有个性表现，他们注定是完蛋的。特别还因为，他们几乎都缺乏真实感，这更增加了他们情况的严重性。

这些小说家的文体凌空而不着实。他们捕攫那些在他们周围飞翔的文句。这些文句从来也不是出自他们自己，他们把这些句子照写下来，就好像后面有一个人在给他们口授一样。也许正因为如此，他们只要把写作的水龙头打开就行了。我绝不是说他们抄袭了某一个作家，剽窃了他们的同行的现成文句。与此相反，他们写得非常流利、光滑，使人不会获得任何强烈的印象，甚至他们之中最为著名的也是如此。只不过，他们虽然没有剽窃，但却没有创造的脑袋，只有一个庞杂的百货店，里面充塞着大家熟悉的句子，流行的短句，常见的平均数式的文体。这个百货店的货色取之不尽，用之不竭，可以大把大把地用来涂抹纸张。情况便是如此，今后还会如此！老是有大把大把冰冷、混浊的东西充塞着报纸的栏目和书本的篇页。

相反，请看一位有个性表现的作家，例如说，阿尔封斯·都德。我举出这位作家，因为他是作品里最有自己体验的作家之一。譬如说，阿尔封斯·都德先生见到某个景象、某个场面，由于他具有真实感，他便为这场景所打动，他保存着这个场景的非常强烈的形象，多少年过去了，而这个形象却仍存在脑里。最后，这形象缭绕不绝，作家非把它说出来不可，非把他过去见过和记忆犹新的东西表现出来不可。于是便发生一个奇迹，一部独创性的作品创造出来了。

首先是一种追忆。都德先生能忆起他曾见过的一切，他看见了某些人物，看见了他们各自的姿势，看见了某些境界，看见了它们不同的轮廓。他要表现这一切。从这时开始，他自己变成这些人物，他生活到作品的环境中去，把他自己的个性与他要描绘的人物和事物的个性熔铸在一起，因而热情激动。最后，他和他的作品合而为一，也就是说，他把自己融化在作品里，而又在作品里获得了再生。在这样一种亲密的结合中，书中场景的现实性与小说家的个性合而为一。哪些是绝对真实的细节？哪些是臆造出来的情节？这是很难说的。不过，可以肯定的是，现实是出发点，是有力地推动了小说家的冲击力；小说家遵循着现实，向这个方向展开场景，同时赋予这场景以特殊的生命，于是，它便成为他阿尔封斯·都德所独有的东西。

这便是在对我们周围的真实世界做个性的描绘时构成独创性的方法。阿尔封斯·都德先生之所以可爱，正是由于他甚至在句子的细枝末节处也表现了独特的风味。这种动人的可爱之处使他在我们的当代文学中占有一个崇高的位置，他绝不叙述一个故事、表现一个人物而不把自己整个地融入到这故事或人物中去，绝不会不带着他那生动的嘲讽与温和的柔情。把他的作品放在许多作家的作品里，我们也能认出哪一页是他的，因为他的文章有自己的生命。他真是一个迷人的作家，一个南方的故事叙说家，这种叙说家在讲述他们的故事时自己便进入角色，总带着创造性的姿态和引人入胜的声调。到了他们的手里，一切便都活了，都有了色彩、气味和声音。他们与自己的主人公同哭同笑，他们亲切地呼唤这些人物，把他们表现得如此真实，只要他们一开口讲话，读者便看见他们活生生地站在那里。这种作品怎能不引起读者的热情呢？它们都是活生生的。请你打开这些作品吧，你会感到它们的脉搏在你手里跳动。这是真实的世界，不但如此，它还是被一位具有既卓绝又强烈的独创性的作家体验过来的真实世界。这种作家可以选择一个或好或不好的主题，以一种或完整或不完整的方式把它表现出来，作品并不因此而逊色，因为它是独一无二的，因为只有这位作家才能赋予它这样的笔致、音调和生命。这是他的作品，这就够了，将来有一天，人们会不再读它，但它并不因此而不是一本独特的书、一种真正的创造。读者会对它动感情的，或者喜爱它或者不喜爱它，而不会对它无动于衷。它的问题不在于文法和修辞，在读者面前的不是一束印着黑字的白纸，而是一个人，一个读者可以听到他的头脑和心灵在字里行间跳跃着的人，读者会听任他摆布，因为他成为了读者感情上的主人，因为他具有真实的力量和强烈的个性表现。

你们现在会了解我在前面所谈到的那种小说家的根本弱点了。他们永远也不能赢得和控制住读者，因为他们的感觉和表现都没有独创性。如果读者想到他们的作品里去找寻一种用创造性的文句表达出来的新印象，便会白费气力。他们制造某些风格，到处搜集一些绝妙的文句，这些文句在另一个作家写来会异常生动，而在他们的笔下便变得空无一物；在这种作品里，看不出一个真正有所感受并以其创造力来表现的作家，而只见有一个打开了水龙头的滥造散文的人。尽管他们专心致志地写，并且也想要写好，但他们以为写一部美好的作品就像以或多或少的细心与劳动去制造一双漂亮的靴子一样，因此总是白费气力，永远也产生不出一部有生命的作品。没有任何东西可以代替真实感和个性表现。如果作家缺少了这两种特质，那么与其写小说还不如去卖蜡烛。

我刚才已经举出了阿尔封斯·都德，因为他给我提供了一个动人的例证。但是我也能够举出另外一些根本不具有他这种才能的作家。个性表现并不需要一种完美的方式，有的人在表现方法上有真的独创性，但很可能写得并不好，并不正确，甚至荒谬。照我看来，最为糟糕的反倒是那种干净平淡的风格，某些老生常谈和熟见的形象，顺畅而又软绵绵地流泻，使得普通读者做出这种令人不耐烦的评语："写得真好。"啊，不！写得真坏，因为作品并没有自己的生命和独特的味道，而这两者，甚至是牺牲语言的正确性和适当性也是应该加以争取的。

　　我们文学史上个性表现最了不起的例子是圣西门。这是一个蘸着自己的血液和胆汁来写作的作家，他留下了好些令人不会忘记的强有力而富有生命的篇章。我称他为作家是不恰当的，他比一个作家高，因为，他好像不关心写作的问题，他一下就得到了最高的风格、创造性的语言和生动的表现。在我们的一些最著名的作家的作品里，人们感到有修辞法，有矫揉造作的文句，篇章里发散出墨水的气味。在圣西门的作品里，完全没有这些东西。句子都是生命的跳跃。墨水被热情灼干，整个作品是一种人性的呼声，是一个生活在高处的人的长篇独白。这一切都和我们理解作品的浪漫主义方式完全不同，按照这种方式，我们只去追求各种各样技巧上的功夫。

　　司汤达也是如此。他常说，为了寻取恰当的腔调，他每天早晨在开始写作之前，总要读几页《民法大全》。这不过是对浪漫主义派的挑战。司汤达的意思是说，风格对于他只不过是自己思想的最准确最清楚的表现。他并不因此而缺少高度的个性表现。他的冷峻的用词和简短的文句，如此斩截而又透辟，在他手里成了一种心理分析的奇妙的工具。要想象他写作时寻找妍丽的文句是不可能的。他的才能有自己的风格，甚至在他不正确和表面看上去粗糙的地方，他的风格也表现得如此独特，使他成为了一种典型。这又不是圣西门那样广阔的长江大河，挟带着一些奇美的东西和残渣，浩浩荡荡成为壮观；而是一片表面冻结但也许内部沸腾的大湖，它以一种严格的真实照映出它岸边的一切事物。

　　巴尔扎克也像司汤达一样曾被人指责写得不好。但是他在《滑稽故事集》里，写出了精雕细琢的篇章。我没见过在形式上创造得像这样漂亮，在制作上加工得如此精细的作品。但是，人们责备他的小说开头太沉重，描写过于繁冗，特别是描绘人物方面某些过分夸张的地方趣味甚是不高。很明显，他的手脚很笨重，确实会把东西压坏，因此，我们应该根据他全部作品庞大的整体来对他加以评判。这样，我们便会看到一个英勇的斗士，他和所有的一切搏斗过，甚至也和风格搏斗过，而每次总是他得胜而归。并且，即使他去写一些令人不愉快的句子，也无伤大雅，这终归还是他自己的风格，他在每一部小说中，都把自己的风格加以揉捏，重新熔炼和再造。他不倦地寻求一种形式。即使是最简单的几行，我们也能发现他那伟大创作者的生命。他在那里，熔炉就在他那里震响。他挥臂锤炼着他的文句，直到他刻上他自己的标记。这文句会永远保持着这标记。不论熔炉里流出多少渣滓，炼成的自然是伟大的风格。

以上我只是想通过几个例子更好地说明一下我所理解的个性表现。在今天，一个伟大的小说家就是一个有真实感的人，他能独创地表现自然，并以自己的生命使这自然具有生气。

三、论描写

研究我们的小说，从斯居德利小姐直到福楼拜的小说中的描写问题，可能是很有趣的事。这就等于叙述近两个世纪以来哲学和科学的发展史，因为，在描写这一个文学问题时，所讨论的不是别的东西，正是向自然的复归，这是产生我们现在的信仰和认识的这一伟大的自然主义的过程。我们会看到：17 世纪的小说，完全像悲剧一样，它把纯理智的人物搬上无特色、不明确而又千篇一律的背景上；人物都是被作者赋予了情感和欲望的简单机器，他们的行为都是超越时间和空间的；因此，环境无关紧要，自然在作品中没有作用可起。往后是 18 世纪的小说，我们可以看到自然的萌芽，但还是淹没在哲理论辩和作为画幅衬景的充满牧歌情调的成片林木之中。然后是我们这个世纪，它带来了浪漫主义式的描写的盛宴，一个色彩的猛烈的反浪潮；科学地运用描写，使它在近代小说中起正确作用，这要归功于巴尔扎克、福楼拜、龚古尔兄弟以及其他一些作家。以上便是一个我无暇从事的研究课题中大致的轮廓。为了在这里提出一些对描写问题的总的意见，我只要约略指出就够了。

首先，"描写"已经变成一个模糊的字眼。今天，它和毫无所指的"小说"同样是一个不好的字眼，特别是当人们把它和我们自然主义的研究联系起来的时候。描写并不是我们的目的，我们只是追求完备与明确。举例来说，一个动物学家谈到一种特定的昆虫时，开始总得长时间地研究这昆虫所寄生的植物，他从中知道这昆虫的本体以至它的形态和颜色，才能好好地做一番描写；但是这一种描写是这昆虫分析的一部分，这是科学家的必要，而非画家的试笔。这就等于说，我们并非出于修辞学家的癖好和娱乐，为描写而描写。我们认为人不能脱离他的环境，他必须有自己的衣服、住宅、城市、省份，方才臻于完成。因此，我们决不记载一个孤立的思维或心理现象而不在环境之中去找寻它的原因和动力。从这里便产生了人们指责我们的无穷尽的描写。

在这个广大的世界上，我们给自然安排了一个和人同样重要的地位。我们不同意说只有人存在、只有人重要，相反，我们认为人只是一个简单的结果，想观看真实而完整的人类戏剧，就得向所有存在的东西来索取。我很明白这一点牵涉各种哲学。这也就是为什么我们要立论在科学的观点上，即观察和实验的观点上的缘故，这科学的观点今天给我们提供了最大可能的确实性。

人们不会习惯于以上的意见的，因为这些意见会要触忤我们年深月久的修辞学。想把科学的方法介绍到文学中来，可说是无知、浮夸、野蛮之举。上帝作证，把这方法介绍过来的并不是我们，它是自己走过来的。而且，即使人们想要加以阻止，趋势仍然会继续下去。我们只不过证实了在我们近代文学中所发生的事罢了。大家都可以看到，近代文学中的人物不再是一种抽象心理的体现，而像一株植物一样，是空气和土壤的产物。这便是科学的观念。从这时起，心理学家如果要清晰地说明灵魂的活动，就应当同时做观察者和实验者。我们不再在辞藻优美的描写里求生活，而是在准确地研究环境、在认清与人物内心状态息息相关的外部世界种种情况上下功夫。

我要这样给"描写"下定义：描写是限定人、完成人的某一环境的情况。

现在，我应该说，我们不一定严格遵守科学的精确性。一切反浪潮都是猛烈的，我们目前还在反抗上几个世纪的抽象公式。自然猛烈地闯进了我们的作品，把它们全都塞满了，甚至有时用大树和岩石的奔流淹没和冲走了人性和人物。这是不可避免的。应该给新形式以时间，让它平衡下来，寻到它准确的表现。并且，即使是在这个描写的洪潮、自然的泛滥当中，也有很多东西可学，很多东西可讲。人们可以从中找到一些非常好的材料，自然主义发展史中很宝贵的文献。

我有时也说过，我不大喜欢泰奥菲尔·戈蒂耶的非凡的描写才能。这正是因为我发现他专为描写而描写而完全没有照顾到人性。他是戴利勒神父[①]的直系亲生子。在他的作品中，环境对一个人从来不起决定作用。他只是一个画家，他具有词汇，就像画家具有色彩一样。这使他的作品笼罩着一种坟墓般的死寂。那里面只有物体，没有一点声音，没有一点人类的颤动从这块死亡的地上发出来。我不能连续地念上一百页戈蒂耶的作品，因为他不能感动我、抓住我。如果说，我过去称赞过他作品中难得的语言特长、描写方法和挥洒自如的手段的话，那么，现在我却只能把书合上。

请反过来看看龚古尔兄弟。他们对环境的研究也并不一贯遵守科学的精确性，而使之从属于人物的完整认识。他们是玩弄语言的艺术家，常不免以描写为乐，以克服了语言表达上的困难而自鸣得意。

---

① 戴利勒神父（l'abbé Dellile，1738～1813）：法国诗人。

不过，他们总是把他们的修辞法为他们的人性服务。这就不光是拿到一个主题提笔便写出来的一些完美的句子，而是对着一个图景心里兴起的感受。作品中有了人，他融合在事物之中，以他的热情的灵敏的振动使这些事物也活起来了。龚古尔兄弟全部的天才就体现在对自然的这类生动的传达中，在被抓住的情感的震颤中，在嗫嚅不清的低语中与千百次变成可以感觉的气息中。在他们的作品里，描写是活生生的。不错，描写是过分多了，在过于广阔的地平线上，人物未免摇摇晃晃，不过，即使它单独表现出来，即使不限于它所应该起的决定性的环境的作用，它也总是表现在与人的关系中，因而也就具有一种人性的意义。

居斯塔夫·福楼拜是迄今运用描写最有分寸的小说家。在他的作品里，环境描写保持在一种合理的平衡中：它并不淹没人物，而几乎总是仅限于决定人物。正是这一点，形成了《包法利夫人》和《情感教育》的巨大的力量。可以说，福楼拜把巴尔扎克拥塞在小说开头几章里的、像拍卖商一样的冗长的描写减少到了最低限度。他写得简明，这是稀有的优点。他写出突出的特点，画出粗大的线条与具有描绘力的特征，这一切便足以使人不会忘记这幅图景。我主张在居斯塔夫·福楼拜的作品中，在他完成和说明人物的每一个地方去研究描写问题，研究关于环境的不可缺少的描绘。

我们其他的作家大部分都没有节制，缺少平衡。对自然的热情常常激动着我们。于是我们便写出了不好的作品，既冗长繁杂，又充满大量的空话。没有别的东西比"中暑"更会扰乱诗人的头脑了。一染上这种病症，他便幻想出各种奇形怪状的东西，在写出来的作品里，小溪唱起歌来，橡树也相互交谈，白色的岩石也像女人滚热的胸脯一样叹息。这里有树簇的交响乐，细草扮演的角色以及光彩与花香的诗章。如果对这种旁门邪道有什么辩解之词，那就是说，我们幻想要把人性扩大，一直扩大到了路上的小石子。

我现在来谈谈自己，可以吗？人们，即使是同情我的人，都特别责备我的小说《爱的一页》五个部分结尾处关于巴黎的描写。在那小说里，人们只会看到艺术家令人厌烦的重复叨念的癖好和为了显示自己克服困难的巧妙手法。我可能是弄错了，既然没有人理解，可见我是弄错了，不过，实际上，当我固执地描写这同一环境在不同时候、不同季节的这五幅不同图景时，我是充满美好的愿望的。下面便是经过的情形。在我贫困的青年时代，我住在郊区的阁楼上，从那里可以看到整个巴黎。这一个庞大的巴黎屹然不动，冷漠无情，它嵌在我的窗口里，对我好像是一个沉默的见证人，好像是我的欢乐和忧伤的一个悲苦的知己。我在它面前挨饿、哭泣，而且在它的面前，我也恋爱过，我也有过我最大的幸福。从20岁起我一直梦想写一本小说，在这本小说里，巴黎和它的房屋的海洋将是一个类似古代悲剧里合唱队般的角色。我要写一部私人生活的戏剧，三四个人共聚在一间小房子里，庞大的城市则峙立在地平线上，它老是张着它石头的眼睛观看着这些人的熬煎的生活。这便是我在《爱的一页》中试图写出来的最初的思想。

　　当然，我不是为我的五部分描写辩护。既然我这个思想没有人了解，没有人维护，可见它是要不得的。也许是我把它表现在作品里的时候，采用了过于生硬、过于呆板的手法。我举出这些事实仅仅为了说明，在人们所谓的我们的描写癖中，我们也从不向单纯描写的需要让步，我们每次这样做都把交响乐的意图和人性的意图交织在一起。整个的造物都属于我们，我们把它带进自己的作品，我们幻想着巨大的凯旋门。把我们的雄心仅仅说成描写癖，说成只求一些或好或坏地涂着鲜艳色彩的形象，那便很不公正地贬低了我们原来的意图。

　　最后，我声明：在一部小说里，在一部人类研究里，我绝对谴责一切不是根据上述定义的，作为一种说明人、确定人的环境状况的描写。我失败得够多了，有权来承认这条真理。

《卢贡-马卡尔家族》[①]总序

我要说明一个家族、一个小小的人群,在一个社会里是如何安身立命的,它繁殖出一二十个成员,初看之下,他们千差万别,各不相似,但加以分析,则可看出他们彼此之间隐深的关联。遗传有它的定律法则,就像地心的吸引力有其定律法则一样。

我一方面要解决气质与环境的双重问题,一方面要努力发现并跟踪从一个人必然联到另一个人身上的线索。而一旦我掌握了这些线索,一旦我手里拥有了整个一个社会群体,我将表现出这个群体如何像一个历史时代里的角色一样行事,我将让它在自己错综复杂的奋斗中活动,我将同时分析它每一个成员的意志力的总和与这整个家族总的发展。

我所要研究的卢贡-马卡尔家族有一个特征。那就是贪欲的放纵,就是我们这个时代里向享乐奔腾而去的狂潮。在生理上,这个家族的成员都是神经变态与血型变态的继承者,这种变态来自最初一次器官的损坏,它在整个家族中都有表现,它随环境的不同,在每一个家族成员身上造成种种不同的感情、愿望、情欲,种种不同的人态,或为自然的,或为本能的,而其后果,人们则以善德或罪恶相称。从历史的角度来说,这个家族的成员都出自平民,他们散布到当代社会的每个角落,他们凭藉昂首阔步的下层阶级所欣然接受的当代社会那种推动力而飞黄腾达,并且通过他们各自不同的经历叙说出第二帝国从政

[①] 〔法〕左拉作品。

变阴谋到色当投降的全部历史。

3年以来，我为这一部巨大的作品收集了资料，而目前的这一卷①甚至在拿破仑三世垮台的时候就已经写好。我作为艺术家，很需要第二帝国的垮台，并且，我一直觉得这一出戏必然以此收场。不过，我不敢设想它来得这样快，而这垮台正给我的家族史小说提供了一个必要的可怕的结局。从今天起，我的作品就有始有终了，它将在一个完成了的范围里运行，它将成为对一个已经终结了的朝代的写照，对一个充满了疯狂与耻辱的时代的写照。

在我的设想中，这部将包括若干部小说的巨著，就是第二帝国时期一个家族的自然史与社会史，而其第一部就是这本《卢贡家的发迹》，它的科学名称可叫作"起源"。

---

① 指家族史小说第一部作品《卢贡家的发迹》。

关于家族史小说总体构思的札记①

把一个家族放在中心地位,另外至少有两个家族派生于其上。这个家族在现代社会各个阶级里繁衍,它在感受与智慧的领域里向一切最卓越非凡的方面发展。由于遗传作用,家族里产生了悲剧,儿子反对父亲,女儿与母亲作对。向感受与智慧的高峰发展得过于迅速,则使其才力枯竭,并复归于迟钝呆蠢,狂热的现代社会环境的影响,激起一些人物迫不及待的野心,而纯粹意义上的环境,即社会环境与地域环境,则决定了人物所属的阶级(工人、艺术家、资产者,如:我与我的舅父,保尔②与他的父亲)。

现代社会的特点是各种野心拥挤不堪,互相冲突,是民主风气的昌盛,是各种各样的阶级应运而生(由此,产生父与子的亲和,一切人的混杂与接近)。我的小说不可能发生在1789年之前,我把它置于现代的真实性上,写种种野心与贪欲的拥挤冲突,我考察一个投身于现代社会的家族的野心与贪欲,它以超人的努力进行奋斗,却由于自己的遗传性与环境的影响,刚接近成功就又掉落下来,结果产生出一些真正的道德上的怪物(教士、杀人犯、艺术家)。时代是混乱的,我所描写的正是时代的混乱。这里特别应该指出,我并不否认现代社会奋力突进之壮观,我也不否认我们总可以或多或少取得自由与

---

① 〔法〕左拉作品,写于1871年7月11日,巴黎。
② 指左拉的好友,画家保尔·塞尚。

正义。只不过，我深信，人毕竟是人，不是动物，或善或恶由环境而定。如果我们的人物都没有达到善，那是因为我们在日趋完善的过程里刚刚起步。现代人愈是神经过敏、欲火如焚，就愈是脆弱。正是因为这个缘故，对他们进行研究就大有兴味。简而言之，我这部作品是要写一个处于自由与真理的世纪之初的家族，它竭力向临近而不远渺的善奋进，但它毁于自己的亢奋而遍地打滚，这正是因为时代的曙光还混沌不清，因为一个世界的诞生总要伴随着命定的痉挛的缘故。

由此，这部作品里就有两种成分：一种是纯人类的成分，生理学的成分，即对一个家族血缘遗传与命定性的科学研究；另一种是这个时代在这个家族身上所起的作用，时代的狂热使它毁损，即环境的社会作用与物理作用。

这就是说，这个家族，如果是生于另一个时代，处于另一种环境，就不会像它现在这样。

我上面说过，时代已经朝自由与正义迈开了步伐。我相信，这种迸发要长期才能达到目的。但我更相信对于真理的持续的追求，只有从对真理的认识中才能产生出比较良好的社会状态。

当然，我把对政治状况的探讨搁置一边，也不会去讨论在宗教上、政治上如何更好地治理人群的问题。我并不想建立或捍卫某种政治或宗教。我的研究只是对如此这般的世界所作的单纯而局部的剖析。我纯粹是在验证，这是对被置于某种环境中的人的研究，毫无说教的成分。如果我的小说应该有一种结果，那结果就是，道出人类的真实，剖析我们的机体，指出其中由遗传所构成的隐秘的弹簧，使人看到环境的作用。立法者与道德家则可以自由地利用我的作品，从其中抽引出一些结论，考虑如何包扎我所指出的伤口，就这样，医生们，吕卡思医生也能谈论如何让所有家族通婚的问题，等等。

我的小说应该是简单的，只有一个家族与它的一些成员。一切遗传生理现象在这里都可以用上，或者是用在这个家族的成员身上，或者是用在次要人物的身上。

第二帝国激起了人们的贪欲与野心，贪欲与野心大放纵。渴望享乐，而且享乐得精神与肉体都疲惫不堪。对于肉体来说，是商业的大繁荣，投机倒把的狂热；对于精神来说，是思想的高度紧张与近乎疯狂的行为（教士可以像傅立叶一样梦想）。疲劳过度，然后是坠毁。这个家族将会像某种物质自行毁灭那样燃烧殆尽，不出一代人，它就会因为生活得过度而完蛋。

由于遗传的命定作用，产生内部的斗争。何以有工人，何以有资产者与官僚，何以有富人和穷人？

"女人"这个要素与"男人"这个要素势均力敌。"黑"与"白"平分秋色，"外省"与"巴黎"亦均衡对算，在军事题材的小说里，还有种族与种族的相互混杂（如意大利人与法国人）。

我还得把遗传性运用在一个方向，这个方向已经确定：这个家族追求财富之欲与光荣之欲的满足，追求"思想"之欲的满足。社会时尚就是这样的，所有的人都渴望享乐，渴望获得肉体与灵智的极乐。由此，就产生儿童的教育，学校里混杂的人群。

墙[1]

我们被推进一个白晃晃的大厅，光线刺眼，叫人难受，我不得不把眼睛眯了起来。这样，我就看清了厅里有张桌子，在它后面坐着4个家伙，他们都是文职人员，正在看阅文件材料。另一些囚犯都已被集中在大厅深处，我们得穿过大厅去与他们会合在一起。他们之中有几个是我认识的，其余的大概都是外国人。排在我前面的两个，都是圆圆的脑袋上长着金黄色的头发，颇为相像，我猜想他们都是法国人。矮小的那一个，不停地把自己的裤子往上提，显然很焦躁紧张。

就这样耗了将近3个小时之久，我被搞得昏昏沉沉，脑子里一片麻木，空白。不过，大厅里很暖和，使我感到很舒服，因为一天24个钟头以来，我们一直冷得在打哆嗦。看守们领着囚犯一个个来到那张桌子面前。那4个家伙就讯问囚徒的姓名与职业。对大多数人的提问仅止于这两点，有时，他们也东问一句，西问一句，如："你是否参加过破坏军需品的活动"？"9日那天上午你在干什么"？他们并不听回答，至少表面上是如此。他们不时一言不发，眼睛直瞪着前方，然而又开始写写画画。他们问汤姆他是否确实在国际卫队里服役过。汤姆不能否认，因为曾经从他上衣里搜出过有关的证件。对余安，他们什么也没有问，但是，他说出了自己的姓名之后，他们在纸上写写画画了好久。

---

[1] 〔法〕萨特作品。

"我的兄弟若塞才是无政府主义者。"余安这样对他们说,"你们知道他已经跑了,至于我,我不属于任何党派,我从来都不过问政治。"

那几个家伙不作回答。余安又说:

"我没有犯任何事,我不愿意代替别人受罚。"

他的嘴唇哆嗦起来,一个看守制止他说下去,把他带走了。于是,轮到了我:

"你名叫马普罗·伊比埃达?"

我回答说:"是的。"

其中一个家伙瞧了瞧卷宗,向我发问:

"拉蒙·格里躲在哪里?"

"我不知道。"

"从6日到19日,你一直把他藏在你的家里。"

"没有的事。"

他们写了记了一阵,看守们叫我出去。在走廊里,汤姆与余安在等着我,他们两旁各站有一名看守。我们一起往前走,汤姆问其中的一个看守:

"怎么样?"

"什么怎么样?"看守反问他。

"这是一次讯问还是一次审判?"

"这是审判。"看守回答说。

"是吗?他们会把我们怎么办?"

看守冷冷地回答他:

"判决会在你们的牢房向你们宣布。"

用来当牢房关押我们的,实际上是医院的一间地下室。由于穿堂风,那里面冷得很厉害。整个夜里,我们都冷得发抖,在白天,也好不了多少。前5天,我是在总主教府的一间牢房里度过的,那是一个地牢,大概是在中世纪时造的,由于囚犯很多,关押的地方太少,他们就把犯人随处安置，顾不得是什么地方。离开那个地牢，我并不觉得可惜，因为我在那儿虽未受冷挨冻，但单独囚禁时间长了，简直就叫人精神上难以忍受。关在医院的地下室里，我毕竟有同伴。余安沉默寡言，因为他一直陷于恐惧之中，何况，他年纪太轻，没有多少话可说。汤姆倒是一个健谈的人，而且，他精通西班牙语。

在地下室里，有1条长凳，4个草垫。看守们一把我们带回来，我们就坐下来，一言不发地干等着。过了一会儿，汤姆开口了：

"我们完蛋了。"

"我也这么想，但我认为他们对小家伙是不会怎么样的。"我说。

"他们没有任何东西可向小家伙问罪，他只不过有一个当了战士的兄弟，仅此而已。"汤姆说。

我瞧了余安一眼，他那样子就像没有听见我们的谈话。汤姆继续说下去：

"你知道他们在萨拉哥斯是怎么干的吗？叫犯人躺在公路上，用卡车在犯人身上开过去。这是一个摩洛哥籍的逃兵告诉我们的，他们说用这个办法可以节省子弹。"

"这可不省汽油。"我说。

我对汤姆有些恼火，他不该讲这种事。

可他偏要继续讲下去："一些军官在公路上走来走去，监督执行，两手插在口袋里，嘴上叼着烟。你以为他们会帮那些被压的人早点断气？甭想！他们把那些人扔在那里叫喊，有时要叫喊个把钟头才死。那个摩洛哥人说，头一次见到的时候，他恶心得差一点要呕吐。"

"我不相信他们在这里也么干。"我说，"除非他们真的缺子弹。"

光线从4个气窗与1个圆洞里射进来，那个圆洞开在地下室的顶上，朝向左边，可以直接望见天空。上面的洞口平时有一个圆盖封着，正是从这个洞口，人们把木炭往地下室里倒。在洞口的下面，还残留着一大堆炭屑。这燃料本来是给医院取暖用的，但是，战事一起，病人全都撤走，这堆没有用过的炭就留在那里。下雨时，如果上面没有把圆盖盖上，雨水就直接落在炭堆上。

汤姆开始颤抖起来。

"真见鬼，我打起哆嗦来了。"他说，"你看，停了一下又打起来了。"

他站了起来，开始做体操，每做一个动作，衬衣都张了开来，露出他雪白而多毛的胸膛。他又躺在地上，举起两腿，在空中作剪刀式的动作，这使我看到了他肥大的屁股在发抖。汤姆是一条结实的汉子，但他脂肪过多。我想象着，枪弹或者刺刀不久就要穿进这一大堆软乎乎的肉里，就像穿进一大块黄油里一样。如果他身材干瘦，我就不会有此想象。

我并不确切地感到寒冷，但我的肩膀与胳臂都失去了知觉。我不时觉得自己少了一点什么东西，于是，我开始在周围找我那件上衣，这时我突然记起他们没有把上衣还给我。这更叫人心里感到窝囊、痛苦。他们经常拿走我们犯人的衣服，分给他们的士兵，只让我们穿着衬衣，而给我们穿的裤子，则是住院病人在炎热盛夏穿的那种布裤。过了一会儿，汤姆从地上爬起来，气喘吁吁地坐在我的身边。

"你暖过来了吧？"

"真见鬼，还没有暖过来，但是我已经累得喘不过气来了。"

将近晚上8点的时候，一个军官带着两个长枪党[①]的家伙走了进来。他手里拿着一张纸，他问看守：

"这3个人名叫什么？"

"斯丹波克、伊比埃达、米尔巴。"看守回答。

军官戴上他的夹鼻眼镜，看着他的名单说：

"斯丹波克……斯丹波克，在这里，你被判处死刑，明天早晨枪毙。"

---

① 长枪党：指西班牙法西斯主义的政党。

他又继续看他的名单。

"其他两人也判处死刑。"他说。

"这不可能。"余安说,"绝不会有我。"

军官以惊讶的神情瞧着他:

"你叫什么名字?"

"余安·米尔巴。"

"没错,你的名字就在上面,你被判处死刑。"军官这样说。

"我没有犯任何事。"余安说。

军官耸了耸肩膀,转过身来对着汤姆与我。

"你们是巴斯克人①吗?"

"谁都不是巴斯克人。"

他露出不耐烦的神情:

"他们告诉我,这里有3个巴斯克人。我才不浪费时间去找他们。那么,你们当然是不愿意要神甫的啰?"

我们根本没有搭理。他又说:

"有一个比利时医生待会儿就来,他被批准来跟你们一起度过今夜。"

他行了个军礼,走了。

"我刚才跟你是怎么说的,咱们全齐啦。"汤姆说。

"是的。"我说,"这对小家伙,未免太狠了。"

我这么说是为了表示我的公正,其实,我并不喜欢那个小家伙。他的脸面特别嫩,恐惧与痛苦却使那张脸变了形,毁了他面孔原有的轮廓。3天前,他还是一个娇弱型的小男孩,颇能讨人喜爱,而现在,他的样子却像一个年老的男妓。我想,即使他被释放,他永远也不可能再变得年轻。对他表示一点怜悯,那倒并不是一件坏事。但是,我讨厌怜悯,而他又一直使我反感。他听了判决后,什么也没有说,但

---

① 巴斯克人:西班牙的比利牛斯山区的居民。

他变成了死灰色，他的脸、他的手都变成了死灰色。他又坐了下来，圆睁着两眼，盯着地面。汤姆是个好心肠的人，他想去挽小家伙的手臂，但他满脸厌烦，猛然把汤姆甩开。

"随他去吧。"我低声地说，"你瞧，他马上就要哭了。"

汤姆勉强地听从了我的话。他本来很想去安慰小家伙，这样可以使他为别人的事操心，而不至于想到他自己。但这却正造成我的烦恼：我之所以从未想到过死，是因为我没有遇见过这样的情况，而现在，这样的情况已经摆在面前，此时此地，除了想到死以外，别无他事可做。

汤姆又说话了：

"你杀过人吗？"他问我。

我没有答话。他就告诉我，从8月初以来，他杀过6个人。他并不了解我们面临的处境，我看得很清楚，他是故意不去了解的。我自己也完全不清楚是怎么一回事，我寻思着，惨遭此难，是不是会很痛苦？我想到了子弹，想象着他们一阵滚烫的弹雨如何射进我的身体。所有这些想象，与真实情景是两回事。我很镇静，因为我毕竟还有整整一夜去理解死亡。过了一会儿，汤姆停止说话了，我从眼角瞟了他一眼，发现他也变成了死灰色，样子很凄惨。我想："事情开始了。"天色差不多完全黑下来了，昏暗微弱的光从气窗透进来，那堆煤炭在天空下形成黑污污的一大堆。从顶板上的那个圆窟窿朝外望，可以看见一颗星星，今夜将是晴朗而寒冷的。

地下室的门打开了，进来两名看守。他们身后跟进来一个金黄头发的男人，他穿着一身哔叽军服。他向我们行了个礼：

"我是医生。"他说，"我被批准在今晚这个痛苦的时刻来给你们提供帮助。"

他的语音清晰悦耳。我对他说：

"你来这里要干什么？"

"我听从你们的吩咐。我将尽我的所能,减轻你们在今夜几个钟头里的精神负担。"

"你为什么到我们这里来?医院里还有好些别的犯人,整个医院都关满了犯人。"

"我是被派到这里来的。"他含含糊糊答了一句。

"哦!你们爱抽烟吧,嗯?"他赶忙改变话题,"我有香烟,还有雪茄。"

他给我们递上英国香烟与上等雪茄,但我们拒绝了。我直盯着他的眼睛,他显得很不自在。我对他说:

"你来我们这里不是为了同情怜悯。而且,我认识你。我被捕的那天,我看见你在军营的院子里同法西斯分子在一起。"

我还想继续说下去,但突然之间不知是什么抓住了我,我忽然对这个医生的出现毫不感兴趣了。在平日,当我盯住一个人以后,我是绝不会放开他的,可是现在,我却连说话的愿望也丧失了。我耸耸肩,挪开我的眼睛。过了一小会儿,我抬起头来,那医生正带着好奇的神情在观察我。两个看守坐在一个草垫上。那个瘦高个子看守彼得罗在转动自己的两个拇指,另一个看守不时摇晃着自己的脑袋,以防打瞌睡。

"你要点灯吗?"彼得罗突然问医生。医生点头做肯定的表示。我想,他的智商大概跟一段木头同样多,但毫无疑问,他并不是一个坏人。从他那双又蓝又冷的大眼睛来看,我觉得他之作恶造孽主要是因为缺乏头脑。彼得罗走了出去,很快就端着一盏煤油灯回来了,他把灯放在长凳的一角。灯光昏暗,总比没有好,昨天夜晚,他们就是让我们在黑暗中度过的。油灯在地下室的顶板上形成一个圆形的光圈,对它,我凝视良久,心醉神迷。一会儿,我突然清醒过来,那光圈消失了,我觉得自己被一沉甸甸的大物压在下面,这大物既非死亡的概念也不是恐惧,而是一种无以名状的东西。我的两颊像火一样在燎烧,我的脑袋也在疼痛。

我晃动晃动身躯,打量我的两个同伴。汤姆两手抱着头,我只看得见他白胖白胖的颈项。小家伙余安的样子更是可怜,他张着嘴,两个鼻孔也在发抖。医生走到他身边,把手放在他的肩上,好像要安慰他,但他的眼睛仍是冷酷的神情。接着,我看见这个比利时人的手偷偷地沿着余安的手臂摸下去,直到他的手腕。余安任他这样做,毫无反应。比利时人用3个指头捏着余安的手腕,脸上带着心不在焉的神情,不时,他稍为后退一点,略微转动身躯,用背对着我,挡住我的视线。但我身往后仰,就看见了他掏出他的表来,一边计时,一边紧捏着小家伙的手腕不放。过了一会儿,他松开手指,让余安那毫无生气的手掉了下来。他走开了去,靠着墙壁坐下来,然后,仿佛突然想起了某件特别重要的事情必须马上记录下来以备忘那样,从口袋里拿出一个记事本,在上面记了几行字。"这个卑鄙的家伙,"我愤怒地想,"只要他来按我的脉,我就要给他狗脸上一拳。"

他没有到我跟前来。但我感觉得到他在注意我。我抬起头来,也瞧着他。他用一种平淡的语气对我说:

"你没有发觉,这里,大家都冷得在打哆嗦吗?"

他的样子好像感到很冷,他的皮肤变成了紫色。

"我不冷。"我回答他说。

他仍然继续注视着我,带着冷酷的眼光。突然,我明白了,我用手去摸自己的脸,我发觉自己已被汗水湿透。在此地下室,正值严寒季节,冷空气不断流通,而我却在出汗。我把手指插进我的头发,由于出汗,头发已黏结得像毛毡。这时,我又发觉,衬衫也湿了,扒附在我的皮肤上。原来我出汗至少已有1个钟头之久,而我却一点也没有感觉到。但这却逃不过这个比利时猪猡的注意。他早就看见汗珠在我脸上滚动,他一定这样想过:这是准病理的精神恐惧状的表征,同时他一定觉得自己是处于正常状态并为此而感到骄傲,因为他感觉到冷，他没有出汗。我真想站起来，走过去把他的狗脸打得稀巴烂，但是，我刚动了一下身子，我的羞恼与愤怒就消散了。我又颓然在长凳上坐下，心里无情无绪，一片漠然。

我只满足于用手帕揉擦我的脖子，因为现在我感到汗珠从头发里流到了颈项，使我觉得很不舒服。不多久，我就放弃了揉擦，擦也没有用，我的手帕早已经拧得出水来了，我仍然在不断流汗。甚至屁股上也流汗，我湿透了的裤子已粘在板凳上。

小家伙余安突然开腔说话：

"你是医生吗？"

"是的。"比利时人回答。

"是不是痛苦……要很长时间？"

"哦！在……的时候吗？不，不，很快就会完的。"比利时人用一种慈父般的声调这么说。

他那神情就像在安慰一个付了就诊费的病人。

"但是，我……我听别人说……经常要发射两次排枪。"

"有时的确要打两次。"比利时人点点头说，"第一次排枪可能没有命中要害。"

"那么他们要重新上子弹，再瞄准一次吗？"

小家伙考虑了一下，又用沙哑的声音加上一句：

"这可很费时间！"

他非常害怕咽气时的痛苦，他一心只想这件事，这在他那样的年纪，是很自然的。我却对死想得不多，我的汗流不止，并不是因为对咽气时的痛苦心怀恐惧。

我站了起来，一直走到那堆炭屑旁。汤姆吓得一跳，向我投射了憎恨的一眼，因为我的鞋子发出嘎嘎声，惹得他发了火。我心里捉摸着，自己是不是也像他那样已经面无人色了，我看见他也在流汗。天空美极了，没有任何光线射进我们这个阴暗的角落，我只要抬起头来，就可以看得见大熊星。但是，此时此地，我的感受与前几天完全不同了。前天，我从总主教府的那个地牢里，也可以望见一大片天空，那一天的每个时辰都唤起我不同的回忆。清晨，天空一片寒凛的淡蓝，使我想起大西洋之滨的海滩；中午，我望见太阳，就想起塞维尔的一个酒吧间，在那里我一边喝白葡萄酒，一边吃鳀鱼与橄榄；下午，我被笼罩在太阳的阴影下，这时我就想起被深沉阴影笼罩着的半个竞技场，而另外半个竞技场却在阳光下明媚灿烂。像这样从头顶上的天空来想象世界各地，的确令人难过。而现在，我仰望天空，愿意望多久就可以望多久，天空已不再勾引起我的任何回忆。我宁愿如此。我又走回去，靠近汤姆坐下。一大段时间很快就过去了。

汤姆低声说起话来，他经常需要说话，他不说话，就理不清自己的思绪。我想，此时他是在对我说，可他并没有瞧着我。毫无疑问，他是害怕看见我这副面无人色、汗流不止的样子。我们两人一模一样，彼此可以从对方身上看到自己的形象，比两面镜子更糟。他瞧着比利时人，那个活着的人。

"你明白吗？你。"他说，"我，我搞不明白。"

我也低声说起话来，我也望着比利时人。

"怎么，有什么事？"

"我们马上就会碰见我也弄不明白的事。"

在汤姆周围发出一股特别的气味。我觉得我的嗅觉这时对气味比往常更为敏感，我冷笑着说：

"你马上就会明白的。"

"这事不大清楚。"他固执地说，"我倒很想鼓起勇气，但至少得让我知道……你说，先要把我们带到院子里，是吧，接着他们就在我们面前排成一行。他们有多少人呢？"

"我不知道。总有5个或者8个吧，不会更多了。"

"好的。就算他们有8个，头头会对他们喊一声：瞄准。我就看见有 8 个枪口对着我。我想,到那时我一定想往墙里钻,我会使尽全身的力气用背脊去钻那道墙,墙顶着我,我钻不进去,就像在噩梦中那样。所有一切,我都想象得出来。啊,你真不知道我多么能想象所有的这一切。"

"得啦!"我对他说,"我也想象得出。"

"那一定很遭罪。你知道,他们专瞄准眼睛和嘴巴,把面孔打得稀巴烂。"他恶意地这么说,"我现在就已经感觉到那些伤口了。1 个钟头以来,我的脑袋和脖子都感到疼痛,这并不是真正的疼,但比真疼更糟,这是我将在明天早晨遭受的疼痛。可在那之后又怎么样呢?"

我很理解他想说的是什么,但我装出不理解的样子。至于那种挨枪子儿的痛楚,我也感觉到了,在我的身体里,仿佛有那么一簇小伤口在隐隐发疼。这种感觉,我很不习惯,但是我和他一样,不把这看得很重。

"在那之后,"我狠狠地这么说,"你就入土呗。"

他开始一个人自言自语了,但眼睛始终盯着比利时人。比利时人好像没有在听。我知道这家伙到这里来是要干什么,我们想什么,他不感兴趣,他来是为了观察我们的身体,我们活生生被死折磨的身体。

"这就真像在噩梦里一样。"汤姆说,"你想思索点什么,你什么时候都觉得就要达到目的了,就可以进行理解了,但思绪一下又溜走了,你再也找不到它,它丢失了。我对自己说,在那之后万事皆空。但我竟然不理解这是什么意思,有好些次,我几乎能够理解了……但思绪又再次丢失,我于是又重新开始去想疼痛,去想子弹,去想放枪声。我是个唯物主义者,这一点,我可以向你保证发誓:我绝不会精神失常,但是也有不正常的情况。我竟看见了自己的尸体。这本来是不可能的,但是,看见我的尸体的,却是我自己,是我自己的眼睛。看来,我必须做到再进行思索,思索在那之后我再看不见任何东西,也听不见任何东西,而世界仍然为活着的人们继续存在。巴普罗,人来到这个世界上不是为了思索这个。你可以相信我，我过去也曾彻夜不眠等待着某件事的发生。但是，现在这件事完全不同，它突如其来，我们没法事前有所准备。"

"闭嘴，"我对他说，"你要我叫一个神甫来听你的忏悔？"

他不答话。我已经注意到他渐渐在用一种毫无表情的声音自居为预言家在说话，并把我称为巴普罗。我很不喜欢这样，但是，看来爱尔兰人皆如此。我模模糊糊觉得他身上发出了尿臭。实际上我对汤姆一直并无好感，我也看不出为什么仅仅由于我们将一道去死我就要对他增加好感。如果是同别的人，情况就不同了，譬如同拉蒙·格里，情况就会不同。但是，在汤姆与余安之间，我却一直感到孤独。我倒觉得这样更好些，因为，如果我跟拉蒙在一起，我也许会多愁善感。然而，现在我却坚强得可怕，此时此地，我要继续保持这种坚强。

他不断喃喃自语，心神恍惚。他说话肯定是为了避免进行思索。他身上发出冲人的尿味，就像害前列腺疾病的老人那样。当然，我是同意他的意见的，他所讲的那些，我也可以讲，因为，我们的死亡并不是自然而然的。自从我肯定非死不可后，就再没有一件东西在我看来是自然的了，这堆炭屑、这条长凳、这彼德罗的那张狗嘴，没有一件是自然的。只不过，我不高兴去想汤姆所想的那些事。而且，我很清楚，整个夜晚，差不多每隔5分钟，我们都同时想着同样的事，同时流着汗，同时打哆嗦。我偷偷地瞧他一眼，第一次觉得他很奇特，他已经把死亡摆在他脸上了。我的自尊心也感到受到伤害。24个小时以来，我生活在汤姆的旁边，我听他说话，我也对他说话，而我又知道，我俩之间毫无共同之处。现在，我们却像双胞胎兄弟那样相像，仅仅因为我俩将一道去死。汤姆抓住我的手，但眼睛并没有望我：

"巴普罗，我问自己……我问自己，人是不是真的会消灭？"

我把手挣脱开，对他说：

"瞧你两只脚底下是什么，混蛋！"

他两脚之间的地上有一摊尿,从他的裤子里,尿还在不断往下滴。

"这是什么?"他惊奇地问。

"你在裤子里撒尿啦!"我对他说。

"你胡说!"他愤怒地说,"我根本没有撒尿,我没有任何这种感觉。"

比利时人走过来,他假惺惺地表示关怀:

"你觉得痛苦吗?"

汤姆没有回答。比利时人看着地上那摊尿,一声不吭。

"我不知道这是怎么回事。"汤姆凶暴地说,"我向你们发誓,我毫不畏惧,视死如归。"

比利时人不作回答。汤姆站了起来,走到一个角落里去撒尿,他一边走回来一边扣裤子,他又坐下来,再也不说话。比利时人又在他的小本上做记录。

我们都瞧着他,连小余安在内,我们3个人都瞧着他,因为他是一个活着的人,他有活人的姿势动作,他有活人的烦恼,他在这地下室里冷得打哆嗦,就像所有的活人在此条件下应该打哆嗦一样;他还有一副营养充足、控制自如的肉身。而我们这3个人,对自己的肉身,却已经不再有多少感觉了,至少不像以前那样。我很想摸摸自己的裤子,摸摸自己的两腿之间,但我不敢。我瞧着比利时人,他靠两腿支撑曲着身子,他的肌肉活动自如,而且,他还可以想他的明天。我们这3个人在这里,只是3个丧失了血肉的幽灵,我们都盯着他,要从他那里摄取生命,就像吸血鬼那样。

他终于走到小余安身边。他想抚摸小余安的颈项,是因为职业的需要还是出于慈悲为怀的冲动?如果是发慈悲的话,那也是他在整个夜晚唯一的一次。他抚摸了小余安的脑袋与后颈。小家伙任他抚摸,眼睛一直望着他,而后,突然抓住他的手,面带一种古怪的神情。小余安用两手把比利时人的手握着,这两只手可不招人喜欢,像一把灰色的钳子紧紧夹住比利时人那只红润的、胖乎乎的手。我很担心会发生什么事,汤姆大概也有些担心,但比利时人沉浸在对方的热情之中,他像慈父一样地微笑着。不一会儿,小家伙把这只肥厚红润的手抬到自己嘴边,张口就去咬。比利时人迅速挣脱开,踉踉跄跄退到墙前。他恐惧地注视了我们一会儿,大概突然发觉我们和他已不是同样的人了。我哈哈大笑起来,其中一个看守吓了一跳,另一个看守熟睡未醒,但他的两眼仍大大张开,露出他的眼白。

我既感疲倦又过于激动。我不愿再去想明天黎明将发生的事,不愿再去想死亡。去想,那是毫无意义的事,只会使我得到一些词语概念与一片空虚。但是,只要我试着去想别的事,我就看见许多枪口对着我。我这样体验被处死的滋味大概有20次以上;有一次,我甚至以为是真的亲临其境了,其实只是睡着了一小会儿。他们把我拖到墙跟前,我不停地挣扎,我向他们求饶。我吓得惊醒过来,我瞧了瞧比利时人,我担心刚才我在梦里曾发出惊叫。但他在捻弄他的小胡子,肯定他未曾注意到什么。如果我愿意的话,我相信还能再睡一小觉,因为我已经48个小时没有睡了,疲倦到了极点。但我不想失去我生命最后的两个钟头。天一亮,他们就会来叫醒我,我睡意犹浓地跟着他们走,我连哼一声都没来得及就给毙了。我可不愿这样,我不愿像头畜生那样死掉,我想搞明白死是怎么回事。而且,我也害怕睡着了再做噩梦。我站起身来,在地下室里踱来踱去,并且为了转移自己的注意力,我开始回想我过去的生活。一大堆回忆一拥而来,其中有好的回忆,也有坏的回忆——至少我从前是这样将它们分类加以称呼的。回忆中出现好些面孔与好些往事。我想起了一个小家伙的面孔,他是巴伦西亚城过瞻礼节时被牛顶死的一个新郎;我想起了我叔叔伯伯中的一个——拉蒙·格里的面容。我也想起了一些往事:我怎么在1926年失业了3个月,我怎么饿得差一点丢了命。我想起了我在格林纳达岛上一条长凳上度过的那一夜,那时,我已经3天没有吃上东西了，我烦躁而又愤怒，我可不愿饿死。这段回忆使我微笑起来。我过去是以一种多么狂热猛烈的劲头去追求幸福、追求女人、追求自由啊！为什么要那样做呢？我曾经想要使西班牙获得自由，我崇拜庞·伊·马卡尔①，我参加了无政府主义运动，我曾经在好些群众大会上发表讲话，我对所有这一切都非常认真，仿佛我是永垂不朽的。

此时此刻，我有这样一个感觉，似乎我在把自己的一生摆在我的面前，并且这样想：这真是一个弥天大谎。这一生既然已经完了，它就一钱不值。我扪心自问：过去我怎么能够和姑娘们在一起散步、打打闹闹呢？如果我那时想象出今天自己会这么完蛋，我是绝不会动一个小指头的。我的一生就摆在自己的面前，它已经结束，就像一只口袋已经封了口，不过，装在其中的一切都并未完成。有那么一刻钟，我也试图对自己的一生做个评判。我很想对自己说，这是美好的一生。但是，我不能对我的一生做出评判，因为它只不过是一份尚未完成的草图。过去，我把我的年华都用来勾画自我永垂不朽的轮廓，反倒对什么都没有真正弄懂。眼下，我没有任何舍不得的东西，因为本来我所舍不得的东西的确有一大堆，如白葡萄酒的美味，还有夏天我在卡迪斯附近一道小湾里的沐浴，而现在，死亡已使一切都失去了对我的吸引力，不值得我留恋。

突然，比利时人出了一个好主意。

"朋友们，"他对我们说，"我可以负责——只要军事当局同意——替你们带一封信或一件纪念品给你们的至亲好友。"

汤姆低声抱怨了一句：

"我没有任何至亲好友。"

我没有吭声。汤姆等了一下，然后好奇地打量打量我：

"你不送个信给龚霞？"

我对他这种亲昵的帮腔十分反感，不过，这是由于我自己的过

---

① 庞·伊·马卡尔（1821～1901）：西班牙著名的政治家。

错，我在昨天晚上曾主动跟他谈起龚霞，我本该控制住自己。我与她相处已有一年，即使是昨天，为了能再见到她5分钟，我也宁愿用斧头砍掉自己的一条胳臂。正是出于这种渴望，我对汤姆谈起了龚霞，这种强烈的渴望，我实在难以控制。而现在，我已经不想再见到她了，我也再无话要对她说。我甚至不想把她搂在怀里，因为我厌恶我自己的肉体，它已经变成了死灰色，它汗流不止，而且我也没有把握在此情况下不厌恶她的肉体。龚霞如果知道了我的死讯，她是会哭的，在几个月以内，她将痛不欲生，即使如此，我仍然得去死。我想念起她那双美丽温柔的眼睛。从前，当她看着我的时候，总有某种东西从她身上传到我的身上，但现在我想，这一切都结束了。如果现在她再看着我，她的眼光只会停留在她自己的眼睛里，而不会传到我身上。我现在孤独无援。

汤姆也是孤独的，但孤独的方式有所不同。他叉开两腿跨坐着，面带微笑瞧着那条长凳，神情讶异。他伸出一只手，小心翼翼地去摸木凳，好像是唯恐弄坏某种东西，接着，他急速把手缩了回去，浑身颤抖。如果我是汤姆，我是不会去摸长凳来消遣的，这种方式也是爱尔兰人的滑稽玩意儿，不过，我也觉得周围的事物都带有一种古怪的样子，它们比平时暗淡模糊了，不像往常那样色彩浓重醒目。只要看一看那条长凳、那盏灯、那堆炭屑，我就感觉得到我是一个将死的人。当然，我无法把自己的死想得那么清楚，但我到处都看到了我的死亡，在各种东西上看到，在这些东西对待我的方式中看到，这些东西都在我面前往后退缩，与我保持距离，小心谨慎，像人们在濒死的人的床头总是轻言细语那样。汤姆刚才就正是从木凳上见到了他的死亡。

在我目前这种状态中，如果有人来宣布我可以安心回我的家了，他们免我一死，我很可能冷冷淡淡，无动于衷。因为，当一个人永垂不朽的希望幻灭了以后，迟几分钟去死或迟几年去死，反正都一样，并无区别。我现在对任何东西皆无所求，我心如枯井，沉寂冷静。但这也是一种可怕的冷静，其原因在于我的身体，我是在用我身体的眼睛在看，用我身体的耳朵在听，但这身体却不再是我自己，这身体在自行其是地流汗、发抖，我再也不认识它了。我不得不去触摸这身体，去观察它，以便知道它变成了什么样子，仿佛它是别人的而不是我自己的。有时，我还能感觉到它，我感到它在下滑，在急遽下跌，就像坐在往下俯冲的飞机里一样；有时，我则感觉到心脏在跳动。但是，能感觉到自己的身体，并不使我安心，所有这些从我身体中产生的一切，都有一种鬼鬼祟祟、令人厌恶的气息，在大多数情况下，它们待在那里，无声无息，而我只感到有一种重压，有一种邪恶的现实针对着我。我觉得自己似乎与一个巨大的害人虫联结在一起。有时，我摸摸自己的裤子，我发觉它已经湿了，我不知道究竟是汗还是尿弄湿的。为了预防尿裤，我到炭堆前解了小便。

比利时人掏出他的表，看了看时间，说：

"现在是3点半钟。"

混蛋！他故意这么做。汤姆蹦了起来。我们一直没有发觉时间在流逝，黑夜像一个无形的阴暗的东西包围着我们，我甚至想不起来黑夜是什么时候降临的。

小余安开始号叫起来，他绞扭着双手，哀求着：

"我不愿意死，我不愿意死。"

他举着双臂，在地下室里跑了一圈，然后扑在一块草垫上，哭泣起来。汤姆用忧郁的眼光看着他，但并不想去安慰他。实际上，安慰也纯系多余。因为小家伙吵得比我们厉害，而他的痛苦却比我们轻。他像一个因发烧反而减轻了病情的病人。当病人连发烧也发不起来时，他的病才是更为严重的。

他仍然在哭，我看得很清楚，他在自己怜悯自己，他其实并没有想着死。有一刹那，仅仅一刹那，我也想哭，由于怜悯自己而想哭。但实际结果却恰巧相反。因我瞧了小家伙一眼，我看见他瘦削的肩膀因呜咽而抽动,我反而变成铁石心肠了,我不能怜悯别人,我也不能怜悯自己。我对自己说:"我要死得有些骨气。"

汤姆站起来,他正好站在那个圆洞底下,开始等候黎明。至于我,我有了精神支撑点,一心只想着我要死得有骨气。但是,自从那个医生把时间告诉我们以后,我内心深处一直觉得时间在流逝,一滴一滴地在流逝。

天还没有亮,汤姆对我说:

"你听,他们动起来了。"

"听见了。"

有好些家伙在院子里走动。

"他们来搞什么名堂?总不能在黑暗里瞄准开枪吧。"

过了一会儿,我们再也听不见什么,我对汤姆说:

"你瞧,天亮了。"

彼得罗打着哈欠站起来,把灯灭了,对另一个看守说:

"冷得够呛。"

地下室开始变成灰蒙蒙的了。我们听见远处传来了开枪的声音。

"开始了。"我对汤姆说,"他们大概是在后院动手了。"

汤姆向医生讨了一支香烟。至于我,我不想要。我既不想抽烟,也不想喝酒。从这时起,开枪的声音一直不断。

"你明白了吧?"汤姆问我。

他还想补充说点什么,但又一言不发了。他盯着那扇门。门打开了,进来1个中尉,还有4名兵士。汤姆的烟卷从手里掉了下来。

"谁是斯丹波克?"

汤姆不吭声。是彼得罗把他指了出来。

"余安·米尔巴呢?"

"就是倒在草垫上的那个。"

"站起来!"中尉命令说。

余安仍不动弹。两个士兵挟着他的腋窝，扶他站起来，但他们一松手，他又倒了下去。

这两个士兵不知该怎么办。

"像这样受不了的，他不是第一个。"中尉这样说，"你们两人只需把他架起来就行了，到了外边，问题就会解决。"

中尉转向汤姆：

"来，咱们走吧。"

汤姆夹在两个士兵之间走了出去，另外两个士兵跟在后边，他们从腋窝与腿弯部位架着小家伙。小家伙并没有昏迷，他两眼睁得大大的，泪水沿两颊流下来。当我也起步往外走时，中尉阻止了我：

"伊比埃达是你吗？"

"是的。"

"你在这里等着，待会儿有人会来找你。"

他们都走出了地下室，比利时人与两个看守也走了出去，只剩下我一个人。我不懂他们为什么这样对待我，但我宁愿他们立刻把我干掉。我听见排枪有规律地每隔一会儿就响一阵，每响一阵，我就要颤抖。我真想大声喊叫，揪扯自己的头发。但我使劲咬住了牙关，把手插在衣袋里，因为，我要死得有骨气。

过了1个钟头，有人来找我，把我带到二楼的一个小房间里，里面充满了雪茄烟味，呛得我透不过气来。有两个军官坐在安乐椅上抽烟，他们的膝盖上放着一些文件。

"你名叫伊比埃达？"

"是的。"

"拉蒙·格里躲在哪里？"

"我不知道。"

审问我的那个家伙又矮又胖。他一双冷酷的眼睛藏在夹鼻眼镜的后面。他对我说：

"走近一点。"

我走近他们。他站起来，抓住我的手臂，用一种似乎要把我置于死地的神情盯着我。同时，他使尽全身的气力紧捏我的二头肌。他并不是要叫我吃点苦头，而是在进行事关重大的较量。他想一下就先威压人，使我慑服。他还把嘴里的臭气往我脸上喷，大概也认为有此必要，我们就这么对峙了一会，对我来说，他这种把戏简直使我想笑。要吓唬住一个即将去死的人，这点火候可不够。他没有达到目的，就用力把我使劲推开，他又坐下去，对我说：

"现在，就是要你的命和他的命互相交换。只要你告诉我们他藏在哪里，我们就让你保全性命。"

这两个穿着带饰的军服与长靴、手里拿着马鞭的家伙，同样也是迟早要死的人。他们会比我死得迟一点，但也迟不了很久。他们成天在他们的狗屁文件上找别人的名字，他们追捕这些人，把这些人关押起来或者消灭掉；他们对西班牙的前途问题与其他一些问题，持有他们的看法。他们这些渺小的活动，在我看来既令人厌恶又荒唐可笑。我觉得根本不可能设身处地对他们加以理解，他们简直就是疯子。

那个矮胖的家伙一直盯着我，用马鞭抽打他的长靴。他所有的动作都是精心设计的，其目的在于使自己显得像一头灵敏而凶恶的野兽。

"怎么样，你懂我的意思了吗？"

"我不知道格里在什么地方。"我回答说，"我一直以为他在马德里。"

另一个军官无所谓地摆了一下他那只苍白的手。他的无所谓也是精心设计的。我看穿了他们所有这些渺小的伎俩。我觉得居然有人以玩弄这种小把戏而自得其乐，实在令人惊讶。

"你还有一刻钟可以考虑。"他慢吞吞地说，"把他带到贮藏室去，过一刻钟再把他带回来。如果他还拒不交代，就立即枪毙。"

他们知道自己在玩什么把戏。他们已经叫我等了整整一夜，然后在枪毙汤姆与余安的时候,又让我在地下室等了1个钟头,而现在又要把我关进贮藏室。他们从昨天起,就准备好了这一套。他们以为一个人的神经是经不起这样一拖的,他们想用这个法子来逼我就范。

他们完全打错了算盘。在贮藏室里,我在一只矮凳上坐下,因为我觉得自己已经很衰弱无力,我开始进行考虑。但并不是按他们的指点考虑。当然,我知道拉蒙·格里藏在何处,就在他堂兄弟家,离城4公里。我知道我绝不会招出他的藏身处,除非这些家伙严刑拷问,而看来他们并没有想到采用此招。眼前这一切,都是他们周密安排好了的,无可更改,对此我丝毫不感兴趣。只不过,我想理清楚我这样做的原因。我宁愿去死也不愿意出卖格里。为什么呢?我不再爱拉蒙·格里。我对他的友情在这天黎明前一刻已经消亡了,与我对龚霞的爱情、与我对生活的希望同时消亡了。毫无疑问,我仍然敬重他,他是一条硬汉。但并不是由于这个原因我准备替他去死,他的生命并不比我的生命更有价值,任何人的生命都是没有价值的。他们叫一个人贴墙站着,朝他开枪,直到把他打死,这个人是我或是格里或是另一个人,并没有什么不同,都是一回事。我很清楚,他比我对西班牙的事业更有用,但是,我现在对西班牙、对无政府主义都不在乎了。任何事物都不再有什么重要性。虽然如此,我仍然在这里,我能够出卖格里来保全我的性命,但我拒绝这么做。这是一种固执,我觉得这的确有点滑稽,我想:就该这么固执!我感到一种奇特的愉快。

他们来找我,把我带回到那两个军官的面前,一只小耗子从我脚下窜过,这使我乐了起来。我转身对其中一个长枪党徒说:

"你看见那只耗子了吗?"

他不搭理我。他阴沉着脸,装出一副严肃的样子。而我,我就只想笑,但总算忍住了,因为我害怕一旦笑起来,我就无法控制,笑个不停。那个长枪党留着一撮小胡子,我又对他说:

"你该把小胡子刮掉,笨蛋。"

我觉得他活着让须毛在脸上蔓延实在滑稽可笑。他并不特别认真地踢了我一脚,我一声不吭了。

"怎么样,"那个胖军官问,"你考虑好了吗?"

我好奇地瞧了瞧他们,就像他们是一种非常罕见的昆虫。我对他们说:

"我知道他藏在什么地方。他就藏在基地里。在一个墓穴里或者在掘墓人的小屋里。"

我这完全是在跟他们开一个玩笑。我想看一看他们是怎么赶紧站起来,扣上皮带,发布命令。

他们一蹦而起。

"我们到墓地去。莫勒斯,你要洛布兹中尉派15个人来。至于你,"矮胖子又转过来对我说,"如果你讲的是真话,我答应过你的一定兑现。如果你欺骗我们,我会要你付出惨重的代价。"

他们在一阵嘈乱声中出发了,我在几个长枪党徒的看守下平静地等着。我不时微笑起来,因为我想他们不久就会又恼又怒。我觉得自己既愚蠢又狡诈,我想象他们如何掀起一块块墓石,掘开一个个墓穴。我像一个局外人似的想着眼前的这种情景:这个囚徒固执地想要成为一个英雄,而这些留着小胡子的长枪党党徒,这些穿着制服的家伙则在那些坟墓之间忙来忙去,这真是一出令人不能不发笑的喜剧。

过了约半个钟头,矮胖的军官单独回到房间。我想,他该下令处决我了。其他那些家伙大概还留在墓地里。

军官瞧了我一眼,他丝毫没有要严惩不贷的样子:

"把他带回大院子里,和别的犯人放在一起。"他命令道,"等军事行动结束后,再交普通法庭决定他的命运。"

我以为自己没有听懂他的话。我问他:

"那就是说,你们不……你们不枪毙我了?"

"目前无论如何也不会枪毙你,以后,那就不是我管的事了。"

我仍然不懂他的意思。我再问：

"这是为什么？"

他耸了耸肩膀，没有回答我，几个士兵就把我带了出去。在大院子里，有百把个犯人，其中有一些妇女，有一些儿童，还有几个老人。我开始围着中央的草地转来转去，我搞不清楚是怎么回事而脑子发呆。中午的时候，我们被带进食堂用餐。有两三个人跟我打招呼，我一定是认识他们的，但我并没有搭理。我已经呆若木鸡，不知所措。

将近傍晚时，他们又把10来个新的犯人赶进院子里来。我从其中认出了面包商加尔西亚，他对我说：

"走运的伙计，我真没想到还能看见你活着。"

"他们判处了我死刑。"我说，"后来他们又改了主意，我搞不清楚是为什么。"

"他们在两点钟时逮捕了我。"加尔西亚说。

"为什么抓你？"

加尔西亚从不过问政治。

"我不知道。"他说，"他们要把所有跟他们想法不同的人全抓起来。"

他又低声地说：

"他们抓到了格里。"

我颤抖了起来。

"什么时候？"

"今天早晨。他干了件蠢事。他在星期二离开了他表兄弟的家，因为他俩发生了争吵。愿意藏他的人倒是不少，但他不愿意麻烦任何人。他说，我本想躲到伊比埃巴家里去，但既然他已被捕，我就躲到墓地里。"

"在墓地？"

"是的，他真笨。今天早上，那些家伙自然就到墓地里去搜。这是肯定要发生的。他们在一个掘墓人的屋子里抓到了他,他朝他们开了枪,后来他们把他击倒了。"

"在墓地!"

我周围的一切都旋转起来。我恢复感觉时,发现自己坐在地上,我大笑不止,笑得眼睛里充满了泪水。

艾罗斯特拉特[①]

对芸芸众生，就得自上而下加以俯视。我把灯灭了，在窗前坐下，那些人万万没有想到，会有人自上而下观察他们。他们只关心门面，修饰面容，偶尔也注意自己的背影，但他们所有的精心打扮都是为了给面前一米七范围以内的观众看的。谁也没有想过一顶圆顶礼帽从7层楼上看下去会是什么样子。他们从不注意用鲜艳夺目的颜色与布料来遮掩他们的双肩与头顶，他们不懂得要防备"俯视"这一威胁人类的大敌。我俯身下看，不禁大笑起来，他们引以为豪的堂堂挺立之躯而今安在？他们在人行道上就像被压得扁平扁平的，两条匍匐爬行的腿轮流从双肩下伸出来。

7层楼的阳台，这才是我应该消磨一生的去处。精神上的优越，必须有物质上的表征来支撑；没有这种支撑，精神优越无从谈起。那么，我比人们优越之处在哪里？在于位置的优越，除此别无其他。我作为人类的一员而又置身于人类之上，从上向下俯视观察他们。我为什么喜爱巴黎圣母院的钟楼、埃菲尔铁塔的平台、圣心教堂以及代朗布尔街上我住的第7层楼，原因就在这里。它们都是位置优越的绝妙表征。

有时，我也得下楼到街上去，例如，上办公室。此时，我总感到

[①] 〔法〕萨特作品。艾罗斯特拉特，古代希腊埃菲斯城一无赖，他为了使自己留名后世，千古不朽，不惜放火焚烧被称为世界七大奇迹的狄安娜神殿。他的名字在后世成为以劣迹而留名的人的同义语。

憋气。当我与人们站在同一个平面上的时候,我就很难再把他们视为蝼蚁,因为他们跟你接触,对你有感染。有一次,我看见有个人死在街上。他是扑倒在地而死的。旁人把他翻过身来,他仍流血不止。我看见他睁得大大的眼睛、难以言状的表情与流出来的一大摊血。我这样想:"这算不了什么,这并不比一幅墨迹未干的画更能打动人。他的鼻子被涂抹成了红色,如此而已。"但我这时感到有股该死的柔弱突然向我袭来,侵占了我的双腿与颈背,我晕了过去。旁边的人把我抬进一家药店,使劲拍打我的肩膀,朝我嘴里灌烈酒。我真想宰了他们。

我知道他们是我的敌人,而他们却不知道这一点。他们相亲相爱,手挽着手,而对我,他们有时碰碰我这儿,有时碰碰我那儿,因为他们以为我也是他们的同类。但是,只要他们猜到了一丁点儿事实真相,他们就会揍我。事实上,他们日后也的确揍了我。当他们抓到了我,知道了我是什么人以后,就毒打了我一顿,在警察局里揍了我足有整整两个钟头。扇耳光、拳打脚踢、扭我的胳臂、扯下我的裤子;最后,把我的夹鼻眼镜扔在地上;当我趴在地上去找眼镜的时候,他们一边笑着一边踢我的屁股。我早就预感到他们总有一天会揍我的,因为我身体虚弱,无力保卫我自己。有些家伙早就盯上我了,他们个个身强力壮。他们在街上故意挤撞我,以此取乐,看我怎么办。我什么也不表示,假装不懂他们的用意。可他们仍然使我上了他们的当。我一直害怕他们,这是一种预感,但你也想得到我仇恨他们是有足够的理由的。

从这个方面来看,自从我购置了一把手枪后,事情就比过去好多了。一个人总是随身带着这么一件可以产生爆炸并发出巨响的玩意,他就会觉得自己强大有力。我星期天带着它,随便地把它放在裤口袋里,出外闲逛,经常是在林荫大道上漫步。我感到它像一只螃蟹在口袋里鼓鼓囊囊,顶着我的大腿,冰凉冰凉的,但是,由于与我的身体接触,它慢慢也就热乎起来了。我僵直着身子往前走,那样子就像身上缠着绷带，或者像每走一步都受到了那根小棒的妨碍。我把手插进裤口袋，摸了摸那玩意儿，我不时走进公共厕所，甚至在那里面，我也小心翼翼，因为旁边老是有人。我掏出手枪，掂量掂量，察看刻着黑色方格的枪柄与那像半张半闭的眼皮似的黑色扳机。旁人从厕所外面看见我叉开的两腿与裤脚，都以为我在小便。但我是从来不在公共厕所里小便的。

　　一天夜晚，我突然萌生出向人开枪的念头。那是一个星期六的夜晚，我出门去找莱娅，她是一个站在蒙巴纳斯大道一家旅馆门前招徕顾客的金黄色头发的妓女。我从来没有和女人发生过肉体关系，因为我觉得在那种关系中吃亏的将是我。当然，男人可以骑在她们身上，但她们会大大张开自己毛茸茸的嘴，把你整个小腹全都吞进去，而且我还听说过，从长远来看，在这种交易里，得益的终归是她们。至于我，我无求于任何女人，我也不愿意给她们任何东西。因此，我所需要的是一个冷漠而又对我恭顺从命的女人，她能够怀着一种厌恶的心情任我摆布。每个月的第一个星期六，我都带着莱娅到迪盖斯纳旅馆去开房间。她总是把衣服脱光，我瞧着她，但并不去碰她。有几次，我就这样把裤子弄湿了，另外几次，我还能够回到家里再把那事弄完。这一天晚上，我没有在她常站立的那块地方找到她。我等了一会儿，看她仍未出现，我想她一定是患流行性感冒了。那时正是正月开初，天气冷得厉害。我深感失望，因为我是一个想象力丰富的人，我早就在热烈想象着这天夜晚我将能享受到的乐趣。幸好在奥德萨街有一个棕色头发的妓女，我过去就常注意到她，她接近中年，略微过于成熟，但是结实而丰满，我对中年的女人并不反感，当她们脱光衣服后，比别的女人更肉感。不过，这个妓女对我那一套并不在行，而突然要把那一套传授给她，我又有点胆怯。而且，我对新结识的妓女从来都有所提防，因为这些女人很可能把一个流氓藏在门后，一等那事完毕，他就会突然出来，把你的钱抢走，如果他不揍你一顿就算你万幸了。可是这一天夜晚，我不知哪里来的这么大胆子，决定回家把手枪带上再来冒冒险。

一刻钟后，我到了那个妓女的身边，口袋装着武器，心里再也无所畏惧了。从近处看这个女人，她毋宁说有股凄清的神情。她很像我家对面的那个女邻居，一个副官的妻子，这一点使我特别满意。因为很久以来，我一直就想看见她脱光衣服的裸体。当那个副官外出时，她就开着窗户穿衣服，我常躲在窗帘后偷看她，但她总是在房间的深处梳妆打扮。

斯特拉旅馆，只剩下一个空房间在5层楼上。我们走上去。那女人身体相当笨重，每上一级楼梯，就要停一下喘一口气，我倒是轻松自如，因为我的肚子虽略大一点，但我身材干瘦，非得高过5层楼，才能使我喘不过气来。走到5层的楼梯口，她停了下来，把右手放在胸前，大口地喘气，她的左手拿着房门的钥匙。

"真高！"她说，并试图向我微笑，我没有回答她，从她手里把钥匙拿过来，打开了房门。我左手握着手枪，在口袋里面对准了我的前方，直到打开电灯，我才把手松开。房间是空的，并未藏人。盥洗盆上放了一小块绿色的肥皂，是给妓女与嫖客用的。我微笑了一下，对我来说，浴盆与小块肥皂都毫无用处。那个女人在我身后不断喘气，这刺激着我的情欲。我转过身来，她向我献上她的嘴唇。我把她推开。

"脱掉你的衣服。"我对她说。

房间里有一张铺着绣花绒布的扶手椅，我在上面舒舒服服坐了下来，在这种情况下，可惜我没有吸烟。那女人脱掉了袍子，她停下来，投给我狐疑的一瞥。

"你叫什么名字？"我一边问她，一边把身子往后靠在椅背上。

"勒蕾。"

"好吧，勒蕾，你快脱掉衣服，我在等着哩。"

"你自己不脱衣服吗？"

"脱吧，脱吧，"我说，"你别管我。"

她把裤子脱到她的脚下，然后捡起裤子，细心地把它放在她的袍子上，跟她的乳罩在一起。

"我亲爱的，你是一个小坏蛋，一条小懒虫，你是想要你的小心肝来包办代替吗？"她这么问我。

她说着，向我靠近了一步，两手支在我椅子的扶手上，行动笨拙地要在我的两腿之间跪下来。但我粗暴地把她拖起来：

"别这样，别这样。"我对她说。

她惊讶地望着我。

"那你究竟要我为你干什么？"

"什么也不干。你走走看，走来走去就行了，我对你再没有别的要求。"

她开始在房间里来回走着，样子很不自然。再没有什么比要女人赤身裸体走来走去更叫她们难堪的了。她们不习惯两脚在地上平踩。那个妓女弓着背，垂着胳臂。而我，我却乐不可支，安安稳稳地坐在扶手椅上，衣服穿得严丝不露，甚至还戴着手套，而这个中年太太却遵照我的命令脱得全身精光，在我周围转来转去。

她侧过头来朝着我，为了掩饰她的尴尬而卖弄风情地对我一笑：

"你觉得我漂亮吗？你是在一饱眼福？"

"你别管我的事。"

"那么你告诉我，"她突然生气地说，"你是要我老这么走下去吗？"

"你坐下吧。"

她在床上坐下，我们互相望着，都没有出声。她冷得战栗起来。墙隔壁，有一只闹钟在响。我突如其来地向她下令：

"张开你的大腿！"

她犹疑了一下就照办了。我盯着她大腿之间的地方，使劲吸了一口气。接着，我就大笑起来，笑得眼里流出了泪水。我单刀直入地问她：

"你现在搞明白了吧。"

她惊愕地瞧着我，满脸涨得通红，她把两腿并拢起来：

"下流坯！"她从牙缝里骂出一句。

但是，我却笑得愈加厉害，于是，她一跃而起，从椅子上拿起她的乳罩。

"喂，喂，你还没有把事情干完呢，待会儿，我会给你50法郎，但我这钱要花得不冤。"我对她说。

她很不耐烦地拿起了她的裤子。

"我烦够了，你自己明白，我不知道你要些什么，如果你带我上楼来只是为了嘲弄我的话……"

这时，我掏出了手枪，摆弄给她看。她看了我一眼，神情严肃，把裤子扔下，一言不发。

"你再走下去，来来回回地走！"我对她说。

她又走了5分钟。接着，我要她把我那根小棍拿着，进行一番抚弄。当我感到自己的衬裤已经湿了一片，就站起身来，递给她一张50法郎的钞票，她收下了。

"再见。"我又加上一句，"我给你这个价，可没有让你太费劲。"

我走了，把她赤裸裸地扔在房间当中，她一手拿着她的乳罩，一手捏着那张50法郎的钞票。我并不为花了这笔钱而后悔，因为我把她弄得目瞪口呆，而一个妓女是很难得感到惊奇的。我一边下楼一边想："我所要干的事，就是叫所有的人吃一惊。"这时，我很快活，像一个小孩那样快活。我带走了那块绿色肥皂，回到自己的家里，我在热水里把那块肥皂揉搓了好久，直到它在我的手指间变成了一块薄片，就像一块在嘴里已经含化了的薄荷糖。

但是，这天夜里，我却从睡梦中惊醒，我眼前又出现了那个妓女的面孔，出现了我掏出手枪时她那种眼光，还有她每走一步就抖动着的肥胖的肚子。

我真傻，我这样想。我感到一种强烈的后悔，我在旅馆房间的时候，本应该开枪，把那肚子打得满是窟窿。这天夜晚，接连又有3个夜晚，我都梦见一个肚脐眼周围，有6个红色的小洞环绕成一圆形。

从此以后，我每逢外出必定带上手枪。我盯着行人的背脊，根据他们行走的态势，想象着如果我给他们一枪，他们会怎么倒下。在星期天，我养成了这样一个习惯：站在小城堡戏院的前面，古典音乐会的出口。将近6点钟的时候，我听见一阵散场铃响，戏院的女招待出来把玻璃门打开，用小钩加以固定。开始散场了，人群之流缓缓而出。这些观众飘飘然地走着，眼睛里还洋溢着梦幻，心底里充满了甜美的感情；还有不少观众以惊奇的神情环视自己的周围，他们眼里的街道一定是蓝色的。于是，他们神秘地微笑起来，因为他们从一个世界走进了另一个世界。而敌人，正是在这另一个世界里等着他们。我将右手滑进我的裤口袋，我用全身的力气握住枪柄。过了一会儿，我似乎看见自己在朝那些观众开枪。我把他们一个个撂倒在地，就像扔一支支香烟，他们一些人倒在另一些人身上，而那些幸存者，吓得丧魂落魄，一拥而入，逃回戏院，把玻璃门全都挤得粉碎。这种游戏真够刺激，我想象得两手都颤抖了起来，我不得不走进德勒厄尔酒店喝一杯白兰地，来使自己恢复平静。

对女人嘛，我是不会这么把她们杀死的。我会朝她们的腰部开枪，或者朝她们的小腿开枪，逼着她们跳舞。

我还没有做出任何决定。但我打算全面着手准备，就像我已做出了决定，只不过暂时中断执行而已。我开始安排一些细节。我到唐菲尔－罗谢何市场的打靶摊去进行练习，我射击的记录并不出色，但是，人体的目标是很大的，特别是用枪口顶着他射击的时候。然后，我就考虑如何为我自己做宣传的问题。我选择了一个我的同事都聚在办公室的日子。一个星期一的早晨，我显得对他们特别友好，虽然我跟他们握手的时候感到很厌恶。他们脱下手套来握手,互致问候。他们把手从套子里抽出,将手套翻过来,让它沿着手指滑脱而下,露出那赤裸裸的肥厚而皱纹密布的手掌,这一系列动作都显得猥亵下流。而我,我总是戴着手套不脱。

星期一上午,办公室没有什么大事要办。商务处的女打字员拿来一些收据交给我们。勒梅尔锡以优雅的风度跟她开开玩笑,她走后,办公室里的人就以油练老行家的阅历细细地评论起她的种种魅力。接着,他们又谈论起林白[①],他们都很喜欢林白,我对他们说:

"我嘛,我喜欢黑色英雄。"

"你喜欢黑人?"马塞问道。

"不,是魔道、黑道的那种黑色英雄,林白是一个白人英雄,我对他不感兴趣。"

"那么你去试试,看飞越大西洋是那么容易的吗?"布克辛冷嘲热讽地这么说。

我于是向他们解释我所说的黑色英雄是怎么一种人。

"是一个无政府主义者。"勒梅尔锡将我的意思这样加以概括。

"不,"我温和地反驳,"无政府主义者是以他们自己的方式爱人类。"

"那么,就是一个精神不正常的人啰。"

马塞是一个颇懂文学的人,这时他也插嘴了:

"我知道你所说的这种人,他名叫艾罗斯特拉特。他想成为一个出名的人,但他找不到别的出名的法子,就去放火焚烧狄安娜神殿,这神殿是世界七大奇迹之一。"

"这个神殿的建筑师叫什么名字?"

"我记不得了。"他承认了自己的无知,"我甚至认为,没有人知道他的名字。"

---

① 林白:美国飞行员,1927年驾机飞越大西洋。

"真的吗？可你却记得艾罗斯特拉特的名字，你瞧，他出名的算盘可没有打错。"

那场谈话就此结束，但我非常平静，他们到时候一定会回想起这次谈话的。而我，在这次谈话以前，我从未听说过艾罗斯特拉特，此后，他的故事大大地鼓舞了我。他死去已有两千多年了，但他的行为却仍然闪闪发光，像一颗黑色的钻石。我开始认识到，我的一生将是短促的、悲剧性的，这种认识起先使我感到害怕，而后我也就习惯了。如果从一个方面来看，命运如此残忍，简直令人难以忍受。但从另一个方面来看，这就会促使苦短的人生中产生出巨大的能量与辉煌的美。当我下楼走到街上的时候，我感到身上有一种奇异的力量。我身上带着枪，这玩意儿会产生爆炸，发出巨响。但我的自信心并不是来自这把枪，而是来自我自己，我自己就是类似手枪、爆竹、炸弹的这么一个存在。我，终归有一天，当我那暗淡无光的一生即将结束的时候，我也会爆炸，会像一束镁光那样以强烈而短暂的一闪照耀全世界。在那一段时期里，我常常一连几个夜晚做同样的梦。我梦见自己是一个无政府主义者，守候在沙皇必经的路上，怀里藏着一个爆炸装置。到了预定的时间，沙皇的车队过处，炸弹一声巨响，我们都炸得血肉横飞，我、沙皇，以及三个穿着有金色装饰的制服的军官，无一幸免，如此惊心动魄，旁边的人群看得一清二楚。

现在，我一连好几个星期不到办公室去露面，我常到林荫道上去溜达，混在那些将冤死在我枪口下的行人之中，要不然我就关在房间里草拟我的计划。到10月初，我被辞退了。于是，我把时间用来写以下这样一封信，并将它复写了102份：

先生：

您名扬四方，大作已发行了3万册。其奥秘何在？请容敝人直言，盖因阁下对世人以仁爱为怀也。您血液里流动着人道主义，这实在是幸运得很啦。与人为伴为友，您心花怒放，只要一见同类，不论曾否相识，您对他的同情即油然而生。他的肉体，他关节的组合，他能随意张开与合拢的双腿，您都欣赏得津津有味，他每只手居然有5个手指头，大拇指还能与其他几个指头劈面相对，这也足以使您赏心悦目。眼见邻座有人从桌上拿起一个杯子，您也由衷高兴，原因在于此一动作纯系人类取物之方式，是您在大作中经常加以描写的，它不如猴子一投爪那么灵活迅速，但却充满了智慧，实为猴爪所远不及，然否？您还喜爱人的皮肉，人像重伤员在康复时的那种行走姿势，人每走一步似乎都在创造一种新走法的神气以及人的那种连野兽也见而生畏的大名鼎鼎的眼光。找到一种得体的语调向人类谈论人类，这在您是件轻车熟路的事，此种语调只需羞羞答答而又不乏狂热强烈就行。世人都贪婪地阅读您的大作，他们坐在舒适的沙发中，想象着您给他们编写的那不幸而含蓄的伟大爱情故事。您的故事可以给他们的种种不幸以安慰，相貌丑陋啦、活得窝囊啦、当了王八啦、年初没有涨薪水啦，所有这些，均可获得慰藉。您最近的小说一出，人们就不约而同，纷纷议论，众口一词，称道您又做了一件好事。

  一个不爱人类的人是何模样？对此，敝人猜度，阁下一定很想见识见识，此人即敝人也。敝人如此不爱人类，即将采取行动，枪杀半打人共6名。您或许会纳闷，为何只枪杀半打？只因我手枪里仅6颗子弹。真乃令人发指的暴行，不是吗？而且，居然还是一桩毫无政治色彩的举动。坦率相告，敝人实无法对人类有爱。对阁下种种爱人类的感受，敝人十分理解，但他们身上对您有吸引力的东西，正好叫我反感。我与阁下一样，也见过一些人的丑态，他们嘴里在有节奏地咀嚼，却同时睁着眼死盯着一个对象，而一只手又在翻阅一本经济学杂志。因此，我宁愿像海豹那样就餐，难道是我的过错？人的面部动作，不能不引起他容貌的变化。当他闭着嘴进行咀嚼时，两边的嘴角就忽上忽下，那样子像是不断地从安详平静突变为满脸哭丧。敝人深知，您喜欢这种表情变化，将它称为"心灵"的敏锐，可我对此却反感厌恶，原因何在？我也不清楚，我生来就是如此。

如果你我之间只存在趣味的差别，我就不会来惹阁下厌烦了。但事情却似乎是，您得天独厚，应有尽有，而我却穷途末路，一无所有。爱不爱吃美国式的龙虾，我是有自由的，但如果我不爱人类，我就会成为一个倒霉蛋，我就不可能在阳光下找到一个位置。他们垄断了解释生之真谛的权利。我希望您理解我所要讲的意思。我吃闭门羹已有33年之久，在对我紧闭的大门上，大书特书了一句话："非人道主义者不得入内。"我所从事的一切，我不得不全都放弃，我必须在这两者之间进行选择，要么试着去干荒诞不经并遭世人谴责的事，要么或早或迟转而对人群有利。我那些并非故意不为他们准备的种种想法，我已无法将它们从我身上清除掉。它们在我身上已经成为生理机制的一种微妙活动。我也不可能把这些想法表述得很清楚，因为我所使用的工具也是属于人类的。就以语言文字来说，我希望有我自己的语言文字，但是，我现在所使用的语言文字，就曾经在不知多少人的意识中被使用过，它们按照在别人脑子里的习惯，自动地在我的脑子里排列组合，因此，我现在使用它们来给您写信，并不是不感到厌恶，但此乃最后一次了。我要向您明言，非得去爱人类不可，否则他们就只容许你庸庸碌碌，干点小差事。至于敝人，我可不甘于庸庸碌碌干小差事。我即将操起我的手枪，走到街上去，我倒要看看我能不能干出一件与人类为敌的事。永别矣，先生，也许我在街上将碰见的正是您，那么，您就永远也不会晓得敝人是怀着多么大的愉快一枪崩掉了您的脑袋。如果我碰见的不是您——这是最可能的情况——那么,请您去看明天的报纸吧,您将会看到一个名叫保尔·伊贝尔的家伙,在精神失常的状态下在埃德加·基内大街枪杀了 5 个行人。您对那些日报的措辞文笔最熟知不过,您会明白我并非"精神失常",恰好相反,敝人头脑十分清醒,最后,请阁下接受敝人的敬意。

保尔·伊贝尔

我把这 102 封信装进 102 个信封,在信封上写下 102 个法国作家的地址。而后,把这些信连同 6 小沓邮票放在我桌子的抽屉里。

在此后半个月里,我很少外出。我让自己的犯罪计划逐渐把我整个地控制起来。有时我照照镜子,很高兴地看到自己的面容有了变化,两眼变大了,几乎吞噬了整个脸部,它们在夹鼻眼镜后面显得又黑又温柔,像两颗行星一样转动。这双美丽的眼睛,既有艺术气质,又深藏了杀机。我预期在完成了杀人计划之后,我还会有更深刻的变化。我曾经见过两个漂亮姑娘的照片,这是两个女仆,她们杀了自己的女主人,洗劫了她的钱财,她们在作案前与作案后的照片,我都见过。犯案前,她们的面孔就像两朵纯洁的花儿在连衣裙凸纹布的衣领上摆动,她们发散出一种清洁卫生与诚实可靠的气息。一个看不见的发夹把她们的秀发弄成平行的波浪状。比她们的鬓发、比她们的衣领、比她们到照相馆去拍照的那种神情更令人放心的是,她们的面貌像两姐妹一样相似,这是一种循规蹈矩的面貌的相似,一下就可以看出有血缘关系,来自同一个家族的自然根苗。作案以后,她们的面孔就像火灾那样光焰四射。她们光着将要被砍的脖子,脸上遍布皱纹,因恐惧与仇恨而产生的可怕的皱纹,面部的肌肉还有一些褶痕与坑坑洼洼,像是有一只利爪野兽在她们脸上踩了一圈。还有她们的眼睛,总那么漆黑而又深不可测的大眼睛,就像我的那一双。但是,她们不再相像了,每人按各自的方式打着共同犯罪的不同烙印。我这样想道:"如果一桩主要是由于偶然因素而犯下来的凶案,就足以使两个从孤儿院出来的傻瓜有如此厉害的变化,那么,一桩全部由我一人策划与执行的杀人凶案,在我身上还有什么变化不能引起呢?"这桩罪行将把我整个吞没,将彻底改变我那过分人性化的丑相……一桩罪行,可以将犯罪者的生命切割为二。有些时候,犯罪者也可能想要往后退缩,但是,罪行就站在你的背后,这块闪闪发光的矿石挡住了你的退路。我只要求有一个钟头来享受一下我的犯罪,来感受一下它的重压。在这个钟头里,我要把一切都安排好,使我能够充分地体验。我决定在奥德萨街头执行枪杀计划。然后,我利用街头的一片恐慌逃之夭夭,让行人们去收拾那些死者。我要使劲奔跑,穿过埃德加·基内大道,飞快拐进德朗布尔街。我只需30秒钟就可以跑到我寓所的门口。那时,追赶我的人可能还在埃德加·基内大道呢,他们失掉了我的踪迹,至少要花上个把钟头才能搞清楚我的去向。我在家里等着他们,当我听见他们来敲我家的门时,我就给手枪再装上子弹,对准自己的嘴巴开一枪。

我比以前过得更阔绰,我与瓦文街一个饭店老板约定,每天早晚由他们把几小盘精美的饭菜送到我家。送饭的伙计来按门铃时,我并不去开门,我故意拖几分钟,然后我把门微微打开,我看见地板上放着一个长形的篮子,里面的盘子盛得满满的,正在冒热气。

10月27日傍晚6点钟,我只剩下17法郎50生丁。我拿起我的手枪与那一大沓信走下楼。我留心不把门关上,以便我开枪作案之后能尽快回到家里。这时,我感到有些不舒服,双手冰冷,脑袋发晕,两眼发痒。我看了看街上那些商店,那个百家旅馆与我购买铅笔的那个文具店,但我却认不出它们了。我问自己:"这是条什么街?"蒙巴纳斯大道上人群熙攘,行人们把我挤来挤去,他们的臂肘、肩膀不断撞在我的身上。我在人流中颠簸,我没有力气在他们之间穿行。我突然发现在人群之中我孤单渺小得可怕,只要他们愿意,他们就能够加害于我！我因为口袋里插着手枪而害怕。我觉得他们似乎很快就会发现我身上有枪。他们会用严厉的眼光瞧着我，他们会说："喂，喂，这个玩意儿……这个玩意儿……"语调像在开玩笑，其实是非常愤怒，他们还会用他们人类的爪子逮住我，"用私刑把他处死！"他们会把我抛到空中，我会像木偶一样又落在他们的胳臂上。这么一设想，我觉得还是把我的计划推迟到明天再执行较为明智。于是，我到浅斟酒店去吃了一顿16法郎80生丁的晚饭，剩下的70生丁，我把它们扔进了阴沟。

  我一连3天躲在我的房间里，不吃饭，不睡觉。我把百叶窗关上，既不敢走近窗户，也不敢开灯。星期一那天，有人来按我的门铃。我屏住呼吸等着。过了一分钟，门铃又在响，我踮起脚走近门边，把眼睛贴在锁孔上往外偷看，只看见黑色衣服的一角与上边的一颗纽扣。那人又按了一下门铃，然后下楼去了，我没有搞清此人究竟是谁。夜里，我在幻觉中清晰地看见了棕榈树、潺潺流水与圆屋顶上紫罗兰色的天空。我不渴，因为我时不时到厨房的水龙头下饮水。但我饥肠辘辘。我在幻觉中又看见了那个棕色头发的妓女。那是在我的古堡之中，古堡修建在黑石灰岩高原之上，距离周围所有的乡村均有20公里之遥。那妓女赤身裸体，单独与我在一起。我用手枪逼她跪在地上，用四肢爬行；然后，把她绑在一根柱子上，在我长篇大论向她解释了我将要干什么之后，就开枪把她打得全身是孔。这些幻觉使我如此激动，我深感心满意足。后来，我一动也不动地待在黑暗里，脑子里一片空白。我觉得房间里的家具似乎开始在发出暴烈声。这是早晨5点钟，只要我能离开这个房间，我宁愿付出任何代价，但是，我不能下楼去，因为街上已有行人走动。

  天亮了。我再也不感觉到饥饿，但我开始流汗，衬衣也被汗湿了。屋外，阳光灿烂。这时，我想：在一个关得严严实实的房间里，在一片黑暗之中，他蜷缩着身子躲着，他即将下楼到街上去，他将开枪杀人。这么想着，我使自己感到害怕了。又到了晚上6点钟，我饿得难受，愤怒到了极点。我有时撞碰在家具上，于是我打开所有房间的电灯，厨房里的，厕所盥洗室里的。我开始声嘶力竭地放开喉咙唱歌，我洗了洗手，就出了家门。我足足花了两分钟的时间把那些信投入邮筒，我将它们10封一扎投进去，难免揉皱了其中的一些信封。然后，我沿着蒙巴纳斯大道一直走到奥德萨街，我停在一家衬衣店门口的镜子面前，当我在镜子里照见我的面容时，我这样想：今晚该动手了。

我站在奥德萨街的街头，离一盏路灯不远，我等着下手。有两个妇女走过，她们手挽着手，那个金黄色头发的说：

"人们在所有的窗口都挂上台毯，当地的贵族后代都来充当群众角色。"

"他们都已经变成穷光蛋了吗？"另一个问道。

"为了一天能挣5个金路易，一个人不非得是穷光蛋才会接受这样的差事。"

"5个金路易！"棕色头发的那个妇女不胜羡慕地说。在走过我身边的时候，她又加上一句："我想，那些人穿着他们祖先的服装一定觉得很有趣。"

这两个妇女走远了。我感到冷，但却又在大量出汗。过了一会儿，我看见有3个男人走过来。我把他们放过去了，因为我要干掉的是6个。靠左边走的那个看了我一眼，把舌头啧地一响。我挪眼不去瞧他们。

到了7点钟，有两小簇人相隔很近地从埃德加·基内大道走过来，其中一男一女带着两个小孩，跟在他们后面的是3个上了年纪的妇女。我往前走了一步。那个女人正在生气，摇晃着那个小男孩的胳臂。那个男人有气无力地说：

"这孩子，他也叫人心烦。"

我的心在剧烈地跳动，甚至使得我感到两条胳臂也不舒服。我走上前去，站在他们面前，一动也不动。我的手插在口袋里，手指头捏着枪的扳机，却已软成一团，使不上劲。

"对不起！"那男子说着把我推开。

我这时突然回想起，我出来的时候，把房门关上了。想到此事，我心里不由得突生烦恼，因为待一会儿我要逃回家里，时间极为紧迫，而我却非得为打开房门去费工夫。这一簇人也走过去了。我转过身来，机械地跟在他们后面。但我却不再想向他们开枪了。他们消失在大道的人群里。而我，我倚靠在墙上，我听见响8点、响9点的钟声。我反复地对自己说：这些人都已经是死人了，何必非得开枪杀他们？此时，我真想大笑一阵。一条狗走了过来，嗅了嗅我的脚。

一个肥胖的男人从后面超过我，我吓了一跳，我紧跟在他身后，盯着他圆顶礼帽与外套衣领之间红色颈背上的皱褶。他有点摇摇晃晃，出气很粗，身体结实粗壮。我掏出手枪，它闪闪发亮而又冰凉冰凉的，使我生厌，这时我记不大清楚该如何开枪了，我一下看看手枪，一下看看那家伙的颈背。颈背上的那道皱褶在向我微笑，就像一张带着微笑而又有苦涩意味的嘴巴。我问自己要不要把手枪扔到阴沟里去。

突然，那汉子转过身来，恼火地望着我，我后退了一步。

"我是想……请教您……"

他像是听而不闻，死盯着我的两只手。我好不容易把这句话讲全：

"你能指点我欢乐街在哪里吗？"

他的脸很胖，他的嘴唇在发抖，他一言未发，把手伸出来指了一指。我又后退了一步，对他说：

"我是想……"

这时，我感到自己紧张难受得快要大声号叫。我可不愿意那样。我放了三枪，击中了他的肚子。他像一个白痴那样倒下，双膝着地，脑袋倒在左肩上。

"下流坯,"我朝他骂道,"该死的下流坯。"

我赶紧逃开。我听见他咳嗽了一声。我还听见后边有叫喊声与奔跑声。有人在问:"出了什么事?是打架吗?"紧接着就有人喊道:"抓凶手,抓凶手!"我并不以为这些叫喊是冲着我来的,但我觉得这叫喊声阴森可怕,就像我儿时听到的消防队的警笛声那样刺耳,既阴森可怕,又有点可笑。我使尽两腿的气力往前奔逃。

不过,我犯了一个不可原谅的错误,我没有沿奥德萨街而上,奔向埃德加·基内大道,而是朝下往蒙巴纳斯大道跑去。当我发觉这个错误时,已经无可救药了,我已经陷于人群之中,周围一张张惊愕的面孔朝着我看,我还记得其中有一个浓妆艳抹的女人,头戴绿色的帽子,上面还插着一根羽毛。我听见从奥德萨街跑过来的那些笨蛋,还在我后边高喊抓凶手。有人把一只手往我肩上一搭,我吓得昏了头,我可不愿意被这一大群人憋死。我又放了两枪,周围的人乱叫乱嚷起来,纷纷往两旁让开。我跑进了一家咖啡馆。顾客见我走过都站起身来,但他们并不试图逮住我。我穿过咖啡馆整个堂厅,走进厕所,把自己关在里面。我手枪里还剩下一颗子弹。

过了一会儿,我呼吸急促,不断喘气。周围是一片异乎寻常的寂静,似乎那些人是故意不作声。我把手枪举起,对准我的眼睛,我看着它那黑色的小圆孔,子弹就要从那里面射出来,弹药将烧焦我的面孔。我又垂下手臂,把枪放下,坐以待毙。稍候片刻,那些人在蹑手蹑脚朝我逼近。他们该有一大帮人,从他们在地板上轻轻走动的窸窣声就可断定。他们悄悄地说了一会儿话之后就沉寂无声了。而我,我却一直在喘气,我想,他们在墙壁那边一定听得见我的喘气声。有一个家伙轻轻地走过来,拧了拧门上的把手。他一定是紧贴着旁边的墙,以防我朝他开枪。我倒真想开枪,但我只有最后一颗子弹了,我得留给我自己。

"他们还在等什么？"我这样想，"如果他们破门而入，我很可能来不及自杀，他们就会把我活活地逮住。"但他们并没有急于采取行动，他们让我有足够的时间去死。这些下流坯，他们心虚了。

过了一会儿，响起了喊话声：

"喂，把门打开吧，没有人会为难你。"

沉寂了一阵，同一个声音又在喊：

"你放明白点，你逃不出去！"

我没有搭理。我一直在喘气。为了横下心开枪自杀，我这样想：如果他们逮住了我，他们会狠狠揍我，会打掉我的牙齿，也许还会挖掉我的一只眼睛。我很想知道，那个胖家伙死没有死。也许我只是打伤了他，而另外那两颗子弹，也许压根儿就没有伤到任何人……外面的那些家伙在准备着什么，他们是在地板上拖一件很沉重的东西？我赶紧把手枪的枪管伸进嘴里，使劲把它咬住。但我不能开枪，甚至连把手指头放在扳机上也不可能。周围一切复归沉寂。

就这样，我扔掉手枪，给他们把门打开了。

阿芒迪娜或两个花园[①]

星期天

我有蓝色的眼睛,鲜红的嘴唇,玫瑰色丰满的脸蛋,像波浪起伏的金黄色头发。我名叫阿芒迪娜。当我照镜子的时候,我发觉我有10岁女孩的样子了。这也不足为奇,我本来就是一个女孩,而且已经到了10岁。

我有爸爸、妈妈和一个名叫阿芒达的玩具娃娃,还有一只猫。我觉得它是一只母猫,但它名叫克洛德,因此,我不能肯定它一定就是。有一次,它的肚子大了半个月。一个早晨,我发现它和4只小猫待在自己的窝里,这4只小崽子像胖乎乎的老鼠,小爪子不断地乱动,在克洛德的肚子上咂奶吃。

说起克洛德的肚子,它瘪了下来,简直叫人不敢相信那4只小东西是怀在那里面、刚从那里生出来的。毫无疑问,克洛德的确是一只母猫。

这4只小猫取名叫贝纳尔、菲利普、埃尔内斯特与卡米夏。由此,我得知前三个都是小公猫,至于卡米夏,显然还有点疑问。

妈妈对我说,一个家里不能有5只猫。我至今不明白为什么不能。从她说了那话之后,我就问我在学校里的那些小朋友,她们是不

[①] 〔法〕图尔尼埃作品。

是愿意要一只小猫。

星期三

安妮、茜尔维与莉迪来到了我家。克洛德一边呼噜呼噜地叫,一边抓她们的脚。她们把小猫放在自己的手上,小猫的眼睛已经睁开了,还可以颤颤巍巍地爬行。因为同学们都不愿意要母猫,就把卡米夏留下了。安妮领走贝尔纳,茜尔维领走菲利普,莉迪领走埃尔内斯特。我只保留了卡米夏,它的几个同伴都走了,我也就格外喜爱它。

星期天

卡米夏像只狐狸一样,全身橙黄色,左眼部位有一大块白色,似乎接受过什么……怎么正好在那个部位?突然一下,一个吻,一个面包师傅的吻,卡米夏就有了一只像雪白奶油一样的眼睛。

星期三

我很喜欢妈妈收拾好的家与爸爸照管的花园。在家里,温度老是一样,不论夏天还是冬天。在花园里,一年四季,草坪都是鲜绿的,而且修剪得很整齐。也许有人会说,妈妈在家里是与爸爸在花园里进行一次认真的整洁比赛呢。在家里,我们必须走在毛毡地毯上,以免弄脏镶木地板。在花园里,爸爸放置了一些烟缸供吸烟的散步者使用。我觉得他们有道理,这样做叫人放心。但是,有时却使人感到不方便。

星期天

看着我的这只小猫一天天长大,在跟它妈妈嬉戏玩耍中学会了各种本领,我真高兴。

今天早晨,我到羊舍里去看它们的窝。空了!它们都不见了!以前,当母猫克洛德出去散步的时候,总是把卡米夏和它的几个兄弟扔在窝里。今天,克洛德把卡米夏带走了。它很可能是把卡米夏背走的,因为我敢断定小家伙不可能跟在它后面跑。卡米夏刚勉强会走路。它究竟到哪里去了?

星期三

克洛德从星期天不见后,今天突然回来了。我正在花园里吃草莓,突然一下感到毛乎乎的东西蹭着我的腿。我不用瞧就知道是克洛德。我跑到羊棚里去看小猫是不是也回来了。猫窝里还是空的。克洛德也走了过来。它朝窝里看看,就抬起头来朝着我,同时闭上了它金色的眼睛。我问它:"你把卡米夏带到哪里去了?"它把头转过去,没有回答。

星期天

克洛德不再像以前那样过日子。过去,它整天和我们待在一起。现在,它经常外出。上哪儿去了?这是我很想弄明白的一件事。我也曾经试图在它后面跟踪,但不可能。当我盯着它的时候,它就不走了。它那副样子好像在对我说:"你为什么盯着我?你瞧,我不是好好地待在家里吗!"

但只要注意力放松一小会儿,呸!克洛德就不见了。于是,我就找呀找个不停,什么地方都找不到它。而第二天早晨,我又发现它回到了炉边,它带着一种无辜可怜的神情瞧着我,似乎是我产生了一场幻觉,误以为它又外出了。

星期三

现在,我每天起床比家里的人都早。这不困难,天气特别晴朗。起得早,我就可以在家里做自己愿意做的事,至少我有一个钟头可以这样。因为爸爸妈妈还在睡,我似乎有一种单独一人生活在世上的感觉。

这种情况使我有一点点害怕,但我同时又感到一种巨大的喜悦。

这真怪。当我听到爸爸妈妈房间里有起床声的时候,我心里就发愁,我早晨这点大好的自由时光就要结束了。我马上看到花园里又有一堆给我干的活。爸爸的花园照料得如此周到,修饰得如此精细,简直使人以为任何东西都是碰不得的。

但是,当爸爸睡觉的时候,就可以看到花园里的好多东西!当太阳还没有升起的时候,花园里是一片忙乱。这正是夜间的动物要去就寝而白天的动物纷纷起床的时候。正好,在这时它们碰在一起。它们混杂交错,有时还互相碰撞,因为这时既是黑夜又是白天。

猫头鹰要在太阳耀眼之前赶快回巢,它与刚从丁香丛中飞出的乌鸦擦肩而过。刺猬蜷成一团滚进欧石南根的洞孔里,而这时,松鼠正从老橡树上的窟窿里伸出头来探看白天的来到。

星期天

现在,毫无疑问,卡米夏已经是野透了。今天早晨,我看见了克洛德与它在草坪上,我立即出了房门,朝它们走过去。克洛德对我表示欢迎,一边蹭我的腿,一边发出呼噜声。但卡米夏一跳一蹦就消失在醋栗丛中。这可真怪!而它的妈妈为什么丝毫不阻止它离去?克洛德可以向它解释我是它们的朋友嘛。它没有这样做。也许是因为我一出现,它就把卡米夏忘在脑后了。它的的确确过着双重的生活,一种是在墙那边的生活,另一种是在爸爸的花园里、妈妈的家里和我们一同过的生活,这两种生活互不相干。

星期三

我想驯服卡米夏。我在小径上放下一盆牛奶,我回到屋里,在这里我可以从窗口观察到将要发生的一切。

克洛德当然是第一个来到。它蹲在盆前,两只前爪很灵巧地对屈着,开始舔盆里的奶。过了一分钟,我看见卡米夏那一只雪白的眼睛出现在两堆草丛之间，它盯着它的妈妈，那副样子像在琢磨它妈妈干得很出色的那个动作。接着，它开始往前走，但是匍匐前行，它慢慢地、慢慢地接近克洛德。你快一点！快一点！小卡米夏，要不然你还没有走到跟前，奶盆就要被舔空了。它终于到了奶盆跟前，幸好，还没有舔空。瞧它，老围着奶盆打转，而且仍然是匍匐而行。这家伙多胆小！真是一头野猫。它的脖子伸向奶盆，脖子伸得老长老长的，真像长颈鹿的脖子，采取这个姿势，它的身子就可以尽可能离奶盆远一点。它继续把脖子往前伸，鼻子凑进盆里，猛然打了个喷嚏。是它用鼻子碰了牛奶。因为它从没有在盆里吃过东西，这个小野鬼。它把牛奶溅得到处都是。它退了下来，舔舔自己的嘴唇，一副感到恶心的样子。克洛德也被溅上了一身牛奶，但它一点也不在乎。它继续舔奶，动作很快，很有节奏，就像一架机器在运转。

卡米夏不再去舔净自己。实际上，它所舔掉的这些奶点使它回忆起了什么东西，记忆犹新。它俯下身，又开始向前爬行。可是，这一次是朝它妈妈爬去。它把头伸进妈妈的肚子下。它吃奶了。

于是，你瞧，肥大的母猫在舔牛奶盆，而小猫在吮它的奶。母猫舔的与小猫吮的该是同一种奶，那就是盆里的奶进了母猫的嘴，又从它的奶头流出，进了小猫的嘴里。不同的是，这奶在周转之中温暖了起来。小猫不爱吃冷的奶，它利用母亲的身躯使奶温暖了。

奶盆空了。克洛德把它舔得如此干净，使它在阳光下闪闪发光。克洛德掉转头来，发现卡米夏还在吮奶。"喏，这家伙在干什么？"它一只爪子像弹簧一样伸了出来，啊，千万别狠抓卡米夏！很快爪子又缩了回来。这一击打在卡米夏的头上，它像球一样滚在地上。这将会使它牢记自己已经是一只大公猫了。难道到它这个年龄还要吃奶？

星期天

我决定到墙那边去做一次冒险，为了把卡米夏诱骗回来。当然，也多少出于一点好奇心。我想,在另外一些陌生事物的后边,很可能有另一个花园、另一个家,卡米夏的花园与卡米夏的家。我想,如果我了解了它那个小小的天堂,我就可以更好地赢得它的友谊。

星期三

今天下午,我围着墙那边的花园转了一周。它并不太大,不用走得太急,只需 10 分钟就可以绕上一圈。很简单,这个花园和爸爸的花园大小一样。但它也有特别的地方:它没有门,没有栅栏,什么也没有!只有一道没有任何出口的墙,要不然就是所有的出口都被堵塞了。进到那里面去的唯一方式,就是像卡米夏那样,越墙而过。但是我,我又不是一只猫,那么怎么办呢?

星期天

我首先想到了利用爸爸那架专供修枝剪叶用的梯子。但我不知道我是不是有力气把它挪到墙的跟前去。而且,家里的人都会看见它在墙边,那我很快就会暴露。我不知道为什么,但我相信如果爸爸妈妈对我的计划有所觉察,他们一定会用各种办法制止我去实现。我将要做的这件事是很不光彩的,我自己也深感羞愧,但怎么办呢?我认为,到卡米夏的那个花园里去很必要,而且一定妙不可言,但我却不能对任何人讲,特别是不能告诉我的爸爸妈妈。我为此心里很不好受,同时却又感到很高兴。

星期三

在花园的另一个尽头,有一株弯弯曲曲的老梨树,它的一个粗壮的枝干伸向墙头。只要我能爬上这个枝干,我就毫无疑问可以踏上墙头。

星期天

好了！老梨树行动成功了！但我多么提心吊胆啊！我一只脚踩在梨树枝干上，一只脚踏上墙头，那时，我感到自己被劈成了两半。我不敢放开手里还紧抓着的树杈。我差一点要喊救命。终于，我还是鼓起勇气一跳，掉在了墙头上，我马上恢复了平衡，可以定睛察看这片现在由我支配的卡米夏的花园。

首先，我只看见一大堆杂乱的树木，一片矮矮的树丛，荆棘、盘在地面的杂树、莓树、高大的蕨类植物以及一堆我不认识的树木，都混杂成一团。和爸爸那个打扫得干干净净、修饰得整整齐齐的花园相比，这里是截然相反的情景。我当时思忖，如果早知如此，我就不至于敢跳进这个原始的林子，在这里面肯定爬满了癞蛤蟆与蛇。

于是，我就在墙头上行走。这可不容易，因为经常有树把自己的枝条与叶丛压在墙头上，碰到这种情况，我就不知怎么落脚才好。此外，墙头上还有些砖已经松动，摇摇欲坠，有的地方则长了青苔，容易滑倒。但不一会儿我就发现了真叫人惊奇的事情：有一架很坚固的带有栏杆的木梯正靠在墙边，就像是专为我准备的，它有点像用来爬上粮仓的那种粗大的梯子。它的木头已经发绿，有的地方还被虫蛀蚀了，栏杆上因为有鼻涕虫而黏乎乎的。但用来下墙还是非常方便，我真不知道如果没有它我该怎么办。

好啦，我到了卡米夏的花园。这里的草高到齐我的鼻子。我要前进必须走林子里的一条古老的小径，但它又即将隐没在树丛草堆里。大朵大朵的奇花抚摩着我的脸颊，它们发散出胡椒与面粉的气味，一种很柔和但同时又使人有点透不过气来的气味。很难说清楚这种气味是好还是坏。也许可以说，它既是好的也是坏的。

我有点儿害怕，但好奇心推动着我往前走。这里的一切看来已荒废很久很久了。一片凄凉黯淡，却又像落日一样美……转了一个圈，仍然是青枝绿叶夹道,我来到一块圆形的林中空地前,空地的中央有一块石板。而坐在石板上的,瞧是谁?卡米夏正坐在那里静静地看着是谁向它走近。这真怪,我觉得它比在爸爸的花园里显得大一些、壮一些。但的确是它,我一点也不怀疑,没有一只猫像它那样有一只雪白的眼睛。不管怎样,它很平静,几乎有点儿威严。它不像发了狂似的逃跑,它也不朝我走过来让我抚摩它,不,它站了起来,尾巴直得像支蜡烛,平静地向空地的那头走去。在钻进树丛之前,它停了下来,转过身子,像是要看看我是否跟着它。是,卡米夏,我过来,我过来!它把眼睛闭了好一会儿,一副满意的样子,而后又静静地往前走去。我真有些不认识它了。这是因为我们是在另一个花园里!它像一个在自己王国里的真正的王子。

我们沿着一条有时完全消失在草丛里的小径,走了几个圈,转了几道弯。于是,我知道我们已经到达了。卡米夏停了下来不动,朝我转过头来,慢慢地把它那对金睛闭上。

我们是在一个小林子的边缘,面前是一座带圆柱的小亭,它建在一个圆形大草坪的中央。小亭的周围绕着一条小径,小径旁有一些大理石的坐椅,它们已经陈旧破损,上面长了青苔。在小亭的圆屋顶下,有一座石头雕像坐落在一块基石上。这是一个全身赤裸的男孩,背上长着两扇翅膀。他低着那满是鬈发的头,带着一个忧郁的微笑,这笑在他脸颊上绽出了两个酒窝,他举起一个指头对着自己的嘴唇,让自己的一张小弓、一个箭筒和几支箭掉在基石的周围。

卡米夏正坐在圆屋顶下。它朝我抬着头。它和那个石雕少年一样安静沉默。它也像他一样带着一个神秘的笑。也许,他俩分享了同一个秘密,这个秘密有点儿忧郁而又很温柔美妙,并且是他俩都要向我启示的。这真怪。这里的一切都显得忧郁,这个荒废的亭子、这些破损的坐椅、这个杂草丛生的草坪、这些长满了园子的野花,都显得忧郁,然而,我却感到一种巨大的欢乐。我想哭,但我实际上是很高兴。现在,我离爸爸那个修饰过度的花园、离妈妈那个地板上了蜡的家该有多远啊!我是不是还会回到那里去?

我突然转身背对着那个神秘的少年,背对着卡米夏,背对着那个亭子,我朝墙那边逃去。我像发狂似的奔跑,树枝与野花击打着我的脸。当我跑到墙跟前时,当然,那架磨坊主用来上粮仓的旧梯子并没有在那里等着我。找了一阵子,总算找到了它!我尽快地爬上了墙头。老梨树就在那里,我跳了下去。我又回到了我童年时代的花园,在这里,所有的一切都是多么明净光亮,多么井井有条!

我上楼进了自己的小房间,我哭了好久,哭得很厉害,不为什么,就这么哭。然后,我就睡着了一小会儿。我醒来了,照照镜子。我的衣服没有弄脏。我没怎么着。不,你瞧,有一点血。我的腿上有一道血痕。这可有点怪。我身上没有任何地方被擦伤,怎么会有一道血痕?算了,活该。我走近镜子,我看见自己的面孔就在跟前。

我有蓝色的眼睛,鲜红的嘴唇,玫瑰色丰满的脸蛋,像波浪一样起伏的金黄色头发。

但是,我不再像一个 10 岁的小女孩了。那我像什么?我举起手指朝着我鲜红的嘴唇,我低下我满是鬈发的头。我以一种神秘的表情微笑。我觉得我像那个石雕少年。

这时,我看见泪水盈满了我的眼睑。

星期三

自从我访问过它的花园以后,卡米夏变得很亲近了。它常常侧着肚子躺在阳光下一待就是好几个小时。

说到它的肚子,我发觉它是圆鼓鼓的。一天比一天更圆鼓。

它一定是只小母猫。

卡米夏……

皮埃尔或夜的秘密[1]

在普尔德勒齐村子，有两所面对面的白色小屋。一所是洗衣坊。谁都不记得那个洗衣女的真名实姓了，大家都叫她葛娖苾[2]，因为她那一身雪白的衣袍使她像一只鸽子。另一所房子则是皮埃尔的面包坊。

皮埃尔与葛娖苾是在乡村小学的板凳上一道长大的。他们经常待在一起，因此，大家都以为两人将来一定会缔结良缘。但是，生活把他们分开了，皮埃尔成为了面包坊的小伙计，葛娖苾成为了洗衣女。面包坊伙计只能在夜里干活，以便全村一清早就可以得到新鲜的热乎乎的羊角面包。洗衣女则是白天干活。尽管如此，他们还是可以经常在暮色与晨曦之中会面，或者在葛娖苾准备就寝而皮埃尔正起身的傍晚，或者在葛娖苾一天的活计正开始而皮埃尔也把活干完了的清晨。

但是，葛娖苾开始避开皮埃尔了，可怜的面包师心里痛苦得难受。为什么葛娖苾要避开皮埃尔呢？因为她觉得这位老朋友总引起她的某种不快。葛娖苾只爱阳光普照、鸟语花香。她只是在夏季热天的时候，才生气勃勃，容光焕发。但面包师，我们已经讲过，他总是在夜里生活，而夜晚对于葛娖苾来说，就是一片黑暗之中布满了一些可怕的野兽，如狼或者是蝙蝠。在夜里，她喜欢把门窗关得紧紧的，在被子里蜷成一团睡大觉。不仅如此，还因为皮埃尔的生活有两大片令人担心的黑

---

[1] 〔法〕图尔尼埃作品。
[2] 原文为：Colombie。

暗而显得更糟，一片黑暗是他的地窖，另一片黑暗是他的灶洞。谁知道他的地窖里有没有老鼠？谁又不说"任何黑暗莫过于一个灶洞"？

此外，还得承认，皮埃尔的外貌就像干他这一行的。也许是因为他夜里干活白天睡觉，他那张圆脸显得很苍白，就像盈满时的月亮。他那双盯着不动而带有惊愕神情的大眼睛，又使他像一只猫头鹰。如同月亮与猫头鹰那样，皮埃尔生性羞怯，沉静少言，老实本分，深沉内向；他喜欢冬天而不喜欢夏季，喜欢孤独而不喜欢合群；他不爱讲话，他说起话来感到费劲，而且总是表达不好；他爱用笔写，他常在烛光下，大笔疾书，给葛妮茜写老长老长的信，这些信他都没有交给她，以为她是绝不会去读的。

皮埃尔在他的信里写些什么？他努力劝说葛妮茜回心转意，向她解释夜晚并不如她想象的那样可怕。

皮埃尔知道夜晚是怎么回事。他知道夜并不是一个黑窟窿，也不像他的地窖与灶洞。在夜里，河流歌唱得比白天更清亮，它还闪烁着千万道银光。大树的叶丛在深沉的夜空中摇摆，夹带着闪耀的星星，夜里的微风深深地发散着大海、森林与高山的气息，而白天的风则没有这种气息，它只让人嗅到世间的操劳。

皮埃尔对月亮也深有了解。他知道怎么凝视它。他知道怎么才能看出它并不是一张像盘子那样扁平的白色唱片。他专心而带着友情凝视着它，他光凭自己的肉眼就看出它实际上是一个立体，是一个球状物，就像一个苹果、一个南瓜，而且它并不光滑，它被凿得凹凸不平，高低起伏，总之，像一片带有岗峦与幽谷的风景，像一张带有皱纹与微笑的面孔。

是的，皮埃尔知晓所有这一切，因为他的面团揉了好久又用酵母发了以后，还需要放两个钟头好让它发起来。这样，他就偷闲走出面包坊去。村里的人都睡着了，他就成为这村子的清醒意识的代表。他走遍了村里大大小小的通道，他那对圆圆的眼睛睁得大大的，守候着村里人的睡眠，这些男人、女人、小孩，只是为了要吃他给他们烤好的热乎乎的羊角面包才会醒来的。他从葛娖苾紧闭着的窗户下走过。他是全村的守夜人，葛娖苾的保卫者。他想象着这个少女在她白色的大床上从梦乡中发出微微的叹息，而当他把自己苍白的面孔朝向月亮的时候，他忖量着，这个温柔可爱的圆形之物裹着一层薄雾，在树丛之上飘浮着，它是不是像圆圆的嫩脸、圆圆的酥胸，或者干脆像圆圆的臀部呢。

毫无疑问，村里的这些事情会如此这般长久地继续下去，如果不是在夏天的某一个鸟语花香、光灿明亮的早晨，有个男子拖着一辆怪里怪气的车子，进入了这个村子的话。这既是一辆带篷车又是一个赶集的木棚。因为，它一方面显然可以用来挡风避雨，歇息睡觉；另一方面，它鲜艳强烈的色彩和上面画得花花绿绿、像旌旗一样在它周围飘动的布帘，又格外引人注意。它的上面挂着一块油漆招牌：

　　阿尔勒坎　　油漆粉刷工

此人性格活泼，头脑灵活，有红红的脸颊，棕色鬈曲的头发，穿着一套由五颜六色的小块菱形图案所组成的紧身衣裤，彩虹中的色彩在那上面都应有尽有，甚至比彩虹的色彩更多，但没有一个菱形是白色的或黑色的。他把自己的篷车停在皮埃尔的面包房前，很不以为然地噘着嘴，打量那一个未加修饰、显得黯淡凄惨的门面，那上面只写着：

　　皮埃尔面包坊

他搓着双手，看样子是要干点什么，于是走上前去敲那扇大门。这时是大白天，我们已经说过，皮埃尔正在酣睡。阿尔勒坎敲了好半天，门才打开，出来了一个比什么时候都更苍白、因为没有睡够而摇摇晃晃的皮埃尔。可怜的皮埃尔！他脸色煞白，蓬头散发，目瞪口呆,可真像一头猫头鹰在中午的阳光无情照射下而两眼直眨巴。阿尔勒坎还没有来得及开口说话,在他身后爆发出一大阵笑声。葛娖苾手里拿着大熨斗,从她窗口看见了刚才那一幕而笑出了声来。阿尔勒坎转过身去,看见了她,也跟着大笑起来,眼见这两个阳光的儿女由于他们共同的欢快而接近,皮埃尔穿着这身属于月亮的旧衣,感到孤独而难受。他生气了,嫉妒伤了他的心,他猛然把门劈面朝阿尔勒坎一关,就又回去睡觉,但他要很快地恢复睡意,那是不大可能的。

阿尔勒坎,他则朝洗衣坊走过去,这时葛娖苾已经不见了。他到处找她。她又出现了,但是在另外一个窗口,而当阿尔勒坎正要走近时,她却又不见了。可以说,她是在和他玩捉迷藏。终于,大门打开了,葛娖苾走了出来,抱着一大筐洗好了的衣物。阿尔勒坎跟在她身后,她走进自己的花园,开始把衣物晾在绳子上晒干。这些全都是白色的衣物,白得像葛娖苾的袍子,白得像皮埃尔的工作服。但是,她不是把这些白色的衣物晾在月光下,而是晾在阳光下,由于阳光的照射,各种色彩都耀眼醒目,特别是阿尔勒坎那套紧身衣上的五颜六色。

阿尔勒坎这能说会道的家伙对葛娖苾夸夸其谈起来。葛娖苾也和他答腔。他们谈些什么?他们谈衣着打扮。葛娖苾是白色的穿着,阿尔勒坎是彩色的穿着。对于一个洗衣女来说,当然是穿白色。阿尔勒坎努力让她带头多增添一些色彩。他也取得一点成功,正是从普尔德勒齐村里的这次有名的会见之后,人们看见白色的洗衣坊中,新添了一些淡紫色的毛巾,蓝色的枕套,绿色的台布与玫瑰色的被单。

把衣物晾在阳光下之后,葛娖苾回到洗衣坊里去。阿尔勒坎手里拿着那个空筐,向她建议把她的门面重新油漆一遍。葛娖苾采纳了这个建议。阿尔勒坎立刻开始干了起来。他把自己的有篷车拆卸开来,用那些零件与材料在洗衣坊的正面搭起一个脚手架。这样,拆散了的篷车似乎就占领了葛娖苾的那所房子。阿尔勒坎轻巧地栖在脚手架上。他那身五颜六色的紧身衣和那一头棕色的头发,使他活像一只在栖架上的异域奇禽。似乎是为了更为相像,他还起劲地唱着歌,吹着口哨。葛娘苾不时从一个窗口探出脑袋,他俩互相打趣,相对微笑,一唱一和。

很快,阿尔勒坎的活计就干出了眉目。那所房子原有的白色门面不见了,换成了五颜六色,彩虹里的色彩在这里应有尽有。甚至还不止这些,只是没有黑色,没有白色,也没有灰色。但是,有两点看来是阿尔勒坎特别想要证实的,那就是,他在所有油漆匠中,是最敢干的,也是脸皮最厚的。他首先在墙上画了一个与本人一样大小的葛娘苾,头上顶着装衣服的筐子。这还不够,他把葛娘苾画成不是像她本人平常那样穿着白色的袍子,而是穿着彩色小菱形图案的袍子,和他自己那套紧身衣裤的颜色完全一样。更不像话的是,他居然在白的底色上用黑颜色写上了"洗衣坊"的字样,但又在后面用彩色加上"染坊"二字!他的活计干得挺快,当太阳下山的时候,他就全部完工了,只是壁画上的颜料还远远没有干。

太阳西沉,皮埃尔就起身。人们可以看见面包坊的通气窗亮起了灯,发出红色的反光。巨大的月亮像一个乳白色的球在磷光闪闪的天空中飘浮。不久,皮埃尔走出面包房。他首先看到的只是月亮。一见到月亮他就充满了幸福感。他朝月亮跑去,挥手表示自己的爱慕。他朝月亮微笑,月亮也报以微笑。他俩的脸都是圆圆的,他俩的衣服都是轻柔透明的,他们实际上就像兄弟姊妹一样。但皮埃尔跳着、旋转着的时候,两脚绊着了油漆匠扔得满地的瓶瓶罐罐。他撞在葛娘苾房屋前的那个脚手架上。这一撞把他从梦幻中惊了出来。发生什么事啦?洗衣坊遇上了什么事?皮埃尔不认得这个花花绿绿的门面,更认不出穿着阿尔勒坎那种五颜六色衣服的葛娘苾。还有"染坊"这个粗野的字!它竟然和"洗衣坊"连在一起!皮埃尔不再跳了,他简直是惊得发呆,不知所措。天空里的月亮也因忧愁而皱眉头。难道葛娘苾就这样让自己被阿尔勒坎花花绿绿的颜色所引诱!难道她以后也像他那样奇装异服，而不再用肥皂去洗涤、去烫熨白色的素净的衣服！难道她要浸泡在那些令人作呕的化学颜料桶里，浸泡在满是旧衣的脏桶里！

皮埃尔走近脚手架。他厌恶地摸了摸它。那上头有一个窗子正亮着。这真是一个可怕的脚手架，因为沿着它爬上去可以通过各层的窗口看见房间里所发生的一切！皮埃尔攀登上一块木板，又继续向上爬了一级。他凑近那亮着灯的窗口。他往里面一瞧。他看见什么啦？对此，我们永远也不会知道。他向后一跳。他忘了自己是待在离地面3公尺的脚手架上，他摔在地上。摔得好厉害！他摔死了吗？没有。他好不容易才站起身来。一瘸一拐地回到面包坊。他点上了蜡烛，把他那支大笔蘸进墨水瓶。他给葛妮茨写一封信。是一封信吗？不，只是短短的便条。他手里拿着信走出面包坊，还是一瘸一拐地，他犹疑了一下，又琢磨了一会儿，决定把他的便条粘在脚手架的一个支柱上。然后，他又回到面包坊去。他通风窗里的灯光熄灭了。一大块阴云飘了过来，遮住了月亮悲伤的面孔。

新的一天在灿烂的阳光的照耀下又开始了。阿尔勒坎与葛妮茨手拉着手在洗衣坊—染坊的外面蹦蹦跳跳。葛妮茨不再穿自己过去常穿的那件白袍了，她穿一件上面满是彩色菱形图案、五颜六色的袍子，但是，既没有黑色也没有白色。她的穿着和阿尔勒坎画在房子正面墙上的那个葛妮茨完全一样。她变成了另一个葛妮茨。他俩是多么幸福啊！他们在房子周围一道跳舞。而后，老是欢蹦乱跳的阿尔勒坎又开始干起来一件怪活。他把葛妮茨房前的那个脚手架拆散，又安装成他那辆怪里怪气的篷车。篷车安装好后，葛妮茨坐上去试了一试。阿尔勒坎那副样子像是在考虑，他们将来当然是要坐车出发离开这里。因为这个油漆匠是一个不折不扣的流浪汉，他栖在自己的脚手架上，就像鸟儿栖在枝头。对于他来说，根本不存在要延迟动身的问题，而且，他在普尔德勒齐村已经再没有什么事可做了，而田野又是那么妩媚可爱，使人陶醉。

葛娆苾对一道出发看来也是同意的。她把一个轻便的包袱放进篷车,把她房屋的门窗都关好,与阿尔勒坎一道坐在篷车上。他们快要出发了。但是,还没有动身,阿尔勒坎又跳下车来。他忘了什么东西。他拿来一块布告牌,在上面画了几个大字:

旅行结婚,停止营业。

然后把它挂在门上。

这一来,他们就可以动身了。阿尔勒坎自己拉着辕,拖着车子上了路。不久,田野就环抱着他们,使得他们像过节一样兴高采烈。万紫千红,彩蝶纷飞,简直就可以说风景也披上了阿尔勒坎那身色彩缤纷的外衣!

夜幕降临村子。皮埃尔鼓起勇气走出面包坊,仍是一瘸一拐地。他走近葛娆苾的房子。门窗都关得紧紧的。突然,他发现了那个布告牌。这块布告牌是如此可怕,以至他以为自己没有看清楚。他揉揉自己的眼睛。但是,事实摆在眼前,他必须承认。于是,他一瘸一拐地走回面包坊。不一会儿,他又走了出来,手里也拿着自己的布告牌。他把牌子挂在面包坊的门上,接着就砰地一下把门关上。在他那块牌子上可以看到这样几个字:

失恋痛苦,停止营业。

一天又一天过去,夏季结束了。阿尔勒坎与葛娆苾继续在各地游荡。但是,他们的幸福已是今非昔比了。现在,愈来愈多的情况是,由葛娆苾拉车,而阿尔勒坎则舒舒服服坐在车上。不久,天气变坏了。最初的几场秋雨噼噼啪啪淋在他们头上。他们花花绿绿的漂亮衣服开始褪色了。树木也变得枯黄,树叶很快就掉光了。他们穿过一个个枯枝败叶的森林，跨过一亩亩耕翻过的褐黑的田地。

有一天早晨，发生了戏剧性的变化。在前一天夜里，天空里飘满了飞絮。当天亮的时候，大雪已铺盖了田野、道路和他们那辆车子。这真是白颜色的巨大胜利，是皮埃尔的胜利。似乎是为了庆祝面包坊小伙计的报复成功，那一天夜里，一轮巨大的银月在这一片冰雪世界的上空飘过。

葛娭芯愈来愈想念普尔德勒齐村，也愈来愈想念皮埃尔，特别是当她凝视着月亮的时候。有一天，她不知道是怎么回事，一张小纸条到了她的手里。她思忖：是不是面包坊的小伙计刚经过这里，留下了这张纸条？实际上，皮埃尔的确曾给她写了一张纸条，把它粘在脚手架的一个支柱上，后来那根支柱又成为了篷车的一个部件。她读这张纸条：

葛娭芯：

别抛弃我！不要被阿尔勒坎那些表面的人造的色彩引诱，那些色彩有毒，恶臭难闻，而且会像鳞片一样剥落。而我，也有我自己的色彩，不过，我的色彩纯真而又深刻。

请你注意听取我这些绝妙的秘密：

我的夜不是黑沉沉的，它是蔚蓝色的！而人们所呼吸的正是蔚蓝色。

我的烤炉不是黑熏熏的，它是金黄色的！而人们吃的东西正是金黄色。

我使人赏心悦目的这种色彩，浓烈深沉，内容极为丰富，它发散着有益的气息，它是温暖的，它哺养人类。

我爱你，我等待着你。

皮埃尔

一个蔚蓝色的夜晚，有个烤炉发出金黄色的光，这些真正的色彩供人们呼吸,供给人们营养,这就是皮埃尔的秘密?眼前这一片冰天雪地、银装素裹,倒真像面包坊小伙计的那身白色的衣服。葛娘苾考虑着,犹疑着。阿尔勒坎在篷车里睡得正熟,根本没有想到她。过一会儿,她又得套上那根已经磨得她肩膀与胸脯发青的皮带,拖着篷车在冰冻的道路上往前走。这是图什么?如果她想要回头,还有什么东西足以把她继续挽留在阿尔勒坎的身边呢?既然那些曾经引诱过她的鲜艳的色彩现在都已经黯然失色。她跳出了篷车。她收拾好自己的包袱,就悄悄地朝自己村子的方向走去。

她走着,走着,走着,她那身袍子上的色彩已经消退,但还没有恢复过去的白色。她在冰天雪地里逃着,被她踩在脚下的雪,发出柔和的窸窣声,在她耳边轻轻絮语:快逃,快逃……不久,她就感到脑子里充满了一堆以字母F为首的不祥的字眼:寒冷、锁链、饥饿、疯狂、幽灵、晕倒①。可怜的葛娘苾,她眼见就要跌倒在地了,但是幸好又有一批同样以字母F为首的亲善的字眼赶来救了她,就像是被皮埃尔派来的,它们是:炊烟、力量、鲜花、炉火、面粉、面包坊、激动、丰盛的食物、美梦②……

终于,她回到了村里。这时正是深夜,在冰雪覆盖下,万物都在安眠。雪是白色的?夜是黑色的?不。因为葛娘苾现在与皮埃尔靠近了,所以她已经会用眼睛来观察,她看出夜是蓝色的,雪也是蓝色的,这一切再明显不过!但是,这并不是阿尔勒坎有一满罐的那种刺眼的、有毒的普鲁士蓝,而是一种灿烂的蓝色,一种像湖水、像晶体、像天空一样充满生气的蓝色,它发散出美好的气息,葛娘苾深深在呼吸着它。

这里,是结了冰的喷泉,是古旧的教堂,是两所面对着面的房子,葛娘苾的洗衣坊与皮埃尔的面包坊。洗衣坊一片漆黑,死气沉

---

① 以上这些词都以字母"F"为首。
② 同上。

沉，而面包坊则显出一片生机。炉子里冒着火花，通气窗把一道颤动的金色火光投射在道路的冰雪上。皮埃尔当初写信的时候没有撒谎，他的烤炉的确不是黑熏熏的，而是金黄色的！

  葛娅苾走到通风窗前不得不停下来。她想蹲在这有亮光的窗口前，从那窗口里，一股热气一直吹进她的袍子，还飘出令人陶醉的面包的香味，但是，她却不敢往前蹲。这时，门突然打开，皮埃尔出现了。这是偶然的，还是他预感到了自己的女友的来到，或者是他从通气窗口看到了葛娅苾的纤足？他向她张开双臂，但正当她要投进他怀抱的时候，他出于胆怯，又侧身躲开，而把她领进面包坊。葛娅苾感到自己淋浴在一片温情之中。人家对她是多么善良啊！炉灶的门都关得紧紧的，但是炉膛里火苗正旺，从一些小孔小缝里蹿了出来。

  皮埃尔蜷缩在一个角落，圆圆的两眼尽情地饱餐着葛娅苾这次奇迹般地出现在他的面包坊里！葛娅苾看着炉火入了迷，从眼角瞟见皮埃尔，她发觉这个善良的小伙计显然已打定主意像一只夜鸟一样一声不吭，他那张满月般的圆脸、他一身白色工作服的粗略轮廓，都藏在阴影里。也许他应该对她说点什么，但是，他说不出来，话语都塞在喉咙里。

  时间就这样过去。皮埃尔垂下眼睛朝他的和面盆看看，那里面放着金黄色面团做成的一个大圆形面包。它的颜色、它的柔嫩就如同葛娅苾一般……面团在木盆里已经放了两个小时了，酵母已经起作用把面团发了起来。烤炉已经烧热，现在该是把面团放入炉里的时候了。皮埃尔看着葛娅苾。葛娅苾在干什么？她经过长途跋涉，早已精疲力竭，经炉灶的温暖一抚慰，就在面粉箱上睡着了，姿态慵困，楚楚动人。皮埃尔眼见自己的女友为了躲避严寒酷冷与那进了坟墓的爱情，投奔到他这里来，不由得深为感动，泪水盈眶。

  阿尔勒坎曾经在洗衣坊的墙上画了穿得花花绿绿的葛娅苾·阿尔勒坎的彩色画像。皮埃尔也产生了一个念头。他也要按照自己的方式在带奶油的面团上揉捏出一个葛妩苾·皮埃尔的形象。他开始干了起来。他的两眼不断地从熟睡的少女身上转向木盆里的圆形大面团。当然,他的双手更乐意去抚摸那个熟睡的女人,但是,用面团塑造出一个葛妩苾,这几乎也同样妙不可言。当他觉得已经塑成时,他又把面团塑像和他那活生生的模特儿比较了一下。显然,面团葛妩苾略较苍白一点!快,快进炉!

炉火呼呼响。在皮埃尔的面包坊里,现在有两个葛妩苾。这时,几下胆怯的敲门声使真葛妩苾醒了过来。谁在敲门?可以听见有一个声音在回答,这是一个已经被黑夜与寒冷拖累得微弱不堪、悲惨可怜的声音。但是,皮埃尔与葛妩苾一下就听出了是阿尔勒坎的声音,就是那个脚手架上的歌手,虽然他已经不再有夏天那时趾高气扬的声调。这个冻僵了的阿尔勒坎在门外唱什么?他在唱一支从那以后就流传开来的歌谣,但只有了解我们刚才所叙述的那一段往事,才能听懂歌词的含意:

> 月光照耀下,
> 我来朋友家!
> 叫声皮埃尔,
> 借支笔劳驾。
> 我家烛已灭,
> 炉火也熄啦。
> 请你打开门,
> 仁爱行行好!

来此之前,可怜的阿尔勒坎在他那些颜料罐中间发现了葛妩苾丢下的那张便条,正是靠这张便条,皮埃尔说服了少女,使她又回到自己的身边。于是,这个能说会道的家伙,对那些会用笔写,而且在冬天还拥有一个炉子的人究竟有多大的能力,就有了一个认识。他异想天开地来向皮埃尔借支笔,讨点火。他真的相信自己还有机会再征服葛妮茲吗?

皮埃尔怜悯自己的那个不幸的对手。他给他打开了门。一个可悲的、黯然无光的阿尔勒坎急忙就奔向炉灶,暖气、色彩与香味正从那些炉门里飘出。在皮埃尔家里该有多好啊!

面包坊小伙计因为自己的胜利而神采奕奕,他的手势大起大落,长长的袖子也随之飞舞。他用一个戏剧性的动作,打开炉灶的两道门。一道金黄色的光、一股像母爱一样的暖流、一片美妙的糕点香味沐浴着这3个朋友。这时,皮埃尔用他长长的木铲从烘炉里取出了某种东西。是什么东西?更像是一个人!是一个有金黄色面包皮、冒着热气、显得很松脆的少女,长得和葛妮茲完全一样,就像是她的一个亲姐妹。这可不再是画在洗衣坊墙上的那个一身都是花花绿绿的化学颜料、庸俗不堪的葛妮茲·阿尔勒坎,而是捏成奶油圆形面包、富有生动立体感的葛妮茲·皮埃尔,她的脸蛋儿圆圆的,她的胸脯丰满高耸,她美妙的小臀部形状像苹果。

葛妮茲不怕烫着自己,用双臂去抱另一个葛妮茲。

"我是多么美丽!我的味道多么好闻!"她这么说。

皮埃尔与阿尔勒坎着迷地看着这不平凡的一幕。葛妮茲把葛妮茲摊在桌子上。她美滋滋地用双手掰开葛妮茲那发散出奶油面包香味的身躯。她把贪婪的鼻子、灵活的舌头伸向金黄色的柔软的胸脯。她嘴里塞得满满地说:

"我是多么的香甜可口!我亲爱的朋友们,你们两个也来尝尝,吃这可爱的葛妮茲吧!把我吃了吧!"

于是,他们一道品尝美味,他们分享那落口消融的葛妮茲。他们互相对视,他们感到幸福。他们都想笑,但面包塞满了嘴,腮帮子鼓鼓的,如何能笑得出来呢?

金胡子①

从前,阿拉伯国泰民安。在夏莫城有一位君王,称号为拉布拉萨尔三世。他有一脸金黄色的美髯,修长过胸,洋洋洒洒,由此,他得到了"金胡子"这个雅号。他对自己的胡子,护理得无微不至,甚至在夜晚睡觉的时候,也要用一个丝绸的口袋把它套在里面。早晨,他只让女理发师用她那精巧的手去梳理,因为,男理发师总是用剃刀与剪子,女理发师则不同,她们只用梳子、卷子、喷子之类的,从不会损伤主人的半根毫毛。

金胡子拉布拉萨尔早在青年时代就已经漫不经心地蓄起了胡子,与其说是故意蓄起来的,不如说是出自无心。过了一些年,他心血来潮,决定要赋予他下巴上那撮派生物以某种与日俱增、几乎是不可思议的意义。他简直把他那把胡须变成了他那个王国的象征,甚至变成了他权力的集中体现。

他常在镜子面前凝视自己的金胡子,欣赏起来真没有个够,他用戴满了戒指的手指,捋着髯须,好不得意扬扬。

夏莫城邦的人民爱戴他们的国王。但是,国王的专制统治已长达半个多世纪,一些刻不容缓的改革被政府一再拖延推迟,这个政府按照它至高无上的君主的样子,悠悠闲闲,无所事事,心满意足,自欺欺人。内阁每个月只开一次会议,每次开会时,掌门官在门外听见老

---
① 〔法〕图尔尼埃作品。

是同样的那几句话,而且,慢吞吞的,半天一句:

——应该有所作为。

——是的,但我们要避免仓促行事。

——现在,时机尚不成熟。

——我们还是让时间自行其是吧。

——当务之急,就是耐心等待。

大臣们从没有做出过任何决议,但散会的时候,却总要互相庆贺一番。

每天,根据传统,国王总要用一顿丰盛美味的午餐,他慢慢品尝,用餐的时间都特别长,饭后,他要睡一个大午觉,直到下午很晚的时分,这是他每天最主要的一件工作。他睡午觉的地方,现在无需保密了,不妨明讲,是在一个露天的阳台上,它被雕成马兜铃枝叶形状的一组屋檐掩蔽着。

但是,几个月以来,金胡子再也感受不到灵魂的平静了。这并不是由于顾问们的谏诤与老百姓在下面的窃窃私语使得他心绪不宁。不,与此无关。他的忧虑出于一种更高尚、更深沉、更庄严的原因:当他的女理发师替他梳理完毕,举镜让他审视时,他发现自己那流光溢彩的金胡须中,夹杂着一根白胡须。

这一根白胡须,使他深深陷入沉思不能自拔。他想,我就这么老了。当然,我早就知道自己也会衰老,但现在,衰老已成为了事实,就像这根白胡须一样确凿无疑。我该做什么事?什么事我不该做?因为,我已经有了一根白胡须,我却还没有继承人。我结过两次婚,先后上过我龙床的两个王后,都没有给王国带来一个王子。我得考虑考虑。但是,要避免仓促行事。我需要一个嫡亲继承人。是的,收养一个儿子也未尝不可。但谁能长得像我,谁能长得跟我一模一样?哪里去找一个年纪轻轻的我,返老还童的我?时机尚不成熟,还是让时间自行其是吧,当务之急,就是耐心等待。

国王并不知道他那些大臣们的口头禅,却不约而同也这么念叨着,于是,他睡着的时候就梦见了一个小拉布拉萨尔四世,长得跟他一样,就像他的一个同胞小弟弟。

有一天,他午睡的时候,被一种刺痛的感觉弄醒了。他本能地用手去摸自己的下巴,因为刺痛感正是发生在那里。什么也没有。也没有流血。他敲打信号锣,把女理发师召来,要她找一面大镜子来。他仔细端视检查,他模糊的预感果然没有错,他那根白胡须消失不见了。似乎有一双渎圣的手,利用他熟睡之际竟敢损伤他美髯的完整性。

这一天,拉布拉萨尔没有睡好午觉,继承人问题与他胡子的秘密问题纠缠在一起,使他陷入了纷乱的思绪。他怎么也没有想到,这两个问题其实只是一个问题,它们可以同时获得解决。……

从此,拉布拉萨尔三世只要一入睡,他就被下巴上的刺痛感惊醒。他又吓了一跳,赶快叫人把镜子拿来,这时白胡须总是消失不见了!

第二天早晨,白胡须又回来了。但是,这一次国王没有被表面现象所欺骗。可以说,他朝真理迈出一大步,他注意到了,白胡须前一天是位于他下巴的左下方,而现在则是出现在右上方,与鼻子平位,由此可以得出这样的结论:既然没有能挪动位置的白胡须,那么就是在夜里又长出了另一根白胡须。千真万确,他的胡须在夜间正一根一根变白。

这一天,国王准备睡午觉时,他知道,过去那种情况又会发生了。果然,他闭上眼后不久,面颊上又有了一点刺痛感,正是在他最近长出的一根白胡须的部位,他把眼睛睁开,却没有召唤下人把镜子拿来,他深信,刚才又有人给他拔掉了一根胡须。

不过,这是谁呢?

从此,这样的事每天都发生。国王决定不在阳台的屋檐下睡觉了。他假装睡着了,半闭着眼睛,从眼皮中间射出一道恶狠狠的侦察的眼光。但是,一个人如果不想真正地入睡,他就不会真像是睡着了。得，事情又来了！当刺痛感又发生时，他正睡得香着呢，等他张开眼睛时，对方要办的事已经办妥了。

然而，世上没有人的胡须是取之不尽的。每天夜里，国王有一根金胡须变成白胡须，而这根白胡须第二天中午就被人拔掉。女理发师什么都不敢说，只有国王眼见自己的胡须愈来愈稀少而满脸愁容。他在镜子里端详自己，爱抚着剩下来的金胡须，欣赏起在稀疏的金须下愈来愈清晰的那下巴的线条。最奇妙的是，他面部的这一变化并不使他不悦，他看到了自己威严老者的面目在逐渐消失，而一个无须的青年男子的轮廓正在出现，鲜明突出，清晰醒目，正是他从前青年时代的那个样子。有了这种感受，于是，他觉得自己的继承人问题，就不那么迫切了。

到了他下巴上只剩10多根胡须时，他严肃地决定把那些年老昏庸的大臣们都免职，而由他自己来治理政府，从此时起，朝纲大振，万象更新。

也许是因为他的面颊与下巴上须毛已少、光秃裸露而对空气的动静特别敏感，有一天，他终于在午觉中被拔掉当天早晨出现的那根白胡须的前一瞬间，感到了有一股轻风拂过。而另一天，他总算是看清楚了！他看见了什么？那是一只漂亮的白色小鸟，白得连他的白胡须也比不上，它嘴里叼着它刚拔下来的那根白胡须，拍打着翅膀飞逃而去。这样，真相大白了，原来是这只小鸟要筑一个和它的羽毛同颜色的巢，除了这些皇家白须外，它哪里去找更白的材料？

拉布拉萨尔因发现了这个秘密而特别高兴，但他渴望对小鸟知道得更多。不过，这已经到了最后关头，因为国王的下巴上只剩下一根白胡须了，这根胡须，白得像雪一样，是招引漂亮小鸟露面的最后一个机会。这一天，国王躺在阳台上睡午觉时，他的心情该有多么激动啊！他得假装睡着，但又要控制自己不要入睡。但是，恰好这一天的午餐特别丰盛，特别美味可口，吃罢以后，又特别犯困，想睡一个大午觉——皇家大午觉！拉布拉萨尔三世英勇地与前仆后继、阵阵袭来的困劲作斗争，为了保持清醒，他死盯着那根长在下巴上的白胡须，它光华灿然，潇洒飘忽。我保证，国王只走神了一小会儿，短短的一小会儿，这一刹那，他脸上就被鸟翅膀轻拂了一下，他下巴上就有了刺痛感。他把手向前一伸，碰到了一个柔软而悸动着的东西，但他用手指去抓却抓了个空，他急忙张开眼睛，在耀眼的阳光下，只看见了那白色小鸟逆光的阴影，它疾飞而去，看来它永远也不会再回来了，因为国王的最后一根胡须已经被它叼走。

　　国王怒冲冲地起来，他召集卫士们，下令捕捉那只小鸟，勒令他们抓来交差，不管它是死是活。一个国王恼怒起来，那种反应可真粗暴激烈，毫无理智。但这时，他忽然看见一点白色东西从空中飘在地上，那是一片羽毛，一片雪白的羽毛，显然是他刚才手碰着那只小鸟时抓下来的。羽毛徐徐落在一块石板上，国王眼见它出现了一个奇观，叫他看得出神，忘乎所以——那片羽毛静止了一下后，就以羽根为轴旋转起来，而羽尖则指向……是的，这片小小的羽毛就像罗盘上的磁针那样转动，但它不是指向北方，而是指向刚才小鸟飞逃而去的方向。

　　国王俯身拾起这片羽毛，把它平放在自己的手心里。这时，羽毛又转动起来，然后朝西南的方向停下，这正是小鸟消逝的方向。

　　这是一个迹象，一个招引。拉布拉萨尔就这样把羽毛摊在自己的手心里，急忙朝宫里的楼梯奔去，他与朝臣们、奴仆们擦身而过，根本不理会他们向他致敬的表示。

　　当他出了宫廷，来到大街上时，没有人认得他。这些行人们全没有想到，这一个没有胡须的男子，穿着一条灯笼裤、一件短上衣，手里摊着一片白色羽毛，匆匆而过，他竟是他们尊严的君主拉布拉萨尔三世。是不是因为他这副模样和这身穿着在他们眼里与国王的尊严太不相称了？要不然就是别的原因：是不是因为他焕然一新、朝气蓬勃的神态叫他们认不出来了？拉布拉萨尔没有向自己提出这个问题，这个最为重要的问题。他全神贯注地把羽毛摊在自己手心,朝羽尖指示的方向继续前行。

他就这样向前奔走,这位国王拉布拉萨尔三世,现在,我们是不是该称他为前国王拉布拉萨尔三世呢?他出了夏莫城,穿过长满农作物的田野,走出易于迷路的树林,越过山冈,从桥上过江,涉水过河,然后,又穿过荒漠,翻过另一座山。他不断地向前奔走,走呀,走呀,向前走,并不怎么感到太疲乏,对于他这样一个上了年纪、长年在怠惰的生活中养尊处优、肥胖发福的人来说,如此奔走不倦,实在是令人惊奇。

最后,他在一个小树林前停了下来,在一株高大的橡树下,那白色羽毛笔直地竖立起来,羽尖指向那树顶。就在那上面,在最高的树枝分杈处,可以看见一小堆枝条,显而易见,那是一个鸟巢,一只漂亮的白色小鸟正在那巢里焦躁不安。

拉布拉萨尔向上一蹿,抓住了最低的一根树枝,腰部一使劲,就坐到了那上面,接着,他挺身立了起来,又再攀上一根高一点的树枝,他就这样不停地攀登,灵敏轻巧得像一只松鼠。

他很快就攀登到了那个最高的分杈处。白色的鸟儿惊恐万状飞逃而去。在分叉处,有一个用小树枝垒成的环形物,它里面盛着一个白色的鸟巢,拉布拉萨尔一眼就认出,他失去的那些白胡须正妥妥帖帖全铺织在鸟巢里。在白色鸟巢的中央,安放着一个美丽的金黄色的蛋,它像金胡子国王从前那把胡须一样灿烂辉煌。

拉布拉萨尔把鸟巢从树干分杈处摘下来,准备爬下树去,但是,他一手端着这样一个易碎的东西要爬下去,可绝非易事!他不止一次想要把它扔掉,甚至当他离地面只有10多尺的时候,他还险些失去平衡摔倒下去。终于,他跳到了长满苔藓的地上。他朝自己认定是夏莫城的方向走了几分钟后,遇见了一件很奇特的事。他眼前出现一双大靴子,上面是一个大肚子,再上面是一顶狩猎人的大帽子。显然,他碰见了一个真正的森林巨人，这巨人用雷鸣般的声音对他嚷道：

"小调皮鬼，你就这么到国王的林子里来掏鸟窝？"

小调皮鬼？怎么敢这么称呼他？这时，拉布拉萨尔突然发现，自己实际上已经变得很矮小了，身材苗条，动作灵巧，这足以说明他何以能一连奔跑好长时间，还能攀树登高。当然，他没有什么困难就溜进了一个矮树林，躲开了那个因为身体臃肿肥胖而行动迟缓的狩猎人。当拉布拉萨尔从墓地附近走过的时候，他被一个特别显眼的人群堵住了，他们围绕拥簇着一辆豪华的柩车，那柩车由6匹黑马拉着，这6个畜生可真有气派，身上的毛修饰得漂漂亮亮的，还披着上面有银制泪珠状装饰的孝幔。

他询问了好几次，是在为谁举行葬礼，但是，那些人只是耸耸肩膀，拒不回答他，似乎他的问题实在是太愚蠢了。他很快就注意到了，柩车所佩戴的徽章，图形是一顶王冠盖在"N"这个字母之上。于是，他躲进墓地另一端一座专供葬礼用的小教堂里，他把鸟巢放在身边，由于精疲力竭，躺在一块墓石上就睡着了。

第二天早晨，太阳暖烘烘的时候，他又朝夏莫城出发了。城门紧闭，使他大为惊奇，此时关城，实在是蹊跷。往常，城里百姓只有在等待某件大事或某个显要的来访者时，情况特殊，城门才隆重关闭之后再隆重打开。他站在城门前，心里纳闷，举棋不定，手里仍捧着那个鸟巢。这时，突然鸟巢里的那枚金黄色的蛋裂成几片，一只白色的小鸟破壳而出，这只小白鸟用清脆的声音、清晰的吐词不断高唱："国王万岁，我们的新国王拉布拉萨尔四世万岁！"

说着，那厚重的城门在铰链上转动起来，两扇门就大大地张开了。红地毯从城门口一直铺到王宫的台阶下。夹道两边，全是欢腾的人群，这个手捧鸟巢的小孩往前走，人群随着小鸟的欢唱不断高呼："国王万岁，我们的新国王拉布拉萨尔四世万岁！"

拉布拉萨尔四世在位的年代很长，举国祥和，繁荣昌盛。先后在他身边的两个王后，都没有给他生下太子。但是，国王只要一回想起那只白鸟偷胡子之后他在树林里的那一番经历，他就不为承继者问题犯愁了。直到好些年已经过去，这一段经历的回忆才在他脑海里开始淡忘。而正是在他重新登基后这个时代里，漂亮的金胡子又渐渐覆盖了他的下巴与双颊。

高龙巴智导复仇局

〔法〕梅里美 著　　柳鸣九 译

第一章

> 但请你长眠无忧
> 为你报仇,她一人足够①
> ——《尼奥罗挽歌》

且说19世纪头十载的某一年②,时值10月上旬之初,出类拔萃的爱尔兰籍英国军官,上校托马斯·内维尔爵士,携爱女畅游意大利之后,来到了马赛,下榻于博伏大饭店。游兴极高的旅人对旅游地没完没了的赞不绝口,往往会引起某种逆反心理,而当今的旅游者为了显示自己与众不同,则会引贺拉斯的名言"切勿少见多怪"作为座右铭。上校的独生千金莉狄娅小姐便属于此类爱挑剔的游客。她认为《耶稣显圣图》③平淡无奇,正在喷发的维苏威火山仅比伯明翰④工厂的烟囱略为壮观一点。总之,她对意大利最为不满的就是这个国家缺乏地方色彩与独特个性。何谓地方色彩、独特个性?仁者见仁,智者见智。几年前,我颇为理解,而今倒不甚了然了。起始,莉狄娅小姐沾沾自喜,以为在阿尔卑斯山的彼麓目睹了她的前人从未观赏过的美景,回国后大可与那些

---

① 原文为科西嘉文。
② 指181×年。
③ 《耶稣显圣图》:意大利文艺复兴时期大画家拉斐尔的名作。
④ 伯明翰:英国著名的工业城市。

高人雅士畅谈一番,就像茹尔丹①先生所说的那样。但不久,她就发现自己参观过的景点均已被同胞游客捷足先登,毫无希望再找到任何一件为别人所不知晓的东西,于是,她干脆就一变而成反对派。的确,使她特别扫兴的是,只要一谈到意大利的珍品胜迹,对方总要问:"您一定见过某某城某某王宫中的那幅拉斐尔名画吧?那真是意大利最美的东西。"不料这恰巧是她所漏看了的。既然要把所有的胜景都看全看尽太费时费劲,她就不如全盘否定、一笔抹杀来得干脆。

在博伏大饭店,莉狄娅小姐还碰见一件令她很恼火的事。她从意大利带回来一幅精美的素描,画的是塞尼城②那座班拉斯吉式或希科洛佩式的城门,她以为此乃空前绝后之作,从未有其他画家描绘过这一历史遗址。后在马赛得遇法朗西斯·范维克夫人,不意从其向自己出示的画册中,发现亦有描绘此门的画作赫然在册,夹在一首十四行诗与一朵干枯的花瓣之间,画幅上着的是浓烈的土黄色,即斯埃纳城③的那种土黄色。她一怒之下就把那幅素描扔给了自己的贴身女仆,从此对一切班拉斯吉式的建筑不屑一顾。

她这种不快的心情也传染了内维尔上校,因为自从丧偶以后,他看人看事均以自己女儿的眼光为准。在他看来,意大利既然使自己的千金不快,那就有天大的不是,因此,就要算世界上最为讨厌的国家。对于意大利的绘画与雕塑,他固然无话可说,但他可以断定,就打猎而言,这个国家的确贫乏无趣,往往要顶着烈日在罗马郊外田野上跑上40公里,才能打着几只不像样的红胸斑山鹑。

抵达马赛后的第二天,上校请他从前的副官艾利斯上尉共进晚餐。上尉刚在科西嘉过了6个星期,他给莉狄娅小姐讲了一个精彩的

---

① 茹尔丹:17世纪法国著名喜剧作家莫里哀《贵人迷》一剧中的主人公,身为粗俗的资产者,却羡慕贵族上流社会,附庸风雅。
② 塞尼城:意大利的小城,位于罗马省内,城周围有保存得甚为完整的古城墙,以巨石砌成,是古希腊以前班拉斯吉文化或希科佩洛文化时期的遗迹。
③ 斯埃纳城:意大利中部一小城。

绿林故事，讲得有声有色，而且妙就妙在与她从罗马到那不勒斯一路上所听到的强盗故事完全不同。到了饭后用甜点的时候，餐桌上只剩下两个男人，他们面对着好几瓶波尔多酒，一边品用，一边大谈狩猎之道。直到此时，上校方才得知，科西嘉的飞禽走兽种类之多、数量之丰可谓举世无双。

"那里野猪很多，"艾利斯上尉说，"但家猪很像野猪，你必须学会把两者区分开来，因为，错猎了家猪，养猪人就会来找你算账，他们全副武装，从他们称之为'林莽'的矮树林里冲将出来，要你做出赔偿，并狠狠将你冷嘲热讽一顿。还有岩羊，这是一种十分珍奇的动物，别的地方没有，是狩猎的好对象，但很难打到。科西嘉岛上的飞禽走兽、麋鹿、野鸡、小山鹑，各种各类，不胜枚举。如果阁下喜欢打猎，就到科西嘉去吧。在那里，就像我的一个客店主人所说，您能任意猎射任何目标，从斑鸠到人，无一不可。"

喝茶的时候，上尉又给莉狄娅小姐讲了一个株连家族的仇杀[①]故事，比刚才那一个更为离奇古怪，听得她如醉如痴，上尉还给她描绘了当地蛮荒初开的奇特景象、野性风习以及本土居民的独特性情、好客热忱与原始习俗，使得莉狄娅小姐对科西嘉完全着了迷。最后，上尉还赠她一把精美的小匕首，此器的价值还不在于它独特的形状与镶钢的刀柄，而在于其来历。它是一个声名赫赫的绿林好汉送给上尉的，并声言它曾捅穿过4个人的躯体。莉狄娅小姐如获至宝，便把它别在自己的腰间，晚上又放在床头柜上，入睡前还要拔出鞘来观赏两次。上校则做了一个美梦，梦见自己猎杀了一只岩羊，羊的主人向他索赔，他慨然照付，因为那只羊长相怪异，像头野猪，还长了两只鹿角和一条山鸡尾巴。

第二天，上校在和女儿共进午餐时说：

"艾利斯告诉我们，科西嘉的猎物非常丰富，如果路途不太遥

---

① 报仇的范围扩大到对方的近亲与远亲。——作者原注。

远,我真想去住上半个月。"

"既然老爸有意,咱们何不去逛一趟?您可以去打猎,我可以去写生。艾利斯上尉说,那儿有一个拿破仑小时候学习的山洞,我要是能把它画进我的画册,那我就美死了。"

上校先生的意愿幸得自己宝贝女儿的赞同,这也许是破天荒的第一遭。他喜出望外,但他出于心计,又故意唱点反调以便把女儿一时兴起的良愿反激得更为强烈,如说那地方是蛮荒之地啦,女儿家到那儿旅行诸多不便啦,等等。他白费了心思,女儿对他所说的这一切都不怕,骑马旅行正是她心仪已久的乐事,谈到野外露宿,她更是兴高采烈。她甚至还吓唬吓唬老爸,声称自己要去小亚细亚呢。总而言之,你说一条,她顶一句,因为从来没有英国妇女去过科西嘉,所以她非去不可。试想,将来回到圣詹姆斯广场①,拿出自己旅途中的画册给人欣赏,那该多美呀!

"亲爱的,您为什么把这幅漂亮的素描快快地翻了过去呀?"

"噢,那不算什么,只是我作的一张速写,画的是一个著名的绿林好汉,他在科西嘉给我们当过向导。"

"怎么,您去过科西嘉呀……"

在那个时代,从法国本土到科西嘉,还没有火轮通航,他们多方打听有没有驶往科西嘉的帆船,莉狄娅小姐深信一定能够找到。当天,上校便写信去巴黎,把先前预定好的房间退掉,同时与一位船主洽谈,欲乘他的双桅船去阿雅克修②。船上正有两个现成的房间。他们储备了充足的食物,船主则大力保证,他有一个水手是非常高明的厨师,所做的海鲜汤无人能及,而且一路上风平浪静,小姐一定不会有任何不适的。

此外,上校按照女儿的意愿,限定船主不得搭载任何其他旅客,且必须沿着科西嘉岛的海岸行驶,以便观赏岛上的山景。

---

① 圣詹姆斯广场:英国伦敦皇宫前的广场。
② 阿雅克修:科西嘉的省会,位于该岛的西岸。

第二章

到了动身的那一天，一切都准备就绪，大清早大家都上了船，但双桅船要等到有晚风的时候才起航。在等待的时候，上校和小姐正在加恩比埃尔大道上散步，船主突然走来，要求上校允许他顺便搭载一个亲戚，是他大儿子教父的一个外甥，此人有急事要赶回科西嘉，一时又找不到其他的船。

"他是一个挺可爱的小伙子，"船主马泰补充说，"是个军人，禁卫军步兵军官。如果那一位[①]还在皇位上的话，他早就晋升为上校了。"

"既然是军人，"上校说道，他正准备往下讲"我同意他来跟我们做伴"，莉狄娅小姐已抢先用英语表态了：

"一个步兵军官！……"其父是在骑兵中服役的，她自然对其他兵种不屑一顾，"这样的人很可能毫无教养，他肯定会晕船，会把我们渡海的乐趣全都破坏了！"

她讲的是英语，船主一个字也没有听懂，但从她樱桃小嘴的一噘，也不难猜出她的意思。于是，他便赶快将他这位亲戚大大夸赞一番，最后，还保证他是个有教养的青年，出身于班长世家，绝不会打扰上校先生，因为他会被安置在船上偏僻的一角。

在科西嘉，居然还有班长一职世袭传承的家庭，这使上校父女颇感奇怪。但他们既然真的相信了那个人是兵营中的步兵班长，便以为

[①] 指拿破仑，1815年滑铁卢战败后，他被迫下台，从此彻底退出历史舞台。

此人一定很穷，船主是大发慈悲才决定捎他一程。如果他是位军官，你就不得不跟他周旋应酬，可是对一个班长，你就用不着拘礼了，只要他手下的那一班人，不是荷枪实弹地将你押到什么鬼地方去，那他便是一个无足轻重的人。

"您那位亲戚晕船吗？"莉狄娅小姐直率地问道。

"他从不晕船。小姐，不论在陆地或在海上，他都结实得像岩石。"

"行！您可以让他上船。"她说。

"您可以让他上船。"上校鹦鹉学舌式地重复了一句，说完，父女二人又继续散步去了。

傍晚5点钟左右，船主来接他们上船。到了码头，他们看见船主的舢板旁边站着一个身材高大的年轻人，身着蓝色的外套，纽扣一直扣到下巴，脸晒得呈棕色，一双眼睛又大又黑，炯炯有神，看样子是个爽直而聪明的人。从他侧身而立的姿势与两撇卷曲的小胡子来看，一眼便知是个军人，因为那个时代留胡子的风气尚未流行，而国民卫队军人的姿态习惯也尚未被人普遍模仿。

那青年一见上校，就脱帽致意，举止从容，措词恰当地向他表示感谢。

"我很高兴能帮你的忙，小老弟。"上校友好地点点头对他说。

说着，上校便登上了舢板。

"您的这位英国雇主倒是挺当仁不让的。"年轻人低声用意大利语对船主说。

船主把食指放在左眼下方，两边嘴角往下撇。年轻人懂得这个手语，知道它的意思是说，这个英国佬懂得意大利语，而且他是个怪物。年轻人笑了笑，用手点了点额头表示回答，似乎是说，所有英国人的脑子都有点毛病。然后，他在船主的身旁坐下，仔细打量那位美丽的女性旅伴，但并没有放肆的神情。

"这些法国军人都很有风度，"上校用英语对女儿说，"所以他们很容易就晋升为军官。"

接着，他用法语对年轻人说：

"小老弟，您是哪个部队的？"

年轻人用臂肘碰了碰他的表亲，忍笑回答说，他原属禁卫军中的步兵，最近刚从第七步兵营退役。

"您参加过滑铁卢战役吗？您还很年轻嘛。"

"对不起，上校，那是我参加过的唯一一次战役。"

"那一仗可抵得上两仗啊。"上校说。

年轻的科西嘉人咬了咬嘴唇。

"爸爸，问问他科西嘉人喜不喜欢他们的拿破仑。"莉狄娅小姐用英语对父亲说。

上校还没有来得及给年轻人译成法语，他便径直以英语来回答了，虽然法国口音很重，但说得相当标准。

"您知道，小姐，任何人在自己的故乡都当不上圣人。虽然我们科西嘉人跟拿破仑是同乡，但崇拜他的程度也许还不如法国本土人。至于我，尽管我的家族与他的家族过去有世仇，我却喜欢他，钦佩他。"

"您会说英语！"上校惊呼起来。

"说得很差，您可以听得出来。"

莉狄娅小姐虽然对这青年随随便便的口吻颇有不快，但一想到小小一个班长居然跟一位皇帝有世仇，便不禁一笑。科西嘉此地之古怪由此可见一斑。她打算把这一点写进她的日记。

"也许您在英国当过俘虏吧？"上校问道。

"没有，上校。我的英语是在法国学的，是跟贵国的一个俘虏学的。"接着，年轻人转向莉狄娅小姐说：

"马泰告诉我，您刚从意大利回来。小姐，那您一定会说一口地道的托斯卡纳语[①]，我担心您听不大懂我们科西嘉的方言。"

[①] 托斯卡纳：意大利的心脏地区，此地区的语言被认为是意大利的标准语。

"小姐能听懂意大利任何方言,她对语言很有天赋,比我强多了。"上校说。

"我们科西嘉民歌里,有这么两句歌词,是牧童对牧女唱的,不知小姐是否能听懂?"

> 即使我进入了神圣的神圣天堂,
> 如果你不在,我也会退出那个地方。

莉狄娅小姐听懂了,觉得对方引用这歌词颇有大胆之嫌,特别是他念词时的那种目光,不禁脸一红,用意大利语答道:"我懂。"

"这次您回乡是否有6个月的长假?"上校问。

"不,上校,我是半饷遣返①,大概是因为我参加过滑铁卢战役,而且,我又是拿破仑的同乡。我这次回乡,正像歌谣中所唱的,希望渺茫,钱囊空荡。"

说罢,他仰望天空,叹了一口气。

上校将手伸进口袋,用手掂量着一块金币,想找出一句恰当的话来,以便把金币塞进这个倒运的宿敌手里。

"我也如此,"他以豁达轻松的口气说,"我也是半薪退役。不过,您的半饷也许不够抽烟。拿着,班长。"

他试图把金币塞进年轻人的手里,那手扶在船舷上,一直没有张开。

科西嘉青年脸一红,挺直了身子,咬了咬嘴唇,正待发作,脸部表情却突然一变,反倒哈哈大笑起来。上校手里握着那枚金币,惊愕得不知所措。

"上校先生,"年轻人恢复了严肃的表情,说,"请允许我奉劝

---

① 半饷遣返:拿破仑滑铁卢之战惨败退位后,波旁王朝复辟,原拿破仑帝国军队中的军官全部领半饷被解职遣返。

阁下两点：第一，千万不要送钱给科西嘉人，我那些老乡会很不客气地把钱朝您脸上扔回来。第二，不要用别人不稀罕的头衔去称呼对方。您称呼我为班长，可我是中尉。当然，这两个称呼差别不大，但是……"

"中尉，"托马斯爵士不禁叫了起来，"中尉！可是船主告诉我说您是班长，令尊大人以及您历代家族里的人都是班长呀。"

听了此话，年轻人身子往后一仰，哈哈大笑起来，笑得那么爽朗开怀，把船主和两个水手都逗乐了。

"对不起，上校，"末了，年轻人说，"这纯属误会，我终于弄明白了。的确，我的家族有幸，历史上曾经出过几个班长，但我们科西嘉的班长，从来没有正式的军衔。大约是在公元1100年前后，有一些村镇起来造反，反抗山区贵族专制残暴的统治，推选出了几位首领，称之为'班长'。在我们科西嘉岛上，凡是祖先曾经为民请命、伸张正义的家族，都享有无上光荣。"

"对不起，先生！"上校大声说，"真是抱歉之至。既然您明白我的误会事出有因，希望您多多包涵原谅。"

说罢，他向年轻人伸出了手。

"上校，我年少气盛，咎由自取。"科西嘉青年一边笑，一边热烈地紧握着英国佬的手说，"我一点也不怨您，既然我的朋友马泰没有把我的情况介绍得清清楚楚，那就允许我来自我介绍。我名叫奥索·德拉·雷比亚，是退伍的中尉。看你们带了两条漂亮的猎狗，如果我没有猜错的话，两位是到科西嘉来打猎的。我非常乐于陪两位去看看我们的林莽与群山……如果我还没有把它们忘了的话。"说着，他叹了一口气。

这时，舢板已靠近双桅船的一侧。中尉扶着莉狄娅小姐上了船，又帮助上校登上甲板。到了船上，上校还一直对自己闹出的那场误会心存歉意，不知如何才能使一个有悠久家世的人士原谅自己，便急不可待地未征求自家千金小姐的同意,径自邀请中尉共进晚餐,同时又一再表示歉意,一再握手言欢。莉狄娅小姐对此当然有所不悦,柳眉微微一皱,但她弄明白了班长是怎么一种人,终究也不是一件坏事。何况,这位客人并不叫她讨厌,她甚至觉得此人还有点贵族味,只不过太坦直,太嘻嘻哈哈,不像小说戏文里的男性主人公。

"德拉·雷比亚中尉,"上校端起一杯马德拉①葡萄酒,以英国的方式向客人敬酒说,"我在西班牙见过许多您的同乡,都是属于声名赫赫的狙击步兵团的。"

"不错,他们之中很多人都战死在西班牙了。"年轻的中尉神情肃穆地说。

"我永远也忘不了维多利亚②战役中一个科西嘉营的作为,"上校接着说,"我实在是忘不了。"他揉了揉自己的胸脯又继续说下去,"整整一天,他们都躲在园子里、篱笆后进行狙击,打死了我们很多弟兄与马匹。他们决定撤退时,便集合在一起,飞一般就跑掉了。我们本想到了平原地带好好回敬他们一下,可是,那些家伙……对不起,中尉,我是说,那些好汉,却列成了方阵,我们怎么也攻不破。那方阵的中央,我至今还历历在目,有一位军官骑着一匹小马,待在鹰旗旁边抽雪茄,悠悠闲闲的,就像在咖啡馆。他们的军乐队还不时奏起曲子,根本就不把我们放在眼里……我派出两支骑兵直冲过去……怎么也没有想到,不仅冲不进方阵,反倒被反弹出来朝斜向折挫,结果是一片溃散,好些马匹只剩下了空鞍……而对方那可恶的军乐队仍在奏个不停!当笼罩着敌军的硝烟散开时,我又看见那个军官仍站在鹰旗旁抽着雪茄。盛怒之下,我便亲自率领队伍作最后一次冲锋。敌军的枪管因过热而不能再射击了,他们便排成六行,上了刺刀

---

① 马拉德:大西洋上葡属一小岛,以产葡萄美酒著称。
② 西班牙斯巴克地区一城市,1813年6月21日,英、西、葡联军在英国大将惠灵顿的指挥下,在此地击败法军。

直指我军马队，宛如一道铜墙铁壁。我振臂高呼，激励部下，自己也策马向前逼进，但见我说的那位军官总算拿下了嘴上的雪茄，向他的一部下指了指我，好像说了一声："瞄准那个白毛打！"我当时正戴着有白色翎毛的军帽。然后我就不省人事了，因为一颗子弹正射中了我的胸脯。哎呀，德拉·雷比亚中尉，那一营兵真是了不起，称得上是第十八轻步兵团中的精锐，后来有人告诉我，他们全营都是科西嘉人。"

"是的，"奥索说，他听上校叙述这段故事，听得眼睛都发亮了，"他们掩护大队人马撤退，也没有仓皇丢掉自己的鹰旗，但全营三分之二的弟兄都在维多利亚平原上献出了自己的生命。"

"也许您知道统率这个营的那个军官的名字吧？"

"就是家父。他当时是第十八轻步兵营的少校，因为在那次壮烈一仗中指挥有功，后来晋升为上校。"

"原来就是令尊！我的天啦，他真是个了不起的汉子！我很想再见见他，我保证一定还能认出他。他还健在吧？"

"不在了，上校。"年轻人回答时，脸色略显苍白。

"他参加了滑铁卢战役吗？"

"参加了，上校，可惜他没有战死在沙场的福气……而是两年前在科西嘉去世了……天啦！瞧这海景有多美，我没有看见地中海足有10年了。"

接着，他转向莉狄娅说："小姐，您不觉得地中海要比大西洋更美吗？"

"我觉得地中海太蓝了……波涛也不那么雄伟。"

"小姐，您是喜欢粗犷雄浑的美？由此，我相信您一定会喜欢科西嘉。"

"小女只喜欢一切与众不同的东西。"上校说，"所以她并不那么喜欢意大利。"

"在意大利之中,我只熟知比萨①这个地方,我在那儿念过中学。"奥索说,"我一回想起当地的墓园、圆顶大教堂、斜塔,便不禁悠然神往,尤其是那墓园②,您记得奥加涅画的那幅《死神图》吗?……那幅画使我过目不忘,印象极为深刻,至今也许还能凭记忆把它摹画出来。"

莉狄娅小姐唯恐中尉又来一大篇赞美之词,她打了一个哈欠说道:"那幅画的确很美。父亲,很抱歉,我有点头疼,想回房休息。"

她亲了亲父亲的额头,端庄大方地向奥索点了点头,就回舱去了。两位男士便大谈起滑铁卢之战与狩猎之乐。

两人发现,过去互相对垒,甚至还互相射击过,反倒使他们有了不打不相识的投缘感。他们对拿破仑、惠灵顿与布律赫③逐一加以评点之后,又大谈打猎,谈打麋鹿、打野猪、打岩羊等等。终于,夜深了,最后一瓶波尔多葡萄酒也喝得精光,上校才握手告别了中尉,祝他晚安,还说他们的友谊虽开始得如此可笑,但希望能继续发展下去。说罢两人分手,各自回舱就寝。

---

① 比萨:意大利中部的城市,古迹甚多,尤以斜塔最著。
② 比萨墓园:在美术史上颇负盛名,它周围有哥特式的回廊,上有壁画甚多,其中之一即为14世纪画家安特莱·奥加涅根据但丁《神曲》的题材所作的著名的《死神图》。
③ 布律赫:19世纪的普鲁士将军,参加了著名的滑铁卢会战,当惠灵顿部与拿破仑部在正面厮杀时,布律赫率援军赶到,成为联军击溃拿破仑的关键。

第三章

夜景迷人，月色抚波，轮船在微风中缓缓前行。莉狄娅小姐全无睡意，海上明月，当此胜境，稍有诗情画意，亦不免怦然心动，只因同船的有一俗客，英国少女才难以滋生稍许雅兴。等到她断定那年轻的中尉已经像毫无情怀的粗人呼呼大睡之后，便起身披衣，唤醒女仆，走上甲板。甲板上空无别人，只有一个把舵的水手在用科西嘉方言吟唱一种哀歌，那歌子曲调粗犷，很少变化。在此宁静的夜里，这怪怪的音乐倒也自有其魅力。可惜的是，水手的唱词莉狄娅小姐不能全都听懂。在那些普普通通的唱段中，有一首激昂慷慨的诗引起了她强烈的兴趣，只可惜唱到最为壮烈之处，忽然夹杂了几句她听不懂的土语。不过，她听懂了那首诗是讲一桩凶杀复仇故事。对凶手的诅咒，对死者的赞颂，对复仇的决心，全都混杂在诗里，有一些歌词她记下来了，这里，我且试着译述如下：

　　大炮当前，刺刀直面，
　　他仍然面不改颜，
　　在沙场上镇定自若，
　　像夏日的天空宁静而炽烈。
　　他是凌空的飞隼，与猛禽鹫鹰共属同类。
　　待友他甘甜如蜜，

对敌他狂如怒涛。
他比太阳更雄伟崇高，
他比月亮更温柔亲切。
法兰西的敌人从来都伤不了他分毫，
他家乡的恶棍却背后将他击倒，
就像维托罗杀害了桑皮埃罗①。
恶棍们从来不正面看他，完全无视他精神的崇高。
……
请把我征战沙场所获的军功章
挂在我床前的墙上，
绶带的颜色红殷殷，
我的衬衣更是一片血染的风采。
我的儿子哟，我儿在远方，
留给他，我的军服与勋章。
军衣上有两个被枪击的弹孔，
对敌人要一弹还一弹，一孔还一孔，
复仇还不能仅此罢手。
要挖出那只瞄准我的眼，
要剁下那只开枪的手，
还要挖出仇人的心脏，那滋生出恶念的源头……

唱到这里，水手突然停住了。

"你为什么不唱下去，朋友？"莉狄娅小姐问。

水手摆了摆头，向她示意有人从船舱里出来，那是奥索走上甲板来赏月。

---

① 桑皮埃罗：科西嘉16世纪的民族英雄，起义失败后，其妻为营救丈夫，私自与敌人谈判，桑皮埃罗怒而杀之，其妻弟维托罗为姐报仇，又设埋兵杀桑皮埃罗。在科西嘉，维托罗乃叛徒之同义词。

"请你把哀歌唱完好吗?"莉狄娅小姐说,"我很喜欢听。"

水手向她俯身低低地说:"我不愿意给人一个'兰贝科'。"最后这个词,他用的科西嘉土语。

"什么?你说什么……?"

水手没有回答,开始吹起口哨来。

"内维尔小姐,幸会,碰上您在观赏我们的地中海景色。"奥索说着走到她身边,"这么美的月景在别处是见不到的,您一定同意吧。"

"我并不是在赏月,我在专心考察科西嘉语。这位水手正唱着一支苍凉的悲歌,不料唱到重要关头停住了。"

水手低下头,假装在仔细观察罗盘,却故意使劲扯了一下莉狄娅小姐的大氅。显而易见,他那支悲歌是不能在奥索中尉的面前露头的。

"你刚才唱的是什么歌子,保罗·法兰瑟?"奥索问道,"是巴拉塔,还是沃采罗①?小姐听得懂,她很想听你唱完。"

"以下的歌词,我全忘了,奥斯·安东。"水手答道。

接着,他放开嗓子唱起一首圣母颂歌。

莉狄娅小姐漫不经心地听着,也不再追着要那水手仍唱原来的那一首,却打定主意稍后非把这谜底弄清楚不可。她的贴身女仆虽然是佛罗伦萨人,对科西嘉方言懂得并不比自己的主子更多,但她好奇心重,也想弄个明白。女主人还没有来得及用臂肘碰碰她示意,她就心直嘴快脱口而出,问道:

"中尉先生,给人一个'兰贝科'②,是什么意思?"

---

① 巴拉塔、沃采罗:均为当地的挽歌。按照科西嘉的风俗,一个男子死后,特别是被人暗杀之后,遗体停放在桌子上,本家族的妇女聚在周围,当着众多亲友用科西嘉方言,即席编唱悼念的挽歌,如果没有本族妇女,死者的女友甚至与死者毫无关系的女子亦可,只要有编词唱曲的才能就行。有时,妇女们轮流编唱,更常见的是由死者的妻子或女儿单独编唱,均被统称为"挽歌女",她们所编唱的挽歌,在科西嘉东岸被称为"沃采罗",在西岸则为"巴拉塔"。——作者原注。

② "兰贝科"(Rimbeccare):意大利文,其意为摈拒、反驳、挡回。在科西嘉方言中,其意则为当众斥责,比如对被暗害者的儿子说不报杀父大仇,就是给他一个"兰贝科"。实际上,"兰贝科"就是催促人去报仇雪恨,故在意大利统治期间,凡给人"兰贝科"者,法律皆要严惩。——作者原注。

"'兰贝科'嘛,"奥索答道,"那是对科西嘉人最大的侮辱,谴责一个人有仇不报。谁跟您讲起'兰贝科'的?"

"昨天,在马赛。"莉狄娅小姐连忙打岔说,"船主先生提到过这个词。"

"当时他说的是谁?"奥索急促地追问。

"噢!他给我们讲了一个从前的故事……是什么年代的?……对啦,是瓦尼娜·德·奥纳诺[①]那个时代。"

"我想,小姐,瓦尼娜之死,一定使您不怎么喜欢我们的那位民族英雄,了不起的硬汉桑皮埃罗吧?"

"您觉得他那种杀妻行为很英雄吗?"

"当时的风俗很野蛮,他那种行为情有可原,再说,桑皮埃罗正在跟热那亚人拼杀得你死我活,如果他不严惩那个企图与敌人打交道的老婆,他的同胞又怎么能信任他呢?"

"瓦尼娜没有得到丈夫的允许就私自去谈判,桑皮埃罗扭断她的脖子是应该的。"水手也帮腔说。

"但是,"莉狄娅小姐辩护说,"她是为了去救丈夫呀,正是出于对自己丈夫的爱,她才去向热那亚人求情的。"

"替自己的丈夫去求情,便是对丈夫的侮辱!"奥索中尉厉声嚷道。

"丈夫便亲手杀了自己的妻子!"内维尔小姐便紧逼一句,"简直就是一个恶魔!"

"您要知道,是妻子自己要求恩典一样要求死在丈夫的手里。小姐,您是不是把奥赛罗[②]也视为一个恶魔?"

"那完全是两码事!奥赛罗是出于嫉妒,而桑皮埃罗只不过是因为虚荣心。"

---

① 瓦尼娜·德·奥纳诺:即前文所提说的16世纪科西嘉民族英雄桑皮埃罗的妻子,她因欲营救其夫而与敌方打交道,被其夫所杀。
② 奥赛罗:莎士比亚悲剧《奥赛罗》中的男主人公,因猜疑与嫉妒杀死了自己的妻子。

"嫉妒不就是一种虚荣心吗？是爱情上的虚荣心，您大概是因为这种特定的动机而原谅这种虚荣心吧？"

莉狄娅小姐以尊严的神情瞄了中尉一眼，转身去问水手船何时可以到岸。

"如果风向不变，后天可以到。"水手答道。

"我真想马上就看到阿雅克修，这条船坐得叫人烦死了。"

她站起身来，挽着女仆的胳臂，在甲板上走了几步。奥索呆立在舵旁，不知如何是好。是陪她去散步？还是知趣识相，就此结束这场令英国小姐大为不悦的谈话？

"我的圣母啊，这姑娘多美呀！"水手叹道，"如果我床上的臭虫都像她一样，即使我被咬死，我也不会抱怨！"

莉狄娅小姐也许听见了水手这番对她五体投地的傻话，看来颇感不悦，因为她几乎立即就回舱去了。不一会儿，奥索也去睡了。他刚一离开，莉狄娅小姐的女仆便返回甲板上，把水手彻底盘问了一通，然后就回舱对女主人作了以下这番汇报。

两年前，奥索的父亲德拉·雷比亚上校被人谋杀。刚才水手因为奥索的来到而停唱的那支挽歌便是暗杀事件之后流行起来的。水手认为此次奥索回乡是要"报杀父之仇"——他原话就是这么说的——他断言，过不了多久，彼埃特拉纳拉村便会有"鲜肉"上市，把当地的这个词翻译出来，就是说，奥索大爷将会把谋杀他父亲的那两三个嫌犯统统杀掉。事实上，这几个人也罪有应得，他们曾一度被司法当局通缉，仅仅因为他们买通了法官、律师、省长与警察，才得以逍遥法外。"科西嘉是个无法无天的地方，"水手接着说，"我不相信王家法院的官员能顶什么用，我只相信有支好枪就能摆平一切。如果一个人有了仇家，他就只能在三 S[①] 之中做出选择。"

[①] 三S：科西嘉的方言，是指"步枪"（schiopetto）、"匕首"（stiletto）与"逃亡"（strada）。——作者原注。

这些甚有意思的信息，大大改变了莉狄娅小姐对德拉·雷比亚中尉的看法与心态。从这时开始，他成了那位充满浪漫遐想的英国姑娘心目里的英雄偶像。他那种对一切满不在乎的神气、口无遮拦、嘻嘻哈哈的语调，本来使她有点不以为然，现在倒成为了他难能可贵的优点，因为这表明此人内心坚毅刚强，外表不露声色，他人是难以看出其内心感情的。她觉得，奥索颇有菲埃斯克①族人之风，放浪形骸而胸怀大志。虽然杀几个坏蛋与解救国家无法相比，但报仇雪耻干得漂亮亦不失为一桩美事。况且，女人爱的是英雄而不是政治人物。经过了这样的心路历程后，内维尔小姐才发现年轻的中尉原来眼睛大大的，牙齿整齐洁白，身材挺拔，举止甚有教养，且不失上流社会的风度。第二天，她便好几次去主动和他聊天，并觉得他讲得很有意思。她还询问了很多有关他家乡的事，中尉有问必答。他从小就离开了科西嘉，起先是去念中学，后来入了军校，但故乡在他心目里始终是个充满诗意的地方。一谈起故乡的群山与林莽以及居民的奇风异俗，他便兴高采烈。可以理解，他在叙述中不止一次提到了"复仇"这个字眼，因为只要谈到科西嘉人，便不可能不对他们这种尽人皆知的习俗不加评论、不置可否。大体上说来，奥索对自己同胞这种冤冤相报、恶性循环的仇杀，是持谴责态度的，这使莉狄娅小姐颇感奇怪。在奥索看来，农民之间这种打打杀杀倒是可以谅解的，说家族仇杀其实就是穷人之间的一种决斗。

他是这样说的："的的确确，互相暗杀之前必须先按规矩向对方提出挑战，'当心你的小命，我盯上啦。'设套暗算之前，双方必须如此郑重其事地警告对手。"接着奥索又说，"在我们家乡，仇杀暗算的凶案层出不穷，比哪儿都多，但没有一桩是出自卑鄙的动机。的确，我们这里有许许多多杀人犯，但他们绝没有一个是贼。"

---

① 菲埃斯克：13世纪至16世纪意大利著名的名门望族，曾产生过众多的权势强人，长期称霸于热那亚，其中的一位曾胸怀大志，密谋推翻暴君，解放国家。

当他提到"复仇"与"谋杀"之类的字眼时,莉狄娅小姐总是关注地盯着他,但并没有发现他脸上流露出任何激动的痕迹。既然她已经认准中尉有不动声色之定力,他人自是看不透他的内心状态的,当然,只有她的这双慧眼除外。因此,她深信不疑,等不了多久,他父亲雷比亚上校的在天之灵,就可以得到大仇已报的慰藉。

船行快速,科西嘉海岸已然在望。虽然莉狄娅小姐对岸上的地点完全陌生,船主仍然向她一一指点介绍,使她觉得知其名亦不失为一种乐趣。观风景而不知其名是最败兴不过的事了。有时,英国上校望远镜里出现了一个岛民,身穿棕色长袍,背着长枪,骑着一匹小马,在陡峭的山坡上奔驰。在莉狄娅小姐看来,这种山民不是强盗便是去为父报仇的儿子。但奥索却断言,那只是附近村镇的良民百姓在出门办事而已,身上背着枪并非要大开杀戒,而只是抖抖威风,追求时髦,如同一个花花公子出门必带一根漂亮的手杖。以武器而论,虽然长枪不及匕首那么雅致而富有诗意,但在莉狄娅小姐看来,对男人而言,枪要比手杖更为雅致。她还记得拜伦爵士笔下的英雄都死于子弹,而非古色古香的匕首。

海上共行三日,船终于到达了桑吉奈尔群岛①,眼前,阿雅克修湾壮丽的全景历历在目。有人将它与那不勒斯湾相比,实为有理。当双桅船缓缓驶入港口时,正有一处丛林着火,烟雾笼罩了季拉托峰②,令人不禁联想起维苏威火山③,更增添了阿雅克修湾酷似那不勒斯湾之感。但如果要两者完全相像,就还要有一支阿提拉④的大军到那不勒斯郊区扫荡一圈就行了,因为阿雅克修的周围一片荒凉,渺无人迹。在那不勒斯,从卡斯特拉玛尔直到米塞纳角,到处工厂林立,好不壮观,而阿雅克修湾的周围,只见黑压压的丛林,其背后则是一

---

① 桑吉奈尔群岛:科西嘉西部阿雅克修湾入口处的五个小岛。
② 季拉托峰:阿雅克修南20公里的一山峰。
③ 维苏威火山:意大利著名的火山,位于那不勒斯的东南。
④ 阿提拉:公元5世纪的匈奴王,曾率大军横扫欧洲大陆。

片光山秃岭,既无一座别墅,也无一所民房,城市周围的高岗上,有若干稀疏的白色建筑点缀于绿丛之中,那都是亡人的灵堂与家族墓地,景色虽美,但呈现出来一股肃杀凄凉之气。

  城市的外观,尤其是在当时那个季节,更增添了郊区的荒凉感。大街小巷,冷冷清清,空旷寂寥,只见几个无所事事的闲人,而且老是那几个。除了寥寥几个进城购物的农妇外,不见任何其他妇女。这里,可不像意大利其他城市那样欢声笑语处处可闻。偶尔,在街道的树荫底下,有十几个武装的乡民在赌纸牌或围观,他们既不叫喊,也不争吵,赌得紧张的时候,便响起手枪声,那通常是威吓的前奏。科西嘉人天生沉默寡言,沉稳肃穆。傍晚,有几个人出来乘凉,但在林荫大道上散步的几乎全是外地人。岛上的居民则总是站在自己的家门口,像老鹰蹲在自己的巢边一样,时刻防备着敌人。

第四章

父女一行在科西嘉登岸两天之后,去拿破仑出生的旧居参观了一趟,莉狄娅小姐用半正派半不正派的手段,从旧居墙上的壁纸上弄了一点样品,过程一完,莉狄娅小姐的新鲜感顿失,而感到郁闷起来。但凡外人来到一个国家,如果因与当地居民习俗不同格格不入,而陷入隔离状态的话,大抵都会有此种感受。这位英国小姐后悔当初不该一时冲动要来此地,但现在刚一到达就告别离开,势必有损她不畏险阻的旅行家之名声,只好耐下性子,但求消磨时光,打发日子。她下定决心之后,便端出画笔与颜料,勾画了一幅海湾风景图与一个卖甜瓜老乡的肖像。这个农民皮肤黝黑,很像大陆上的菜农,但蓄着一把白胡须,神情活像凶神恶煞。这一切还不够她消遣过瘾,便决心去作弄作弄那位班长的后人。这事不难,因为奥索并不急于回自己的村落,看来颇为乐意在阿雅克修滞留几天,虽然他在此地并无需要拜访的亲戚朋友。此外,莉狄娅小姐给自己规定了一个崇高的任务,就是要感化这头狗熊般的汉子,使他放弃回乡复仇的计划。自从她特别关注他以后,便深感让这么个年轻人去铤而走险、白白送命,实在太可惜了,而对她来说,能够使得一个科西嘉汉子回心转意,则是一件很光荣的事。

在当地,这几位旅客是这么度过一天的:早上,上校与奥索同去打猎,莉狄娅小姐作了作画,给女友写了写信,仅为了在信上能署上

"由阿雅克修寄出"的字样。6点钟左右,男士们满载猎物而归,接着,大家聚在一起用晚餐,餐后,莉狄娅小姐唱歌,上校打瞌睡,一对青年男女倾谈到深夜。

不知道办护照有个什么手续,使得内维尔上校不得不去拜访省长大人。此位省长与其他大多数同僚一样,也闲得发慌,百无聊赖,一听有位英国上流社会的富人来访,还带着自己漂亮的女儿,不禁喜出望外,当即殷勤接待,一口答应了访者的要求。不仅如此,几天后,他即回访上校。那天,上校刚吃完饭,正舒舒服服躺在沙发上蒙眬欲睡。他的千金小姐则在一架破钢琴前自弹自唱。傍坐的奥索一边翻看着她的琴谱,一边欣赏她的玉肩与金发。下人通报,省长先生来访,琴声戛然而止,上校赶紧坐了起来,揉揉眼睛,就向女儿介绍省长,又说:

"我不介绍德拉·雷比亚先生了,您大概认识他吧?"

"先生是雷比亚上校的公子吧?"省长略带窘态地问。

"是的,先生。"奥索答道。

"我曾有幸认识令尊。"

老一套的应酬话很快就讲完了。上校不由自主地频频直打哈欠,奥索是个自由主义分子,不愿意跟官方的走卒打交道,只有莉狄娅小姐独自与来客应对。而省长也不愿意使交谈冷寂下来,显然是很想和一位认识全欧社会名流的女士谈论谈论巴黎与上流社会。他在交谈之中,不时以一种奇特的眼光打量着奥索。

"您是在大陆认识德拉·雷比亚先生的吗?"他探问莉狄娅小姐。

莉狄娅小姐略显尴尬地回答说,是在这条来科西嘉的船上认识的。

"这个年轻人很有教养。"省长低声说,接着把嗓音压得更低问,"他向您谈起过他这次回科西嘉有什么意图吗?"

莉狄娅小姐正色答道:"我从没有向他打听过,您可以直接问他。"

省长沉默不语了。但稍过了一会儿,他听见奥索在用英语和上校交谈，便问：

"先生，您一定到过很多地方，大概已经把科西嘉忘掉了……也忘了当地的习俗。"

"您说得对，我离开科西嘉的时候，年纪还很小。"

"您一直在军队里服役？"

"我现在已经退伍了，先生。"

"您在法国军队里待了这么久，先生，我深信您一定变成了一个地道的法国人。"

说到最后几个字时，他故意加重了语气。

对科西嘉人而言，提醒他们乃从属于法国，这绝非恭维敬重之语。他们一心想要自立门户，独立成族。他们的特立独行的确表现出了这一点，由此，旁人也就视之为另类而予以默认了。当下，奥索气往上冲，颇为不快，顶了省长一句：

"阁下，您难道以为，一个科西嘉人非得在法国军队里吃过粮，才能成为体面人吗？"

"当然不是。"省长赶紧辩白，"我绝没有这种偏见。我只是说，科西嘉当地有某些习俗，是我等为官当差者所不乐于看见的。"

他故意着重习俗二字，脸上摆出十分严肃的表情。不一会儿，他起身告辞，并要莉狄娅小姐改日务必赏光来省长府会会他的夫人。

他走了后，莉狄娅小姐说：

"我真不虚此行，要知道省长为何等人物，非来科西嘉不可。我觉得这个省长倒是蛮和气的。"

"我嘛，"奥索说，"我可不敢这么说，此人装模作样，故弄玄虚，我觉得他很古怪。"

上校此时已快进入梦乡。莉狄娅小姐朝父亲那边瞅了一眼，低声对奥索说：

"我可不觉得如您所说他是在故弄玄虚，他言下之意我是听出来了。"

"内维尔小姐,您固然耳朵灵敏,不过,如果您在他刚才那番话里听出了什么弦外之音,那肯定是您自己加进去的。"

"德拉·雷比亚先生,您引用的这句话,我记得是马斯卡里侯爵①说的……可是,要不要我向您证实一下我颇能料事如神?我有那么一点法力,只要见过某个人两次,我就能洞悉他心里在想什么。"

"我的上帝呀!您可把我吓坏了。如果您能看透我的心事,我不知道应该高兴还是应该苦恼……"

"德拉·雷比亚先生,"莉狄娅小姐脸色羞红,继续说,"我们相识不过几天。但是,在海上,在蛮荒之地——希望您原谅我这么说——在蛮荒之地,大家比在交际场中容易互相熟悉……所以,如果我以朋友的身份提及您的私事,请您不要感到讶异,这种私事本来是外人不应该多嘴的。"

"啊,内维尔小姐,别说什么外人不外人,我更喜欢您把我当朋友。"

"那好!先生,我必须声明,我并非有意打听您的秘密,但我偶然得知了一星半点,其中有的事情使我深感悲痛。先生,我知道您的家庭曾惨遭不幸。我也多次听说贵家乡有仇必报的习性以及他们的种种报复方式……省长刚才含沙影射的不就是这回事吗?"

"莉狄娅小姐是否以为我……"奥索脸色煞白得像死人。

"我不会那么以为。"莉狄娅小姐打断他的话,"我知道您是一个谦谦君子。您曾经亲口对我说过,在您的家乡,现在只有粗野平民才搞'仇杀'……您把它戏称为一种决斗方式……"

"您认为我有朝一日会变成杀人犯吗?"

"奥索先生,既然我已经和您谈起了这件事,您就该明白我对您并没有什么不放心。不过,我之所以和您谈这件事,"她说着垂下了

---

① 马斯卡里侯爵:法国17世纪喜剧作家莫里哀的《可笑的女才子》一剧中的人物。

眼睛，然后又继续道，"那是因为我很清楚，您一旦回到家乡，很可能就会被野蛮的成见所包围，到那时，我希望您知道有一个人是信赖您的，深信您一定有勇气顶住这些成见。好吧，"她边说边站了起来，"咱们别谈这些烦心事了，谈起来我就头疼，再说，天色也不早啦。您不会见怪吧？按我们英国人的习惯，道声晚安吧。"说着，她把手伸给奥索作别。

奥索严肃而感动地紧紧握了握她的手。

"小姐，"他说道，"您知道，有时候，我内心里又复燃起家乡的报仇心理；有时，当我想起我那悲惨的父亲……种种可怕的念头便又萌生了出来。现在全亏了您，我才得以解脱。谢谢，谢谢！"

他还想继续说下去，但莉狄娅小姐将一把茶匙弄掉在地上，响声把上校惊醒了。

"德拉·雷比亚，明早5点出发去打猎，可要准时啊！"

"一定准时，上校。"

第五章

第二天,在上校与伙伴打猎归来之前不久,莉狄娅小姐也从海边散步往回走,正与女仆回到旅馆时,忽见一全身黑素衣装的年轻女子,骑着一匹矮小精壮的马进了城来。那女子后面紧随着一个农民模样的跟班,也骑着马,身穿一件臂肘处已磨破的棕色上衣,背上斜挎着一个葫芦,腰间掖着一把手枪,手里还握着一支长枪,木柄枪托则插在鞍架上的一个皮袋里,总之,此人的穿扮活像舞台剧中的强盗,正是科西嘉岛上老乡出门赶路常有的那种装束。那女子姿容艳丽,当即引起了内维尔小姐的注意。她约莫20岁,身材高大,肌肤白皙,双眸澄蓝,红唇艳如玫瑰,皓齿像上了釉的细瓷;其面部表情既高傲又不安,且忧伤外露;她头披黑色面纱,此品名为"美纱罗"①,由热那亚传入科西嘉岛,妇女披戴最为相宜;她一头栗色秀发,扎成长辫盘在头上,如一袭头巾;她衣着洁净,装束极其简朴。

内维尔小姐有充足的时间端详这位戴美纱罗的女子,因为她在街上停了下来向行人打听什么,而从其眼睛的表情来看,所打听的事情似乎关系甚为重大。得到回答后,她便扬鞭策马,飞奔而去,一直到托马斯·内维尔爵士与奥索下榻的旅舍前才停下。向店主询问了几句后,她翻身下马,往大门旁的石凳上一坐,她的跟班即把她的坐骑牵到马厩里去了。穿着巴黎时装的莉狄娅小姐打她面前走

---

① 美纱罗:意大利文。

过时，她连眼皮也没有抬。一刻钟以后，莉狄娅在自己房间里推窗外望。见那戴美纱罗的女子仍然坐在原地未动，连姿势也没有变。过了不久，上校与奥索打猎归来。店主对那位身穿丧服的女子说了几句话，并用手指了指年轻的德拉·雷比亚，那女子脸一红，霍地站起来，迎前几步，又骤然停下，像发愣似的站着不动。奥索离她很近，好奇地打量着她。

"您是奥索·安东尼奥·德拉·雷比亚吗？"她问，声音因激动而颤抖，"我是高龙巴。"

"高龙巴！"奥索惊叫起来。

他立刻把她搂进怀里，温柔地吻着。上校与他的女儿不胜惊讶，因为，在英国，从没有人在街上当众拥抱。

"哥哥，"高龙巴说，"我没有得到您的允许就来了，请原谅。我是听朋友们说您已经到了，能见到您，对我真是莫大的安慰……"

奥索又吻了吻她，然后转身对上校说：

"这是我妹妹，如果她不自报姓名，我真认不出是她。高龙巴，这位是托马斯·内维尔爵士。上校，请原谅，我今天不能与您共进晚餐了……我妹妹……"

"哎，我亲爱的先生，你们还想上哪儿另开一席呀？您知道，这该死的旅馆只备一桌饭，而且是专为我们做的。请这位小姐凑合跟我们一道吃，也让小女高兴高兴。"

高龙巴瞄了哥哥一眼，他没有多作推辞，于是，大家一道进了旅店最宽敞的一间房，那是给上校一人作客厅兼餐厅用的。德拉·雷比亚小姐被介绍给了内维尔小姐，她向英国小姐深深施了一礼，但一言未发。看得出来，她很是慌张失措，也许是因为她生平第一次与外国上流社会人士相处。但是，在举止上，她却并不土里土气。她与众不同的气质弥补了她的生硬不自然。而内维尔小姐反倒喜欢她这一点。自从上校一行人一入住，这家旅馆就没有空房间了。内维尔小姐居然愿意屈尊降格，或者是出于好奇，特邀请德拉·雷比亚小姐在自己房里另搭一张床，两人同住一室。

高龙巴结结巴巴道了几声谢，便急忙跟随内维尔小姐的女仆梳洗去了，她一路上驱骑顶晒，风尘仆仆，自当收拾清洗一番。

她回到客厅之时，见上校与奥索出猎归来放在角落里的猎枪，便停下脚步，说："真是好枪，哥哥，是您的吗？"

"不是，是上校的英国枪，不仅美观好看，而且打得很准。"

"我真希望哥哥也有这样一支好枪。"高龙巴说道。

"这三支枪中，当然有一支是属于德拉·雷比亚的。"上校大声嚷道，"他的枪法实在太好了，今天打了14枪，全都命中！"

上校执意要赠予一支，奥索则辞谢坚拒，两人之间好一番互推互让，终于奥索难却上校的盛情，答应接受，这使得高龙巴大为高兴，喜形于色。旁人一眼就可以看得出来，哥哥拒收时，她板着脸，现在却满脸都充满了孩子般的欢乐。

"好朋友，挑一支吧。"上校说。

奥索仍然不好意思挑。

"那么，请令妹为你挑吧。"

高龙巴不用对方再敦请一遍，便挑了一支装饰得最少的，但是曼顿名牌的大口径精品。她说："这一支射程肯定很远。"

她的哥哥显得不好意思，连连道谢，恰好饭菜及时端上，才使他趁入座就餐而摆脱了窘态。高龙巴起先不肯入席，哥哥对她使了个眼色，她才做了让步，并且在吃饭以前，以虔诚天主教教徒的方式，先画了个十字。莉狄娅小姐对她这一番作态看得入迷，心想："妙哉，这才叫古朴民俗呢。"

于是，她打算对这位代表着科西嘉古老民风的妙龄女郎，多做一番有趣的观察。奥索显然有点不大自在，唯恐自己妹妹的言谈举止有些土气。但妹妹老关注着哥哥，一举一动都学他的样。有时，则又定睛看着他，眼里流露出一种异样的哀伤表情。而当奥索的目光与妹妹的偶尔相遇时，他总是把目光转移到别处，似乎有意避开他妹妹无言地向他提出的某个问题，那个问题正是他们两兄妹都心知肚明的。席上，大家都用法语交谈，因为上校的意大利语实在不够用，高龙巴听得懂法语，而且不得不和主人应酬的那几句话，说起来也还算过得去。

晚饭后，上校发现两兄妹之间有那么一点拘谨，便以他一贯的坦率问奥索是否需要同高龙巴单独说说话，如若需要，他可以和女儿避到隔壁房间去。但奥索连忙谢绝了，说他们兄妹到了彼埃特拉纳拉会有充足的时间拉家常，彼埃特拉纳拉就是他将要定居的村子。

于是，上校就往沙发上他惯常的位置上落座，内维尔小姐为了想方设法让美丽的高龙巴开口说话，试着换了好几个话题，终未能如愿，只好请奥索朗诵一首但丁的诗，因为但丁是她最喜爱的诗人。奥索选了《地狱篇》中描写法朗塞斯卡·德·里米妮的爱情故事①。他朗诵起来，把那些三行一韵的优美诗句、那些描写两个青年男女共阅言情小说时如何堕入危险关系的诗句朗诵得抑扬顿挫。他诵读的时候，高龙巴靠近桌子，把原来低垂的头抬了起来，一双秀眼睁得大大的，闪耀着异样的光芒，俊脸一会儿泛红，一会儿发白，身躯在椅子上不停地扭动。意大利人的气质真是了不起，根本用不着有老学究来指点诗歌之美，他们自然就会感受体味。

诗歌朗诵完毕，高龙巴叫嚷了起来：

"这诗真美！哥哥，是谁写的？"

奥索对此提问替她感到有点不好意思，莉狄娅小姐笑了笑，答道，是好几个世纪前一个佛罗伦萨诗人写的。

"回到彼埃特拉纳拉，我要教你读读但丁的作品。"奥索说。

---

① 但丁《地狱篇》第五章，讲述了一个爱情悲剧：少女法朗塞斯卡·德·里米妮婚姻不幸，与其小叔共阅爱情故事而相恋，被其夫所杀。

"我的天呀，这诗真美！"高龙巴连连称赞道，接着，她把记住了的三四节背诵了出来，起初声音很低，后来越来越激动，竟高声朗诵起来，比她哥哥刚才朗诵得更加有声有色。

莉狄娅小姐对此十分惊讶，说：

"您似乎非常喜爱诗歌，您将来自己第一次读但丁的作品时一定很陶醉，我真羡慕您！"

"内维尔小姐，"奥索说："您看，但丁的诗有多么了不起的魅力，居然把一个只会念念《天主经》的乡村姑娘也感动了……噢不，怎么我搞错了，高龙巴其实也要算是个内行。她从小就喜欢写诗，先父曾经在他的家信里告诉我，她在彼埃特拉纳拉村与方圆8公里的范围里，是最有才华的丧歌女。"

高龙巴带着央求的神情看了她哥哥一眼。内维尔小姐早就听说过，科西嘉有些妇女能够即兴作歌，便很想当面饱饱耳福，因此，恳求高龙巴一展歌才。奥索十分懊悔自己刚才说起了妹妹写诗的本领，只好解释说，科西嘉的哭丧歌单调乏味，朗诵过但丁的作品以后再来吟科西嘉的诗，那简直就是丢他本乡本土的脸。但是，不管他怎么说也无济于事，反倒激起了内维尔小姐的好奇心，终于，奥索只好对妹妹说：

"那么，你就即兴诌几句吧，但可要短一些。"

高龙巴叹了口气，对桌上的台布凝视了一分钟，又抬头看了看房梁，然后用手捂住眼睛，就像有些鸟儿看不见旁人就以为旁人也看不见自己一样，大大放心地用颤悠悠的声音唱了起来，其实就是一种朗诵，以下就是她诵唱的内容：

少女与斑尾林鸽

群山背后有一个深谷，

太阳每天只在这里照耀一个小时；
深谷里有一所幽暗的房屋，
野草蔓延，窗户紧闭，
屋顶上也没有炊烟。
但太阳照临的时候，正当每天正午，
一扇窗户打开，坐在窗口纺纱是一个孤女，
她一边歌唱，一边纺织，
唱的是一首悲伤的歌子；
歌声却无人回应。
春天来临的一天，
一只斑尾林鸽飞来，停栖于附近的一棵树上，
它听见了少女的悲歌，
它说，姑娘啊，不要以为世上只有你在悲痛；
我的伴侣也被凶残的老鹰抓走遭难。
姑娘答道，鸽子啊，请你帮我认准那只抢你伴侣的凶鹰，
即使它飞入了云端，
我也能把它击落。
可是我呀，我可怜的姑娘，
我还有一个兄长在远方，谁能使他回到我身旁！
请告诉我，你的哥哥现在何方，
我展翅就能飞到他的身旁。

"好一只有教养的鸽子！"奥索一面高声嚷着，一边拥抱自己的妹妹，他真实的激动与他那假装出的开玩笑的声调颇为不相称。

"您唱的歌实在很有魅力。"莉狄娅小姐说，"希望您把它写在我的纪念册上，我要把它译成英文，还要叫人配上音乐。"

好心的上校虽然一点也没有听懂高龙巴歌唱的内容，也跟着附和

自己女儿连声叫好,还问上一句:

"小姐,您说的那种鸽子,是否就是咱们今天吃的那种烤鸽?"

内维尔小姐拿出自己的纪念册,看着那位即兴女歌手书写诗歌的方式特别节省纸张篇幅,不禁大为诧异,她不是把诗句写成一句一行,而是前后连成一片,直抵纸张的尽头,完全不顾写诗的格式,即所谓的"行短,长短不一,两边各留天地"。高龙巴小姐在单词拼写上的别出心裁,也颇不规范。对此,内维尔小姐好几次不禁失笑,奥索作为哥哥则倍感难堪,无地自容。

就寝的时间到了,两位姑娘告退回房。莉狄娅小姐卸下项链、耳环与手镯的当儿,发现高龙巴从衣裙下取出一件东西,长长的像鲸鱼骨做的裙撑,但形状却又不同。她小心翼翼、几乎是悄悄地把它往桌子上她那块美纱罗下面一塞,然后跪下来虔诚地祈祷,两分钟后,才上床躺下。莉狄娅小姐生性好奇,而且像所有英国妇女一样,卸装脱衣的动作慢吞吞的。她走近桌子,假装在找一只别针,掀起了那块美纱罗,但见一把相当长的匕首赫然在目,它镶着螺钿与白银,做工精巧,即使对武器收藏家而言,也堪称一件价值连城的古兵器。

"姑娘家在紧身衣下面携带这么个小玩意儿,这是本地的习俗吗?"内维尔小姐笑着问道。

"不得已呀,"高龙巴叹口气说,"坏人实在太多了。"

"您真敢给人来这么一刀?"

说着,内维尔小姐手持匕首,像在舞台上演戏一样,从上往下用力一戳。

"当然有,在危急的情况下。"高龙巴用温柔得像音乐般的声音说,"为了自卫或者为了保护朋友……但是您不能用这个姿势持匕首,否则对方一退,您反倒会伤着自己。"她坐了起来,"您瞧,要这样持刀,从下往上一刺,据说这么做才能致对方死命。唉,不需要用这种武器的人才叫有福气哩!"

她叹了口气,倒在枕头上,闭上双眼。她那张脸,显得那么漂亮、高贵而纯洁,真是人间少有,天下无双。想当年,菲狄亚斯①雕塑智慧女神弥涅耳瓦②的时候,如果看见这张脸,就绝不会另找模特儿了。

---

① 菲狄亚斯(公元前490~430):希腊著名的雕刻家。
② 弥涅耳瓦:罗马神话中的智慧女神,百姓的庇护者。

第六章

我遵从贺拉斯的教导,且将本故事"从半中间讲起"①。现在,美丽的高龙巴与上校父女都已入睡,我趁此空当,将读者所不应不知的某些情况做个交代。如果看官想更加深入了解这个真实的故事,那是非知悉这些脉络不可的。看官已经知道,奥索的父亲,德拉·雷比亚上校,是被人暗杀的。不过,在科西嘉,不像在法国那样,凶手往往是一个越狱的苦役犯,他要偷你的银器,找不到有效的办法,就把你杀掉了。在这里,暗杀则往往出自仇家之手。至于血仇是怎么结下来的,却往往难以说清楚。许多家族都有世仇,而世仇的缘起却早已尘封泯灭。

德拉·雷比亚上校的家族,同好几个家族都有仇,尤其与巴里契尼家族结仇最深。据说,远在16世纪,德拉·雷比亚家的一个青年勾引了巴里契尼家的一个少女,后来被女子的亲人刺死了;另一种说法则完全相反,说是被勾引的女子是德拉·雷比亚家族的,而被刺死的是巴里契尼家的男子。不管真相如何,两个家族之间有血债,皆为世人所确认。不过,与通常习惯不同,这桩血案并未立即引发其他的仇杀,这是因为,雷比亚家族与巴里契尼家族,同样都被热那亚政府所迫害,年轻的男子都流亡在外,两个家族有好几代都没有强势的

---

① 贺拉斯:古罗马著名诗人,其《诗的艺术》乃诗歌创作论的经典之作,"从半中间讲起"原文为拉丁文,出自《诗的艺术》。

代表人物。到了上个世纪末年,有一个在那不勒斯军队里当差的德拉·雷比亚家族男子,在赌场里与几个军人吵了起来,对方朝他破口大骂,骂他是科西嘉的贱羊倌,他拔出剑来,但一对三,寡不敌众,幸亏当场另有一个赌客大喊了一声:"我也是科西嘉人。"并拔刀相助。此人乃巴里契尼家族成员,但并不认得自己这位同乡。待互报姓氏后,双方以礼相待,甚为热诚,并发誓结为金兰。可见,如果是在大陆上,科西嘉人很容易友好结交,这和在他们本乡本土的岛上大不相同。只要是在意大利,这位德拉·雷比亚与那位巴里契尼,一直亲如知己,但一回到科西嘉,两人就很少见面了,虽然都住在同一个村子里。当他们去世时,据说已经有五六年互不说话了。他们的后人,按岛上人的说法,也"老死互不往来"。其中一方的后人,即奥索的父亲吉尔福契奥当了军官,另一方的后人吉乌狄契·巴里契尼则成了律师,两人都当上了各自家族的族长,由于职业不同,隔行如隔山,他们几乎没有任何机会碰碰面,哪怕是听到旁人谈到对方。

但是有一天,那是1809年的时候,吉乌狄契在巴斯蒂亚城一家报纸上,看到吉尔福契奥被授予勋章的消息,便当着众人的面说,他对此毫不感到意外,因为此人的后台是某某将军。这话传到了身在维也纳的吉尔福契奥的耳里,他便对一个同乡反讽说,等他回到科西嘉之日,吉乌狄契一定是暴富了,因为他从败诉的官司里赚得的钱,比从胜诉的官司里所赚得的钱更多。他讽刺话的真意何所指,谁也猜不透,究竟是指这位律师出卖了自己的委托人呢,还是只不过道出了职业行当中最普通不过的真相,那就是输一场官司比赢一场官司,可以给律师带来更为丰厚的收入。不管怎样,巴里契尼耳闻了这番讽刺话,并一直怀恨在心。到了1812年,他谋求出任村长一职,正当他即将达到目的时,某某将军致函省长大人,推荐吉尔福契奥妻子的一个亲戚来担任。省长立即迎合了将军的授意。对此,巴里契尼毫不怀疑是吉尔福契奥捣的鬼。1814年,拿破仑皇帝倒台,将军推荐的那个村长被指控为拿破仑分子而遭到撤职,取代的是巴里契尼。到了拿破仑的百日政变①时期,又轮到巴里契尼被撤职。最后,拿破仑彻底失败,一场政治风暴终于过去,巴里契尼又风风光光举行盛典,将村长的印章与户籍等册重新接收了回去。

从此,他吉星高照,官运亨通,而德拉·雷比亚上校却被迫退伍,回到故里彼埃特拉纳拉村,还不得不去应付巴里契尼阴损阴损的刁难排挤。有时,说他的马窜进了村长家的园子而传讯他要他赔偿损失;有时,村长又借口修补教堂前的路面,故意将德拉·雷比亚家族一成员坟墓上一块刻有族徽标志的石板扔掉了。如果有羊群啃了上校家的青苗嫩叶,羊主人一定会得到村长的袒护。接着,有两个一直深受德拉·雷比亚家族保护的人,一个是在本村邮政局兼职的那个杂货店老板,一个是负责看守园林的那个残废老兵,都相继丢了差事,而被巴里契尼家族的人所取代。

上校的太太去世,临终希望把她葬在她生前经常散步的一个小树林里,村长闻讯立即宣布她必须葬于本村的公共墓地,理由是他未得到上级授权允许村民另外单建墓塚。对此,上校勃然大怒宣称,在等待上级授权批下来之前,他的太太必须葬在她本人生前指定的地点,还派人挖了墓穴。村长则针锋相对,也叫人在本村的公墓里挖了一个,而且还派来了警察,说是为了显示法律的权威。出殡的那天,两派人众悉数到场,摆开阵势,颇有为争夺德拉·雷比亚太太的遗体而不惜大打出手之势。死者的亲属招来40多个全副武装的农民,强迫本堂神甫走出教堂,取道朝小树林进发。另一派人,由村长亲率两个儿子,加上一群党羽与警察,则挺身阻挡。当他出现在阵前并喝

---

① 百日政变:1814年,拿破仑帝国垮台,路易十八在联军刺刀保护下回到巴黎,波旁王朝在法国复辟,拿破仑被囚于厄尔巴岛。1815年3月,拿破仑发动政变,离开厄尔巴岛,重返巴黎,路易十八出逃,欧洲各国又组成反法联盟,1815年6月18日与拿破仑会战于滑铁卢,拿破仑大败,被迫第二次退位,被流放到圣赫勒岛。此一历史进程,被称为"百日政变"。

令送葬行列后退时，对方发出了一阵嘘声与恐吓声，且人多势众，意志坚决，有些枪支还上了膛准备开火。据说，有个牧羊人就瞄准了村长，但上校将那支枪往上一抬，说道："没有我的命令，谁也不许开枪！"村长此人颇像巴汝奇①那样，"天生怕挨打"，见此阵势，不敢应战，便领着党羽退走了。于是，送葬行列开始上路进发，还故意绕最远的道而行，非得从村公所面前经过不可。在行进中，有一个冒失鬼加入了行列，竟斗胆高喊了一声："皇帝万岁！"②跟着喊的还有两三个人。这时，又碰巧有一头村长家的牛挡住了去路，这一帮人越来越得意放肆，竟想把这头牛宰掉，幸亏上校出来阻止，才没有发生一个血腥事件。

不难想象，这场纠纷当即已被记录在案，村长用妙笔生花的文笔给省长打了一份报告，说天国的神规与人间的法律是如何被践踏，他村长的尊严还有神甫的威信是如何受到藐视与侮辱，德拉·雷比亚上校是如何带头闹事，纠集拿破仑余党妄图颠覆正统王朝，挑起岛上民众的武装械斗，这一连串罪状实触犯了刑法第八十六条与第九十一条，当严惩不贷。

这份加油添醋、夸大其词的告状反而没有达到其目的，对手上校也没有闲着，他也致函省长与王家检察官。他太太还有一个亲戚与王家法院的一位表亲沾亲带故，此位表亲正好是本岛的议员，全靠这些关系维护打点，阴谋造反的罪名便大事化小，小事化了。德拉·雷比亚夫人得以安息在她的小树林里。只有那个喊口号的冒失鬼被判在监狱里关了半个月。

巴里契尼律师对此大逆不道的案件竟被如此从轻发落深为不满，便再接再厉换了一个方向继续进攻。他不知从何处弄出一张陈年旧契，据此否认上校对一条设置了一座磨坊的水流拥有主权。官司打了

---

① 巴汝奇：16世纪法国小说家拉伯雷名著《巨人传》中一个带喜剧色彩的人物。
② 皇帝万岁："皇帝"指已经被废的拿破仑，在复辟时期，这个口号被视为叛逆。

很久。快到一年时，法院行将判决，从所有的迹象看来，上校将要胜诉。此时，巴里契尼先生突然交给王家检察官一封信，此信的签名者是一个名声响亮的强盗，名叫阿戈斯契尼。他在信中威胁村长，如果不撤诉停止官司，便要以血光之灾相加。众所周知，在科西嘉，强盗为了报答朋友，往往插手一些私人纠纷，拔刀相助。能得到强盗的庇护，是来之不易、弥足珍贵的事情。村长正要利用此信大做文章，不料又意外发生一事，使得事情变得更为扑朔迷离、真相难辨，那就是大盗阿戈斯契尼致函王家检察官，声言有人假冒他的笔迹，写了威胁村长的信件，使世人怀疑他的人格，以为他是一个以自己的威名做交易的小人。在这封信的末尾，他这样说："如果我查出了那个伪造信件者，必将严加惩处，以儆效尤。"

很明显，那封给村长的恐吓信并非出自强盗阿戈斯契尼之手。于是，德拉·雷比亚一方就控告村长巴里契尼一方假造了威胁信，而后者则反唇相讥。双方互相指责，法院一时无法弄清究竟是哪一方在作假。

就在此关键时刻，吉尔福契奥上校被人暗杀了。据法院档案记载，经过情形如下：18××年8月2日，傍晚时分，一个名叫玛德莱娜·皮埃特里的妇女带着粮食去彼埃特拉纳拉村，猛听见两声连续的枪响，好像是从通往村子的一条低洼路上发出来的，距离她约有150步远。几乎与此同时，她看见有个男子俯身沿着葡萄园里的小路往村里跑去。这人边跑边稍停一下，回头望望，可惜距离太远，她看不清他的面貌，何况，他嘴上还叼着一大片葡萄叶，几乎把整个脸都遮住了。那人向藏在一旁没有显形的同伙做了一个手势，便钻进葡萄园不见了。

妇人撂下粮食，奔向出事的那条小路，在那里发现德拉·雷比亚上校倒在血泊里，身上中了两枪，但尚未断气。他的身边撂着他上了膛的枪，看样子，他正要举枪迎敌，朝对面的来袭者开火，却被另一个敌人从背后击中。他大声喘气，垂死挣扎，但一句话也说不出来。

据后来医生解释，这是子弹打穿了肺部所致。鲜血使得他窒息，血流得很慢，像红色的泡沫。妇人想把他扶起来，问了他好几句话，都白费力气，毫无结果。她看出来他很想说出点什么，但已经说不清楚了。她又发现他试图把手伸进口袋，便赶紧帮他从他口袋里掏出一个活页夹，把它打开递给他，受伤者取出夹里的铅笔，想要写点什么。目击证人见他费了好大的劲写了几个字母，但她不识字，看不懂是什么意思。上校写得筋疲力尽，把活页夹交到皮埃特里妇女手里，使劲握着她的手，神情古怪地看着她，似乎想要告诉她，用女证人自己的话来说，就是这么一个意思："事关重大，这是杀我的凶手的名字！"

皮埃特里妇女向村里跑去时，迎头碰见巴里契尼村长与他的儿子文桑德罗。那时，几乎已经完全天黑了。她把自己所见到的一切给他们讲了一遍。村长拿过活页夹，跑回村公所去系上执行公务时必须佩戴的肩带，又叫来文书与警察。他们走后，玛德莱娜·皮埃特里单独与文桑德罗留下时，她求年轻人去救助上校，说不定他还有一口气。但文桑德罗回答说，上校是他家不共戴天的仇人，如果他走进去，别人一定会说是被他杀死的。待了一小会儿，村长回来了，发现上校已经气绝，便叫人把尸体抬走，并作了笔录。

巴里契尼村长忙乱得不知所措，在当时的情况下这很自然，尽管如此，他还是赶紧把死者的文件夹封存起来，并在他的职权范围里，尽量作了一番检查探究，但始终没有任何重大的发现。

预审法官到场后，打开那个活页夹，只见一张血迹斑斑的纸上，有几个字母，写字的手已经软弱无力，但笔迹尚清楚可见，纸上写着：阿戈斯契尼……法官毫不怀疑上校是想指控阿戈斯契尼就是杀他的凶手。可是，上校的女儿高龙巴·德拉·雷比亚应法官的传讯到场后，要求仔细察看察看那个活页夹。她翻阅了好久好久，猛然一伸手指着村长，大声喊道："他就是凶手！"虽然悲痛欲绝，但她仍然令人惊讶地以准确而清晰的言词陈述出她的理由。她说，其父不久前接到了儿子奥索一封信，看后便把信烧掉，但在烧掉之前，用铅笔在活页夹里抄下儿子的地址，因为奥索刚刚换了驻地，可如今活页夹里抄下了地址的那一页没有了，这说明是村长把它撕掉了，而正好这一页上她父亲写明了凶手的名字。按高龙巴的推断，村长在另一页上补写下阿戈斯契尼的名字用来混淆视听。法官的确也发现写有名字的那个小纸本上缺了一页，但他马上又发现那纸本上还有其他一些缺页。有证人说，上校有撕活页夹里的纸来点雪茄的习惯，因此极有可能不留神把抄有地址的纸页撕下来烧掉了。此外，有人认为，村长从皮埃特里女人手里接过活页夹后，由于已经天黑，根本没有可能去翻看；还有人证实，村长在走进村公所之前，一刻也没有停，警察队长一直陪着他，眼见他点起了灯，把纸夹装进一个信封里，当着队长的面把它封存好。

警察队长陈述完毕，高龙巴悲愤欲绝，扑倒在他脚下，以世上最圣洁的名义恳求他说说当时是否离开过村长，哪怕只有一小会儿。警察队长犹疑片刻，显然是被这姑娘呼天抢地的激昂所感动，便承认自己确曾到隔壁房间取过一大张纸，但离开不足一分钟，当他摸黑在抽屉里找纸时，村长还在不停地跟他说着话。而且，他证实，当他回来的时候，那个染着血迹的活页夹仍放在原来那张桌子上，村长起初进屋时，就是把活页夹放在那里的。

轮到巴里契尼村长陈述时，他神情自若，从容镇定。他说，他原谅德拉·雷比亚小姐的偏激言行，并愿意放下尊严来证实自己的清白。他有证据表明自己整个傍晚都在村子里，血案发生时，他儿子文桑德罗和他正站在村公所前面。他还说，他的另一个儿子奥兰杜契奥那天正发烧病卧在床。他还出示了自己家里所有的枪支，没有一杆是最近使用过的。至于那个活页夹，他补充说，他当时就深知其重要性，所以立即就把它封存起来，交给了他的助理，因为他已经预料到，由于他与上校不和，他很可能受到怀疑。最后，他还提醒大家，大盗阿戈斯契尼曾经发出恐吓，说要杀死假冒他的名字伪造了那封信的人，暗示这个土匪很可能是怀疑上了上校，因此制造出这桩凶杀案。众所周知，根据强盗行事的惯例，出于类似的原因而进行了同样报复的，并非没有先例。

德拉·雷比亚上校遇害后5天，阿戈斯契尼遭到一支巡逻队的袭击，他负隅顽抗，被当场打死。在他身上搜出一封信，是高龙巴写给他的，信上说，人人都认定他是杀害上校的凶手，请他站出来宣告一下究竟是或不是。对此，这个强盗未予理睬，于是，人们一般都认定他是没有勇气向一位姑娘承认自己杀了她的父亲。但是，那些自认为很了解阿戈斯契尼性格的人，私下都认为如果真是他枪杀了上校，他定会自我吹嘘一番，另有一个名叫布朗多拉契奥的强盗，则交给高龙巴一份声明，说他以名誉担保他的老伙伴绝未干下这桩血案，但他只有唯一一条证据，那便是，阿戈斯契尼从未跟自己说起过他怀疑上校曾假冒了他的名义写威胁信。

结果是，巴里契尼一家脱尽干系，平安无事，预审法官将村长大大称颂了一番；而村长则进一步锦上添花，宣称撤回他跟上校关于那条水流的诉讼，以更彰显其高风亮节。

按照当地的风俗习惯，高龙巴当着众多亲友的面，在父亲的遗体前，即兴创作了一首哭悼歌，公开谴责巴里契尼父子是杀人凶手，尽情发泄了对凶手的仇恨，威胁说她的兄长必将为父报仇。这首哭悼歌流传甚广，莉狄娅小姐听那个水手唱的就是此歌。奥索当时正在法国北部，得知父亲的死讯后，便请假回家，但未获批准。起初，他接读妹妹的来信，以为巴里契尼父子就是凶手，但不久后，他又收到审讯过程中所有文件的副本以及法官本人的一封私人信，他就几乎完全确信强盗阿戈斯契尼才是不二的凶手了。高龙巴每三个月要写一封信给他，把她认定为证据的那些怀疑向他唠叨一遍。读了妹妹来信的指控，他身上科西嘉人的热血不禁沸腾而起，有的时候，几乎认同了妹妹的偏激之见。但每次给妹妹回信,他都一再指出她的猜测并无确凿的证据,因而令人难以置信,他甚至不许她再提这件事,但始终无效。这样又过去了两年,奥索奉命退伍。返乡之念,自然而生,其目的倒不是要去把无辜者当作罪人去加以报复,而是为了要去给妹妹找个婆家,把她嫁掉,同时也想把他那点小产业变卖掉,如果卖得出好价钱,那他就到大陆去定居。

第七章

也许是由于妹妹的来到使奥索产生了强烈的祖屋故园情，也许是由于高龙巴乡野的穿着与举止使他在文明朋友面前有点感到难堪，他刚到的第二天，便宣布要离开阿雅克修，很快返回彼埃特拉纳拉去。但他要上校答应，去巴斯蒂亚时，顺道到他家寒舍小住，而作为回报，他则保证一定带上校去打麋鹿、山鸡、野猪以及其他飞禽走兽。

返乡的前一天，奥索提议不去打猎而去海湾附近散散步。他把手臂递给莉狄娅小姐让她挽着，以便尽情与她聊天。高龙巴则留在城里进行采购。而上校又不时离开这对青年去打海鸥与鲣鸟，路人见上校如此行径大为诧异，不懂他为何浪费弹药去打此类小猎物。

两个青年沿着通往希腊教堂的那条路走去，从教堂可以欣赏到海湾最美丽的风景，但他们都无心观赏。

"莉狄娅小姐……"奥索停顿了好久，久得令人有点难堪，之后继续说，"您不妨直言相告，您觉得舍妹怎么样？"

"我很喜欢她，"莉狄娅小姐回答说，"胜过喜欢您。"她微笑着加上一句，"因为她是地地道道的科西嘉人，而您这个蛮荒人，则已经太文明化了。"

"太文明化！……好呀，自从我一踏上这个蛮荒之岛，我就不由自主在恢复野性。成百上千个可怕的念头纷至沓来，把我折磨得好苦……在我一头扎进我家乡那个沙漠之前，我需要好好地与您谈谈。"

"必须要有勇气,先生。您瞧瞧令妹对世事的隐忍态度,她给您树立了榜样。"

"啊,您可不要看错了她,以为她以隐忍为上,直到现在,她还什么都没有对我说,但从她每一个眼神里,我已看出了她期待我去做什么。"

"她要您去干什么呀?"

"唉,没有什么……只不过是要我试一试,令尊大人的那种枪,射击人是不是跟射击山鹑同样利落好使。"

"什么古怪的念头!亏您想得出来,您刚才告诉我,她还什么也没对您说,您的猜疑太可怕了。"

"如果她从没有想到要报仇,她准会先跟我谈起我们的父亲,但她没有那样做。她准会道出被她视为凶手的那两个人的名字,当然,我认为她是误判了他们。但是,她却一句也不提。这是因为,您也看得出来,我们这些科西嘉人,是一个狡黠的族群。我妹妹明白她还没有完全把握住我,所以在我还有可能逃避的时候,先不来惊动我,一旦她把我引到了悬崖边上,我一开始感到晕头转向,她便会将我推进仇恨的深渊。"

说着,奥索便把父亲被杀的某些细节告诉了莉狄娅小姐,还提供了他认定凶手就是阿戈斯契尼的主要依据。

他接着说:"我说什么也没法叫高龙巴信服,从她最近一封信便可以看出。她发誓要巴里契尼父子两人的命。内维尔小姐,我如此坦言相告,您瞧我多么信任您……而且,如果不是由于野蛮的教育使她养成了一种偏见,认为为父亲报仇本应是我这个一家之长分内的事,直接关系到我的名誉,那么她早就自己动手了,叫巴里契尼父子活不到今天。"

"德拉·雷比亚先生,您简直是在诽谤您妹妹了。"内维尔小姐说。

"不是的,您自己也说过……她是科西嘉人……她的想法和所有科西嘉人的想法完全一样。您知道我昨天为什么心里那么憋堵吗?"

"不知道,不过,您近来常常心情不好……咱们相识之初的那段时间里,您比较轻松快乐,也更令人愉快。"

"昨天的情况相反,我比平时更高兴、更快活,因为我看见您对舍妹那么友好,那么包容……我昨天和上校两人是坐船回来的,您知道其中有个船夫用他那讨厌的土话对我说了什么吗?他说:'您打的猎物可真不少,奥斯·安东。不过,您会发现奥兰杜契奥·巴里契尼打猎的本领比您更高'。"

"他这两句话有什么可怕呢?难道您真那么计较要当一个顶级猎手吗?"

"您难道没有听出来,那个混蛋是在嘲笑我没有勇气去杀奥兰杜契奥吗?"

"德拉·雷比亚先生,您知道吗?您真使我害怕。看来,你们这个岛上的空气不仅令人头脑发烧,而且还能使人发疯。幸亏我们很快就要离开了。"

"你们在离开之前,无论如何要到彼埃特拉纳拉去一趟,这是您答应过舍妹的。"

"如果我们不履行这个诺言,就得受到某种报复,是吗?"

"您是否还记得,那天令尊大人给我们讲过的那些印度人的故事吗?他们向东印度公司的主管威胁说,如果不满足他们的要求,他们就绝食。"

"这就是说,您也要绝食?我相信您不会。只要您一天不进食,高龙巴小姐就会端来一盘美味的布鲁契奥①,您一见就会放弃您的绝食计划。"

"内维尔小姐,您的嘲笑真伤人,您应该帮帮我。我现在正孤立无援,只有您才能使我不至于如您所说的那样走向疯狂,您就是我的守护神,而现在……"

---

① 布鲁契奥:浇上热奶油的奶酪,为科西嘉本地一道传统的风味食品。——作者原注。

"现在，"莉狄娅小姐声调严正地说，"您的理智容易产生动摇，您就可以用您的男子汉荣誉感与军人荣誉感去支撑，还有，"她转身去摘了一朵花，接着说，"如果对您能起作用的话，您也可以想想您的守护神在关心您。"

"啊，内维尔小姐，如果我可以确认您对我真有一些关心，那该多好……"

"德拉·雷比亚先生，请听我一言，"纳维尔小姐有点激动地说，"既然您还像个孩子，我就把您当作孩子对待。我小的时候，我母亲给了我一条美丽的项链，那是我渴望已久的，但她给我的时候这样说：'每当你戴上这条项链的时候，你要记住，你还没有学会法语。'一听这话，这项链的价值在我眼里就打了折扣，并使我心里产生某种欠债感。但我仍然把它戴上，结果也学会了法语。瞧，我手上这只戒指，上面是埃及的圣甲虫像，据说是从一座金字塔里发现的。这个奇怪的图像，您也许会把它看作一个瓶子，其实它意思是指'人生'。我们国家里有不少人觉得象形文字很有意思。戒指上的第二个图像是一块盾牌和一条手执长矛的胳臂，意思是'战斗拼搏'，这两个象形文学联在一起，就成为了我认为相当有励志意义的一句格言：'人生就是战斗。'您不要以为我能轻易地把象形文字翻译出来，这几个字的意义其实是一位老学究告诉我的。您拿着，我把这圣甲虫像送给您。以后，每当您有什么科西嘉邪念时，您就看看我送您的这个法宝，对您自己说，必须战胜这些邪念。说实在的，我这番说教真还不错。"

"我一定想着您，内维尔小姐，我一定对自己说……"

"您要对自己说，您有一位红颜知己，如果……如果她得知您犯事被处绞刑，她是会伤心的，而且，您的祖先，那些行伍出身的先人也会感到痛心的。"

说完这些话，她笑着放开奥索的胳臂，向她父亲跑去，说道：

"爸爸，放过那些可怜的鸟儿吧，来跟我们到拿破仑山洞去赋诗。"

第八章

即使是短暂的分手，告别时总不免有点肃穆庄重的气氛。奥索与妹妹一清早就要动身，所以前一天晚上便向莉狄娅小姐道了别，因为不想要莉狄娅小姐次晨为了他们而破例改变睡懒觉的习惯。双方道别时既冷淡又严肃。自从他们在海边倾谈过一次以后，莉狄娅唯恐自己对奥索表现得过分关心，而奥索则对她的讽嘲，特别是对她轻描淡写、满不在乎的口吻心存不爽。有一阵子，他以为自己在这英国姑娘的态度中，觉察出一种萌生的绵绵情愫，但面对她的揶揄玩笑顿时就破灭无遗。他心想，自己在她眼里只是一个普通朋友而已，很快就会被她忘记。因此，这天早晨，当他和上校坐在一起喝咖啡的时候，猛见莉狄娅小姐走了进来，后面跟着他的妹妹，心中不禁大为惊讶。莉狄娅小姐竟5点钟就起床了，这对一位英国女士，特别是对内维尔家的千金小姐来说，真是太不容易了，这足以使他沾沾自喜。

"这么早就惊动您，很抱歉！"奥索说，"一定是舍妹不顾我的嘱咐，把您弄醒了，您心里准会咒骂我们，或许会希望我这样的人还是早些'被绞死'为好吧？"

"绝无此意。"莉狄娅小姐低声用意大利语说，显然是为了不让她父亲听见，"我昨天跟您无心说了几句玩笑话，您便恼了，我可不愿意您带着对我的不良印象回老家去。你们这些科西嘉人真可怕！好啦，再见吧，希望不久以后再见到您。"说着，她向奥索伸出了手。

奥索又叹了口气，未作回答。高龙巴走了过来，把他领到窗前，给他看她藏在美纱罗下的一件东西，低声对他说了一会儿话。

"小姐，"奥索向内维尔小姐说，"舍妹想送您一件很特别的礼物。我们科西嘉人没有什么好东西可以送人……除了我们的一片情意……那是时光磨灭不掉的。舍妹告诉我，您见过这把匕首，觉得这一款很奇特。这是我们家传的一件古董，很可能是某一位当过班长的祖先佩戴在腰间的东西。正是靠了那些班长先人，我才有幸结识您。高龙巴觉得这把匕首很珍贵，事先征求我的同意把它送给您，而我却不知道该不该送，因为我害怕您会笑话我们。"

"这把匕首很漂亮，"莉狄娅小姐说，"可是，它是府上的家传兵器，我不能接受。"

"这并非家父的匕首，"高龙巴急忙解释说，"这是国王泰阿多尔赐给家母一位先人的。如果小姐您愿意收下，我们会感到很高兴。"

"瞧，莉狄娅小姐，"奥索说，"您就别看不起一位国王的匕首吧。"

对于一位鉴赏收藏家而言，国王泰阿多尔的遗物比任何一位英武强大君主的遗物更要珍贵得多。这份诱惑实在难以抗拒，莉狄娅小姐似乎已经看到了将这兵器摆在圣詹姆斯广场她家里一张漆桌上所产生的奇效。

"可是，"莉狄娅小姐拿着匕首，意欲收下又颇为踌躇，她向高龙巴展露出一个最甜美的微笑，说道，"亲爱的高龙巴小姐……我不能……也不敢让您这样不带防身武器就走呀。"

"我有哥哥跟我在一起呢。"高龙巴以自豪的声调说，"而且我们带着令尊大人赠送的那把好枪。奥索哥，你装上子弹没有？"

内维尔小姐终于收下了匕首。高龙巴为了祛除以凶器赠人的不祥忌讳，要了莉狄娅小姐一枚小钱，算是一笔买卖。

最后，动身的时候到了。奥索再一次同莉狄娅小姐握了手。高龙巴则拥抱了她，然后把红唇伸给上校。上校对此种科西嘉礼节又惊又喜。莉狄娅小姐站在客厅的窗口,眼看着兄妹二人跨上了坐骑。那高龙巴的眼睛里,闪耀着一种既快乐又狡黠的光芒,那是莉狄娅从未发现过的。这个身材高大、体格健壮的女子狂热地信奉野蛮人的荣誉观念,额头上焕发出骄人的傲气,双唇弯曲,露出嘲讽的微笑,正引领着这个武装着的青年扬长而去,似乎正踏上凶险莫测、危机四伏的征途。莉狄娅小姐不由得想起了奥索原本的担心害怕,她仿佛眼见他被自己的克星恶煞所牵引,正步向自己的死路。奥索这时已经骑在马上,抬头望见了莉狄娅,也许是猜到了她的心思,也许是为了最后一次表示道别,他取出系在一根细绳上的那个埃及指环,举向唇边吻了吻。见此,莉狄娅小姐满面绯红地离开了窗口,但她几乎立即又回到窗前,但见两个科西嘉兄妹,跨着他们矮小的骠骑,朝群山急驰而去。半小时以后,上校通过望远镜指给她看,那两兄妹正沿着海湾深处奔驰,她看见奥索不时回头向城里遥望,最后消失在当时的一片沼泽地中,而今那片沼泽已变成一片美丽的苗圃了。

莉狄娅照了照镜子,发现自己脸色苍白。她寻思着:

"这个年轻人心里对我有什么意思?而我对他又有什么想法呢?我为什么要想这个……他只不过是旅途中的一个相识者……我来科西嘉是干什么的?……噢,我一点也不爱他……不爱,不爱。何况,这也是不可能的……还有个高龙巴……她手执匕首……口唱挽歌……我怎么能去当她的嫂夫人!"想到这里,莉狄娅发觉泰阿多尔国王的那把匕首正握在她自己手里,便立即就把它扔在梳妆台上,她接着想道:"试想,高龙巴到了伦敦,还跑到阿尔马克大厅①去跳舞,我的天呀,那会成为怎么一头'狮子'②……也许她还会红极一时呢……我相信,奥索是爱我的……他是个小说中的英雄,但他的冒险生涯却被我

---

① 阿尔马克:伦敦著名的贵族娱乐场所。
② 狮子:指怪异的人。在当时的英国社会,人们把那些以某种怪异特点引起公众注意的人物称为"狮子"。——作者原注。

遏制住了……不过,他果真想按科西嘉的方式去为父报仇吗?他原本是一个介于康拉德①与花花公子之间的人物……如今我却使他变成了一个地地道道的花花公子,一个穿着科西嘉服饰的花花公子了……"

她上床就寝,想入梦乡,但辗转折腾,实难入眠。她喃喃自语,不断重复说道,德拉·雷比亚先生过去、现在与将来都和她自己无任何关系。如此独语,多达百次,在下就不加赘述了。

---

① 康拉德:英国诗人拜伦著名长诗《海盗》中的主人公,英俊勇敢,是希腊半岛上的海盗首领。

第九章

此时,奥索兄妹正策骑赶路。开初,马儿驰骋急奔,他们不便说话交谈,后来,地势陡险,坐骑不得不缓步前行,他们便谈起了刚才告别的几位朋友。高龙巴甚为兴奋,说道着内维尔小姐的美貌,她的金发以及她优雅的举止,接着问她哥哥,上校是否真的像他外表上看起来那么富有,莉狄娅小姐是否他的独生女。

"这倒是一门好亲事。"她说,"她父亲似乎对您颇有好感……"见哥哥不作答她便继续说:

"咱们家从前也很富有,直至今天,仍是本岛最受尊敬的家族之一。所有那些'老爷'①都是杂种,只有出身行伍的家族才是货真价实的贵族。奥索,您知道吗,您是岛上最早一批班长的后裔。您要知道,咱们家族本是山那边②的人,是内战把咱们逼到这边来的。奥索,如果我处于您的位置,我一定毫不犹豫向上校要求娶他的女儿……(奥索耸了耸肩),我会用她的嫁妆,买下法尔瑟达的那片树林和咱们家山坡下的葡萄园;再用巨石建造起一幢漂亮的房屋,我还要把那座赫赫有名的古塔再加建一层,美男子亨利伯爵③时代,桑布

---

① "老爷":在科西嘉,这是人们对封建领主后裔的称谓。老爷家族与班长家族之间,一直存在着争夺贵族称号的矛盾。——作者原注。
② 山那边:此语指科西嘉的东部,盖因科西嘉有一条山脉贯穿南北,将其分为东西两部,居民常根据自己所处的地理位置指说另一方位。——作者原注。
③ 美男子亨利伯爵:死于公元1000年,传说他去世之时,天上有歌声曰:"美男子亨利伯爵已亡,科西嘉将每况愈下。"——作者原注。

库契奥①就曾在那里杀死了无数的摩尔人。

"高龙巴，你真是个疯丫头。"奥索说着策马而奔。

"奥斯·安东，您是个男子汉，您一定比一个女人更知道您该有何作为。不过，我倒想知道，这个英国人有什么理由反对与咱们家联姻。他们英国有班长吗？……"

兄妹两人这么边走边聊了很长一段路程，来到了离博科涅亚诺不远的一个小村落停歇下来，在一位世交朋友家里吃饭住宿。他们受到了科西嘉式的热忱款待，其殷勤周到是未曾亲历其境的人所体会不到的。那位接待的主人原来就是德拉·雷比亚夫人的教父。第二天，他一直把奥索兄妹送到4公里开外之远，分手时对奥索说：

"您瞧见这些树丛与林莽了吗？一个'犯了事'的人可以在这里面平安无事地过上10年，绝不会有警察与巡逻队来找。这些树林与维萨沃纳大森林相连，只要在博科涅亚诺或者在这附近有朋友，躲在森林里就什么都不缺。您有一支好枪，射程一定很远。天啦！口径这么大！用这支枪，可不止能打野猪啰。"

奥索冷淡回答说，他的枪是英国造的，射程的确很远。然后，主人与宾客拥抱告别，分道扬镳。

这时，我们的两位赶路人已经离彼埃特拉纳拉不远了，当他们进入一个必经之路的山口时，突然发现前方有七八个带枪的汉子，有的坐在岩石上，有的躺在草地上，有几个站立着，像是在放哨。他们的坐骑就在附近吃草。高龙巴从任何科西嘉人出门必带的皮口袋里拿出望远镜观望了一会儿，兴高采烈地叫了起来：

"是咱们自己人！彼埃鲁契奥把他该办的事都办妥了。"

"什么人呀？"奥索问。

"咱们的羊倌。"她答道，"前天晚上，我叫彼埃鲁契奥去召集这帮弟兄来护送您回家，进入彼埃特拉纳拉，您没有护卫可不行，您要

---

① 桑布库契奥：争取科西嘉独立的民族英雄。

知道,巴里契尼父子什么缺德事都干得出来。"

"高龙巴,"奥索以严厉的语气说:"我对你说过多次,请你不要再跟我谈巴里契尼父子,也不要再提你那些捉风捕影的怀疑。我绝不要这帮游手好闲之辈陪着我回家,以免遭人笑话。你没有预先跟我打招呼就把他们召集过来,我很不高兴。"

"我的老兄,你可忘掉了自己家乡的现实。您如此疏忽大意,会有危险的,我有责任来保护您,我不得不这样做。"

此时,羊倌们从远处看见了奥索兄妹,便奔向各自的坐骑,飞驰下山相迎。

"奥斯・安东万岁!"一个身板硬朗、胡子花白的老头这样大声喊道,虽然天气炎热,他仍然披着一件带风帽的外套,是科西嘉本地的呢料做的,比他放牧的羊儿身上的皮毛还厚。

"简直跟他父亲长得一模一样,只不过更高大、更健壮。他这支枪真漂亮!乡亲们都会赞不绝口的,奥斯・安东。"

"奥斯・安东万岁!"羊倌们都跟着齐声高喊,"我们知道他最后一定会回来的。"

"唉,奥斯・安东,"一个皮肤像砖红色的彪形大汉说:"如果令尊大人现在还活着接你回家,他该多么高兴啊,他真是个好人,他要是当初听了我的话,把吉乌狄契交给我去办,您今天一定还能见到他……他真是个好人!可惜他当时不听我的,现在该知道我原来是对的了。"

"没关系,"老头儿又说,"吉乌狄契活到了今天,狗命照样难保。"

"奥斯・安东万岁!"随着这一声喊,羊倌们向天空连发十几枪。

这群骑着马的人七嘴八舌,争着挤过来跟奥索握手。奥索被围在中间颇为不悦,他一时无法叫他们听自己说话,最后就把脸一沉,像当年自己带兵时在行伍面前训话、宣布处罚决定那样,开腔说道:

"诸位朋友,谢谢你们对我和对家父的这番心意。但是,我不需要,也不愿别人替我出主意,我知道自己该怎么办。"

"他说得在理,说得在理,您放心,有事就交给我们办好了。"

"是的,我相信你们,但现在我不需要任何人,我家也还没有遇上危险,你们回去放你们的羊吧,我认识到彼埃特拉纳拉的路,不需要带路的。"

"您一点也不用害怕,奥斯·安东。"那老头说,"今天他们是不敢露面的。猫一回来,耗子就躲进了洞里。"

"你才是猫哩,白胡子老头!"奥索说,"你叫什么名字?"

"怎么,您不认得我了?奥斯·安东。从前,我常把你驮在我那匹爱咬人的骡子后面,我叫波洛·格里福,您不认得了吗?您瞧,我是条汉子,全心全意忠于德拉·雷比亚一家。只要您招呼一声,您那支大枪一响,我这把老得像我一样的火铳就不会闷着。相信我吧,奥斯·安东。"

"好的,好的,可是你们得让开,让我们赶我们的路。"

牧人们终于离开奥索兄妹,朝村子的方向飞奔而去,但每到一处地势较高的地方,就要停下来察看是否有埋伏,而且同奥索兄妹始终保持不远的距离,以便有危险时能赶过来相助。白胡子老头波洛·格里福对他那些伙伴们说:

"我了解他,我了解他,他要干的事他在嘴上不说,但他准会去干的,跟他爹一模一样。好呀,你就瞪眼说白话,说你不恨任何人好啦!你不是向女圣人尼加①发过誓吗?好得很呀!在我看来,村长的皮肉一钱不值,不出一个月,他的皮拿来做皮囊都没有用了。"

就这样,前有一队尖兵探路引导,德拉·雷比亚家族的后人,回到了其班长祖先的老宅。久已群龙无首的族人集合起来迎接他,其他保持中立的村民也都站在门口目送他走过,巴里契尼族党则猫在家

---

① 女圣人尼加:纯系子虚乌有,"向尼加发过誓"意即对既有的承诺概不认账。——作者原注。

里,从百叶窗的缝隙往外窥视。

科西嘉境内所有的村落全都一样,建筑布局皆无章法可言,只有德·马尔伯夫侯爵①所兴建的加尔赛斯②市才有一条像样的街道。彼埃特拉纳拉自不例外,它的房屋零零乱乱散布在山坡上的一块平地上,村子中央有一株绿荫蔽日的大橡树拔地而起,旁边有一道花岗石砌成的水槽,由一根木管将附近的山泉引了过来。这个公用水槽是德拉·雷比亚与巴里契尼两家合资修建的,但如果你以为这是两个家族曾一度和好的标志,那就大错特错了,恰巧相反,它倒是两家钩心斗角的产物。当初,德拉·雷比亚上校捐了一小笔款子给村议会修建一个公共水池,巴里契尼律师不甘落后,同样也捐出了一笔数额相等的款项,正是由于两家争着慷慨解囊,彼埃特拉纳拉才有了用水。那棵绿油油的大橡树与水池的周围,有一块空地被人们称为广场。晚上,闲着没事的人都聚集在这里,有时玩玩牌,而每年一度的狂欢节时,则在这里跳舞。广场的两端,耸立着两座花岗石与叶纹石造的建筑物,面积均不大,但都相当高。这就是德拉·雷比亚与巴里契尼两家对峙而立、分庭抗礼的"塔楼",两者的建筑样式与高度都一样,足见两个家族长期以来一直势均力敌,难分高下,任何一方均未曾得到过命运之神的偏袒。

在这里,我们似乎应该解释一下何谓"塔楼",那是一种方形的建筑,高约40英尺,若在其他国家,干脆就叫作鸽楼。狭窄的门离地约8英尺高,有一阶梯可及,阶梯甚为陡峭。窄门上方有一窗,窗前有一阳台之类的东西,其下方凿有一孔,如同炮眼,如有不速之客来犯,便可居高临下置其于死地而自己安然无恙。在窗与门之间,有两个雕工粗糙的盾形纹章,其中一个原本雕着热那亚的十字徽章,如

---

① 德·马尔伯夫侯爵(1712~1786):1768年热亚那人把科西嘉出让给法国人之后,被任命为第一任科西嘉总督。
② 加尔赛斯:科西嘉东岸的小城。

今已经剥落,只有古物鉴赏家方能辨认出来。另一个盾形纹章上则刻着塔楼主人的家族徽章。还得补充一句,那些盾形纹章上与窗框上都弹痕累累,更平添了一层装饰,这样,你就足可以知道科西嘉中世纪的府邸是个什么样子了。我还忘了交代一句,住宅是与塔楼相连的,其间通常有甬道相通。

德拉·雷比亚家族的塔楼与住宅坐落在彼埃特拉纳拉广场的北面,巴里契尼家族的则在南面,从北塔楼到水槽为止,是德拉·雷比亚家族散步活动的区域,而对面的一片地方则是巴里契尼家族的散步区。此乃不成文的约定,自从上校夫人安葬以后,就从未见这两个家族的成员在对方的区域出现过。为了不绕路,奥索打算径直从村长家门口经过,但他的妹妹立即拦住他,要他另走一条小路,不要径直穿过广场回家。

"为什么要绕路?广场不是公共的吗?"说着,他策马前进。

"好样的!"高龙巴见此低声赞了一声,"……我的老爸,你的仇可以报得了啦。"

到了广场,高龙巴走在巴里契尼家的房子与她哥哥之间,眼睛盯着仇家的窗户,她发现那些窗户都增加了防护物,还凿了"箭眼"。所谓"箭眼",就是先用粗木把窗户从里面封死,在粗木上留下缝隙作为枪眼。如果害怕有人进攻,就可以躲在封闭的窗户后,还可以通过箭眼去射击来犯之敌。

"胆小鬼!"高龙巴骂了一声,"您瞧,哥哥,他们已经开始防卫了,把窗户都关闭起来了,但他们总有一天要出来的!"

奥索在广场南边的露面,成了彼埃特拉纳拉村轰动一时的新闻,大家认为他此举胆大无畏得近乎冒失轻率。对于每天傍晚都聚集在那株绿色橡树下的中立派村民来说,这简直就是一个说不完的话题。

有人说:"幸亏巴里契尼的两个儿子没有回来,他们可不会像律师老子那么忍气吞声,一定不会让自家的仇人大摇大摆走过他们的地界而且不让这家伙不为他的逞勇之举付出代价。"

"邻里乡亲们,你们记住我对你们说的话吧,"村里一个料事如神的老者插话道,"我今天观察过高龙巴的脸色,可以肯定她脑子里已经打定了主意,我嗅出空气中有火药味了,要不了多久,彼埃特拉纳拉的肉铺里就有便宜肉卖了。"

第十章

奥索很年轻时便离开了父亲,难得有时间对其有所了解。年方十五,他就告别家乡去到比萨念书,后来进了军校,当时,他父亲吉尔福契奥正高举着帝国的鹰旗转战欧洲各地。在大陆上,奥索难得见上父亲一面,只是在1815年,他才调到他父亲指挥的团队。但是,上校治军法纪严明,对自己的儿子与其他青年军官一视同仁,均严厉有加,绝不徇私。奥索所保存的对父亲的记忆有两种:一是在彼埃特拉纳拉老家每当父亲出外打猎归来的时候,总是把军刀交给他去收拾,还让他把猎枪里的子弹卸下来,或是在他仍是一个稚童的时候,让他第一次坐上餐桌与全家成年人一道用餐;另一种记忆则是,这位为父的德拉·雷比亚上校,常常因为他犯了点小错就关他禁闭,而且从来都称呼他为德拉·雷比亚中尉:

"德拉·雷比亚中尉,你没有站到位,禁闭你3天","你的狙击兵离后备队超过了5米,禁闭你5天","你中午12点5分还戴着便帽,禁闭你8天"。

只有那么一次,在四臂村①,父亲对他说:"你干得好极了,奥索。不过以后要小心些。"

但回到彼埃特拉纳拉老家,他想起的并非这些往事。眼见儿时熟悉的场所,亲爱母亲所使用过的家具,他心头便泛起了一股股温馨而

---

① 四臂村:位于比利时境内。1815年7月16日,法军与英军激战于此。

惆怅的情绪。接着,他想到自己的暗淡的未来,不免神伤;想到自己的妹妹,则颇感不安。特别是想到内维尔小姐即将光临自己的寒舍,更倍感这个家如此窄小,如此寒酸,实在难以接待一位过惯了锦衣玉食生活的大小姐,也许她会因此而瞧不起他。凡此种种烦恼,在他脑子里纠缠在一起,使他深陷于沮丧之中。

吃晚饭的时候,他坐在一张已经发黑的橡木大靠椅上,这是从前全家就餐时父亲坐的主位,眼见自己的妹子高龙巴怯生生地来陪他同桌用餐,他便微微一笑。高龙巴吃饭时一言不发,吃完就立即告退。这使他顿感如释重负,因为他觉得自己心情本来就不平静,而高龙巴有要说服他的预定计划,要是她现在就对他展开说服攻势,他肯定是招架不住的。但这时高龙巴却放了他一马,看来是想给他留一点时间好好考虑。他双手托着头,久久地一动也不动坐着,心里回想起最近半个月来所经历的一切,不无惊恐地发现,似乎每个人都在等待着他来收拾巴里契尼一家,他看出来彼埃特拉纳拉的舆论对他而言已经成为举世共识的公论了。他必须报仇,否则便会被认为是个懦夫。可是,这仇要找谁去报呢?他实在不能相信巴里契尼就是杀人凶手。的确,这两个人是他家族的死对头,但除非他也像自己的同乡们那样持有狭隘而无稽的偏见,才能把谋杀的罪名硬扣在他们头上。他不时定睛注视内维尔小姐交给他的那枚护身符戒指,低声念着上面的那句格言:"人生就是战斗。"最后,他以坚定的口吻对自己说:"我一定会凯旋!"有了这个积极的想法,他便站了起来,拿起灯准备上楼回自己的房间去。这时,忽听见有人敲门的声音。时间已晚,不是接待客人的时候了。高龙巴却立即走出来,身后跟着一个女仆。

"没有什么事。"她边说边跑去开门。

可是,在开门之前,她先问了一声敲门者是谁。一个柔弱的声音回答:"是我。"

插在门上的横栓取下,很快高龙巴就领着一个10岁左右的小女孩回到饭厅。那女孩赤着脚,衣衫褴褛,头上包着一块破烂的布巾,下面露出几绺像乌鸦翅膀一样突兀的黑发。她身材瘦小,脸色苍白,皮肤被晒成了褐色,两眼闪烁,露出机灵的光芒。她一见奥索,便怯生生停下脚步,用乡下人的方式施了一礼,然后低声跟高龙巴说话,交给她一只新猎杀的山鸡。

"谢谢,希丽!"高龙巴说,"多谢你叔叔,他身体好吗?"

"他很好,小姐,他向您问候,我没能早点来您这儿,是因为他回来迟了,我在丛林里等了他三个钟头。"

"你还没有吃饭吧?"

"没有,小姐,我没有时间。"

"就在我们这儿吃吧。你叔叔还有面包吗?"

"不多了,小姐,但最缺的是火药,现在,树上的栗子熟了可以吃,他只需要火药。"

"我马上给你拿一些面包和火药来,你带给他,对他说,火药很贵,要省着用。"

"高龙巴,"奥索用法语问妹妹,"你把这些东西救济谁呀?"

"本村一个可怜的绿林好汉。"高龙巴也用法语回答,"这姑娘是他的侄女。"

"我觉得你这种施舍可以选更好的对象,为什么要把火药送给一个坏蛋亡命之徒,让他去为非作歹呢?如果大家对那些不法强盗都不那么面慈心软,他们早就在科西嘉销声绝迹了。"

"咱们家乡最坏的人,并不是那些上山落草为寇的。"

"如果你愿意,你尽可以把面包施舍给他们,那是谁也不会反对的,但我不同意你向他们提供弹药。"

"我的好哥哥,"高龙巴一本正经地回答说,"你是这里的主人,这家里的一切都属于你。但我要告诉你,我宁可把我自己的美纱罗交给这小姑娘去变卖,也不愿拒绝把弹药提供给一个绿林好汉。拒绝给他弹药,那就等于把他交给警察。除了子弹,他还能用什么来自卫呢?"

这时,那小姑娘一边贪婪地啃着面包,一边聚精会神地轮流盯着高龙巴兄妹俩,竭力想从他们的眼色中了解谈话的内容。

"那么,你的那位绿林好汉究竟干了些什么,犯有什么罪行才落草为寇的?"

"布兰多拉契奥根本就没有犯罪!"高龙巴大声嚷道,"他在当兵的时候,他爹被吉奥文·奥彼索暗杀了,后来他便为父报仇杀掉了凶手。"

奥索转过头去,端起灯盏,一言不发上楼回房间去了。高龙巴于是把火药与食物给了那小姑娘,一直把她送到门口,再三叮嘱说:"特别请你叔叔照应好奥索。"

第十一章

奥索上床后很久才进入梦乡，所以次晨醒得很晚，至少对科西嘉人来说是醒得晚了些。一起身，首先映入他眼帘的是仇家的大房宅与上面新近凿开的"枪眼"。他下楼去找妹妹。

"她在伙房铸造子弹。"女仆萨瓦莉亚答道。

如此看来，恶斗仇杀的阴影无处不在，一直伴随着他。

进入伙房，他看见高龙巴坐在一张板凳上，周围全是刚铸好的子弹，她正在修子弹的毛边。

"你在这里搞什么鬼名堂？"当哥哥的问妹妹。

"上校给您的那支长枪还没有适用的子弹，"高龙巴柔声答道，"我找到了一个尺寸正好的模子，今天就可以给您造出24颗子弹，我的兄长。"

"谢天谢地啦，我用不着。"

"您可别临时措手不及，您本乡本土的风习，您周围人的行事方式，您可不能忘得一干二净。"

"即使我忘了，你不很快就来提醒我吗。我问你，前几天是不是有一口大箱子运到了？"

"的确运到了，哥哥，要不要我把它扛到您房间里去？"

"你，你能扛上去？你恐怕连移动它的力气也没有……这里难道找不到男人可以把它搬上去？"

"我可不像您所想的那样娇弱无力。"高龙巴答道,说着捋起自己的衣袖,露出两条浑圆而白皙的玉臂,匀称天成,却显得很有力度,她对女佣人说,"来,萨瓦莉亚,帮我一把。"

奥索正要去助她一臂之力,她自个儿就已经把那口沉重的箱子搬起来了。

哥哥对妹妹说:"在这口箱子里,亲爱的高龙巴,有一些东西是要送给你的,是些微薄的礼物,你别见怪,要知道,一个退伍中尉是囊中羞涩的。"说着,他打开箱子,取出几件连衣裙,一块披肩,还有其他一些少女用品。

"这么多漂亮的东西!"高龙巴不禁欢叫起来,"我赶紧把它们收好,以免弄脏了,我只能留着等我结婚的时候用。"她凄然一笑说,"因为我现在还在戴孝呢。"同时,吻了吻她哥哥的手。

"妹子,戴孝戴这么久,未免有点做作吧。"

"我发过誓,"高龙巴用坚决的语气回答说,"我决不脱孝服,除非……"说到这里,她双眼盯着窗外巴里契尼家的大宅。

"除非等到你结婚的那天?"奥索赶紧截住高龙巴的话,不让她把她要说的下半句说出来。

"一个男人必须做到三件事,我才嫁给他。"高龙巴说着,两眼仍然紧盯着仇家的大宅,面带阴森的表情。

"高龙巴,像你这么漂亮的姑娘至今未嫁,我真感到奇怪。喂,告诉愚兄,现在有谁在追求你。我倒真想听听你的追求者唱的情歌。要取悦你这么一位大名鼎鼎的挽歌女,情歌必须写得好听才行。"

"谁愿意娶一个可怜的没有父亲的孤女呢?而且,让我脱下丧服的人,还必须让那边的女人穿上丧服。"

她简直是疯了。奥索心想,但他一言未发,以免和妹妹发生争论。

高龙巴却温存地对奥索说:"哥哥,我也有点礼物要送给您,您现在身上穿的这件正装太漂亮了,在乡下穿不合适,如果穿这身衣服进丛林,不出两天,就会被刮损成碎片,您应该把它保留好,等到内维尔小姐来这里后再穿。"说着,她打开衣柜,取出一套猎装,"我给您做了一件天鹅绒上衣,还有一顶便帽,是本地时髦男性常戴的那种款式,我很久以前就给您绣上了花,您试一试好吗?"

于是,她给他穿上一件宽松的绿色天鹅绒上衣,挎上一个大大的口袋,戴上一顶黑天鹅绒便帽,那帽子是尖顶的,上缀有黑色玉片,绣着黑花,顶上还有一小簇缨子。

"这是父亲的子弹带①,"她说,"他的匕首就在上衣口袋里,我再把手枪给您拿来。"

"我这副样子可真像滑稽戏剧里的江湖大盗。"奥索用萨瓦莉亚递给他的镜子,照了照自己说。

"您这样的形象好极了,奥斯·安东。"老女仆赞赏道,"即使是博科涅亚诺或者是巴斯特里加最漂亮的尖顶帽帅哥②,也不会比您更漂亮。"

奥索穿着这身新装用早餐,用餐时,他告诉妹妹,他那口箱子里有一些书,都是他特意从法国与意大利带回来的,准备让她好生学习学习,"因为,高龙巴,"他继续说道,"像你这样的大姑娘,连大陆上刚离开奶妈的小孩都已经学会的东西,也一无所知,那是很丢脸的事。"

"哥哥,您说得对,我知道我缺些什么,学习正是我求之不得的,如果您愿意教我,那就太好了。"

一连几天过去,高龙巴绝口未提巴里契尼的名字。她一直小心翼翼地照应着哥哥,经常跟他谈起内维尔小姐。奥索则辅导她阅读法国与意大利的作品。她常使得奥索大感惊讶,有时是因为她发表的见解既准确又通情达理,有时则因为她对最普通的东西也一无所知。

---

① 子弹带:指装弹药的布袋,左边插着一支手枪。——作者原注。
② 巴斯特里加:博科涅亚诺村南十多公里外的村庄。尖顶帽帅哥,是指那些戴尖顶帽的时髦男子。——作者原注。

有一天，吃过早餐后，高龙巴出去了一会儿，回来时并没有带上学习要用的书和纸，而是头上披着美纱罗，神情比往常更严肃。

"哥哥，"她说，"请您陪我出去一趟。"

"陪你上哪儿？"奥索边说边伸出胳臂让她来挽。

"哥哥，我不需要您的胳臂，但请您带上枪和子弹盒，一个男人出门不带武器是不行的。"

"那好吧！入乡随俗嘛，我们上哪儿去？"

高龙巴并未作答，只把头上的美纱罗系紧，叫来看门的那条狗，便领着哥哥出了家门。她大步走出村子，踏上葡萄园中一条蜿蜒曲折的低洼小路。她对狗做了个手势，叫它跑在前面，那狗似乎明白了她的示意，便钻进了葡萄丛里，忽左忽右，成曲线奔跑，始终和女主人保持50步的距离，有时它在路中央停下，看着女主人摇摇尾巴，看来，尽到了侦察兵的职守。

"如果莫斯切托吠叫起来，"高龙巴说，"哥哥，您就马上装上子弹，站着别动。"

出了村子约1里地，又拐了几个弯后，高龙巴突然在一个拐弯处停了下来。那儿堆了一些树枝，堆成金字塔形，有的树枝还是青绿色的，有的则已经干枯了，有3尺来高。树枝堆的顶上露出一个涂成黑色的十字架的尖端。在科西嘉好几个地区，尤其是在山区，有一种极为古老的习俗，它也许和异教的迷信有关，那就是凡在有人死于非命的地方，过往行人必须在此拐下一块石头或者丢下一根树枝。只要人们没有忘记此人的惨死，这种特殊的祭奠便要继续下去，日复一日，年复一年，石块与树枝积累成堆，人们便把它称为某某人的坟堆。

高龙巴在这个树枝堆前停下，从野草莓树上折了一根树枝，放在上面，她说："奥索，爸爸就死在这里。哥哥，为他的灵魂祈祷吧！"

她跪了下来，奥索立即也跟着她跪下。这时，村子里教堂的钟声正悠悠地响起，因为昨夜刚有一个人去世了。奥索不禁泪如雨下。

几分钟后，高龙巴站了起来，她并没有哭，但神情很激奋，她迅速地用大拇指在胸前画了个十字，这是她家乡人惯有的动作，通常还同时发几个庄严的誓言。接着，她便拉着哥哥回村去了。一路上两人都沉默不语。回到家里，奥索进了自己的房间。不一会儿，高龙巴也进来了，捧来一个小盒子，把它放在桌上。她把盒子打开，取出一件染有大片血迹的衬衫：

"这是爸爸遇难时穿的衬衫。"她说着，把衬衫搁在奥索的膝上。

"这是打死他的子弹。"她又将两颗生锈的子弹放在衬衫上。

"奥索，我的哥哥，"她大喊一声，扑到他的怀里，使劲抱住他，"您一定要替爸爸报仇！"

她疯狂地抱着她哥哥，还去吻了那件衬衫和那两颗子弹。然后，她走出房间，留下她哥哥坐在椅子上呆若木鸡，不知所措。

奥索待在原处一动不动好一会儿，不敢挪开那些可怕的遗物，最后，他打起精神把那些东西放回盒子里去，跑到房间另一端，躺倒在床上，脸朝墙壁，用枕头蒙着头，似乎要避免看见某一个幽灵。他妹妹刚才的几句话不断在他耳边回响，他仿佛听见了一道命中注定、无可规避的神谕，要他去索命，索取无辜者的性命。此刻，可怜的奥索头脑里一片混乱，如同一个精神错乱的疯子，对此，请看官恕我不一一赘述。他如此这般躺了许久，连头也不敢转动。最后他终于站了起来，把那个盒子盖上，急急忙忙走出家门，奔向田野，径直往前，自己也不知道要奔向哪里。

野外清风拂面，使他渐感舒适自在、心境平和，他开始冷静考虑自己的处境与解脱之道。看官已经知悉，他至今仍不相信巴里契尼父子就是杀父的仇人，但他责怪他们伪造了那封强盗阿戈斯契尼的信件，而这封信，他认为至少是导致了自己父亲的死亡。控告巴里契尼父子伪造文书罪吗？他感到根本行不通。这时，科西嘉本乡本土的做法与本能的行事方式也频频来袭，诉诸他、指点他只要躲在某条小路的拐弯处，便能很容易实施复仇。但他只要想起军队里的同僚、巴黎的客厅，特别是想起内维尔小姐，便立即厌恶地把这类复仇设想抛开。接着，他又想到了妹妹的责备，他身上残存的科西嘉性格倒确实使得他不得不承认妹妹说得有理，因而，在他心里，这种责备的分量也就显得更重，使他颇有撕心裂肺之感。经过良知与俗见如此反复的斗争，到头来，他唯一愿意采取的解决办法就是，找一个借口与巴里契尼的一个儿子吵一架，然后与之决斗，用子弹或用剑结果对方的性命。在他看来，只有这个办法才能调和他身上的科西嘉观念与法兰西规范的矛盾。如此打定主意之后，他又考虑考虑了如何实施的步骤，这才觉得如释重负，心境豁然开朗，再加上其他一些令人愉悦的念想，更使得他狂热躁动的心绪完全平复了。正像历史上的西塞罗，他因爱女杜莉亚之死而悲痛欲绝，但当他一心一意考虑如何用美妙感人的文笔去进行悼念时，反而忘掉了自己的悲痛；再如痛失亲子的山狄先生①，他也是通过大谈生与死的方式而得到自我安慰的。奥索心想，他也不妨对内维尔小姐描述描述自己眼下的心情，以引起这位美人的强烈兴趣，如此一想，他的头脑也彻底冷静下来了。

在不知不觉中，他走离村子已经很远，便回头往村里走去，忽然听见从丛林边一条小路上传来一个小女孩的歌声，那小女孩大概以为四下无人，便在那里随意吟唱。那是一首办丧事时唱的挽歌，舒缓而单调，她这样唱道："把我的十字架，把我血染的衣裳，留给我的儿子，我远方的儿子……"

"小姑娘，您在唱什么？"奥索在她面前突然现身，怒气冲冲地问她。

"原来是您呀，奥斯·安东！"小姑娘有点惊慌失措叫了起来，"……我唱的是高龙巴小姐写的歌。"

"我不许你唱这支歌！"奥索声色俱厉地命令道。

---

① 山狄：英国作家斯泰恩的小说《山狄传》中的主人公。

小姑娘扭头左顾右盼，似乎在找一个避难所，如果不是舍不得丢下她脚旁草地上那个大包裹，她早就溜之大吉了。

奥索意识到了自己的粗暴，感到惭愧。

"小姑娘，你拿的是什么东西呀？"他尽量用柔和的语调问道。

戚丽娜迟疑了一会儿，没有回答。奥索便撩开那块盖在包裹上的布，里面有一个面包，还有一些别的食物。

"我的小乖乖，你要把面包带给谁呀？"他问小女孩。

"先生，您知道得很清楚，是带给我叔叔的！"

"你叔叔不是强盗吗？"

"他全听您的使唤，奥斯·安东先生。"

"如果警察碰见你，问你要到哪儿去……"

"我会对他们说，去给在森林里伐木的意大利工人送饭。"小姑娘毫不迟疑地答道。

"如果你碰见了一个饥饿的猎人想分享你的饭食，要拿走你带的食物，那怎么办？"

"他不敢，我会告诉他这些食物是要送给我叔叔吃的。"

"这倒也是，他这个人绝不会允许自己的饭食被别人抢走……你叔叔爱你吗？"

"噢，他很爱我，奥斯·安东。自从我爸爸去世后，我们全家都由他来照顾，我妈、我，还有我妹妹。我妈没生病以前，他常推荐我妈到有钱人家里去做事，只要我叔叔给村长和神甫打过招呼。村长每年都给我一件衣服，神甫也教我识字，给我讲解《教理问答》。可待我们最好的还是您的妹妹。"

这时，小路上出现了一条狗。小姑娘把两个手指放在嘴唇里，打了一声尖锐的呼哨。那条狗立即跑了过来，在她身上蹭了几下，然后，突然又钻进丛林中去了。过了一小会儿，离奥索没几步远，从树丛后站起两个衣衫褴褛但全副武装的汉子，简直是像蛇一样从满地长着岩石蔷薇与香桃木的矮树丛中爬行而出。

"噢,奥斯·安东,欢迎欢迎。"两人中年岁稍大的那个说,"怎么,您不认得我了?"

"不认得了。"奥索定睛瞧着他说。

"真怪,留了胡子,戴上一顶尖顶帽,就叫您认不出来了!喂,我的中尉,您再好好瞧瞧,难道您忘了滑铁卢的老兵了?您不记得布兰多·萨维里了吗?就是在倒霉的那天,他在您身边放了多少把枪呀!"

"怎么!是你呀,"奥索说,"你不是在1816年开小差了吗?"

"您说得不错,我的中尉。妈的,当兵真没劲,何况,我在本地有一笔账要清算。哈!哈!戚丽娜,你真是个好姑娘,又带这些东西来给我们吃,我们正饿了哩。我的中尉,您可想象不到,人在大森林里,饭量就特别大。这是谁送给我们的,是高龙巴小姐还是村长?"

"都不是,叔叔,是磨坊老板娘叫我给您的,她还给了我妈一床被子。"

"她有什么事要我帮忙。"

"她说她雇来开垦的那些卢卡人,现在要求她每天付35个苏,还要加上栗子,理由是彼埃特拉纳拉南面那一带有疟疾病流行。"

"全是些懒蛋!……我会看着办的。我的中尉,您别客气,来和我们一起吃,怎么样?想当初,在咱们那个老乡①还没有被人罢黜皇位的时期,咱们的伙食可比现在更差。"

"谢谢。我自己也被罢黜了军职。"

"是呀,我也听说了。不过,我敢打赌,您绝不会为此而生气,因为,您也有一笔账要您回来清算。喂,神甫先生,"他转过来对他那个伙伴招呼了一声,"吃吧!"而后又继续对奥索说,"我给您介绍一下,这位是神甫先生,确切地说,我不知道他是否真的是一个神甫,但他确实有神甫的学问。"

---

① 咱们那个老乡:指拿破仑,他诞生于科西嘉。

"先生，我是一个读神学的穷学生，"那第二个强盗说，"被逼迫改了行。谁知道呢，如果不改行，也许我也能当上教皇哩，布兰多拉契奥。"

"是什么原因使得教会竟失去您这样一位光明使者？"奥索问道。

"为了一件小事，用我的朋友布兰多拉契奥的话来说，是为了清算一笔账。我在比萨大学埋头读书的时候，我妹妹在家乡却闹出了桃色新闻。我必须回老家把妹妹嫁出去，但那位未婚夫却急不可待，在我回到老家的前三天，就得了疟疾病而一命呜呼。于是，我便去找死者的哥哥，如果您处在我的地位，也一定会这样做的。可是人家告诉我，他已经结过婚了。对此，怎么办呢？"

"的确，这事很难办，您是怎么办的？"

"在这种情况下，只好请枪支火石①来解决问题。"

"也就是说……"

"就是说，我对他脑袋开了一枪。"那个强盗冷冷地说。

奥索对此做了一个厌恶的动作。但他仍然留在原地，继续和这两个各有一桩命案在身的强盗聊天，也许是因为对他们有些好奇，也许是因为不想过早地回家去。

当自己的伙伴在讲述时，布兰多拉契奥把面包与肉食摆在自己跟前，享用了起来，接着又分一部分喂狗。他向奥索介绍说，他的那只狗名叫布鲁斯科，有特异功能，不论巡逻兵伪装成什么，它都能分辨得出来。说到最后，他又切了一块面包与一片生火腿给他的侄女。

"强盗生活真逍遥自在！"那个攻读过神学的大学生吃了几口之后高声发起议论来，"德拉·雷比亚先生，也许将来某一天，您会来亲身体验体验，那时，您会发现，这种生活无拘无束，随心所欲，真是妙不可言。"说到这里，这位强盗一直讲意大利语，以下他又改用法语继续讲下去：

---

① 枪支火石：指枪，当时非常流行的说法。——作者原注。

"对青年人来说,科西嘉并不是个好玩的地方,但对强盗来说却别有一番情趣。这地方的女人都爱我们爱得发狂,您瞧我这样一个人,却在三个不同的县有三个情妇,不论到什么地方,我都像回自己的家一样,其中一个情妇还是警察的老婆哩。"

"先生,您通晓好几国语言。"奥索认真地说。

"刚才我之所以讲法语,您知道吗,是因为对孩子应该有无微不至的爱护①,我要避免小姑娘听懂我的话,布兰多拉契奥和我,都希望小姑娘将来行为端庄,规规矩矩做人。"

布兰多拉契奥指向自己的侄女戚丽娜说:"等她长到15岁,我一定给她找个好人家把她体体面面嫁出去。目前,我已经相中了一家。"

"将来由你自己去提亲吗?"

"当然,您想,如果我对本地某个有钱人说,敝人乃布兰多拉契奥,如果令郎娶我侄女戚丽娜·萨维里为妻,敝人深感荣幸之至。他敢等我说第二遍才答应吗?"

"我会劝他这样,"另外那个强盗说:"我这个兄弟下起手来,总是没轻没重。"

"如果我是一个无赖,"布兰多拉契奥继续说下去,"如果是流氓,是混蛋,那我只要打开我身上的褡裢,5法郎的硬币就会像雨点一样落进来。"

"你的褡裢里什么东西有这么大的招财力?"奥索问道。

"什么也没有,但如果我像有些人干过的那样,给财主写封恐吓信说'我需要100法郎',老财便会赶紧给我送来。但是,我的中尉,这种事我不干,我有荣誉感。"

"您知道吗?德拉·雷比亚先生,"那个被自己同伴称为神甫的强盗说,"在这个民风古朴的地方,我们靠我们这份护照(说着他指了指自己的枪)赢得了世人的敬畏,但是也有一些混蛋,利用这一点,

---

① 此句话原文为拉丁文,引自拉丁诗人儒维纳的诗句。

伪造我们的签名去敲诈勒索钱财。"

"这个我知道。"奥索以粗暴的口气说,"但怎么个敲诈勒索法?"

"6个月前,"强盗往下说,"我在奥雷萨村附近散步,忽然看见一个老百姓老远就向我脱帽致敬,他走过来对我说:'啊,神甫先生(老乡们都这么称呼我),请原谅,请您给我宽限点时间吧,我现在还只弄到了55法郎,千真万确只凑到了这个数。'我感到很奇怪,便问他:'你这家伙,你说些什么呀?什么55法郎?'他答道:'我是要说只凑齐了65法郎,而您指定是要100法郎,我现在实在凑不齐。''什么!混账东西!我问你要100法郎?可我压根就不认识你。'他一听我这话,才交出一封信给我看,与其说那是一封信,不如说是一张脏兮兮的破纸,上面说的是,要收信者把100法郎放到一个指定地点,否则就要烧他家的房子,杀死他的牛,下面签上了我的大名吉奥根托·加斯特里科尼。那当然是伪造的签名,简直是卑鄙之至!最气人的是,敲诈信是用土话写的,而且错字连篇……而我,我在大学里从来都是有奖必拿,我怎么会写错字!一气之下,我出手就搧了那个乡巴佬傻瓜一个大耳光,直搧得他晕头转向在原地跟跟跄跄转了两圈。好哇,你把我当窃贼,你这蠢货,我对他骂了一声,又朝他身上某个部位狠踹了一脚。怒气稍消后,我问他:'要你什么时候把钱送到指定地点去?''就是今天。''好呀!你现在就给他送去。'敲诈信把地点写得很清楚,就在一棵松树下。他便把钱拿去,把它埋在树下,然后回来向我禀告。我便去埋伏在附近。我和那乡巴佬在那里足足等了6个小时。德拉·雷比亚先生,如果必要的话,我情愿等上3天都可以。6个小时之后,来了一个巴斯蒂亚佬[①],是个不要脸的放高利贷的家伙。他弯身正要取钱,我一枪打了过去,瞄得特准,正中脑袋,他立即倒毙在刚挖出来的钱上。我对那个乡巴佬说:'蠢

---

① 巴斯蒂亚佬:指巴斯蒂亚人,科西嘉山民瞧不起他们,不把他们视为同胞,从不称之为巴斯蒂亚人,而蔑称为"巴斯蒂亚佬",带有轻鄙之意。——作者原注。

货,去拿回你的钱吧,以后别再怀疑吉奥根托·加斯特里科尼会干这种无耻敲诈的勾当。'那个可怜虫浑身发抖,忙捡起他那65法郎,揩也不揩一下,连连向我道谢。我又揣了他一脚算是送行,他便一溜烟跑了。"

"噢,神甫,"布兰多拉契奥说,"你这一枪打这么准,真叫人佩服,你自己一定很开心吧?"

"我一枪正中那巴斯蒂亚佬的太阳穴,"那位强盗继续说,"这使我想起了维吉尔的这两句诗:

> 熔化的铅弹洞穿了他的太阳穴,
> 他直挺挺倒地身亡,横尸尘埃。

"关于熔化一词,奥索先生,您相信一颗铅弹在空气中飞驰而过,会因其高速而熔化吗?您研究过弹道学,应该能告诉我,这词用得对还是不对。"

奥索宁愿讨论这个物理学问题,而不愿意去触碰那位比萨大学学士的行为是否合乎道德而与他发生争论。布兰多拉契奥对这种科学讨论也很不感兴趣,便打断他们两人的谈话,提醒他们说,太阳快下山了,时间不早了。他对奥索说:

"既然您不肯和我们一道就餐,奥斯·安东,那我就劝您别让高龙巴小姐在家久等了;再说,太阳下山之后,行路也不方便,您出门怎么不带枪呢?附近有坏人,您得当心。今天,您倒不必害怕,巴里契尼父子正好在路上碰见了省长,就把他请到他们家去了。省长要在彼埃特拉纳拉停留一天,然后再到科尔特去主持一个奠基仪式……真他妈的混蛋!他今晚要留宿在巴里契尼的家里。到了明天,这一家子恶人就有空了。他家那个儿子文桑德罗是个坏蛋,另一个儿子奥兰杜契奥也好不到哪里去……您应当分头收拾他们,各个击破。今天一个,明天一个。总而言之,您得特别谨慎小心为是,我只能对您说到这里了。"

"多谢指教。"奥索说,"但我与他们之间并无任何纠葛要解决,除非他们主动来找我的麻烦,我没有事要去找他们。"

那强盗把舌头向嘴边一伸,带着嘲讽的表情,用舌头碰腮帮发出响声,但一言不发。奥索正站起来要走,布兰多拉契奥对他说:

"对啦,我还得谢谢您送的火药,它来得正是时候。现在,我什么都不缺了,仅仅少一双鞋……不过,几天内我自己就可以用岩羊皮做一双……"

奥索把两个5法郎的硬币塞进他手里,说:

"送给你火药的人是高龙巴,这是我给你买鞋的。"

"别胡来,我的中尉,"布兰多拉契奥叫嚷了起来,硬把两枚钱币还给奥索,"您难道要把我当作乞丐叫花子?要知道,我只收面包和火药,其他的一概不收。"

"我们都是老兵,我想应该互相帮助。好啦,再见。"

但离开之前,奥索不让强盗发觉,又偷偷把钱币塞进他的褡裢之中。

"再见,奥斯·安东。"神学家强盗说,"过几天也许咱们还能在森林里碰面,到时候再继续讨论讨论维吉尔的那两句诗。"

奥索告别了这两位实诚的伙伴,走了约一刻钟,忽听见背后有人拼命追了过来,原来是布兰多拉契奥。

"您太过分啦,我的中尉,"他气喘吁吁地嚷道,"太过分了!这是您的10法郎。如果是别人这么恶作剧,我绝不会放过他。高龙巴小姐跟前,请代我向她多多致意。您使我跑得气都喘不过来了!再见,晚安。"

第十二章

奥索回到家里,发现高龙巴因他外出未归已多时而忧心忡忡,一见到他,才恢复她平时那种精神状态,沉静之中透着一丝哀愁。晚餐时,兄妹只闲聊一些无关紧要的话题。奥索见妹妹神情淡定平和,便放胆向她叙述了自己与两个强盗相遇的经过,甚至还不时开开玩笑地谈及。小姑娘戚丽娜在宗教情感与人品道德上,是如何从她叔叔及其可敬的同行加斯特里科尼先生那里,得到了无微不至的关怀与教导。

"布兰多拉契奥是一个靠谱的人,"高龙巴说,"可是那位加斯特里科尼,我听说,此人很不靠谱。"

"我倒认为这两个人是半斤八两,相差无几。"奥索发表评论说,"两个人都公开与社会对抗。犯了第一次案后,自然而然就接着犯下其他的案子,不过,他们也许并不比那些并未落草为寇的人更为有罪。"

他妹妹听了此话,脸上闪现出一道喜悦之色。

"是的,"奥索继续说道,"这些苦命人也有自己的荣誉感,他们走上这条亡命之路,是出于可怕的偏激思想,而不是出于卑鄙无耻的贪欲。"

到这里,两人都沉默了好一会儿。

"哥哥,"高龙巴一边给他倒咖啡,一边说,"您大概知道夏尔·巴蒂斯特·彼埃特里昨夜去世了吧?他是患疟疾病死的。"

"此人是谁?"

"本村人,是玛德莱娜的丈夫,咱们父亲临死前就是把自己的活页夹交托给玛德莱娜的。现在,未亡人来找我,请我去守灵,还求我唱唱挽歌。最好您也跟我一道去,因为大家都是街坊邻居,在咱们这种小地方,这种礼节是不能免的。"

"跟你去守灵?去他的吧,高龙巴!我可不愿意自己的妹妹在大庭广众之下这样抛头露面。"

"奥索,"高龙巴劝说道,"每个人都有自己哀悼死者的方式。唱挽歌是咱们祖先传下来的方式。我们应该把它当作古老的风俗习惯来遵守。玛德莱娜没有唱挽歌的能力,本地倒有一个唱挽歌的高手菲斯彼娜老婆子,可惜她病了。总得有人去唱啊。"

"不要以为如果没有人在守灵中唱几支破挽歌,死者在阴间就会走投无路。高龙巴,你一定要去守灵,那你就去吧,如果你执意认为我应该跟你一道去,我也可以奉陪,但请你别即席唱挽歌,因为在你这样的年龄去做这件事,实在有失体面……妹妹,就算我求你啦。"

"哥哥,我已经答应人家了,您知道,这是本乡本土的风俗。而且,我再说一遍,只有我才能即席作歌。"

"愚昧透顶的风俗!"

"去唱这种挽歌,其实我自己会感到很不好受。这会勾起我的回忆,想起我们自家的不幸,到第二天,我还很可能因此而病倒,即使如此,我也必须去。哥哥,让我去吧。您不记得吗?在阿雅克修的时候,那位英国小姐经常对咱们的古老风俗冷嘲热讽,而您还要求我专为她即席吟歌以博她一乐。难道我现在不能为这些可怜的老乡即席唱唱歌吗?他们会因此而感谢我的,听了我的歌,他们也会减少一些痛苦。"

"好吧,随你的便。我敢打赌,你的挽歌早就写好了,你不愿意不唱而白白浪费。"

"没有,哥哥,挽歌不能预先写好,我要站在死者的面前,心里想着还活着的人,待自己也热泪盈眶,才把涌上心头的东西唱出来。"

这几句话讲得朴实真切，足见高龙巴小姐毫无半点想要炫耀自己诗才的虚荣心理。奥索终于被说服了，便随着妹妹来到办丧事的人家。在全家最大的房间里，死者停放在一张桌子上，脸露在外面。房间的门窗都大大敞开，桌子周边点着一些蜡烛。死者的妻子坐在靠近死者头部的方位，在她后面，是一大群妇女，她们几乎占满了整个房间的一边。房间另一边则站着一排排男子，他们都脱了帽，眼睛都注视着遗体，不出声响地在默哀。每个来吊唁的人都走到桌旁，吻抱一下死者[1]，向遗孀与儿子点头致意，然后一言不发退到人群之中，但不时也有某位吊唁者打破静默肃穆的氛围，对死者倾诉几句，一位老大娘这样说："你为什么要撇下你贤惠的妻子呢？难道她没有好好地伺候你？你还缺什么呢？你的儿媳很快就会给你添一个孙子啦，你为什么不等一个月再走？"

死者的儿子是一个身材魁梧的青年，他紧紧握住亡父冰冷的手，这样哭喊道："您为什么不死于非命[2]呢？那样我们还可以给您报仇泄愤啊！"

奥索进到这个房间时，正好听到了以上几句倾诉。人群一见他来到，便让出一条路来，并发出一片好奇的低语声，看得出来大家在期待挽歌女出场，为她的来到而大感兴奋。高龙巴上前拥抱了一下死者的遗孀，握着她的手，垂下眼睛，深思了几分钟。接着，她把美纱罗往后一撩，定睛注视着死者，然后，俯身向着遗体，脸色煞白，与死者无异，于是，她便开唱起来：

夏尔·巴蒂斯特！愿基督收容你的灵魂！
人生在世，就是受苦受难。

---

[1] 吻抱死者：当地的习俗，至今（1840年）仍流行于博科尼亚诺地区。——作者原注。

[2] 原文为La mala morte，意即"死于非命"。——作者原注。

而今你来到新的地方，
既不寒冷，也无阳光。
你无需再用镰刀去砍柴，
也无需用重镐去锄地。
再也没有苦活累活要你去干，
从今往后，你每一天都是星期日。
夏尔·巴蒂斯特，愿基督收容你的灵魂！
你儿子会代替你当家做主。
我见过大橡树轰然倒地，
被西风刮干了枝叶。
我以为大树已死。
后来我又经过树前，
见它根部又长出了新芽嫩枝。
新芽嫩枝又长成为橡树，
枝叶繁茂，浓荫蔽地。
玛德莱娜啊，你在新树粗壮的枝丫下休息吧，
常常惦记着以前的那棵老橡树哟。

  高龙巴唱到这里，玛德莱娜不禁失声痛哭。有两三个粗汉，平日都是杀人不眨眼的主，开枪打人就像打山鸡那样若无其事，这时也被挽歌感动，偷偷在擦拭自己古铜色脸上的大滴大滴眼泪。

  高龙巴就这么继续唱了一些时候，有时是对死者唱诉，有时是对家属唱诉，有时又用挽歌中常见的拟人方式，让死者现身说法，出来安慰自己的家人，或劝导自己的朋友。她越唱脸上越焕发出庄严崇高的神采，脸上也泛出了透亮的玫瑰色，更衬托出她牙齿的洁白和两眼炯炯有神的明亮。她简直就像一个站在三脚架上的希腊女祭司。她周围簇拥而立的人群鸦雀无声，偶尔只有几声叹息，几声呜咽。奥索对

这种蛮荒之野的原始吟唱,不像周围人群那样听得进去,但他却很快被人群的情绪所感染。因此,他躲到屋里一个避光的角落,像死者的儿子一样哭泣起来。

突然,人群中发生一阵轻微的骚动。人们让出一条路来,几个陌生人便走了进来。从大家毕恭毕敬的态度与连忙让路的反应来看,来者显然都是重要人物。他们的光临使这一家子人颇有蓬荜生辉之感。但出于对挽歌的尊重,没有一个人去跟来者说话。进来的人中,为首者40来岁,身着黑色礼服,系着红色的带有玫瑰花结的勋带,脸上有一种威严而自信的神情,使人一看便猜出是省长。跟在他身后的是一个身躯微驼的老头子,脸色蜡黄,戴着一副绿色的遮光眼镜,但并没有遮掩住他那胆怯而不安的眼神。他穿的礼服颇不合身,稍嫌宽大,虽则崭新,但显而易见是早年缝制的。他紧靠着省长,寸步不离,似乎想永远躲在省长的浓荫庇护之下。他身后则有两个身材高壮的青年,皮肤被晒得黝黑,满脸都是络腮胡子,目光狂傲,左顾右盼,旁若无人,十分放肆。奥索因多年离家外出,早已忘却村里人的形貌,但戴绿色遮光眼镜的老头一出现,立刻便唤醒了他脑海中往日的记忆。老头紧跟着省长,单凭这一点即可明白他的身份。此人即乃彼埃特拉纳拉村的村长、律师巴里契尼是也。他带两个儿子随行,是为了陪同省长前来观看挽歌仪式。此时,奥索的心情五味俱全,实难形容,但父亲的仇人一出现,便使他产生了一种厌恶之感,长期以来他一直摒拒否认的那些怀疑,立即在他心头复活,并使他感到确切可信。

高龙巴一见不共戴天的仇家,她原来那张表情丰富的脸立即变得阴森可怕,脸色刷白,声音嘶哑,已开始唱出的歌词戛然而止……但她很快又把她的挽歌唱下去,不过唱出来的是另一种新的慷慨激昂之情:

> 苍鹰在空巢前,
> 宛转哀鸣,

鸟雀环飞，
嘲笑其悲痛。

高龙巴唱到这里，人们听见有人偷偷在下面取笑，原来是村长带来的那两个年轻人弄出来的动静，他们一定是认为这个比喻太夸张了。

那只苍鹰必将醒来，展开双翅，
用利嘴把敌人啄得鲜血淋漓！
你啊，夏尔·巴蒂斯特，
且让你的朋友向你道别吧。
他们的眼泪已经流够啦。
只有可怜的小孤女还没有为你痛哭。
她为什么要哭你呢？
你在全家的照料下，
已经寿终正寝，永远安息，
正准备去觐见万能的造物主。
而小孤女正要哭自己的父亲了，
她父亲被卑鄙的凶手暗算，
从背后中枪倒下，
父亲的鲜血殷红殷红，
流淌在绿叶丛中。
小孤女手捧父亲的鲜血，
那高贵而无辜的血，
她把血洒在彼埃特拉纳拉的土地上，
让它成为一种致命的毒物。
彼埃特拉纳拉将血迹斑斑，
直到凶手偿命，

以罪人之血把无辜者的血迹洗净。

唱完这几句,高龙巴便倒在一张椅子上,以美纱罗掩面,哭了起来,哭泣声清晰可闻。泪流满面的妇女立即簇拥在她周围,许多男人则把愤怒的目光射向村长与他的儿子。有几个老人也在埋怨这父子三人不该来到这里惹起轩然大波。办丧事人家的儿子分开人群,正打算敦促村长立即离场,但村长已经急不可待地走了出去。他的两个儿子更是早就到了路上。省长向死者的儿子讲了几句吊唁慰问的话后,也迅速离场而去。这时,奥索走到妹妹的身旁,挽起她的胳臂,把她扶出了屋子。

"送他们回家。"皮埃特里的儿子吩咐他的几个朋友说,"当心些!别让他们出什么事!"

立即,有两三个年轻人迅速将自己的匕首藏进了左面的衣袖,护送着奥索兄妹一直回到他们的家门口。

第十三章

高龙巴气喘吁吁，筋疲力尽，浑身无力，一句话也说不出来。她把头倚靠在哥哥的肩膀上，紧握着他的一只手。奥索虽则对她最后那段挽歌颇不以为然，但由于担心她的健康，并没有对她有哪怕是最轻微的责备，他一言不发静候着她的激奋情绪平伏下去。这时，有人敲门，萨瓦莉亚神色张皇跑进来通报："省长大人来了！"一听这个名字，高龙巴似乎对自己刚才的软弱感到惭愧，霍地一下站了起来，手扶椅子，腰板直挺，但看得出来，她的手在颤动，使得那张椅子也在颤。

省长首先讲了几句客套话，说此时此刻到访实感冒昧，特致歉意，接着对高龙巴小姐表示表示慰问，并婉言称情绪过于激动实有害于健康，唱挽歌哭灵的风俗则是一种陋习，挽歌女愈是有才，愈是把参加丧礼的人唱得更加痛苦。说到这里，他口锋一转，对刚才挽歌最后一段的影射，表示了微愠的责备。接着，他的话题又一变，说：

"德拉·雷比亚先生，您的两位英国朋友托我代他们向您表示问候。内维尔小姐还特别向令妹致意。这里有一封信是她托我交给您的。"

"有内维尔小姐的一封信？"奥索不禁叫了起来。

"可惜我没有把信随身带来，但5分钟后就可以给您送来。她父亲生了一场病。当时我们很怕他得了当地那种可怕的疟疾。幸好他现在已痊愈，不久您自己就可以亲眼见证这一点，因为我想您很快就会见到他们的。"

"内维尔小姐当时着实担惊受怕过好一阵吧？"

"幸亏她事后才知道这病的危险性。德拉·雷比亚先生，内维尔小姐跟我谈了很多关于您和令妹的事。"

对此，奥索欠了欠身，礼貌性地作答。省长继续说下去："她对您兄妹二人很友好，很关心。她风姿绰约，但在风雅潇洒的外表下，她内在的精神却是很理性的。"

"她是个很可爱的人。"奥索回答说。

"先生，我几乎是应她的请求才来找您的。我实在不愿意和您重提过去那件悲惨的事情，但又不得不提，因为此事谁都没有像我这样了解全部底细。既然巴里契尼是彼埃特拉纳拉的村长，而我则是本省的省长，用不着说，您也会明白，我对那些怀疑是认真面对的，但据我所知，那些怀疑全是一些不负责的人在您面前挑唆起来的。不过我知道，您对此深感愤怒并已拒不认同，这正是人们按您的地位与品德期待于您的。"

"高龙巴，"坐在椅子上的奥索烦躁不安，想把妹妹支开，"你很累了，你该去睡觉啦！"

高龙巴摇摇头，她已恢复了她平时的那种镇定，用炯炯的目光逼视着省长。

"巴里契尼先生很希望消除两家之间的敌意……"省长继续说，"也就是说，消除彼此戒备、凶险难料的状态，我个人认为，人与人之间本应互相尊重，我非常愿意看到您与巴里契尼先生能共同建立起这种关系……"

"先生，"奥索情绪激动地打断省长的话，"我从没有冤枉巴里契尼先生，说他杀害了我的父亲，但他干了一件事，使我不得不断绝和他往来。他曾经冒用某个强盗的名义，伪造了一封恐吓信……而又把这件事栽到家父的头上。先生，这封信很可能就是间接导致了家父死于非命的原因。"

省长思索了片刻，说：

"当初你们两家打官司时，令尊大人因脾气急躁而对此信以为真，倒还情有可原，但是，如果您现今也这么盲目信从，那就不应该了。您要想一想，巴里契尼先生伪造那样一封信，对他自己是毫无半点好处的……我暂且不跟您谈他的人品……您对他知之甚少，却先入为主，对他抱有成见……但是，您总不该认定一个精通法律的人，竟会去做一件对自己不利的蠢事吧……"

"可是，先生，"奥索站起身来说，"请您考虑考虑，对我讲那封信不是巴里契尼先生伪造的，那不就等于说是家父伪造的？先生，家父的名誉，就是我的名誉。"

"先生，"省长继续他的说辞，"德拉·雷比亚上校的名誉，人人敬仰，不在话下，尤其是敝人敬仰为最……事实的真相是这样的……伪造那封信的罪魁祸首现在已经查出来了。"

"谁？"高龙巴走向省长跟前，厉声问道。

"一个坏人，一个犯过好几桩案子的罪犯……他犯过的罪行都是你们科西嘉人绝不能饶恕的，他就是个土匪，名叫托马索·比安契，现正关在巴斯蒂亚监狱里，他已承认那封要命的信是他写的。"

"我不认识这个人，"奥索说，"他写这封信的目的是什么呢？"

"他就是本地人，"高龙巴说，"是咱们家从前一个磨坊师傅的兄弟，是一个满嘴谎话的混蛋，他的话不能信。"

"请你们听下去，马上就会知道他这样做是为了得到什么好处。"省长继续说，"令妹所说的那个磨坊师傅，我想是名叫泰奥多尔吧，他向令尊大人租用了一座磨坊，磨坊坐落在一条水流上，而巴里契尼先生正是对那条水流的归属权持有异议，认为它并非属令尊所有。令尊大人素来慷慨大度，从来不靠磨坊赚钱。但在托马索看来，如果巴里契尼先生获得了那条水流的所有权，他的兄弟就必须向新主交纳巨额租金，因为大家都知道巴里契尼先生是相当爱钱的，总而言之一句话，为了帮自己兄弟一把，托马索便伪造了那封冒强盗之名的信件。这便是全部事情的真相。您知道，科西嘉人的家庭观念很强，有时甚至会导致犯罪……请您看看总检察官写给我的这封信，它能证实我刚才对您所讲的一切。"

奥索很快地把信看了一遍，该信的确详述了托马索的供词。高龙巴站在哥哥的身后，视线从他肩上而过，也通读了此信。

她一读完，便大声嚷了起来：

"一个月前，奥兰杜契奥·巴里契尼得知我哥哥要回来了，特意去了巴斯蒂亚一趟，他一定见到了托马索，买通他编出了这么一篇谎话。"

"小姐，"省长很不耐烦地说，"您对一切都妄加猜测，荒唐离谱，令人厌烦，难道这是探讨事情真相的办法吗？您呢，先生，您头脑冷静，心平气和，请问您现在有何高见？您不会也像令妹那样，认为一个只犯有轻罪、绝不会被重判的犯人，竟然会为一个陌生人卖命而去犯伪造物证的重罪吧？"

奥索又仔细将总检察官的信看了一遍，全神贯注，字字推敲，因为自从他见过巴里契尼律师以后，他就觉得自己不像过去那样容易被人说服了。最后，他不得不承认信中的说明合情合理，令人信服，但是，高龙巴使劲高喊道：

"托马索·比安契是个大骗子，我敢断定，他最后不是被判无罪，就是越狱逃走。"

省长听了耸耸肩膀。

"先生，"他对奥索说，"我已经把我所得到的消息全部告诉了您。我现在要告辞了，请您好好考虑考虑吧！我期待您的理智使您保持清醒，但愿您的理性能克服……令妹的猜疑臆想。"

奥索讲了几句对高龙巴可予谅解的话后，再一次重申，他现在相信托马索就是唯一的罪魁祸首。

省长起身告辞。

"如果不嫌太晚，我倒建议您跟我去巴里契尼家一趟，取走内维尔小姐给您的信……趁这个机会，您可以把您刚才说过的话，对巴里契尼先生说一遍，那么你们两家的纠纷到此就全部结束啦。"

对此，高龙巴激烈加以反对，她厉声嚷道："奥索·德拉·雷比亚今生今世决不踏进巴里契尼家的大门。"

"小姐似乎是这里的当家之主嘛。"省长语带讥讽地说。

"先生，"高龙巴以斩钉截铁的口气对省长说，"您受骗上当了，您不了解律师，他是世界上最狡猾、最刁钻的人。我求求您，别要奥索去做一件大丢脸面的事。"

"高龙巴，"奥索大声喝道，"你情绪冲动，丧失了理智。"

"奥索呀！奥索，看在我交给您的那个盒子的分上，我求求您，听我一句劝，您与巴里契尼父子之间有杀父之仇，您不能到他们家去！"

"妹妹！"

"不，哥哥，您绝不能去！您要去我就离开这个家，您再也休想见到我……奥索，可怜可怜我吧！"说着，她朝奥索跪了下来。

"看见德拉·雷比亚小姐如此不通情达理，我深感难过。"省长说，"我相信您一定能够开导她。"他把门打开一半，停下来，似乎在等奥索跟他走。

"现在我不能离开她。"奥索说，"等明天再说，如果……"

"明天一清早，我就要动身。"省长说。

"哥哥，请您至少等到明天早上，"高龙巴双手合十做诉求状，大声说道，"让我再去好好看看父亲的文件……我这个要求您总不能拒绝吧。"

"好吧，你今晚就去看吧，可是看过后，至少不要再用你那种莫名其妙的仇恨折磨我……非常抱歉，省长先生……我自己也感到不好意思……还是等明天再说为好。"

"一夜静思,定出好主意。"省长边往外走边说,"但愿到了明天,您的犹豫不决尽都烟消云散。"

高龙巴马上高喊:"萨瓦莉亚,快掌灯送客,省长先生会把一封信给你带回来给我哥哥。"

她又低声给萨瓦莉亚叮嘱了几句,只让这个女仆一人听到。

"高龙巴,"省长走后奥索说,"你使我很难受,这么说来,你永远拒不承认明摆着的事实啰?"

"您给我的期限是明天,"她回答说,"我的时间很有限,但我仍然抱有希望。"

说完,她拿了一大串钥匙,跑进楼上一个房间。但听见她急急忙忙打开一个个抽屉,在一张书桌中寻找,这张桌子本是德拉·雷比亚上校生前存放重要文件的。

第十四章

萨瓦莉亚随省长去后,迟迟未归,奥索正等得极不耐烦之时,她终于回来了,带来了一封信,后面跟着戚丽娜。小姑娘仍在用手揉着眼睛,因为她刚入睡就被唤醒前来当差。

"孩子,"奥索问道,"这么晚了,你来干什么?"

"小姐有事要我来。"戚丽娜回答说。

"见鬼,她找孩子来干什么。"奥索心想。但他急于拆阅莉狄娅小姐的信,在他阅信的时候,戚丽娜便上楼找他妹妹去了。

莉狄娅小姐在信中写道:

先生,家父略有不适,且素疏懒于书信,故我不得不受命代笔。正如先生所知,盖因他当日未与你我同往观赏风景,而去海边涉水,湿了足受了寒,在你们这个迷人的小岛上,仅此即足以使人生病发烧矣!书写至此,不难想见君不悦之色,但愿打趣之言莫引君以匕首相对。仍且说家父的发烧,我确曾为此而惊慌恐惧,所幸省长为人亲善热诚,特意找来一位尽心尽力的好大夫,不出两日,即妙手回春,药到病除。恶疾至今并未复犯,家父不禁又猎瘾大发,我决不能容其任性而为。君已返山间古堡祖屋,不知有何感受?故居北边之塔楼是否仍在?其间是否常有精灵亡魂出入?有劳阁下作答,实因家父仍念念不忘阁下曾保证在您家乡可猎取到麋鹿、野猪、羚羊……（这些奇特走兽之名称是否书写有误？）故准备从巴斯蒂亚坐船到您府上叨扰数日。但愿您所言又旧又破的德拉·雷比亚古堡不至于在我们一行人头上坍塌而下。至于省长先生，他的确甚是和蔼可亲，与他交谈，不愁缺少话题，by the bye①，小女子已经使得他晕头转向矣，对此，我颇感沾沾自喜——与他也谈及了阁下。巴斯蒂亚司法界人士已向他提供一份真正罪魁祸首之口供，此人乃一正在监狱中服刑的坏蛋，此供词足以消除阁下心存的最后疑团。过去，您对宿敌之仇恨心理常使我深感不安，而今，此种心理当可烟消云散矣。您想象不到，我对此感到多么欣喜。您那天上路时，手执长枪，目光阴沉，与那位美丽的挽歌女妹妹结伴而行，我觉得完全是一副科西嘉派头……甚至比科西嘉人更科西嘉。够了，此信写得太长矣，因为小女子闲来无事，百无聊赖。真可惜，省长先生也要离开了。等我们过两天上路来您的山居时，我将先来信通知，亦将冒昧致信高龙巴小姐，劳驾她为我做一张"十分出色的"②奶酪饼。现先请代我向她多多致意。她的那把匕首，我正派了大用场，用它来裁开我所带来的一本小说。但此利刃自命不凡，不甘大材小用，不满之下，竟将我的小说裁得支离破碎。该说再见了，先生，家父向您致以最亲切的问候③。望阁下听从省长先生的劝导，他是一个能出好主意的人，他特地绕道而来贵乡，我想大概全是为了您的缘故；他还要去科尔特主持一个奠基典礼，这想必是个非常隆重的仪式，我不能随同参加，实为憾事。请想想，一位先生身着绣花大礼服、长筒丝袜、白色绶带，手执瓦刀！……还要当众发表演说；仪式结束时，人群则不断高呼：国

---

① by the bye，英文，意为"顺便说一句"。
② 原文乃科西嘉语。
③ 此语原文乃英文。

王万岁！——写到这里，此信已长达4页，君得此优待，定自鸣得意、沾沾自喜矣！但先生，我再重复一遍，实因我闲极无聊，方写出如此长的书信也。如果君亦闲极无聊，也欢迎您写封冗长的信给我。哦，对了，您安抵彼埃特拉纳拉古堡之后，尚未致信于我，对此，我颇感纳闷。

莉狄娅

奥索一口气把来信读了三遍，每读一遍心里都感受良多，心绪萌动，之后，他立即命笔复信，尽情倾诉，词情并茂，篇幅长长，写好后即命萨瓦莉亚速交当晚即将动身去阿雅克修的一个村民。现在，他已经毫无兴味去和自己妹妹讨论对巴里契尼家的仇怨是否确有根据，莉狄娅小姐的来信使得他心境豁然开朗，疑云尽散，仇怨消解。稍等了片刻，见妹妹没有下楼，他便自个儿睡觉去了，深感心情从未像现在这样轻松自在。至于高龙巴，她把戚丽娜打发去执行秘密任务之后，整个大半夜都在查阅过去的那些旧文件。天快亮时，有人往她窗户上扔了几粒小石头。她一听到这个信号，便下楼走进花园，打开一道偏门，迎进来两个面色难看的男子。她立即把他们带进厨房，弄些东西给他们吃。此二位来者乃何许人也，且看下文分晓。

第十五章

　　一清早，将近6点钟，省长的一个仆人来敲奥索家的大门。高龙巴出来接待，仆人对她说，省长立刻就要动身出发了，正等着她哥哥去。高龙巴毫不迟疑地回答说，她哥哥刚在楼梯上摔下来，扭伤了脚，寸步难行，请省长多多谅解，如果省长肯屈尊劳驾来寒舍一趟，他将不胜感激。这口信捎过去后不一会儿，奥索下楼来了，他问妹妹省长是否派了人来请他。

　　"他要您在家等他。"高龙巴若无其事，神情镇定地说。

　　半个小时过去了，巴里契尼家那边毫无动静。这时，奥索来问高龙巴查阅文件有何发现，高龙巴回答说，她自会向省长面陈。她这时故作镇静，但她的脸色与双眼却都泄露出内心里非常激动。

　　巴里契尼家的大门终于打开了，省长身穿旅行服，第一个走了出来，后面跟随着村长和他的两个儿子。彼埃特拉纳拉的村民从太阳初升之时起，就一直在等待着给省里的第一高官送行，现在见他在巴里契尼父子仨陪同下，径直穿过广场，走进了德拉·雷比亚家的大门，都目瞪口呆，不胜惊讶。"他们两家讲和了！"村里那些有政治头脑的人不禁叫嚷起来。

　　"我早就跟你们说过，"一个老头子紧接着说，"奥索·安东尼奥在大陆生活得太久了，干起事来没有血性，没有魄力。"

　　"可是，"一个拥护雷比亚家族的人反驳道，"您得注意，是巴里契尼父子先去找奥索的,他们是服输讨饶了。"

"是省长把他们两家促和的。"那老头表示异议说,"现在的人都没有血性勇气,年轻人从不把父亲的血仇放在心上,似乎他们都是一群私生子。"

省长进了奥索家的大门,见他好端端地站着,走路也没有任何困难,不免好生惊异,高龙巴赶紧解释了两句,承认自己撒了谎,请省长原谅。她说:"省长先生,如果您是住在别处,而不是巴里契尼家,我哥哥昨天早就登门请安了。"

奥索则连声道歉,声明妹妹这种耍滑头的小伎俩与他毫不相干,而且他对此也深为反感。省长与巴里契尼老头见奥索的羞愧之态与对其妹的连声责备,似乎都相信了他道歉的诚意,但村长的两个儿子却不依不饶,大有不肯善罢甘休之势。奥兰杜契奥高声说道:"这简直就是故意耍弄我们。"声音之大,唯恐有人没有听见。

"如果我的妹子给我搞这种恶作剧,"另一个儿子文桑德罗说,"我要立即给她颜色,叫她再也不敢。"

这两个人的这些话以及说话的语气,都使奥索甚为反感,他原有的善意也因此而有所锐减,不由得与这两人互相恶狠狠地盯了几眼。

大家均已落座,只有高龙巴一人站在厨房门口附近。省长开始讲话,他先泛泛谈了谈本地的陋习偏见,指出大部分由来已久、根深蒂固的深仇宿怨,皆由误解所酿成。接着他转向村长,对他说,德拉·雷比亚先生从未认为巴里契尼家族直接或间接地参与了导致其父死亡的那个可悲事件,事实上他只对两家之间诉讼案中某个情况的确有过怀疑,由于他久客他乡,得到的消息不甚可靠,这点怀疑也是情有可原的。最近新发现的情况已经使他把真相搞清楚了,他已冰释前嫌,愿意与巴里契尼先生及他两位公子建立友好睦邻关系。

听到这里,奥索带着勉强的神情欠了欠身,巴里契尼含含糊糊说了几句,但谁也没有听清楚他说了什么,他的两个儿子则仰望屋顶上的梁木。省长继续夸夸其谈，正准备转向奥索，讲一番为巴里契尼先生圆场的偏袒话，这时，高龙巴突然从她头巾下抽出几张文件，庄重严肃地走到正在议和的双方之间。

"如果能看到我们两家消除敌对状态，我当然会非常高兴，但是，要使和解完全出于诚心诚意，就必须把事实彻底说清楚，不要遗留任何疑点……省长先生，托马索·比安契此人声名狼藉，对他的供词，我有理由表示怀疑……我曾经指出，村长的两位公子很可能在巴斯蒂亚监狱会见过此人。"

"这是胡说。"奥兰杜契奥打断高龙巴的话，"我从没有见过此人。"

高龙巴轻蔑地瞧了他一眼，仍然镇定自若地继续往下说：

"您曾经解释说，托马索之所以冒用一个恶名昭著的大盗之名，写恐吓信给巴里契尼先生，不过是想使他兄弟泰奥多尔能保留住家父廉价租给他的磨坊，是吗？……"

"这是显而易见的。"省长说。

"像比安契这么一个无赖，有他掺和，什么事都可能发生。"奥索以为高龙巴缓和了自己的态度在陈述事实，也附和着说。

这时，高龙巴却两眼开始射出锐利的光芒，继续这样说下去："冒名信写于7月11日，这个时候，托马索正是在他兄弟那里，也就是在磨坊里。"

"不错。"村长有点不安地表示。

"那么，比安契写这封信有什么好处呢？"高龙巴得意扬扬地说，"他兄弟的租约早已期满，家父早在7月1日就已经请他走人。这是家父的登记册和通知他不再续约的原稿以及阿雅克修一位商人向我们推荐另一个新租户的信件。"

说着，她把手里的文件交给了省长。

高龙巴这一番揭示语惊四座，众人无不愕然。巴里契尼的脸色陡然变成苍白。奥索皱着眉头，走过去想看看省长正在逐字逐句细读的那几份文件。

"简直是在捉弄咱们。"奥兰杜契奥气冲冲地站了起来,大声嚷道,"父亲,走吧,咱们压根就不该来!"

巴里契尼很快就恢复了镇静,他要求仔细看看那几份文件。省长一声不吭把文件交给他。他将绿色遮光眼镜往脑门上一推,若无其事地把文件浏览了一遍,高龙巴双眼盯着他,神情活像一只雌老虎盯着一头斑鹿走近其幼虎成堆的洞穴。

巴里契尼将眼镜放下来,把文件交还给省长,说道:"也许,托马索知道已故上校心肠好……他以为……他肯定会以为……上校先生会撤销打发他哥哥走人的决定……事实上,他哥哥后来仍然一直在使用那个磨坊,因此……"

"把他留在磨坊的就是我。"高龙巴以一种不屑的口气反驳说,"我父亲已经死去,以我的地位来说,我必须安置好我家所雇用的那些人。"

"不论怎样,"省长说,"这个托马索已经承认了那封信就是他写的,这一点再清楚不过。"

"我倒觉得,再清楚不过的是,"奥索打断他的话说,"在整个事件里,的确隐藏着一些很卑鄙的勾当。"

"我还要对这几位先生的说法提供一点反证。"高龙巴便把厨房门打开,立即走进来的,竟是布兰多拉契奥、神甫和那条名叫布鲁斯科的狗,两个强盗都没有带武器,至少表面上没有带。但两人腰间却系有子弹带,只是没有佩备那随身不离的手枪。他们走进大厅时,都很有礼貌地脱下了自己的帽子。

可想而知,他们的出现立即引起了强烈的反应。村长险些仰天摔倒在地,他两个儿子见状忙上前保护,同时伸手往衣袋里摸匕首。省长迅速走向门口,而奥索则一把抓住布兰多拉契奥的衣领,怒喝一声:

"混蛋,你来这里干什么?"

"这是圈套。"村长边喊边去开门,但萨瓦莉亚已经把门从外面反扣上了。后来才知道,她是按强盗的吩咐这么干的。

"诸位乡邻,"布兰多拉契奥开始说,"不必害怕,我的皮肤虽黑,但我为人并不黑。我们哥俩前来,绝没有半点恶意。省长先生,在下向您致敬。我的中尉,请您把手松开点,您快把我掐死了。我们哥俩是以证人的身份来这里的。喂,神甫,你说说吧,你不是口若悬河、滔滔不绝吗?"

"省长先生,"神学学士开讲了,"您不认识我,我的名字叫吉奥根托·加斯特里科尼,人们通常称我为神甫……噢,您记起来了!其实,今天的这位小姐,我从来都不认识她,她派人找我,要求我提供一些关于一个名叫托马索·比安契的人的情况,三个星期以前,我曾经在巴斯蒂亚监狱和这个人关在一起。下面就是我要告诉你们的情况……"

"不必了,"省长不让他讲下去,"像你这样的人讲的话我一句也不想听……德拉·雷比亚先生,我愿意相信您没有参与眼前这场可耻的阴谋,但是,您究竟是不是这里的一家之主?请您叫人把门打开。令妹如此串联强盗,将来应该做出交代。"

"省长先生,"高龙巴大声说道,"请您听听这人要说的话吧。您来这里是为了主持公道,您的职责就是要发现事情的真相。吉奥根托·加斯特里科尼,您说吧!"

"别听他说!"巴里契尼父子仨齐声喊道。

"大家一起哇啦哇啦说,谁的话也听不清楚,这不是个办法。"那位强盗微笑着说,"要说那时在监狱里呀,我与现在在谈的那位托马索仅仅是同监,根本算不上朋友,倒是有奥兰杜契奥先生经常去探望他……"

"胡说!"巴里契尼兄弟齐声大喊道。

"两个否定加在一起就等于一个肯定。"加斯特里科尼冷冷地从旁加以点评,"托马索有钱,吃喝都是挑最好的,我这个人也爱美食,这是我的小毛病,所以尽管我讨厌与这家伙来往,但也多次吃过他的请。为了作点回报,我建议他与我一道越狱……有个小姑娘……我曾经对她有恩……她给我提供了越狱的办法,在这里,我不想连累她以及任何其他人……但托马索拒绝了我的建议,他对我说,他的事他自有办法解决,巴里契尼律师已经替他疏通了所有的法官,他一定可以清清白白无罪获得释放,而且还可以得到一大笔钱。至于我,我还是认为自谋解脱、海阔天空为妙。我的话完了[①]。"

"这人说的全是谎话。"奥兰杜契奥态度武断地说,"如果我们是在旷野里,各人都带着枪,他就绝不敢这么胡说八道。"

"你又大错特错了!"布兰多拉契奥大喝一声,"你别跟神甫闹翻了,我警告你,奥兰杜契奥。"

"德拉·雷比亚先生,您到底让不让我出去?"省长不耐烦地直跺脚。

"萨瓦莉亚!萨瓦莉亚,"奥索大声喊道,"真见鬼,赶快开门!"

"请稍等,"布兰多拉契奥说,"我们得先走,得让我们走我们的。省长先生,咱们在朋友家碰面,按老习惯,分道扬镳时,应该有半个小时不动武。"

省长轻蔑地瞄了他一眼。

"恕不奉陪啦,"布兰多拉契奥道了一声,又把手臂伸直,把他那条狗招过来,对它说,"布鲁斯科,给省长先生跳一个。"

那狗应声就跳了一下,两个强盗极其迅速地到厨房取回了他们的枪,就从花园逃之夭夭。然后,是一声呼哨,客厅的大门像中了魔术似的应声而打开了。

"巴里契尼先生,"奥索满腔怒火指责说,"我认为您就是伪造信件的人,我今天就要向皇家检察官上诉,控告您伪造文书,控告您买通比安契,说不定还有更可怕的罪名要控告您。"

---

① 强盗的这句话原文为拉丁文。

"我嘛，德拉·雷比亚先生，"村长针锋相对道，"我要告您设置圈套，勾结盗匪。从现在起，省长先生即将把您交给警察看管。"

"省长自行定夺，自有安排。"省长语气严正地说，"他要保证彼埃特拉纳拉的正常秩序不被扰乱，他要使正义得到伸张，先生们，这话就是我的公告。"

村长与文桑德罗已经走出大厅，奥兰杜契奥跟着他们，倒着走一步退一步出去，奥索压低声音对他说：

"您父亲是个老朽，我一巴掌就能把他打趴在地。我要对付的是你们两兄弟。"

奥兰杜契奥被刺激得发狂，他一言不发，拔出匕首，像疯子一样扑向奥索，但还没有来得及出手，就被高龙巴飞速一把抓住胳膊使劲一扭，而奥索则及时一拳正打在他脸上，打得他往后踉跄了好几步，最后猛撞在门框上，匕首也脱手而出。但文桑德罗也已经拔出了匕首，返回大厅。高龙巴极其迅速地抓过来一支长枪，让对方明白双方力量悬殊，自个儿不是对手。省长见状，便赶快上前把对立的双方隔开。

"奥斯·安东，好小子，后会有期！"奥兰杜契奥大声叫道，随手猛地把大门砰的一声带上，又从外面加扣，好让自己从容撤退。

奥索与省长各待在大厅的一端，好一会儿两人都一言不发。高龙巴则倚着那支刚才决定胜负的长枪，脸上洋溢着骄纵之色，轮流打量着这两个人。

"什么鬼地方！什么鬼地方！"最后，省长大声这么说着，焦躁地站了起来，"德拉·雷比亚先生，您今天犯了一个错误，我希望您作出庄严承诺，保证不再使用任何暴力，好好地等法律来处理这个该死的案件。"

"是的，省长先生，我出手打了那个混蛋是我的不对，但毕竟已经打了，如果他因此要求和我决斗，我可不能拒绝。"

"不，不会的，他并不想和您决斗！……可是，如果他暗杀您……那可是您咎由自取的。"

"我们会提防着的。"高龙巴说。

"我倒觉得奥兰杜契奥是个骁勇的小子,我估计他将来会有出息,省长先生。他拔匕首的动作很快,不过,如果我处于他的地位,我也会这样做,幸亏舍妹不是弱不禁风的娇小姐,她的腕力着实不错。"

"你们不许决斗!"省长大声说道,"我禁止你们这样做!"

"先生,请允许我告诉您,在名誉问题上,我只听从我良心的吩咐。"

"我告诉您,不能决斗!"

"您可以拘捕我,先生……也就是说,如果我愿意束手就擒的话。不过,即使如此,您也只能把事情往后推迟一点罢了,因为此事已经是势在必行,不可避免。省长先生,您是一个重荣誉感的人,您也知道,这种事情是没有其他办法可以解决的。"

"如果您派人拘捕我哥哥,"高龙巴补充说,"村里半数人都会站到他一边,那时肯定会有一场热闹的枪战。"

"先生,我有言在先,"奥索说,"而且绝非虚张声势,如果巴里契尼村长滥用权力,叫人来逮捕我,我是要抵抗的。"

"从今天起,"省长宣布道,"巴里契尼先生暂时停职……我希望他好自为之……先生,我很关心您,我对您的要求很简单,就是安安静静待在家里,一直等到我从科尔特回来。我只离开此地三天,将和皇家检察官一道回来,到那时,我们就可以把这桩不幸的案子彻底了结。您能答应我,从现在起到那时为止,不采取任何加剧你们双方对立的行动,行吗?"

"先生,我不能答应,如果不出我之所料,奥兰杜契奥会来找我决斗的。"

"怎么,德拉·雷比亚先生,您是一个法国军人,您怎么会愿意去跟一个您认为犯了伪造文书罪的人进行决斗?"

"因为我打了他,先生。"

"可是,如果您打了一个苦役犯,他来跟您理论是非,那您也去和他决斗吗?得啦,奥索先生!好吧,我再让一步,只要求您不要主动去找奥兰杜契奥……如果是他主动来约您决斗的,那我批准您去。"

"我绝不怀疑,他一定会来约我决斗。但我向您保证,我绝不会再去打他耳光挑动他来决斗。"

"什么鬼地方!"省长一边嘴里不断嘟囔着,一边大步踱来踱去,"我什么时候才能回法国去啊?"

"省长先生,"高龙巴用她最温柔的声音说,"时候不早了,您能否赏光在寒舍吃一顿饭?"

省长不禁笑了起来:"我在这里已经停留得太久了……这似乎显得有点偏心……我还要去参加该死的奠基典礼……该走了……德拉·雷比亚小姐……您今天的所作所为,可给您以后埋下了好多祸根。"

"省长先生,您至少该还舍妹一个公道,相信她原来的怀疑是很有根据的。"

"再见吧,先生。"省长对奥索摆摆手说,"我提前告诉你,我即将下令警察队长监视你们的一切行动。"

省长走后,高龙巴说:"奥索,此地不是大陆,奥兰杜契奥对您所说的决斗一无所知,况且,他这么一个混蛋,也不配像正人君子一样死于决斗。"

"高龙巴,我的好妹妹,你真是女中豪杰,真感谢你使得我免挨奥兰杜契奥那混蛋一刀,把你的小手伸过来,让我亲一下。不过,你得让我自行其是,一切都由我自己来处理,有些事情你是不懂的。快给我开饭,等省长一动身走人,你就赶快把小姑娘戚丽娜叫来,她办事挺能干利落,我要打发她送一封信。"

在高龙巴忙于张罗开饭的时候,奥索上楼到自己的房间里,写了这样一张便条:

您一定急于与我相见论个是非，我亦复如此。明日早晨6时，我们可在阿瓜维瓦山峡谷相见。我擅长于用手枪，故不建议采用此种武器。听说您善于用长枪，我们就各带一支双筒长枪吧。我要带本村一个人来作我方的证人。如果令兄要陪同您前来，那就另带一位证人并事先通知我，仅仅在此种情况下，我才带两位证人前来。

奥索·安东尼奥·德拉·雷比亚

再说省长，他出了奥索的家，先在副村长家里待了一个小时，然后又到巴里契尼家停留几分钟，就动身到科尔特去了，随行只带了一名警察。一刻钟后，戚丽娜带来上述那封信，把它直接交给了奥兰杜契奥本人。

奥索迟迟未收到回信，直到晚上才收到巴里契尼先生签署的信件，他向奥索宣称，他已经把写给他儿子的恐吓信呈交给皇家检察官。在信的末尾，他还补充说："本人问心无愧，静候法院对您的诽谤罪做出判决。"

这时，高龙巴召集了五六个牧人前来保护德拉·雷比亚家的塔楼。不顾奥索如何反对，大家在面临广场的窗户上都开凿了箭眼，整个下午，还有村里各种各样的人都前来自愿帮忙。那位神学学士绿林大盗还写来一封信，以他本人与布兰多拉契奥的名义保证，如果村长招来警察助纣为虐，他们绝不会袖手旁观。信末还有一段附言："我冒昧问一句，省长先生对我那位同伙把那只狗布鲁斯科训练得那样好作何感想？除了戚丽娜，我就没有见过有比它更驯服听话、更聪明伶俐的学生了。"

第十六章

第二天,双方平静对峙,彼此都采取守势。奥索足不出户,巴里契尼家的大门也整日紧闭。在广场上与村子周围,但见有留守本地的五个警察不断巡逻,协助他们的还有一名乡警,他算是唯一的民兵代表。村长助理则始终佩戴着执法的肩带,除了对立两家门窗上的箭眼以外,丝毫看不出战争一触即发的迹象。只有科西嘉本地人才会注意到,广场上那棵浓荫蔽地的大橡树周围人迹罕见,偶尔只有几个妇女来往。

晚饭时,高龙巴兴高采烈地把刚收到的一封内维尔小姐的信给哥哥看,信上这样写道:

> 亲爱的高龙巴小姐,我很高兴从令兄来信中得知,你们两家的敌对状态已经结束。请接受我对此的祝贺。自从令兄走后,家父因无人跟他谈论战争,也无人陪他打猎,在阿雅克修住着实在感到百般无聊。故我们今天就要离开这里动身到府上来,第一站将在令亲戚家歇脚过夜,为此,我们已准备好了一封介绍信。大约后天上午10点钟,我就能见到您,当面要求品尝你们山区的烤奶酪,听您说过,那比城里的要好吃得多。
>
> 您的朋友
莉狄娅·内维尔

"难道她没有收到我的第二封信?"奥索大声喊道。

"您瞧,从她写信的日期来看,您的信到阿雅克修的时候,莉狄娅小姐已经动身上路了。您的信是叫她不要来吗?"

"我在信里告诉她,我们这里正在戒严,我觉得在这种形势下,实在不便于接待客人。"

"得了吧,这些英国人都有些古怪。上次我住在她房间里的那一夜,她就亲口对我说,如果这次来科西嘉看不到一场轰轰烈烈的家族复仇,她会感到极其遗憾的。奥索,只要您愿意,咱们可以让她看一次咱们进攻仇家宅院的场面,好吗?"

"高龙巴,"奥索回答说,"你知道吗?老天爷将你降生为女儿身,真是一个错误,你本来是可以成为一个出色的军人的。"

"也许是吧。不管怎么说,我得去制作烤奶酪了。"

"没有这个必要了。应该打发一个人去通知他们,趁他们还没有上路,要他们不要奔这里来。"

"是吗?现在这样的天气,您要派谁去送信,岂不是要让山洪将他连人带信一道冲走?……暴风雨如此凶猛,我真可怜那些可怜的绿林好汉!幸亏他们都有厚厚实实的'皮洛尼'①……奥索,您知道该怎么办吗?待暴风雨停了,明天一大清早您就提前出发,在英国朋友尚未动身之前赶到咱们那个亲戚家。这么办对您来说很容易,因为莉狄娅小姐早上总是很晚才起床。那时您把这里发生的情况告诉她。如果他们还一定要来,那么我们也非常欢迎。"

奥索立即同意了这一安排。高龙巴稍沉默一会儿,又继续说下去:

"奥索,我刚才谈到进攻巴里契尼家的事,您可能以为我是在开玩笑吧?您知道吗,现在我们在实力上占优势,至少是二比一。自从省长把村长停职以后,本地人全都站到我们这一边。我们可以把巴里契尼家压得粉碎。要挑起事端,易如反掌。只要您同意,我就可能走

---

① 皮洛尼:意为带风帽的厚呢子大衣。——作者原注。

到水泉边去,嘲笑他家的妇女,他们也许就会出来……我只是说'也许',因为他们胆小如鼠!也许他们还会从箭眼里向我开枪,但他们是打不中我的。这事就成了!先动手开枪的是他们。打将起来以后,战败的一方还要承当挑衅的罪名,因为在一场混战中,哪里去找打第一枪的挑衅者呢?奥索,相信您妹妹的话吧,那些穿黑袍的法官如果来查案,只会舞文弄墨,糟蹋纸张,说一大堆废话,结果不了了之。巴里契尼那只老狐狸倒有办法颠倒黑白,无中生有!唉,要是上次省长不上来排解,挡在文桑德罗前面,我们就除掉一个敌手了。"

高龙巴说这一番话时,语气平和冷静,就像刚才她讲如何准备做烤奶酪那样。

奥索听了不胜惊愕,他直瞪着自己的妹妹,既害怕又折服。

"亲爱的高龙巴,"他边说边从桌边站起来,"我真怕你简直就是魔鬼化身,不过请你少安毋躁,即便我不能使巴里契尼父子被判绞刑,我也一定能找到别的办法置他们于死地,不是用滚烫的子弹,便是用冰冷的剑锋!你瞧,我并没有忘记科西嘉的说法吧。"

"那就越早完成越好。"高龙巴说此话时叹了口气。

"奥斯·安东,您明早骑哪匹马动身?"

"那匹黑马。你为什么问这个?"

"为了叫人给它喂上大麦。"

奥索回自己房间后,高龙巴便要萨瓦莉亚与牧人们都去安歇,自己来到厨房动手制作烤奶酪,不时侧耳细听,似乎在焦急地等她哥哥就寝。当她有把握哥哥已经入睡之后,便拿起一把刀来,先试试它是否锋利,然后往自己纤纤玉足上套上一双大鞋,悄无声息地走进花园。

园子周围有墙,与一大片围着篱笆的空地相隔,那是放置马匹的地方,因为在科西嘉,根本就没有什么马厩,马匹一般都放在空地里,任其自由觅食,任其自行设法躲风雨、避寒冷。

高龙巴小心翼翼地打开园子的门,走进那片空地,轻轻吹了一声口哨,把马匹召拢过来,她常用这种方式给马匹喂面包和盐。待那匹黑马来到她伸手可及的地方,她便紧紧一把抓住它的鬃毛,快速用刀割破它的一只耳朵。那马猛然一跳,发出一声凄厉的叫声,拼命就逃,也像同类的牲口受到剧烈的伤痛时那样。高龙巴对此效果甚是满意,便回到园子里,这时听见奥索打开窗户大声喝问:"谁在那儿?"同时,还听见他把子弹上膛的声音。幸好,花园的门完全笼罩在黑影之中,还有一株高大的无花果树将其遮掩了一部分。不一会儿,她看见哥哥的房里有亮光明明灭灭,可想而知他是在设法点灯。她赶紧关上园门,沿着墙根往回溜,凭借一身黑衣与沿墙而植的果树深色的叶丛打成一片,她得以在奥索尚未下来之前,就顺利地溜进了厨房。

"发生了什么事?"反倒是她问奥索。

"我觉得好像有人开了花园的门。"奥索说。

"不可能,那样的话狗就会叫的。我们不妨去看看吧。"

奥索在花园里巡视了一大圈,见外边那道门关得好好的,不禁对自己大惊小怪、虚惊一场颇有点惭愧,他正准备回房休息,高龙巴对他说:

"哥哥,看见您变得谨慎了,我感到很高兴。按您的境况来说,就应该如此。"

"是你把我培养出来的,晚安。"奥索说。

第二天破晓时分,奥索早早便起了床,准备动身。他的装束既显示出一个男人对优雅风度的追求,表明他是要去见自己所心仪爱慕的女子,又显示出一个有家仇要报的科西嘉人的谨慎。他穿着一件紧俏的蓝外衣,用绿色绸带系着斜挎在身上的一个白色小铁盒,盒内装有子弹。腰边的衣袋里放着一把匕首,手上提着一支上了膛的曼顿长枪。高龙巴给他倒了一杯咖啡,他匆匆喝了几口。一个牧人跑出去为他备马。奥索与高龙巴紧跟着也走进马场。牧人一把抓住那匹黑马,但鞍却随手跌落在地,他颇有大惊失色之态。那匹黑马对昨夜受伤记忆犹新,怕另一只耳朵也被割破,便猛然直立,大声嘶鸣,后腿不断狂踢,闹腾得不可开交。

"喂,快点!"奥索对牧人喊道。

"啊呀,奥斯·安东!啊呀,奥斯·安东!圣母玛丽亚!"牧人连声惊喊,接着是不断的诅咒声,但都是些土话,多半皆无法翻译。

"出了什么事?"高龙巴问。

众人都跑了过来,看见马在流血,耳朵被割破了,不禁发出惊诧而愤怒的叫喊。须知,在科西嘉,伤害对方的坐骑,就意味着要报仇、要挑战、要置对方于死地。"只有用子弹才能惩罚这种卑劣的罪行。"奥索这样说。虽然他久居大陆,对这种侮辱挑战感受得不如科西嘉本地人那么强烈,但如果此时有一个巴里契尼派的人出现在他面前,他也准会立即拿他来替罪,因为他认定此次对他进行羞辱的勾当就是仇家所为,他大声喊道:"一群胆小鬼无赖,不敢正面来跟我较量,却拿一头可怜牲口撒气!"

"我们还等什么?"高龙巴激昂慷慨地大喊,"他们向我们挑衅,残害我们的马匹,我们还不反击?你们还是男子汉吗?"

"报仇去!"牧人们齐声回答,"把受伤的马拉到村里走一圈,然后就向他们的房子进攻。"

"紧靠着他们的塔楼,有一个茅草屋顶的谷仓,"波洛·格里福老头出主意说,"我只要一招手,就能把它点燃。"另一个牧人提议去把教堂钟楼的梯子搬来充当攀登进攻的工具。还有第三个人建议用那根放在广场上准备用来建房的大梁木,去撞开巴里契尼家的大门。在众人一片怒吼声中,可听见高龙巴仍在为身边的人加油打气说,在发起进攻之前,她要请每个人喝一大杯茴香酒。

但是,她对那匹黑马所采取的残忍手段,在奥索身上却并没有引起她预期的效果,这对她也许是个不幸,也许幸亏如此。奥索毫不怀疑，这种野蛮伤害的勾当确系仇家所为。尤其可能出自奥兰杜契奥之手，但他并不认为这个遭受过他挑衅、挨过他打的年轻人，只会以割马耳朵的方式来泄恨报复。相反，这种卑鄙可笑的报复行径，更增加了他对敌人的鄙视。现在，他和省长有同样的想法了，那就是这样的卑劣之徒根本就不配和他来决斗。故此，待众人的嘈杂声稍为平息、别人能听清他讲话的时候，他便向乱哄哄的弟兄们宣告说，他们必须放弃厮杀的念头，并且声言，法官即将来到，一定会为马耳朵事件伸张正义。他还以严厉的语气强调指出：

"我是这里的主人，大家必须服从我的命令，谁要是再敢说杀人放火之类的话，我就先来杀谁。快，快为我给那匹灰马备鞍。"

"怎么啦，奥索，"高龙巴把哥哥拉到一旁说，"仇家侮辱我们，您就忍气吞声？我们老父亲在世的时候，巴里契尼家的人从来不敢伤我们家任何一头牲口。"

"我向你保证，他们会为这件事而后悔莫及的，这种只敢向牲口下手的无赖，应该由警察与狱卒去惩罚。我对你说过，法律会替我们报仇泄愤的……否则，也用不着你再来提醒我是谁的儿子……"

"多难得的耐心呀！"高龙巴叹了口气说。

"妹妹，你要好好记着，"奥索接着自己以上的话继续说，"我回来的时候，如果我发现有人对巴里契尼父子采取了敌对行动，我可绝不饶你。"然后又用比较温和的语气说，"我很可能会同上校与他女儿一道回来，可能性甚至是十之八九。得把给他们住的房间整理得好些，把午餐准备得丰盛些，不要让我们的客人有半点不舒服。高龙巴有勇气是好事，可是对一个女人来说，还得要善于料理家务。好啦，抱抱哥哥，要听哥哥的话。喏，灰马已经套好了。"

"奥索，"高龙巴说，"您不能单独一个人上路。"

"我不需要任何人随同护送。"奥索回答说，"我向你保证，我绝不会让人把耳朵割掉。"

"咳！现在是两家开战时期，我绝不能让您一个人动身。喂，波洛·格里福！吉恩·法朗塞！梅莫！你们拿起枪，护送我哥哥。"

双方经过了一番相当激烈的争论之后，奥索只好答应让人护送他动身。他从最机灵活跃的牧人中带走几个喊打喊杀、主张立即动武的好战分子，而后又对妹妹与留下来的那些牧人再三叮嘱了一番，便动身上路了。这次他没有径直从巴里契尼家门前经过，而是刻意绕道而行。

这一行人远离了彼埃特拉纳拉，匆匆往前赶路。经过一条流向沼泽地的小溪时，波洛·格里福老头看见有好几头猪安安逸逸躺在泥潭中，一边晒太阳，一边在水里享受清凉。他立即瞄准其中最肥的一头，一枪击中它的头部，当场将其打死。其他几头急忙爬起来，四处逃命，动作之敏捷快速，实令人惊奇。虽然还有另一个牧人也开枪射击，但它们都已平平安安躲进了一片树丛里。

"笨蛋！"奥索大喝一声，"你们把家猪当野猪了。"

"没有弄错，奥斯·安东，"波洛·格里福答道，"这群猪是律师家养的，他伤害我们的马，我们得教训教训他。"

"怎么啦，混蛋！"奥索勃然大怒，"敌人卑鄙无耻的勾当你们也要学？！你们滚吧，混蛋，我不需要你们。你们只配跟猪去斗气打架，我向上帝发誓，如果你们再敢跟着我，我就要打碎你们的脑袋。"

两个牧人吓得面面相觑，奥索把马一夹，飞驰而去。

"好呀！"老波洛·格里福说，"真是好心没好报！你去爱护人家吧，人家却偏偏这么对你，他的父亲，那位上校，就因为你有一次拿枪瞄准了律师而大发雷霆……那一次你没有开枪，可真是个大傻瓜……而上校的这个儿子……我为他效劳你是亲眼目睹……他反倒说要打碎我的脑袋，就像击碎一个空酒杯那样……这就是他从法国大陆学来的，梅莫！"

"你说得不错，而且，如果有人知道这猪是你打死的，一定会要控告你，到时候，奥斯·安东是绝不会为你去向法官说情的，也不会替你花钱请律师。幸亏没有人看见,而且,圣女内嘉也会救你的。"

两个牧人商量了一会儿,认为最稳妥的办法就是将猪扔进一个土坑里。一待拿定主意,他们便立即动手,当然,没有忘记每人先把这头猪作为德拉·雷比亚与巴里契尼两家仇恨的无辜牺牲品,从其身上割下几大块肉,拿回家去做烧烤吃。

第十七章

奥索摆脱了两名不守纪律的护卫以后，独自继续赶路，完全沉醉在即将见到内维尔小姐的愉悦中，并不担心路上会遇见敌人。他边走边想：我很快就要跟混账的巴里契尼父子打官司了，到时候我必须到巴斯蒂亚去。为什么不陪同内维尔小姐一道去呢？为什么不和她一起从巴斯蒂亚再到奥雷萨温泉呢？想到这里，忽然，儿时的记忆涌上脑海，使他清晰地想起了这个风景如画的胜地。他仿佛又回到了排列着一株株百年老栗树下的绿茵地上，绿油油的芳草之间点缀着朵朵蓝花，如同一双双向他含情微笑的眼睛。莉狄娅小姐就坐在他身旁。她脱了帽子，一头金发比真丝更纤细、更柔软，在透过树丛的阳光的照射下，如金子一样闪烁发亮；她那双清澈的蓝眼睛，在他看来比天空更蓝；她手托香腮，悠然神往在倾听奥索声音颤抖的绵绵情话；她身上穿的仍然是奥索上次在阿雅克修见她时的那件细料连衣裙，裙下若隐若现地微露出一双穿着黑色缎鞋的纤足。奥索心想，要是能吻一吻这双纤足，人生何其幸福也。莉狄娅小姐一只手未戴手套，拿着一朵雏菊，奥索接过那朵雏菊，莉狄娅小姐的手便紧握着他的手，他吻了那朵雏菊，顺势就吻了莉狄娅小姐的手，被吻者并未生气……奥索只顾沉湎于甜美的想象中，完全没有注意到自己已经走偏了路线，而仍然任其坐骑奔驰直前。他在想象中第二次亲吻莉狄娅小姐洁白的玉手时，发现自己实际上是吻着了那匹马的脑袋，这时马突然停下了，原来是小姑娘戚丽娜挡住去路,抓住了他的马缰。

"奥斯·安东,您上哪儿去?"她问道,"您难道不知道,您的敌人就在这附近吗?"

"我的敌人?"奥索正畅想到甜蜜处而被打断,不禁恼怒起来,大喝一声,"在哪儿?"

"奥兰杜契奥就在附近,正等着您哩。回去吧,快回去吧。"

"哦,他在等我!你看见了他?"

"是的,奥斯·安东,他走过去的时候,我正躺在草丛里。他当时用望远镜朝四处看。"

"他朝哪个方向去了?"

"他朝那边去了,就是您要去的方向。"

"谢谢。"

"奥斯·安东,您等等我叔叔不好吗?他很快就到了,和他一道走,您就安全了。"

"戚丽娜,别担心,我不需要你叔叔。"

"只要您愿意,我可以在您前头开路。"

"谢谢你,不用啦。"

说着,他策马直前,迅速往小姑娘指出的方向奔去。

他闻讯敌情之后,最初的反应是怒火中烧,情绪激奋。他心想,他可以惩处一下巴里契尼家的懦夫了,这混蛋挨了一耳光,却以割马耳朵的卑劣方式进行报复。但在继续前行之际,他猛然想起了自己对省长的承诺,特别是担心会错过内维尔小姐的来访,于是,便改变了主意,几乎希望自己不要碰见奥兰杜契奥。但立刻他又想起了父仇,想起了马耳朵事件的羞辱以及巴里契尼父子的恐吓,不禁又重新燃起了怒火,催促自己去搜索敌人,向其挑战,迫使对方进行决斗。就这样,种种矛盾对立的意念在他心里反反复复,冲突折腾。他虽然仍在继续前行,但却小心翼翼,特别对灌木丛与篱笆注意观察,有时甚至停下来仔细聆听原野上常有的各种各样含糊不清的声响。离开小姑娘戚丽娜 10 分钟以后，大约是早上 9 点钟光景，他来到一座极其险峻的山冈前。可走的道路，其实只是一条隐约可见的小径，它穿过一个最近被火焚烧过的树林。地上满是白色的灰烬，到处散落着被烧黑的荆榛与大树，树上的枝叶已荡然无存，但树干仍然挺立。眼见树林被火烧后的景象，真有置身于北国寒冬肃杀境地之感。周围倒是郁郁葱葱，绿意盎然，两相对照，更显得火后光秃秃的土地上一片荒凉。但奥索此时此刻所特别看重的却是，地面空旷，敌人不可能设有埋伏。他本来担心时时刻刻都有可能突然从树丛下伸出一支枪顶住自己的胸口，现在面临着一望无垠的地势空旷之境，真有如在沙漠中看见了绿洲之感。过了这片被烧的丛林，是好几大块庄稼地，每块地都按本地的习惯，用半人高的石块垒起的矮墙拢围着。小径便在这些石墙之间蜿蜒穿行，庄稼地上则杂乱地种着一些高大的栗子树，从远处看去，俨然是一大片茂盛的树林。

　　山坡很陡，奥索只得下马步行。他将缰绳摆在马脖子上，踩着灰烬沿坡往下快速滑行，刚到离路右方一道围墙不到 25 步远的地方，突然发现正前方有一个枪口对着他，然后围墙上露出一个人的脑袋。那枪口往下一低，他认出了是奥兰杜契奥正准备开火。他立即快速迎战，双方互相瞄准，彼此盯视了几秒钟，其紧张刺激、惊心动魄，只有最勇敢无畏的人在决战生死之际才能感受得到。

　　"卑鄙的胆小鬼！"奥索大骂了一声，骂声刚出口，奥兰杜契奥的长枪就火光一闪，几乎与此同时，从他左方的小径处也打过来一枪，那是他没有发现的一个敌人打的，此人躲在另一道围墙后向他瞄准。两枪都击中了他，奥兰杜契奥的一枪击中了他的左臂，因为他在迎战时，这条胳臂托枪在前，另一枪则击中了他胸部，穿透了衣服，幸亏正撞着他匕首的刀锋，子弹一偏，只擦伤了他表皮。奥索的左臂垂落下来，贴在自己的大腿一侧，他的枪口也就往下一沉。可是他立即又举枪瞄准,用右手向奥兰杜契奥开了一枪,敌人那露出围墙的半个脑袋应声就消失了。奥索又飞速朝向左边那个笼罩在烟雾中只隐约可见的敌人开了一枪,那人也立即消失。四声枪响,密集连串,频率之快,难以想象,即使是久经训练的战士也不可能打出如此成串的连响。奥索打完他的第二枪后,一切即归于沉寂。从他的枪口冒出来的硝烟,冉冉上升,围墙后则毫无动静。要不是他的左臂受伤感到疼痛,他还以为他刚才射杀的两个人是他幻觉中的白日见鬼。

奥索预料会有第二轮枪战,便往前挪了几步,隐蔽在林中一棵烧焦了的树后面。他凭藉这一掩护,把枪夹在两膝之间,急忙又给它装上弹药。这时,他感到左臂疼痛难忍,仿佛承受着重压。他的两个对手怎么样了?他一无所知。如果他们逃跑了或者受了伤,他一定会听到某种声响,察觉出林木叶丛的某种动静。难道他们都已经死了?要不然就是正躲在石墙后面等机会再向他射击?他实在无法判断,与此同时,他愈来愈感到全身乏力,便靠右膝支撑在地,受伤的胳臂放在左膝上,把自己的长枪支在一个树干横生出来的枝丫上,右手则紧扣扳机,双眼盯着石墙后面,竖着耳朵,不放过任何一点细微的声响,就这样一动不动地埋伏了好几分钟,犹如苦熬了整整一个世纪。终于,从他后方很远的地方传来了一声叫喊。稍候片刻,一条狗像一支离弦的箭一样,从山上飞驰而来,直到他身边才停下,向他摇着尾巴。原来是布鲁斯科,那两个绿林好汉的弟子与伙伴,它的出现显然预告着它的主人即将来到。奥索等待这位来救命的仁人君子可等得心急如焚。那只狗昂着头,转向最近的那道石墙,神色不安地闻个不停,突然,它低吼一声,跃过了石墙,几乎同时又跳回石墙的墙头,站在那里,目不转睛地瞧着奥索,目光中流露出一条狗所能表现出来的那种强烈的惊愕之情,然后,它又夹着尾巴进了树林,一步一步斜着走,眼睛仍瞧着奥索,直到离开奥索相当一段距离之后,才撒腿如飞,奔上山坡,迎接一个人的来到。尽管山坡陡峻,那人却也飞奔而下。

"布兰多,快来救我!"奥索估计来人能听得到的时候大声喊道。

"奥斯·安东,您受了伤吗?"布兰多拉契奥跑得气喘吁吁问道,"伤在哪里,身上还是手脚上?……"

"胳臂上。"

"我想我大概打中了他。"

布兰多拉契奥跟着他的狗走到最近一道围墙的那一边,弯下身去察看了一番,接着,便脱下帽子说:

"向奥兰杜契奥少爷致意。"然后转向奥索,一本正经地向他行了一礼,说,"这就是我所谓的各得其所。"

"他还活着吗?"奥索呼吸颇为困难地问道。

"噢,他倒是不想死,您一枪打进他的眼眶,他就愁也愁不过来了。圣母玛丽亚,那窟窿真大!天啊,真是好枪!口径够大的!整个脑袋都给您打碎了。我想告诉您,奥斯·安东,当我听见头两声枪响,'噗,噗'我心想:糟糕,他们在暗算我的中尉了。接着又听见'嘣,嘣'两声,我说,好啦,中尉的英国枪说话了。他还手了……喂,布鲁斯科,像有什么事要告诉我?"

那狗把他领进另一道围墙。

"好家伙,"布兰多拉契奥惊愕地叫了起来,"两枪连射,弹无虚发!真神啦!妈的,看来火药的价格一定很贵,您才用得这么节省。"

"你看见什么啦?看在上帝的分儿上,快说吧!"

"得啦,我的中尉,别开玩笑啦,您把猎物撂倒在地,却要别人来替您收拾……今天,有一个人的饭后甜点实在太美了!他就是大律师巴里契尼!新鲜肉,你要吗?这儿多的是!现在还有哪个家伙来续他家的香火呢?"

"怎么?文桑德罗也死了?"

"千真万确死了。上帝保佑我们,您好就好在让他们死得很痛快,没有使他们受罪,来看看文桑德罗吧,他跪在地上,脑袋靠着石墙,样子像在睡大觉,真可说是'沉得像铅一样的熟睡',可怜的家伙。"

奥索嫌恶地把头掉过去,说:"你肯定他已经死了吗?"

"您简直就像那个永远一枪了事的萨姆彼埃罗·科尔索。您瞧,那儿……在左胸上,就像维契莱昂纳在滑铁卢中的那枪一样,我敢说离心脏很近。两枪两个!……唉,从今往后,我就无脸再提打枪一事了。连发连中,哥俩同时毙命……要是开第三枪,连那个老子也会一命呜呼……如果有下一轮枪战,一定更精彩……神枪手,奥斯·安东……像我这么一条好汉开枪打警察,从来也没有连发连中过!"

这位绿林好汉边说边仔细察看奥索胳臂上的枪伤,用匕首割开他的衣袖。

"不要紧,"他说,"不过,您这件外衣可得要高龙巴小姐费功夫啦……咦,这是什么?胸前怎么有个破洞?……没有什么东西打了进去吧?不会的,否则您不可能还这么有精神。来,把您的手指活动活动试试看……我咬您的小指时您有感觉吗?感觉不太明显?这也没事。让我替你把手绢与领带解下来……您瞧,您这件外套可真毁掉了……您为什么要穿得如此漂亮呢?去参加婚礼吗?……给,喝一口葡萄酒吧……您为什么不随身带酒葫芦?哪有科西嘉人出门不带酒葫芦的?"

过了一会儿,他在为奥索包扎的时候,情不自禁又停了下来大声赞叹:"连发连中!两兄弟都死得挺干脆利落,神甫知道了,一定会高兴得大笑……连发连中!喏,小丫头戚丽娜终于来了。"

奥索一声不吭,脸色苍白得像死人,全身直颤抖。

"戚丽娜,"布兰多拉契奥大声招呼道,"到石墙后面去看看吧,怎么样?"那小女孩立即手脚并用,爬上墙头,一看见奥兰杜契奥的尸体,便画了一个十字。

"是您干的吗,叔叔?"她怯生生地问。

"我!我不是已经成为一个老废物了吗?戚丽娜,那可是奥索先生的杰作，快向他祝贺吧！"

"小姐知道了一定非常高兴。"戚丽娜说，"不过她知道您受了伤，一定会很难过，奥斯·安东。"

"喂，奥斯·安东，"绿林好汉替奥索包扎好伤口之后说，"戚丽娜把您的马牵回来了。请上马吧，跟我到斯塔佐纳大森林去吧，在那儿，即便是最聪明的探子也不一定找得到您。我们会好好让您疗伤休养。待会儿走到圣克里斯蒂娜十字架那个地方时，您得下马步行，把马交给戚丽娜，她会回去通知小姐。现在，您可以把要办的事都托付给她。放心吧，对她可以充分信任，无话不谈，她即使粉身碎骨，也不会出卖朋友。"

接着，他用一种慈爱的语气对女孩说："走吧，小坏蛋，愿你被逐出教门，愿你被人诅咒，小淘气鬼。"

像许多绿林好汉一样，这位布兰多拉契奥也有些迷信，唯恐对孩子的祝福与称赞，反而会给她带来灾祸，因为他们认定，冥冥之中自有神灵主宰着祸福正邪，而神灵偏偏有个坏习惯，往往故意要违反人们的愿望而为。

"布兰多，你要我上哪儿去？"奥索声音很衰弱地问道。

"当然，您必须选择，或是进监狱，或是投奔绿林，而德拉·雷比亚家的人从来是不进监狱的，那就到绿林中来吧，奥斯·安东！"

"那我所有的希望就全完了！"伤者极其痛苦地嚎叫道。

"您所有的希望？得了吧！您一支枪两发两中，还希望有什么更好的结果？……咦！他们是怎么打伤你的？这两个小子的命比猫更硬嘛。"

"是他们先开枪打我的。"

"这话不假，我忘记了……当时，先是两声'噗，噗'然后才是两声'嘣，嘣'……您是单手连发两枪！如果世界上有谁打得比这两枪更准，那我就情愿去上吊！好啦！现在您已经上马了……在走以前，去瞧瞧您的杰作吧。不辞而别是不礼貌的。"

奥索催马便走，无论如何也不愿意再看一眼那两个被他射杀的倒霉蛋。

"喂，奥斯·安东，"那强盗拉住缰绳说："您是否愿意听我讲几句坦诚的心里话？我就说吧，您可别生气，这两个小伙子还真叫我有点心疼……请您原谅，他们都那么漂亮……那么壮实……那么年轻！……我与奥兰杜契奥一起打过那么多次猎！四天前，他还给了我一盒雪茄烟……文桑德罗总是那么快快活活、高高兴兴……的的确确，您干的事是您应该干的，再说，枪法实在太准，叫人没法惋惜……可是，我呢？我与您的复仇毫无关系……我知道您复仇有理，有了仇人，就必须清除。不过，巴里契尼是一个古老的家族……这一下可就断子绝孙了！……而且两枪连发，两人丧命！真有点惨！"

布兰多拉契奥一边向巴里契尼家族致悼词，一边匆匆往前赶路，带领着奥索、戚丽娜和他的那条狗，一齐奔向斯塔佐纳大丛林。

第十八章

且说高龙巴，自从奥索动身之后，她通过探子得知，巴里契尼兄弟已去野外埋伏守候。从这时起，她便忧心忡忡，惴惴不安。但见她在屋子里走来走去，从厨房到为贵宾准备好的客房，忙忙碌碌的，但什么事都没有干，还不时停了下来朝外张望观察，看村子里有什么异常的动静。上午11点钟左右，一行人数不少的队伍进入了彼埃特拉纳拉村。原来是上校、他女儿与他们的仆人以及向导。高龙巴出来迎接他们时的第一句话是："你们遇见了我哥哥吗？"接着就问向导他们来时走的是哪条路，是什么时候出发的。听了向导的回答，她实在不明白她哥哥为什么没有与这一行人马在途中相遇。

"您哥哥可能走的是山上那条路，而我们走的是山下这条路。"向导解释说。

但高龙巴摇摇头表示不以为然，她又询问了一遍。虽然她性格刚强，而且心气高傲，不愿在陌生人面前流露自己的软弱，却仍无法掩饰自己内心的不安。她告诉英国来宾，己方本欲与对方和解，但结局完全失败，这时，她的不安很快就感染了上校，特别是莉狄娅小姐。这位英国小姐坐不住了，要立即派人四处打探寻找奥索，上校也自告奋勇，要重新上马，与向导一道去寻找。贵宾的关切提醒了高龙巴作为东道主的责任。她强颜欢笑，催促客人就席用餐，同时，找出多达20种各种各样的理由来解释哥哥的迟归，可是旋即又加以推翻。上校

认为自己是男子汉大丈夫,有责任安慰妇女,便提出了自己的高见:

"我敢保证,"他言之凿凿道,"德拉·雷比亚一定是碰见了好猎物,心痒难熬,于是就打猎去了,我们很快就可以看到他满载而归的。"接着,他又说道,"啊,对了!我们在路上听见了四声枪响。其中两声比另外两声要响亮得多,当时我就对小女说:我敢打赌,一定是德拉·雷比亚在打猎,只有我送他的那支枪,才能有这么大的响声。"

高龙巴的脸色陡然变得苍白。莉狄娅小姐一直在注意观察她,见此便立即猜出上校的推测已经使她产生了疑虑。但见高龙巴沉默片刻之后,突然发问那两声响亮的枪声究竟是在另外两声之前还是之后,然而,上校、他女儿以及向导,当时对此一关键性的情节,都没有太注意。

将近下午1点,高龙巴派去打探的人都没有回来。她只好打起精神来,催促客人就席用餐。但是除了上校外,谁都吃不下。广场上只要有一点轻微的声响,高龙巴便要跑到窗前去观望,然后又忧心忡忡回到桌边坐下。更为加重她这种沉重心情的是,她还要勉强撑起精神和客人周旋,去谈一些毫无意义的话题,其实,没有人对这些话题感兴趣,谈起来经常出现冷场。

突然,大家听见一阵马蹄飞奔声。高龙巴霍地站起来说:"啊,这一回准是我哥哥。"但一看见原来是戚丽娜骑着奥索的马奔驰而来,她撕心裂肺地发出一声惨叫,"我哥哥死啦!"

上校手中的杯子应声落地,内维尔小姐也惊叫了一声,众人都向屋门口奔去。戚丽娜还没有来得及跳下马来,高龙巴便将她轻如鸿毛地抓提了起来,她抓得如此之紧,简直使得小姑娘透不过气来。她一见高龙巴情急可怕的目光,立即明白了其中的含义,因此,她首先脱口而出报平安的话,就是《奥赛罗》①中合唱的第一句:"他活着!"

---

① 《奥赛罗》:原为莎士比亚的名剧,19世纪意大利作曲家罗西尼曾改编为同名歌剧,1821年在巴黎首演。此处是指歌剧而言。

高龙巴立即手一松,戚丽娜轻捷得像一只猫似的落在地上。

"别的人呢?"高龙巴声音沙哑地问道。

戚丽娜用食指与中指画了一个十字。高龙巴惨白的脸上立即泛出了喜悦的红晕。她向巴里契尼家投射了灼灼如火的一瞥,微笑着对客人们说:"我们回去喝咖啡吧。"

绿林好汉们打发来的这个小信使要讲述的内容真是说来话长。她讲的是科西嘉土话,先由高龙巴原原本本译成意大利语,然后由内维尔小姐从意大利语译成英语,上校听得不时骂骂咧咧的,莉狄娅小姐则边听边叹息。但高龙巴听来却并不动容,只是使劲拧着手里的斜纹餐巾,几乎将其拧破。她打断小女孩的讲叙有五六次之多,只是为了要她再次复述布兰多拉契奥所说的,奥索的伤势并不致命,这样的伤他司空见惯。戚丽娜讲到最后,特别报告说,奥索很需要写东西的纸张,并一定要他妹妹恳求那位可能已经到家作客的小姐在未收到他的信以前切勿离去。戚丽娜说:

"这是他最放心不下的事,"她又补充说,"我已经上路了,他还把我叫回去,又叮嘱了一次,其实,这已经是第三次嘱咐了。"

高龙巴听了哥哥这番嘱托,微微一笑,紧紧握住那位英国小姐的手。莉狄娅小姐则泪如雨下,她认为此一部分内容就不必翻译给她父亲听了。

"是呀,亲爱的朋友,您一定要留下来陪我,"高龙巴拥抱着内维尔小姐,大声说,"您对我们一定会有帮助。"

然后,她打开衣柜,找出一大堆旧被单,裁成绷带与布团。她双眼闪闪发光,脸上神情兴奋,时而忧虑,时而镇定。看她这样子,很难说她是为哥哥的伤势发愁,还是为仇人的毙命而高兴。她时而为上校倒咖啡,夸耀自己煮咖啡的手艺,时而给内维尔小姐与戚丽娜派活计,催促她们制作绷带,并把绷带卷好。她向戚丽娜询问奥索的伤口疼不疼足有 20 次之多。她还不时放下手里的活对上校说:

"两个对手都很矫健,都很难对付……而我哥单个一人,还受了伤,只能用一只胳臂……他硬是把两个敌人全部撂倒了。多么勇敢啊!上校,他难道不是个英雄吗?噢,内维尔小姐,生活在你们那样太平清静的国家,该多么幸福啊!……我敢说,您对我哥哥认识得还不足!……我过去说过,苍鹰将要展开它的翅膀!您被他温良恭谦的外表欺骗了……其实,只有在您身边的时候,他才那个样子,内维尔小姐……唉,要是他看见您在为他制作绷带的话,他该……可怜的奥索!"

然而,莉狄娅小姐已经无心干活了,也不知说什么是好。至于她父亲英国上校,则询问为什么还不赶紧提出申诉。他还认为要叫验尸官①前来检验,还要办理各种各样的手续,这些手续在科西嘉其实都是闻所未闻、不为人知的。最后,他想知道那位好心救护了伤者的布兰多拉契奥先生的乡间别墅是否离彼埃特拉纳拉很远,他能不能亲自去探望他的朋友奥索。

高龙巴以她通常那种平静的口吻回答说,奥索目前是在丛林中,由一位绿林好汉照顾,如果没有搞清楚省长与法官对这次枪战的态度,就贸然露面,那会冒很大的风险。最后她说,她会请一位高明的外科医生去给他疗伤的。

"上校先生,最重要的是,您必须要记住,您当时听见了四声枪响,而且您对我说过,奥索是后开枪的。"

上校对这个案子是一头雾水,不明原委,而他的女儿则只会叹气和抹眼泪。

天色很晚的时候,凄凄惨惨的一径人走进村来,他们为巴里契尼律师把他两个儿子的尸体运回来了。一个农民牵着两匹骡子,每匹骡各驮着一具尸体,其后跟随着一大群巴里契尼家的佃户与闲人。警察也出现了,他们总是姗姗来迟。副村长举手朝天,不断地嚷嚷道:"省长会怎么说呢?"有几个妇女,其中一个是奥兰杜契奥的奶妈,

---

① 此词为英文Coroner。

她们揪扯着自己的头发,声嘶力竭地号叫。但她们呼天抢地的悲痛反倒不像有个人无言的绝望那样吸引众人的注意,他就是两个死者的父亲,他从这具尸体走向那具尸体,捧起他们沾着泥土的脑袋,亲吻他们发紫的嘴唇,托着他们已经僵硬的肢体,似乎想为他们减轻路上的颠簸。有时,他张口想说话,但一声也发不出来,一句话也说不出来。他两眼直挺挺盯着尸体,走起路来,跌跌撞撞,有时绊着石头,有时撞着树,有时撞上任何一个障碍物。

到了看得见奥索家的地方,妇女的号哭声与男人的咒骂声都更变本加厉。有几个雷比亚家族的牧人却针锋相对,故意发出胜利的欢呼声。于是,仇家的队伍愈加怒不可遏,有些人高喊"报仇!报仇!"有的人扔石头,还有的人打了两枪,子弹射向高龙巴与英国客人所在客厅的窗户,击穿了护窗板,碎木片一直飞溅到两个姑娘旁边的桌子上。莉狄娅小姐吓得连声尖叫,上校迅速抓起一支枪。高龙巴则在上校未及拦住她之前,就冲向门口,猛地把门打开,站在高高的门槛上,张开两臂,朝着敌人破口大骂:

"懦夫孬种!你们朝女人开枪!朝外国客人开枪!你们算得上是科西嘉人吗?你们算得上是男子汉吗?卑鄙小人,你们只会从背后下黑手,来吧!我藐视你们!我哥哥出远门去了,这里只有我一个人,你们来杀我呀!来杀我家的客人呀!你们只会干这种卑鄙勾当……你们这帮孬种,谅你们也不敢,你们知道,我们有仇必报。去吧,去哭吧,像女人一样去哭吧,你们得感激我们手下留情,没有让你们流更多的血。"

高龙巴喊话的声音与架势真可谓是气势逼人、令人生畏。敌对的人群一见就吓得纷纷后退,仿佛见着了科西嘉冬夜人们讲述的恐怖故事中的恶鬼。副村长、警察与一些妇女趁势跑过来,将对峙的双方隔了开来,因为此时雷比亚家的牧人也已经操枪持械,准备迎战,眼见一场惨烈的枪战械斗在广场上一触即发。不过,双方都没有领头人在场,而科西嘉人即使在狂怒之中也很守纪律,如果械斗双方的主角没

有到场,恶战是很少能打起来的。而且,高龙巴自知已占了上风,这时反倒变得谨慎小心了,她对自己那一小队人马加以约束,说:

"让那些可怜虫去哭吧!给那个老东西留一条活命吧。老狐狸要咬人却没有牙齿啦,何必杀掉他?——吉乌狄奥·巴里契尼!你要记住8月2号这个日子!要记住那个沾满血迹的活页夹!你亲手用夹里的活页纸写下了假证明,我父亲在那夹子里记下了你欠的血债。现在你的两个儿子还清了这笔债,我把你的还债收据给你了,老巴里契尼!"

高龙巴两臂交叉在胸前,嘴角带着轻蔑的微笑,眼看着两具尸体抬进了仇人家里,而且,人群逐渐散去。她关上家门,回到饭厅,对上校说:

"先生,我替我的同乡向您深表歉意。我怎么也想不到有些科西嘉人居然会向外国客人的屋子开枪。我为我的家乡感到惭愧。"

晚上,莉狄娅小姐回到自己的房间,父亲跟着她进去,对她说,在这个村子随时都有挨子弹的危险,这里只有谋杀与叛乱,因此他问女儿是否最好第二天便尽快离开。

莉狄娅小姐半响未作回答,父亲的建议显然使她很为难。终于,她回答说:

"这个不幸的姑娘现在正需要安慰,我们怎么能在她的困难关头离开她呢?父亲,那样做您不认为太狠心了吗?"

"我的女儿,我这样讲完全是为了你。"上校说,"如果你现在是在阿雅克修的旅馆里,平平安安的,我向你保证,只有再与那位勇敢的德拉·雷比亚握手相见之后,我才甘心离开这个该死的岛屿。"

"那好,父亲,我们再等一等吧,看看我们在离开以前是否可以帮他们一把。"

"你的心真好!"上校亲了亲女儿的额头说,"看到你愿意为减轻别人的痛苦而自己作出牺牲,我心里很欣慰。我们就留下吧,做了善事是绝不会后悔的。"

莉狄娅小姐上床后,辗转反侧,难以入眠。有时隐约听见一些声响,便猜想有人准备向这栋屋子进攻;有时对自己的安全感到放心后,又挂念起受了伤的奥索,想他此时此刻大概正躺在冰凉的地上,除了能指望有个绿林好汉对他大发善心而予照顾外,别无其他的护理照料。她想象他浑身是血,在难以忍受的疼痛中努力挣扎。奇怪的是,每当奥索的形象出现在她脑海中时,总是像他上次告别她时的那个样子:把她赠送的那枚吉祥物紧贴在自己的嘴唇上……接着,她又想到他是多么勇敢。她这样思忖:他是为了早早见到她,才甘愿冒那么可怕的危险前来的呀,而且他终于还超越了绝境。她愈想愈相信,奥索也是为了保护她才被打伤胳臂的。她为此而感到自责,但也愈加对奥索佩服得五体投地。虽然在她眼里,他那两发两中的枪法,不像在布兰多拉契奥与高龙巴眼里那么神乎其神,可是她所读过的小说里的英雄人物,在如此危急的关头也没有像他这样英勇无畏、沉着冷静呀!她住的房间本是高龙巴的卧室,在一张用来作祈祷的橡木跪凳上方,有一根祝福过的棕榈枝,旁边的墙上挂着一张奥索穿着少尉军装的小肖像。内维尔小姐取下这张画像,端详良久,最后并没有挂回原处,而是放在自己的床边。直到天色破晓,她才入睡。一觉醒来,太阳已经升得很高了。但见高龙巴站在床前,正静候她睁开眼睛哩。

"喂,小姐,在寒舍过得不太舒适吧?"高龙巴说,"我怕你昨夜没有睡好。"

"亲爱的朋友,您有他的消息吗?"内维尔小姐坐起来说。

这时,她瞥见放在床边的奥索的画像,便赶紧用一条手帕将它盖住。

"有呀,有他的消息。"高龙巴微笑着说。而后,她拿起那幅画像说:

"您觉得画得像他吗?他本人可比这好看得多。"

"天哪!……"内维尔小姐满脸羞红地说,"我不经意就……把这个画像……取了下来……我有个毛病……什么东西都要动一动……动完又不物归原处……令兄怎么样?"

"相当好。吉奥根托清早4点钟之前来过一趟。莉狄娅小姐,他带来一封信……是给您的。奥索没有给我写信。信封上写的是'高龙巴收',但底下注明'转交N小姐'。我们两姐妹之间是不分彼此的。据吉奥根托说,奥索写这封信时伤口很疼。吉奥根托的笔下功夫很好,他主动建议由奥索口授而由他来书写,但奥索不肯。他仰卧着用铅笔写,布兰多拉契奥替他把持着信纸。他总想抬起身来,但只要一动胳臂,就疼痛难忍,据吉奥根托说,他那副样子真是可怜。喏,这就是他的信。"

内维尔小姐开始看信,信是用英文写的,这显然是为谨慎起见。信的内容如下:

小姐:

我厄运当头,受其驱逼,已陷困境。不知我的宿敌会如何恶语中伤。然而,只要小姐不予置信,对我则丝毫无损。自从有幸与小姐邂逅相遇,我便陷于不切实际的痴心妄想,直到此次灾祸横生,才如梦猛醒,恢复理智,认清了自己的痴妄。如今我已清醒深知自己所面临的前途,唯有认命而已。小姐惠赠的戒指,我一直视为幸福的吉祥物,但现在已不敢继续保留。内维尔小姐,因为我实在怕您后悔错赠了对象,或者说得更准确些,是怕我自己睹物思人,再回忆起自己痴心妄想的日子。现托高龙巴原物奉还……永别了,小姐,您即将离开科西嘉,而我将永远无缘再睹芳容,但请您告诉舍妹,您仍然敬重我,而我也可以肯定地说,我永远值得您这样做。

O. D. R.

莉狄娅小姐是背过身去看信的,高龙巴从旁仔细加以观察,并把那枚埃及戒指交给她,同时以目光探问这究竟是什么意思。但莉狄娅小姐不敢抬头,只是凄然地看着那枚戒指,时而戴上,时而又脱下。

"亲爱的内维尔小姐,"高龙巴说,"能否告诉我奥索对您说了些什么吗?他跟您谈了他的健康状况吗?"

"这个么……"莉狄娅小姐脸一红,说道,"他没有说……他的信是用英文写的……他要我告诉家父……他希望省长能够处理好……"

高龙巴狡黠地微笑着,在床边坐下,握着内维尔小姐的双手,用炯炯有神的眼睛看着她,说道:"您能行行好,给我哥哥写封回信吗?有您的回信,他该会高兴极了!我接到他给您的信时,本想立即就叫醒您,后来我还是没敢叫。"

"您大错特错了,"内维尔小姐说,"只要我的一句话能够使得他……"

"但是,现在我不能派人给他送信了。省长已经来了,村里到处都是他的武装随从。回信的事以后再说吧。唉,内维尔小姐,您若是了解我哥哥,您一定会像我这样爱他的……他人品多么好!他多么勇敢!想想看,他干得多么漂亮,单枪匹马一个人,要对付两个仇敌,而且还带着伤。"

省长回来了。得到副村长关于突发事件的急报,他便带着警察、兵丁还加上皇家检察官、法院书记员以及其他人等匆匆赶到,以便调查刚发生的这桩惨案,这个案件使得彼埃特拉纳拉村这两个家族的冤仇更加复杂,或者也可以说,会给两家的世仇画上一个终结号。省长到后不久,便会见了内维尔上校父女。他并不讳言,自己实在担心事态发展大有恶化的可能,他说:

"您知道,那场枪战没有目击证人,而且那两个倒霉的年轻人枪法之好、身手之矫健,在本地是闻名遐迩的,谁都不相信,德拉·雷比亚先生如果没有强盗朋友的参战相助,竟能够杀掉这两个敌手。据说，他事后便是逃到强盗那里躲起来了。"

"这不可能！"上校大喊了一声，说道，"奥索·德拉·雷比亚是一个重荣誉感的年轻人，我愿意为他担保。"

"我也相信他有荣誉感，但检察官的意见对他可不怎么有利，他们干检察官这一行的人总喜欢怀疑一切，他手头掌握了一个物证，对您这位朋友十分不利。那就是他写给奥兰杜契奥的一封恐吓信，约他见面……检察官认为，这次约见便是设有埋伏的一个圈套……

"那个奥兰杜契奥，"上校说道，"不像个光明磊落的男子汉大丈夫，他拒绝正式决斗。"

"决斗不是科西嘉的习俗，埋伏暗算，从背后下黑手，才是本乡本地的方式。倒是也有一个证词对您这位朋友有利，那就是有个小姑娘认定，她听见了四声枪响，后两响比前两响声音更大，显然是用一支大口径的枪打的，就像是德拉·雷比亚先生所持有的那一支。可惜这个小姑娘是一个强盗的侄女，而这个强盗正好被怀疑是这桩血案的帮凶。因此，这个提供证词的小姑娘已被训斥了一顿。"

"先生，"莉狄娅小姐急得满脸通红，突然打断省长的话，说道，"枪战的时候，我们正在路上，我们听到的枪声也正是这种情况。"

"真的吗？这一点至关重要。您呢？上校先生，您当然也注意到这个情况？"

"的确如此，"内维尔小姐连忙抢着说，"家父对武器很内行，他当时就说了一句'听，德拉·雷比亚先生在用我的枪开火'。"

"您听出来的那两响，的确是后面的两响吗？"

"是后面的两响，可不是吗，父亲？"

上校的记忆力不很好，但不论在任何时候，对女儿所说的话，他总是随声附和的。

"这一点必须马上报告检察官。另外，今晚有一位外科医师要来验尸，要检查一下伤口是否被大口径长枪打的。"

"那支枪是我送给奥索的,"上校说道,"即使它沉入了海底,我也希望真相大白……也就是说……那勇敢的小伙子,我真高兴这支枪正在他手里,因为,要是没有我这支曼顿造的家伙,我真不知道他怎么能够脱身。"

第十九章

外科医生来晚了一点,因为在路上有一番特别的际遇。他碰见了神学家绿林好汉吉奥根托·加斯特里科尼,这位好汉毕恭毕敬请他去为一位伤者进行治疗。他被带到奥索的身边,给伤口做了初次包扎。然后,那位好汉将他往回送了好长一段路,一路上跟他谈了比萨城里好几位最著名的教授,据那位好汉说,这些教授都是他的至交,这一点真使医生长了见识。

"医生,"神学家绿林好汉和他告别的时候这样说,"我十分敬重您,所以就不必再提醒您,医生理应和听忏悔的神甫一样,必须守口如瓶。"说此话时,他摆弄了一下长枪上的扳机,"咱俩是在什么地方相遇的,这点你也应忘得一干二净,再见,能结识阁下,在下不胜荣幸。"

验尸即将进行,高龙巴恳求上校到现场进行观察。

"您比任何人都熟悉我哥哥那支枪的性能,"她说道,"您到场观察,能起很重要的作用。再说,此地居心不良的人太多,如果没有人在场维护我方的利益,我们就会陷于非常危险的境地。"

莉狄娅小姐与高龙巴留了下来,这时,高龙巴突然哀叹自己头痛得厉害,提议到村外散散步。

"户外的空气对我有好处,"她说道,"我很久没有呼吸新鲜空气了!"

她一边走,一边谈论她哥哥,莉狄娅小姐听得出神,不知不觉走出彼埃特拉纳拉村很远很远，当她发觉时，太阳已快落山了，便向高龙巴提议赶快回去。高龙巴则答曰，她认得一条捷径。于是，两人便离开原来走的那条小路，而踏上一条显然罕有人迹的荒径，走了一段距离，便要爬一个陡峭险峻的山坡，高龙巴只好一手抓紧树枝，另一手拉着身后的女伴。经过足足一刻钟艰苦的攀登，她们总算到达一块高地，上面长满了香桃木与野草莓树，遍布着嶙峋的山石。莉狄娅小姐筋疲力尽了，仍不见有村庄的踪影，而这时天色已经几乎全黑。

"亲爱的高龙巴，"她说，"您知道吗，我怕我们已经迷路了。"

"别害怕，"高龙巴回答说，"我们继续走吧，您跟着我。"

"我可以肯定，您一定是走错了，村子不可能在这一边。我敢打赌，您走的方向正好相反。瞧，远处有些野火，彼埃特拉纳拉村一定是在那儿。"

"亲爱的朋友，"高龙巴神色激动地说，"您是说对了，不过，离我们只有两百步啦……就在这片丛林里……"

"怎么啦？"

"我哥哥就在那里，如果您同意，我们就可以见到他，拥抱他了。"

莉狄娅小姐大吃一惊。

"我走出彼埃特拉纳拉村时，没有人注意我，因为我是和您一道……否则，就会有人跟踪……现在，我们已经离我哥哥这么近，怎么能不去看他！……您有什么理由不和我一道看看我可怜的哥哥呢？他见到您，一定会高兴极啦！"

"可是，高龙巴……我这样做恐怕不合适。"

"我明白。你们这些城市妇女凡事总要思前想后，考虑合适不合适的问题，我们这些乡下女子只看做得对不对。"

"但是，天已经这么晚了！……您的哥哥会对我作何感想呢？"

"他会想，他并没有被自己的朋友抛弃，这样，他便会有勇气去承受一切痛苦。"

"那么我父亲呢？他一定很担心我……"

"他知道您是跟我在一起……怎么样，下决心吧……今天早晨，您还老看他的肖像哩。"高龙巴说着狡黠地笑了一笑。

"不是那样……真的，我是害怕，那儿还有强盗……"

"那些强盗并不认识您，有什么要紧？您不是也想见识见识强盗吗？……"

"我的上帝啊！"

"喂，小姐，快下决心吧！要把您一个人留在这儿，我可办不到，谁也不知道会出什么事，咱俩要么去看看奥索，要么就一道回村去……等以后我再去看我哥哥……天晓得什么时候才能看到他……也许这辈子就见不着了……"

"您说什么呀，高龙巴……那好吧！咱俩就去！不过只看一分钟，见一面就立即回村。"

高龙巴马上牵上她的手，一言不发，就带她快步向前，步履之急促，使得莉狄娅难以跟上。幸好高龙巴很快就停下来，对自己的女伴说：

"我们不能再冒失往前走啦，先得通知他们一声，要不然我们就会吃枪子儿。"

高龙巴把手指放在嘴里打了一个呼哨，立即就听见有一声狗吠，绿林好汉的那个前哨很快就出现了，就是我们的老相识小狗布鲁斯科，它马上就认出了高龙巴，便主动在前面为她带路。在丛林间无数转弯抹角的小路上走了一阵之后，两个全副武装的汉子向她们迎了过来。

"是您吗？布兰多拉契奥？"高龙巴问，"我哥哥在哪儿？"

"就在那边。"绿林好汉说，"不过，你们的脚步得放轻点，他睡着了。受伤以来，这是他第一次睡着。上帝万灵！今天才知道，魔鬼能去的地方，女人也能去。"

两位姑娘小心翼翼走了过去，但见有一堆篝火，为安全起见，篝火周围垒了一圈矮墙以遮挡火光，奥索就躺在火旁的一堆干草上，身上盖着一件大衣。他脸色苍白，呼吸急促。高龙巴双手合拢，静静地端详着他，就像是默默在作祈祷。莉狄娅以手帕掩面，紧挨着女伴，不时抬起头来，从高龙巴的肩头上看着受伤者。如此这般过了一刻钟，谁也没有开口说话。那位神学家强盗打了一个手势，布兰多拉契奥便随着他一起钻进丛林深处。这使得莉狄娅小姐大大松了一口气，因为这是她有生以来第一次见到强盗，而他们的大胡子与那身打扮地方色彩实在太强烈了，足以对她产生刺激感。

终于，奥索动弹了一下。高龙巴立即向他俯身下去，一连吻了他好几次，不断地问他伤势怎么样，疼不疼，需要些什么。奥索回答说，自己的伤势好得还算过得去，然后就问内维尔小姐是否还在彼埃特拉纳拉村，是否给他写了信。高龙巴俯身对着哥哥，把内维尔小姐整个儿的都遮住了，何况天色漆黑，即使看见也很难认得出来。高龙巴一只手握着内维尔小姐的手，另一只手则轻轻扶起伤者的头。

"没有，哥哥，她没有托我带信给您……可您总想着内维尔小姐，莫非您很爱她？"

"当然爱她啦！高龙巴！……可是她现在也许看不上我了！"

这时，内维尔小姐使了一下劲，想把高龙巴握住的手抽回去，但谈何容易，高龙巴的手虽然小巧美丽，实则强劲有力，对于这一点，看官在上文中早有见识。

"怎么会看不上您！"高龙巴嚷了起来，"您有那么出色的表现！……正好相反，她可说了您不少好话……噢，奥索，说起她来，我要告诉您的事可多着哩。"

内维尔小姐一直想把手缩回去，但高龙巴把它愈拉愈接近奥索。

"可是，为什么她老不给我回信？"伤者这样说，"哪怕只写上一行，我就心满意足了。"

高龙巴把内维尔小姐的手愈拉愈近，终于把它放在自己哥哥的手里，于是她骤然闪开，还哈哈大笑道："奥索，当心别说莉狄娅小姐的坏话，她现在完全听得懂科西嘉语了。"

莉狄娅小姐立即把手抽了回来，喃喃说了几句无法听清的话。此时的奥索，真以为自己是在做梦。

"您来了，内维尔小姐！我的上帝！您怎么敢来？啊！您真使我感到幸福！"奥索一边说，一边挣扎着要抬起身来，再靠近她一些。

"我陪您妹妹来的，"莉狄娅小姐说，"为了不让别人怀疑她的行踪……再说，我也想……亲眼看看……哎呀！您在这儿该多不舒服呀！"

高龙巴坐在奥索身后，小心翼翼地扶着他，把他的头搁在自己的膝上。她用手臂搂住他的脖子，并示意要莉狄娅小姐靠拢过来。

"靠近点，靠近点！"她说，"别让病人说话费劲。"莉狄娅还在犹豫，高龙巴便抓住她的手，硬要她贴近奥索坐下，以致她的连衣裙也直接触及了奥索的身体，而她那只一直被高龙巴握住不放的手，也就放在了奥索的肩上。

"这样他就舒服多了。"高龙巴兴高采烈地说，"奥索，在这样一个美好的夜晚，能在丛林里宿营，不是挺美的一件事吗？"

"哦，是呀，真是个美好的夜晚，我永远也不会忘！"

"您一定忍受了很多痛苦！"内维尔小姐说。

"现在我再也不痛苦了！"奥索说，"我真愿意死在此时此地。"说着，他的右手慢慢挪到莉狄娅小姐那只一直被高龙巴紧握住的纤手的近旁。

"德拉·雷比亚先生，无论如何，也必须把您送到适合的地方去，让您好好得到护理。"内维尔小姐说，"看见您现在这样露宿野外……条件这么糟……我真难以入眠了。"

"如果当时我不是怕碰见您，内维尔小姐，我早就试图跑回彼埃特拉纳拉村，去投案自首成为囚徒啦。"

"哎，奥索，您为什么怕碰见她呢？"高龙巴问。

"因为我没有听您的话,内维尔小姐……所以真不敢见您。"

"莉狄娅小姐,您知道吗?我哥哥对您是百依百顺啊!"高龙巴笑着说,"以后我可再也不能让您来看他了。"

"我希望这个不幸的事件将查得水落石出。您不久就得到解脱,再无后顾之忧……如果到我和父亲告别你们的时候,得知您已得到了公正的裁决,您的光明磊落与英勇自卫也得到了大家的公认,我会非常高兴的。"

"您还得回国!内维尔小姐,您还是别跟我们说这话吧。"

"那有什么办法呢?……我父亲不能老留在法国打猎……他是要回去的。"

奥索一听此话,自己的手便颓然垂下,与莉狄娅小姐的玉手脱离了接触,一时间,大家都沉默无语。

"得了!"高龙巴说,"我们不会让你们这么快就走的。在彼埃特拉纳拉,我们还有好多东西要给你们看……再说,您还答应过要给我画一幅肖像呢,您至今还没有动手呀……我也答应过要给您作一支有75段歌词的'小夜曲'……还有……咦,布鲁斯科怎么哼叫起来了?布兰多拉契奥也跟着跑出去了……我们去看看怎么回事。"

她霍地一下站起来,不由分说就把奥索的头放在内维尔小姐的膝上,自己跟着绿林好汉跑了。

内维尔小姐发现眼下的丛林深处,只剩下自己与一个英俊的青年男子单独相处,亲近相靠,还扶着对方的头,不免有几分惊恐。她不知所措,害怕猛然挪开身子会弄疼带伤的奥索。但这时的奥索却主动离开了他妹妹刚给他准备好的内维尔小姐柔软身体这一靠垫,用自己的右臂支撑着坐了起来,说:

"这么说,您很快就要走了?莉狄娅小姐,我从来没有想过,您在这个穷乡僻壤会多住些日子……可是,自从您来到这里以后,我一想到和您终有一别,就感到十分痛苦……我是一个可怜的中尉……

没有前途……而且还成了逃犯,此时此地要说我爱您,实在是不恰当……可是,我显然只有现在这一次机会向您表白了。我把心里话讲出来,好像就不那么难受了。"

莉狄娅小姐立即把头扭了过去,似乎是觉得夜色还不足以掩饰她脸上的羞红。

"德拉·雷比亚先生,"她的声音有点颤抖,"我怎么会到这丛林里来呢,如果……"说着,把那件埃及吉祥物放到奥索的手里。然后,她努力平复好自己的情绪,又操起平时那种开玩笑的口吻说:

"奥索先生,您此言差矣……在这丛林之中,周围还有您的这帮兄弟好汉,您分明知道我是不敢对您生气的。"

奥索挪动一下身子,想吻一吻把吉祥物还给他的那只玉手。不料,莉狄娅飞快地把手缩了回去,奥索便失去了平衡,身体倒压在那只受伤的胳臂上,痛得他呻吟了起来。

"我的朋友,弄疼了吧,"莉狄娅小姐叫了一声,连忙去搀扶,"都怪我不好,请您原谅……"自然而然,他俩就又靠近在一起,而且轻声细语地说了说话。这时,高龙巴匆匆跑回来了,看到他俩亲近相处的姿势仍然和她离开的时候一模一样。

"巡逻队来了!"她大喊一声,"奥索,硬撑起来赶快走,我来扶您。"

"别管我,"奥索说,"叫两个好汉快逃……让他们抓住我好了,没有什么大不了。快把莉狄娅小姐带走,以上帝的名义,绝不能让人看见她也在此地!"

"我不会扔下您的,"随高龙巴接踵而至的布兰多拉契奥这样说,"巡逻队队长是巴里契尼律师的干儿子,他不会把您押回去,而会就地灭了您,然后找个借口说不是故意的。"

奥索挣扎着站起来,还努力走了几步,但很快就停了下来说:

"我走不动啦,你们快逃吧……再见啦,内维尔小姐,把您的手给我拉拉，再见！"

"我们不能把您扔下！"两个少女齐声嚷道。

"如果您走不动，"布兰多拉契奥说，"我可以背着您走，来吧，我的中尉，您咬咬牙挺住！从后山沟那边跑，我们还来得及，神甫好汉能抵挡他们一阵子。"

"不，你们别管我，"奥索说着索性就地一躺，"看在上帝分上，高龙巴，你快把内维尔小姐带走！"

"高龙巴小姐，您很有劲，"布兰多拉契奥说，"您抓住他的双肩，我抬着他的双腿，就这么着，往前，开步走！"

不管奥索肯不肯，两人抬着他快步向前，莉狄娅小姐紧随其后。突然一声枪响，立刻就有人回了五六枪，吓得莉狄娅小姐魂飞魄散，她不禁惊叫了一声，布兰多拉契奥则咒骂了一句，随即加快了奔跑的脚步，高龙巴也照样快跑，完全不顾密林里的树枝如何刮打她的嫩脸，如何划破她的衣裙，她还关照自己的女友说：

"弯下腰，弯下腰！亲爱的，小心子弹打中您。"

就这样，一行人与其说是走不如说是跑了约500步之远，直到布兰多拉契奥突然宣称他坚持不住了，不管高龙巴如何鼓劲、如何责骂，他说完就颓然躺倒在地。

"内维尔小姐在哪儿？"奥索问。

莉狄娅小姐确实被枪声吓坏了，在林深树密的险境之中，她每走一步都有阻碍，于是，很快就与大伙走丢了，只剩下孤身一人，更是胆战心惊，魂不守舍。

"她落在后面了，"布兰多拉契奥说，"不过，她丢不了，女人总能找得到路。您听听，奥斯·安东，神甫大盗用您的那支枪打得多欢，只可惜黑夜里枪战，看不清对方，彼此不会造成多大伤亡。"

"嘘！"高龙巴喊道，"我听见马跑的声音，我们有救了。"

果然，一匹在丛林里吃草的马，被枪声惊吓，正朝他们这个方向跑来。

"我们得救啦,"布兰多拉契奥也喊道,当即便向那马奔去,一把抓住它的鬃毛,打了一个绳结塞进马嘴当作笼头,有高龙巴从旁相助,他这个绿林大盗一眨眼之间就将坐骑收拾好了。

"现在,我们通知一声神甫吧,"他说着便打了两声呼哨。立刻从远处传来了回答这两声信号的呼哨声,那支曼顿长枪的大嗓门随之也沉寂了下来。于是,布兰多拉契奥跃身上马,高龙巴把哥哥横放强盗前面的马背上。布兰多拉契奥一手紧搂住奥索,另一只手抓住缰绳。那马尽管驮着两个人,但肚子上猛挨了两脚,立即就快捷起跑,直朝陡峭的山坡飞奔而下,唯有科西嘉的马才有这份本领,要是别处的马,早已摔得粉身碎骨了。

高龙巴转身往回走,一路上使劲地呼喊内维尔小姐,但毫无回应。乱走了一阵之后,她想回到原来走过的那条路上去,不料却在一条小径上碰上了两个巡逻兵,他们朝她大喝一声:"什么人?"

"喂,先生们,"高龙巴若无其事地以调侃的口吻说,"刚才打得真热闹,打死了几个呀?"

"您跟强盗在一起,"一个巡逻兵说,"得跟我们走一趟。"

"乐于从命,"她答道,"不过,我还有一位女伴在这里走丢了,我们得先找到她。"

"您的那位女伴已经被捕,您就和她一道去蹲监狱吧。"

"蹲监狱?那就走着瞧吧,不过,先得带我去见她。"

巡逻队把她带到绿林好汉驻扎过的那块地方,收集一下战利品,有奥索盖在身上的那件大衣,一口旧锅和一个只装满了水的陶罐。内维尔小姐也被拘留在那里,原来她在迷路中也碰上了巡逻兵,被吓得半死,士兵们盘问她强盗有几个人,往哪个方向逃跑的,等等,她都不作回答,只是哭得泪流满面。

高龙巴扑到她的怀里,在她耳边低声说了一句"他们逃脱了",

然后,又对巡逻队队长说:

"先生,您看到了吧,这位小姐对你们问她的问题都一无所知。让我们回村去吧,家里的人等我们该等急了。"

"会把你们带回村的,比您盼望的还要快,我的小姐。"队长说,"你们还得交代清楚,半夜三更,你们在丛林里,与刚逃走的强盗一起干了些什么,真是奇了怪了,那些坏蛋用什么魔法,总能迷惑住女人,因为哪里有强盗,哪里就准能发现漂亮的妞儿。"

"队长先生,您真能花言巧语,"高龙巴说,"不过,说话还是小心一点为妙,这位小姐可是省长的亲戚啊,跟她是不能随便开玩笑的。"

"省长的亲戚!"一个巡逻兵低声提示他的头头,"不会错,她还正式戴着帽子哩。"

"戴了帽子又怎样?"队长反驳说,"她们两人都和那个神甫大盗混在一起,而那个大盗是本地勾引妇女的能手。我的职责就是把她们押回去。再说,我们在这里也无所作为了……都怪该死的下士托平……那个法国佬醉鬼,没等我把整个丛林包围起来,他就过早暴露了……要不是他,我们定能把那些贼人一网打尽。"

"你们一共才7条枪吧?"高龙巴问道,"先生们,你们该知道,如果波利家三兄弟刚比尼、萨罗齐和泰奥多尔①碰巧与布兰多拉契奥还有神甫,在圣克里斯蒂娜十字架那个地方汇合在一起,那就会叫你们难以对付。你们若是一定要跟那位'旷野司令官'②交交手,我可不愿意在场奉陪,黑夜里,子弹可不长眼睛。"

巡逻队一想到可能与高龙巴所说的那股悍匪遭遇,似乎都有些心里发怵。队长一面破口大骂那个坏了事的法国畜生托平下士,一面下令撤离。于是,这一小队人马就带着缴获的大衣与旧锅,朝彼埃特拉纳拉进发。至于那个水罐,则一脚踢碎了事。有个巡逻兵想要挽住莉

---

① 三人均为当时著名的绿林好汉。
② "旷野司令官":绿林好汉泰奥多尔·波利自封的头衔。——作者原注。

狄娅小姐的胳臂，高龙巴立即把他推开，说：

"谁都不许碰她！你们还以为我们想跑吗？喂，莉狄娅，亲爱的，靠在我身上，不要像小孩那样哭。这不过是一次奇遇，结局坏不了。半个小时以后，我们就能吃上晚饭啦，我嘛，实在是饿得发慌了。"

"别人对我今晚的经历会怎么想呢？"内维尔小姐悄悄地说。

"大家都会以为您在树林里迷了路，仅此而已。"

"省长会怎么说呢？……尤其是我父亲会怎么说呢？"

"省长？……您就回敬他一句，叫他管好自己的衙门再说。令尊大人吗？……从您与奥索私下交谈的亲热劲来看，我想您准有什么事要禀告令尊吧？"

莉狄娅小姐在高龙巴的胳臂上掐了一把，没有作答。

"我哥哥很值得疼爱，是吧？"高龙巴附着她的耳朵悄声说，"您不是有点爱他吗？"

"唉，高龙巴，"内维尔小姐答道，她尽管害羞，但还是忍不住笑了，"我，我那么信任你，你还让我上当！"

高龙巴伸出胳臂搂住她的腰，亲了亲她的额头，低声说：

"我的小妹子，您能原谅我吗？"

"姐姐这么厉害，我能不原谅你吗！"说着，莉狄娅小姐还给了她一吻。

省长与皇家检察官进驻彼埃特拉纳拉村，就住在副村长的家里。上校因不知女儿的下落而心急如焚，跑来向省长探听消息已不下20来趟。突然，巡逻队长派回来的一个通信兵来到了，他报告说小队已与强盗遭遇，恶战了一场，双方均无伤亡，只缴获了一件大衣与一只锅子，俘虏了两个姑娘。据他说，这两个姑娘如果不是强盗的情妇，便是他们的眼线。报告完毕，两个女俘虏被押了进来。当时的情景可想而知，高龙巴是得意扬扬，莉狄娅小姐是满面羞愧，省长大吃一惊，而上校又惊又喜。检察官则另有恶劣情趣，以审人为乐，他把莉狄娅小姐直盘问得不知所措，无地自容。

"我认为这两位小姐可以释放了，"省长这样说，"她们到村外去散散步，是再自然不过的事，因为天气晴朗嘛。偶然之中，她们遇见了一个英俊可爱的受伤青年，这也是偶然碰巧，不值得大惊小怪。"说完，他把高龙巴拉到一旁说：

"小姐，您可以转告令兄，他的案子大有转机，比我希望的还要好。验尸报告与上校的证词都说明，令兄当时纯系自卫还击，而且交火时他是孤身一人迎战。总而言之，一切问题都会迎刃而解，不过，他必须尽快离开丛林，出来归案。"

上校父女与高龙巴坐下用餐时，已经是将近半夜11点，饭菜都很凉了。但高龙巴吃得津津有味，还不断把省长、检察官以及巡逻队长狠狠揶揄打趣了一番。上校闷着头吃，一言不发，眼睛则一直盯着自己的女儿。莉狄娅小姐也低着头吃，不敢抬起头来。终于，上校用温柔却郑重其事的语气开口了：

"莉狄娅，"他用英语问，"看来，你和德拉·雷比亚私订终身了？"

"是的，父亲，就是在今天。"她答道，满面绯红，但语气坚定。

接着，她抬起眼睛，见父亲脸上丝毫没有责怪之意，便扑到父亲怀里，亲了亲他。在类似情况下，凡是有教养的大家闺秀大抵都有此种表现。

"好呀！"上校说，"他是个优秀青年，不过，上帝保佑！我们可不能住在他这个鬼地方！否则，我就要拒绝这门亲事。"

"你们讲英语，我听不懂。"高龙巴在一旁好奇地看着他们，说道，"但我敢打赌，我猜出了你们在说什么。"

"我们在说，要带您到爱尔兰去旅行。"

"那太好了，我就成为'高龙巴小姑'了。这事说好了吧，上校？我们击击掌，一言为定好吗？"

"碰到这样的好事，要互相拥抱才对。"

第二十章

那次两发两中的案件,据报刊报道,当时使得彼埃特拉纳拉的全村人都不胜惊愕。时光流逝,几个月过去后的一个下午,一个年轻人,左臂用绷带吊在胸前,骑着一匹马离开了巴斯蒂亚向卡尔多村进发,该村以其清泉闻名遐迩,每到夏季,就把甘洌可口的泉水提供给娇生惯养的城里人享用。紧随着那个青年人的是一位身材修美、美貌超群的少女,她骑着一匹黑色的小马。那马,行家一看便会称赞其矫健有力,只可惜一只耳朵有撕裂之痕,不知是由于什么莫名其妙的事故弄伤的。到了村里,少女矫健地跳下马,去扶她的旅伴也下了坐骑,然后卸下几个沉甸甸的皮囊,再把两匹马交给一个农民去照料。男女二人沿着一条陡峭的小路向山里进发,女青年将皮囊掩在自己的美纱罗下,男青年则扛着一支双筒长枪。那条小路看来并不像是通往任何有人家的地区。到了盖尔契奥山的高坡上,他们停下来,往地上一坐,似乎在等什么人,眼睛不断往山里张望。那少女不时看看一块漂亮的金表,也许是为了欣赏欣赏自己刚得到的这款饰物,也许是想知道约会时间是否已经到了。他们没有等多久,突然一条狗从丛林里跑了出来,它一听那少女叫它的名字布鲁斯科,便跑过来跟他们亲热。不一会儿,就有两条汉子现身而出,他们满脸胡子拉碴,腋下挟着长枪,腰间缠有子弹袋,上面还别着手枪,一身破烂褴褛的衣服与欧洲大陆名厂制造的锃亮武器形成鲜明对照。尽管此一场面中的这四个人，地位显然不同，但彼此走近，却像老朋友一样亲热。

"喂，奥斯·安东，"两个绿林好汉中年长的那个说，"您的案子总算是结了。裁定不予起诉，真是可喜可贺。可惜巴里契尼律师已经不在本岛了，看不到他气急败坏的样子。您胳臂上的枪伤好些了吗？"

"他们说，不出半个月，"青年男子回答说，"便可以不用三角吊带了。布兰多，好家伙，明天我就要到意大利去了，特地来向您和神甫先生告别，所以请你们到此一见。"

"您真是性急，"布兰多拉契奥说，"昨天刚无罪释放，明天就要走了？"

"有事要办嘛。"少女快活地说，"先生们，我把你们的晚餐带来了，快吃吧，别忘了分一份给我的朋友布鲁斯科。"

"您把布鲁斯科惯坏了，高龙巴小姐，不过它也会知恩图报，您就看着吧。来，布鲁斯科。"布兰多拉契奥说着，就把他的那支长枪往前一伸，"为巴里契尼父子跳过去。"

那狗一动也不动，只舔舔嘴，望着主人。

"那就为德拉·雷比亚一家跳过去！"

于是，那狗一跃而过，比那支横着的枪还要高出两尺。

"朋友们，你们听着，"奥索说道，"你们干的这个行当实在是糟糕，你们的生涯不是在我们所能望得见的那个广场①上完蛋，最好的下场也不过是在丛林中成为警察的枪下之鬼。"

"那又怎么啦？"加斯特里科尼反唇相讥说，"反正是一死，总比染上疟疾病死在床要好，也用不着听继承人在你跟前虚情假意地哭哭啼啼。我们这种人过惯了自由自在的生活，风里来，雨里去，用乡下人的话说，只能站着死。"

"我希望你们离开本地……去过一种比较安定的生活，"奥索继续

---

① 指巴斯蒂亚城处决犯人的刑场。——作者原注。

说,"比方说,你们为什么不像你们很多伙伴那样,到萨丁岛[1]去安家落户呢?我可以替你们疏通路子。"

"到萨丁岛去?"布兰多拉契奥嚷了起来,"那些萨丁岛人,让他们连同他们的土语见鬼去吧。与他们为伍,那也太委屈我们了。"

"在萨丁岛毫无出路,"神学家补充说,"我嘛,我瞧不起那些萨丁岛人,他们为了剿匪,组织了一个骑兵民团,结果是惹得强盗骂,老百姓也骂[2]。萨丁岛,去他妈的吧!德拉·雷比亚先生,您品位高雅,见多识广,既然已经体验过绿林生活的滋味,都不愿意过我们的绿林生活,真叫我感到诧异。"

奥索微笑着回答说:"不错,我的确曾有幸与你们在丛林中为伴,但实在不大欣赏你们那种生活的魅力,每当我想起在那个美妙的夜晚,自己像个包裹似的被横摞在没有鞍子的马背上,由布兰多拉契奥策马狂奔,我就感到肋骨还在隐隐作痛。"

"但是总还有逃脱了追捕的快乐吧,您怎么忘得一干二净啦?"加斯特里科尼接过话茬说,"在我们这里,风和日丽,生活逍遥自在,真是何其美妙,您怎么能无动于衷呢?我们凭着这个令人敬畏的玩意儿(他指了指自己的那支长枪),所到之处,只要在射程之内,就可以称王称霸。也就是发号施令,除暴安良……先生,这种营生,既符合道德人伦,又自得其乐,我们是绝不会放弃的。有什么生活比游侠生涯更美妙呢?何况我等的武器比堂·吉诃德的长矛更先进,头脑也要比他更清醒。就说曾经有这么一次吧,一个名叫莉拉·路易吉的小姑娘,她那个老吝啬鬼叔叔不肯给她出嫁妆,我得知此事后,便写了一封信给那老家伙,信上并没有任何恐吓的言词,因为那不是我的风格,得啦,一下就搞定,他立刻就服服帖帖、老老实实,把侄女

---

[1] 萨丁岛:位于科西嘉之南,属意大利。
[2] 对萨丁岛的此种抨击,鄙人乃听一曾为绿林好汉的人士所言,概由他自己负责,其意思是说,凡被骑兵民团抓住的,莫不都是笨蛋,实际上,骑马追捕强盗的民团连强盗的影子也见不到。——作者原注。

嫁出去了。我就这样使得两个情侣喜结了良缘。奥索先生，请相信我的话，什么也比不上我们绿林好汉的生活。唉！如果没有那位英国姑娘，您可能就跟我们一伙了，那姑娘我只隐隐约约见过一次，但在巴斯蒂亚，人们一谈起她就赞不绝口。"

"我那位未来的嫂子可不喜欢深山绿林，"高龙巴大声笑着说，"她见识过丛林，简直是吓坏了。"

"说到底，你们还是想留在丛林里啰？好吧，"奥索说，"请告诉我，需要我为你们做点什么？"

"什么都不需要，别把我们忘了就行，"布兰多拉契奥说，"您待我们已经够好的了。这不，戚丽娜的嫁妆已经有了着落，将来她要嫁人，也用不着我的朋友神甫去给老财下那种不带恐吓的帖子了。我们也知道，您的佃户会供面包给我们的，必要时还会向我们提供火药。好啦，再见。希望将来还能在科西嘉见到您。"

"碰到紧急情况，口袋里有几块金币总可顶用。"奥索说，"我们现在已经是老朋友，你们该不会拒绝这个小钱袋吧，有了它，你们就可以一本万利啦。"

"中尉，我们之间不谈钱。"布兰多拉契奥语调坚决地回绝说。

"在这个世界上，金钱万能，"加斯特里科尼说，"但在丛林中，我认为重要的是一颗勇敢无畏的心和一支百发百中的长枪。"

"我可不愿意没有给你们留下什么念想就离开。"奥索的盛情难却，"说吧，布兰多，我能给你们留下点什么？"

那绿林好汉挠挠头，斜着眼睛瞧奥索的那支长枪说：

"唉，我的中尉……我斗胆要……不，那是您特别珍视的东西。"

"您想要什么？"

"什么也不要……那物件也没什么……还得看你有没有使用它的本事。我老念念不忘您那次两发两中，而且只用一手……啊，这样的枪法奇迹不会再有第二次了。"

"你是想要我这支枪吗?我特意给你带来了,不过,你得尽量少用。"

"啊!我不敢向您保证把它使用得像您那样好,但也请您放心,除非我布兰多·萨维里已经不在人世,否则这支枪绝不会落入别人手里。"

"您呢,加斯特里科尼,我能送您点什么?"

"既然您一定要留纪念品给我,我就不讲客气了,那就寄一本贺拉斯①的作品给我吧,开本愈小愈好。我可以常读它消遣消遣,也不会把我的拉丁文忘得一干二净。巴斯蒂亚港口有一个卖雪茄的小姑娘,您只要把书交给她,她便会转交给我的。"

"学者先生,我会送一本埃尔赛雅尔②版的贺拉斯集给您。我打算带走的书籍里,恰好有这么一本。好啦,朋友们,我们该告别啦,握握手吧。如果你们有朝一日愿意去萨丁岛定居,那就给我写信。N.律师会把我在大陆的地址告诉你们。"

"中尉,"布兰多说,"明天,当你们的船出港后,请您朝山这边望一望,我们会在这里,就在这个地点,向您挥手帕送行。"

说完,他们便分手离别。奥索兄妹从原路回加尔多,两位绿林好汉则进山去了。

---

① 贺拉斯:公元前7世纪的罗马著名诗人,著有《歌集》《书信集》《诗艺》等。
② 埃尔赛维尔:16世纪末、17世纪初的荷兰出版商,以出版精美的袖珍本著称。

第二十一章

阳春四月，一个明媚的早晨，上校托马斯·内维尔勋爵，和他几天前刚完婚的女儿以及奥索、高龙巴兄妹，坐着敞篷马车出了比萨城，去参观伊特鲁立亚人的地下古墓。该墓新发掘出土不久，外国游客无不想一睹为快。下到墓穴后，奥索和他的新婚妻子掏出铅笔，开始临摹墓穴中的壁画。上校与高龙巴二人对考古甚不感兴趣，便撇下奥索夫妇，干脆到外面散步去了。

"亲爱的高龙巴，"上校说，"我们来不及回比萨城吃饭啦，您饿不饿？奥索两口子进了古物堆，一临摹起来便没完没了。"

"是呀，"高龙巴答道，"可从来没有见他们临摹下一幅带回来过。"

"我的意见是到那边那座小农舍去，"上校继续说，"在那儿一定能弄到面包，也许还有紫葡萄酒，谁知道呢？甚至还能弄到奶酪和草莓，那我们就边吃边耐心等那两位画师画个痛快。"

"您说得对，上校。您和我是这个家里有头脑、明事理的两个人，而这对新婚夫妇只顾附庸风雅、玩浪漫，对他们，我们如果一味将就，那可就亏待我们自己啦。来，请把胳臂伸给我。我这不是在学着吗？我也会挽男人的胳臂，我也会戴帽子，穿时装，佩首饰，好多好多时尚风雅的名堂，我都在学，我再也不是乡下野姑娘了。您瞧，我披上这条围巾有那么几分优雅吧……有个金发青年，就是参加奥索婚礼的您团队中那位军官……我的上帝，我不记得他的名字了，只记得是个高个子，头发鬈曲，我一拳就可以把他打倒的青年人……"

"是查特沃斯吧？"上校说。

"对啦！这个名字，我怎么也叫不上来，好家伙，他狂热地爱上我了。"

"啊，高龙巴，您也会谈情说爱了……大家很快又会有喜酒喝了。"

"我？结婚？那么奥索给我生了一个小侄儿时，谁去养育呢？……谁来教他讲科西嘉语呢？……对，他一定得学会讲科西嘉语，我还要做一个尖顶帽给他戴上，好把您气得发疯。"

"先等您有了侄子再说吧，而且如果您认为必要，还可以教他玩匕首呢。"

"匕首就不要了，"高龙巴快活地说，"现在我手里正有一把扇子，您若再讽刺我的本乡本土，我就要用它敲打您的手指啰。"

说着说着，他们走进了这家农舍，这里，葡萄酒、奶酪、草莓都有。上校坐在一边酌饮葡萄酒，高龙巴则帮助农妇采摘草莓。她朝一条小径的拐弯处看去。见有一个老头子正坐在草垫椅上晒太阳，看样子是个病人。他两颊深陷，眼睛也凹了进去，全身骨瘦如柴，姿势一动不动，脸色惨白，眼神呆滞，不像个活人，倒像是具死尸。高龙巴非常好奇地足足打量了他好几分钟，引起了农妇的注意，那农妇开言道：

"这个可怜的老头子还是您的同乡呢，我听您说话，就知道您是科西嘉人，小姐。这老头子在家乡遭了难，两个儿子死得很惨。小姐，您别见怪，听说您本地的同乡们报起仇来，都是心狠手辣的。所以这个可怜的老先生只剩下了他孤身一人，举目无亲，就到比萨来投靠一位亲戚，也就是这家农舍的主人。老头子的精神已经有点不正常了，都是不幸的遭遇和伤心过度给闹的……农舍的主妇有很多客人要接待，嫌他有点碍事，便把他送到这里来了。他倒老实巴交的，并不烦人，一天也讲不了三句话。是哦，他的脑子已经糊里糊涂了。医生每个星期来一趟，说他活不了多久了。"

"哦,他真的没有救了吗?"高龙巴说,"既然已经病成这样了,死掉倒是一种福分。"

"小姐,您可以跟他讲讲科西嘉话,听到家乡话,他也许会打起精神来。"

"那就得看看啰。"高龙巴面带冷笑说。

她走近老头子,直到她的阴影将晒在老头子身上的阳光完全遮挡住为止,可怜的老痴呆抬起头来,两眼直挺挺地盯着高龙巴,高龙巴同样也盯着他,脸上一直挂着微笑。不一会儿,老头子以手遮额,闭上眼睛,似乎要躲开高龙巴的目光。而后他又把眼睛睁得大大的,嘴唇直颤动,想要伸出双手,但被高龙巴震慑住了,似乎被钉在椅子上,既不能说话,也不能动弹。终于,他大滴大滴的眼泪夺眶而出,几声痛苦的呜咽从胸腔里迸发了出来。

"这是我第一次见他这样,"那农妇说道,"这位小姐是您的同乡,特意来看望您。"她对老人家这样说。

"饶了我吧!"老头子嘶声地叫了起来,"饶了我吧!你还不解恨吗?那张活页纸……我烧掉的那张纸……上面的字你是怎么看出来的?……为什么我两个儿子的命你们都要了呢?奥兰杜契奥,你没有任何理由要他的命呀……应该给我留一个……就留一个……奥兰杜契奥……在活页纸上没有他的名字呀……"

"他们两人的命我全要,"高龙巴压低声音,用科西嘉土话狠狠地说,"砍掉树枝,如果树根不死,那就得彻底拔掉它不可。得啦,你就别怨天尤人了,你的苦日子没有几天了,可我,却曾经在痛苦里熬了整整两年!"

老头子叫了一声,脑袋颓然垂落到胸前。高龙巴转身离开,缓步走向农舍,嘴里哼唱着一首挽歌中难以理解的两句:"我还要那只放枪的手,那只瞄准的眼,那颗生恶念的心……"

当农妇忙着去救助老头子的时候,高龙巴神情激动、两眼炯炯如火，在餐桌前落座，面对着上校。

"您是怎么啦？"上校问，"看您这表情，我就想起在彼埃特拉纳拉村吃午饭的那次，突然有子弹射进来时，您的那副样子。"

"因为我刚才又想起了科西嘉的往事。不过，一切都结束了。我要当教母了，不是吗？我想给我侄子取的名字多漂亮，叫吉尔福契奥·托马索·奥索·莱昂纳。"

这时，农妇回来了。高龙巴非常淡然地发问：

"他死了吗？还是只昏过去了？"

"没什么事啦，小姐，不过，他一见您就这样发作，真奇怪。"

"大夫说他活不长了，是吗？"

"也许活不到两个月了。"

"他死了也没有什么了不起。"高龙巴说。

"您在说谁呀？"上校问道。

"我在说我家乡一个白痴，"高龙巴漠然淡定地说，"他就寄居在这里，我会经常派人来了解他的情况的。喂，上校，别吃草莓了，留一些给我哥哥和莉狄娅。"

高龙巴走出农庄登上了马车，那农妇目送了她一会儿，对自己女儿这样说：

"你瞧那位小姐，长得多美！可是，我敢肯定，她长的是一双毒眼。"

2014 年 9 月 20 日译完

附一

柳鸣九学术小传

◎艾 晶

柳鸣九,1934年生,湖南长沙人,1953年毕业于湖南省立一中,1957年毕业于北京大学西方语言文学系。中国社会科学院外国文学所研究员,中国社会科学院研究生院外文系教授,研究生导师,全国法国文学研究会会长、名誉会长,中国作家协会会员。

柳鸣九大学毕业后,分配到当时的北京大学文学研究所(该所后来先后划归中国哲学社会科学部、中国社会科学院,并分出外国文学研究所),在《古典文艺理论译丛》任编辑与翻译,直接在主编蔡仪,编委钱锺书、李健吾、朱光潜等著名前辈学者的指导下工作并进修。在此阶段,他阅读了大量西方古典文艺理论的名著名篇,打下了扎实的西方文艺批评史的基础。他还翻译了巴尔扎克、莫泊桑、费纳龙等人的经典文论,20多年后出版的《雨果文学论文选》也是译于这一时期。

此后,柳鸣九被调到文学研究所的理论研究室,研究重点是西方批评史并兼及文学概论。这个时期的长篇学术论文《论泰纳的〈艺术哲学〉》《拉法格的文学批评》《论创作方法与世界观矛盾统一的关系》等,以其丰富的佐证资料、深入的分析与精到的见解,特别是反"左"的科学精神,颇得国内文学理论界的重视与好评。他关于"共鸣"问题的理论文章,更是引发了全国性的一场讨论,他在这个问题上的一系列论文,如《论文艺阅读中的情感运动形式》与《论共鸣现象的实质及其原因》等，深入探讨了接受美学中不同的阅读心理活动形式，并作出了细致的区分与论述，至今仍有一定的理论价值。同一时期，柳鸣九还参加周扬主持的高等院校文科教材中《文学概论》一书的编写，在著名美学家蔡仪主编的领导下工作，承担过文学风格与流派专章的撰写。

从20世纪60年代初，柳鸣九逐渐转向文学史与作家作品研究，并从文艺理论研究室调到西方文学研究室。而他最先的研究课题之一就是从50年代初开始在西方大为轰动的现代派文学——法国的"新小说"。"文化大革命"前一年，外国文学研究所开始了重点项目《二十世纪欧洲文学史》的编写，由卞之琳"挂帅领衔"，柳鸣九则作为"文学史编写组学术秘书"操持"常务工作"。短短几个月里，编写工作取得了巨大的进展，撰写出五六万字的正式纲要。当时，中国哲学社会科学部曾组织专场报告会，将此项编写工作作为先进科研经验加以推广，报告人为柳鸣九。

恰当此时，柳鸣九的业务工作被"文化大革命"这一场浩劫打断，整整10年的有为时日被完全葬送。"文化大革命"后期，他对当时那一套"无产阶级革命"极端厌恶，利用没有人管的"无政府状态"，开办"地下工厂"，邀了两个合作者，由他主持《法国文学史》的编写。他从拟定纲目提要，到承担大部分章节撰写，到最后统一修改定稿，特别是十分自觉、有意识地坚决摒弃当时在文化学术领域占绝对统治地位的"无产阶级文化革命意识形态"、"四人帮"文化专制主义文学理论观点，对一切文学史问题、作家作品问题坚持历史唯物主义实事求是的客观分析与科学准确的论述评价。《法国文学史》（上册）完成后不久，"四人帮"垮台，文化学术界成书于"四人帮"统治时期的很多论著由于烙印太深而无法出版，《法国文学史》（上册）却只字未改于1979年问世。但此册毕竟是20世纪70年代后期的产物，未免带有时代的局限性，主要表现于偏重把文学现象视为阶级状态、阶级关系的反映。

在继续撰写《法国文学史》中册与下册的同时,柳鸣九还在理论批评领域做了两件事:

一是把"四人帮"搅乱了、颠倒了的外国文学的史论问题,重新加以澄清,拨乱反正、正本清源。他一反当时流行舆论把"四人帮"的理论形态视为"形左实右"的观点,而把这种理论形态视为"极左"加以批判。他结合外国文学史,从1976年到1978年撰写了一系列长篇论文,如《"四人帮"的"彻底批判论"必须批判》《文化遗产问题上马克思主义与反马克思主义的斗争》《正确评价十八世纪启蒙文学》《十九世纪批判现实主义的历史地位与"四人帮"文化专制主义的破产》《"四人帮"的攀附与〈红与黑〉的意义》等,这些文章具有充沛的理论气势与透辟的论述阐发,它们集束式的发表问世,有如一阵排炮,声势颇大,很有广泛的社会影响,据闻其中有的文章当时甚至被有些文化单位列入业务学习的"重要参考文件"。

二是对苏式意识形态、日丹诺夫论断的"揭竿而起"。日丹诺夫作为斯大林时期的意识形态总管,曾代表苏共中央在有关意识形态问题的政治报告中,对20世纪西方文学艺术彻底加以否定。新中国成立后,在如何对待西方20世纪文学艺术的问题上,国内的翻译、出版与评论工作,一直受"日丹诺夫论断"的绝对控制。柳鸣九对此的反感由来已久,1978年,恰逢国内展开"实践检验真理"的讨论,他乘机而起,先是于1978年秋在全国外国文学工作规划会(广州会议)上作了题为《现当代西方文学评价的几个问题》的长篇学术报告,矛头明确指向"日丹诺夫论断",并对20世纪西方文学中一系列流派、作家、作品进行了具体的分析,重新作出了科学的评价。在座的有外国文学界老、中、青三代几乎所有著名的专家学者,包括朱光潜、冯至、杨周翰、伍蠡甫、草婴、王佐良、辛未艾等,报告受到热烈的欢迎。会后,朱光潜将柳鸣九拉到周扬面前加以介绍,并说:

"他的报告讲得很好啊。"

紧接着,柳鸣九将上述学术报告整理为五六万字的长篇论文,1979年初在当时国内唯一的外国文学评论刊物《外国文学研究》上分两期连载。与此同时,又在他所兼职负责的《外国文学研究集刊》(当时外国文学研究所的机关刊物)上,有计划地组织、刊载了题为《外国现当代文学评价问题的讨论》的一系列笔谈文章。

一个学术报告,一篇长文,一场讨论,此三事被称为"三箭连发",对"日丹诺夫论断"起了摧毁性的作用,在全国影响巨大。坚冰已破,从1979年后,国内书刊纷纷译介西方20世纪文学,蔚然成风。

三箭齐发,必然引起巨大的反作用力,从1980年起,就出现了"批日丹诺夫就是搞臭马克思主义"的批判高调,柳鸣九未作任何答辩,而采取让客观事实说话、让作家本人说话的方式。他首先选取了在上述学术报告中分析过的重点之一——法国"存在"文学大师萨特——作为对象,编选组译了《萨特研究》,并撰写了长篇学术性序言《给萨特以历史地位》。此书出版后很受读者欢迎,但在"清污"中却遭到严厉的贬斥,在1982年夏成为全国理论批判的重点。这使柳鸣九深深感到,在中国正确评价20世纪西方文学,必须先从大规模的资料译介与普及开始,让文学史事实说话,以逐渐消除意识形态上的偏颇。由此,又引发他另辟三大基础工程:一是主编了"法国现当代文学研究资料丛刊",二是主编了"法国二十世纪文学丛书",三是创办了"西方文艺思潮论丛"。

以《萨特研究》为起始,"法国现当代文学研究资料丛刊"每一种以一个作家或一个流派为对象,编选翻译其代表作,重要文论以及有关生平、思想、社会政治观点的资料,其目的就是使中国文化理论界以及广大读者对法国现当代文学有直接的认识与了解。至1992年,"丛刊"陆续出版了《新小说派研究》《马尔罗研究》《尤瑟纳尔研究》《西蒙娜·德·波伏瓦研究》《阿拉贡研究》《叙述学研究》《莫洛亚研究》《圣爱克·苏佩里研究》等10种,共约500万字,其中前3种都由柳鸣九亲自编选。"丛刊"出版后,一直深受文化理论界的好评。

第二个工程"法国二十世纪文学丛书"规模更大,在长期的文学史研究中,柳鸣九形成了对作家作品特别重视的学术思想。他认为,文学史其实就是一代代作家作品的出现史、发展变化史,因此,作家作品研究是文学史研究、文艺理论研究的基础。20世纪法国文学是整个西方文学各种思潮、各种流派的"摇篮",对它进行大规模的、系统的译介实有必要。这是一项艰巨的开拓性的工程,开始于1985年,从选题、组译、审读到制定格式、统一修订,事无巨细,柳鸣九皆亲自动手。特别是整套书70种的译本序几乎皆由他亲自撰写,这些序总共有五六十万字,凝聚了他对法国20世纪文学的广博学识、真知灼见与精辟论点,且笔力纵横、文风潇洒,广为文学界所称道。整套书共70种于1998年全部完成,为新中国成立后唯一一套巨型的20世纪文学国别丛书,共约1300万字,其数十万字序言亦先后结集为《法国二十世纪文学散论》《凯旋门前的桐叶》《超越荒诞》《从选择到反抗》等书出版。

第三个工程"西方文艺思潮论丛",这其实是一条"理论战线",每集各论一个专题,至今已出版七辑:《未来主义、超现实主义、魔幻现实主义》《自然主义》《二十世纪现实主义》《从现代主义到后现代主义》《二十世纪文学中的荒诞》《意识流》《存在文学与文学中的存在》,共约300万字。这些专题均为"清污"时遗留下来的问题,且都是日丹诺夫式的批评特别咬住不放的热点。各集中的文章都致力于对该专题进行科学的分析与实事求是的论说,柳鸣九除了在有关的几集中撰有专论外,还为每一集写了带论争性的序言——并非"秋后算账",仅仅为了促进对西方20世纪文学的科学评价。该丛刊后曾于1997年获"中国社会科学院科研成果奖"。

由于在《法国文学史》中、下两卷的编写过程中,插进了一些重大的理论批评活动，特别是插进了围绕西方20世纪文学的"三大工程"，三卷本《法国文学史》于1991年才出齐，共120万字，是迄今为止国内规模最大的多卷本外国国别文学史。全书除由柳鸣九统一主编、统一修改定稿外，其中由他本人亲自执笔的章节将近80万字。这部学术专著从中世纪文学讲起，一直到20世纪初文学，对各个时期的文学都有详尽的叙述与论析，愈到后面写得愈详细。20世纪文学之所以未入《法国文学史》三卷本，是因为成书过程中，国内对20世纪文学的评价中一直存在争论，有时还采取思想批判的形式进行，写史条件不成熟。也正是因为如此，柳鸣九才以上述为20世纪文学研究打基础的三项大工程（"法国二十世纪文学丛书""法国现当代文学资料丛刊""西方文艺思潮论丛"），来加以取代与弥补，实际上它们已构成了独立的大部头法国20世纪文学史。至于三卷本《法国文学史》，如果说上卷还残留着一点时代的烙印的话，在中、下两卷中则不再有这种烙印了。《法国文学史》出版后，被评论界誉为"一部成熟的文学史"，先后在1991年、1992年获第一届中国社会科学院科研成果奖与具有最高权威性的第一届国家图书奖提名奖。

在基本上完成或接近完成上述几个项目的20世纪80年代末到90年代，柳鸣九受各出版社的特聘力约，又先后主编了几套规模巨大，且具有社会文化积累意义的项目，并获得了很大的成功。其中《世界短篇小说精品文库》（18卷，海峡文艺出版社）出版后被誉为"百年难遇的小说精品文库"（《外国文学研究》1997年第4期），并获全国性的图书大奖；《世界心理小说名著选》（13卷，贵州人民出版社）开拓性划分出了心理小说的范畴，并作出了独创性的分类与发展阶段标准，深得学术文化界的赞评（《文汇读书周报》，1995年11月25日）；《世界散文经典》（8卷，春风文艺出版社）一反国内的散文时尚，以独特的标准与尺度，提供了"大散文"的经典选本，独树一帜。他所主编并亲自参译的《雨果文集》（20卷，河北教育出版社）因篇幅宏大、编选精到、译文层次高，更成为国内文化出版事业中令人瞩目的一大硕果，获国家图书奖。柳鸣九把以上这些项目都视为"文化积累系列工程"，他在《理史集》的序言里这样说："如果要真正梳理出一个系统、一个系列，作为文化积累的保存形式，那就必须有自己研究的基础，就该拿出自己的视角、自己的选择、自己的分类、自己系统的见解与论述。"他就是这样做的。因此，他为以上每一个项目都提供了很有分量的研究性的总序与分序，乃至精辟的点评，使这些项目成为真正有学术价值的文化积累保存形式。

  作为文学史家，柳鸣九属于历史社会学派，他重视阶级利益、阶级矛盾、阶级关系和阶级形势对阶级心理、阶级愿望的制约，进而又对处于一定阶级关系、阶级处境之中的作家及其文学创作所产生的影响进行分析，他对雨果、司汤达的一系列论述，就深刻地揭示了这种关系。但柳鸣九并非阶级决定论者，与其说他重视阶级限定性，不如说他更重视社会历史限定性，在他的视野里，社会历史限定性广泛地包括社会普遍心态、时尚、生产力水平、物质生活条件、与文学有关的其他精神文化的状况与潮流，以及文学中既有的传统与写作方式等，他总是全面关注这些社会条件对当时的文学可能存在的影响渠道，因而使得他对文学的历史社会学的考察与论述显得格外丰满、充满活力，与苍白的庸俗社会学形成鲜明的对照。如他对"法国浪漫主义"的社会心理根源的分析与对"自然主义文学"产生的哲学与自然科学背景的论述，都是文学史专著中精辟的篇章。

  在柳鸣九的文学史观中，作品文本占首要的地位。他认为，不把一批批代表作的内容风貌，一代代文学作品的发展变化讲清楚，就谈不上把文学史过程讲清楚。他所主编的《法国文学史》不仅对第一流大作家所有的代表作有专章深入的分析，并对他们所有的次要作品也有全面的论述，其篇幅之宏大为一般文学史所未见，而且对文学史上二三流作家的文学创作亦有充分的综述与评说，即使是对文学史中勉强留名的作家也都作全面必要的介绍。这种详尽性、深入性，使这部三卷本的文学史获得了"资料完备、论述全面、分析深入"的佳评。此外，柳鸣九在写史过程中，除经常很在意思辩论析的深刻外，还追求对作家创作个性的准确把握，讲究文笔的生动，所有这些都构成了他作为一个文学史家的特点。

作为一个理论批评家，柳鸣九以"有胆识""有理论勇气"著称，他多次向不容置疑的论断（包括恩格斯关于"左拉与自然主义"的论断）提出挑战或异议，他力戒"放空炮""语不惊人死不休"的习气，而是以文学艺术发展的客观实际为佐证，进行科学的辨析与论证。他为数众多的理论文章，无不充满了一种理论的气势与雄辩的力量，被人评为"深得雨果在文学史上叱咤风云的鸿篇《〈克伦威尔〉序》之真传"（柳鸣九亦是此篇洋洋数万字大文的译者），甚至被笑称为"小雨果"。

作为文学评论家，柳鸣九发表过大量作家作品评论文章与鉴赏性的随笔，这些文章都写得既有独特精辟的见解，又具有洒脱灵致的风格，文化界的评语是："充满激情的文字"，"一扫陈腐的文风"，"见人之所未见，言人之所未言，洞幽发微，词情并茂"，"每文皆流动一股灵气"，"立论清新"，"文采斐然，自然成章"（《文汇读书周报》，1991年5月11日）。

柳鸣九曾多次出国做学术访问，他的三本文集《巴黎对话录》《巴黎散记》与《米拉波桥下的流水》都是他国外学术活动的成果。他作为散文家的名声就是以这三本散文集与系列散文奠定的。他的散文是典型的学者散文，无不以文物或名士为内容，具有丰厚的文化含量。风格潇洒自然，并透出深受西方文化影响而特有的意趣与幽默。如《与萨特、西蒙娜·德·波伏瓦在一起的时候》《巴黎圣母院，历史的见证》《漫步在"思想者"的庭院里》等皆为颇受读书界赞赏的名篇，曾入选多位著名学者主编的各种权威性的当代散文精品文库，有的还已入选正式的高中语文教科书。

柳鸣九还写作了不少以文化界名士大儒为对象,特别是以我国西学名家为对象的散文作品,这是他长期供职在当代"翰林院"里与这些人物相处中观察与感受的结晶。如朱光潜、钱锺书、杨绛、李健吾、卞之琳、何其芳、蔡仪、梁宗岱、杨周翰等等。他的这些散文作品不仅有生动的风貌描写、性格刻画、交往纪实,而且注重系统展示人物对象的人格精神与灵智作为,颇具分量与深度,不失为一份份名士文档,远非浮光掠影、随感而发的单篇应景文章所能比。柳鸣九写亲人的散文为数亦不少,反映了他本人家庭生活真实的一角与他自己浓浓的亲情,特别是他痛失自己唯一的爱子后,其沉郁内敛的文字更流露出深深的哀伤,感人至深。

在柳鸣九长期的学术生涯中,文学翻译不是他的主要业务,和他的写作相比,其劳绩相对为少,他不止一次调侃自己于翻译只是"票友"而非"翻译家"。其实,他的翻译劳绩数量亦颇为可观,超过了100万字。他对莫泊桑、梅里美、雨果、加缪、圣爱克·苏佩里等作家的译品皆广行于世。他信奉文学翻译的"信、达、雅"理想,重视译笔的洒脱、译意的透彻、译品的文采,在译林中颇有自己的特色。

柳鸣九是改革开放后法国文学研究界名副其实的"领军人物",1987年,他以绝对高票当选为法国文学研究会会长,在会长任期的10年中,他敬老尊贤、尊重才俊,提倡互相欣赏、和谐合作的风气,并以身作则。他以学术的大度与卓识,努力推动本学科的整体发展。他所组织的大型学术文化活动,既是他个人研究心得的延伸,也是学科发展前进的推力。其中规模大、规格高、令人格外瞩目的有2002年在北京国际饭店举行的"首都纪念雨果诞辰二百周年大会"等。在他事无巨细、亲历亲为的努力下,法国文学研究会成为了国内一个最具学术文化活力的学术团体。2002年,他功成身退,谢绝本学界的挽留,坚辞会长职务,后又被推选为研究会名誉会长。

柳鸣九对本学科研究生的培养工作亦有显著的贡献,他为中国社会科学院研究生院外文系主持了两届法国文学专业研究生共20来人的培养工作,从主持招收、入学考试到讲授专业课程、辅导写研究生论文,直到主持论文答辩,在全过程中贯彻始终,都充当了主要导师的角色。这些研究生毕业后凡走上学术文化道路者,几乎无一不成为了学术研究机构、高等学院中的著名学者、教授、博士生导师。

他曾多次以其学术业绩获得国家级图书奖,但他一生的学术生涯也有不少坎坷,他不止一次遭到"思想批判",前后共有三次皆因非学术性的不公正原因而被排斥在博士生导师的行列之外。

2000年,他被法国巴黎大学正式选定为博士论文专题对象。

2006年,他获中国社会科学院"终身荣誉学部委员"称号。

老迈之年,柳鸣九"退"而不"休",又有新著《且说这根芦苇》出版问世,并主编了"外国文学经典丛书"60卷,"本色文丛"16卷,"世界名著名译"大型丛书共约80卷。

附二

柳鸣九主要出版书目

一、学术专著与评论文集

1. 《法国文学史》上、中、下三卷（主编、主要撰写者），人民文学出版社，1979年，1981年，1991年。1992年获第一届国家图书奖提名奖。
2. 《走近雨果》，河北教育出版社，2001年。
3. 《自然主义大师》，上海文艺出版社，1989年。
4. 《法国二十世纪文学散论》，花城出版社，1993年。
5. 《法兰西风月谈》，辽宁教育出版社，2001年。
6. 《世界最佳情态小说欣赏》，漓江出版社，1991年。
7. 《世界最佳性格小说欣赏》，广西民族出版社，1995年。
8. 《凯旋门前的桐叶》，生活·读书·新知三联书店，1998年。
9. 《塞纳河畔的桐叶》，社科文献出版社，1999年。
10. 《枫丹白露的桐叶》，社科文献出版社，2000年。
11. 《论遗产及其他》，上海文艺出版社，1980年。
12. 《采石集》，人民文学出版社，1986年。
13. 《理史集》，河北教育出版社，1998年。
14. 《法兰西文学大师十论》，复旦大学出版社，2004年。
15. 《超越荒诞》，文汇出版社，2005年。

16.《从选择到反抗》,文汇出版社,2005年。

17.《柳鸣九谈萨特》,东方出版社,2008年。

18.《人性的观照》,复旦大学出版社,2008年。

19.《文学史:法兰西之韵》,中国社会科学出版社,2014年。

二、散文作品

1.《巴黎对话录》,湖南人民出版社,1983年。

2.《巴黎散记》,上海文艺出版社,1984年;广西师范大学出版社,2002年。

3.《米拉波桥下的流水》,中国电影出版社,2001年。

4.《兄弟我……》,东方出版社,2003年。

5.《山上山下》,中央编译出版社,2005年。

6.《翰林院内外》,长江文艺出版社,2006年。

7.《这株大树有浓荫》,上海文艺出版社,2008年。

8.《浪漫弹指间》,河南文艺出版社,2007年。

9.《我所见到的法兰西文学大师》,人民文学出版社,2008年。

10.《父亲 儿子 孙女》,上海远东出版社,2009年。

11.《名士风流》,金城出版社,2011年。

12.《塞纳河之灵》,大象出版社,2014年。

13.《子在川上》,深圳海天出版社,2012年。

三、翻译作品

1.《雨果文学论文选》(三套丛书本),上海译文出版社,1980年;河北教育出版社,1998年;上海译文出版社,2011年。

2.《莫泊桑短篇小说选》(经典印象本),浙江文艺出版社,2003

年；北京燕山出版社，2005年。

3.《都德短篇小说选》(经典印象本)，浙江文艺出版社，2001年。

4.《磨坊文札》，北京十月文艺出版社，2006年；上海译文出版社，2011年。

5.《加缪中短篇小说选》(经典印象本)，浙江文艺出版社，2003年。

6.《局外人》，浙江文艺出版社，2010年；上海译文出版社，2011年。

7.《图尔尼埃短篇小说选》(法国二十世纪文学丛书本)，安徽文艺出版社，1999年。

8.《梅里美中短篇小说选》，中央编译出版社，2010年；译林出版社，2011年。

9.《小王子》，中国少年儿童出版社，2006年；湖南少年儿童出版社，2008年；中央编译出版社，2010年。

四、编选作品

1.《萨特研究》，中国社会科学出版社，1981年。
2.《新小说派研究》，中国社会科学出版社，1986年。
3.《马尔罗研究》，漓江出版社，1984年。
4.《尤瑟纳尔研究》，中国社会科学出版社，1987年。
5.《法国心理小说名著选》(上下两卷)，贵州人民出版社，1990年。
6.《法国短篇小说选》(上下两卷)，海峡文艺出版社，1996年。
7.《法国散文选》，春风文艺出版社，1997年。
8.《法国浪漫派作品选》，天津人民出版社，1983年。
9.《法国自然主义作品选》，天津人民出版社，1987年。
10.《法国小说选·点评本》(两卷)，山东画报出版社，2000年。

11.《雨果美文选》(合译),中央编译出版社,2003年。

12.《外国幽默讽刺小说》(上下两卷),花城出版社,2004年。

五、主编项目

1.《雨果文集》(二十卷),河北教育出版社,1998年。

2.《法国二十世纪文学丛书》(七十卷),漓江出版社,安徽文艺出版社,1986～1999年。

3.《法国现当代文学研究资料丛刊》(七卷),中国社会科学出版社,漓江出版社,1981～1989年。

4.《西方文艺思潮论丛》(七卷),中国社会科学出版社,1994～1997年。

5.《外国文学名家精选书系》(八十卷),山东文艺出版社,1997～2000年;北京燕山出版社,2004～2005年。

6.《世界短篇小说精品文库》(十八卷),海峡文艺出版社,1996年。

7.《世界心理小说名著选》(十三卷),贵州人民出版社,1990年。

8.《世界散文经典》(八卷),春风文艺出版社,1997年。

9.《全球诺贝尔奖获得者传记大系》(二十三卷),长春出版社,1995～1999年。

10.《盗火者文丛》(十卷),中央编译出版社,2005年。

11.《加缪全集》(四卷),河北教育出版社,2002年;上海译文出版社,2010年。

12.《撒旦文丛》(六卷),时代文艺出版社,2002年。

13.《世界诗歌经典作家》(二十卷),时代文艺出版社,2012年。

14.《世界散文八大家》(八卷),海天出版社,2014年。

15.《名家点评外国小说中学生读本》(十卷),山东画报出版社，2000年。

16.《外国文学经典》（六十卷），河南文艺出版社，2013~

17.《世界名著名译文库》（六十卷），上海三联书店，2013~

18.《本色文丛》（三十卷），海天出版社，2012~

19.《法国二十世纪文学译丛》（二十一卷），上海译文出版社，2011~2014年。